该项目系首都师范大学"211"规划项目

本著作得到首都师范大学文学院"211"工程项目出版资助

本项目得到北京市人才强教创新拔尖人才项目资助

首都师范大学文艺学学术文库

第一辑

文学理论与公共言说

LITERARY THEORY AND PUBLIC DISCOURSE

陶东风◎著

中国社会科学出版社

图书在版编目(CIP)数据

文学理论与公共言说/陶东风著.—北京：中国社会科学
出版社，2012.1
（首都师范大学文艺学学术文库）
ISBN 978 - 7 - 5161 - 0014 - 1

Ⅰ. 文…　Ⅱ.①陶…　Ⅲ.①文学理论—文集②文化—文集
Ⅳ.①I0 - 53②G0 - 53

中国版本图书馆 CIP 数据核字(2011)第 171100 号

责任编辑	史慕鸿
责任校对	石春梅
封面设计	回归线视觉传达
技术编辑	李　建

出版发行	中国社会科学出版社	出版人	赵剑英
社　址	北京鼓楼西大街甲 158 号	邮　编	100720
电　话	010 - 64073836(编辑)　64058741(宣传)　64070619(网站)
	010 - 64030272(批发)　64046282(团购)　84029450(零售)
网　址	http://www.csspw.cn(中文域名:中国社科网)
经　销	新华书店
印　刷	北京市大兴区新魏印刷厂	装　订	廊坊市广阳区广增装订厂
版　次	2012 年 1 月第 1 版	印　次	2012 年 1 月第 1 次印刷
开　本	710×1000　1/16
印　张	30.25
字　数	513 千字
定　价	62.00 元

目　　录

文学理论与公共言说

文化创伤与见证文学

20 世纪是一个充满了人道灾难的世纪，是极权主义肆虐的世纪。20 世纪的人类，经历、见证了种种苦难，其精神世界伤痕累累，公共世界危机四伏。直面这些灾难，反思这些灾难，是人类走出灾难、走向精神重生、重建公共世界、修复人际关系的必由之路，是后灾难时代人类承担的神圣而艰巨的使命。

在文学领域，直面和书写这种人道灾难的重要文学类型之一，就是"幸存者文学"和"见证文学"，而在人文社会科学领域，有一种反思和研究这种灾难的理论，即杰弗里·C. 亚历山大的文化创伤理论。本文的目的就是把这两者进行相互阐释，以期推进我们对极权主义所导致的人道灾难的认识，推进对于文学的研究。

一 文化创伤理论及其对"反右"、"文革"研究的启示

依据耶鲁大学社会学系教授杰弗里·C. 亚历山大（Jeffrey C. Alexander）的界定，"当个人和群体觉得他们经历了可怕的事件，在群体意识上留下难以磨灭的痕迹，成为永久的记忆，根本且无可逆转地改变了他们的未来，文化创伤（cultural trauma）就发生了"。①

---

① 杰弗里·C. 亚历山大：《迈向文化创伤理论》，王志弘译，见陶东风等主编《文化研究》第 11 辑，社会科学文献出版社 2011 年版，第 11 页。

文化创伤首先是一种强烈、深刻、难以磨灭的、对一个人或一个群体的身份认同与未来取向发生重大影响的痛苦记忆。这是一种群体性的受伤害体验，它不只涉及个体的认同，而且涉及群体认同。创伤的承受者可能是个体，但它必须"在群体意识上"发生作用并极大地改变了群体的身份认同。严重的文化创伤是全人类共同的受难经验，从而对于文化创伤的反思和修复，也就是整个人类的共同使命，而不只是个别灾难承受者的事情，也不只是承受灾难的某些群体、民族或国家的事情。人道灾难之所以被称为"人道"灾难，就是因为这是对于人类整体尊严的侵犯。

一种痛苦经验之所以被称为文化创伤，是因为它不只是一个自在的经验事实，而是一种自觉的理性建构，具有自觉性、主体性和反思性，它是在一个特定的文化系统中发生的对经验事实的特定表征。作为一种自觉的文化建构，文化创伤还指向一种社会责任与政治行动，因为"借由建构文化创伤，各种社会群体、国族社会，有时候甚至是整个文明，不仅在认知上辨认出人类苦难的存在和根源，还会就此担负起一些重责大任。一旦辨认出创伤的缘由，并因此担负了这种道德责任，集体的成员便界定了他们的团结关系，而这种方式原则上让他们得以分担他人的苦难"。① 可见，文化创伤建构的政治和道德意义，在于修复这个被人道灾难严重伤害的公共世界、人类心灵以及人际关系。建构文化创伤的目的不仅在于搞清楚人道灾难的根源，而且更主要的是指出后灾难、后创伤时代的人类应该怎么办。

1. 建构主义的创伤理论

亚历山大通过质疑自然主义的创伤理论发展出了上述建构主义的文化创伤理论。自然主义把创伤简单地归于某个"事件"（比如一种暴力行为、一场社会剧变等），以为创伤是自然发生的，是凭直观就可以了解的。这种自然主义的理解被亚历山大称

---

① 杰弗里·C. 亚历山大：《迈向文化创伤理论》，王志弘译，见陶东风等主编《文化研究》第11辑，社会科学文献出版社2011年版，第11页。

之为"外行创伤理论"或"常民创伤理论"（lay trauma theory）。①

自然主义的创伤理论又可以分为启蒙和精神分析两个版本。"启蒙的理解指出，创伤是对于剧烈变化的理性回应。"而对于这类创伤的反应，则是"致力扭转造成创伤的环境。对过去的记忆，引导了这种朝向未来的思考。人们会发展出行动方案，个人和集体环境将会重构，最后，创伤的感觉会平息消退"。② 可见，启蒙版创伤理论不仅把创伤归因于外部的伤害性事件本身的性质，而且相信人能够理性地对此作出回应（按照这种理论，我们就无法解释阿Q为什么不能把别人对他的伤害经验为创伤）。精神分析的创伤理论的特点则是在外部的伤害性事件和行动者的内在创伤反应之间"安放了无意识情感恐惧和心理防卫机制模型"。③ 根据这种理论，当巨大的伤害事件降临，人们会因极度的震惊和恐惧而将创伤经验压抑下来，将之打入无意识领域，成为心理情结，导致造成创伤的事件在行动者的记忆里被压抑、扭曲和移置，因此不可能产生理性认识和理性的责任行动。很显然，弗洛伊德代表的这种创伤理论并不像启蒙理论那么乐观地认为人具有理性处理灾难事件的能力。创伤的解决因此也不仅只是恢复世界秩序，还在于"整顿""自我的内在"，其关键性的环节就是唤醒个体的记忆。亚历山大谈到大屠杀史学家骚尔·佛莱得兰德（Saul Friedlander）所说的"记忆来临"。很多精神分析案例讲的就是通过唤醒受伤者的无意识领域的记忆，达到克服创伤经验的目的。

文化建构主义的文化创伤理论与上述两种理论都不同。它主张文化创伤是被社会文化所中介、建构的一种属性，一个事件（比如给皇帝下跪），只能在特定的文化网络和意义解释系统中才能被经验、解释、表征为"创伤"（英国使臣和中国的大臣对

① 杰弗里·C. 亚历山大：《迈向文化创伤理论》，王志弘译，见陶东风等主编《文化研究》第11辑，社会科学文献出版社2011年版，第12页。

② 同上书，第13页。

③ 同上书，第15页。

给皇帝下跪这个事件的经验是不同的，原因是他们用以解释这个事件的文化－意义系统是完全不同的）。在这里，亚历山大把"社会"和"文化"两个概念进行了区分，认为前者是事实层面的，后者是意义层面的，并指出："在社会系统的层次上，社会可能经验到大规模断裂，却不会形成创伤。"① 离开了特定的文化脉络，离开了特定的理解－意义结构，也就无法确定一个社会事件（不管是多大的断裂或震荡）是否构成"伤害"性，或者说，一个巨大的灾难性社会事实，无法自动地成为文化创伤。亚历山大说："是意义，而非事件本身，才提供了震惊和恐惧的感受。意义的结构是否松动和震撼，并非事件的结果，而是社会文化过程的效果。"② 创伤不但不等同于物质事实或社会事实，也不等同于人的经验事实（比如"文革"时期大量知识分子经验的痛苦），创伤要在集体的层次出现，社会危机就必须上升为文化（意义）危机、身份认同危机，后者必须建立在特定的意义－理解系统和再现系统中，是理解和阐释出来的一种东西。"事件是一回事，对事件的解释和再现又是另一回事。创伤并非群体经验痛苦的结果。创伤是这种尖锐的不舒服，进入了集体自身的认同感核心的结果。集体行动者'决定'将社会痛苦再现为对于自身是谁、来自何处，以及要往哪里去等感受的根本威胁。"③ 这种"根本威胁"实际上就是深刻的文化危机和身份危机。

文化创伤的这种建构性质对于我们理解中国的"大跃进"、"反右"和"文革"很有帮助。在发生"大跃进"、"反右"、"文革"的当时，中国的政治、经济和文化教育遭到严重摧残，经济濒临崩溃，物资奇缺，体制无法正常运作，学校无法从事教育，但对受其影响的集体成员，包括知识分子而言，这种状况在当时并没有被普遍经验为文化危机、意义危机或群体认同危机，

文学理论与公共言说

---

① 杰弗里·C.亚历山大：《迈向文化创伤理论》，王志弘译，见陶东风等主编《文化研究》第11辑，社会科学文献出版社2011年版，第20页。

② 同上。

③ 同上。

更没有认识到需要经由对"文革"灾难的反思重建自己以及整个中国人的身份认同，即使是深受"反右"、"文革"影响的受难者成员，包括知识分子，也是如此。很多人甚至在遭受不白之冤、家破人亡的情况下也没有严重的创伤感（一些"右派"在被平反之后不但没有获得反思意识，而且感恩戴德）。"反右"和"文革"的创伤性质对大多数人而言实际上都是事后的重构。只有当人们经过了新启蒙的思想洗礼，获得了反思"大跃进"、"反右"、"文革"的认识能力和符号资源，认识到必须通过反思"文革"重建自己的身份认同，重新认识中国的历史，重新确立个体、民族、国家的未来方向之后，我们才有了思考这些社会危机的全新的意义－理解系统，它们才被理解和再现为人道灾难。这个时候，社会事实才被建构成为文化创伤。也就是说，如果我们没有接受过现代自由民主思想文化的洗礼并把它作为反思"文革"的解释框架，那么，我们对"文革"期间的种种非人道暴行就依然只能理解为经验事实或社会事实层次上的危机，而不可能将其建构为文化创伤。

　　因此，要让社会危机转化为文化危机，即文化创伤，必须进行有意识的，甚至是艰难的文化建构。由于这种建构行为是群体性的，因此其修复也是群体性的。那种针对个体的精神分析方法（比如诱导患者唤醒某种记忆）在此是不够的，必须找寻一些集体手段，透过公共纪念活动、文化再现和公共政治斗争，来消除压抑，让遭受幽禁的失落和哀伤情绪得以表达。这是一种集体性的唤醒记忆和反思灾难的方式，是一种公共文化活动，它包括记录历史事实、举行集体性的纪念仪式、建立人道灾难纪念馆、定期举行悼念活动等，这是使文化创伤得以建构的最重要方式，对修复心理创伤、人际关系以及公共世界具有至关重要的意义。修复创伤的前提是体验创伤而不是回避伤害："'体验创伤'可以理解为一个社会学过程，为集体界定出痛苦的伤害，确认受害者，追求责任，以及分配观念和物质性的后果。创伤经过了这样的体验，以及想象与再现，集体认同将会有重大的修整。这种认同修整意味要重新追忆集体的过往，因为记忆不仅是社会性且流

文化创伤与见证文学

动不居的，还深刻地联系着当代的自我感受。认同的持续建构和巩固，不仅是透过面对现在和未来，也要重构集体的早年生活。"① 回避伤害和灾难，拒绝回忆和反思，将无法完成创伤的建构和认同的修整。

2. 文化创伤建构所要经过的环节

亚历山大把客观事件和对它的建构、再现之间的距离，称为"创伤过程"（trauma process），亦即事实被建构为创伤所要经过的环节和具备的条件。

关于创伤建构所要经过的环节，亚历山大参考了言说行动（speech act）理论，② 认为创伤过程就像言说行动，其实施要具备以下元素：（1）言说者；（2）言说面对的公众对象；（3）言说情境：言说行动发生的历史、文化和制度环境。

（1）言说者，即具有反思能力的能动主体（agents）或创伤承载群体，这是至关重要的关键环节。这个主体能够把特定社会事件建构、再现、宣称为创伤并传播之。创伤的文化建构就是始于这种宣称。亚历山大说："他们（具有反思能力的能动主体，引注）以有说服力的方式将创伤宣称投射到受众-公众。""这是论及某种根本损伤的宣称，是某种神圣价值令人惊骇的庸俗化的感叹，是令人恐惧的破坏性社会过程的叙事，以及在情感、制度和象征上加以补偿和重建的吁求。"③

这个观点同样有助于理解"反右"和"文革"。很多（但不是全部）以"反右"、"文革"为题材的文学和非文学书写，就

---

① 杰弗里·C. 亚历山大：《迈向文化创伤理论》，王志弘译，见陶东风等主编《文化研究》第11辑，社会科学文献出版社2011年版，第31页。

② 言说行动理论的基础，可见于 J. L. Austin 的 *How to Do Things with Words*（Oxford：Clarendon press，1962）。在这本经典著作里，Austin 发展了一个观念，即言说并非只是指向象征性的理解，还达成了他所谓的"以言行事的力量"（illocutionary force），也就是说，对于社会互动发挥了实用的效果。这个模型的最精致说明，参见 John Searle, *Speech Acts*（London：Cambridge University Press，1969）。在当代哲学里，哈贝马（Jurgen Habermas）说明了言说行动理论如何和社会行动与社会结构有所关联，首见他的 *Theory of Communicative Action*（Boston：Beac，1984）。

③ 杰弗里·C. 亚历山大：《迈向文化创伤理论》，王志弘译，见陶东风等主编《文化研究》第11辑，社会科学文献出版社2011年版，第22、20—21页。

是属于这个意义上的群体宣称—再现—吁求行为。而这些书写的主体，亦即具有反思能力和建构能力的创伤建构主体，则是粉碎"四人帮"以后出现的一批启蒙知识分子。这个群体处于社会－文化结构的特殊位置，他们既承受了创伤，又具有反思和再现创伤的知识－符号能力，亦即亚历山大说的"拥有在公共领域里诉说其宣称（或许可以称为'制造意义'）的特殊论述天赋"。①此外，我觉得还要加上一条：具有做出创伤宣称的勇气和胆量。现在的情况是很多"反右"和"文革"的受难者不愿或不敢讲述自己的受难史，不愿或不敢书写自己的"反右"、"文革"记忆，更谈不上反思了。当然这是和环境有关的，这点我们后面还要讲到。

（2）言说面对的公众对象。创伤言说者的目标是"以有说服力的方式，将创伤宣称投射到受众－公众。这么做的时候，承载群体利用了历史情境的特殊性、手边能用的象征资源，以及制度性结构提供的限制和机会"。②用语用学中的"以言行事"理论解释，人的语言活动也是具有实践意义的行为，比如："我命名此船为维多利亚号。"参照这个理论，如果获得"以言行事"（illocutionary）的成功，这个创伤宣称的受众就会"相信他们蒙受了某个独特事件的创伤"。他们首先是直接遭受伤害的群体（比如"文革"时期受迫害的知识分子），但也不限于此。成功的创伤宣称的受众还会扩展到包含"大社会"里的其他非直接承受创伤的公众（比如今天的"80后"）。

把这点运用于中国的"反右"和"文革"，则可以相信：成功地把"反右"运动、"文革"当作集体创伤加以宣称、再现、传播，首先必然会使得"文革"时期直接承受伤害的群体整体

---

① 杰弗里·C.亚历山大：《迈向文化创伤理论》，王志弘译，见陶东风等主编《文化研究》第11辑，社会科学文献出版社2011年版，第21页。亚历山大认为，这群人"可能是精英，但是他们也可能是遭贬抑或边缘化的阶级，他们可能是声誉崇隆的宗教领袖或群体，为多数人指名为精神贱民"（同上）。"反右"和"文革"时期遭到迫害、新时期获得平反的中国知识分子很合乎这个描述。

② 同上书，第22页。

经验到文化创伤，其次还可以使得那些没有直接承受"反右"、"文革"灾难的人也成为创伤宣称的受众，感到"反右"、"文革"这个集体灾难并不是和自己无关的"他人的"创伤，并积极投身到对这个灾难和创伤的反思。

（3）特定的情境。无论是创伤宣称的建构还是受众的建构，都必须在特定的言说情境下发生，"情境就是演说行动发生的历史、文化和制度环境"。"言说者的目标是以有说服力的方式，将创伤宣称投射到受众—公众。这么做的时候，承载群体利用了历史情境的特殊性、手边能用的象征资源，以及制度性结构提供的限制和机会。"① 联系中国的情况，"反右"和"文革"发生的当时没有这个语境，因此，无论是创伤声称的建构还是受众的建构都是不可能的。新时期以后，借助思想解放的东风，建构创伤宣称的语境出现了，因此也就出现了我们下面要讲的见证（思痛）文学。但这个语境是逐步改善的，还需要进一步优化（比如当今社会大众的健忘，大众文化和消费主义导致的政治冷漠，灾难承受者的不愿意回忆往事，年青一代的"文革与我无关"论等，都是不利于文化创伤言说的建构和传播的环境因素。甚至可以说，现在仍然在坚持写回忆录或小说反思"文革"的人并不是受到环境和潮流的激励而这样做，而是出于个人的良知这样做）。

3. 创伤建构所要具备的条件

亚历山大指出："创伤再现仰赖于建构一个令人动容的文化分类架构。在某个意义上，这就是说一个新故事"，"要让广大受众深信他们也因为某个经验或事件而蒙受创伤，承载群体必须投身于有效的意义工作中"。② 也就是说，叙事方式——怎么说故事——决定什么样的故事将被叙述/说出来。决定一个灾难事件能否被叙述为文化创伤的，是如何叙述这个事件。在亚历山大

① 杰弗里·C. 亚历山大：《迈向文化创伤理论》，王志弘译，见陶东风等主编《文化研究》第11辑，社会科学文献出版社2011年版，第22页。

② 同上。

看来，有四种关键的再现因素对于新叙事的创造来说是根本性的：第一，痛苦的性质：对于特殊群体，以及这个群体所从属的广大集体来说，到底发生了什么？第二，受害者的性质：遭受创伤痛苦影响的人群是谁？他们是特殊的个人或群体，还是包容更广泛的一般"人民"？遭受痛苦冲击的是单一且有限的群体，还是涉及了好几个群体？第三，创伤受害者与广大受众之间的关系。第四，责任的归属。限于篇幅，我们主要介绍第三和第四点。

　　亚历山大特别指出：一个有关文化创伤的再现和陈述要想得以成功建立并赢得受众共鸣，处理好创伤受害者与广大受众的关系，它直接关系到创伤再现的受众能不能与受害群体建立认同。"即使痛苦的性质已经具体陈述，受害者的身份已经确认，还有非常重要的问题，涉及了受害者与广大受众之间的关系。在什么程度上，创伤再现的受众能够经验到与直接受害者群体的认同？"① 不同的创伤叙述往往能够建构起受害者和受众之间的不同关系。由于伤害事件的发生和对伤害事件的叙述之间存在的时间差，在伤害事件发生之时，伤害故事的大部分读者（受众）没有受到直接伤害或者没有直接参与其中，因此不太能够察觉自己和受害群体之间的关系。"唯有受害者的再现角度是从广大集体认同共享的有价值特质出发，受众才能够在象征上加入原初创伤的经验。"② 也就是说，只有当我们从人类普遍价值的角度反思"反右"和"文革"，把"反右"和"文革"建构为对全体中国人乃至于整个人类的伤害，是人道主义灾难，而不是纠缠于个人的恩怨或局限于阶级、民族或其他群体成员身份的利益纠纷，广大受众才能建立起对受害者的深刻而普遍的认同，才能体验到这种伤害是对整个人类尊严的侵犯，当然也是对自己的伤害。这样的"文革"叙事才能使广大公众，特别是没有经历过

---

　　① 杰弗里·C. 亚历山大《迈向文化创伤理论》，王志弘译，见陶东风等主编《文化研究》第 11 辑，社会科学文献出版社 2011 年版，第 24 页。

　　② 同上。

"文革"的人认识到"文革"极恶与自己同样身处其中的制度和文化的关系，才不会把"文革"及"文革"的受难者"他者化"，不会觉得它已经过去。因此，如何从一种普遍主义的立场把"反右"和"文革"建构为整个中华民族乃至人类的灾难，把"反右"和"文革"受难者的创伤建构为和每个人有关的共享的创伤，显示出了非同寻常的重要性。这里非常关键的是人类一家的普遍主义意识。亚历山大举例说："当代中欧人承认吉普赛人是创伤的受害者，是悲剧历史的承担者。但是鉴于许多中欧人将'罗马人'再现为偏差野蛮的人，他们还没有将这种悲剧过往当成是自己的。"[1]

责任归属即界定迫害者的身份和责任：谁实际上伤害了受害者？谁导致创伤？是"德国人"还是纳粹政权造成了大屠杀？罪行和责任要局限于特定的群体（比如盖世太保或是整个纳粹军队），还是牵涉更多的人？只有老一辈的德国人要负责，或者后来的世代也要负责？[2]

在中国的"文革"反思中，当然也无法避免这样的问题："文革"责任只在少数高层领导（毛泽东、"四人帮"），还是包括了更多的人？余杰和余秋雨的争论凸显出一个重要的问题就是：哪些人对那场灾难负有法律责任，因此必须追究？哪些人负有道义责任，因此必须"道歉"？

经过了这样的创伤建构和再现，集体认同将会有重大修整。这种认同修整意味要重新追忆集体的过去，因为记忆与当代人的当下存在与自我感受总是存在深刻联系，这使得它总是依据当代人的需要被不断修正。一旦集体认同已经重构，最后就会出现一段"冷静下来"的时期，人们的情感与情绪不再那么激烈（悲愤不已，愤怒控诉，痛不欲生等），随着高昂、激越、煽情的创伤论述（诸如"伤痕文学"）消散，创伤的"教训"便客体化

---

① 杰弗里·C. 亚历山大：《迈向文化创伤理论》，王志弘译，见陶东风等主编《文化研究》第 11 辑，社会科学文献出版社 2011 年版，第 24 页。
② 同上。

成为纪念碑、博物馆与历史遗物的收藏或机构化、常规化的仪式，也就是客体化为文化记忆。

文化记忆这个概念是在哈布瓦赫"集体记忆"概念基础上进一步发展出来的。依据阿斯曼的理解，集体记忆（被阿斯曼称为"交往记忆"）和文化记忆的主要区别在于：集体记忆是日常化的、口传的、不持久的、临时的，具有日常性、口头性、流动性、短暂性；与此不同，文化记忆虽然也具有群体性，但因为它是以客观的物质文化符号或文化形式为载体固定下来的，因此比较稳固和长久，并且并不依附于日常生活中的交往实践。"正如交往记忆的特点是和日常生活的亲近性，文化记忆的特点则是和日常生活的距离"，"文化记忆有固定点，一般并不随着时间的流逝而变化，通过文化形式（文本、仪式、纪念碑等），以及机构化的交流（背诵、实践、观察）而得到延续"。① 阿斯曼称这些文化形式为"记忆形象"（figures of memory），它们形成了"时间的岛屿"，使得记忆并不因为时过境迁而消失。

把集体记忆和文化记忆的区别联系于我们说的创伤记忆，那么，创伤记忆显然可以通过两种形式存在：一种是口头相传的集体记忆，另一种是这种集体创伤记忆的物质符号化，即成为文化记忆。这方面的例子很多，比如德国的大屠杀纪念馆，台北的"二二八"纪念碑，柬埔寨红色高棉的"红色高棉罪恶馆"，以及世界各地的各种形式的反法西斯纪念活动。

在这方面，我们可以做的还非常多。比如，巴金老人一再呼吁建立"文革"博物馆到现在也没有实现的迹象。相比之下，其他一些国家就做得好得多。比如红色高棉于 1979 年遭罢黜后，又经过了几十年的分裂、动荡和威权主义统治（期间创伤过程无法完整展现），最终完成了对创伤的重构、再现，实现了重要的纪念、仪式和国族认同重建。有人这样写道："对于红色高棉

---

① 参见阿斯曼（Jan Assmann）《集体记忆与文化认同》（Collective Memory and Cultural Identity），*New German Critique*，No. 65，*Cultural History/Cultural Studies*（Spring – Summer，1995），pp. 125—133.

恐怖的鲜活记忆，展示于拖司琏大屠杀纪念馆（Tuol Sleng Muse-um of Genocidal Crimes，又译'红色高棉罪恶馆'）里陈列的受害者照片、杀戮图片，以及酷刑设备"，"PRK［柬埔寨新政府］也设立了每年一度的仪式称为仇恨日（The Day of Hate），人群聚集在几个不同场所，聆听对红色高棉罄竹难书的咒骂。国家宣传在这个主题上提出以下口号：'我们绝对要防范过去的黑暗再度来临'，以及'我们必须不断努力防止……屠杀政权的复现'。这些公式化的、国家核准的表达方式非常真实，而且经常出现在平民百姓的对话里。"①

　　在这种例行化的过程里，一度非常鲜活的创伤过程，被纳入了物化的文化记忆和常规的纪念活动。文化创伤的例行化，对于社会生活有最为深远的规范意义。通过让广泛的公众参与经验过去的、前人的痛苦，文化创伤扩大了社会认识和同情的范围，提供了通往新社会团结形式的大道。

二　见证文学：作为一种政治—道德担当的创伤记忆书写

　　"二战"以后，西方出现了大量由大屠杀幸存者书写的见证文学。这种文学所见证的是"非常邪恶的统治给人带来的苦难"。② 从文化记忆的理论看，见证文学即是创伤记忆的一种书写形式，是通过灾难承受者见证自己的可怕经历对人道灾难进行见证的书写形式。

　　我们可以这样理解见证文学的特点和意义：

　　首先，见证文学的意义不仅在于保存历史真相，见证被人道灾难严重扭曲的人性，更在于修复灾后人类世界，重建人类未来。如徐贲指出的："灾难见证承载的是被苦难和死亡所扭曲的

---

① 参见杰弗里·C.亚历山大《迈向文化创伤理论》，王志弘译，见陶东风等主编《文化研究》第11辑，社科文献出版社2001年版，第32页。

② 徐贲：《人以什么理由来记忆》，吉林出版集团有限责任公司2008年版，第239页。

人性，而'后灾难'见证承载的人性则有两种可能的发展，一是继续被孤独和恐惧所封闭，二是打破这种孤独和封闭，并在与他人的联系过程中重新拾回共同抵抗灾难邪恶的希望和信心。"① 后者就是法根海姆（E. Fackenheim）所谓的"修复世界"（Mend the World）。这和文化创伤的建构具有相同的道德和政治意义。"修复世界"指的是："在人道灾难（如大屠杀，'文革'）之后，我们生活在一个人性和道德秩序都已再难修复的世界中，但是只要人的生活还在延续，只要人的生存还需要意义，人类就必须修补这个世界。"② 这就是见证文学所承载的人道责任。

犹太作家威赛尔的（Elie Wiesel）《夜》是著名的见证文学。塞都·弗朗兹（Sandu Frunza）的《哲学伦理，宗教和记忆》在解读《夜》的时候认为，威赛尔在作品中不仅详细忠实地记录了自己可怕的集中营经历，而且成功地建立了一种对他人的世俗责任伦理，起到了重建人际团结和社区融合的作用。威赛尔自己这样解释自己的写作：忘记遇难者意味着他们被再次杀害。我们不能避免第一次的杀害，但我们要对第二次杀害负责。③ 对威赛尔而言，自己的写作不是一种职业，而是一种义务。

正是这种道义和责任担当，意味着见证文学是一种高度自觉的创伤记忆书写。没有这种自觉，幸存者就无法把个人经验的灾难事件上升为普遍性的人类灾难，更不可能把创伤记忆的书写视作修复公共世界的道德责任。

其次，我们已经指出，创伤记忆建构的目标是"以有说服力的方式将创伤宣称投射到受众－公众"，使创伤宣称的受众扩展至包含"大社会"里的其他非直接承受创伤的公众，让后者

---

① 徐贲：《人以什么理由来记忆》，吉林出版集团责任有限责任公司 2008 年版，第 224 页。

② 同上。

③ 参见塞都·弗朗兹《伦理，宗教和记忆》，陶东风等主编《文化研究》第 11 辑，中国社会科学文献出版社 2010 年版，第 57—72 页。

能够经验到与直接受害群体的认同。同样，大屠杀幸存者的个人灾难记忆也必须获得普遍意义，成为整个犹太人乃至人类存在状态的一个表征。在这方面，西方的见证文学名著、大屠杀幸存者普里莫·莱维（Primo Levi）的《如果这是一个人》（*If This Is a Man*），无疑是一部不可多得的文献。这部见证文学告诉我们：不要把大屠杀当成犹太人特有的灾难，不要把对大屠杀的反思"降格"为专属犹太人的生存问题。这种反思必须提升为对这个人类普遍境遇的反思，从而把避免犹太人悲剧的再发生当成我们必须承担的普遍道义责任。① 因此，莱维个人的创伤记忆书写就不只具有一种自传的性质，而应视为一种对人类体验的书写。布鲁克（Jonathan Druker）就强调指出了这本传记的普遍性特征（generic character），他指出，莱维在书中坚持使用复数形式的第一人称"我们"、"我们的"进行叙事。这种人称一方面是群体受难者通过莱维的写作发出声音的一种方式；另一方面，通过这种语法也使读者积极地投入到对事件的记忆和复述中去。这种对复数人称的使用，被视为一种集体声音和共享体验，它力求获得读者的同情并且打动读者的良知。

一个人在极权状态中人性极度扭曲，变成不过是"一只畏缩的狗"，为什么要通过故事保留这种不寻常、令人痛苦的人类记忆？② 这样做有什么好处？莱维的回答是：这是我们这一代人和我们民族所拥有的责任，虽然令人心痛但依然不可推卸。③ 莱维把个人的、主观的记忆视为一种持续的呼喊，这种呼喊是为了唤醒全体人类的良知。

弗朗兹认为，讨论大屠杀的必要性是一个当下的现实，它不

---

① 参见 Sandu Frunza, "The Memory of the Holocaustin Primo Levi's *If This Is a Man*", Shofar. 27. 1（Fall 2008）: 36（22）. Academic One File. Gale. St Marys College – SCELC. 28 Oct. 2010.

② 很多采访"文革"受难者的人都讲到不少受难者不愿意回忆那段不堪回首的岁月，可见这个问题具有普遍性。

③ 参见塞都·弗朗兹《普里莫·莱维〈如果这是一个人〉中的大屠杀记忆》，陶东风等主编《文化研究》第11辑，社会科学文献出版社2011年版，第76页等处。

能只是一小部分专家的考虑，而应该是胸怀人类处境的一般大众的考虑。莱维的思考指向已经超越了犹太主义和犹太民族的界限，他考虑的是现代人类的深刻需要。很明显，我们没有办法把大屠杀与犹太人独自经历的悲剧体验分开，但是，当这个讨论涉及与大屠杀有关的人类处境、记忆和生存，那它就是关于"人"："一个民主的人，发表过《人权宣言》的人，任何一个人，第一个人，一个常住人口，不管他的家庭、社会、民族或种族境况，作为自身的人，独立于他的收入、工作状况和他的天分。"① 弗朗兹对莱维笔下的大屠杀记忆的理解，为下述两者提供了强大的联系：一方面是特殊境遇和犹太良知的记忆，另一方面是现代人类的处境和一个觉醒的人类良知。

最后，见证文学是一种寓言式的书写。一直关注创伤记忆问题的徐贲先生曾经把威赛尔的《夜》与存在主义文学进行对比分析，认为和存在主义文学一样，威赛尔的见证文学也可以当做寓言来读，而"寓言所扩充的是人的存在的普遍意义和境遇"。它同时具有两个特点："第一，它如实描写了大屠杀灾难的暴力、恐惧、人性黑暗，以及与此有关的种种苦难和悲惨，它是对二战期间大屠杀的真实记忆；第二，它是对普遍人性和存在境遇的探索，这一探索揭示与人的苦难有关的种种原型情境和主题，如死亡、记忆、信仰，等等。"②

三 思痛文学：中国本土的见证文学

文化创伤理论还可以帮助我们认识中国本土的见证文学。粉碎"四人帮"后，中国文坛也出现了一批以见证、反思"文革"人道灾难为主题和题材的文学，其中特别值得注意的是一些

---

① 参见 Sandu Frunza, "The Memory of the Holocaustin Primo Levi's *If This Is a Man*", Shofar. 27. 1 (Fall 2008)：36 （22）. Academic One File. Gale. St Marys College - SCELC. 28 Oct. 2010.

② 徐贲：《人以什么理由来记忆》，吉林出版集团责任有限责任公司 2008 年版，第 233 页。

"反右"和"文革"亲历者写的回忆录。如巴金的《随想录》、韦君宜的《思痛录》、徐晓的《半生为人》、贾植芳的《我的人生档案》、高尔泰的《寻找家园》等。有学者称之为"思痛文学"。[①] 这是一种高度自觉的、把"文革"上升为人道灾难加以反思的书写行为（不是所有描写"文革"的文学）。一批经历了"反右"和"文革"，具有自觉、理性的反思能力的知识分子，利用了80年代"新启蒙"这个特殊的历史情境，以及当时能用利用的象征资源，特别是当时思想解放的思想文化环境，对作为文化创伤的"文革"进行了不同程度的建构。

这类文学和西方的幸存者文学、见证文学存在显著的相似性：都是为了保存历史真相，都体现了走出历史灾难的责任意识，都带有不同程度的纪实性，其书写者都有双重特征：既是一个灾难的承受者，也是灾后的积极自觉的反思者。更加重要的是，见证文学中的见证者和思痛文学中的思痛者还有类似的负疚感甚至负罪感：因为他们都不同程度地参与了作恶。这群作者的特征是：

首先，他们是觉醒者，"思痛文学"其实也是"醒悟者文学"，"思痛者"一般都要讲述自己觉醒的过程，只有觉醒了的受害者才会觉得自己的那段经历是"痛"，才会讲述和反思这"痛"。不觉醒就不会思，甚至也不会觉得痛。痛和思都是觉醒后的自觉理性意识和行为。巴金说得好："五十年代我不会写《随想录》，六十年代我写不出它们。只有在经历了接连不断的大大小小政治运动之后，只有在被剥夺了人权在'牛棚'里住了十年之后，我才想起自己是一个'人'，我才明白我也应当像

---

① 参见启之《"思痛者"与"思痛文学"——当代文化的另类记忆》，见《粤海风》2011年第4期。"思痛"一词是老作家韦君宜于1998年出版的《思痛录》中首先提出的，韦君宜写道："'四人帮'垮台之后，许多人痛定思痛，忍不住提起笔来，写自己遭冤的历史，也有写痛史的，也有写可笑的荒唐史的，也有以严肃姿态客观写历史的；有的从1957年'反右'开始写，也有的从胡风案开始写。要知道这些，是这一代及下一代读者求知的需要；要想一想这些，是这个国家的主人（人民）今后生存下去的需要。"韦君宜《思痛录》，北京十月文艺出版社1998年版，第1页。

人一样用自己的脑子思考",①"没有人愿意忘记二十年前开始的大灾难,也没有人甘心再进'牛棚'、接受'深刻的教育'。我们解剖自己,只是为了弄清'浩劫'的来龙去脉,便于改正错误,不再上当受骗。分是非、辨真假,都必须先从自己做起,不能把责任完全推给别人,免得将来重犯错误"。②

启之指出,"思痛文学"是觉醒的"受蒙蔽者"对自己过去真正的或佯装的"受蒙蔽"的反思。"在这个意义上讲,'思痛者'就是觉悟者,'思痛文学'就是启蒙文学。"③

其次,他们有强烈的责任意识。很多思痛者都谈到了自己肩负的保存历史真相的责任。巴金说:"住了十载'牛棚'我就有责任揭穿那一场惊心动魄的大骗局,不让子孙后代再遭灾受难","为了净化心灵,不让内部留下肮脏的东西,我不得不挖掉心上的垃圾,不使它们污染空气。我没有想到就这样我的笔会变成了扫帚,会变成了弓箭,会变成了解剖刀。要消除垃圾,净化空气,单单对我个人要求严格是不够的,大家都有责任。我们必须弄明白毛病出在哪里,在我身上,也在别人身上……那么就挖吧!"④

再次是忏悔意识和负疚感、负罪感:思痛文学中很大一部分是表达对自己"文革"时期所犯过失的忏悔和反思。这些作品的书写者常常有双重身份,既是一个灾难的承受者,不同程度上也是别人灾难的制造者,因此他们的见证也是对自己过失的见证。这是特殊意义上的"见证文学":见证自己的污点言行,以便重获做人的尊严。卢弘在《我的一件亏心事》中讲述了这样一个故事:

陈英,一个40年代初就参加了抗日的杰出女性,因向领导如实地交待自己被国民党俘虏的经过,被定为自首变节,开除党

　　①　巴金:《随想录》(三十周年纪念版),作家出版社2009年版,第3页。
　　②　巴金:《随想录》(三十周年纪念版),作家出版社2009年版,第2页。
　　③　参见启之《"思痛者"与"思痛文学"——当代文化的另类记忆,见《粤海风》2011年第3期。
　　④　巴金:《随想录》(三十周年纪念版),作家出版社2009年版,第3、4页。

文化创伤与见证文学

籍。"反右"期间她给领导提意见，被打成"右派"，从此沦为"贱民"。"文革"一来，她又被打成叛徒，"组织"迫使其丈夫与她离婚。在百般无奈之际，她到北京向自身难保的卢弘求援。卢弘在文中讲述了自己对这位曾经亲如手足的难友从同情到厌恶，从亲近到逃避的变化过程。30多年后，作者依然无法逃避良知的叩问——

> 我国有句谚语："为人不做亏心事，半夜不怕鬼敲门。"我却不能坦然地这么说。因为我做过亏心事，并且关乎一条人命！
>
> 她是我的一个女战友，一个也曾年轻又才貌双全的好大姐，与我亲密得如同一对非血缘的姐弟。然而，我在她最需要帮助和救援时，却切断了与她的一切联系，致使她如今是死（按照当时情况，这几乎是必然的）是活（若还在世她已过80高龄了），我都概不知情。
>
> 我的记忆琴弦一旦触碰到她，就会如山呼海啸、天崩地裂似地震撼着我，冲击着我，使我永难安宁……①

《炎黄春秋》有一个专栏，叫"忏悔录"。那里的文字都是反省的结果。有一篇文章是马波（老鬼）写的，文章写到"文革"初，他偷看同学宋尔仁的日记，并把它交给"组织"这件事。作者坦诚地写道："我交了他的日记本对他的杀伤是巨大的，影响了他一生的命运。这是我这辈子干的最缺德的事。我对不起宋尔仁。"② 1967年8月5日在北京粮食学校的武斗中打死了同学的王冀豫，在44年后这样告诉自己："灵魂深处总有些东西根深蒂固，冥顽不化，但理性还是反复清晰地告诉我：'你是罪人！'一个性相近，习相远的人世间，为什么盛产那么多仇

---

① 卢弘：《我的一件亏心事》，载《记忆》（网络杂志）2010年第9期。
② 马波：《我告发了同学宋尔仁》，载《炎黄春秋》2009年第9期。

恨？忏悔是不够的，也许这一切需要几代人的反省。"① 当年的人大学生，现在的高校教授赵遐秋为自己当年跟风整人，使同学邢志恒自杀而懊悔。② 韦君宜写到自己在"反右"时服从"组织"安排撰文批判黄秋耘而悔恨终生。③

这种忏悔意识和对自己的无情解剖，是思痛文学中最具有道德力量和思想价值的部分（尽管总体而言愿意做这样的忏悔和反省的人还很少）。因为这是一种特殊的见证，即通过当事人自己在"文革"时期被迫作出的污点言行，来见证这个"文革"的非人性。"文革"的一个主要特点之一，就是系统地、体制性地、全面地剥夺人的尊严和自由（包括消费的自由、娱乐的自由、私人领域的自由等），它是一场与普遍意义上的人、而不是与数量有限的政治异见分子为敌的浩劫。"文革"时期实际上不存在真正的"政敌"，那些所谓罪大恶极的"反革命分子"，哪一个是与共产党为敌的政治异见分子？他们做梦都没有想过要推翻共产党的领导，建立另一个政党。正如北岛在献给遇罗克的诗《宣告》中说的："我不是英雄/在没有英雄的年代里/我只想做一个人"。"文革"时期的人面临的是这样的选择：要么有尊严地死，要么没有尊严地活。毋庸讳言，大部分知识分子选择的是后者：没有尊严地活。因此，揭露自己的污点言行，也就是揭露邪恶的制度。

特别值得指出的是，"文革"时期留下的知识分子的大量污点言行，最能反映"文革"不同于其他国家的人道灾难的特殊性："灵魂深处闹革命。"灵魂深处如何闹革命？没完没了的思想检讨。它导致了大量检讨书的产生。检讨书是"文革"时期出现的重要文化现象（其源头当然可以追溯得更早）。极"左"政治对思想改造的重要性怀有极大的迷信，它特别看重所谓"精神"力量。这是"文革"与法西斯主义、斯大林主义的重要

① 王冀豫：《背负杀人的罪责》，载《炎黄春秋》2010年第5期。
② 赵遐秋：《跟风整人的懊悔》，载《炎黄春秋》2009年第8期。
③ 韦君宜：《思痛录》，文化艺术出版社2003年版，第42页。

区别。纳粹对改造犹太人思想不感兴趣，所以直接进行肉体灭绝；斯大林的大清洗也大体如此。只有"文革"对折磨人的精神世界怀有变态的兴趣，乐此不疲。沙叶新先生在题为《"检讨"文化》的一篇文章中说过："在中国，凡是在那风雨如晦、万马齐喑的年代生活过的人，他很可能从没受过表扬，但不太可能没做过检讨；他也很可能从没写过情书，但不太可能没写过检讨书。连刘少奇、周恩来这样的开国元勋都做过检讨，连邓小平、陈云这样的辅弼重臣都写过检讨书，你敢说你没有？上自国家主席、政府总理，中及公务人员、知识分子，下至工农大众、普通百姓，更别说'地富反坏'、'牛鬼蛇神'了；无论你是垂死的老者，还是天真的儿童，只要你被认为有错，便不容你申辩，真理始终掌握在有权说你错的领导和自认永远对的领袖手中，自己只得低头认罪，深刻检讨……"①

郭小川文集中有一集名为《检讨书——诗人郭小川在政治运动中的另类文字》。编者、郭小川的女儿郭晓惠在"前言"中写到自己发现父亲的这些手稿时候的感受：

> 这些发现给我和我的家人带来的感受是复杂的，那么多惊惧的忏悔，那么多执着而无力的辩白，那么多载负着良知重压的违心之言。……这是一种什么样的文字"作品"啊，看着它们，我心里一会儿发酸，一会儿发疼，一会儿又像灌了铅似的沉重。
>
> 这就是检查——一种令人进行精神自戕的语言酷刑！从那个年代过来的人，谁多少没有这样的经历呢？……父亲是那样一个真诚、善良的人，他也是有着强烈的内心尊严的！可以一次又一次，一拨又一拨的检查交代，几乎把他的尊严统统埋葬了。……面对着这无数张一字一格认真写就的稿纸，再看父亲晚年的照片，我无法想象，这样的"语言酷

① 沙叶新：《"检讨"文化》，见余开伟主编《忏悔还是不忏悔》，中国工人出版社 2004 年版，第 62 页。

刑"对一个人精神上的伤害究竟有多深。

在如何处理这些"检讨书"的问题上，我们是有过踌躇的。公开披露，似乎有损父亲在人们心目中的形象，况且这又是那么一段不堪回首的痛史，有什么必要再拿出来聒噪今天这一片笙歌呢？可是正因为是痛史，所以更不要该被遗忘。这样一种记忆，对生者是有特殊教益的。

父亲的这些检讨书，从内容上看有一个从主动辩解，到违心承认，再到自我糟践的过程。为了解脱过关，不得不一步步扭曲并放弃自己的人格立场。从这个过程中，我们可以清楚看到，一个人的精神是怎样在这种"语言酷刑"的拷讯下，一点一点被击垮的。[1]

郭小川的检讨书是他的女儿在作者死后为他编的，非常相似的是，徐干生的《复归的素人》中的检讨书、交代日记等，也是他的儿子徐贲在父亲去世后为他编的。郭晓惠所说的"精神自戕"、"语言酷刑"在徐贲的笔下被表述为"诛心的检讨"："诛心"正体现了"文革"最为反人性的一面：它不仅让别人侮辱你，还让你自己侮辱你自己，让你被迫与一个你厌恶的自己为伍，让你被迫做违心的自我贬低、自我忏悔，检查自己莫须有的"罪行"。[2] 总之，让你自己糟践自己，自己践踏自己的尊严。这就是所谓"精神自戕"。沙叶新写道："检讨是精神的酷刑、灵魂的暗杀、思想的强奸、人格的蹂躏，它剥夺你的尊严，妖魔你的心灵，让你自虐，让你自污，让你自惭形秽，让你自甘羞辱，让你精神自焚，让你灵魂自缢，让你自己打自己的耳光，让你自己唾自己的面孔，让你觉得你是世界上最最丑陋、最最卑下、最最错误、最最必需改造的人！这样的检讨是最让人痛苦的，大诗人聂绀弩有两句名诗：'文章信口雌黄易，思想锥心坦白难。'

① 郭小川著，郭晓惠编：《检讨书——诗人郭小川在政治运动中的另类文字》，工人出版社 2001 年版，第 1—2 页。

② 徐干生著，徐贲编：《复归的素人——文字中的人生》，新星出版社 2010 年版，第 30 页。

文化创伤与见证文学

说的就是检讨时内心巨大的痛苦。"①

郭晓惠和徐贲都是在高度的责任心驱使下不怕"玷污"父亲的名声这样做的，这种理性、责任心和勇气值得敬佩。一个人在特殊环境下被迫做了自我贬低、自我侮辱的忏悔、检查、交代，违心地检举揭发了别人，这是可以得到谅解，甚至值得同情的，我们不能苛责他们。问题是：时过境迁之后，你应该如何对待自己的这些不光彩文字？如同郭晓惠所言，检讨、交代、揭发、检举，通过百分之百"真诚"的口吻说着百分之百的虚假谎言，等等，作为"文革"时期的制度性强迫与侮辱形式，很多知识分子肯定都做过。甚至可以说，"文革"之所以是"文革"，就是因为它强迫制造了大量这样的污点言行。但是除了极少数知识分子之外，大家至今都还装聋作哑，讳莫如深，好像根本没有发生过这一切。我敢肯定，这些人不可能重获自己的尊严，亦即制度强制一个人通过自己污点言行而被剥夺的尊严。社会的原谅、他人的同情、大众普遍的遗忘，都不能替他找回自己曾经失去的尊严，因为这尊严毕竟是通过他自己的言行丧失的（即使在强迫的情况下）。这一点，就算别人不知道，你自己却知道。这个既是受害者又是施害者的人，必须通过一种特殊的作见证行为，即为自己那些丧失尊严的言行作见证，自己把自己放在自己设立（而不是他人设立的）的审判席上，才能找回自己的尊严。找回这个尊严的最好方法，或者可以说是唯一方法，就是真实地暴露自己是如何被迫失去尊严的，是如何在非人性的制度面前被迫屈服的。

如何能够做到这点？什么力量推动一个人在没有他人威逼，甚至没有他人知晓的情况下主动暴露自己的污点言行？是什么力量促使当事人在缺乏自我反思的文化传统的社会主动站出来"自爆家丑"？公开自己感到羞愧的事情？这样做到底是为了什么，又有怎样的意义和价值？

———————————

① 沙叶新：《"检讨"文化》，见余开伟主编《忏悔还是不忏悔》，中国工人出版社 2004 年版，第 62 页。

在我看来，《复归的素人》要回答的正是这个问题。我相信，徐干生一直保留着自己的检讨、交代、揭发检举文字，并不只是出于对社会、国家、民族的责任感，而是为了给自己一个交代，也就是说，他不愿意和一个不敢面对、不敢公开自己过去之污点言行的那个"我"为伴，因为这个"我"是徐干生厌恶的、不愿与之为伍的"我"，是"文革"极"左"政治强加于他的"我"（尽管通过自我贬低的方式），即使没有任何一个人知道曾经有这样的一个"我"，但他徐干生自己知道。这就是徐干生了不起的地方：他必须公开这个"我"，从而告别这个"我"！任何不敢直面这个"我"、公开这个"我"的人，都仍然生活在这个被极"左"政治扭曲的"我"的控制之下，都不可能重获尊严。

这与编者徐贲给出的解释是吻合的："我父亲以他的'文革'日记和检讨参与了对中国社会公共语言的败坏。他在复归为一个素人之后，对此是有自我反省的。他这样做，不是因为他觉得自己能就此改变这种久已被污染的语言，而是因为使用不洁的语言，与他个人的做人原则不符。"[①] 所谓"与他个人的做人原则不符"不就是自己不能和自己交代吗？这个所谓"做人原则"，不是一种外加的行为规范，也不是社会上流行的习俗，而是一种自己设立的、对自己负责、对自己的行为进行监督的内在戒律。在一个依然缺少自我反思和忏悔传统，人人争相隐瞒自己的污点言行，大众对此也习以为常的社会，一个仍然有大量的假话在玷污我们的语言的社会，通过反思和检讨自己以前的不洁语言来回归语言的纯洁性，这种行为不可能是因为外在社会环境所致，它只能源自个人的良知。据阿伦特的理解，这良知就是一个人"不能忍受自己和自己不一致"。在《奴性平议》一文中，徐干生这样写道："要从奴性复归人性，我们已经等不及让社会学家慢慢地来给我们开出奇效的药方。在我们等待药方的时候，不

_____

① 徐干生著，徐贲编：《复归的素人——文字中的人生》，新星出版社 2010 年版，第 31 页。

妨自己身体力行，先做起来，做一个能够摆脱奴性的人，以限制这一疾病的蔓延。"① 在我看来，把用不洁语言书写的悔过书和检讨书公开发表，这个"先做起来"的行为就是向告别奴性迈出了一大步。

当然，我说这种行为的动因是个人的，并不是说它不具备社会公共意义。这种公共意义是一种阿伦特说的榜样意义：虽然整个文化和社会仍然没有建立起鼓励人们见证自己污点言行的机制，虽然绝大多数知识分子仍然没有勇气通过暴露那个曾经不光彩的"我"进而彻底告别这个"我"，郭小川、徐干生等人的见证行为也不能得到周围环境的支持，但他们的见证行为却依然像一道闪电照亮了沉睡的黑暗，让我们意识到：在一个社会规范败坏，人们不能通过遵循现存规则保证自己行为的德性的特殊年代，榜样的力量是无穷的。

① 徐干生著，徐贲编：《复归的素人——文字中的人生》，新星出版社 2010 年版，第 203 页。

花拳绣腿式的后殖民批评

　　紧随后现代主义而流行于中国批评界的是后殖民主义。由于中国曾经有过的"半殖民化"历史和它的第三世界地缘政治特征，某种意义上可以说，后殖民主义是与中国问题最具有相关性的西方批评理论之一，但是，这种"相关性"并不能保证它能够准确把握中国的历史与现实问题。

　　从目前的情况看，中国的后殖民批评主要被用来反思、批判五四以来的启蒙主义，不少学者把鲁迅等启蒙思想家对国民性、对传统文化的批判说成是内化了西方传教士对中国文化和中国人的偏见，是一种自轻自贱行为，丧失了民族自信心。操持这种理论话语的人大多数有强烈的民族主义倾向，其中不少兼具新"左"立场。后殖民话语的引入使得中国近现代以来思想文化界的几乎所有重要话题（比如传统与现代化、中国与西方等）全部被重新讨论了一遍。无论赞成与否，这种反思和批判是不可忽视的，即使是启蒙主义的捍卫者也不得不直面后殖民批评的挑战，不得不通过对后殖民批评的批评来重申启蒙的正当性。

　　但如果我们据此以为，是后殖民这样的西式新思维"击败"了中国的启蒙主义，那就大错特错了；**事实正好相反，是中国本土社会历史环境的突变使得启蒙主义话语遭受重创，并为后殖民主义"新思维"清出了一条畅通无阻的大道。**通常的学术论文在描述后殖民主义在中国出现的背景时，总是反复强调各种西方理论的"启示"。① 其实，真正重要的是 20 世纪 80

---

　　① 比如亨廷顿的"文明冲突论"。亨氏的文章在《参考消息》上连载引起了中国学术界的热议。

年代末 90 年代初期那场震撼世界的政治风波，它导致国际社会主义阵营的瓦解，在欧洲前社会主义国家引发连锁性反应，它不仅引发了启蒙主义的话语危机，并进而引发中国知识分子的认同危机，而且 90 年代初期中国与美国以及其他西方国家关系的紧张，其根源很多也在这里。① 有学者认为，1989 年后，中国知识分子身份调整中出现了一个十分值得注意的现象，那就是一些知识分子发现了"本土"这个民族身份对于身处认同危机之中的中国知识分子的"增势"作用。他们利用"本土"这一新归属来确立自己的"民族文化"和"民族文化利益"的代言人身份。② 这个分析虽然很有启示意义，但也应该在 80 年代和 90 年代之交的特殊环境下来理解。作为一个特殊的社会阶层，知识分子的身份认同常常表现为必须有一个批判与否定的对象，通过否定来确立自己的身份认同，因为知识分子阶层的区别性标志就是它的批判精神与批判话语。80 年代知识分子的批判对象是极"左"的官方意识形态与传统文化；而到了 90 年代，被新挖掘出来的批判对象就是新兴的所谓"市场经济"与西方（特别是美国）资本主义，于是有了"人文精神"大讨论、后殖民主义以及各种现代性的反思、国学热，等等。③ 数量可观的关于传统文化研究的论文与专著相

---

① 比如，1989 年后，中美因"人权"问题摩擦不断。1993 年夏天，"银河号"轮船在公海上受到"侮辱"；这年秋天，中国申奥失败，并被全国上下相当多的人指认为原因在于西方国家的"偏见"。中国驻南斯拉夫使馆被炸更是激发了全民的民族主义义愤。国内出现了大量民族主义方面的书籍，其中影响最大的是《中国可以说"不"》与《妖魔化中国的背后》，李希光、刘康等著，中国社会科学出版社 1996 年版。

② 参见徐贲《走向后现代和后殖民》，中国社会科学出版社 1996 年版。

③ 就在这个时候，文化民族主义回潮，"东方文化复兴论"出笼，有人断言：21 世纪是中国文化的世纪，我们应当让下一代从小就系统学习"四书"、"五经"，以重建国民的"人文精神"。人文学界的风向在悄悄变化。一个标志性的事件是北京大学《国学研究》1991 年出版，《人民日报》在显著的位置加以报道与肯定。主流意识形态对于传统文化（国学）的态度发生了很大的变化。今天，"国学院"、"读经班"终于在世纪之交成为中国的文化现象兼产业现象，可以称其为"国学"产业。

文学理论与公共言说

继发表或出版。在这个时候，学术界很需要一种时髦的理论，一种既可以满足自己识时务、明大体的务实需要，又不失"批判知识分子"标签诉求的理论武器，这个武器应该有些时髦（最新西方的），有些深奥——不是那种赤裸裸的民族排外主义，而是充满了反本质主义的理论话语。这个理论武器是什么呢？当然就是后殖民主义！

于是后殖民主义、第三世界批评、世界体系理论等等粉墨登场，开始了延续至今的、长达二十多年的弘扬国学、批判西方中心主义、反思启蒙主义、重估"现代性"的思想史研究"新时代"。这与80年代文化与学术界继承"五四"传统、批判传统文化、高扬西方现代性的精神气候恰成鲜明对比。中国学术界对于中西方文化关系的思考出现了新的维度，"发现"了新的问题，采取了新的立场，拥有了新的资源。在80年代或未曾进入学术视野，或未曾成为核心关切的诸多问题，比如中国知识分子的民族文化身份问题、中国文化和学术如何摆脱所谓"西方中心主义"、建构本土化的学术话语等问题，在新的语境中进入了许多学者的视野。总之，我们应该意识到一个基本的历史事实：**与其说后殖民话语更加深刻地揭示了被启蒙话语遗忘的历史真实，不如说是启蒙话语的受阻给予后殖民话语的进入和流行提供了现实的可能和广阔的天地**。这点很清楚地表明了后殖民话语和当时的中国现实之间契合。

那么，后殖民批评到底在哪些方面对启蒙主义提出了挑战呢？

第一，"第三世界"、"西方文化霸权/中国本土经验"这套新的思维和话语方式开始进入文学批评视野。在一篇对中国后殖民批评颇具开创意义的文章中，① 作者特意在标题中把"第三世界文化"与"中国文学"并列，作为两个醒目的关键词引入文学批评，鲜明地体现出一种新的思考方式。尽管"第三世界"这一术语对中国学术界乃至普通百姓而言并不陌生

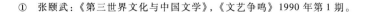

① 　张颐武：《第三世界文化与中国文学》，《文艺争鸣》1990年第1期。

（甚至可以追溯到毛泽东时代），但此前它一直被大量用于国际政治和外交方面，与文化研究、文学批评基本无缘。更加重要的是：**在启蒙主义占据主流的 80 年代，"第三世界"身份与其说是中国知识分子对抗西方的认同资源，不如说是中国知识界急于要摆脱的"落后"标志，他们从传统文化与中国的历史本身寻找中国所以沦落为"第三世界"的原因，而没有把这个原因归结为 90 年代的后殖民批评家乐于谈论的所谓"西方文化霸权"或"不平等世界格局"**。而此文及此后出现的一系列后殖民论著，在把"中国文学"放入第一世界/第三世界的世界关系中来加以阐释时，试图指出"西方文化霸权"的支配性影响与中国本土知识分子的身份焦虑，说明文化/文学的影响背后存在的所谓"不平等权力关系"。这无疑是对 80 年代中国学术界占据支配地位的现代化解释模式——把中国与西方文化/文学的问题解释为时间上的"先进"与"落后"问题——的大胆挑战，共时性的空间政治、地缘政治意识开始浮出水面。①文章还指出：在全球一体化的进程中，具有全球意义的文学科学的话语系统正在形成，而"这种全球性的学术话语往往是以压抑和忽略其本土的文学理论传统和本民族的文学创作的传统经验为代价的"。这样，发掘本土的文化资源以抵抗西方文化霸权就成为中国后殖民批评家的新的文化批判选择。②

第二，重新评价启蒙话语，重新描绘"中国形象"。1993 年下半年，在知识界广有影响的《读书》杂志于第 9 期集中发表了四篇与"东方主义"或"后殖民批评"有关的文章，标志着后殖民批评在中国学术界开始引起广泛关注。这组文章虽然以主要的篇幅介绍萨义德的《东方学》，但是作者与编者写作、编发这组文章的目的，以及它在中国知识界产生重大影响

---

① 在后来的一些更加激进的后殖民批评家看来，不是中国文化自身的弊端（鲁迅们所狠批的"国民性"）造成了中国的"落后"，而是因为中国恰好处在了一个不平等的世界格局中。它们显然受到了阿明的依附理论和华勒斯坦的世界体系理论的影响。

② 张颐武：《第三世界文化与中国文学》，《文艺争鸣》1990 年第 1 期。

的原因，显然不在于它们介绍了萨义德的理论，而在于其立场与90年代社会文化氛围之间的暗合，在于它对五四以及80年代占据支配地位的现代化叙事的激进挑战。其中有的作者谈到了近代以来西方汉学和国内学术界"东方主义"的种种表现，对中国形象的种种歪曲和丑化。特别指出："非常使人遗憾的，是我们的一些优秀艺术家，在他们的作品'走向世界'的过程中，用一些匪夷所思、不近人情的东西去让西方人感到刺激，感到陶醉或者恶心，让西方的观众读者产生美学上所说的'崇高感'、怜悯心和种族文化上的优越感，于是作品就捧红，就畅销。"在谈到西方流行的一些旅美中国学者的自传小说时，文章指出："他们的作品之所以在西方读书界获得认可，与那样'东方主义'的模式不无关系。"文章最后告诫"中国的学者们""切切不要一窝蜂去加入'东方主义'的大合唱"。① 也有文章指出："反观我们现代的历史经验，帝国霸权主义的阴影至今仍远没有摆脱。无论是新文化还是国粹都是这种全球性的帝国霸权主义的反照，其论说语境无疑受到它的牵制。"尤其值得注意的是，文章对并不遥远、在学术界依然十分敏感的80年代"文化热"也提出了批评，指出："80年代的'文化热'又一次证明帝国霸权主义的耐力，比如《河殇》就带有明显的帝国情结。"② 这无疑使问题变得更尖锐、更富现实性与挑战性。

总起来看，这组文章虽然各有不同的侧重，但其主旨在于借助介绍萨义德的后殖民主义理论来反思与批评中国思想史、

花拳绣腿式的后殖民批评

---

① 参见张宽《欧美人眼中的"非我族类"》。张宽的观点在后来发表的《关于后殖民主义的再思考》中得到了进一步申述，他直截了当地指出："中国知识界的主流，竟然是以西方的立场来看待中西文化冲突的"，"相当一部分近现代中国知识分子，对于殖民话语缺乏必要的警惕，在接受启蒙话语的同时，一并接受了殖民话语，从而对自己的文化传统采取了粗暴不公正的简单否定态度"。他语重心长地告诫："中国的知识分子到了从殖民话语中对中国文化的诅咒中走出来的时候了。"参见张宽《关于后殖民主义的再思考》，《原道》第三辑，中国广播电视出版社1996年版。

② 钱俊：《谈萨义德谈文化》，《读书》2003年第9期。

学术史上的现代化叙事和启蒙主义立场。前者只是武器，而后者才是目的。也正因为这样，从 1993 年至 1994 年间关于"东方学"讨论，主要焦点在于如何评价五四以来的反传统与思想启蒙，而对于"东方学"自身存在的学理问题反倒缺少比较深入的探讨。①

第三，现代化与殖民化。后殖民思潮对于中国学术界的影响主要体现在改变了中国知识分子对于西方现代性的认识以及对于中国自身现代化历史的认识。有论者直言：欧洲工业革命以后进入现代化时期，这个过程同样也是欧洲向外扩张的时期，即殖民时期。也是在这个时期，西方的社会科学、人文科学知识迅速发展并扩张到世界各地，这样，西方现代人文科学就与殖民主义摆脱不了干系。作者要求我们注意的问题是："西方近现代人文科学是否渗入了殖民主义因素？西方的现代社会科学、人文科学与西方的向外扩张殖民有着怎样的一种相互呼应关系？今天欧美的知识分子应该怎样来检讨自身的学术传承？第三世界的知识界应该怎样面对被殖民或者被半殖民的事实？怎样从西方支配性的殖民话语中走出来？"② 由于后殖民理论的引入，对于现代化的理解和评价框架已经发生根本变化，它如今成了一个西方殖民扩张的过程，而不是"文明化"的过程。由于后殖民理论的"启发"，五四及此后的启蒙主义与反传统不再被视作中国的"凤凰涅槃"，而是被重新解读为殖民主义逻辑的内化。简言之，中国的现代性就是殖民化、"他者化"。

这方面的代表性文本是《文艺争鸣》1994 年第 2 期发表的重点文章《从"现代性"到"中华性"——新知识型的探寻》。此文在用后殖民理论重新解读和反思五四启蒙主义运动

---

① 我后来在《用什么取代东方学？——对于萨义德〈东方学〉的一点质疑》中对于"东方学"存在的学理上的矛盾进行了知识论的探讨，但是仍然非常粗浅。参见《中华读书报》1999 年 9 月 15 日。

② 张宽：《萨义德的"东方主义"与西方的汉学研究》，《瞭望》1995 年第 27 期。

方面有相当强的代表性。文章指出：1840 年以后，中国文化的基本"知识型"是"现代性"，它表现为"中心丧失后被迫以西方现代性为参照以便重建中心的启蒙与救亡工程"。这实际上意味着"中国承认了西方描绘的以等级制与线性历史为特征的世界图景"，也就是把"他者"（西方）的话语内化为自己的话语，并因之导致自身的"他者化"。中国/西方的关系模式不再是启蒙主义话语中的传统/现代模式，而是自我/他者模式。变得"现代"在中国就意味着变成"他者"。[①] 所幸的是，作者在 90 年代——所谓"后新时期"——看到了中国自我复兴的希望，一种不同于现代性的新"知识型"诞生了。这是一个"跨出他者化"的时代，也是一个"重审现代性"的时代。这个"跨出他者化"的时代转型被认为集中表现在"小康"的发展模式的确立，它意味着"一种跨出现代性的、放弃西方式发展梦想的方略"。"小康"是对"现代性"的超越，因而也是对西方霸权的超越。在文化领域，新出现的新保守主义、新实用主义以及新启蒙主义等被认为代表了对西方文化的批判、对当下现实的认同以及对知识分子启蒙角色的瓦解。在作者看来，以上这一切都意味着西方主导的现代性遇到了巨大的挑战，启示着现代性的转型，而转型的方向就是所谓的"中华性"——一种新"知识型"的诞生。"中华性"不再像现代性那样以西方的眼光看中国，而是要以中国的眼光看西方，用共时的多元并存取代线性史观，强调文化的差异性与发展的多样性。

此文气势恢弘，洋洋洒洒，把一百多年的社会政治文化变

---

① 参见张法、张颐武、王一川《从"现代性"到"中华性"——新知识型的探寻》，《文艺争鸣》1994 年第 2 期。值得注意的是：这个"他者化"的过程被分成"技术主导期"（鸦片战争至变法维新前）、"政体主导期"（维新运动到辛亥革命）、"科学主导期"（辛亥革命后到 20 年代末）、"主权主导期"（30 年代至 70 年代）和"文化主导期"（70 年代末开始至该文写作的 80 年代末）等五个阶段。这似乎表明作者把共产党领导的社会主义政权的建立和邓小平领导的改革开放也视作"他者化"（丧失"自我"）之路。本来这是一个很有学术生长点的观察，但是可惜作者没有深入。

迁尽收眼底。但是，虽然作者一直谴责殖民主义和后殖民主义者的东方/西方的二元对立模式，自己却依然把"现代性"等同于"西方化"，进而制造出"中华性"/"现代性"的新二元对立。这种思维方式本身并没有超越中西对立模式，没有从超越中西对立的立场分析现代性的内在构成及其存在问题。而且悖谬的是，如果像文章作者认为的，**在寻求现代性的时候，中国被"他者化"了，那么，在利用同样是西方的理论资源（萨义德的"东方学"话语批判）反思现代性的时候，我们是否也同样被"他者化"了？因为无论是寻求现代性还是反思现代性，我们用的都是西方的话语，都是"他者"话语的内在化。**后殖民批评家用以反思现代性的话语显然不是中国的本土话语，而是地地道道的西方话语。这样，所谓"反殖民"的结果是否恰恰陷入另外一种新殖民？这似乎是中国后殖民批评无法逃避的吊诡。

最具有讽刺意义的是作者对于"小康"等所谓超越"现代性"的种种迹象的解释。比如，现代性"终结"的最有力证据居然是所谓中国社会的"市场化"。稍微熟悉西方现代化/现代性理论的人都会知道市场化正是（无论是在西方还是中国）现代性过程的一个核心部分，我们怎么也无法想象它在中国怎么就成为现代性终结、后现代性开始的标志？中国的市场化明显地受到西方国家市场经济（包括理论与实践）的影响，它怎么能够"意味着'他者化'焦虑的弱化与民族文化自我定位的新可能"？固然，中国的市场化之路"并不意味着对'现代性'设计的完全认同"，"不是以西方式的话语规范或前东欧、前苏联的话语规范彻底规约自身"。然则中国现代哪一次社会变革是完全以他者话语"彻底规约自身"的（虽然的确在口号上有所谓"全盘西化"论）？世界上大约从来不存在以一种文明"彻底规约"另外一种文明的现象（除了种族灭绝）。文章所说的"他者化"如果是指这种"彻底规约"，那么可以肯定地说，中国从来就没有被"他者化"。当然话说回来，没有被"彻底规约"不见得一定是值得庆贺的喜事。比如，"小康"的发展模式的确是中国式的，但这不足以证明它是对"西方现代性"的"超越"。事实上，它不过是把全面现代化的理想改写为单纯的经济发展和"过日子"哲学，它所拒绝认同的恰恰是西方现代性中最珍贵的遗产。

第四，重新认识"国民性"和国民性批判。由后殖民理论视野的引入而导致的对于中国启蒙主义话语的质疑还集中体现为对于"国民性"、"国民性批判"的重新评价。由于国民性批判是五四以来文化启蒙的核心，这个重新评价就显得更加非同小可。这方面的代表是刘禾的长篇论文《国民性的神话》。[①]

文章一开头就站在后结构主义的立场，把矛头指向国民性话语的所谓"本质主义"思维方法，认为晚清以来"国民性"的谈论者不管立场如何不同，都"相信国民性是某种'本质'的客观存在，更相信语言和文字在其中仅仅是用来再现'本质'的透明材料。这种认识上的'本质论'事实上模糊了国民性神话的知识构成，使人们看不到'现代性'的话语在这个神话的生产中扮演了什么角色"。[②] 也就是说，在作者看来，"国民性"实际不是什么话语表述之外的"本质"，也不是什么"客观存在"，而仅仅是一种话语建构，一个"神话"。这个"神话"铭刻着殖民主义的权力印记，甚至本身就是殖民主义与种族主义的产物，它产生于19世纪的欧洲种族主义国家理论，目的是为西方征服东方提供进化论的理论依据。它"剥夺了那些被征服者的发言权，使其他的与之不同的世界观丧失其存在的合法性，或根本得不到阐说的机会"。[③]

显然，这个判断是不符合实际的，因为无论是在西方还是

---

① 刘禾对于《国民性批判》的批判最先以《一个现代性神话的由来：国民性话语质疑》为题发表于陈平原等主编的《文学史》丛刊，北京大学出版社1993年版，第138—156页；后收入刘禾著《跨语际书写》，上海三联书店1999年版；最后又以《国民性理论质疑》为题收入刘禾的《跨语际实践》，生活·读书·新知三联书店2002年版。

② 刘禾：《跨语际实践》，生活·读书·新知三联书店2002年版，第75页。

③ 同上书，第76页。

中国，也不论是晚清还是五四，关于中国人的民族性都同时存在种种不同的理解，不止是殖民主义的一种声音（除非我们根本无视梁漱溟、辜鸿铭等人的声音的存在）。但刘禾似乎不怎么在乎这个，她更感兴趣的甚至也不是国民性话语的殖民主义起源，而是这种殖民主义的理论为什么偏偏得到梁启超、鲁迅、孙中山等"爱国"的中国知识分子的青睐。这才是"值得玩味的"。① 也就是说，问题的严重性在于**中国知识分子把西方的殖民主义话语内化成了自审的武器，这才有了对于自己的所谓"国民性"的批判**。在作者看来，天真幼稚的鲁迅等人根本没有认识到"国民性"是西方传教士的话语建构，更看不到它背后的殖民主义险恶用心，相反把它"本质化"了。作者的解本质化"学术工程"则体现为证明"国民性"乃话语建构，证明鲁迅等人的"国民性"批判话语所受到的西方传教士决定性塑造，其中特别是阿瑟·史密斯（又译明恩溥）的《中国人的气质》（又译《支那人的气质》）的日文版（出版于1896年）的塑造，证明此书乃是"鲁迅国民性思想的主要来源"。也就是说，不是中国启蒙思想家自己发现了"国民性"并觉得它应该批判，而是盲目轻信了西方传教士别有用心的"虚构"。② 用刘禾自己的话说，鲁迅他们不过是"翻译"了西方传教士的"国民性"理论而已。这里隐含的一个潜台词是：鲁迅是唯传教士马首是瞻的洋奴，或者至少也是对于传教士的著作完全没有反思能力的傻瓜。③

当然，对于刘禾来说，从逻辑上看首先要证明的是：史密斯对于中国的描述（比如对中国人的睡相的描述）是种族主义

---

① 刘禾：《跨语际实践》，生活·读书·新知三联书店 2002 年版，第 77 页。

② 同上书，第 80 页。

③ 但是即使从刘禾自己引述的鲁迅致陶康德的信看，鲁迅也并没有完全失去对史密斯此书的反思态度，更没有以它为"绝对真理"。在此信中，鲁迅认为《中国人的气质》"似尚值得一读（虽然错误亦多）"。说它"错误亦多"，足见鲁迅并不是不加反思地"翻译"了史密斯，而是有自己的独立思考的。相反是刘禾自己落入了自己批判的本质主义。

的。例如，他对于中国人特点的描述常常过于概括，喜欢用"中国人"这个全称，因此把中国人"本质化"了。似乎一旦用了"中国人"这样的全称名词，就是"本质化"。这个说法看似有理，细想又不然。我们如果把这个逻辑反过来用于中国学者包括刘禾自己，就会发现：中国人自己在讲话写文章中也同样多（绝不少于洋人）地使用"西方人"、"西方"、"洋人"等全称判断，而且更加糟糕的是刘禾本人也在频繁使用"汉学家"、"传教士"等全称判断，并从史密斯这个个案中推导出所有西方"传教士"都"把中国人矮化成非人的动物"这个相当本质主义的判断。① 但事实上，不仅西方汉学家或者对于中国感兴趣的作家并不是一个铁板一块的"实体"，即使史密斯的这本书中也有大量对于中国人的正面描写。在这里我们倒是发现一个值得警惕的现象：**不管西方的后殖民批评家如萨义德，还是中国的后殖民批评家如张宽等，他们都非常容易把西方的汉学（或东方学研究）本质化，好像只要是西方汉学家，他们在研究东方的时候一定居心叵测，他们笔下的东方一定是被歪曲的。**

后殖民批评家常常借用福柯等的后现代主义、后结构主义理论，认为所有的再现都是歪曲，都不能正确地呈现对象。② **然则这样一种逻辑必然把后殖民批评家自己也绕进去：既然如此，包括后殖民批评家在内的东方人、中国人不也不能正确地再现东方（更不要说西方）、中国了么？因为东方人也不能不借助话语和再现呀？他们用什么去取代那个"歪曲"了东方的东方学呢？恐怕只能用另一种歪曲！** 至于说到概括或普遍化，其实在我们的言说行为中，概括与普遍化是不可避免的（只是程度有所不同）。当我们说"西方人如何如何"、"南方人如何如何"、"北方人如何如何"的时候，我们不也在进行着概括

---

① 刘禾：《跨语际实践》，生活·读书·新知三联书店2002年版，第84页。

② 这种反本质主义的立场在萨义德的《东方学》中表现得非常典型，参见该书"导言"。同时参见该书"后记：东方不是东方"。

花拳绣腿式的后殖民批评

化乃至过度概括化么？这是否也是本质主义？也是话语暴力？我们为什么不反省我们对于"西方人"、对国内的某地方人（特别是少数民族）的本质化处理？其实，如果我们不掺杂进民族主义的情绪，问题就会变得非常简单：说话必须使用语言，而语言必然是抽象和概括。在这个意义上，任何说话行为都会不同程度地要牺牲对象的丰富性与具体性。但从这里却不能得出所有言说都是歪曲和谬误的结论，否则我们只有闭嘴。

刘禾更认为：中国知识分子的自我认识是由这些妖魔化中国的殖民主义话语塑造的，因此而导致自我妖魔化与对于殖民主义话语的认同。她反复重申传教士话语"塑造"现实、塑造中国人自我认识的作用，而绝不提及话语以外的"现实"是否存在，好像是话语创造了现实而不是相反。比如她问道："传教士的话语被翻译成当地文字并被利用，这种翻译创造了什么样的现实？""史密斯的书属于一个特定文类，它改变了西方的自我概念和对中国的想法，也改变了中国人对自己的看法。"①这种语言决定论是刘禾文章的基本方法论支点，它在文章的开始就被提出，而在最后又特别强调："语言的尴尬"使我们无法离开有关国民性的话语去探讨国民性（的本质），或离开文化理论去谈论文化（的本质），或离开历史叙事去谈论历史（的真实）。这些话题要么是禅宗式的不可言说，要么就必须进入一个既定的历史话语，此外别无选择。②

真是雄辩极了。但我们不要忘了，虽然只能先进入既定的历史话语才能叙述历史，但这并不意味着我们就必然成为特定历史话语的奴隶，就不能对它进行反思、解构乃至颠覆。就像刘禾要谈论"国民性"话题就必须先进入关于"国民性"的历史话语，但是刘禾不是进入以后又在颠覆它么？难道刘禾本人就是国民性话语的奴隶？如果是的话，她又怎么写出这篇反思国民性话语的文章？刘禾本人对国民性的批评是如何可能

---

① 刘禾：《跨语际实践》，生活·读书·新知三联书店2002年版，第87页。
② 同上书，第103页。

的？她的反批评是否也是陷于后殖民主义话语的局限之中？具有悖论意义的是：后现代主义、后结构主义的反本质主义理论所射出的子弹最后常常折回来打在自己身上。

这种极度夸大语言作用的理论似乎非常时髦，却违背基本常识与基本事实（我又用了"事实"这个"本质主义"的术语，这是因为我宁可不合时宜地相信常识而不是时髦的理论游戏）。好像西方人的自我认识与中国人的自我认识都不是由历史事实塑造的而是由话语塑造的。试想，如果中国在与西方人的交往中不是节节败退而是连连凯旋，那么，史密斯等人的书即使大大地歪曲了中国与中国人，它还会改变中国人的"自我认识"么？中国人的自我认识还需要西方人的一本书来确立么？如果西方在与中国的交往中一败涂地，那么，一本传教士的书能够让他们傲慢地藐视中国人么？

对于传教士话语之神奇伟力的夸大，表面上是批评传教士，但实际上是对于中国人智商的贬低。假设鲁迅等人只是由于西方传教士几本书的影响就自我贬低、"虐待"祖宗，这实际上是说中国人，包括鲁迅这样杰出的知识分子，都是愚笨不堪、没有鉴别能力、非常容易受骗上当的笨蛋，不但不能认识自己，而且轻易地就被传教士给洗了脑了（当然更不可能有辨别西方殖民主义话语的能力）。实际上，这才是对于中国人的极度蔑视。用刘禾的话说："他（鲁迅）根据史密斯著作的日译本，将传教士的中国国民性理论'翻译'成自己的文学创作，成为中国现代文学最重要的设计师。"[1] 原来鲁迅不过是一个没有任何创造性的"翻译者"而已！原来鲁迅是这么傻！

稍有常识的人恐怕都不会相信传教士的言论可以轻易地、直接地、单方面地决定鲁迅的自我意识与民族文化观念。就算鲁迅真的受到传教士的影响，难道这种影响不经过他自己的经历与经验的过滤？难道鲁迅是带着一个空白的脑袋接触传教士著作的？这与早已被人们抛弃的心理学上的"白板"说有什么

---

① 刘禾：《跨语际实践》，生活·读书·新知三联书店 2002 年版，第 88 页。

区别呢？更加合理的解释应该是：**鲁迅在自己的现实生活中对于中国人的种种劣根性本来就有痛切体验，现在只不过是使得这种经验获得了"国民性"这样的命名而已。**比如爱面子。刘禾认为：在《中国人的气质》一书出版以前，爱面子"几乎可以肯定"不是"文化比较中一个有意义的分析范畴，更不是中国人特有的品质"。这里，她把作为**文化分析范畴**的"爱面子"与作为中国人爱面子的事实等同了。一种特征在成为比较文化分析范畴（它是一种有意识的学术研究行为）以前完全可能已经存在，只是还没有成为学术**范畴**而已。成为范畴需要命名，但并不是先成为范畴而后才成为实际存在。正如在《阿Q正传》出版以前，"阿Q精神"已经存在，只是没有成为一个专门的分析范畴"精神胜利法"罢了。**我们不能因为它还没有成为分析范畴就认定它不是客观存在。**刘禾的问题在于从后现代反本质主义出发，认定现实（比如爱面子）是由话语建构的（关于"爱面子"的话语制造了爱面子这个"现实"），而不是相反——话语是对于现实的命名，在此之前现实已经存在（虽然没有获得命名）。后结构主义的思想或许非常时髦好玩，也不乏一定的深刻性：语言的确可以在一定的意义与程度上塑造经验乃至现实世界，但是把这一点推到极点就会十分荒谬：如果世界上没有"饿"这个词，我们几天不吃饭也不会饿！这种"后"理论的花拳绣腿似乎高深莫测，令人眼花缭乱，但是根本打不倒谁——除了它自己。

事实上，鲁迅在接受西方思想方面具有惊人的反思鉴别能力。即使在建议人们阅读《中国人的气质》的那篇文章中，他的原话也是这样说的："看了这些，而自省，分析，明白哪几点说得对，变革，挣扎，自做工夫，却不求别人的原谅和称赞，来证明究竟怎样是中国人。"①

这段话非常重要，值得仔细玩味。首先，鲁迅明白指出：了解西方人对于中国的看法是为了"自省"、"分析"，而不是无原

---

① 参见鲍晶《鲁迅国民性思想讨论集》，天津人民出版社1981年版，第80页。

则地、不加反思地盲从，而且要分析其中"哪几点"说得对（换言之也有说得不对的）。更加重要的是：鲁迅是站在自我变革、自我革新（"变革"、"挣扎"）的立场吸收外国人的批评意见的，而且强调要自己做自己的主人（"自做工夫"），这里包含有外国人毕竟是外国人（即"别人"）的意思，我们要自救而不是依靠别人（西方人）的恩赐，最后通过自己的努力证明中国人有能力自我更新（"究竟"两个字既表明鲁迅认为当时的中国人的确不争气——在这个意义上他认同西方传教士的看法，但是同时也含有中国人总会改变自己的意思。换言之，最后外国人看到的中国人将是另外一番新的面貌）。可见，真正不把中国人本质主义化（僵化、固化、定型化）的就是鲁迅。

显然，塑造鲁迅国民性批判话语的因素是复杂的。首先是当时的社会现实。鸦片战争以后中国接二连三的改革失败以及越来越深的民族危机是制约当时包括鲁迅在内的知识分子思考中国文化与社会问题的最重要语境。正因为这样，即使没有传教士的影响，中国的知识分子同样会思考国民性问题（即使可能不用"国民性"这个词）。其次，对于国民劣根性的思考其实早在史密斯的书出版以前就开始了，比如严复、梁启超等人的许多批评中国人弱点的文章，就写于史密斯的《中国人的气质》日文版出版（1896 年）之前。这大概可以证明他们没有受到该书的影响。说到影响，这些中国本土的先驱思想家对于鲁迅国民性思考的影响可能远远超出《中国人的气质》。

如上所述，任何对于对象的特征的概括都不可能是面面俱到的，否则就无法进行概括。对于"他者"的描述，对于不同国家或地区的人的特点的描述可能尤其如此。反面的例子（与这个概括不吻合的情况）总是可以找到的，这就是人们常常说的，任何科学陈述都是可以证伪的，否则就成了宗教。其实更加重要的问题毋宁是：我们的描述、概括的最终目的是什么？哲学、文化学以及心理学等诸多领域的研究已经证明：我们的需要常常决定我们能够看到（发现）什么。我们看到的常常是我们**想要**看到的。所以，国民性问题背后的一个更加重要的问题是：我们为什么要批判国民性？我们批判国民性的目的是什么？这个目的是否值得追求？刘禾反复论证传教士的描述对于外国人理解中国人以及中国人的自我理解都起了极大的塑造作用。即使我们姑且承认这点，更加重要的问题也是：中国人借助这样的描述是否可能获得对自己有益的认知（哪怕有片面性）？是否有利于中国的发展？即使传教士对于中国的描述在主观上是为帝国主义、殖民主义鸣锣开道，如果我们自身有足够的自信心与鉴别力，阅读这样的著作又有何妨？①

在反思性地介绍了后殖民批评的几篇代表性文章之后，让我作一个简短的总结。首先，后殖民批评这个"批判的武器"是紧接着"武器的批判"之后迅速蹿红的，因此，两者之间的瓜葛就值得我们特别留意。其次，后殖民批评家实际上并没有全面反思所谓的西方"殖民"话语，相反，它非常小心地对"西方话语"进行了甄别：有些是动得的，有些是动不得的。常识告诉我们，**一种霸权如果能够随便动得，那也就不是什么霸权了。只有动不得的才是真正的霸权。**再次，在学理上，后殖民批评的最大问题，是其反本质主义的立场彻底瓦解了探索真理的可能性，它只能侃侃而谈什么样的话语是所谓的"霸权"话语（至于是否是真"霸权"只有天晓得），什么样的再现歪曲了对象，却永远不能告诉我们什么样的话语是真理或者接近真理，什么样的再现是真实或比较真实的，因为一切（包括它自己）都是无所谓真假的话语建构。最后，后殖民批评也不可能明辨是非，姑且我们承认西方殖民者的文化是强势的，中国传统文化是弱势的，我们也仍然要问：强弱之外有是非么？后殖民主义把对现代性转化为空间上的强/弱文化关系，而不是原来理解的时间上的先/后关系，但是却不能解释为什么强的即是坏的、不道德的。不管是强势文化还是弱势文化，都仍然存在是非问题。关键的问题还是：我们必须在我/他族、强/弱的标准之外与之上，建立一

① 本文对于刘禾文章的质疑受到杨曾宪先生《质疑"国民性神话"理论》（《吉首大学学报》2002 年第 2 期）的不少启发，特此说明并致谢。

个普世的标准。

（本文为笔者发表于《文艺争鸣》2007 年第 1 期的长文《告别花拳绣腿，立足中国现实：当代中国文艺理论若干倾向的反思》的一部分）

花拳绣腿式的后殖民批评

遮蔽了政治的身份政治

　　自从马克思主义在中国确立文化和意识形态的主导地位以后，中国文学理论和文学批评一直受到马克思主义的支配性影响，历史唯物主义和政治经济学分析方法、阶级分析方法，被确立为文学研究的正宗。进入 20 世纪 80 年代后，由于思想文化界反思庸俗马克思主义的总体氛围的影响，文学研究界也逐渐偏离社会学方法和阶级分析方法，而钟情于文学的所谓"内在研究"——心理分析、文本分析。① 进入 90 年代以后，虽然文化研究、后殖民、女性主义等新流行的新批评范式又开始强调"政治"——"身份政治"，可以被看做是对内部研究的否定之否定，但是这种否定之否定似乎并没有回到政治经济学、社会学以及阶级分析的迹象。相反，对马克思主义的偏离仍在通过另外一种方式深化。② 当然，

---

　　① 其实心理分析在西方的形式主义者那里一直被当做外在批评，但是在中国却被归入内在分析。

　　② 据西方学者的研究，在西方国家的社会科学和文化研究领域，也有类似的背离马克思主义的阶级分析方法、生产方式，而向身份政治的转化。其原因有以下几个：1. 随着职业与工作越来越白领化，越来越以信息为基础，阶级分析的固有模式已经越来越不适用；2. 劳动力的女性化与女性主义思想的传播；3. 大多数人的生活水平得到提高，消费热情高涨，相应地理论界对消费的关注也就越来越强烈，对于生产以及工作的关注则越来越少，而阶级分析的方法本来就是以对工作与劳动的关注为基础的，它长于对生产的分析而短于对消费的分析；4. 传媒的迅速发展，符号领域的大面积扩张，休闲活动的增加，使得生活方式和消费主义话语变得非常流行；5. 与阶级身份没有密切关系的新社会运动、生活方式的政治或认同政治的出现与迅速发展。这些社会文化现象内部虽然差异甚大，但是其共同结果似乎是突出和强化了"文化"（相对于经济）的重要性，其在学术界的反映则是：文化不能通过社会学的核心概念"阶级"、"生产"、"生产方式"加以解释。参见：Jan Pakulski, Malcolm Waters and James Cook, *The Death of Class*, Sage, 1996。

偏离马克思主义政治经济学和阶级分析方法的原因在 90 年代和 80 年代有所不同，这些原因可以大致归纳如下：

第一，消费文化和消费主义意识形态的兴起，使得人们更加关注消费而不是像以前那样只注意生产。特别是"80 后"一代文化消费群体的出现吸引了很多批评家的注意，他们中的大多数还是不生产而只消费的特殊群体（大中学生）。与此同时，理论界也出现了与西方类似的美化大众/消费者能动性的"民粹主义"倾向。[1]

第二，女性主义批评和后殖民批评对于阶级分析模式的挑战。在 60 年代英国文化研究诞生之时，受马克思主义的影响，"阶级"依然是文化研究和社会学研究的核心概念，霍加特、汤普森等人热衷于用"阶级"来解释人们在教育成就、投票行为、休闲活动、社会流动机会、审美习惯等方面的差异。这一倾向与伯明翰当代文化研究中心初期的研究关注工人阶级文化是一致的。到 70 年代特别是 80 年代，情况发生了变化。对伯明翰文化研究中心过分关注阶级而忽视其他身份维度的批评，最先来自 70 年代末的女性主义者，然后是 80 年代的黑人学者。女性主义者批评了当代文化研究中心只关注工人阶级（在女性主义批评家看来，实际上是工人阶级男性），而忽视了性别问题，特别是工人阶级内部的性别压迫问题；黑人批评家则指出种族问题应该是文化研究的中心。对阶级分析模式的批评的极端化表现是雷·波尔（Ray Pahl）在 1989 年说的这句话："作为一个概念，阶级已经不能再为社会学做任何有用的工作。"[2] 从此以后，用身份政治取代或质疑阶级政治变得十分流行。

---

[1]　在西方，具有民粹主义倾向的文化研究由于警惕马克思主义的所谓"经济主义"而把关注的焦点放在消费领域，认为消费过程比生产过程更加重要，积极肯定消费大众的主动性与创造性。这方面的代表性人物是美国大众文化理论家费斯克。参见费斯克《理解大众文化》，中央编译出版社 2006 年版。

[2]　Frank Webster, "Sociology, Cultural Studies, Disciplinary Boundaries", in *A Companion to Cultural Studies*, ed. by Toby Miller, Blackwell Publishers, 2001, pp. 79 - 99.

受到西方理论的影响，同时也由于中国国内内部环境的原因，中国的女性主义和后殖民主义近几年也发展迅猛，这也在一定程度上推进了身份政治的流行和阶级政治的淡化。

第三，还值得一提的是后现代主义对马克思主义特别是阶级政治的理论挑战。80年代以来，受到后现代主义影响的西方文化研究对马克思主义范式提出了更根本的挑战。正如麦克罗比所指出的："马克思主义在英国一直是整个文化研究的主要参照系，现在后现代主义批评家却对它的目的论命题、权威叙事地位、本质论、经济主义、欧洲中心主义以及它在整个启蒙计划中的位置大肆攻击。"① 这里说的"本质论"和"权威叙事"主要是指经济主义和阶级本质论。有些信奉后现代主义的学者甚至出版了名叫《阶级之死》（*The Death of Class*）的著作，认为我们已经目睹"阶级的死亡"，阶级分析已经过时，阶级分析的确已经很难充分解释性别、身份、生活方式选择、族性等重要问题。②

批判理论家凯尔纳把这个转向称为文化研究的"后现代"转向，它强调的是快感、消费以及个体对于身份的建构，它"从早先的社会主义的和革命的政治，转向了后现代的身份政治形式，其对于媒介和消费文化的研究视角也更加缺少批判性。它越来越强调观众、消费和接受，注意力偏离了文本的生产、分配，偏离了文本在媒介工业中的生产方式"。③ 后现代的文化研究存在着一种广泛流行的解中心倾向，甚至完全忽视经济学、历史以及政治学，而偏爱对于局部性的快乐、消费的强调，并从流行文化的材料出发来建构杂交身份。

---

① Jan Pakulski, Malcolm Waters and James Cook, *The Death of Class*, Sage, 1996.

② 但是这种对马克思主义的质疑和偏离终于因为矫枉过正而引发了新一轮的反思。从90年代以来文化研究的最近趋势看，越来越多的学者对于文化研究和社会学中的"民粹主义"倾向和用身份政治来取代阶级政治提出异议。

③ 参见凯尔纳《批判理论与文化研究——未能达成的接合》，参见陶东风主编《文化研究精粹读本》，中国人民大学出版社2005年版。

第四，也是最关键的，中国90年代文学研究中"身份政治"的兴起当然受到了西方各种思潮的影响，同时也是对80年代被庸俗化了的马克思主义阶级分析方法的逆反心理的延续，但是新出现的另外一个最根本的原因，恐怕是**公民政治和阶级问题在90年代基本上是一个很难深入讨论的敏感话题**。[①] 谈论性别领域、族性（在中国常常被简单化为民族—国家之间，特别是中国和西方国家之间）领域的权力和不平等，比谈论公民权利和阶级问题安全得多，而且还显得很时髦。

那么，政治经济学、阶级分析和身份政治的区别到底在哪里？概括地说，政治经济学虽然也承认其他的权力结构，但是却依然把经济结构和阶级结构——即获得生产资料的结构和分配经济剩余价值的结构——看做是统治结构的关键；而身份政治则把性别、种族还有其他差异的制造者看做是不由生产范式和阶级关系决定的独立统治结构。

应该承认，很多政治经济学和马克思主义的分析方法对阶级以外的不平等形式——特别是性别和族性不平等——的确重视不够，考虑到我国文艺学在很长的一段时间曾经被庸俗社会学统治，90年代出现并逐渐走红的身份政治作为对马克思主义范式的补充，特别是对在我国曾经占据主流地位的庸俗社会学方法的反拨，其积极意义不容否定。比如，身份政治认为人与人之间的不平等权力关系并不都取决于生产关系与阶级关系，也不能通过阶级政治或生产方式理论得到令人满意的解释。这个观点是有启发性的，庸俗社会学曾经把人的身份一概化约为无产阶级和资产阶级两个阶级（或者再加上一些中间性阶层），从而极大地忽视了人的复杂性。也把统治关系简单地化约为单一的阶级统治，从而忽视了统治关系的复杂性。身份政治（包括女性主义和后殖民主义）在这方面是具有纠偏作用的。

但是身份政治虽然可以补充阶级分析和政治经济学分析的不

遮蔽了政治的身份政治

---

① 阶级问题的讨论难以深入的最典型例子是，什么是"资本家"、什么是"剥削"、"资本家能否入党"等问题均处于暧昧不清的状态。

足，却不应该取代或者否定后者，我们应该反思原来的阶级分析和政治经济学分析的简单化倾向，但是却不能走向对它的否定或回避。如果身份政治走向极端，彻底否定阶级分析方法和政治经济学方法的有效性，那就会丧失其合理性和批判性，变成另一种不触及现实的花拳绣腿。下面主要以女性主义为例作一些简单分析。①

在我看来，只谈男性和女性的不平等关系，而不谈男性和女性共同遭受的更重要的政治体制和经济结构的压迫，只谈论或孤立谈论性别权利，而不提男性和女性应该共同争取的公民权利（好像中国的女性所受的只是男性的压迫，或者男性的压迫是最主要的压迫），这是中国女性主义批评的一个严重问题。绝大多数女性主义批评的视野一直没有超出性别维度（她们热衷于挖掘被男性压抑的女性经验，编写女性文学史，追溯女性文学的传统），虽然也有个别批评家认为应该把性别分析和阶级分析、性别维度和阶级维度接合起来，但是这样的成果十分稀少。女性主义热衷于谈论建立在性别压迫基础上的父权制，有女性主义批评家说："即使是在女性主义批评风头正健的今天，它依然遭受众多的误解、诘难和某种优势话语的抵制，感受着压抑、边缘、弱势状态的艰辛，它在固若金汤的父权制政治和文化体制内部寻求突围，而又由于过于暴露身份陷入攻诘与重围之中，它在男权话语网络的雷区地形图中闪烁其词、跳跃行进而又难免触雷倒毙。"②

但须知父权制并不是一种孤立存在的制度。加恩海姆在批评西方的身份政治时曾经说，对资本主义生产方式的政治经济学分析在分析与反抗性别压迫方面有其优先性。在现代西方，父权制依附于资本主义的生产方式和意识形态，是在资本主义生产方式内部得到发展的。因为正是资本主义生产方式把家庭经济从生产

---

① 对中国女性主义批评的检讨已经很多，诸如食洋不化，照搬西方理论，对象不明确，界定不清楚等，但是我以为都没有抓住要害。

② 张凌江：《有差异的声音——女性主义批评之我见》，《海南师范学院学报》2003年第1期。

中分离出来从而使得家务劳动的地位大大降低。同样，如果不伴以经济资源的控制方面的大规模转变，任何强化妇女文化权力的努力都不会有大的成效。[①] 加恩海姆分析的是西方的情况，就中国而言，**性别压迫在新中国成立前是中国传统专制社会的组成部分，新中国成立后特别是"文革"时期则曾经是斯大林式"社会主义"制度的附庸，依附于后者的生产方式和意识形态。也就是说，性别关系是由更加基础性的制度结构塑造的，不联系更加基础性的制度结构，就不能深刻理解中国或西方的所谓"性别压迫"。**比如"文革"时期的那种抹杀女性性别特征的"铁姑娘"审美标准，绝不是男性建立的，而是当时的政治经济体制及其意识形态确立的。把政治经济体制对于女性的压迫说成是男性对女性的压迫，说得轻些是学术失察，说得重点是避重就轻。在一个以人（而不是男人或女人）为敌的世界里，所有的人——而不光是男人或女人——都必定是奴隶，是奴役的对象，他们有共同敌人，因为他们都是人。在一个没有言论自由的时代，女性和男性都将因为言论而获罪入狱。这不是中国历史上的事实么？

有人虽然把女性的命运联系到了性别以外的意识形态，比如她们认为："文革"时期的意识形态"宏大叙事"抹杀了女性性别特征。但是，那种单一的"熊腰虎背"型男性标准像不也压制了男性的多元化性别理想？基于这个道理，与其难道说"文革"时期的意识形态"宏大叙事"及其性别"美学"霸权是男性化的，不如说它是刻板的、单一的、专横的、霸道的（职是之故，单一化的"丰乳肥臀"或"骨感美人"同样是一种极权主义的性别美学），它是男性和女性的共同敌人，因为它压制的是人（不管男女）；也有人说，"文革"时期的意识形态"宏大叙事"遮蔽了"女性"的声音。但是，这个"宏大叙事"难道不也遮蔽了男性（比如遇罗克、顾准、老舍，等等）的声音？

---

① Nicholas Garnham, "The Political Economy and Cultural Studies", see S. During, *The Cultural Studies Reader*, second edition, Routedge, 1997.

实际上它遮蔽的是任何和这个意识形态话语不和谐的个人独立的声音。所以，遇罗克和林昭（还有张志新、遇罗锦）性别不同，但命运是一样的；而江青和张春桥的命运也是一样的。张春桥和江青（虽然他们性别不同）的共同利益，远远大于江青和林昭的共同利益（虽然她们都是女性）。也就是说，在这样的环境中，作为人的男性和女性实际上具有同样的被取消、被剥夺的命运：在人的特征被剥夺的环境中，性别特征怎么可能不被剥夺呢？**被剥夺性别差异是男性和女性共同的命运，是专制极权社会所有人的命运。把"文革"时期的意识形态"宏大叙事"的压迫化约为男性性别压迫，是无法揭示这种压迫的真正实质的。实**际上，**"文革"时期的那种"社会主义"是反人类的而不是反女性的，它迫害的是人类而不独是女人**（当然，由于女人也是人，所以它也迫害女人，但是只要这个女人是"社会主义"的拥护者，后者就会向她敞开大门，而且特别给予"礼遇"）。死于"文革"意识形态"宏大叙事"的男性人数或许要远远多于女性。[①]

正因为这样，我觉得对身份政治的反思要更加强调中国的特殊语境。至关重要的是，**身份政治的兴起本身就是公民政治被悬置的一个结果，在中国，由于公民政治问题还没有得到充分的讨论，公民权利还没有得到切实的落实，所以，身份政治就很难成为公民政治的推进，性别权利和族性权利也很少成为公民权利的进一步完善，毋宁说在相当多的身份政治鼓吹者那里，它成为对公民政治和公民权利的回避。**中国女性主义批评没有充分看到性别身份问题在中国的从属性质，没有看到政治体制而不是性别歧视在塑造性别认同方面的决定性作用。现在有必要提醒一下：**比"姐妹情"更加重要的是"公民权"，中国的女性与男性一样急需争取的是公民身份而不是性别身份。**

---

① 也许是因为这个原因，我倒觉得那些只强调自己的作家身份，否定自己是"女性"作家，否定把性别身份和写作联系的女作家，是更加可贵的。比如"我只卖文字不卖女字"（丁玲），"女人是人，不是性"（张洁），"好作家不分男女"（张抗抗）。

我们即使承认父权制是中国和西方的共同特点，也要看到中国的父权制和西方（特别是现代）是差异很大的，否则就无视中西方在政治制度方面的实质性差别。西方的女性主义强调特殊性别群体的权利是为了进一步推进和完善自由主义的普遍公民权利，而不是否认这种权利。而在中国，普遍公民权利没有真正落实，在历史上更是受到粗暴剥夺。女性主义必须要看清这一点。① 否则，所谓的性别政治恰恰只能是遮蔽了政治。

身份问题和生产方式及经济结构的关系同样是不能忽视的。从"文革"时期"铁姑娘"到今天的"丰乳肥臀"或"骨感美人"，这绝不仅仅是孤立的审美观念的变化，也不仅仅是孤立的男性视点变化。"铁姑娘"是"社会主义"的"生产英雄"，它不仅和"社会主义"的阶级政治，而且和"大跃进"时期的"社会主义"的经济与生产方式的联系是非常明显的。即使理解"骨感美人"的流行也不能不联系生产方式和经济结构、产业结构的变化（比如知识经济、文化产业、服务行业的兴起）。这一点特别需要强调。因为或许有人会说，政治经济学的方式或许适合于"文革"式的"社会主义"时期，今天的情况早已今非昔比。的确，今天的消费主义和原先的"社会主义"的确不可同日而语，但是这并不意味政治经济学的分析方法已经过时。加恩海姆曾经不无讽刺地说：如果文化研究尽力论证黑人是美丽的，却对经济发展过程、不平等的贸易条约、劳动力的全球划分及劳动力市场中的壁垒与边缘化等漠不关心，那么几乎可以肯定它不

---

① 当然，以上对于女性主义批评的批评不否定有例外的现象。比如刘思谦教授提倡女性人文主义："女性人文主义不是启蒙理性人文主义的对立面，而是它的必要的丰富和发展。"女性人文理性的价值立场是"人—女人—个人"的综合（刘思谦：《女性，妇女，女性主义，女性文学批评》，《南方文坛》总第63期）。崔卫平则说自己不仅是"女性主义者"，也是"男性主义者"。在特定的极权或后极权的语境中，"被取消的不仅是女性的性别身份，女性在精神上文化上的差异或特点，同时还有其他种种声音：人道主义的声音，人类良知的声音，说真话讲出真相生活在真实之中的权利和声音，当然也包括男性的声音"（崔卫平：《我的种种自相矛盾的观点和不重要的立场——关于女性主义批评的反思》，《南方文坛》总第63期）。

可能在反种族歧视的斗争中取得任何有意义的进步。① 加恩海姆接着说："如果没有对构成性别与种族斗争的文化实践的政治经济基础及语境的分析，就不能够理解围绕着性别、种族所进行的斗争的起源、形式和利害关系……资本主义生产方式具有某种占支配地位的结构特征——首先是工资劳动和商品交换构成了人们必需的和不可逃避的存在条件。这些条件以一种决定性的方式造就了文化实践发生于其上的平台——物理环境、可用的物质和符号资源、时间节奏和空间关系……它们制定了文化的议程表。"美国学者、《每月评论》的编辑罗伯特·麦克彻尼在《文化研究怎么了？》中指出：只有首先进行政治领域的阶级革命，才谈得上性别解放与种族平等，因为前者是创造一个真正的民主社会的基础。② 在作者看来"文化研究怎么了"这个问题的答案就是：文化研究丧失了其政治学，因而也就丧失了它的生命力。

这个论断不是同样适合于今天的中国么？不切入中国现今的政治制度和生产方式，我们能够说清楚妇女为什么在职业市场上遭受到中国式的歧视么？能够说清楚贩卖妇女和虐待女婴么？弱势身份群体，无论是性别的还是族性的，目前更加值得关注的还是他/她们的政治地位和经济状况。

当然，经过了后现代主义的"洗礼"，很少有人会倡导简单地回到原初的经济决定论和阶级本质主义。我们需要做的是努力把两者加以综合，寻找一条既坚持政治经济学的视角，又不陷入经济还原论，同时吸收身份政治的有益探索的新路径。在此，凯尔纳的观点值得借鉴。凯尔纳认为，后现代的文化研究所描述的杂交文化形式和身份形式，对应于一种全球化的资本主义，其文化和政治的确具有更高程度的多元性、多样性、差异性，但这种新秩序依然受到跨国公司的控制，而对此的深入分析没有政治经

① Nicholas Garnham, "The Political Economy and Cultural Studies", see S. During, *The Cultural Studies Reader*, second edition, Routedge, 1997.

② Robert W. McChesney, "What Happened to Cultural Studies?", see *American Cultural Studies*, ed. by Catherine A. Warren & Mary Douglas Vavrus, University of Illinois Press, 2001, pp. 76 – 91.

50

济学的视角是不可思议的。否则我们就无法解释，为什么美国的媒介文化、商品、快餐以及购物中心创造了一种新的全球文化，这种全球文化在所有全世界都是相似的。[①] 这实际上表明：在我们今天的资本主义阶段和较早的资本主义阶段之间仍然存在着连续性，资本的霸权仍然是社会组织的支配力量，甚至比以前更甚，阶级差别也在扩大。这样，对于当代文化和社会的这些方面而言，政治经济学的批判视角依然是重要的。技术资本主义的新的全球聚合，资本和技术的新的配置，决定性地生产了关于性别和种族的新文化想象。这个新的学术规划要求一种新的文化研究，这种文化研究将把法兰克福学派所发展的政治经济学和后现代主义的身份政治有机接合起来。

（本文为笔者发表于《文艺争鸣》2007年第1期的长文《告别花拳绣腿，立足中国现实：当代中国文艺理论若干倾向的反思》的一部分）

---

① 参见凯尔纳《批判理论与文化研究——未能达成的接合》，陶东风主编：《文化研究精粹读本》，中国人民大学出版社2005年版。

在道德废墟上崛起的消费主义美学

随着中国式消费社会和消费文化的出现，文学和美学研究的一个新景观是消费主义话语的引入。这本来无可非议。但令人不无担忧的是，**在消费文化研究中，有相当多的研究者无视中国式消费主义出现的特殊语境，也没有充分注意到消费主义存在的巨大误区。他们与其说是在研究消费主义，不如说是在鼓吹消费主义意识形态，为畸形的消费主义呐喊和辩护。**

在 2000 年前后由笔者参与发起、至今仍在延续的关于"日常生活审美化"和消费主义的讨论中，我们会发现在讨论者内部已经出现深刻的分歧。笔者心目中的该议题本来带有强烈批判性，试图从对日常生活美学、身体美学和新感性崇拜的反思中，切入对于中国现实的政治和文化批判;① 但是在后来的参与者中，却出现了强烈的、不加分辨地为消费主义辩护的声音，这是和我本人对消费主义的研究完全不同的。以鼓吹和倡导肤浅的日常生活美学、身体美学和感性崇拜为特征的中国消费文化、消费主义生活方式与消费主义美学的最大危险，是在消费热情增长的同时出现的政治冷漠，是公共意识的弱化。对此，消费主义美学家们不但缺乏应有的警惕，相反视之为中国大众的所谓政治"成熟"的标志与盛世景象的表现，是对于现代性的所谓"超越"。

应该承认，在对于当下中国的消费文化和消费主义现实的描

---

① 参见陶东风《当代中国大众文化研究的三种范式——兼答鲁枢元先生》，《文艺争鸣》2004 年第 5 期;《人大复印资料·文化研究》2004 年第 12 期。

述方面，我和消费主义美学家们并没有很根本的分歧。比如，我也同意当代文化和美学的特征呈现出政治性与公共性淡化，道德关怀和参与热情衰落，理想与激情消退，而私人性、娱乐性、物质性、肉欲性强化趋势。日常生活需要的满足成为相当部分大众的基本目标和生活理想，文化的生产与消费呈现为大众享乐动机的赤裸裸满足，处处洋溢着感性的快乐情调。沉浸于日常生活直接满足之中的大众，不再追求自身生活的历史意义和价值深度，而是主动寻求能够直接体现当下感官满足的文化活动形式。物质功利主义的企图直接引入了日常生活"审美化"过程，使得所谓"审美"与人的物质欲望之间产生了一种深刻的同构和互动。

问题在于，是什么样的社会环境产生了这种物质—消费主义的文化类型和意识形态？它是大众自发的生活理想的真实表达，还是受到了某种来自上层的力量的引导？政治意识与公民参与精神的弱化与衰退是值得庆贺的政治成熟的表现么？是对于五四以来的启蒙现代性的可喜超越么？

正是在这里，深刻的分歧出现了。消费主义的赞美者们认为：引发消费主义和消费文化的动力是当代中国社会的高速经济增长，是中国融入全球化进程以后的"和平崛起"和"脱第三世界化"，是上下一致的"小康"的务实生活目标。在他们看来，无论是政府还是百姓，把目标放在经济增长、消费提高和财富占有，甚至落实到直接具体的日常生活享受上，这是"一个应和了现实社会与文化的基本结构且又非常实际的价值前景"。它表明"以经济为中心"既是一个十分诱人的社会政治纲领，同时也是中国大众的真实生活信念的表达和世俗价值坐标的确立。大众对于这种"生活美学"、"身体美学"、"新感性"审美理想的追求和物质至上的生活目标的热衷，是自觉的、自发的、合理的，是符合大众"日常生活意志"的："在整个社会审美风尚的流变中，大众日常生活意志的具体选择立场无疑是决定性的因素。它规定了人们在自身日常生活层面上的审美价值取向，规定了日常生活的趣味表现方式和表现途径，从而也决定了日常生活与人之间的现实审美关系。"①

但问题是，上至国家的发展方向，下至百姓的日常生活目标，这种社会文化的转型是谁在推动？向着有利于谁的方向推动？有没有遵从基本的公正原则？它遮蔽了什么？"经济—商业的利益主导性"的局面是怎么形成的？它真的是大众生活信念和意志的真实、完整体现么？抑或大众在接受这样的"现实"时具有相当程度的无奈性和被迫性？也就是说，被视作当然和自发的"大众意志"、"社会现实"是否具有被塑造的性质？

所有消费主义的赞美者都对中国当代社会流行的不问政治权利只求感官快乐的现实采取了非常肤浅的、犬儒式的"唯事实主义"态度，并以此作为拥戴消费主义的依据。当消费主义的鼓吹者们认定启蒙主义的理想已经"过时"、"终结"，不能对现实发言，因而应该寿终正寝的时候，他们实际上是在为现实进行无条件的辩护，"存在就是合理"就是他们的逻辑。他们从来不问今天中国的消费主义现实是如何形成的，只是简单地把它当成是大众"自己愿望的真实表达"，是"历史发展的必然"。他们关于中国文化的评价和展望都是以无条件承认这个"事实"为前提的。而在我看来，**这种消费主义不但不是中国"崛起"的标志，更不表明"中国的'现代性'的历史阶段已趋于完成"，而且也不是中国大众真实愿望的完整表达。毋宁说它是一种在特定时代被引导、被塑造且带有几分无奈的"选择"，是包括政治、经济和文化各个方面的完整现代性规划被改写的结果。我们**不应该忘记的一个基本事实（不知道消费主义的鼓吹者们为什么闭口不提这个事实）是：消费主义的生活理想和物质—经济至上的国家发展观，是在80年代末90年代初这个非常特殊的历史语境中出现并流行的。正是在这个特定时期，中国的现代化进程发生了很大变化，经济的迅猛增长（但是代价极为惨重）与消费文化的畸形发展携手并进，其他领域的现代化则没有同时跟

---

① 王德胜：《世俗生活的审美图景——对90年代中国审美风尚变革的基本认识》，《思想战线》1998年第10期。

文学理论与公共言说

进。所谓今天的中国人"改变了自己的生活梦想",说穿了就是80年代的整体性现代化诉求(不仅要求经济的现代化,而且要求政治和文化的现代化)转变为单一的经济—物质的发展主义和生活方式的消费主义。80年代我们并不陌生的大众政治热情被转移、被遗忘,转而拥抱犬儒式的消费主义和享乐主义。政治冷漠像病毒一样蔓延。这样,"视个人物质生活的改善为人生最大目的"这个受到消费主义的鼓吹者一再赞美的"新中国梦"、"新生活梦"、"新新中国的文化景观",与其说是对于五四以来、特别是80年代的现代性理想的超越,不如说是对这个理想的强力扭曲、改写和遮蔽。也许,五四和80年代的现代性的确在"失败",但这是发生在特殊时代语境中的悲剧性事件,绝非什么"历史发展的必然"。我们要做的不是像有的批评家那样无条件地拥戴这个"现实",喜洋洋地断言启蒙的"过时"、"终结",而是相反:坚忍不拔地坚持弘扬启蒙精神以便改变这个畸形的现实。这就像一个人因为缺血而导致昏厥,我们是应该给他输血让他站立起来呢,还是说:看,这个人已经昏倒,这是一个事实!因此,他已经不需要鲜血了,鲜血已经"过时"了,让他继续昏着吧!

这里特别值得注意的是,在为新出现的消费主义生活方式和文化价值、为非政治化和非公共化倾向辩护的时候,有些消费主义的鼓吹者不但欢呼雀跃,不以为忧反以为喜,[1] 而且还振振有词地阐释其"历史合理性",自称具有"历史意识"的某些研究者甚至认为那种"彻底拒绝"人的责任和义务,放逐历史,只要自己觉得快活、觉得满意就行的"娱乐"文化(比如在KTV包厢里肆意放歌)也值得大大鼓吹,是中国大众政治成熟的表现,具有"不容小觑的积极现实意义",因为它"对于一向把道德理性和政治诉求放在很高位置上的中国人来说,确已形成大面

---

① 比如有人说什么"在物质富裕的时代获得一种令人满意的生活享受,不是什么奢侈的或不道德的事情","富足与安逸是人在现实中的基本追求,对它的表达与满足则给了人们一种快乐的安慰",它甚至就是"中国社会最具力量的存在"。

积的冲击"。他们一再肯定："在具有强烈政治理性传统的中国社会，我们有必要关心：在大众生活日益脱离单一政治意识形态控制的情况下，张扬日常生活中的具体感性满足本身所具有的现实文化功能。""在社会审美风尚的具体变动过程中，感性享受的发展有可能在一个特定层面上激发人们对于实际生活的新的信心，从而使生活本身充满新的活力和丰富性。这一点，对于长期处在政治权力和道德理性压抑之下的中国人来说，显然更有它的实际意义。""在考虑中国社会审美风尚的发展问题时，必须经常注意到本国文化的既有背景和它的历史特殊性，充分注意社会审美风尚发展与大众现实利益之间的一致性关系。"①

这里涉及的一个根本性问题是对于消费文化的非政治化应当如何估价。对此的确要有一种历史分析的眼光。必须肯定，非政治化的文化和审美的现象，在特定历史时期的确可能有其进步的政治意义，甚至解放和颠覆作用，对此，我曾经予以肯定。比如，在上世纪的 70 年代末，邓丽君的流行歌曲和港台武侠剧就是这方面的例子。因为在那个特殊的年代，那个还没有告别禁欲主义主流意识形态的时代，那个追求个人生活欲望的满足仍然不具有合法性的时代，远离主流政治话语的消费文化的确起到了自己特殊的反抗作用，一种以不合作的形式出现的反抗。它本身就是一种"非政治的政治"或"远离政治的政治"。但是，一旦非政治化本身成为一种主导的政治文化力量和社会流行思潮，而且出现在政治问题空前突出的历史时刻，上述的评价标准就不得不改变。这一点在上世纪 90 年代以后变得越来越明晰。以纯娱乐、纯感官满足为特色的大众消费文化在 90 年代以后越来越丧失自己的批判性而表现出其犬儒、妥协、无奈的一面来，被认为是文化消费主力的"80 后"一代更是表现出空前的政治冷漠，连无奈感也荡然无存。今天的严峻现实是：中国社会上下各个阶层早就不再把道德和政治

---

① 王德胜：《世俗生活的审美图景——对 90 年代中国审美风尚变革的基本认识》，《思想战线》1998 年第 10 期。

放在第一位。在"不问公民权、只要娱乐权"的"娱乐至死"的时代，这种"非政治化"倾向还有任何"冲击力"可言么？为它进行历史的合理性辩护不是很荒唐么？

上面已经提及，有一种更加"激进"的消费主义批评话语，还把对于消费主义的呼唤视作是对启蒙现代性理想的超越，在赞美消费主义的同时肆意嘲笑启蒙主义。这方面的代表就是所谓的"新新中国"论和"新文学终结"论（其实质是启蒙主义终结论，因为新文学的核心即启蒙主义）。①"新新中国"论者断言，新世纪文学是一个与五四以来的中国新文学——泛指五四到80年代的启蒙文学传统——以及五四的现代性话语完全不同的文学时代，它标志着五四以来的新文学传统的"终结"。启蒙主义现代性话语已经彻底丧失了对于今天这个"新新中国"的言说能力。它已经彻底"过时"啦！新文学的启蒙传统之所以"过时"了，就是因为它已经和全球化和消费主义时代的"新新中国"格格不入。"新新中国"的重要标志是中国的"和平崛起"、"脱贫困"、"脱第三世界"以及"大众消费主义"。正是这个全球化消费主义时代的"盛世景象"证明了自五四以来中国"现代性规划"的失败和不切实际，表明了启蒙知识分子的现代性经验的"残缺不全"。如果说启蒙主义的现代性规划对"经济发展"和"日常生活"、"消费主义"是蔑视的，那么，"新新中国"以及它的文学形态"新世纪文学"的最大特色就是对于"日常生活"和"消费主义"的热切肯定。消费主义美学的提倡者还乐于挖苦与讽刺启蒙主义知识分子的政治参与精神和忧患意识，认为消费主义的盛世景观是对他们的"最为尖刻的历史讽刺"。②

这个令人欢欣鼓舞的全球化消费主义盛世景观除了中国的经

① 参见张颐武《"纯文学"讨论与"新文学"的终结》、《大历史下的文学想象——新世纪文化与新世纪的文学》、《新世纪文学：跨出新文学之后的思考》等一系列文章。对这些文章的系统批评商榷参见我的文章《新文学终结了么？》、《新新中国还是后极权的中国》。

② 张颐武：《大历史下的文学想象——新世纪文化与新世纪的文学》，《文艺争鸣》2005 年第 2 期。

济发展、"和平崛起"、"脱贫困"和"脱第三世界"等外，在大众生活观念层面上说就是"中国内部的千百万人民改变了自己的生活的梦想"，而这个新"梦想"的实质是现在的大众"视个人物质生活的改善为人生最大目标"，说得直白一些就是政治冷漠、物质至上，只追求物质享受和所谓消费"自由"，而不问其他自由。对于这种公民意识和公共关切急剧萎缩的现象，消费主义的鼓吹者不但没有任何批评和忧虑，而且赞美有加："消费被变成了人生活的理由，在消费中个人才能够获得自己的价值和意义，获得某种自我想象。消费主义的意识形态乃是当下日常生活的基础。在现代性的宏大叙事中被忽略和压抑的日常生活趣味变成了想象的中心，赋予了不同寻常的价值和意义。"[1] 他认为这个世俗化，丧失了精神、理想和崇高的时代，"有着远比我们所看到的更为积极的意义"。

在本文中，我不想再分析这种"崛起"和"脱第三世界"付出了多么高昂的代价，[2] 只想引用哈维尔对于捷克后斯大林时期（斯大林死后到 80 年代末）流行的消费主义的深刻洞见来回应这种消费主义颂歌。哈维尔指出，这个特定时期的一个重要特点就是大众的政治冷漠，与此同时滋生的一个毒瘤，是畸形的、只关注个人"幸福生活"的消费主义："一个人越是彻底放弃任何全面转变的希望，放弃任何超越个人的目标和价值，或任何对一种'外在'（指公共事务，引注）方面发挥影响的机会，他的能量就转向阻力最小的方面，即'内在'（指私人的物质生活，引注）。今天的人们一心一意地想着自己的家庭和房子，他们在那儿找到安息，忘掉世界的愚蠢……他们在自己的房子里布满各

---

① 张颐武：《"纯文学"讨论与"新文学"的终结》，《南方文坛》2004 年第 3 期。

② 比如：空前严重的两极分化，大量廉价劳动力受到无情的非人道对待，他们的基本生活权利，更不用说政治权利没有得到应有保障，并因此而滋生了严重的社会问题和政权合法性危机，"发展"的另一个代价是环境高度污染，资源迅速枯竭。极端一点说，这种"崛起"采取的是断子绝孙的方式，是西方国家根本不愿意采取的发展方式。

种用具和可爱的东西，他们试图改善他们的食宿，他们想为了使自己生活变得愉快，修建小别墅，照料自己的小汽车，将更多的兴趣放在食物、穿着和家庭舒适上。简言之，他们将兴趣转向他们私人生活的物质方面。"①

　　这个时期的捷克与斯大林统治的极权式禁欲主义不同：它吸纳了消费主义，强调发展经济，鼓励大家把精力投入到物质享受：买房子、买汽车、装修，追逐明星、时装和名牌，就是不要关心公共事务。哈维尔并不完全否定这种物质化、消费化倾向的意义，因为从经济的眼光看，它至少在一定程度上可以发展社会的物质财富，比之于禁欲极权主义是一种进步。但哈维尔追问道：这种消费主义、这种"转向私人领域的能量的溢出"为什么会受到鼓励呢？他深刻指出：刺激经济发展仅仅是部分的原因，更主要的原因是可以借此把人们的注意力从政治、社会问题那里转移开："目前政治宣传的全部精神，都在平静而有系统地欢呼这种'内在化'倾向，将此当做世间人性满足最深刻、最本质的东西。"② 这非常清楚地表明了这种"能量的转换"之所以受到鼓励的原因。哈维尔揭示了其中的"心理学意义"：能量转移，逃避社会公共领域，回避所谓"敏感的"政治问题，将"绝望的生活代用品描述成一种人类生活"。哈维尔说："通过将每一个人的注意力集中在他仅仅是消费品的兴趣上，是希望使他没有能力意识到在他精神上、政治上、道德上日益增长的被侵犯的程度。将他缩减成一个初级消费品社会的各种观念的简单容器，是打算将他变成复杂操纵的顺从的材料。"③

　　可见，这种消费自由的代价是政治自由的丧失，用经济和消费的自由来取代政治生活中的自由参与以及精神上的自由发展。哈维尔的启示在于：这个时期的大众消费主义的所谓"事实"实际上并不是一种正常的大众欲望的自发表达，而是有意识引导

　　① 哈维尔：《无权者的权力——纪念扬·托巴契卡》，崔卫平译，http://www.mypcera.com/book/wai5/haweier/。

　　② 同上。

　　③ 同上。

在道德废墟上崛起的消费主义美学

的结果。

我希望中国尽早成为一个全面现代化的国家，而不只是发展主义和消费主义接合的怪胎，我更不会认为这个怪胎是什么值得庆幸的"崛起"标志。如果这种只有物质消费的"自由"而没有人性尊严的畸形生存真的成为支配中国的现实，那它必将在中国产生犬儒主义、机会主义、及时行乐、醉生梦死、无聊郁闷等畸形的生活态度和心理体验，在这样的社会文化土壤中产生的所谓"新新中国"是个什么东西也就很清楚了。因此，对于畸形消费主义的唯事实主义态度不仅是不可取的，而且是危险的。即使启蒙主义的文化和文学立场与消费主义的"现实"之间的确存在距离和差异，也完全不能自动地得出这样的结论：我们只能谴责和嘲笑已经"过时"的启蒙主义的现代性，而不是努力改变我们面对的现实或至少对于这样的现实持一种自觉、清醒的反思态度。

热切关注私人物质享乐而彻底淡忘公共政治事务的畸形消费主义在文学和文化上的后果已经在所谓的"80后"一代以及他们喜欢的"玄幻文学"中得到鲜明的体现。"玄幻文学"的一个主要特点就是所谓的"架空性"，一种类似网络电子游戏的非现实体验（这不是我的发明，而是学界的基本共识）。这种"架空性"的实质是彻底地逃避社会历史和政治责任，或者体现出一种"脱历史"、"脱社会"和非政治化之后的"不能承受之轻"。但是必须指出，导致这种"不能承受之轻"的主要原因，不是什么"80后"一代"成长在中国最富裕的时代"，而是这样一个事实：他们是被集体性地剥夺了历史记忆和社会现实关怀的一代，他们生活在一个缺乏正义感和公共性的时代，一个物质消费主义畸形发展的时代，一个公众的公共参与意识极度萎缩的时代，一个犬儒主义盛行的时代。对中国大众特别是青年一代的精神成长极度重要的当代中国历史在公共话语中淡出、扭曲乃至抹去，在这个意义上，他们的确是被架空的。这导致了他们精神世界的极度匮乏，乐于也只能沉浸在消费和娱乐的"极乐世界"中，希望在"自己的地盘自己做主"。其实这个"地盘"小得可怜。"80后"的精神世界具有两面性：一方面是极度膨胀的消费主义和"欲望崇拜"（所谓"娱乐至死"），另一方面是极度萎缩的公共关怀和参与欲望，它正好对应于我们这个时代的特点：把幸福曲解为消费的幸福，把自由曲解为消费的自由，把政治冷漠曲解为政治上的所谓"成熟"。与那些出于对消费主义的美化而肯定"玄幻文学"的合理性的评论家不同，我关注"玄幻文学"，就是借此解剖"80后"一代的扭曲的精神世界及导致其出现的现实环境。这个畸形的社会培养出了一代畸形的孩子。

我这么老强调"政治"，早已引起很多人的反感。但是我必须强调，我说的"政治"，不是我们熟悉的那种政治思想教育。政治是每个主体的自由的实现，是对于超越于个人物质利益的集体公共事务的关注。但是，在今天，以物质需要的满足为核心的经济关切在很大程度上取代了公共政治关切，成为所谓"最大的政治"，大众消费热情空前高涨，政治冷漠普遍流行，人变成求温饱的、求满足生物本能冲动的群氓。今天，固然有越来越多的人已经不是在极度贫穷的意义上仍然受制于物质必然性，但是，如果"保护我们的生活，滋养我们的身体"成为我们的最高生活理想，那么，即使我们远远超越了温饱水平，我们的生活本质上仍然受制于物质必然性；如果我们把消费"自由"当成唯一的或最高的自由，把物质幸福视作最大的幸福，而不再追求其他更加重要的自由与价值，甚至视之为"多余"、"幼稚"，我们的公共关切和政治责任与义务感就必然弱化。依照阿伦特的观点，沉浸在物质追求之中而不顾其他的人是离自由最远的，因为他仍然被束缚在必然性之中，服从于自己的身体/生理指令。①当以物质经济生活关切为核心的那套生命哲学只专注于生存竞争中的成功与失败时，必然会把公民的责任与义务视作时间与精力的浪费。也使得参与政治事务的人们把政治看做是攫取个人利益的工具，表现出政治上的犬儒主义，喜好玩弄权术、投机取巧。

在道德废墟上崛起的消费主义美学

---

① See Hannah Arendt, *The Human Condition*, University of Chicago Press, 1958; *On Revolution*, Faber and Faber, 1963; Pelican, 1973.

公共关怀是每个公民的职责，也是其成为公民的条件，这个问题没有代际差异，没有哪个年代的人有豁免权，它不仅是美好社会得以创建继续的基本前提，而且也是文艺学得以立足于中国坚实大地的基本前提。

（本文为笔者发表于《文艺争鸣》2007 年第 1 期的长文《告别花拳绣腿，立足中国现实：当代中国文艺理论若干倾向的反思》的一部分）

文学理论与公共言说

我看现代与后现代之争

　　90年代中国文论界的一场还算著名的争论发生在现代主义和后现代主义之间。其实，类似的论争最早出现在西方的现代主义和后现代主义之间，主要围绕哈贝马斯及其追随者与法国后现代主义及其信徒之间展开。

　　概括地说，后现代主义认为，启蒙的规划不仅是无望的，而且是应该抛弃的，因为它试图捍卫早已过时的普遍主义；而今天的世界不仅实际上已经四分五裂，差异纷呈，而且应该继续这样分裂下去。普遍的真理和道德应让位于美和经验的无限增殖。依据利奥塔的归纳，后现代主义的基本特点是怀疑任何的"宏大叙事"，认为任何使"总体"得以合法化或使部分得以整合的"基础"都是不存在的，只存在异质的话语游戏。任何想在各种话语中发现"普遍标准"或"共识"的尝试只能会破坏这种异质性。理论的唯一目标和使命就是强化对差异的敏感和同情。因此，后现代主义反映了当代哲学思潮中的反基础主义、反本质主义和审美主义，反对任何关于真理或道德的普遍—必然陈述。让我们快乐地肯定自己偶然的、碎片的、异质的存在吧。后现代主义还有强烈的审美主义倾向，其精神鼻祖尼采就认为：哲学应该追求的是文辞的优美，修辞比逻辑，语言的美感比语言的功能更加重要。由此导致后现代主义者普遍地否定哲学与文学、历史与诗歌、神话和逻辑、论证和叙述的边界。

　　而与此相反，现代主义的代表人物哈贝马斯坚持认为，尽管启蒙的结果现在看来并不理想，比如出现了工具理性的专制，但这不是我们放弃普遍理性的理由。相反，我们应该继续肯定启蒙的意图和努力，寻求合理的社会秩序赖以建立的普遍标准和基础，不放弃追求总体性的努力。当然，哈贝马斯不是对启蒙理性没有反思或修正，而是在有选择地吸收当代社会科学（包括后现代主义）诸多成果的基础上建立了自己的交往理性理论，但这个交往理论的重大特点之一就是坚持基本的、修正后的普遍性立场，而不是像后现代主义（或者哈贝马斯自己称之为的"新保守主义"，如巴塔耶、福柯、德里达）那样无限赞美分裂的审美现代性体验。①

理查德·沃林的立场和哈贝马斯接近。他指出后现代主义是一种反历史和反道德的心理状态，它把启蒙的两个遗产——历史主义和人道主义，当做"临时的历史虚构"遗弃了。后现代主义认为依据连续性来思考问题的历史主义包含了"总体性"偏见，而这种偏见被证明是敌视差异性的；而他们否定人道主义概念的原因，是认为这个中心化的、自主的"个体性"概念的存在是以牺牲其所压制的"他者"为代价的。②

我在《在现代和后现代之间》③ 一书的"导论"中曾经指出：现代主义和后现代主义各自有自己的误区和洞见，它们之间如何形成良性的对话和互补关系已经成为当今学术—思想界关注的核心问题。我基本上是一个现代主义者，但也是一个温和的或有保留的（不是激进的、极端的）后现代主义者。一方面我认为绝对的反本质主义和反基础主义必然走向极端的相对主义、犬儒主义和虚无主义，因为如果没有衡量认识和道德的基本标准，真假与善恶就无法区分；而且从实践上讲，一个没有任何普遍共识的世界也是可怕的；但另一方面我们也应该承认，绝对的、缺乏自我反省和自我节制的普遍主义和基础主义，在历史上曾经产生严重的后果，甚至可能会演变为绝对主义和极权主义。这样看，后现代主义对基础主义的批评和现代主义对于后现代主义的

---

① 参见 Jurgen Habermas, "Modernity versus Postmodernity", in *New German Critique*, 1981, 22: 3 – 18。

② Richard Wolin, "Modernism vs. Postmodernism", *Telos* 1984/85, 62: 9 – 29.

③ 参见陶东风《在现代和后现代之间》，山东友谊出版社 2002 年版。

反批评都有自己的理据也都有自己的局限，两者之间形成理性互补的可能性并非不存在。当然，化解后现代主义和现代主义的紧张并非易事，因为有些紧张是深刻的，甚至是难以调和的。但惟其如此，学术—思想史上曾经出现的兼具或融合现代主义和后现代主义两种倾向的思想家及其化解两者之间内在紧张的努力，就显得尤其可贵。我认为阿伦特就是其中之一。①

　　熟悉阿伦特政治理论的人不难发现，上述后现代主义提倡的许多立场，比如，后现代主义的反基础主义和审美主义，其对历史主义的质疑，对哲学的审美表达的肯定，对于历史写作的"故事性"的肯定，都可以在阿伦特的诸多著作中找到其"先声"，以至于有人认为阿伦特是后现代先锋派作家，认为阿伦特的政治是"美学政治"。但是另一方面，现代主义对于人道主义和普遍人权的捍卫，对于交往和交互主体性的呼唤，似乎和阿伦特的"行动"、"公共领域"、"权力"诸概念也不乏可比性。甚至在德里达的"无限延异"和阿伦特的"生生不息"之间也不乏家族相似性：它们的核心都是对于人类的多元和开新能力的肯定。

　　阿伦特思想的复杂性使得我们既可以从现代主义角度，也可以从后现代主义角度解读她。依据台湾学者江宜桦的研究：第一个把阿伦特作为现代主义者加以解读的正是哈贝马斯。② 他把阿伦特的"权力"概念解释为一个指向交往、寻求共识的范畴。权力建立在交往行为基础上，是一种集体的、通过平等交往达成的话语努力。哈贝马斯的解读不无道理，因为阿伦特的"权力"（power）概念的确非常独特，不同于暴力（violence），也不同于人的天赋"力量"（strength，阿伦特使用这个词既包括心智之力

---

　　① 下面对于阿伦特的分析主要参考了江宜桦的文章《在现代和后现代之间：对阿伦特政治思想的一个解读》（Between Modern and Postmodern：A Reading of Arendt's Political Theory），http：//homepage. ntu. edu. tw/ ~ jiang/PDF/D5. pdf。

　　② 江宜桦：《在现代和后现代之间：对阿伦特政治思想的一个解读》（Between Modern and Postmodern：A Reading of Arendt's Political Theory），http：//homepage. ntu. edu. tw/ ~ jiang/PDF/D5. pdf。

也包括身体之力）。"权力"产生于平等行动者之间通过言行进行的协调一致的努力。不但暴力可以摧毁权力，而且一旦行动者退入私人领域或者离开他人进入孤独状态，权力同样会即刻消失。①

再如阿伦特在论述"判断"的时候采用了康德的"共同感"概念，目的是寻求判断的普遍有效性，一种普遍又不"超越的"（"超越的"就是"非世界性的"，worldlessness，阿伦特用这个词主要指基督教的出世思想）的有效性基础，以此作为比较趣味和判断的标准。但是值得注意的是，阿伦特的"普遍"是"例示性的普遍"，而不是科学—推理的普遍，因而与启蒙主义的先验普遍理性有别。英格拉姆（D. Ingram）正是从阿伦特这个概念中解读出下列"后现代康德主义"（the post modern Kantianism）思想：通过诉诸共同体的普遍理想，来避免文化碎片化与相对主义。②

鉴于阿伦特与现代主义和后现代主义的这种"暧昧关系"，本哈比伯（Seyla Benhabib）干脆认为，阿伦特是一个"勉强的现代主义者"（a reluctant modernist）。比如，阿伦特把现代社会的特征描述为公共领域的衰落和社会—经济领域以及官僚统治的兴起（这个思想在阿伦特的《人的状况》中得到集中表达），但这只是阿伦特的一个方面。同时阿伦特还是一个政治普遍主义者，赞成平等的公民政治权利，坚持"人类学的普遍主义"，关注普遍人权以及主体间的交往。③

对阿伦特进行后现代式解读的代表人物是多拉·维拉（Dana Villa）。他认为阿伦特的公共领域理论没有普遍主义的含义，其"竞争主体性"（agonistic subjectivity）观念赞美的是个

① 参见 Hannah Arendt 的著作 *On Revolution* 与 *The Human Condition* 及 M. Canovan 的著作 *The Political Thought of Hannah Arendt*

② David Ingram, "The Postmodern Kantianism of Arendt and Lyotard", *Review of Metaphysics*, 1988, 42: 51 –77.

③ Seyla Benhabib, *The Reluctant Modernism of Hannah Arendt*, London: Sage, 1996, 195 –198.

体"行动"的机会。阿伦特和后现代主义者福柯一样都非常关切如何保护大众的自发行动免于官僚机构的渗透。同时,阿伦特主张把真理和政治分开,对多元性、特殊性和偶然性的推崇拉开了她与哈贝马斯的普遍语用学的距离,决定了她不可能像哈贝马斯那样把达成共识当做对话的目的。竞争的主体性和不能比较的、无公度的多元性观念把阿伦特和福柯、德里达等联系在一起。

依据江宜桦的观点,现代主义与后现代主义两者对于阿伦特的解读各有其理,也各有其偏。在精神上,阿伦特和后现代主义的确有很多共同之处,比如反对哲学真理在政治中的作用,反对柏拉图式的关于两个世界的形而上学,反对任何"超越"的哲学。她对于世界的尼采式论证使得她更像后现代的美学家,而不是现代的理性主义者。在这个意义上,阿伦特未尝不可以归入后现代主义者,一个和她的前辈尼采、海德格尔一样,虽然没有使用过"后现代"这个词,但是却拥有不少后现代新思维的思想家。但是,阿伦特和后现代主义的联系不能夸大,后现代主义怀疑人道主义事业,而阿伦特却是人道主义的斗士。当然,阿伦特对人道主义的理解很不同于启蒙主义的理解,后者无法摆脱"人性"、"自然权利"等概念;而在阿伦特那里,只有当人开始创新行为和开启行动的时候,他才获得了人的尊严。不过,尽管阿伦特肯定人的尊严的方式不同于启蒙哲学家,但是她从来不认为人道主义是应该被否弃的东西,阿伦特也从来没有像后现代主义者那样彻底抛弃"主体性"这个启蒙哲学的传统(当然对之有深刻反思)。阿伦特的政治理论虽然追求新颖性,但是并不像后现代主义那样采纳或安于彻底的无序和混乱。她在《黑暗时代的人们》中认为,我们固然不能以为,只要一劳永逸地发现"永恒的真理",就可以支撑永恒的政治秩序;但是世界却也还是需要起码的稳定性和持久性。这和后现代没完没了的颠覆是不同的。阿伦特虽然认为对话基本上是无公度的语言游戏,不承认交往中必然能够达成最终的一致性(这是她不同于哈贝马斯的地方),但是和后现代主义者不同，她坚持认为持久的交往努力是必要的、值得追求的。没有交往的努力，人类会变得孤独、被剥夺和贫困化，交往是特别人性化的与他人相处的方式，与他人的"共在"是我们确认自我、关爱世界的唯一途径。

可见，阿伦特的思想是极度复杂的，甚至是充满矛盾的。阿伦特是一个生活在现代和后现代交汇点上的政治哲学家，她并没有明确地把自己表述为现代主义者或者后现代主义者，也不曾说过自己是间乎两者之间的中间人，但是显然，阿伦特对于自己所处的现代和后现代交汇的独特历史境遇却有敏锐把握。她的著作"充满了只能用现代性的术语加以表达的后现代关切"，也可以这样表述：阿伦特的著作体现了具有后现代倾向的现代主义立场，但这种现代主义立场是建立在对于现代主义的充分反省基础上的，因此也是适应于我们这个后现代思想广泛流行的时代的。① 我认为，在今天，任何一个想要坚持现代主义立场的人都不能无视后现代主义的挑战，都必须在直面并认真思考其合理性的前提下坚持现代主义，否则是没有出路的。

从阿伦特的例子回到中国 90 年代关于现代和后现代的论争将是很有意思的。在中国，现代主义者和后现代主义者的交锋，常常给人这样的印象：只有对峙而缺乏交往、自说自话，简单地相互否定，而从来没有考虑过良性互补的可能性。结果是双方都缺少思想的内在复杂性和张力，很难适应我们这个后现代和现代交织的当代社会。这里有两个方面的工作对理解后现代主义和现代主义在中国语境中的"联盟"是特别重要的。

首先，我们要承认中国在整整一个多世纪的现代化（尽管是中国式的）进程中至少是部分地获得了现代社会的特点（尽管和前现代纠缠在一起），只有承认这个前提，我们才能肯定以反思现代性为核心的后现代主义是和中国问题相关的。有些持现代主义立场的人完全否定后现代主义和中国问题的相关性，原因

---

① 江宜桦因此认为阿伦特是"唯一一个努力建构一个可能会适合正在到来的时代，但是又不解构政治本身的政治理论的人"。

就在于他们认为中国根本没有进入现代社会。①

其次，也是更加重要的，**要分析现代性的不同形态，现代性的矛盾性，以及中国以什么方式进入了什么样的现代社会。**中国现代主义和后现代主义的争论双方，都举出大量例子证明中国是不是现代社会，现代性是否确立了，有没有后现代主义，等等（其实这样的争论是没有意义的，在经验事实的层次上，双方均可轻易找到很多有利于自己的例证），唯独没有努力去分析现代性的内在复杂性以及中国现代性的独特形态。比如，现代性既孕育了现代自由民主制度，也和现代极权主义脱不了干系，它既有引发极权主义的可能性，也存在预防和抵制极权主义的巨大潜力。② **如果中国的后现代主义批评和其西方导师一样，对现代性进行简单化的整体性理解，把后现代主义的使命视作不加区别地全盘否定现代性，那么，它的使命就变成了与"风车"作战。**③ 有些中国后现代主义者把矛头对准了西方的自由民主，甚至走到完全否认普遍人权和人道主义的地步，而完全没有意识到自由、多元、民主和人权恰恰是防止现代性走火入魔（比如在法西斯主义时期的德国）的保证。这使得他们不可能把后现代的武器用于反思中国现代性，特别是"文革"式的极权现代性灾难（至少是"文革"灾难中的极权现代性因子）；而中国现代主义者同样非常简单化地理解现代性，或者干脆不承认中国曾经有过现代性，认定"文革"和现代性完全无关，于是就只能得出这

---

① 参见杨春时的相关著述。这种理解的一个原因是很多中国的现代主义者把现代性完全当做一个褒义词使用，好像它只包含自由、民主、人权，等等，而一切现代的灾难或现代的问题，诸如极权主义、科学主义、原子化个人主义、理性万能、目的论历史和线性进化观等都不属于现代性。这样理解的"现代性"变成了膜拜而不是反思的对象。

② 参见鲍曼的相关著作。在《现代性与大屠杀》一书中，鲍曼一方面分析了现代性和大屠杀的关系，比如现代官僚制度，现代的极权主义意识形态，"社会园艺"式的思维方式，等等，但是同时坚决反对现代性必然导致大屠杀的观点，相反，认为对大屠杀制约只能依靠现代的民主制度。

③ 当然，由于阿伦特的极权主义研究是以法西斯主义和斯大林主义（尤其是前者）为原型的，所以她的反思，特别是对于极权主义的原因的分析，并不全部适合于中国。这使得我们的工作变得更加困难。

样的结论：后现代在中国完全没有用处。①

可见，**后现代主义批评话语在中国绝非没有用武之地，它完全可以发挥其反思中国式现代性的作用。后现代的多元、宽容思想，解构宏大叙事和绝对真理的开放性，对于清理中国"文革"时期的极权式现代性意识形态是相当锐利的武器，同时也是新意识形态狂热的有益预防机制。在这个意义上说，中国后现代话语的潜力还远远没有挖掘出来。在许多人那里它不过是一种找错了解构对象的真正的能指游戏。当然，我们同时还要警惕后现代主义那种极端反本质主义和反基础主义的误区，意识到后现代主义潜藏的虚无主义、极端相对主义和反本质主义可能使它走向其批判的反面，变成一种新式的保守主义。**

这里，最关键的是要对极权式现代性和非极权式现代性进行必要的区分，进而表明反思"文革"式极权现代性并不意味着完全否定现代性；同样，捍卫现代性也并不意味着捍卫"文革"式现代性。这样，后现代主义的消解力量和现代主义的一些基本立场（比如自由、民主、人权）相互接合的可能性是存在的，原因就在于它们的共同敌人都是极权式现代性。②

我想，后现代主义与现代主义在中国的结合点大概就在这里。当然，这样的一个努力是困难的（无论是在学理上还是实践中），但却是值得我们为之努力的。

（本文为笔者发表于《文艺争鸣》2007年第1期的长文《告别花拳绣腿，立足中国现实：当代中国文艺理论若干倾向的反思》的一部分）

---

① 认为"文革"具有现代性因素并不否定"文革"同时也有前现代专制主义因素，说"文革"具有现代性特征是因为，"文革"式的群众运动和全国性的意识形态动员在前现代的中国是无法想象的。"文革"的现代性和前现代性的复杂关系是一个负责的值得进一步探讨的问题。

② 这当然不是说阿伦特对极权主义的反思没有任何问题，也不意味着我们可以照搬其现代性批判。毕竟阿伦特反思的极权主义是以法西斯主义为经验原型的，参考了苏联斯大林主义，但是几乎完全没有涉及中国。但是这并不排除作为极权主义，不同国家的极权主义存在基本的共性。

论文学公共领域与文学理论的公共性

颇为出乎意料的是，在 2008 年 8 月底在新疆召开的"文学与文学研究的公共性"学术讨论会（首都师范大学文学院、《文艺研究》杂志社、新疆师范大学文学院联合主办）上，不少学者对这个命题本身进行了质疑。他们从这个词联想到曾经有过的文学艺术领域硝烟弥漫的阶级斗争，联想到各种借学术名义进行的群体运动、政治运动，联想到反"右"、"大跃进"时期的民歌、"文革"时期的样板戏，等等。似乎这些文学和文学运动最有所谓的"公共性"。在这样的理解视域中，文学的公共性与文学的自主性、审美性、私人性等就自然而然地对立起来了，似乎倡导文学的公共性就会牺牲掉文学的自主性、审美性、个体性和私人性。

仔细一想，觉得在中国的历史语境中，这种解读也并不奇怪。在具有"文革"记忆的几代中国文学工作者心目中，文学的"公共性"这个提法不仅容易引发误解，也容易勾起很多人不愉快的记忆。对此，我既表示理解也深感悲哀。它只能说明：由于极权政治对文学艺术的粗暴利用，"公"、"公共"（以及相关的"政治"、"集体"等）这些术语在我国已经被败坏到了何等严重的程度，以至于我们今天还在承受其灾难性的后果。这更说明重新理解文学的公共性、文学公共领域等概念的必要性和迫切性。当然，同样必要和迫切的是交代我们是在什么样的意义上重新提出公共性这个命题的。

一 文学公共性的规范特征

谈到文学公共领域，当然不能不提及哈贝马斯（J. Habermas），因为正是哈贝马斯在其《公共领域的结构转型》一书中首先提出并阐发了这个概念。作为一个历史描述的术语，哈贝马斯用它特指18世纪西欧（主要是英、法、德三国）出现的历史现象。他在论述资产阶级公共领域的建构时认为，文学公共领域是资产阶级公共领域的前身和雏形。资产阶级公共领域不同于此前中世纪封建社会的代表型公共领域，它是在近代资产阶级公民社会成熟并获得独立（独立于甚至对抗政治国家）的条件下出现的。哈贝马斯把代表型公共领域的特点概括为："'王权'有高低之分，特权有大小之别，但不存在任何一种私法意义上的合法地位，能够确保私人进入公共领域。"① 缺乏自律的私人个体，缺乏民主原则和开放性，没有保障私人进入公共领域的法律制度，可以视作代表型公共领域及其所反映的宫廷文化政治的基本特点。所谓代表型公共领域，其实质不过是专制王权把代表自己特权的符号、仪式、物件拿出来公开展示亮相，让大家见识见识而已。相反，资产阶级公共领域由有主体性的、由法律保障的自律个体（私人）组成，他们从事的活动乃是对公共事务进行讨论，而讨论的方式则是理性而公开的批判。②

依据哈贝马斯，这样一种具有政治功能的资产阶级公共领域首先出现在文学界（当然，哈贝马斯的"文学"概念含义很广，不但包括了其他艺术，也包括了各类评论文体，甚至包括咖啡馆、酒吧、沙龙等谈论文学的场所），这是因为资产阶级公共领域最初是围绕着文学阅读公众形成的。在培养资产阶级公众的主体性、批判意识和理性论辩能力方面，文学公共领域发挥了重大

---

① 哈贝马斯：《公共领域的结构转型》，曹卫东等译，学林出版社1999年版，第5页。

② 参见哈贝马斯《公共领域的结构转型》，学林出版社1999年版，第32页。

作用，为这些公众介入政治讨论打下了基础。因此，文学公共领域本身虽不等于资产阶级的政治公共领域，但是却为资产阶级政治公共领域准备了具有批判性和自律性的公众。哈贝马斯说："犹在公共权力机关的公共性引起私人政治批判的争议，最终完全被取消之前，在它的保护之下，一种非政治形式的公共领域——作为具有政治功能的公共领域前身的文学公共领域已经形成。它是公开批判的练习场所，这种公开批判基本上还集中在自己内部——这是一个私人对新的私人性的天生经验的自我启蒙过程。"① 这样，文学公共领域就成为宫廷代表型公共领域过渡到资产阶级公共领域的桥梁：城市"不仅仅是资产阶级社会的生活中心；在与'宫廷'的文化政治的对立之中，城市里最突出的是一种文学公共领域，其机制体现为咖啡馆、沙龙以及宴会等。在与资产阶级知识分子的相遇过程中，那种充满人文色彩的贵族社交遗产通过很快就会发展成为公开批评的愉快交谈而成为没落的宫廷公共领域向新兴资产阶级公共领域过渡的桥梁"。②

限于篇幅，本文不准备详细介绍哈贝马斯对文学公共领域概念的历史梳理，就本文的目的而言，重要的是哈贝马斯赋予文学公共领域的规范内涵（哈贝马斯的文学公共领域概念既是一个历史概念，也是一个规范概念）。这种规范内涵可以大致归纳如下：

首先，文学公共领域必须有文学公众的广泛参与并就文学以及其他重大的社会文化议题进行公开和理性的讨论。文学公共领域的参与者必须具备起码的理性自律，本着平等、自主、独立之精神，就文学以及其他相关的政治文化问题进行积极的商谈、对话和沟通。这一点意味着文学公共领域是一个主体间理性的交往—对话领域。

其次，文学公共领域发生和存在的前提是文学活动的自主

---

① 哈贝马斯：《公共领域的结构转型》，学林出版社 1999 年版，第 34 页。
② 同上。

性，即文学领域与国家权力领域的相对分离，也就是说，独立于国家权力领域的、非官方的自主文学场域（包括文学市场、文学机构、文学游戏规则等）的发生与发育，是文学公共领域得以出现的前提，而这种自主性又不是孤立存在的，它深刻地依赖于国家和市民社会（或公民社会）的相对分离，亦即独立于国家权力的市民社会的存在。哈贝马斯曾经论证："'资产阶级公共领域'是一个具有划时代意义的范畴，不能把它和源自欧洲中世纪的'市民社会'的独特发展历史隔离开来。"[①] 这个论述无疑也适合于文学公共领域。在这个意义上，文学公共领域同样是现代性的建构。

这一点需要得到特别强调，因为它在国家和公民社会的关系中解释了文学公共领域的"自主性"的社会条件，也体现了哈贝马斯"公共领域"概念的独特魅力。众所周知，"公共领域"概念在西方社会政治理论的发展中被赋予了诸多含义，也有诸多不同的解释路径。其中比较重要和普遍的解释路径有两个，一个是自由主义经济学路径（liberal economical approach），它在国家—社会的二元框架中划分"公共领域"/"私人领域"，"公共领域"相当于国家行政管理领域，"私人领域"相当于市民社会；另一个是共和主义路径（republican approach），它是从政治共同体和公民身份的角度界定"公共领域"的，认为公共领域是公民积极参与的政治实践领域（这种公共领域理论起源于古希腊，在阿伦特那里得到了继承和发展）。[②] 哈贝马斯的公共领域概念则和它们都有联系但又都不完全相同。他认为，公共领域是界乎公民社会和国家之间的调节地带。一方面，公共领域是由私人领域中具有主体性的自律个体组成的；另一方面，这些个体又积极参与公共事务，批判性地监督国家公共权力的使用。既独立于国家权力又批判性地参与其中，独立是参与的前提。这样一

---

① 哈贝马斯：《公共领域的结构转型》，学林出版社 1999 年版，第 1 页。

② Jeff Weintraub, "The Theory and Politics of the Public/Private Distinction", in *Public and Private in Thought and Practice: Perspectives on a Grand Dichotomy*, ed. by Jeff Weintraub and Krishan Kumar, University of Chicago Press, 1997, p. 7.

个资产阶级政治公共领域的建构，是现代性的一个伟大成果，它为文学公共领域的建构，为文学的自主性提供了社会基础。没有一个独立于国家权力的社会文化领域，也就是哈贝马斯说的资产阶级政治公共领域，文学活动就只能处在国家权力的控制下，就不可能获得自主性，当然也就不可能形成真正意义上的文学公共领域。正因为这样，**我们不能望文生义地把文学的公共性笼统理解为文学的政治性，好像任何公开化的、群众性的文学运动或任何以所谓"重大政治事件"为题材的文学创作、文学研究都是文学公共性的体现。**

再次，文学公共领域作为独立于国家权力领域的对话交往空间，必然充满了多元和差异。对哈贝马斯的公共性理论发生过深刻影响的阿伦特曾经指出，公共性的重要特点是差异性（distinctness）和共在性（togetherness）的统一。所谓"共在性"，是指不同的个体共同存在于同一个世界；所谓"差异性"，是说共在于这个世界的个体是千差万别的。人们并不需要完全变得千篇一律（包括看待世界的视角、立场等）才能共处于公共世界。相反，对于差异性的消除必然导致公共世界的单一化、极权化，亦即公共世界的败坏乃至消亡。公共世界的非极权化恰恰需要参与这个世界的人操持其观察视角和立场的多元性、复数性。同时在场而又保持个体行动者的多元性和差异性是公共领域的重要特点。公共领域中每个个体的视点都没有一个共同的公度，阿伦特说："公共领域的实在性要取决于共同世界借以呈现自身的无数视点和方面的同时在场，而对于这些视点和方面，人们是不可能设计出一套共同的测量方法或评判标准的。"① 之所以说各个个体看待世界的视点和角度具有不可化约的多元性，是因为尽管公共世界乃是公众会聚之所，但那些在场的诸多个体却总是处在各

论文学公共领域与文学理论的公共性

---

① 参见阿伦特《人的境遇》（大陆一般翻译为《人的条件》），引文选自汪晖等主编《文化与公共性》，生活·读书·新知三联书店 1998 年版，第 88 页。顺便指出，受到存在主义的影响，阿伦特持有"呈现（表象）就是实在"的存在论立场，因此，在公共领域呈现和彰显的一切都具有实在性和客观性，同时，人也只有通过自己在公共领域的言行演示才能获得自己的实在性和客观性。

自不同的位置上。一个人所处的位置不可能与另一个人所处的位置完全相同，在非强制的情况下，他们观察世界的角度和立场也不可能没有差别。每个处在公共世界的人都希望自己被他人看见和听见，亦即被他人"见证"，而每个人都是站在不同的位置上来展示自己的卓越性，也是在不同的位置上来看和听他人言行的演示。"事物必须能够被许多人从不同的方面来看，与此同时又并不改变其同一性，这样才能使所有集合在它们周围的人明白，他们从绝对的多样性中看见了同一性，也只有这样，世俗的现实才能真实地、可靠地出现。"① 多样性是公共领域的最重要规定。在公共领域，各个人的视点和位置的不同并不妨碍各自的现实性，相反是其现实性的保证，因为现实性的保证不是人的"共同的本性"，而是不同的人（包括立场和其他方面的不同）对"同一个对象"的关注。

这个观点对文学的启示是十分丰富的。文学的公共性同样是共在性和差异性的统一。为了维护文学领域的这种多样性，文学公共领域并不需要一个本质化的、单一的文学观念（特别是自上而下通过国家权力确立并贯彻的不可质疑的文学观念）作为自己存在的前提，它的参加者也不需要拥有相同的文学观念、文学立场才能共处于文学公共领域，相反，文学公共领域的健康存在和发展恰恰需要文学观念和立场的差异性和复数性。"当公共世界只能从一个方面被看见，只能从一个视点呈现出来时，它的末日也就到来了。"② 阿伦特的这句话当然也适合文学公共领域。**复数性和差异性的消失标志着文学进入了极权主义状态，标志着文学的公共性的死亡。**③ 正因为这样，文学公共领域才需要一个独立

<hr>

① 阿伦特：《人的境遇》，参见汪晖等主编《文化与公共性》，生活·读书·新知三联书店 1998 年版，第 88—89 页。

② 同上书，第 89 页。

③ 或者说只是在可见性、展示性的意义上具有公开性。公共性概念的另一个重要含义就是可见性（visibility），与隐秘性相对，凡是在公共场合公开展示的东西都具有这个意义上的公共性。理查德·桑内特指出："'公共'意味着向任何人的审视开放，而私人则意味着一个由家人和朋友构成的、受到遮蔽的生活区域。"参见理查德·桑内特《公共人的衰落》，上海译文出版社 2008 年版，第 18 页。

于国家权力的市民社会的依托，否则就难以抵抗来自一体化国家权力的干预。**文学公共领域的存在与健康发展需要的不是统一的文学观念和文学立场，而是对于文学这个公共交往空间的共同珍爱，而这种珍爱必须具体落实为对于每一个人的独特文学观念、文学立场的尊重，对于每一个人的文学权利——它是人的文化权利的一个组成部分——的尊重。**

结合新中国成立后几次高度政治化的文艺思潮，特别是极"左"的"文革"时期文学界情况，这点会看得更清楚。"文革"时期文艺运动的一个重要特点，就是由国家权力直接插手并统一制定不允许质疑的"文学理论"，这使得那个时期的文学理论界看起来很热闹，"争论"不断，而且采取了群众运动的方式，但这种"争论"和"讨论"几乎都是在复制自上而下贯彻的文学主张，其高度的统一性恰恰意味着文学公共领域的死亡。

最后，与差异性和复数性以及平等民主的对话交往原则相对应，文学公共领域的交往和沟通必须本着公正、理性的精神进行，所谓"理性的方式"，也就是"非权威"、"非暴力"的方式。关于权威，阿伦特说："权威的标志是要求服从者不加质疑的承认，无论是强迫还是说服都是不需要的。"① 文学公共领域的交往言谈的非权威性，指的是不存在一个控制着文学公共领域之交往对话的先在的、未加反思的、不能质疑的权威。这当然不是说文学公共领域根本不可能达成共识，而是说即使有共识，这种共识也是在自由、平等、民主的交谈基础上达成的，而不是由权威强加的。当文学公共领域的成员各自提出了他们的意见和立场时，应该依据谁提出了"较佳论证"（better argument）来作为评价和认同的标准，舍此别无其他标准。

文学公共领域当然更须戒绝暴力，包括语言暴力。暴力是一种采取非言语、非说理的方式迫使对方服从的力量，因此，阿伦

论文学公共领域与文学理论的公共性

---

① 阿伦特：《权力与暴力》，贺照田主编：《西方现代性的曲折与展开》（《学术思想评论》）第六辑，吉林人民出版社 2002 年版，第 432 页。

特认为暴力是政治无能的表现（因为政治是言说的艺术）。[①] 一个人只有在通过语言说理的方式不能赢得合法性的情况下才会诉诸暴力。文学公共领域的交往对话，特别是文学批评，是而且只能是一种理性的语言活动。既要充分展示自己的个性，坚持自己的观点，又要尊重他人的言论自由，并抱有通过交往达成共识的真诚愿望。一般而言，在文学公共领域，特别是文学批评领域，使用物理暴力的可能性不大，但是语言暴力的使用却屡屡发生。语言暴力的核心是其非说理的性质，它既可能直接表现为侮辱谩骂，也可能表现为借助于某种不可一世的权势话语把对方打入事实上无法辩驳的境地。比如"文革"时期经常看到的把正常的文艺观点扣上"反党反社会主义"、"反对马克思主义、毛泽东思想"的帽子，实际上就是对对方话语权的剥夺。这是流行于"文革"时期文艺批评中的典型的语言暴力。[②]

二　文学的公共性与自主性

对照上面这个关于文学公共领域和文学公共性的理想型界定，现在我们要问的是：当代中国是否存在类似哈贝马斯描述的那种文学公共领域和文学公共性？要解决这个问题，关键在于对于中国当代社会结构的演变，特别是国家和社会的关系结构有一个基本把握，然后结合我们上面给出的公共领域（含文学公共领域）和公共性（含文学的公共性）的标准，进行综合的比照分析。

前面讲到，哈贝马斯在国家和公民社会的调节关系中解释了

---

① 参见阿伦特《权力与暴力》，贺照田主编：《西方现代性的曲折与展开》（《学术思想评论》第六辑），吉林人民出版社 2002 年版。

② 即使在今天的以网络为载体的文学公共领域中，语言暴力现象也还是屡见不鲜。在前不久发生的所谓"韩白之争"、"玄幻门"之争中，我们可以看到大量试图通过非理性的威胁、恐吓、谩骂、侮辱等方式来威吓和压倒对方的现象，这一切均属语言暴力，其最后的结果只能是使得交往—对话或中断（如评论家白烨之退出论争），或无法有效地进行下去。

文学公共领域的"自主性"的社会条件，即自律自主、独立于国家权力的私人领域的存在是公共领域（含文学公共领域）和公共性（含文学的公共性）存在的前提。在哈贝马斯看来，公共领域是自主自律的个体通过主体间的理性、平等、公开的交往形成公共意见的领域。

　　哈贝马斯非常重视公共意见（公共舆论）。什么是公共意见？公共意见绝不是国家意志的自上而下的贯彻，相反，"'公共意见'这一词汇涉及对以国家形式组织起来的权力进行批评和控制的功能"。同时，公共意见也不是卢梭的那种一体化的、不是通过讨论形成，而是先验存在的抽象"人民意志"。哈贝马斯说："公共意见，按其理想，只有在从事理性的讨论的公众存在的条件下才能形成。这种公共讨论被体制化地保护，并把公共权力的实践作为其批评主题。这种公共讨论并非古已有之——它们只是在资产阶级社会的一个特殊阶段才发展起来，只是依靠一种特殊的利益群体，它们才被组织进资产阶级立宪国家的秩序之中。"① 也就是说，公共意见与一般意见不同，一般的意见常常受到权威、意识形态、传统习俗、时尚潮流的左右，而公共意见则是理性讨论的产物，它不仅不是国家权力的传声筒，相反，它把国家公共权力的行使作为自己的监督和批判对象。

　　正因为这样，我们不能望文生义地把文学的公共性笼统理解为文学的群体性、政治性，而不问这种群体性、政治性是什么样的群体性、政治性，好像任何公开化的、群众性的文学运动或任何关注"国家大事"的文学创作、文学研究、文学批评，都是文学公共性的体现。新中国成立后 30 年，特别是极"左""文革"时期的文艺运动，有一个最明显、最重要的特点，就是由国家公共权力直接插手文艺界并统一制定不允许质疑的"文学理论"（特别是关于"文学本质"的理论），同时也由国家直接发动关于文学问题的各种群众性、政治性的"大讨论"，每次讨论的结果几乎都是进一步导致文学领域的单一化，导致差异性和

　　① 哈贝马斯：《公共领域的结构转型》，学林出版社 1999 年版，第 126 页。

多元性的进一步丧失。这种所谓的学术争鸣，实际上是典型的国家权力和国家意志的体现，而且是不允许质疑的国家权力和国家意志。这里面既没有建立在个体差异性基础上的多元性和复数性，没有建立在公民社会基础上的真正参与（老百姓只有跟风的义务而没有不参加的权利），也没有理性地、批判性地发表不同意见的自由。这些所谓的文艺界的"大鸣大放"与其说是平等、理性的讨论，不如说是自上而下的思想改造。其高度的统一性恰恰意味着文学公共领域的阙如，当然也折射着整个公共领域的阙如。哈贝马斯在分析真正的公共性和被操纵的、伪造的公共性的区别时一针见血地指出："本来的公共性（即真正意义上的公共性）是一种民主原则。"① 与此相关，体现公共性的公共舆论必须建立在平等的讨论中，必须在公共交谈中形成。

因此，当代中国改革开放之前 30 年，特别是"文革"时期，之所以不存在哈贝马斯意义上的文学公共领域与文学公共性，从根本上说是由国家和社会的关系结构决定的。"文革"时期国家权力垄断了社会政治经济文化各个方面，全面控制私人领域（包括其最私人化的家庭生活、情感生活，等等），这种国家全权主义模式使得文学艺术活动不可能获得自己的独立性和自主性，而没有独立性和自主性，就没有真正意义上的文学公共领域。或者说，在丧失文学的自主性和独立性的情况下，文学也不可能不丧失其公共性。

三　文学的公共性与私人性

另一个极容易引起误解的问题是公共性和私人性的关系。一般认为，公共性（publicity）和私人性（privacy）相对，前者的基本含义是可见性、与公众利益的相关性，后者的基本含义则是不可见性（隐蔽性）、与公众利益的不相关性。但是依据哈贝马斯的理解，公共性和私人性除了相对以外还有相成的关系。公共

①　哈贝马斯：《公共领域的结构转型》，学林出版社 1999 年版，第 252 页。

领域的公众所具有的私人自律、私人主体性，最初是通过阅读文学作品（常常是在家庭这个私人环境中），特别是表现私人经验的日记体、书信体小说得到培养的，因此，我们不能简单认定那些描写私人经验的小说必然缺乏公共性。18 世纪典型的文学类型是日记体小说和书信体小说，这两种小说的特点是有突出的私人经验描写和心理活动描写，但它们在直接或间接培养公众主体性方面恰恰发挥了不可替代的重要作用。哈贝马斯说："作者、作品以及读者之间的关系变成了内心对'人性'自我认识以及同情深感兴趣的私人相互之间的亲密关系。理查逊和他的读者一样，也替他的小说人物落泪，作者和读者自己变成了小说中'自我吐露'的人物。"[①] "英语称（这种）新的文类所创造的幻想现实为 fiction，这个词没有纯属虚构的特征。心理小说创造了一种现实主义，允许每个人替自己要求一种作为补偿活动的文学活动，把人物与读者，以及与作者之间的关系作为现实的补偿关系。"[②] 私人经验的描写丰富了读者对于人性的认识，培育了他们的主体性，因此也为这些人进入公共领域准备了条件。

关于文学在私人领域和公共领域的融通方面所起的作用，哈贝马斯写道："公共领域在比较广泛的市民阶层上最初出现时是对家庭中私人领域的扩展和补充。卧室和沙龙同在一个屋檐底下；如果说，一边的私人性与另一边的公共性相互依赖，私人个体的主体性和公众性一开始就密切相关，那么同样，它们在'虚构'文学中也是联系在一起的。一方面，满腔热情的读者重温文学作品中所表现出来的私人关系，他们根据实际经验来充实虚构的私人空间，并且用虚构的私人空间来检验实际经验。另一方面，最初靠文学传达的私人空间，亦即具有文学表现能力的主体性，事实上已经变成了拥有广泛读者的文学。同时，组成公众的私人就所读的内容展开讨论，把它带进共同推动向前的启蒙过

---

① 哈贝马斯：《公共领域的结构转型》，学林出版社 1999 年版，第 54 页。
② 同上。

程当中。"①

文学所描写的经验虽然是私人的，但是读者是公众，讨论是公开的，讨论的机构——报纸杂志——是公共媒体。这种小说所表现的个性意识的觉醒对于培养公共领域的合格公众具有重要意义。因此哈贝马斯写道："通过阅读小说，也培养了公众，而公众在早期咖啡馆、沙龙、宴会等机制中已经出现了很长时间，报纸杂志及其职业批评等中介机制使公众紧紧地团结在一起。他们组成了以文学讨论为主的公共领域，通过文学讨论，源自私人领域的主体性对自身有了清楚的认识。"②

这点对于我们理解中国新时期许多侧重私人经验表现和情感倾诉的文学、呼唤人性复归的文学（比如伤痕小说、朦胧诗等），以及所谓"私人化写作"的公共意义颇有帮助。一方面，这些文学里面表现的个性意识和主体意识的觉醒，本身就是思想解放运动这个最重大公共事件的产物；另一方面，它同时也反过来对培养公众的公民意识产生了重要意义。实际上这些私人经验的表达，包括当时流行一时的邓丽君的那些如泣如诉的感伤歌曲，既是公众主体性觉醒的表现，同时也帮助培养了公众的主体意识，因此在当时具有鲜明的政治意义，因为"以文学公共领域为中介，与公众相关的私人性的经验关系也进入了政治公共领域"。③正是通过那些呼唤人性和人道主义，肯定人情、人性的文学，公众的个人经验进入了政治公共领域，成为80年代的读者公众控诉、告别"文革"极权主义、重建更加人性化的社会生活和公共空间的重要方式和途径。

在做了上述必要的理论澄清之后，我们可以得出这样的结论：现代意义上的中国当代文学公共领域出现于改革开放之后。在这个时期，以市场经济为核心和动力，国家权力有限度地退出了社会领域，特别是经济领域，但也包括一部分文化艺术领域，

---

① 哈贝马斯：《公共领域的结构转型》，学林出版社1999年版，第54页。
② 同上书，第55页。
③ 同上。

出现了相对独立于国家权力的经济活动空间（如家庭经济与其他私营经济领域）和思想文化活动空间（如新启蒙运动）。文化学术活动，特别是文学艺术的自主性要求在一定程度上得到了实现（邓小平在第四次文代会上倡导尊重艺术规律，捍卫批评自由，不再提"文学为政治服务"的口号等，这是国家权力有限度退出文学艺术领域的明显标志）。这样就为中国的公民社会和公共领域的出现提供了重要的社会文化条件，也使得80年代中国大陆的公共生活呈现出活跃景象，公众的政治热情高涨，媒体热衷于讨论公共话题，还出现了数量可观的关注公共议题的公共知识分子。

四　文学的公共性与政治性

依照亚里士多德的理解，政治实践需要有一个必要条件，就是作为民主平等的对话场所的公共空间。深受亚氏影响，阿伦特也认为，政治的含义是行动者的言行在公共场所的展现和演示，是行动者彼此之间形成互为主体的交往沟通，它的前提必须有一个供其展现与演示言行的空间，即公共领域。这是一个没有支配和宰制的平等对话的空间。人们在公共领域针对公共事务进行对话、互动，凭借的是平等、理性的原则而不是暴力、支配与宰制。阿伦特研究专家蔡英文先生解释说，按照阿伦特的理解，"政治乃是人的言谈与行动的实践、施为，以及行动主体随着言行之施为而做的自我的彰显。任何施为、展现必须有一展现的领域或空间，或者所谓'表象的空间'，以及'人间公共事务'的领域。依此分析，政治行动一旦丧失了它在'公共空间'中跟言谈，以及跟其他行动者之言行的相关性，它就变成了另外的活动模式，如'制造事物'与'劳动生产'的活动模式"。① 由于政治性和公共性的这种紧密关系，可以说，中国学术界对于文学

① 蔡英文：《政治实践与公共空间——阿伦特的政治思想》，新星出版社2006年版，第60页。

公共性的误解（至少是片面理解）在很大程度上起源于对"政治"、"政治性"这两个术语的误解。

当代中国的文艺学是一种高度"政治"化的文艺学，这几乎已经成为学界共识。比如有学者指出："在当代中国，文艺学的发展同政治文化几乎是息息相关的，或者说政治文化规约了文艺学发展的方向。它虽然被称为是一个独立的学科，并形成了较为完备的知识体系，但是从它的思想来源、关注的问题、重要的观点等等，并不完全取决于学科本身发展的需要，或者说，它也并非完全来自对文学艺术创作实践的总结或概括。一套相当完备的指导中国革命实践的理论，也同样是指导文艺学的理论。这套理论就是中国的马克思主义——毛泽东思想。"① "当代文艺学的建立和发展，也就是这一学科的学者在政治文化的归约下不断统一认识、实现共识的过程。"② 在中国的特定语境中，这个事实性的描述当然是准确的。但是一个仍然可以提出的问题是：**它所指的那个控制中国文艺学知识生产的"政治"，实际上是特定国家形态和社会文化形态中的政党政治，在"文革"时期则是极"左"的极权政治，而不是一般意义上的政治。**由阿伦特的政治理论观之，由于这种极"左"政治推行对全社会的高度一体化、一元化的集中"指导"和对全体国民的无所不包的严密控制，因而恰恰取消了中国公民的政治参与能力和政治生活的公共性品格。③ 与此相应，极"左"时期高度政治化的文艺学知识生产也就几乎完全不具备阿伦特意义上的"政治"品格：多元性和创新能力。在包括文艺学在内的所有人文科学知识生产中，鲜能见到众声喧哗的场景，即使有也是昙花一现。文艺学工作者的创新能力空前萎缩。所以，如果我们要分析极"左"时期中国文艺学"政治化"的灾难，首先需要认识到那个时代中国公共领域

---

① 孟繁华：《中国二十世纪文艺学学术史》第三卷，上海文艺出版社 2001 年版，第 7 页。

② 同上书，第 9 页。

③ 关于阿伦特的"政治"概念及其对文学研究的启示，可以参见陶东风《文学理论的公共性——重建政治批评》的"导论"，福建教育出版社 2008 年版。

的质变和人的政治行动（创新）能力的瘫痪。

如上所述，改革开放前中国文艺学的知识生产主要采用了群众性"讨论"、"争论"的方式，而这些"争论"和"讨论"几乎全部是自上而下的政治运动或准政治运动，包括对《武训传》的批评，对胡适、俞平伯《红楼梦》研究的批判，对《海瑞罢官》的批判，关于典型和"中间人物"的讨论，关于大学文艺学教学的讨论等等。"讨论"的目的则是文学和文学理论如何更好地为政策（而不是我所理解的政治）服务。这样高度统一的文艺创作和文艺批评当然不可能给个体的创新能力留下多少余地。"实践证明，在近三十年的时间里，文学批评和文学研究，都严格地限定在对毛泽东文艺思想的阐发上，不同时期虽然有不同的侧重和不同的解释，但都没有偏离《讲话》的方向和精神，则是历史事实。"[1] 从 1949 年 7 月在北平举行的第一次文代会开始，中国的文艺创作和研究思潮、文艺思潮和争论，包括文艺学的教材编写活动，都采取了中央高级官员（常常包括最高领袖本人）直接参与并领导的政治运动方式。50 年代初期的批判《武训传》，批判胡适、俞平伯的《红楼梦》研究等，都是毛泽东亲自发动亲自领导的。因此在这个特殊时期，与其说文艺（以及文艺学）是为作为公共领域中公民的自由实践活动的政治服务，不如说是为执政党的政策（很多政策现在看来都是错误的）服务。这个命运早在 1951 年周扬在中国共产党第一次全国宣传工作会议上的讲话中已经相当确定："文艺工作现在最大的问题就是缺乏上边的帮助，缺乏政治上的帮助，他们最需要政治方面的帮助，就是如何使他们注意政策问题，注意人们生活中哪些是正当的问题，哪些是不正当的问题，领导他们对生活中所发生的最大问题发生兴趣，帮助他们去发现。"[2] 文艺为"政治"服务在这里的真实含义是为党的方针政策（包括方针政策的

① 孟繁华：《中国二十世纪文艺学学术史》第三卷，上海文艺出版社 2001 年版，第 17 页。

② 《周扬文集》第一卷，人民文学出版社 1985 年版，第 71 页。

"调整"）服务（邓小平在第四次文代会上的讲话明确批评了这种做法），文艺与文艺学的"政治性"的真实含义在当时的语境中就是文艺的政策导向性或"党性原则"。① 而所谓"争论"、"讨论"实际上徒有其名，因为"论争"双方根本没有什么平等可言（一方是作为党的意识形态代表的文艺官员乃至党的最高领袖，一方则是不断被整肃、改造、终日胆战心惊的所谓小资产阶级知识分子），"论争"遵循的也不是民主、平等的理性对话规则，而是权力决定"真理"的强权逻辑。②

但是由于这些文艺学领域的重大事件毕竟采取了运动和争论的外在形式，因此使得它带上了鲜明突出的公共事件、集体行动、政治运动的外表（就像"文革"时期的批斗大会具有"大民主"的外表一样）。但也仅仅是外表而已。它和阿伦特所说的政治的公共性是格格不入的，**因为它缺乏政治实践所需要的复数性和以个体差异性为基础的创新性，更缺乏公共性所需要的多元性和异质性**。如上所述，阿伦特认为不同的个体都带着自己不可化约的差异性进入公共领域，这种同时在场而又保持多元性和差异性的状态，是公共领域的重要特点。公共性的本质是各方视点的不可化约的多元性，"尽管公共世界乃是一切人的共同聚会之地，但那些在场的人却是处在不同的位置上的。……事物必须能够被许多人从不同的方面看见，与此同时又并不因此改变其同一性，这样才能使所有集合在它们周围的

---

① 茅盾甚至说："这十年来我所赶的任务是最光荣的，在党的领导下，有意识有目的地鼓吹党的文艺方针和毛泽东的文艺思想，不是我们最光荣的任务么？"可见为党的政策服务已经成为很多知识分子的自觉要求。参见孟繁华《中国二十世纪文艺学学术史》第三卷，上海文艺出版社2001年版，第13页。

② 有意思的是：虽然争论的双方是如此不平等，虽然弱势的一方总是在不断地检讨、忏悔，但占据强势地位的一方却总是夸大"敌情"，夸大所谓知识分子的小资产阶级思想的严重性，从而使得自己的整肃行为显得好像迫在眉睫。比如1951年11月24日举行的文艺界整风学习动员大会，胡乔木题为《文艺工作者为什么要改造思想》的报告认为文艺界"存在着更大的资产阶级小资产阶级思想的包围"。再如1954年毛泽东发动的批判胡适、俞平伯的《红楼梦》研究的运动，居然为小小的《红楼梦》研究大动干戈，给政治局写信，声称文艺界的"大人物"欺压"小人物"，一时间风声鹤唳、草木皆兵。

人明白，它们从绝对的多样性中看见了同一性，也只有这样，世俗的现实才能真实地、可靠地出现"。① 尊重差异性和多样性才能保证公共领域发生的对话是平等、民主的，而这正是极"左"时期的文艺学争论或运动所不具备的。蔡英文说："按照阿伦特的论议，所谓政治乃是一种自主性的流域，或空间，它的展开端赖我们行动的创造，我们基于公共的关怀而离开安稳的居所，共同涉入充满风险的公共事务，共同讨论、争辩、议论为我们关切的公共议题，经由这种'公共论坛'中的理性言说与论辩，我们审议分歧的意见，从其中寻找某种共同的观点，或者也可能无法达成这种'公共性的共识'"，② "政治实践，依照阿伦特对它现象性格的分析，是开创和完成人最高的可能性：自由的言论、行动，以及毫无保留的讨论与质疑。它确立一个共同体言论与思想的流通。它认可公民有平等的权利去谈论他们认为有价值之事，特别是公共事务"。③ 按照这种对于政治性和公共性的理解，我们在极"左"时期的中国文化界看到的恰好是政治性和公共性的极度萎缩，尽管它采取了政治运动与公共事件的方式，但是这是一种统一意志规约下的集体性，是消灭了差异性和多样性之后的集体性，其所谓的"公共事件"、"争论"实际上也不过是最高权力意志为了统一思想而采取的行为，而不是真正民主的集会，也没有真正的讨论和争鸣。即使是关于大学文艺学教学这样的学术问题也是严肃的政治问题。《文艺报》1951年第5卷第2期（1951年11月10日）开展了"关于高等学校文艺教学中的偏向"的讨论，发表了一批所谓"读者来信"，第一封来自山东大学读者的信的标题就是"离开了毛主席的文艺思想是无法进行文艺教学的"，信的矛头直指山东大学中文系教授吕荧，指称其崇拜外国名著而轻视人

---

① 参见汪晖等主编《文化与公共性》，生活·读书·新知三联书店1998年版，第88—89页。

② 蔡英文：《政治实践与公共空间——阿伦特的政治思想》，新星出版社2006年版，第10页。

③ 同上书，第124页。

民文艺和毛泽东文艺思想。虽然吕荧据理力争并表白自己"一贯尊崇毛主席的著作",但仍然无济于事,很快销声匿迹。[①]

所以,如果从阿伦特的政治理论去理解,极"左"时期文艺学知识生产的灾难不能泛泛地归结为"政治"化,而恰恰是它在"政治"化外表下的非政治化,在于它缺乏真正的政治实践所需要的公共性——再强调一遍,这种公共性是以差异性、多元性以及自由平等的争鸣为前提的。"在有任何支配或宰制他人的势力存在的地方,公共领域也随之消失,因为支配或宰制违背公共领域成立的一个基本条件是政治实践的多元性。"[②]正是极"左"时期的那种"政治化"使得公民的政治参与能力陷于瘫痪,同时也使得文艺与文艺学的公共性和政治性流于形式。

职是之故,我们在分辨文艺学和政治的关系或文艺学知识的政治维度时,首先要分辨的就是所谓"政治"是什么样的政治?是极"左"时期的政治,还是改革开放以后倡导的民主政治?是允许其他非主流政治见解自由表达的政治,还是一言堂的高压政治?是允许文艺学有自主声音的政治,还是不容忍这种声音的政治?换言之,不是普遍一般的"政治"本身会导致文艺学自主性的丧失,而是极"左"的政治才会,也必然会导致文艺学自主性丧失。新中国成立后30年,特别是极"左"的"文革"

---

① 只有在党内出现差异意见,或党出于特定时期的战略需要调整文艺政策的时候,才会出现短暂的"不统一"现象和不和谐音。但是无不如过眼烟云,迅速消失。比如,1956年中央调整文艺政策,提出了"双百"方针,随之就出现了"典型人物"、"人性人道主义"的讨论,出现了钱谷融等学者的"不和谐音",最终的结果是周扬在1957年9月16日的文章《文艺战线上的一次大辩论》中彻底清算了这些非主流声音,接着而来的"反右"运动更使得文艺界万马齐喑;又如60年代初,中央开始反"左",反思"大跃进"的错误,和苏联的关系也趋于紧张。文艺政策又开始调整。其标志是1961年6月在北京召开的"文艺工作座谈会"和"故事片创作会议";1962年3月在广州召开的"全国话剧、歌剧、儿童剧创作座谈会";1962年8月在大连召开的"农村题材短篇小说座谈会"。周扬的几次讲话思想都比较解放。于是出现了关于"中间人物"等的讨论,这个讨论的命运当然也是一样。

② 蔡英文:《政治实践与公共空间——阿伦特的政治思想》,新星出版社2006年版,第106页。

时期文艺学的灾难不能简单地说成是它的政治化。毋宁说，灾难的真正根源在于文艺学不得不按照规定的方式"政治"化，在于文艺学知识生产者没有不为特定"政治"服务的权利，更加重要的，是没有为不同的政治服务的权利。

（原载《文艺争鸣》2009 年第 5 期）

文学理论:建构主义还是本质主义?

——兼答支宇、吴炫、张旭春先生

一 简要的回顾

本人对于本质主义文艺学的反思开始于 20 世纪 90 年代后期,第一篇比较系统的文章《大学文艺学的学科反思》发表于 2001 年,[①] 后来在我主编的教材《文学理论基本问题》中有所体现。我这种反思的学术资源比较庞杂,主要有形形色色的文化研究、布迪厄的知识社会学和文化社会学、福柯等人的后现代主义、罗蒂的实用主义,等等。这些学术或思想流派都不同程度地存在反本质主义倾向。相比之下,布迪厄的反思社会学、文化社会学理论,以及文化研究,特别是女性主义和后殖民主义的身份建构理论,对我影响更大些。也正因为这个原因,我的反本质主义(如果可以这样称呼的话)更接近于建构主义的反本质主义,而不是后现代的激进反本质主义。

我翻译的《文化研究导论》这样界定"本质主义":

> 本质主义是一种教条,这种教条把一些固定的特性或本质作为普遍的东西归于一些特定的人群。……把任何文化的分类编组加以模式化的基本原则,都是在用本质主义的方式进行运作。

---

① 载《文学评论》2001 年第 5 期。

而对于建构主义，《文化研究导论》是把它作为"本质主义"的对立项介绍的：

> 取代本质主义的最好方法是社会建构主义者的解释。典型的建构主义观点可以用西蒙娜·德·波伏娃（Simone de Beauvoir）的话总结如下："女人不是生为女人的，女人是变成女人的。"[①]

因为这本书是在"文化身份"这部分集中介绍本质主义的，所以作者特别强调了本质主义在"特定人群"中的体现。其实，这个词也可以换成"特定文学"或者别的什么。如果这样理解，本质主义就是一种思维方法，即把永恒的、普遍的、静止的、模式化的"特性"和"本质"当成一种不变的"实体"归于一个固定的对象，仿佛这种"本质"不是社会文化的建构，而是天生的、自然而然的。

　　建构主义思想也见于萨义德的《东方学》一书。萨义德认为，"东方"不是一个本质化的实体，而是西方文化的建构。[②]当然，无论是女性主义还是后殖民主义，其反本质主义思想都受到福柯的深刻启迪，福柯一生的学术努力或许就是要告诉我们："人的本质——假如人有本质的话——并不是一种与生俱来的、固定的、普遍的东西，而是由许多带有历史偶然性的规范和准则塑造而成的。"[③]

　　在这些理论资源的综合影响下，我给本质主义下了这样的一个"定义"：

> 　　"本质主义"与"反本质主义"都是很复杂的概念，本世纪许多有影响的哲学家与哲学流派都曾经对"本质主义"

---

　　① 《文化研究导论》，高等教育出版社 2004 年版，第 142—143 页。

　　② 参见萨义德《东方学》，生活·读书·新知三联书店 1999 年版，特别是该书"导言"部分。

　　③ 参见李银河《福柯与性》，山东人民出版社 2001 年版，第 4 页。

进行清理与批判，比如海德格尔、维特根斯坦、罗蒂、福柯、德里达、利奥塔等（当然，更早的反本质主义还可以追溯到尼采）……大致上可以这样说，在本体论上，本质主义不是假定事物具有一定的本质而是假定事物具有超历史的、普遍的永恒本质（绝对实在、普遍人性、本真自我等），这个本质不因时空条件的变化而变化；在知识论上，本质主义设置了以现象/本质为核心的一系列二元对立，坚信绝对的真理，热衷于建构"大写的哲学"（罗蒂）、"元叙事"或"宏伟叙事"（利奥塔）以及"绝对的主体"，认为这个"主体"只要掌握了普遍的认识方法，就可以获得超历史的、绝对正确的对"本质"的认识，创造出普遍有效的知识。[①]

在列举了文学理论中的本质主义思维之后，我写道："由于反本质主义的后现代主义与兴起于 20 世纪后半期、至今仍然盛行不衰的文化研究（Cultural Studies）的影响，当代西方的一些文学理论家早已开始对'文学'以及文学的'本质'采取一种历史的、非本质主义的开放态度，而且强调关于'文学本质'的各种界定的具体社会文化语境而不是寻找一种普遍有效的'文学'定义。他们不把'文学'视作一种可以一劳永逸地解决的概念，而是转向把'文学'视作一种话语建构。"[②]

我在文章中反复突出和强调了"建构"一词，并且把它与后现代主义的极端反本质主义进行了有意识的区别："如果说我们的文学理论在理解文学的性质时存在严重的普遍主义与本质主义的倾向，那么纠正这种倾向就必须重建文艺学的知识论基础，这种重建当然没有也不可能有一个统一的模式。就本书

① 陶东风：《大学文艺学的学科反思》，参见陶东风主编《文学理论基本问题》，北京大学出版社 2004 年版，第 3 页。

② 《大学文艺学的学科反思》，参见《文学理论基本问题》，第 8 页。另外，我的建构主义的文学理论受福柯和布迪厄的影响很大，但是由于在《大学文艺学的学科反思》以及《文学理论基本问题》的导言中有比较详细的介绍，在此就不再赘述

（即《文学理论基本问题》，引注）而言，我们的思路是以当代西方的知识社会学为基本武器重建文艺学知识的社会历史语境，有条件地吸收包括'后'学在内的西方反本质主义的某些合理因素，以发挥其建设性的解构功能（重新建构前的解构功能）。"① 所谓的"知识社会学"的视角，就是要求我们摆脱非历史的（de-historized）、非语境化的（de-contextualized）知识生产模式，强调文化生产与知识生产的历史性、地方性、实践性与语境性。

紧接着我又作了这样的补充解释：

> 我们对于"后"学的借用并不是无条件的。我们所说的反本质主义并不是根本否定本质的存在，而是否定对于本质的形而上学的、非历史的理解（在这一点上不同于有些"后"学家那种根本否定事物具有任何本质的极端反本质主义），尤其不赞成在种种关于文学本质的界说、理论中选择一种作为对于"真正"本质的唯一正确揭示。在社会世界，不存在无条件的、纯客观的"本质"，社会世界的"本质"是有条件的，它必然受到社会历史等因素的制约，而我们对于这个"本质"的把握也受到作为社会实践（而不是逻各斯）的语言的中介。我们应该对于所谓"本质"或"原理"采取一种历史的与反思的态度（而不是把它当做是理所当然的、自明的东西），把所谓的"原理"事件化、历史化与地方化。

我的观点发表后，在文艺学界引起了一些争论，其中有鼓励，有商榷，也有一些误解，这些误解有些是因为我的阐释不清楚造成的。为此，我觉得有必要对相关问题作进一步申述。

---

① 《大学文艺学的学科反思》，参见《文学理论基本问题》，第20页。

二 建构主义文学理论论纲

首先，关于本质主义、建构主义、反本质主义等关键词及其相互关系，可以作如下简要说明：

本质主义的文学理论不是文学本质论的代名词，不是所有关于文学本质的理论阐释都是本质主义的。本质主义只是文学本质论的一种，是一种僵化的、非历史的、形而上的理解文学本质的理论和方法。

对本质主义文学理论的反思和扬弃并不必然导致反本质主义。或者说，我们可以把反本质主义分为"反本质主义"与"反本质的主义"两种，建构主义属于"反本质主义"，而不是"反本质的主义"。"反本质的主义"以后现代主义为代表，它不是对本质主义的反思，而是彻底否定关于本质的一切言说，认为本质根本不存在。"反本质主义"的含义要大得多，它包括了多种对本质主义的反思，后现代式的对任何本质言说的彻底否定只是其中之一；另一种则是我所采用的建构主义。

建构主义反对本质主义，但它同时也可以是一种关于本质的言说。建构主义的文学理论并不完全否定本质，而是认为文学的"本质"是受到社会历史条件制约的文化与语言建构，我们不能在这些制约语境之外，也不能在语言建构行为之外谈论文学的本质（好像它是一个自主的实体，不管是否有人谈论都"客观存在"着）；也就是说，建构主义不是认为本质根本不存在，而是坚持本质只作为建构物而存在，作为非建构的实体的本质不存在。本质主义文学观的核心是认为文学的本质是先验的、非历史的、永恒不变的，是独立于语言建构之外的"实体"，即使没有关于文学本质的言说行为，文学本质仍然像地下的石头一样"客观"存在着，只是没有被人发现罢了。

相反，建构主义认为离开人的建构行为，文学的本质就不存在，不是"本质"本来就在那里，只要方法得当就可以发现（也就是获得了关于文学的"绝对真理"）。本质不是发现的而是

文学理论与公共言说

建构的。就连"文学"这个概念也是建构的。没有建构行为就没有"文学"这个东西（可以有大量文献，但是这些文献不叫"文学"）。

这种建构只能是语言的建构，而对各种建构进行批判的所谓"标准"也是建构，不存在也不可能存在建构之外的"基础"、"实体"、"本质"可以作为评判的标准。正如罗蒂所言："想到语言背后发现作为其'基础'的东西、或它所'表达'的东西、或它可能想与之适应的东西的种种努力都没有成功。语言的无处不在实际上是这样的一个事物，许多东西（包括清楚明白的观念、感觉材料、纯粹理解范畴、前语言意识结构，等等）想成为思想的'自然出发点'，即先于和独立于某个文化现在和过去的表达方式的出发点，但都失败了，而由此留下的空隙，语言却进入其中了。"①

紧接着上面这点，我们说，建构主义文学理论之所以不同意文学本质是脱离人的建构行为的神秘实体，还因为"文学"本身就是一种建构，"文学"不是前人留下来的所有文献（这是前文学时代的泛文学观），而是用"文学"标准圈出来的部分文献，这个"标准"，实际上也就是关于"文学"的定义，从来都是，也只能是一种历史文化的建构，② 虽然历史上的各种文献（比如《诗经》）早在"文学"概念出现之前很久就存在了，但是没有"文学"这个概念的建构，这些文献永远不可能成为"文学"。

建构主义文学理论认为，关于文学本质的建构行为必然处在特定时空中，而不可能发生在真空之中，它因此必然也只能从特定的立场、视角出发建构文学的本质，这个立场和视角必然是有局限的，但也正是这种"局限"才使得建构者有所发现。这就如同一个人不可能不从一个独特角度观察世界，因为人不可能有不受限制的视角（只有虚构的"上帝"才有）。"全知视

---

① 罗蒂：《后哲学文化》，上海译文出版社 1992 年版，第 12 页。
② 可参见布迪厄的文学社会学和文化社会学。

角"实际上就是没有视角，而没有视角就什么也发现不了。这就是尼采用以颠覆形而上学的所谓"透视主义"（或译"视角主义"）。

当然，建构主义文学理论否定文学本质可以脱离人的建构行为，但并不认为建构行为是完全主观的、随心所欲的，因为建构行为必然受到社会历史条件和语言文化因素的制约，这种制约因素是真实的而不是虚构的。没有人能够随心所欲地建构文学本质。特别值得注意的是，那些以绝对自由相标榜、否定社会历史条件制约的理论活动（布迪厄称之为"唯智主义"），同样无不可以找到其出现和流行的社会历史原因（比如审美自律的文学本质论）。

最后，建构主义既然认为文学本质是建构而不是实体，同时也就意味着我们不可能找到一个非建构的"实体"来作为绝对的、不可置疑的标准，来评判各种关于文学本质的建构何者为真何者为假、何者为高何者为低。用以评判的建构的这个"标准"本身也是建构，而且只能是建构，同样也陷入历史、社会、文化等网络系统中。这个标准的有效性不是建立在它的非建构的实体性上，而是建立在文艺学学术共同体的（经平等协商之后的）承认、共识之上。

这就要求我们对于所有文学理论，包括自己选择和使用的文学理论的术语、词汇等，都抱有一种清醒的反思态度，同时也意味着对他人使用的理论、术语和词汇的宽容，切忌把自己心仪的理论当做"绝对真理"。对此，罗蒂关于反讽自由主义（即实用主义，后期的罗蒂更喜欢用这个称呼）的看法对我们启发很大。罗蒂认为反讽自由主义有如下特点："1. 她（反讽自由主义者，引注）对她目前在使用的最终词汇有激烈的持续的怀疑，因为其他词汇，即被她所遇到的其他人或书看作是最终的词汇，给她留下了深刻的印象；2. 她认识到用她现在的词汇构成的任何论证都既不能保证也不能消除这样的怀疑；3. 就她对其环境做哲学思考而言，她并不认为她的词汇比其他人的词汇更加接近实在，并不认为这种词汇在与某个她自身以外的力量相联系。"① 我们可以结合文学理论将此发挥如下：

任何文学理论研究者当然都要选择自己需要的理论、术语和词汇，这是理论工作的宿命，是研究开始的前提。但他同时应该对自己的选择持有清醒的反思精神，明白自己的选择不是"绝对真理"和"绝对谬误"之间的选择，而是各种关于文学的"意见"之间的选择，自己和别人的文学理论的较量，不是真理和谬误的较量，而是"意见"和"意见"的对话。② 更应该知道自己选择的一套理论词汇本身是有缺憾的，它并不比别人选择的理论、术语和词汇更接近某个文学的"实体"，而是因为它更加符合使用者的价值诉求、利益以及愿望。这样的文学理论是多元主义的，因为它并不把某个小写的文学理论放大为大写的文学理论，认为其他的文学理论都不是文学理论或者都是错误的、虚假的文学理论。因此，应该让所有小写的文学理论自由争鸣，表达其自身的愿望和诉求。我们选择一种文学理论，只能依据我们自己的需要进行解释，在我们自己的愿望和目的之外不存在可以裁断文学理论适当与否的标准。

指出这点的目的是什么？当然是调整我们的研究范式，改变我们的提问方式：从认识论转向政治学与价值论，从形而上学转向知识社会学。我们不应该去问到底哪种文学本质观是真理，是对于文学"客观本质"的正确揭示，哪些是谬误，是对于文学客观本质的遮蔽。正如罗蒂在解释实用主义者对柏拉图以来的形而上学哲学传统的扬弃时说的，对形而上学的批判并不意味着实

<aside>文学理论：建构主义还是本质主义？</aside>

---

① 《偶然性、讥讽和亲和性》，转引自罗蒂《后哲学文化》，上海译文出版社1992年版，第38页。

② 关于意见和真理的区别，可参见阿伦特《真理与政治》、《哲学与政治》等文（译文见贺照田主编《西方现代性的曲折与展开》，吉林人民出版社2002年版）。阿伦特认为，柏拉图开创的哲学"真理"理论，认为"真理"是排他的、绝对的、强迫性的、拒绝商议的，是哲学家的专利；而"意见"则是相对的、包容的、可商榷的、指向交往的，是每个公民都有的。从苏格拉底到阿伦特和罗蒂，都认为真理存在于意见中，要从意见中发现和孕育真理。罗蒂的一段话可以参考："我们最好的真理标准是，真理是自由研究获得的意见。在这种自由的研究中，任何东西，无论是终极的政治和宗教目的还是任何其他东西，都可以讨论，都可以得到苏格拉底式的责问。"《后哲学文化》，上海译文出版社1992年版，第5—6页。

用主义者"可以提供一套新的非柏拉图主义的回答，而是说，我们不应当再问这样的问题"。① 罗蒂认为，实用主义者只是想"改变话题"，改变"提问的方式"。重要的是，我们不能离开人的需要、目的、愿望等去问所谓"真理"问题，因为真理问题只对人才存在，"如果没有可以思想的造物（即人），世界上没有一样东西，没有任何对象或事件，可以是真的或假的"。② 实用主义的核心是"坚持行动者的观点的至高无上性。如果我们发现，在从事广义的实践活动时，我们必须采取某种观点，使用某个概念系统，那么我们必须同时进一步主张，这实际上不是事物本身的样子"。③ 也就是说，我们采取何种观点和视角不是取决于对象，而是取决于我自己的需要。在实用主义者看来，真理不过是有用的信念，"一套词汇的德性不是其精确表象实在的能力，而是其给我们以我们所需要的东西的能力"，④ 不是我们之外的某个神秘的"实体"使得我们的陈述为真，而是我们的利益、兴趣等使我们的陈述为真。

我们并不能够提出可以取代旧的本质主义文学理论的新的本质主义文学理论，我们认为本质主义的提问方式是没有意义的。我们要问的是：什么人在什么情况下出于什么需要、目的建构了什么样的"文学"理论？又是在什么情况下何种关于文学的理论为什么取得了支配或统治地位？被封为"真理"甚至"绝对真理"？何种被排斥到边缘地位或者干脆被驱逐出去？原因是什么？这个过程是否表现为一个平等、理性的协商对话？商谈过程是否符合民主自由的政治程序和文化精神？这有点类似于罗蒂说的，实用主义要用"政治问题代替认识论问题"，因为实用主义关心的不是关于真理的绝对客观标准，而是真理建立在什么样的信念和愿望之上。罗蒂在论述真理之于信仰的关系时指出："确

---

① 罗蒂：《后哲学文化》，上海译文出版社1992年版，第2页。
② 戴维森语，参见罗蒂《后哲学文化》，上海译文出版社1992年版，第10页。
③ 罗蒂：《多面实在论》，见《后哲学文化》，上海译文出版社1992年版，第14页。
④ 罗蒂：《后哲学文化》，上海译文出版社1992年版，第20页。

实，是我们的信念和愿望形成了我们的真理标准。但这不是因为真理是相对的，而只是因为我们没有一个天钩可以把我们吊离我们自己的信念和愿望，而达到某个较高的'客观'立场。"①

在深层的存在论意义上，文学不可能不是我们的信念和愿望的表达，不同的信念铸就不同的文学理论。但这绝不意味着不同的信念、建立在不同信念上的文学理论只能是孤立的、隔绝的、对抗的。人的存在境遇的差异必然产生信念和愿望的差异，进而产生文学观念的差异，但是差异并不一定走向对抗和孤立，它可能而且应该走向对话，应该用对话主义的文学理论来补充建构主义的文学理论。对话主义同样是本质主义的反面，因为对话的必要性来自这样的认识：不存在绝对的、唯一的真理，只存在对于文学的各种言说和意见，各种言说、意见谁也不能认为自己是真理的代表，否则就不需要对话，也无法进行对话。因此，本质主义的绝对真理才是导致对抗的真正原因。持有不同"意见"的两个人相遇更可能会选择对话，而两个自以为代表"绝对真理"的人相遇却只能走向你死我活的对抗。建构主义不等于孤立主义，各种文学言说虽然都不能自诩为绝对真理，但也不是绝对无法对话，甚至也不是绝对无法达成"共识"。只是这个"共识"仍然不是绝对的而是相对的，仍然是建构而不是实体，一则因为对话本身也受到历史的限制；二则新的关于文学的言说还在源源不断产生，进入对话行列。

从解释学的角度看，我们必须也只能从我们现有的立场、前理解、信念出发选择和建构我们的文学理论（以及其他一切理论），但我们的这个立场、前理解和信念并不是拒绝交往和对话的，也不是不可能在交往对话中修正的。罗蒂把这种交往描述为把"其他人的文化信念与我们已有的信念编织在一起"，② 但编织在一起的结果是我的文学理论和别人的文学理论的相互融合，我自己的文学理论连同我的立场和信念，完全可能因为和对方的

① 罗蒂：《后哲学文化》，上海译文出版社 1992 年版，第 4 页。
② 同上书，第 52 页。

交往而发生变化。伽达默尔的观点和罗蒂的观点都非常值得我们借鉴。伽达默尔认为：我们不可能不带着前理解进行理解，但是我们理解的结果却不是把我们的先见强加给对方而是与对方达到"视野融合"。

我们需要对话，是因为我们无法找到"实体"化的文学本质，否则我们就可以像举着石头一样举起文学的本质，说："看吧，我找到文学的本质了，你们还争论什么！"如果每个人都举起自己手中的石头，结果只能是暴力冲突而不是理性对话。在文学观念多元化的当下中国，文学理论工作者能够做的和应该做的，是制定诸多文学理论之间的对话规则，努力在如何对话这个问题上达成一致，而不是选择一种文学理论作为"绝对真理"。关于文学理论的这种对话规则实际上就是民主的文化商谈机制，它要警惕的是某些文学理论挟持一些非学术因素（比如权力和金钱）不通过对话就宣告自己是绝对真理，别的全部是谬误，剥夺别的文学理论的发言权。达成这样的共识我以为是相对容易的，比大家一致同意哪种文学理论是绝对真理要容易得多。如果对话的结果是大家高度一致地同意某种文学理论，而且完全是出于自己的自由意志和理性思考，那么，这种文学理论不妨在此时此刻被称为"真理"，但这个"真理"是意见或至多是共识意义上的"真理"，而不是实体意义上的"真理"，是对话对出来的"真理"，而不是上帝或别的什么权威塞给我们的"真理"，是开放的而不是封闭的"真理"，是以后还可以持续质疑的"真理"，而不是从此以后一万年不变的"真理"。

三 关于本质主义和权威主义
——回应支宇

《大学文艺学的学科反思》以及《文学理论基本问题》发表、出版以后，不少学者朋友撰写文章进行争鸣。其中包括支宇的《"反本质主义"文艺学是否可能？——评一种新锐的文艺学话语》、① 张旭春的《"后现代文艺学"的"现代特征"？——评陶东风主编〈文学理论基本问题〉》② 以及吴炫的《当前文艺学论争中的若干理论问题》，等等。③

支宇先生的《"反本质主义"文艺学是否可能？——评一种新锐的文艺学话语》是我看到的最早的商榷文章，发表在2006年第6期的《文艺理论研究》。

支宇对我的《文学理论基本问题》（下称《基本问题》）及其所谓"反本质主义"的评价非常极端化，先是高度肯定，接着又差不多全盘否定。肯定意见几乎全部集中在反本质主义文艺学的破坏或者解构意义上："《文学理论基本问题》所倡导的'反本质主义'对文艺学知识生产最大的启示性意义在于，它从根本上解构了传统形而上学知识生产的'本质主义'神话。在它看来，任何一种知识和话语所自诩的'本质'、'规律'、'真理'都是具体的、特殊的和偶然的，并不具备跨时空的客观性、唯一性和普遍性。作为一把锋利的理论之剑，'反本质主义'从底部摧毁了'阶级工具论'和'审美自主论'两套中国文艺学界主流话语的理论根基，使人们得以有强大的理论武器怀疑这两种至今仍然束缚中国文艺学家们的'大文学理论'的权威和霸权。""《文学理论基本问题》'反本质主义'思维方式对'本质'、'规律'、'真理'的彻底解构，将我们的文艺学反思和重建带入一个无'本质'、无'真理'的绝对自由状态。面对这样一种无'本质'、无'真理'的绝对自由状态，文艺学获得了无边的理论创造空间，它可以以任何一种独特的方式来进行思考、言说和创造。"④

破坏的意义虽然很大，但建构意义却等于零。作者认为，《基本问题》致力于解构一切文艺学对文学"本质"的认定，暴

① 载《文艺理论研究》2006年第6期。
② 载《文艺争鸣》2009年第5期。
③ 载《文学评论》2008年第4期。
④ 支宇：《"反本质主义"文艺学是否可能？——评一种新锐的文艺学话语》，《文艺理论研究》2006年第6期。

文学理论：建构主义还是本质主义？

露一切文学观念的"非普遍性"和"非真理性"（支宇把真理性等于普遍性，非真理性等于非普遍性，这种普遍性崇拜笔者不敢苟同，详下），"其结果必然是《文学理论基本问题》根本无力建构一个系统的文学理论体系，无法形成一套完整的文学理论话语"。在支宇看来，反本质主义必然等于"理论的瘫痪"和知识的"无政府主义"，等于放弃理论研究，因此，《基本问题》没有建构自己的本质论不是作者不愿而是根本不可能，"'反本质主义'诉求早已预先剥夺了自己探寻文学'本质'的可能性"。

显然，问题的关键首先在于：支宇（也包括其他的质疑者）一致认定我是反本质主义者，尽管我在文章和教材中反复且明确表白我不是反本质主义者而是建构主义者（详上），对于"反本质主义"我只是"有条件地吸收"。建构主义是反本质主义的，但却不是反本质的主义，不认为关于本质的言说是不可能的。建构主义自己就是一种言说本质的方式。也就是反对通过本质主义的方式言说本质。它认为一切这类的本质言说都只是众声喧哗的"意见"而不是定于一尊的"真理"。建构主义并不认为本质言说是不可能的，而是认为，那些声称自己是唯一正确、合法的本质言说是不合法的。

我和支宇的根本分歧在于：我不认为只有本质主义才能有资格被称作"理论"，才能谈论本质，而其他言说方式一概不能进行任何理论研究，更不能形成自己的理论话语。建构主义认为任何理论建构都不是无条件的绝对真理，任何知识建构都受到建构者的存在境遇、视角方法以及特定时代的知识—话语型的制约，都没有无条件的普遍性。但这并不必然意味着知识生产的"无政府主义"或"理论的瘫痪"。支宇显然仍然抱持本质主义的知识论立场，好像只有本质主义的关于普遍、绝对真理的理论言说，才是真正的知识、真正的理论，其他的全部是"无政府主义"、"理论的瘫痪"、"虚无的文艺学"。按照支宇的逻辑，我们只有两种选择：要么服膺本质主义，要不陷入无政府主义（反本质主义），后者等于放弃理论，等于理论的瘫痪。中间的知识形态和理论形态是不存在的。支宇断言，"《文学理论基本问题》

所倡导的绝对的'反本质主义'必然给文艺学知识生产带来一个致命的后果——'理论的瘫痪'。告别了'本质主义'之后，'反本质主义'文艺学却不幸成为一种虚无的文艺学、瘫痪的文艺学"。我想问的是：告别了本质主义之后，难道就只能是反本质主义一种选择？而不可能是既非本质主义亦非反本质主义的第三种"主义"（比如建构主义）？

由于支宇坚信所有可能、有效、真实的知识只能是本质主义的知识，所以在他看来，建构主义者所坚持的"具体而特殊的知识"，必然也是虚假的、不可能的知识，他断言："《文学理论基本问题》对'本质主义'思维方式的反感和拒斥使得它充分认识到'本质'的具体性、特殊性和虚假性：既然一切'本质'都不过是从某一特殊角度和特定时空而得出的特殊结论，既然普遍必然的'本质'和'规律'根据不可能存在，那么文艺学还有什么必要去获取一个理论立场、建构一套文学话语、得出一个文学结论呢？"把对于"本质"的"具体"、"特殊"的知识等同于"虚假"的知识，这是支宇先生的立场而不是我的立场，它明显暴露出作者的本质主义立场。我认为恰恰相反，只有具体的、特殊的、受到各种因素限制的"本质"言说才是真实的。正因为"普遍必然的'本质'和'规律'根据"之不存在，才需要我们去获取，也不得不去获取一个特定的理论立场，在此基础上建构一套特定的、有局限的文学话语，得出一个特定的、有局限的"文学结论"。①

当然，在《基本问题》中，我们的确没有进行所谓"理论建构"、"本质言说"，但这不是因为我们的所谓"反本质主义"立场导致我们无法进行任何形式的"本质言说"，不可能提供任

---

① 自相矛盾的是，作者在文章的另一处写道："解构之后，文艺学难道不能试图重新建构点什么？我们能不能将'反本质主义'作为一种文艺学思想语境，在没有独断'本质'和永恒'真理'的专制与暴政之下创造出各式各样暂时的、具体的、谦和的文学'本质'和'真理'？"这么说来，似乎在反本质主义的立场上也是可以进行本质言说的，虽然是"暂时、具体和谦和的本质言说"，毕竟还是本质言说啊。这个时候支宇好像和我又接近起来了。

何一种关于文学"本质"的论说，而是因为我认为教材的使命和专著是不同的，教材的使命是尽可能客观地介绍、梳理知识共同体所公认（或者大致公认）的历史上重要的、有代表性的文学观，而不必要提供自己的文学观。我们的教材理念是：教材是一个客观介绍知识史、学科史成果的地方，而不是建构编写者自己的所谓理论的场所（顺便指出，支宇认为《基本问题》与其说是教材，不如说是学术著作，可见其对教材和著作的区别的看法与我正好相反。这倒是一个非常值得接着讨论的问题。如果一部教材连本学科的知识史都没有梳理清楚，却大谈特谈自己的"理论"，这样的教材具有合法性么？）。支宇说："《文学理论基本问题》终其一书都未能提出一个关于文学的看法和意见，它所有的旁征博引和深思熟虑都可以最终归结为这样一个最基本的'反本质主义'结论：文艺学是复杂的、历史上多种多样文艺学知识各有其优劣，人们可以从不同的角度认识文学，文学没有'本质'，文艺学不可能发现'真理'。"如果把这里的"本质"理解为"绝对实体"，把"真理"理解为"绝对真理"，那么，支宇的判断无疑是正确的，但是如果像《基本问题》那样把"本质"理解为一种历史和地方的建构，把"真理"理解为"意见的真理"（阿伦特语），那么，我们也可以说，《基本问题》要告诉我们的是：任何关于文学本质的言说都是历史化和地方化的言语建构，任何关于文学的真理都不是绝对的。

我从来就不反对个人自由地撰写自己的文学本质论，甚至是本质主义的文学本质论（比如支宇先生就是本质主义的崇拜者，我同样很尊重他）。建构主义文艺学并不认为没有本质就是文学的本质，也不主张只有反本质主义的文艺学才是合法的文艺学或真正的文艺学。就像后神学时代仍然存在神学，后形而上学时代仍然存在形而上学一样，反本质主义时代仍然存在本质主义文学理论，区别只是在于它已经不能独霸文坛。不允许本质主义的文学理论（如阶级斗争工具论的文学理论）存在，这同样犯了专制主义的错误，同样违背了自由的精神。

我警惕的是这种本质主义文艺学的书写权力被某些人所垄

断。在此，我愿意再次提出文艺学知识生产和传播（特别是教科书形式的生产和传播）的程序正义问题。我在几年前写的文章就这样说过："我理解的文学理论知识建构的合法性是一种程序合法性，它不询问某种关于文学本质的言说的具体内容是否合法，而只涉及关于文学本质的知识生产程序是否合法的问题。"①也就是说，每个人或每个群体都具有就文学本质作出陈述的权利，只要它的这种陈述是合乎程序正义的。如果一种关于文学本质的言说借助于非正义的程序独霸了文学理论场域，别人只能接受而不能质疑，更不能提出自己的本质言说，那么这种言说本质的程序就是非正义的。何况，在一个价值多元化、观念多元化的时代，就文学本质达成实质性共识是非常困难的，但是就文学本质的建构程序达成共识则容易得多。就像我们今天很难就何为"好生活"的实质内容达成一致意见，而就关于"好生活"的讨论方式、讨论程序达成一致意见则并不难。同样道理，经过了改革开放和思想解放运动的洗礼，我们的文艺理论工作者应该能够达成这样的共识：任何人、任何群体，都不能于理性言说之外来强行推行一种关于文学本质的理论。强调程序正义的重要性是不言而喻的。②

当然告别本质主义并不是告别所有本质建构的努力，因此和支宇主张的"重新个性本质化"、"文艺学话语的多元化和个性化"是不矛盾的。

四　何谓"文艺学自己的声音"
——回应吴炫

吴炫先生在《文学评论》2008 年第 4 期发表了《当前文艺学论争中的若干理论问题》一文，其中大部分的篇幅针对我主

① 参见陶东风《文学理论知识建构中的经验事实与价值规范》，《天津社会科学》2006 年第 5 期。
② 同上。

编的《基本问题》提出了商榷。吴文给我的突出印象是逻辑混乱。比如它一开始就指出："我首先想说的是，把出于'本质化'努力去定义文学的文学观，简单理解为一种超越时代的'普遍规律'，在中外文学理论史的经验中是很难成立的，因为我们必须回答好这样的问题：有哪一种文学观是被中外文艺理论家公认具有普遍性或永恒性的'文学本质观'？又有哪一种文学观不是具有地方色彩和文化地方性的？"这几句话中隐藏的逻辑错误很多。首先，我从来没有把"出于'本质化'努力去定义文学的文学观"，"简单理解为一种超越时代的'普遍规律'"，因为很简单，"文学观"，包括本质主义的文学观，本身都不可能是"普遍规律"，而是自认为把握了"普遍规律"。也就是说，我从来不认为本质主义的文学观真的把握了文学的"普遍规律"，而只是说它自认为把握了而已。这样一种自以为把握了"普遍规律"的文学理论，本身当然不是普遍的，也无法得到中外文学理论家的"公认"，是具有"地方色彩和文化地方性"的。本质化的文学理论、文学观念本身的历史性和地方性，与这种本质观的言说者否定文学理论的历史性和地方性、自诩获得了文学的永恒的本质或规律不是一回事，也不构成矛盾。比如苏式马克思主义的文学本质论并不认为自己是一种地方性和历史性的知识（即不具备普遍有效性），但在我们看来，这种本质论当然是在特定的历史条件下出现的，是具有历史性和地方性的。如果说一种理论必须得到古今中外所有理论家的一致同意才是本质化的理论，那么世界上根本就没有这样的本质论，即使大家公认的本质主义者柏拉图也不是，因为批判柏拉图的人多了去了。

吴炫先是通过偷换概念把我反对的观点强加于我，然后把我正面阐述的观点（所有文学理论都是历史化和地方化的建构）拿来批驳我，他的正面观点几乎就是在重复我的观点。很遗憾地说，这是一个很不应该犯的低级逻辑错误。吴炫的文章就建立在这样一个逻辑错误上，其推导出来的一系列观点也就不攻自破。

吴炫文章中这样偷换概念、似是而非的论断很多。比如，到底什么是历史化或历史性？吴炫说："批判过去的文艺学思维是

'本质主义思维'、'普遍主义思维'、'一劳永逸思维'的学者，首先是把文学观一直是受时代和文化制约的'可变性'历史状况，与理论家借用权力、地位以及制度中存在的问题导致的对一种文学观的'一劳永逸'的超稳定干预混淆了。对这种混淆的区别，使得我们应该警惕的主要不是'本质思维'，而是权力对于文学观的不正常制约。""即便传统的本质主义思维有中心化倾向，要改造的也不是'本质主义思维'，而是'中心化的本质行为'和'把本质绝对化'的文化。"①

　　吴炫的这个观点与支宇的观点很接近（虽然表述得更加玄妙了一些），②我也基本上赞同。对此我要说明的只有两点。首先，我不知道我在哪里曾经把"本质思维"与"权力对文学观的不正常制约"混为一谈。我在《基本问题》中集中论述的虽然是本质主义文学理论的弊端，这不等于把它和权力对它的利用混为一谈。其次，尽管"本质思维"与"权力对文学观的不正常制约"不能混为一谈，但也不能用二元对立的方式把它们一刀两断。如上所述，权力制造或利用的总是本质化的思维和本质化的文学理论。何况在当代社会，权力的干预也不可能表现为赤裸裸的武力威逼，它总要把某种理论拿来做哪怕是一个幌子。就以政治权力干预文学最粗暴的"文革"时期来说，文艺界就在政治权力的干预下生产出了大量本质主义的文学理论和文学理论教材。难道吴炫先生不认为它是"文学理论"？难道本质主义的文学理论和权力对文学理论的干预是完全不相干的两码事？

　　吴炫还把"作为哲学的二元对立思维"与"权力"对其的利用做了截然的二元划分。起因是我曾经引用罗蒂的一段话来概括本质主义的特点："本质主义的基本特征就是在内在与外在、实体与现象、中心与边缘的二元论。"罗蒂的思想很清楚，那种

　　① 吴炫：《当前文艺学论争中的若干理论问题》，《文学评论》2008 年第 4 期，引文参见张未民、陶东风主编《中文文艺论文年度文摘（2008 年度）》，吉林人民出版社 2009 年版，第 17 页。
　　② 参见支宇《"反本质主义"文艺学是否可能？——评一种新锐的文艺学话语》，《文艺理论研究》2006 年第 6 期。

设定内在与外在、实体和现象的思维方式就是本质主义的思维方式，因为它假定这个"内在"和"实体"是超越于人的言说、行为、实践、利益、目的等之外的超越实体，反本质主义的核心是否定本质与现象的区别，因此它既不是本质主义，也不是现象主义，而是认为现象就是本质。"那些希望真理具有一个本质的人，也希望知识，或理性，或研究，或思想与其对象之间的关系也有一个本质。而且他们希望他们能够运用他们对这样的本质的认识来批评在他们看来是错误的观点，并为发现更多的真理指明前进的方向。詹姆斯认为，这样的希望是徒劳的，这里没有任何地方存在这样的本质，也没有任何普遍的认识论方法来指导或批评或保证研究过程。"① 文学理论中的本质主义就是假定在人们对于文学"本质"的各种言说、建构之外，存在一个文学本质这样的"实体"，这个实体本身不是建构因此可以作为判别诸多建构（现象）的绝对标准。吴炫认为我（实际上是罗蒂）对于这种"二元论""缺乏辨析与追问"。因为"作为哲学的'二元对立思维'与意识形态借助'二元对立思维'来使一种观念和学说'中心化'，并使这种中心化的学说通过排斥其他学说而达到'一元化'的状况是不可同日而语的"。② 从吴炫的文章全文看，前者（哲学上的二元对立）不仅没有危害而且十分必要，后者（权力借助这种二元对立来进行中心化、一元化）才是我们需要告别的。我不得不再次重申：我从来没有说过哲学上的二元对立和权力借助这种理论上的二元对立来进行中心化是一回事，比如"优等种族"/"劣等种族"的二元对立思维和法西斯主义对其的利用也不可同日而语。但事实是，我，还有其他反思本质主义的学者，都是在理论层面上谈论本质主义和反本质主义，而不是在政治层面上。我当时着重分析的是二元对立思维本身所反映的本质主义倾向及其对思想的遮蔽性。而且即使不涉及

---

① 罗蒂：《后哲学文化》，上海译文出版社 1992 年版，第 245 页。

② 张未民、陶东风主编：《中文文艺论文年度文摘（2008 年度）》，吉林人民出版社 2009 年版，第 18、19 页。

法西斯主义对于种族主义的利用，种族主义的那种二元对立思维本身（它也是理论本身！）对思想也是有害的。本质主义是一种理论话语本身的特征，其对思想的危害即使不分析其政治后果或政治使用，也可以分析出来。比如，把一个种族、一种性别或一个阶级的族性、性征、阶级性简单化、一元化、本质主义化，即使从知识论本身的角度看也是荒谬的，是对于族性、性征和阶级性本身的复杂性和杂交性的遮蔽。

事实上，吴炫竭力区别理论本身和对理论的利用、本质主义本身和对本质主义的利用，最终是因为他钟爱本质主义。他对本质和本质主义的钟爱常常溢于言表："任何知识都是以一系列基本观念为基础建立起来的，而任何观念都是对事物进行'本质理解'的结果。即便是'历史地'和'地方性地'对文学的理解，要对文学有一个清晰的界定，都离不开对文学现象进行'本质性概括'。"① 如果吴炫的"本质理解"、"本质性概括"并不都是"本质主义"的同义词，那么，我对此没有异议。比如建构主义也会涉及对本质的理解，但它不是本质主义的。遗憾的是，吴炫不是这样理解的，他说的"本质理解"、"本质性概括"就是本质主义，因此他才会断言："真正的'反本质主义'，已经不是知识生产的'一种'，而很可能是取消文艺学新的知识生产，不是'获得了无边的理论创造的空间'，而是有消弭理论创造，将每人对文学的感受和感知代替理论的可能。"② 吴炫的意思很清楚：所有理论活动都只能是本质主义的！我不知道按照这个标准，福柯、德里达、罗蒂是否还算是理论家？如果是，他们必定也是本质主义者（这个与常识违背的判断是需要吴炫证明的）；如果不是，请证明不是的理由：为什么公认的 20 世纪最伟大的理论家福柯、德里达在吴炫这里连理论家的资格也不具备了？

① 张未民、陶东风主编：《中文文艺论文年度文摘（2008 年度）》，吉林人民出版社 2009 年版，第 18、19 页。

② 同上。

文学理论：建构主义还是本质主义？

按照这样的一种奇怪的本质主义思维方式，吴炫还以为，要研究文学就必须给文学下一个本质主义的定义，必须回答"什么是文学"、"什么不是文学"，我不知道世界上没有下过这样定义的文学研究者有多少，但是我想一定是不少的，我自己就是这样的一个（作者说"这显然不是陶东风的原义"，错了，这正是我的原义，我认为不必下定义也可以研究文学），当然，在吴炫看来，包括笔者在内的不下定义的研究者根本就不是在从事理论研究，他们最多是把卑微的"个人感受"代替了高深的理论。

吴炫的本质主义理论还有别的奇奇怪怪的表述。比如，他认为，"一个理论家对自己提出或认同的文学观的'确定性'信念，不能简单地被理解为带有贬义的'本质主义者'"。当然，吴炫的观点我完全同意，但是我不知道所指为谁？我也对自己的文学观持有"确定性"的信念（尽管这个信念可能会发生变化），但是我又是一个反本质主义者，我对自己的反本质主义的文学观持有"确定性"的信念。但是捍卫这种文学观却不见得是吴炫理解的捍卫"文学的共性"。他的下述观点就更加离谱："一种即便是地方的、特定时代的文学观，也应该尽可能切入文学的基本特点或文学的共性。"① 恕难苟同。在"地方的、特定时代的文学观"之外存在神秘的所谓"文学的基本特点或文学的共性"吗？它是哪里来的？这种思路其实就是我们理解的典型的本质主义思路，它假定在地方性、历史性的文学观念之外还有一个神秘的"文学的基本特点或文学的共性"，后者是超越于历史性和地方性建构之外的非建构物！这个非建构物就是罗蒂反复批判的形而上学"实体"。

在这样混乱的本质主义文学观基础上产生各种奇奇怪怪的文学本质论当然也就不奇怪了。第一个被吴炫拿出来作为文学"普遍本质"的是文学的所谓"服务性"，因为从"为政治服务"到"为身体服务"，文学一直在那里不停地"服务"着

---

① 张未民、陶东风主编：《中文文艺论文年度文摘（2008年度）》，吉林人民出版社2009年版，第18、19页。

（大概还可以加上"为形式服务"、"为梦幻服务"、"没有服务的服务"或"为文学自己服务"，等等）。文学的这种被无限放大的"服务"本质还是"本质"么？这样谈论文学的"服务"本质还有什么意思？吴炫还拎出一个"形象性"作为文学的"普遍本质"：文学能够没有形象么？对不起，文学还就是没有形象，除非你认为文字也是形象，如果真的是这样，哲学不是文字写的吗？就算不谈文字是否是形象的问题，绘画、雕塑、影视哪个没有形象呢？最后一个被匆忙抓出来充当文学本质的是"反映论"。吴炫责问道：难道反映论完全"过时"了？《木子美日记》不是对其"身心现实"的反映？当然，没有人说"反映论"过时了。在建构主义者看来，文学理论根本不存在什么"过时"不"过时"的问题。如果一定要说什么东西过时了，那么我只能说，"过时"的说法已经过时了。一种理论不会因为其所谓"过时"而与本质无缘，也不会因为其没有"过时"就必定反映了"本质"，具有了"普遍性"。此外，把反映论的概念无限放大，反映社会现实是反映，反映做爱感受和过程是反映，反映下意识也是反映，我的天，这样的"反映"概念还有意思么？

文学理论：建构主义还是本质主义？

　　吴炫文章对本质主义的捍卫还有其他的原因，这是他在下篇论述的话题，第一个原因就是所谓"确立文学的自主性"。我曾经在《重建文学理论的政治维度》中指出，应该对政治进行新的理解，其中包括把女性主义所说的日常生活的政治包括进来。同时我也指出，西方文化研究的"政治化"诉求并没有导致文学自主性的失落。吴炫针对我的这些观点，指责我"忽略了中西方政治体制和政治环境的重大差异，一个以自由观念和个人权利为基本单位的民主政治环境，所有的政治性行为和政治性话语，都是被容纳和尊重的，当然也就不会导致其文艺理论自主性的丧失，而且也必然滋生西方的'主体间性'理论和'互为主体'的理论关系"。

　　这段话听着好像很耳熟。原来我在近年来的一系列关于文学与政治关系新解的文章中，一再强调了同样的意思：政治化和意识形态化是否会损害文学的自主性正是取决于政治体制。在我发表于 2004 年的同样是反驳吴炫的文章《文化批评的兴起及其与文学自主性的关系》中，对此已经作了非常清楚明确的阐述，现部分摘引如下：

> 文学的自主性与自律性的问题非常复杂，我们必须从两个不同的层面上来加以理解。一个是制度建构的层面，一个是观念与方法的层面。
>
> 制度建构意义上的自主性的确是现代性的核心之一。在西方，这个建构过程出现于 18、19 世纪，它导源于一体化的宗教意识形态的瓦解，与社会活动诸领域——实践/伦理的、科学的、艺术/审美的——的分化自治紧密联系在一起（参见韦伯与哈贝马斯的相关论述）。在中国，文学场的自主性建构开始于 19 世纪末 20 世纪初，主要表现为随着一体化的王权意识形态统治的瓦解，文学摆脱了"载道"的奴婢地位。
>
> 作为文学观念与文学批评方法的自主性则只是一种知识立场或关于文学（以及文学批评）的主张而已，这种作为文学主张的自律论——比如为艺术而艺术、文学的本质是无功利的审美——与作为独立的文学场的自主性之间并不存在必然的对应关系，它既可能出现在一个自主或基本自主的文学场中，比如法国 19 世纪的"为艺术而艺术"的主张，20 世纪英美的形式主义批评与新批评；但也可能出现在一个非自主的文学场中。在后一种情况下，自律论的主张表现为一种受到主导意识形态甚至政治法律制度压制的、边缘化的、不"合法"的声音，但并非绝对不可能存在。同样，他律论的文学主张与他律的文学场之间也不存在机械的对应关系。一种他律论的文学主张可以出现在一个不自主的文学场中，比如中国"文革"时期就是这样。这个时候，它表现为"文学只能为政治/阶级斗争服务"；但他律的文学主张/观念/方法也可能出现在一个自律的文学场中，比如在文学

场的自主性相对较高的西方国家，同样可以发现相当多的他律论的文学主张与文学研究方法，其中包括各种各样的马克思主义与新马克思主义，当然也包括文化批评。①

除非吴炫先生能够证明他在 2003 年之前就像我这样论述过这个问题，否则我只能怀疑他是在照搬我的观点来批判我（当然是被误读了的那个我）。

在接下来的篇幅里，吴炫开始阐释自己的文学理论，并对于当前文艺学的论争作了基本否定的评价。这个否定包括：论者只关心文艺学如何从一元化走向多元化，而"不关心中国文艺学在一元或多元的状况中其实都没有属于文艺学自己的'声音'之问题"。② 我实在不知道吴炫说的"文艺学自己的声音"是什么。我只知道，多元化是我们能够提出"文艺学自己的问题"、发出"文艺学自己的声音"的前提，如果在多元的、自由争鸣的状况下也听不到文艺学自己的声音，我不知道应该怎样才能听到这种声音。

五　在现代与后现代之间
——回应张旭春先生

最后我想回应一下张旭春的《"后现代文艺学"的"现代特征"？——评陶东风主编〈文学理论基本问题〉》。③ 总体来看，张旭春的文章致力于挖掘我文章的自相矛盾之处，进而证明本质主义乃理论活动所不可缺少。所谓矛盾主要是指：1. 关于坚持自主性与反对本质主义的矛盾；2. 关于现代性立场和后现代性

---

① 陶东风：《文化批评的兴起及其与文学自主性的关系》，《山花》2004 年第 9 期。同时可以参见陶东风《文学理论的公共性——重建政治批评》，福建教育出版社 2008 年版，第 12—13 页。

② 张未民、陶东风主编：《中文文艺论文年度文摘（2008 年度）》，吉林人民出版社 2009 年版，第 22 页。

③ 载《文艺争鸣》2009 年第 5 期。

立场的矛盾。

下面分别回应。

1. 关于坚持自主性与反对本质主义

我说过"文艺其实有自主规律可循的——只要中国发生了制度性分化,中国文艺就可以获得自主性"。"但这岂不是与他为教材设立的反对任何形式的(文艺)本质主义主导思想(文艺没有任何自主性本质)相矛盾了吗?对这个问题只有一种解释:陶东风教授其实并不是绝对的反本质主义者——恰恰相反,陶东风教授是一个绝对的本质主义者!"很遗憾,这个加了惊叹号的判断其实是十分无力的,是建立在误解基础上的。系统读过我的文章的读者应该明白,我说的这种基于社会文化活动的分化自治而获得的文学自主性,是一种制度性的建构,而不是什么神秘的"实体性本质"。在此,自主性意指文学活动场域因法律和其他社会制度的保护而得以免受政治经济或其他场域的随意支配(如我们"文革"时期那样随意受政治的支配)。也就是说,文学的自主性是有的,文学的"本质"也是有的,但是这个"自主性"、这个"本质"从来就不是天生的,不是本来就存在于那里的"实体",而是各种复杂的社会文化力量的建构,不是无条件的而是有条件的。问题的关键在于,在张旭春那里,不是本质主义就是反(无)本质主义,没有别的选项,但是我却偏偏选择了一个间乎两者之间的"建构主义"。我说文艺没有自主性"本质"的意思很清楚,文艺的自主性不是天生的而是建构的,不是没有自主性,而是自主性是被建构出来的,各种复杂的政治经济和文化的力量参与了这种建构。这种观念既不是本质主义——认为自主性是天生的,也不是反本质主义,认为根本没有本质(在这里即是自主性)这回事。①

2. 关于现代性立场和后现代性立场的矛盾

先引张旭春的一段话:"在《告别花拳绣腿,立足中国现

---

① 令人奇怪的是,虽然很多人都把反本质主义的桂冠(帽子)戴在我头上,但实际上我从来没有说过我是一个反本质主义者,我一直强调自己是建构主义者。

实》一文中，陶东风教授便以一个本质主义捍卫者的凛然正气，猛烈地抨击了中国的后殖民批评，因为这种理论的最大问题是以'其反本质主义的立场彻底瓦解了探索真理的可能性，永远不能告诉我们什么样的话语是真理或者接近真理'，所以'我们必须在民族、强弱的标准之外与之上，建立一个普适的标准'。"以此为据，他认为我其实是认可并坚决捍卫某个"普世本质"的。具体而言，我的"《基本问题》所设立的反本质主义立场所针对的靶标并非中国文艺学的本质主义"，"文艺学的反本质主义只是他借文艺学阐述其政治关怀的一个平台"。

必须承认，张旭春的这个观察是细致和深刻的，我的确很难简单地说自己是现代主义还是后现代主义者。这在我的文章中不乏证据，特别是在把我不同的文章互文地加以参照阅读时，更容易发现。比如张旭春上面的那段话引自我的《告别花拳绣腿，立足中国现实》，而他下面引用的这段话则引自《基本问题》："如果说标榜元叙事、大写的哲学、绝对主体的现代主义是本质主义的，那么，我们理解的放弃了本质主义的文艺学也未尝不可以说具有后现代主义文艺学的某些特征。但是从它不是设定某种关于文学的言说为绝对之真并以此统帅文艺学研究、从它倡导各种文学观念的平等地位与交往理性而言，我更愿意称它为自由、多元、民主的文艺学。在这一点上它又具有强烈的现代特征。"

张旭春的话促使我系统反省了我的相关言论，现把我的思考汇报如次：

第一，就政治关怀而言，当我反思中国文学现实的时候，的确同时使用了后现代的反本质主义，以及西方启蒙现代性关于自由、民主、人的解放等本质主义的宏大叙事。这样做的原因并不完全是对两者的差别完全一无所知，而是它们在解构和反思中国特色的文学现实方面可以联手。它一方面具有一般本质主义的特点（比如追求普遍性、绝对性、排他性以及一元化等），对此，福柯、德里达和利奥塔（顺便说一句，布迪厄很难说是绝对的后现代主义者，他是一个建构主义者，他对于社会科学自主性的捍卫就是一个证明）等后现代主义思想家的理论可以进行解构；

但另一方面，它还是一种与西方现代启蒙主义、自由主义不同的现代本质主义类型，后者同样可以对前者进行解构（20 世纪 80 年代的思想解放运动基本上是走的这个反思路子）。正是在这点上，西方的后现代主义和西方的启蒙主义未尝不是我们可以同时利用的。

第二，中国现代文论类型是两个，一个是在苏联模式基础上中国化了的工具论的文论，一个是强调审美自律的文艺现代性理论（来自西方但同样经过了中国化）。它们虽然都是本质主义的，但是分属不同的、可以相互拆台的类型。就前者而言，本来就有两个武器可以对抗它，一个是审美现代性，一个是后现代主义。前者的特点是用一种本质主义的现代文论取代另一种同样是本质主义的现代文论；后者则同时解构这两种现代文论。80 年代主张审美自主的中国学者就是通过审美现代性来解构工具性文论的本质主义。① 而活跃于 90 年代以来文艺学界的中青年学者，则更多地选择了后现代立场（比如陈晓明先生）。就我而言，我在 80 年代和 90 年代初期的文章中，更多地采用了审美现代性立场，而在《基本问题》中对后现代主义借鉴更多。这是因为《基本问题》既反思了蔡仪和十四院校的阶级论本质主义，也反思了审美自主性理论。而对于审美本质主义再用现代性的知识谱系去反省就有些力不从心，所以我更多地借鉴了后现代主义。②

第三，运用西方启蒙现代性关于自由、民主、人的解放等价值，是否必然陷入"本质主义的宏大叙事"？的确，启蒙主义的元叙事和主体观、理性观带有本质主义特点，但是当我说我主张的建构主义文艺学"不设定某种关于文学的言说为绝对之真理并以此统帅文艺学研究，从它倡导各种文学观念的平等地位与交往理性而言，我更愿意称它为自由、多元、民主的文艺学。在这

---

① 可参阅余虹《革命·审美·解构》，广西师范大学出版社 2001 年版。

② 我对审美自主理论的态度是比较复杂的，一方面，我认为它在 80 年代曾经发挥巨大的积极作用，但是同时又觉得它在 90 年代以后逐渐被主流化，表现出一定的排他性（比如对文化研究），妨碍了我们对于新出现的文艺和文化现象的理解。

一点上它又具有强烈的现代特征"① 的时候，我真的陷入了自相矛盾的境地？自由、多元和宽容难道不是现代性确立的价值和原则？当然它们也是后现代所倡导的价值和原则。

这里的关键是，在现代主义和后现代主义同时并存相互交织的今天，我的很多思考似乎很难简单归入被简化了的现代主义或后现代主义，以及同样被简化了的本质主义和反本质主义。在建构主义的立场看，自由、平等、人权等普世价值就不是天生的、先验的，不是本来就存在的先验实体，而是人类在长期的交往历史中逐渐建构的，是人类文明在长期的对话交往过程中探索、建构的价值共识，它们是普遍的，但是又不是先验地普遍的，它的普遍性基础在于主体间就此形成的交往共识。坚持它的确是在坚持一种普遍性，乃至坚持一种"本质"，但却不是在坚持传统形而上学意义上的本质主义。事实上，像哈贝马斯、布迪厄和沃林这样的思想家，就很难简单归之为现代主义者还是后现代主义者，本质主义者还是反本质主义者。我在出版于 2001 年的一本书中即已注意到这个问题，我写道：与上一辈的现代性思想家相比，像哈贝马斯这样的"在'后'学语境中思考并捍卫现代性的思想家对现代性更多了一种反思的态度，即使那些旨在捍卫现代性规划的思想家，也是在直面而不是回避'后'学挑战的前提下重申现代性的价值。罗尔斯、哈贝马斯等是这方面的著名例子。他们都同时对现代性与后代性持反思批判的立场。哈贝马斯在坚持启蒙基本规范的同时也反思了现代性的缺憾，倡导从意识哲学向交往哲学、从工具理性到交往理性、从主体性到主体间性、从强制普遍主义到商谈普遍主义的范式转换"。②

我以沃林的《文化批评的观念》为例指出，认真对待后学挑战的现代性捍卫者已经不可能简单地死守现代性。后现代主义和后结构主义已经向启蒙运动的文化遗产提出了强大挑战，这些遗产如工具理性、自我设定的主体性、欧洲中心主义，等等。沃

---

① 陶东风：《文学理论基本问题》，北京大学出版社 2004 年版，第 21 页。
② 陶东风：《在现代与后现代之间》，山东友谊出版社 2001 年版，第 1—2 页。

林的政治与文化立场虽然明显偏向启蒙主义，但他捍卫启蒙主义的方法却不是简单地回避"后"学的挑战，或以非反思的态度全盘维护启蒙的一切设计，陷入"启蒙拜物教"；相反，沃林指出："只有通过对启蒙箴言在历史上流产的方式作出不断的反省和内在的批判，才有可能把开明达观的批判精神——被道德家、学者和启蒙运动者等等英雄主义地发扬光大了的那种精神——重新统一到原来的乌托邦冲动中去"，或"通过反省启蒙运动的历史局限性以促进启蒙的积极观念"。①

其实，在西方思想界，同时具有现代性和后现代性两种思想方式和立场的不乏其人。除了哈贝马斯和沃林，还有一个很典型的例子就是我特别喜欢的阿伦特。我在《告别花拳绣腿，立足中国现实》一文中就特别论述了阿伦特思想的这个特点（非常奇怪的是，张旭春先生一方面把我的这篇文章和我的《基础理论》对照阅读以寻找我在现代性本质主义和后现代反本质主义之间的矛盾立场，但却闭口不谈我在《告别花拳绣腿，立足中国现实》一文的第一部分对阿伦特的论述，因为在某种意义上，这部分关于阿伦特既是现代主义者又是后现代主义者的论述，正好可以解答张旭春的疑惑）。

我认为，在今天，任何一个想要坚持现代主义立场的人都不能无视后现代主义的挑战，否则是没有出路的。

（原载《文艺争鸣》2009 年第 7 期）

---

① 理查德·沃林：《文化批评的观念》，商务印书馆 2001 年版，第 13 页。

阿伦特式的公共领域概念及其
对文学研究的启示

　　"公共"、"公共性"、"公共领域"，以及与之相对的"私人"、"私人性"、"私人领域"，都是一些含义暧昧、歧义纷呈、多义交叉的概念，以至于使用这些概念所产生的混乱和所澄清的问题一样多。其中相当重要的原因，是不同的人在使用这些概念时，常常意指不同的东西，或者同时意指好多东西。比如，经济学上的"公共物品"与本文所要论述的阿伦特（H. Arendt）的"公共领域"就几乎没有什么关系。

　　本文把视野限制在与本文题旨关系最为密切的阿伦特的公共性和公共领域概念。重点是依据阿伦特的公共领域理论对文学的公共性和文学公共领域作基本的规范性描述。

一　什么是文学公共领域

　　谈到文学公共领域，不能不提及哈贝马斯（J. Habermas），因为这是哈贝马斯在《公共领域的结构转型》中首先提出的概念。作为一个历史描述的术语，哈氏的这个概念特指 18 世纪西欧（英、法、德三国）出现的历史现象。他是在论述资产阶级（政治）公共领域的建构时，把文学公共领域作为资产阶级（政治）公共领域的前身和雏形加以把握的。但哈氏并没有形式化地为"公共领域"或"文学公共领域"下一个普适性定义。相反，他强调自己的研究对象具有历史的特殊性①。哈贝马斯认为，资产阶级公共领域不同于此前封建社会的代表型公共领域，资产阶级公共领域是在近代资产阶级市民社会获得独立的条件下出现的，它由有主体性的自律个体（私人）组成，他们从事的活动乃是对公共事务进行的政治讨论，而讨论的方式则是理性而公开的批判。简言之，资产阶级公共领域是私人组成的、独立甚至对抗国家权力的公共领域。②

这样一种具有政治功能的资产阶级公共领域首先出现在文学领域（哈贝马斯的"文学"也包括其他艺术形式），这是因为资产阶级公共领域最初是围绕着文学阅读群体形成的。在确立私人的主体性、培养他们的批判意识和理性论辩能力方面，文学公共领域发挥了重大作用。用哈贝马斯自己的话说："犹在公共权力机关的公共性引起私人政治批判的争议，最终完全被取消之前，在它的保护之下，一种非政治形式的公共领域——作为具有政治功能的公共领域前身的文学公共领域已经形成。它是公开批判的练习场所，这种公开批判基本上还集中在自己内部——这是一个私人对新的私人性的天生经验的自我启蒙过程。"③ 城市"不仅仅是资产阶级社会的生活中心；在与'宫廷'的文化政治对立之中，城市里最突出的是一种文学公共领域，其机制体现为咖啡馆、沙龙以及宴会等。在与资产阶级知识分子相遇过程中，那种充满人文色彩的贵族社交遗产通过很快就会发展成为公开批评的愉快交谈而成为没落的宫廷公共领域向新兴的资产阶级公共领域过渡的桥梁"。④

哈贝马斯的"文学公共领域"概念出色地描述了西方资产

---

① 哈贝马斯特别强调自己研究的公共领域和欧洲市民社会的关系："'资产阶级公共领域'是一个具有划时代意义的范畴，不能把它和源自欧洲中世纪的'市民社会'的独特发展历史隔离开来，使之成为一种理想类型（Idealtype），随意应用到具有相似形态的历史语境当中。"

② 哈贝马斯：《公共领域的结构转型》，学林出版社 1999 年版，第 32 页。

③ 同上书，第 34 页。

④ 同上。

阶级公共领域形成过程，虽然作为一个历史描述的术语，它还缺乏理论术语的普适性，但对于我们理解文学公共领域的应然品格依然颇有启发。参照哈贝马斯的描述，我把文学公共领域理解为一定数量的文学公众参与的、集体性的文学—文化活动领域，参与者本着理性平等、自主独立之精神，就文学以及其他相关的政治文化问题进行积极的商谈、对话和沟通。可以把上述理想型的文学公共领域的三个基本条件概括如下：

第一，文学公众的参与。这意味着文学公共领域是围绕文学而进行的主体间交往对话领域，一个人在孤独状态下从事的文学活动（无论是单个作家的创作，还是单个读者的文学阅读、文学接受），都不能构成文学公共领域（虽然其作品的主题、所探讨的问题等或许具有公共意义），因为这里没有人与人之间的交往对话。

第二，文学公共领域虽然需要依托一定的物质空间，但却不等于这样的物质空间。图书馆或阅览室等由文学书籍、杂志等组成的物质空间并不等于文学公共领域。这里，阿伦特关于"世界"和"公共领域"的联系和区别的理论可资借鉴。阿伦特认为，"世界"（World）不是"自然"（Nature），它是由人工制品组成的人造物质空间（阿伦特称制作这个人造世界的活动为"工作"或"制作"，英文为 work），是与纯自然世界不同的文明世界，包括人使用的家具、居住的房屋、城邦、街道、广场乃至各种制度设置，同时也包括艺术。① 人工世界虽然是公共领域依托的物质基础，并且具有公共性，但本身还不是公共领域，当然也不同于行动和政治实践。② 使物质的世界

---

　① 在阿伦特的分类系统中，"艺术"主要指雕塑和建筑，不包括表演艺术、故事以及史诗。表演艺术被归入行动，而故事与史诗则与历史并列在一起，是对于行动的记录。

　② 阿伦特把人的基本活动分为劳动、工作和行动（政治实践）。工作和行动（政治实践）的主要区别在两点，一是工作的对象是自然世界，通过对自然施加暴力而使之成为人工制品；二是工作有一个明确的目的，受到功利性和有用性的引导，受制于目的—工具范畴，且没有自己内在的价值。而这两点都是行动或政治实践所戒绝的。

转化为公共领域的是人的言行，人在世界中进行的言说和行动把世界建构为一个呈现（Appearance）的空间，一个意义的世界。"行动通过把'主体的居间空间'（Subjective in-between）覆盖在'客观的居间空间'（Objective in-between）之上而把世界转化了，这个主体的居间空间仅由言行组成。"① 阿伦特认为，正是人的言行照亮了物质世界，使之成为公共领域。比如，一个广场在空无一人的时候它只是物质空间而不是公共领域；只有当公众聚集在那里，本着平等、民主、理性、对话的精神就公共问题进行讨论时，才变成了公共领域。世界和公共领域的关系就如同舞台和戏剧表演的关系。一个装满了道具的舞台不是戏剧表演，只有各色人物纷纷登场在舞台上通过言行展现自己的个性，进行对话交流的时候，它才成为戏剧表演。同样道理，一个由诸多的文学书籍杂志组成的图书馆和阅览室只是一个物质空间（约相当于阿伦特说的世界），只有当文学公众聚集在图书馆或阅览室围绕文学及相关公共议题进行交往对话的时候，这个物质的空间才转化成文学的公共领域。

第三，文学公共领域发生和存在的前提是独立于国家权力领域的民间文学活动、文学机构、文学游戏规则，等等的存在。正如资产阶级公共领域介乎国家权力领域和孤立私人之间、同时又起着沟通两者之作用一样，文学公共领域存在的前提是非官方的自主文学场域的存在。

第四，文学公共领域的交往和沟通必须本着公正理性的精神进行。文学公共领域是一个言语活动的领域，其中必须戒绝物质暴力和类似物质暴力的语言暴力，既充分展示自己的个性，坚持自己的观点，又尊重他人的言论自由，并抱有通过交往达成共识的愿望。

显然，这个文学公共领域的定义不是一个描述性定义，而

---

① Dana R. Villa, *Arendt and Heidegger: The Fate of the Political*, Princeton University Press, 1996, p. 93.

是一个规范性定义。它肯定不符合历史上曾经出现的所有文学公共领域，但我以为却是现代意义上的文学公共领域的应有品格。

二 阿伦特公共领域概念与文学的相关性

在初步界定了文学公共领域及其应然品格后，接下来的问题是：阿伦特是一个政治理论家或政治哲学家，[①] 作为阿伦特政治实践理论之重要组成部分的公共领域理论，是否适合于文学公共领域与文学的公共性？而且阿伦特的公共领域和公共性概念是在对古希腊城邦公共生活进行历史研究的基础上总结出来的，作为经验/事实描述的公共领域与作为规范/价值的公共领域之间是什么关系？让我们首先回答第二个问题。阿伦特的公共领域和公共性概念尽管是从古希腊城邦公共生活经验和亚里士多德的政治理论中发展出来的，其基础是历史研究，但是她的公共领域理论同样带有很强烈的规范性色彩与应然性品格，属于韦伯说的"理想型"概念。这点和哈贝马斯一样。哈贝马斯的公共领域和文学公共领域概念同样是在历史研究的基础上发展出来的（他研究的是资产阶级公共领域的发生和转型），但却带有强烈的规范性色彩。他的交往行为理论为人类的交往行为划定了一系列必要的规范，虽然不是所有实际发生的交往都是哈贝马斯描述的极度理想化的交往行为，但是这套标准却仍然为人类有效而理性的交往奠定了强有力的规范基础。这点也同样适用于阿伦特的公共领域和公共性理论。

回答第二个问题的关键是要厘清阿伦特"政治"概念的特殊含义。阿伦特绝对不是在西方主流政治学的意义上理解"政治"的。在阿伦特看来，"政治意味多元的行动主体参与言谈

阿伦特式的公共领域概念及其对文学研究的启示

---

① 尽管可以从不同角度对阿伦特的思想进行不同的归类，但是总体而言，阿伦特是一位政治理论家或政治哲学家当无异议。

和生活的事务的一个'场域'（locus），这场域表示的性质是'开放'"，"政治并非表示一存在物（如制度和体制），也非表示组织一个政治社会的支配原则（如功利或正义原则），而纯粹表示言行的动态开展与相关联，以及发生的事件"。[①] 政治是平等、理性的交往对话，也是公共领域中的公民通过言说和行动而非暴力或宰制展示自己之个性和卓异的行为。此一含义之政治具有超功利品格，它超越了党派利益，超越了物质与经济的考量，更超越了生物必然性的制约。[②] 这一点充分表明：政治的本质是自由。从存在论的角度看，这种以自由为核心的政治实践，是阿伦特反复强调的人的创新能力和创造能力的最高体现。

　　这个意义上的政治显然已不再是通常意义上理解的政治，而是阿伦特把古希腊罗马的共和主义和现代存在主义加以创造性融合后独创的概念，它的一个显著特点就是十分接近于审美与文艺活动。政治与文学都是语言的艺术，它们都是超功利的、最富创造性的活动，其本质都是自由。实际上，阿伦特的政治观极大地得益于古希腊的表演艺术。阿伦特曾经这样谈到政治和表演艺术之间的相似性："表演艺术的确跟政治有很深的渊源关系，表演的艺术家——舞蹈家、戏剧演员、音乐家，等等——需要观众以展示他们的精湛技艺（virtuosity），正如行动着的人需要他人的在场以便在他们面前呈现自己，两者都需要一个为了他们的'作品'而公开组织起来的空间，他们的表演都离不开他人。这样一种呈现的空间，并不是在凡人们在一个共同体中聚居的任何地方都理所当然地存在。希腊城邦曾经是这样的'政体形式'，它提供给人们一种他们能够在其中行

　　① 蔡英文：《政治实践与公共空间：阿伦特的政治思想》，新星出版社2006年版，第107—108页。

　　② 阿伦特认为，政治实践"在某种程度上主宰了纯粹生命的必然性，从劳动和工作中解放，而且克服了所有生物根深蒂固的求生存的欲望"。参见蔡英文《政治实践与公共空间：阿伦特的政治思想》，新星出版社2006年版，第113页。

动的呈现空间，一种自由得以呈现的舞台。"① 当然，阿伦特并不把政治完全等同于所有艺术，相反，她把建筑、雕塑等艺术类型归入制作活动范畴，是受制于手段/目的的活动。但表演艺术似乎是例外。表演艺术和其他艺术的主要区别在于：其他艺术的目的在于结果，即艺术品（比如建成的建筑物或者制作完成的雕塑品），而且其制作过程常常不公开呈现；表演艺术则相反：表演活动既是过程也是目的（结果），过程就是目的（结果），没有独立于过程的目的和结果，且此过程须公开呈现。② 阿伦特的这种类比显然借助于亚里士多德。她坦陈："显然，在亚里士多德的行动理论中，行动必须通过表演艺术的类比，而非经由'手段/目的'的范畴，方能有一适当的理解。"③ 政治实践与表演艺术的共同性就在于其共同的自由本质：它们都不能有制作活动的那种工具性、功利性和明确的目的性，以及制作结果和制作过程的那种可控制性和可预测性。

阿伦特式的公共领域概念及其对文学研究的启示

还有一个不能绕过的问题是：戏剧艺术和文学是什么关系？阿伦特所指陈的政治实践和戏剧艺术的同构性能否移用到政治和文学的关系？要回答这个问题，首先要明确，阿伦特对人类文化艺术各类型的区分遵循的是古希腊的而不是现代的分类法。如上所述，她把表演艺术和技艺加以明确的区分。至于现代意义上的"文学"一词，极少见诸阿伦特的著述。阿伦特经常使用的是"诗"、"故事"这两个概念，而诗、故事作为叙事形式，和历史叙事具有同样的功能，即记录人类的行动和政治实践。由于行动和政治实践不同于自然世界和人工世界，它既不表现为固定的物质，也不同于持久性的制度，因此是短暂的、脆弱的。人类伟大的行动虽然源自追求不朽的动力，但却像演出一样稍纵即逝，拉上"银幕"即消散于无形。正因如此，才有必要通过诗歌、故

---

① H. Arendt, *Between Past and Future: Eight Exercises in Political Thought*, Viking Press, 1968, p. 151.

② 贺照田主编：《西方现代性的曲折与展开》，吉林人民出版社 2002 年版。

③ Dana R. Villa, *Arendt and Heidegger: The Fate of the Political.* Princeton University Press, 1996.

事以及历史等叙事形式予以记录、昭彰后世。阿伦特说："（依据古希腊人的理解）诗人与历史家（亚里士多德视这两种创作活动同属于一个范畴，因为它们的共同主题均为人之行动）的工作在于由记忆而创造出永恒之事物。"① 诗人在古希腊常常是指悲剧作家，和历史学家的写作属于同一类型，即把人的言行转化成文字叙述的作品，成为永久的客观物。人之言行的"易逝性"因此透过不朽之文字而被克服。这样，我们至少可以说，诗歌和悲剧等文学类型与制作性的艺术不同，它不受目的—手段范畴的制约，也超越了实用性和功利性，它是行动和实践的记录。

其次，我们还必须回到前面对于文学公共领域的界定。如前所述，文学公共领域不是文学作品，不是孤独的作家的创作活动，也不是单个读者的阅读行为，而是围绕文学展开的，由包括作家、评论家和一般公众参与的交往对话活动与主体间的互动—呈现空间。这样一个呈现空间只有在对话交往活动实际发生的时候才是真实存在的。因此，有理由认为，阿伦特的戏剧型公共领域概念完全适合于对文学公共领域的界定。

阿伦特的政治理论和美学的亲缘性还表现在她的行动—实践理论的突出的审美化倾向。② 阿伦特追随尼采的反形而上学传统，反对柏拉图主义的表象（呈现）/本质的二元论，把行动"审美化"——表象化。尼采与阿伦特都反对柏拉图对于表象和现实的区分，坚持表象和本质、呈现与存在的同一性。用

---

① H. Arendt, *Between Past and Future: Eight Exercises in Political Thought*, Viking Press, 1968, p. 45.

② "行动"在阿伦特那里和"实践"基本同义，而她的"实践"主要是指政治实践。蔡英文说："阿伦特政治思想是以阐释'实践'为主题的，在阿伦特的用语中，实践与行动可以交互使用。"参见《政治实践与公共空间：阿伦特的政治思想》，新星出版社 2006 年版，第 62 页。阿伦特把人的最基本的活动分为劳动、工作和行动三大类。政治实践属于行动。

她的话说："在公共领域中，存在与呈现是一回事。"① 依据维拉（Dana R. Villa）的看法，阿伦特把对行动的审美把握方式（aesthetic approach of action）当做维护公共领域和人类事务世界的尊严的途径，以对抗那种蔑视、贬低人类公共世界的对行动的目的论的把握方式（teleological model of action）。维拉还认为，阿伦特对于行动的把握属于"表演性把握方法"（performive approach），通过与表演艺术的类比，阿伦特把行动审美化，借此赎回了行动的本真性，并将之放置在"超越善恶"的位置（这点明显继承了尼采）。②

表演（审美）式的行动理论颠倒了柏拉图以来把"本质"、"理式"置于表象（appearance）或现象（phenomenon）之上的形而上学传统。阿伦特反复坚持政治公共空间是一个呈现（表象）的世界。如果我们把美学理解为感性学，那么，阿伦特的政治哲学的确非常相似于美学。这样的立场还可以克服柏拉图/基督教禁欲主义对于世界性（worldliness）和表象的贬低，对克服世俗虚无主义——即认定现象世界没有意义——至为必要。在这里，阿伦特和尼采的立场同样非常接近，他们都把审美当做对由柏拉图和基督教的虚无主义所导致的意义亏空的回应。尼采把两千年的西方史解读为"真实世界如何最终变成一个神话"的故事，而尼采（也包括阿伦特）则要重新恢复表象世界的意义。如维拉所说，这是一种审美主义的重新评价（aestheticist revalution）："阿伦特和尼采利用审美反对柏拉图，不仅仅是因为对于大写的真理（Truth）之存在和超越价值的怀疑（它们的解构是近来西方历史的确凿无疑的事实），而且也是把审美当作挽救虚无主义时代的意义可能性的一个途径。"③

需要指出的是，尼采以及阿伦特改变了对于竞争性行动的敌视态度。尼采认为，奴隶道德的最大特点就是对于竞争

① Dana R. Villa, *Arendt and Heidegger：The Fate of the Political*, Princeton University Press, 1996, p. 94.

② Ibid. .

③ Ibid. , p. 97.

性行动的敌视，它导致人以自己的独特性和卓越性为耻，以争胜（所谓"出头露面"）为耻。尼采认为这是通过"主体"的虚构以及对行动的道德化阐释达到的，对行动的道德化阐释在其结构上就敌视伟大的（争胜的）行动，敌视个体化。但和尼采不同的是，阿伦特保持了政治行动和公共空间的多元性、协商性和主体间性，因此避免了完全回到尼采的审美主义、权力意志论和超人哲学。指出这一点同样至关重要。"阿伦特对于行动的竞争性维度的强调是和她的政治判断理论相配套的"，"阿伦特避免从一种还原论（柏拉图式的把行动工具化）走向另一种还原论（尼采式的把行动还原为权力意志的表达）。"① 阿伦特的判断理论是一个中介，把尼采式的和马基雅维里式的对于行动的争胜特征的强调，与亚里士多德对于协商、多元和平等的强调协调起来。阿伦特也不认可尼采的权力意志、"等级秩序"和《超越善恶的彼岸》中的贵族激进主义，也不想像尼采那样把民主等于基督教的所谓"奴隶道德"。相反，她赞成古希腊的民主，她的公共领域是充满了民主精神的争胜空间。她和尼采共同的是深深地怀疑那种培育了奴隶式主体的道德认识论以及对于表象世界中的争胜行为的贬低。为此她选择了表演式自我的概念，以及戏剧化的公共领域概念。②

三　公共领域是充满了多元性和差异性的领域

在阿伦特那里，"公共"是指与我们的"私人地盘"相对的"世界本身"。如上所述，在阿伦特的术语系统中，"世界"（world）并不是"大自然"（nature）或"地球"（earth）的意

---

① Dana R. Villa, *Arendt and Heidegger: The Fate of the Political*, Princeton University Press, 1996, p. 81.

② 阿伦特政治思想和美学的亲缘性当然还表现在她对于康德《判断力批判》中的审美判断概念的创造性的重新阐释，但限于篇幅本文不拟就这个话题展开论述。

思，不是"人的活动的有限空间和有机生命的一般条件"。
"世界"与"公共世界"①"既与在共同栖居于人造世界上的人
们之间进行着的事情相联系，又与人工制品、即人手制作的东
西相联系"。② 公共世界是一个人造的世界（因此不同于自然
世界）。世界的一个重要特点就是公共性：人们共同活动的场
所，"共同生活在世界上，这从根本上意味着，事物的世界处
于共同拥有这个世界的人之间"。③"共同生活在世界上"的意
思是：有一个物的世界（例如桌子）把人们既联系起来又区分
开来。阿伦特认为：大众社会之所以让人难以忍受，就是因为
它没有既将人分开、又将人联系起来的力量。大众社会中的人
就像没有桌子而直接拥挤在一起，既相互接近、没有距离，乃
至贴身而立，又十分遥远、形同路人（想想地铁出口出来的黑
压压人群），大众社会是没有个性、没有区别的人的聚合。

　　这是一个十分深刻的观察，从这里可以引发出公共性的很
多重要观点。比如，公共性的重要特点是差异性和共在性的统
一，所谓"共在性"，是指人共同存在于同一个世界；所谓差
异性，是说共在于这个世界的人是千差万别而不是千篇一律
的。人们并不需要完全相同（看待世界的视角、立场等的相
同）才能共处公共世界，相反，公共世界的非极权化恰恰需
要参与这个世界的人的视角和立场的多元性和复数性。

　　公共领域中个人的视点没有一个共同的公度。阿伦特认
为，金钱是现代社会人际交往的最重要公度，而公共领域恰恰
没有这样的公度。阿伦特把建立在金钱之上的、通过金钱衡量
的"大众的赞赏"（大家一致追捧某个明星或某本畅销书）看
做是公共领域的"客观性"的异化。她说："与这种'客观

---

　　① 维拉认为阿伦特的"世界"概念和"公共"概念是同义的，世界是"现
象的世界"，它位于人与人之间，是人所共有的。参见 Dana R. Villa, *Arendt and
Heidegger: The Fate of the Political*, Princeton University Press, 1996, p. 92。

　　② 汉娜·阿伦特：《公共领域和私人领域》，汪晖等主编：《文化与公共性》，
生活·读书·新知三联书店 1998 年版，第 83 页。

　　③ 同上。

性'不同，公共领域的实在性则要取决于共同世界借以呈现自身的无数视点和方面的同时在场，而对于这些视点和方面，人们是不可能设计出一套共同的测量方法或评判标准的。"① 公共性的本质是各方视点的不可化约的多元性，"尽管公共世界乃是一切人的共同会聚之所，但那些在场的人却是处在不同的位置上的，一个人所处的位置不可能与另一个人所处的位置正好一样……被他人看见和听见的意义在于，每个人都是站在不同的位置上来看和听的。这就是公共生活的意义"。②

在公共领域，个人的视点和位置的不同并不妨碍各自的现实性，相反是其现实性的保证，因为现实性的保证不是人的"共同的本性"，而是不同的人（包括立场和其他方面的不同）对"同一个对象"的关注。阿伦特的这个思想被哈贝马斯所继承，哈贝马斯指出：交往行为是主体间分享的生活—世界得以形成的中介。这是一个呈现的空间，行动者进入其中并和他人相遇，被看见和听见。生活世界的空间维度是由"人的复数性的事实"决定的，每一次的互动都联合了各种不同的立场上的不同行动者的视点。

由不同的个体所体现的多样性以及多方面、多维度的同时存在，是公共世界存在的必要前提，因此，消灭这种多样性实际上也就是消灭了公共领域。有两种情况会导致这种结果：一是在个体极端孤立的状态下，人们之间没有交往也无法交往，当然也无法组成公共领域，专制社会就是这种情况，它和"大众社会"那种人云亦云的"一致性"不同；二是在"大众社会"，所有的人都循规蹈矩，没有主见，复制他人意见，彻底丧失个性。值得注意的是，阿伦特认为，这两种情

---

① 汉娜·阿伦特：《公共领域和私人领域》，汪晖等主编：《文化与公共性》，生活·读书·新知三联书店1998年版，第88页。顺便指出，受到存在主义的影响，阿伦特持有"呈现（表象）就是实在"的存在论立场，因此，在公共领域呈现和彰显的一切都具有实在性和客观性，同时，人也只有通过自己在公共领域的言行才能获得自己的实在性和客观性。

② 同上。

况都属于人的"完全的私人化",也就是说,"它们不再能够看见和听见他人,也不再能够为他人所看见和听见"。[①] 这个观点初看起来好像不适合解释大众社会,因为大众社会的人表面上是有"交往"的。但是阿伦特的"交往"概念有实质性的价值内容:交往必须以差异和多元为基础。大众社会的所谓"交往"不是基于差异性的交往,而是没有差异性的"大众歇斯底里"(用阿伦特的话说是"个别经验的无数次的增殖"):众声喧哗但是声音完全一样。这样,"私人化"不是说大众社会中的人老死不相往来(其实大众社会的情况正好相反),而是内在的多元性、差异性没有了。"当公同世界只能从一个方面被看见,只能从一个视点呈现出来时,它的末日也就到来了。"[②]

这个观点对文学的启示是十分丰富的。文学的公共性同样是共在性和差异性的统一。进一步说,文学公共领域的参加者并不需要拥有共同的文学观念、文学立场才能共处于文学公共领域,相反,文学公共领域的健康存在和发展恰恰需要文学观念和立场的差异性和复数性。

四 文学公共领域是一个自由争胜的空间

公共领域是一个实践或行动的领域。阿伦特吸收了古代雅典城邦政治实践的经验以及亚里士多德的实践哲学思想,发展出了自己的一套政治实践理论,特别是借助戏剧艺术的特征挖掘政治实践行为的呈现(appearance)与彰显(disclosure)的含义。这种呈现和彰显的言行必须借助一定的空间(类似戏剧舞台)才能得以展开,这个空间就是所谓的公共空间或公共领域,阿伦特也称之为"共同的世界",其主要特征是竞争性:

---

① 汉娜·阿伦特:《公共领域和私人领域》,汪晖等主编:《文化与公共性》,生活·读书·新知三联书店1998年版,第89页。

② 同上。

"公共领域，即城邦，弥漫着一种激烈的竞技精神，每一个人都坚持不懈地把自己同所有其他的人区别开来，必须通过独一无二的业绩或成就证明自己是最出类拔萃的。""公共领域是专供个人施展个性的。这是一个证实自己的真实的和不可替代的价值的唯一场所。"①

在古希腊，人的卓异性的前提有三个：第一，公共领域的存在；第二，必须要有他人的在场和见证；第三，只能表现在超越了暴力和事物必然性的言辞与行动之中。"卓异总是存在于能使一个人卓然而立、并将自己同其他一切人区别开来的公共领域之中。在公共条件下从事的每一项活动都能够达到在私人条件下永远无法企及的卓异境界。为了达到卓异境界，为了获得自我界定，那就总是需要其他人的在场，而这种在场又要求公众（由与自己地位相等的人组成）遵循正规的程序。"②所谓"正规的程序"就是一个戒绝了暴力和强制、遵循理性对话规则的争胜空间，而不是一个以非理性的暴力和压制"取胜"的统治空间。也就是说，公共领域既是一个争胜空间，也是一个主体间的沟通空间。这两个方面缺一不可。

依据阿伦特的观点，卓异性的核心是独特性，争胜的核心也就是呈现这种独特性。多元化在阿伦特看来具有"平等和差异的双重特征"。平等意指规则的平等，而不是平均。只有在平等的原则之下，独一无二性的表达才成为可能。

阿伦特的这种争胜公共空间理论被一些人指责为过于浪漫，是表现主义的自我论（expressivist theory of self）。但是表现主义的自我是本质化的自我，它假设在表象的呈现后面还有一个更加本质的核心自我（一个超越的实体）；而阿伦特（还有尼采）则否定这样的本质化自我，认为行动者与行动共在，行动者的身份与该身份的呈现共在，表象（呈现）就

①　汉娜·阿伦特：《公共领域和私人领域》，汪晖等主编：《文化与公共性》，生活·读书·新知三联书店1998年版，第80页。

②　同上。

是本质（参见上文）。阿伦特认为，先于行动的自我，即生物性、心理性的自我，是分裂的、碎片化的自我，缺乏呈现的自我既缺少同一性也缺少现实性。她和尼采一样否定了隐藏在行动、呈现、表象后面，或脱离行动的那个本质化繁荣主体观念。[①]

在阿伦特看来，整体的、连贯的、同一的行动者不是绝对不存在，但它是一项成就，是行动的产物，而不是先于行动的现成的东西。行动使得自我获得同一性，这种同一性来自被别人见到/听到自己的言行，克服了思考的自我的不稳定性和纷杂分裂，使得自我获得了可以识别的同一性。公共领域中的行动——表演是一种自我塑造的精湛技艺，它使自我风格化。

阿伦特的争胜公共领域理论我以为完全适合于文学公共领域，或者说它特别适合于描述文学公共领域。文学公共领域的最大特点也是争胜——作家通过自己的作品尽情地呈现卓异性，亦即独特性，作家的这种独特性只存在于他的作品中，而不是存在于他的心理世界。同时，作家的争胜必须依托自己的艺术行为，即艺术作品，必须本着理性和民主的方式和别的作家进行竞争，而不能诉诸别的手段。最后，阿伦特说行动者只有通过公共领域的呈现才能获得自己的完整身份，这一点也类似于艺术创造活动使得作家获得自己的风格。

但这不是说文学公共领域中只有争胜和自我表现，而没有交往对话与相互沟通。阿伦特的公共领域理论一方面强调公共领域是自由呈现个性和卓越性的领域，同时又反对自我绝对主权（sovereignty）观，反对独我论式的"自由"。公共领域中的呈现不是自说自话。"人的条件为一项事实所决定，即：不是独一的人而是多数的人生活于地球上。在这样的人之条件下，自由与主权是如此的不同以至于不可能同时存在。人，不论是

---

① Dana R. Villa, *Arendt and Heigegger*: *The Fate of the Political*, Princeton University Press, 1996, p. 90.

作为个体，或形成一个团体，如果企求主权，则必然使自己受意志的压迫，不论这意志是我压迫自己的个人意志，或一个组织团体的'普遍意志'。绕过任何人向往自由，他必须放弃的正是这种自主权。"① 主权必然导致宰制的欲望和统治的意志。导致暴力，所以它是反政治的，"从政治上说，自由与主权的这一等同也许是在哲学上把自由和自由意志加以等同的最有害和最危险的后果"。② 因为它导致的只能是对他人自由和主权的否定。③ 阿伦特不从主权与意志去说明自由，相反把它们看成是对立的，旨在去除人与人之间的支配性与宰制性，呼唤主体间的沟通。

五　文学公共领域是话语、交谈、协商的领域

在阿伦特的分类理论中，语言和行动属同一层次，同一类型，它们"同属于最高级的人类能力"。她甚至认为，"所谓行动就是在恰当的时刻找到恰当的言辞"。④ 人们通过言说和行动聚集在一起就组成了公共空间。与此相应，阿伦特特别强调政治的语言属性，"大多数处于暴力范畴之外的政治行动的确都是通过言辞来实施的"，"只有单纯的暴力才是无言的，也正是由于这个缘故，单纯的暴力永远不可能达致伟大"。⑤ 就是说，暴力是非政治的，运用暴力来维护统治是政治无能的表现。暴力的一个根本特点就是它的非语言性，正因为这样，阿伦特认为它是"政治无能"的表现。"以政治方式行事、生活在城邦里，这意味着一切事情都必须通过言辞和劝说，而不是

---

① H. Arendt, *Between Past and Future*: *Eight Exercises in Political Thought*, Viking Press, 1968, p. 164.

② Ibid., p. 165.

③ 主权（sovereignty）一词具有完全独立、完全与他人无关的自我统治的意思，它是否决交往和对话的。

④ 汉娜·阿伦特：《公共领域和私人领域》，汪晖等主编：《文化与公共性》，生活·读书·新知三联书店1998年版，第60页。

⑤ 同上。

通过强力和暴力来决定。按照希腊人的自我理解，凭借暴力威逼他人、以命令而非劝说的方式对待他人，这是一种前政治手段，用以对付那些以城邦外的生活、家庭生活（在家庭里，一家之主以无可争辩的专制权力实施统治）和亚洲野蛮帝国（其专制主义经常被比作一种家庭组织）的生活为特征的人们。"[①]以说服为基础的权力常常不如建立在暴力基础上的权力那么绝对，正因为这样，所以，城邦国家的国王权力不如一家之主那么绝对。"绝对的、不容争辩的权力与严格意义上的政治领域是相互排斥的。"[②]

与阿伦特公共领域与私人领域的划分相对应的是权力和暴力的区分。阿伦特认为权力是公共领域或政治共同体存在的内在本质；暴力是私人领域特别是家庭中合法存在的现象。只有当统治者无法通过非暴力的方式确立自己的合法性而又不愿意放弃自己的统治权的情况下，才会通过暴力手段实施恐怖统治；反过来，这种恐怖统治又会导致暴力反抗和暴力革命。如果这种反抗和革命获得成功并且拒绝向理性、民主的统治形式转化，拒绝建立依赖正义而不是暴力的新的合法政权，那么，这种政权就必然产生一个新的、同样建立在暴力基础上的恐怖统治。这种恶性循环的结果是全社会的暴力崇拜，使人退到动物水平，导致包括统治者和被统治者在内的整个社会的政治无能和"强者为王"哲学在全社会的普遍蔓延。[③]

这里涉及对"权力"和"暴力"这两个概念及其与政治之关系的不同理解。权力和暴力到底是什么关系？阿伦特在《论暴力》中曾经对此进行了专门讨论。她指出：政治哲学中

---

① 汪晖等主编：《文化与公共性》，生活·读书·新知三联书店 1998 年版，第 60 页。阿伦特似乎认为家庭暴力是允许的，这个观点引起了众多的批评。但阿伦特说的"暴力"不是狭义的身体伤害，而是强制的、非说服的意思。

② 同上书，第 61 页。

③ 动物世界的法则就是以暴力为基础的弱肉强食，正因如此，动物世界没有"政治"。这很类似鲁迅在《灯下漫笔》中说的：如果一种暴力统治"将人不当人"，当做牛马牲畜，那么，认同这种统治就是使人降低到牛马的水平。

一个流毒深远的见解是：权力来源于统治本能，来自统治别人的快感。人们或者认为权力的本质是使得他人按照我的意愿行动；或者认为权力在于我能够不顾他人的抗拒而行使我的意志。阿伦特认为，这些界定都是把权力简单地理解为支配，理解为使他人服从自己——不管采取什么方式。阿伦特认为这是一个致命的误解，是把"暴力"（violence）等于"权力"（power），把暴力当做是权力的最明显表现，把政治理解为对暴力的争夺，暴力就是终极的权力。

在阿伦特看来，这样的理解毒化了"权力"概念，使得"政治"、"权力"等概念"空心"化、非道德化。好像政治就是权力斗争，而权力斗争的胜负取决于谁拥有或垄断了暴力。正如阿伦特所嘲笑的："如果权力的本质就是支配的有效性，那么，就不会有比枪口的权力更伟大的权力了，而我们将很难说清，一个警察下的命令和一个劫匪下的命令到底有什么不同。"① 阿伦特不把那种建立在暴力基础上的统治力量称为"权力"，也不把争夺暴力领导权的斗争称为"政治"，目的是为了强调权力和政治的非暴力性质。她的"权力"和"政治"概念都是褒义的，是带有正面道德内涵。政治的本质不是建立在暴力基础上的支配，而是公共领域中平等的人之间通过言语而进行的协调一致的行动，"权力"就是在这种协调一致的活动中产生的、使大家自愿服从的力量。不是建立在平等主体间协调一致的言行基础上的"权力"是不具有合法性的，它必须也只能通过暴力维持，它本质上就是暴力而不是权力。这也是暴力之所以是前政治或非政治的原因。公民的参与是权力的本质（在不能直接参与的情况下，公民可以采取委托的方式授权政府行使自己的权力。但是本质上这也是一种参与）。

阿伦特的"权力"概念以及对于"暴力"和"权力"的

---

① 贺照田主编：《西方现代性的曲折与展开》，吉林人民出版社 2002 年版，第 425 页。

划分，或许和我们通常理解的"权力"含义有别。即使我们坚持中性的权力概念，即把权力理解为支配和统治的力量，那么，至少阿伦特的理论可以帮助我们划分两种不同的权力：建立在民主协商、平等交往、理性对话等基础上的权力，即非暴力权力；建立在暴力基础上的不合法的权力。

这点对于建构健康的文学公共领域，特别是文学批评领域具有非常重要的启示意义。一般而言，在文学公共领域，特别是文学批评领域，使用物理暴力的可能性不大，但是语言暴力的使用却屡屡发生，在以网络为载体的文学探讨中尤其如此。在著名的"韩白之争"、"玄幻门"之争中，我们可以看到大量试图通过非理性的威胁、恐吓、谩骂、侮辱等方式来威吓和压倒对方的现象，这一切均属语言暴力。其最后的结果只能是使得交往—对话或者中断（如评论家白烨之退出论争）或者无法有效地进行下去。

当前中国文学批评，特别是网上的文学批评，普遍流行语言暴力现象。语言暴力虽然不是物理暴力，但是它和物理暴力的共同之处在于其不讲理、非理性或以物理暴力相威胁。这是文学公共领域缺乏的表征。我们的文艺作品，特别是一些国产大片（比如《夜宴》、《满城尽带黄金甲》等），总是告诉人们：权力来自暴力，等于暴力，总是强调垄断暴力的人就能够获得权力，而不对这种权力的非法性、非正义性进行质疑，那实际上就是在鼓吹暴力。

阿伦特式的公共领域概念及其对文学研究的启示

六 文学公共领域是"意见"的领域，而非"真理"的领域

公共领域的现实性依赖于无数视角和方面同时在场，他人的在场确证了我们的现实感，以及世界的现实感。不同的在世界的位置生产了不同的视角，这种多元性保证了公共领域的产生和维持。这就是多元性的存在论意义：没有多元性，公共世界和公共领域不可能存在。

阿伦特认为，每个人都在世界上占据不同的位置，不同的位置决定了不同的看待世界的角度，而这种多元的、各不相同的视角必然导致不同的"意见"，每一种意见都联系于一个人在世界的位置，它因此决定了向我呈现的东西为何。但这绝不是说意见只是人的主观偏见，是任意性、专断性的表达。它只是表明"世界依据一个人在世界上的位置而有差异地向每个人开启它自己"。① 而且人就是通过意见而进入公共世界的，"肯定自己的意见就是意味着能够呈现自己，使自己能够被他人看见和听见"。②

意见的这个视角特征（the perspectival character of opinion）是意见和"真理"的根本区别所在，而这是意见和哲学的紧张（以及相关的哲学与政治的紧张，因为政治就是意见的领域），是阿伦特政治哲学的又一个重要主题。真理不需要意见的支持宣称自己的绝对有效性，在公共事务的领域追求绝对"真理"必然导致对于多元性的否定，对于看待世界的视野的差异性的否定，因此而解构了政治。西方的哲学传统一直通过贬低意见而敌视政治。绝对真理排斥意见和争议，不允许商讨（而商讨和争议正是政治的根本特征），因此具有危险的专制性，它是反政治的，是和政治生活的本质对立的。"从政治的角度看，执着于真理的那种思想模式必然是专制极权的，它并不考虑别人的意见，而充分考虑别人的意见正好是真正的政治思维的标志。"③

柏拉图对于政治的偏见，对于知高于行的等级排列是和他抬高真理而贬低意见、抬高哲学而贬低政治联系在一起的。他的真理是超越于视角的真理。柏拉图深受苏格拉底悲剧的刺激，为了保证哲学和哲学家的安全，柏拉图决定剥夺意见的合法性，连带剥夺多元性、行动以及呈现的合法性，这就导致了

----

① Dana R. Villa, *Arendt and Heidegger: The Fate of the Political*, Princeton University Press, 1996, p. 94.

② Ibid. .

③ Ibid. , p. 95.

"真理的暴政"（tyranny of truth），绝对标准的暴政。真理对人们施加的不是劝说而是压制和命令。这样的结果，是在真理和意见之间造成了一个深渊，同时也摧毁了由意见构成的公共领域，因为以绝对标准形式存在的真理摧毁了意见和多元性。阿伦特赞成莱辛等人的观点：放弃真理以便维护"人类话语的永不枯竭的丰富性"。①

阿伦特的这个思想实际上蕴涵了后现代的文学观念。后现代的文学理论认为文学理论（特别是关于什么是文学的"本质"论）是话语的建构，任何人只能从自己所处的特定语境出发建构自己的文学理论，这些文学理论只能是取决于言说者之视角的意见而不可能是超越视角的真理。阿伦特式的文学理论认为，关于文学本质的任何建构，必然是一种在地、在时的语言行为，而不是发生在真空之中，它因此必然从特定的立场、视角出发，这个立场和视角必然是有局限的。人不可能有不受限制的视角，所谓的全知全能的视角，只有人自己虚构的"上帝"才有。

职是之故，各种关于文学本质的建构就没有什么对错的绝对标准，即不可能在认识论的层面上找到这样的"真理"标准，来判定何种建构为真何种为假。因为这个"标准"本身也是建构，而且只能是建构，同样也陷入历史社会文化权力等等的网络系统中。把一种语言建构提升为对其他语言建构进行评判的标准本身就是逻辑矛盾。指出这点的目的是什么？是调整我们的研究范式：首先，从认识论转向价值论；其次，从知识形而上学转向知识社会学。我们不是去问到底哪种文学观是真理，是对于文学客观本质的正确揭示，哪些是谬误，是对于文学本质的遮蔽。我们要问的是：什么人在什么情况下出于什么需要、目的而建构了什么样的"文学"理论？在什么情况下何种关于文学的理论为什么取得了统治地位，被封为"真理"甚

---

① Dana R. Villa, *Arendt and Heidegger: The Fate of the Political*, Princeton University Press, 1996, p. 95.

至"绝对真理"？何种理论为什么处于边缘地位或者干脆被枪毙？

　　任何文学理论研究者当然都要选择自己需要的理论、术语和词汇，这是理论工作的宿命，是研究开始的前提。但他同时应该对自己的选择持有清醒的反思精神，明白自己的选择不是"绝对真理"和"绝对谬误"之间的选择，而是各种关于文学的"意见"之间的选择。自己和别人的文学理论的较量，不是真理和谬误的较量，而是"意见"和"意见"的对话，[①] 更应该知道自己选择的一套理论词汇本身是有缺憾的，它并不比别人选择的理论、术语和词汇更接近某个文学的"实体"，而是因为它更加符合使用者的价值诉求、利益以及愿望。这样的文学理论是多元主义的，因为它并不把某个小写的文学理论放大为大写的文学理论。因此，应让所有小写的文学理论自由争鸣，表达其自身的愿望和诉求。

（原载《四川大学学报》2010 年第 1 期）

---

　　① 关于意见和真理的区别，可参见阿伦特《真理与政治》、《哲学与政治》等文（译文见贺照田主编《西方现代性的曲折与展开》，吉林人民出版社 2002 年版）。阿伦特认为，柏拉图开创的哲学"真理"理论，认为"真理"是排他的、绝对的、强迫性的、拒绝商议的，是哲学家的专利；而"意见"则是相对的、包容的、可商榷的、指向交往的，是每个公民都有的。从苏格拉底到阿伦特和罗蒂，都认为真理存在于意见中，要从意见中发现和孕育真理。罗蒂的一段话可以参考："我们最好的真理标准是，真理是自由研究获得的意见。在这种自由的研究中，任何东西，无论是终极的政治和宗教目的还是任何其他东西，都可以讨论，都可以得到苏格拉底式的责问。"罗蒂：《后哲学文化》，上海译文出版社 1992 年版，第 5—6 页。

作为媒介化公共事件的文学

一　大众传媒时代的文学

20 世纪 90 年代以来，文学界给人的一个重要印象就是所谓文学的"边缘化"。文学的边缘化好像不是简单地指文学生产数量的减少。相反，统计似乎得出了正好相反的结论。比如，我们的长篇小说的数量据说是在逐年上升而不是逐年下降。也不是作家人数在减少，如果我们把网络写手也算进去，那么，作家的人数也是越来越多，细菌一样地多！

准确地说，"边缘化"是指作家及其创作的作品越来越远离文学圈之外的公共领域，其所承载的非文学的或超出文学的公共性和公共意义越来越稀薄，被媒介关注并成为媒介公共事件、新闻事件的概率与可能性大大减少。按照王蒙的说法，就是"文学失却了轰动效应"。[①]

一个相反却也相成的证据是，只有当文学被媒介关注、成为公共事件甚至新闻事件之后，才会受到公众（他们也是文学的主要读者）的关注，才能摆脱所谓"边缘化"的命运。我们可以回忆一下，最近几年一些受到广泛关注的文学现象，实际上都是我们所说的作为媒介化公共事件的文学。比如 2008 年的韩寒战（作协）主席事件，2007 年的北京市中学语文教

---

① 参见王蒙《文学：失却轰动效应之后》（1988），收入《王蒙文存》第二十三卷，人民出版社 2003 年版，第 178—185 页。

科书事件,① 2006 年的韩白事件、玄幻门事件, 以及频繁出现的中国最富作家排行榜、最受欢迎作家排行榜、高考语文作文题目讨论, 等等, 甚至于木子美、竹影青瞳的身体写作, 在我看来, 都是属于媒介化的文学事件。

一个不可否定的事实是, 只有这些作为"媒介化公共事件"的文学, 似乎还能给今天的文坛注入一些活力, 带来一些热闹, 引来一些关注。当然, 在那些坚守审美自律立场与艺术自主精神的人看来, 恰恰就是这种来自公共性的"活力", 导致了"真正的"文学的死亡。然则不管是"活力"也好、"死亡"也罢, 文学必得成为公共媒介事件、新闻事件, 才能引起公众——也包括大多数批评家——的兴趣, 这似乎已经是一个不争的事实了。

诚然, 我们这个时代不是一个渴望审美的时代, 也不是一个十分待见纯文学的时代, 更不是一个"为艺术而艺术"的时代, 但它却是一个疯狂渴望新闻的时代, 是一个没有了新闻就会不知所措的时代。大概正是因为这个原因, 作为媒介公共事件的文学现象大多是由媒体人——而不是传统意义上的文学批评家——"炒作"或"经营"出来的。"炒作"、"经营"等用来描述媒介活动的新词, 似乎表明文学的内在动力已经耗尽, 需要大众传播的"提"与"携"才能在公共领域里蹦跶那么几下。

二 什么是作为媒介化公共事件的文学?

顾名思义, 所谓"媒介化公共事件", 包含"媒介化"和

① 近几年各地语文教改, 对中小学语文教科书的文章选篇有较大调整, 比如上海的二期教改,《包身工》、《狼牙山五壮士》被删, 又比如人教版高中语文教材入选《卧虎藏龙》、《天龙八部》选段, 2007 年北京语文教改做了更大的变动, 更换了近一半的篇目, 因用金庸小说选段替换鲁迅《阿 Q 正传》还引起了"金庸取代鲁迅"的争论, 同时"红色经典"、样板戏入选教材也引起争论。相关内容在文章第四部分会具体讨论。

"公共"两个关键词。公共性是相对于私人性和专业性而言的。文学的公共性是指文学活动超出了私人领域和文学专业领域（这个领域是现代的一个历史建构）的属性，是文学与专业外的公众以及重大公共问题的相关性。这个意义上的公共性有两个内涵。首先，公共性意味着可见性，公共事件首先必须是一个公开呈现在公共世界（如今它已经基本上与媒介世界同义，不经过媒介化的公共世界已经近乎绝迹）的事件，是可以为广大公众了解的事件，这是它和私人事件之隐秘性的根本区别，不能获得可见性的事件难以成为公共事件；其次，公共性意味着与公众、公共世界的价值和利益牵连，只有牵涉到私人和专业小圈子之外的公众利益的事件，才是真正的公共事件。

　　由此可知，作为公共媒介事件的文学，不但超出了私人领域（但非常吊诡的是，一些没有公共意义的作家隐私也可能经过媒介的炒作而成为伪"公共事件"），也不可能是所谓"纯文学"或"纯审美"现象，而是与其他公共问题、社会问题——比如教育问题、伦理道德问题、公民素质、官员腐败问题，等等——紧密交织在一起的。一个文学艺术方面的事件，是否能够成为公共事件，主要不是取决于其自身的审美属性或艺术品质，也不是取决于其专业学术含量，而是取决于它的社会文化环境，取决于它和公共世界的关系。举几个例子：70 年代末 80 年代初邓丽君的流行歌曲和港台电视连续剧（比如《霍元甲》）的流行，在当时就是重要的公共事件，因为那个时代的特殊社会文化语境赋予它们以公共政治意义——告别"文革"的"革命"禁欲主义，呼唤人性和人道主义的回归。但是在今天的语境中，这些流行歌曲和连续剧却很难再成为公共事件，因为唱流行歌曲，包括邓丽君的流行歌曲，早已成为私人爱好。80 年代的朦胧诗和星星画展在当时也都是影响很大的公共事件，但同样是这些作品或者与之类似的作品，而且也是通过同样或类似的方式展出或者出版，却不见得能够获得当时的公共意义。这个道理也适用

作为媒介化公共事件的文学

于其他文化活动，同样的一个事件，比如所谓"青年必读书事件"，① 放在今天也许不能成为什么公共事件，但是在五四时期却承载了重大的公共意义。

特别值得指出的是，无论是在文学艺术的创作领域还是研究领域，一个事件能否获得公共性或成为公共事件，与其专业艺术成就或学术成就没有必然联系，也不能用专业标准来衡量其公共意义（也就是说，公共性不等于学术性）。《班主任》的出版、《于无声处》的公演，关于"伤痕文学"的讨论，都是当时具有重大意义的公共事件，虽然其艺术成就或专业学术水平今天看来并不高。

至于媒介，众所周知，文学离不开媒介，而且文学和媒介的关系因为大众传媒的出现而经历了一次革命性的变化。大众传媒的出现对文学的存在方式，特别是文学公共性的存在方式产生了至深的影响。媒介化公共文学事件的层出不穷，正是大众传播时代的一种引人注目的现象。在前大众传媒时代，文学的公共性对媒介的依赖相对较小。比如哈贝马斯在《公共领域的结构转型》中描述的 18 世纪文学公共领域就是明显的例子。那个时期的文学公共领域主要依托咖啡馆、酒吧、沙龙等公共空间，人们之间就文学与其他公共问题的交谈大多是面对面的口头交谈，并不借助，更不依赖大众传播媒介（当然，那个时候的报纸和出版社参与了文学公共领域的建构，但广播和电视等大众传媒还没有出现）。哈贝马斯更指认广播电视等大众传播不仅没有扩展文学艺术的公共性，相反导致了公共性的萎缩。哈贝马斯认为，在大众传播时代，

---

① 1925 年 1 月 4 日，北方报刊重镇《京报副刊》向文化界名流征求"青年必读书"，胡适等人均给出了答案，如许寿裳推荐了法布耳的《昆虫记》、鲁迅的《呐喊》等，常维钧推荐了《蔡孑民先生言行录》、《胡适文存》等，而鲁迅则说"从来没有留心过，所以现在说不出"。并在附注里写下："我以为要少——或者竟不——看中国书；多看外国书。"鲁迅一言激起千层浪，批评乃至对骂由此而起。鲁迅这段话也成了后来读书人永远的话题，至今仍被提起。"青年必读书事件"大概可称得上近代历史上影响最大的"书目事件"。

文化消费的大众取代了文化批判的大众，大批量生产的商业化大众消费文化比之于 18 世纪的小说更缺少公共意义。[①] 另一个例子是古希腊时期的戏剧。古希腊的悲剧是当时公民公共生活的重要方面，也是公民教育的重要途径，但它的公共性不依赖媒介。古希腊公民通过直接观看演出而获得教育，剧场就是一个公共领域。

在现代大众传播条件下，文学的传播范围急剧扩展，不仅超越了口头传播的时间和空间限制，而且也超越了以手工印刷为技术手段的传统纸质传媒在发行时间、发行量方面的限制，这使得文学传播和文学阅读的范围得到了前所未有的拓展。

在这样的语境下，文学的公共性既获得了前所未有的机遇，也获得了前所未有的危机。一方面，一部文学作品、一次文学活动，如果得到大众传播的青睐，其读者很可能是一个以前难以想象的天文数字。文学的公共性可以借助传媒力量得到不可思议的极大拓展。在大众传播时代，一个事件如果不借助传媒，几乎没有可能成为公共事件。而一旦被大众传播，特别是网络"抓住"，就会产生不可思议的影响力。最近韩寒的一系列抨击时弊的博文，就产生了这样的巨大影响。

但另一方面，并不是受到大众传媒青睐、被热炒的文学事件都一定具有真正的公共意义。这是缘于公共性的两种含义之间可能出现的错位。从理想的角度看，公共性的两个含义（可见性与和公众的利益相关性）两者应该是重合的，也就是说，进入公共场合、被公众谈论的应该是与公众利益相关的事件或问题；与公共利益不相关的私人问题则应该保持其隐蔽性，不应该进入公共场合。重合的例子比如 2008 年南方雪灾，它既是呈现于公共空间的，可见的，同时又是关乎公共利益的。但是在现实中，公共性的这两个含义常常又是不重合的。不重合的情况有两种。一种是具有公共意义的事件因不能被公共媒体关注而无法进入公共场合并获得可见性和透明性。比如在被媒

① 参见哈贝马斯《公共领域的结构转型》，学林出版社 1999 年版。

体曝光之前，"非典"虽然是一个关乎公共利益的重大公共事件，但却没有在公共空间呈现出来，不具备可见性；另一种情况是：本来没有公共意义的私人事件或私人物品，因为被公共媒体广泛炒作而获得了可见性，进入公共场合并成为所谓的"公共事件"。以网络为依托的"艳照门"事件（与此类似的还有前段时间热炒的李亚鹏、王菲女儿的兔唇事件）都是第二种不重合的典型例子，它戏剧性地模糊了公共领域与私人领域的界限，改写了公共性和私人性的含义，其后果既是对私人领域侵害，也是对公共领域的毒化。

在今天这个舆论还需要正确"引导"、媒介普遍低俗化和商业化的时代，加上大众对于私人隐私，尤其是名人隐私所抱的阴暗的窥隐欲，所谓媒介化的"公共事件"很可能只有公共性之名而没有公共性之实。也就是说，它们只是因为被媒介化而赢得了知名度和可见性（公共性的一个含义），却缺乏和公共利益的实质性关联（公共性的另一个含义，也是更加实质性的含义）。它们实际上是假冒的"公共事件"，它们的准确称呼或许应该是恶俗的媒介化事件而不是什么真正的公共事件。这些事件既没有文学研究的价值，也没有超出文学的公共讨论意义，对它的最好办法就是不加理睬。举个例子，韩寒几乎是公认的当下最热的媒体公众人物，他也的确制造或引发了很多重要的文学公共事件。但是媒体上关于韩寒个人爱好、生活方式、身体特征等的"花边"新闻，就没有任何公共意义，虽然这些新闻也传播广泛，具有极强的可见性。

那么，作为媒介化公共事件的文学，其价值到底体现在哪里？它值得关注么？它的评价标准是什么？

由于作为媒介化公共事件的文学不仅仅是文学现象，更是由文学引发的综合性公共文化现象，因此，对于它我们就不能完全按照审美的、文学的、专业的标准来评价。比如，我们不能只看媒介化文学事件之后是否留下了传世的文学作品或伟大的文学观念，而且也要看它是否产生出超越了文学、审美或者与文学和审美关系不大的公共意义，看它之于公民社会建设的意义。举例而言，"韩（韩寒）白（白烨）之争"或许没有留下多少有意义的文学理论成果，也没有实质性地推进我们对文学的认识，但是这个论争中体现的语言暴力，却可以反映出部分青年网民的公民素质的缺失，暴露了他们理性沟通能力的欠缺；[①] "韩寒战主席"事件的意义在于揭示了一个事实：文学脱离原来的体制已经越来越远了，这么多省级作协主席们居然拿一个"80后"的体制外作家没办法；"红色经典"是否可进入语文教材、革命京剧样板戏是否应该进入中学课堂的讨论，实际上涉及教育理念问题，如何认识革命文化遗产问题，[②] 等等。更具有说服力的例子或许是韩寒的一系列针砭时弊的博文。比如，针对"抵制家乐福"事件，韩寒在博文《爱国，更爱面子》中说："其实，很多时候，我们只是觉得，我们没面子了。""我们可以对国内的很多同胞的遭遇漠然，但对人家国外的反对这么神经质，还是因为面子。国内死的死伤的伤贪的贪黑的黑，不关我的面子，而国外的刺激则丢了我大国国民的面子和威风。和平年代的爱国就是爱面子。"正如一位论者所说的，韩寒点出了"愤青"的伪爱国的症结。很难说韩寒文章的这种力量是文学的。其实，韩寒的影响力已经成为一种公共影响力，其范围不再局限于青春叛逆的文学青年，而且还具有了改变公共政策走向的力量。最新的一个例子就是上海"钓鱼式执法"查处黑车至少已存在多年，而此事在经历了强硬否认之后，最终以相关部门承认错误、公开道歉以及给予浦东新区副区长、区城市管理行政执法局局长行政警告处分而收场。这件事的起因

作为媒介化公共事件的文学

---

① 评论家白烨写了一篇《"80后"的现状与未来》，招来了新生代韩寒的激烈反击，由此掀起了一场骂战，就"到底什么是文学"、"80后作家划分科学不科学"、"文坛的门槛在哪里"等问题大开文坛论争，这场论争升级至白烨关闭自己的网上博客。

② 2007年北京新版语文教材入选了《红岩》、《红旗谱》、《林海雪原》等红色经典和样板戏《红灯记》，参见《北京高中语文课本改版 部分经典名篇被删》，《青年周末》2007年8月16日。

就是韩寒在他的博客上转载了一位上海白领张军描述自己"被钓鱼"经历的博文，这才引起舆论的广泛关注。

这些问题有些是文学问题（比如韩白论争就涉及"到底什么是文学"的问题），但在更多的情况下，这些问题常常不止是文学问题，或者主要不是文学问题。因此，它引发的讨论可能集中在文学问题上（比如，德国汉学家顾彬引发的"二锅头"事件涉及到底如何看待中国当代文学的成就？如何看待中国作家和外语的关系等），但也可能并不如此。也就是说，对于作为媒介公共事件的文学，我们不应该坚守文学自身的评价标准，至少不能用纯文学的那套批评话语去把握它，否则就会导致不必要的错位。

三　对媒介化文学公共事件的学术提升

可惜的是，文学理论界似乎并没有好好思考媒介化时代的文学批评和文学研究应该如何回应时代的要求，没有敏感地捕捉到媒介化文学公共事件的理论意义和学术价值，没有及时把它转化为有意义的学术话题并进行深入探讨，而是或者随之沉浮，或者视而不见。

媒介化公共事件的文学有一个明显的缺点，即它的时效性。作为媒介事件和新闻话题，它是非持久的，旋生旋灭、朝三暮四、朝秦暮楚。在一个媚俗的、急功近利的消费主义时代，大凡公共事件、新闻事件常常都有很大的时效性，难以获得公众和媒体的持久关注。无论是韩寒引发的"战主席"事件，还是"韩白之争"，本来都是很有学术意义的媒介公共事件，但是却无一不是随着媒介和公众的兴奋点的迅速转移而转移，成为短命的媒介事件。媒体工作者常常刚炒热一个事件就急匆匆地寻找下一个事件去了。

最近几个媒介化文学事件似乎都存在这样的问题。

比如德国汉学家顾彬教授引发的"二锅头"事件。早在

2006 年，顾彬就因痛斥中国当代文学而在学界激起强烈反应。[①] 他在接受德国权威媒体"德国之声"访问时，以"中国当代文学是垃圾；中国作家相互看不起；中国作家胆子特别小……"等惊人之语，炮轰中国文学。[②] 2007 年 3 月，在中国人民大学"汉学视野下的 20 世纪中国文学"研讨会上，顾彬的发言再次成为焦点。他直率地表达了对中国当代作家的不满，说 20 世纪中国文学分 1949 年以前和以后。1949 年以前的中国文学基本上属于世界文学，1949 年以后的文学基本上不属于世界文学。前者是几百元一瓶的"五粮液"，后者是几块钱一瓶的"二锅头"。[③] 顾彬以此来说明中国现代文学很优秀，有骄人的世界价值；中国当代文学低劣，几近垃圾。在他看来，中国文学从现代到当代的发展是一种倒退。他的理由是：中国当代之所以没有好的文学，主要原因是中国作家不懂外语，而西方的作家则都懂几门外语，所以，中国的作家对外国文学不了解，对语言没有敏感性，缺乏世界的视野。因此，中国作家是业余的，不是专家。

顾彬的发言引起轩然大波，许多知名学者纷纷进行反批评。余秋雨、蔡翔、陈平原都不同意现代文学比当代文学高贵的说法，认为顾彬是站在西方文学的立场上看待中国文学，其价值立场值得怀疑。尤其是陈平原，他表示作家的价值靠作品来判断，而不是外语。[④] 但也有一部分作家和学者表现得相对冷静，有些作家承认中国文学出现了问题，学者肖鹰则认为顾彬的发言切中了中国当代文学的要害，我们应当认真对待。比如，当前中国文学的低俗化趋向，无疑与当代作家轻视语言和

---

① 2006 年 11 月，顾彬在接受德国权威媒体"德国之声"访问时，对中国当代文学谈了他的一些看法。2006 年 12 月 11 日，《重庆晨报》发表了题为《德国汉学家称中国当代文学是垃圾》的文章，引起了各界读者和新闻媒体的广泛争议。

② 《德国汉学家称中国当代文学是垃圾》，《重庆晨报》2006 年 12 月 11 日。

③ 《德汉学家再批中国现当代文学：当代好似二锅头》，《东方早报》2007 年 3 月 30 日。

④ 葛红兵、许道军：《交汇·互动·交锋——2007 年中国文坛热点问题述评》，《探索与争鸣》2008 年第 1 期。

滥用语言的态度有关，更为重要的是，在其背后深藏的是作家的轻浮心态，对此我们应该进行反思。① 可惜的是，无论是顾彬本人还是他的支持者、反对者，都没有耐心深入探讨由此引发的有学术意义的问题。一方面顾彬只是提出话题而没有深入论证话题，没有拿出充足的证据论证为什么掌握第一世界的语言对一个第三世界作家而言是如此之重要，是获得世界性的必要条件。（一个相对的问题是：一个第一世界的作家也需要掌握第三世界的语言才能获得世界性么？）

实际上，顾彬的中国当代文学"垃圾论"，提出的是中国文学与世界文学的关系问题以及外语在这个关系中的地位和作用问题，中国文学在世界文学中所处的位置问题。更扩展一点说，这个所谓的"二锅头"事件涉及第三世界和第一世界的文化关系问题。这些问题似乎很少被批评家们持久关注，大家只关注到事件的新闻价值，有了被人刺痛的痛感，大家都情绪化地发泄一番了事，没有获得结实的学术成果，结果不了了之。②

韩寒战作协主席事件也存在类似的问题。③ 此事的缘起，是起点中文网主办"全国30省作协主席小说竞赛"，借助于颇有影响力的网络媒体，这个活动一开始就非常吸引人们的眼球。随后其他媒体大幅报道，引起各方关注。这次活动是传统

---

① 葛红兵、许道军：《交汇·互动·交锋——2007年中国文坛热点问题述评》，《探索与争鸣》2008年第1期。

② 再比如，韩寒和陈丹青网上发表评论，对现代文学的很多作家，比如茅盾、冰心，做了尖锐的批评和嘲讽。但是，不但他们自己没有充分论证自己这样说的理由（只是笼统地用一个"文笔很差"打发了事），他们的反对者也同样没有说出一个道理来。

③ 以韩寒为主角和核心的媒介文学事件相当多，也相当有典型性。韩寒从1999年获第一届"新概念作文大赛"一等奖、成为"80后"的代表性作家开始，到如今登上作家富豪榜的第三位（参见2006年12月《财经时报》），一路走到现在"挑战作协"，一直是被大众媒体广泛关注的公众人物，也一直是文学媒介事件的主角。媒介对韩寒广泛谈论，从高才留级生引出的"人才"和教育话题，扩展到叛逆少年与青年亚文化问题，从而牵出当前的社会文化选择和教育体制问题。显然，大众对韩寒的关注已经超越了文学的范围，成为一种以文学为缘起或由头的综合性社会文化现象。

文学面临边缘化的一个征兆。张颐武认为，"30 省作协主席小说竞赛"为传统作家焕发第二度青春提供机会和平台，文坛主流作家很有可能通过网络寻找到创作生涯的新起点。目前传统作家面临出版瓶颈，传统文学变得越来越小众，大批传统作家的作品找不到出版机会，即便出版，印量也很低，他们曾经是名声很高的作家，迄今也还是文坛的中坚力量，但是市场把他们漏掉了。通过网络发表作品，在将来是非畅销传统作家的唯一出路。[①] 解玺璋也称，"30 省作协主席小说竞赛"的最大意义在于给传统文学作品提供一个更新的传播方式，他认为在网络上发表文章，对扩大传统作家和作品的知名度有所帮助。[②] 媒体借此大肆渲染，"传统作家以豪华阵容落地网络平台，对传统文学和网络文学而言都具备划时代的、里程碑式的意义"。[③]

可见，这项活动原本是想推动传统文学与网络的融通，强化传统作家与网络读者的交流。没想到韩寒却对此进行奚落，认为这些作协主席的作品根本不适合网络，这是网站的商业炒作。更有甚者，韩寒并声称，如果他当作协主席的话，就解散作协。韩寒的博文《领悟》引起人们关注，紧接着《天府早报》的一篇标题为《河北作协副主席谈歌：如果我是韩寒爹就打死他》的报道引来争端，[④] 河南作协副主席郑彦英用一篇博文《人不能信口雌黄》回应韩寒的言论，让矛盾更加激化。[⑤] 于是对"全国 30 省作协主席小说竞赛"活动引发的争议，关注点已转向了韩寒和几位作协副主席之间的口水战。

在我看来，这次所谓"事件"的意义在于揭示了文学公共

① 《文化评论家谈作协主席赛》，起点中文网，2008 年 9 月 9 日。

② 同上。

③ 《起点中文网启动全国 30 省作协主席小说竞赛》，起点中文网，2008 年 9 月 8 日。

④ 四川在线—天府早报，2008 年 9 月 19 日。

⑤ 郑彦英博文《人不能信口雌黄》，2008 年 9 月 20 日，http：//blog. sina. com. cn/s/blog_ 500c7f740100axpk. html。

领域的结构转型。事件的特点很明显，除了代际差距突出，就是体制内外有别。一方是年纪大韩寒几倍的父辈甚至爷爷辈的作协主席、副主席，另一方是大骂"文坛算个屁"的后生小子。前者在体制内居于高位，后者在市场上呼风唤雨。在改革开放以前，文学公共领域一直是依附于政治公共领域的，作协官员们是文学公共领域的掌门人，因为他们的双重身份（既是作家又是官僚）正好可以承担起沟通文学领域和政治领域的使命。但是这次事件却戏剧性地表明了文学场域的结构性变化，"主席"们再也不能像以前那样通过政治权力压倒"冒犯"自己的后生小子；相反，与权力的纠结成为一个不光彩的把柄。这不，韩寒的杀手锏就是抓住这些体制内作家或权威与权力的联系大做文章，他的《领悟》一文写道："中国作协应该有百多个主席，平时赋闲，你突然给他们整个事，从活动筋骨和延年益体上来说都有很大的意义，而且事实证明，平时一直讲究领悟各种会议精神的老同志们还是不错的"，他们很善于"领悟什么该写什么不该写该怎么写写到哪种程度"。这种领悟的本领在韩寒看来就是"职业作家的职业风范"。在反击河南省作协副主席郑彦英的时候，他一上来就揭人家的"家底"：国家有突出贡献的专家，河南省省管专家，享受国务院特殊津贴专家，获得过冰心文学奖等多种奖励，河南省文学院的院长，等等。韩寒说，这位善于"领悟"上级精神的作家2006年在中央号召大力建设社会主义新农村的大背景下，出版了科幻读物《郑彦英诗语焦墨画——乡村模样》，把农村写得"一幅和谐的大好景象，男耕女织，衣食无忧，官民一心，繁荣富强"。韩寒赞扬这位副主席"该写的写，不该写的你永远不会写，你领悟得很好。我看好你当选下届中国作协主席"（韩寒博文《副主席郑主席》）。韩寒不愧是说反话的高手，也是聪明绝顶的斗士，他深知在今天这个年头夸赞对方官位之高、"领悟能力"强意味着什么。

奇怪的是，被韩寒攻击的主席副主席级的作家们没有一个愿意接韩寒扔过来的这个"荣誉"，他们要么摆出一副老资格的样子，说什么"在我们这一辈人红的时候，这些年轻人还没出生"。要么指责韩寒缺乏君子风度，动辄骂人，太没教养。不过我要替韩寒说句公道话，韩寒骂人确实是不对，但他下面这段话却不是一般君子敢说的："我不敢说自己是作家，但如果真的以作家论，你（指郑彦英）是要比我低级的，因为你是国家豢养的。假若税收的取支都是在一个领域内，那就是我交给国家的税发了你的工资。所以说，我是你的衣食父母，你怎能写文章说你爷爷奶奶不好呢？有人可能会说，公务员和领导的工资也是由别人交的税组成的，难道纳税人要大过他们？当然应该是这样的。"（韩寒博文《副主席郑主席》）而且谈歌副主席居然说要"打死"韩寒，虽然加了一句"大家都瞎说，没意思"作补充，可是打死人的念头毕竟还是有了，而且说出来了，实在是让人觉得这位副主席作家的文化修养以及法律知识太差。瞎说也不能这么个说法啊！其实，要是时光倒转几十年，一个作协主席是有这样的能耐的，一巴掌不仅可以打死一个毛头小子，而且可以打死一大片（当然是借助于外力）！在这个意义上，韩寒的胜利具有象征意义。

当然，长辈们还有一个杀手锏就是攻击数字，攻击发行量：发行量是什么，不就是钱么，钱是多么庸俗的东西！作家怎么能够唯利是图！点击率有什么了不起？黄色小说的点击率还更高呢。这话说得不错，不过逆定理是不成立的，点击率低的书也不见得都是经典。还有一位老作家语重心长地说："现在的畅销书并不代表所有问题，文学是条很长的路。如果真的想要有成就，就应该专心地研究下去。"[①] 当然，是的，要研究下去，但套用一下韩寒的术语，光研究"会议精神"恐怕是不行的，而且越专心越完蛋。

看来，虽然大众传媒可以提出一些非常重要的话题，但是要把这个话题持续下去，我们却不能指望媒体，而应该指望学者和批评家及时地接过话题、抓住话题并进行深入研究，在专业化的学术刊物上进行进一步的探讨。今天的批评家和理论家，既不能一概拒斥媒介化公共事件的文学，对之嗤之以鼻，

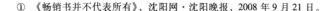

① 《畅销书并不代表所有》，沈阳网·沈阳晚报，2008年9月21日。

缺乏应有的敏感性，也不能不加批判地加入炒作起哄的队伍，忘记了自己的独立自主性的批评立场。

四 中学语文教科书事件
——媒介化文学公共事件个案分析

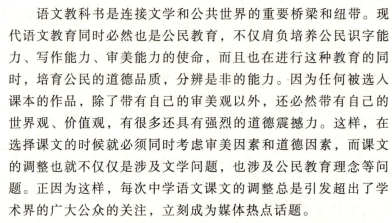

语文教科书是连接文学和公共世界的重要桥梁和纽带。现代语文教育同时必然也是公民教育，不仅肩负培养公民识字能力、写作能力、审美能力的使命，而且也在进行这种教育的同时，培育公民的道德品质，分辨是非的能力。因为任何被选入课本的作品，除了带有自己的审美观以外，还必然带有自己的世界观、价值观，有很多还具有强烈的道德震撼力。这样，在选择课文的时候就必须同时考虑审美因素和道德因素，而课文的调整也就不仅仅是涉及文学问题，也涉及公民教育理念等问题。正因为这样，每次中学语文课文的调整总是引发超出了学术界的广大公众的关注，立刻成为媒体热点话题。

前些年，上海市推行二期教改，《包身工》、《狼牙山五壮士》等作品"退出"语文课本，《跨越新纪录》（根据刘翔在奥运会夺冠的新闻报道改写而成）入选教材。2004年人教版高中语文读本入选《卧虎藏龙》、《天龙八部》选段，编为一个单元名为"神奇武侠"。① 这些课文的调整基本上本着两个原则进行，一是淡化中学语文教育的政治色彩，强化其审美性和艺术性，二是强化当代性和时代性。但是与此同时，把《包身工》、《狼牙山五壮士》等作品"请出"课本，也体现了编选者更重视课文体现的普世价值观，力图淡化特定时期的意识形态（比如阶级斗争）。这些都是需要研究者深入思考和分析的问题。

---

① 《关注教材"变脸"》，新浪新闻网，http：//news.sina.com.cn/o/2005 - 03 - 29/11115495193s.shtml。

2007 年 8 月间，北京出版社出版了新版高中语文课本，此课本与全国通用的人教版课本大不一样，更换近一半篇目。其中比较引人注目的有：金庸的《雪山飞狐》替掉了鲁迅的《阿 Q 正传》，余华的《许三观卖血记》替掉了高晓声的《陈奂生上城》，海子的《面朝大海，春暖花开》替掉了《孔雀东南飞》。新编教材将在东城、西城、朝阳等 9 个区县使用（大约占了半个北京）。消息一传出，立刻成为公众热议的公共事件，新浪网还对此进行了民意调查。①

这次语文教材事件所凸显的理论问题、学术问题是非常丰富和复杂的，其中包括：如何看待大众文化？如何看待经典化？如何看待网络语言？网络语言是否可以进入语文教材？等等。② 在这里，笔者感兴趣的是"红色经典"的入选及其所引出的语文课文的选择标准问题。据报道，2007 年北京版的这套高中语文教材收入了"红色经典"和"样板戏"篇目。编委之一薛川东说："我们觉得，京剧作为国粹，也该受到学生的关注。"与此同时，过去的经典戏剧作品《雷雨》，在这套教材中消失了，而《红灯记》、《杨门女将》等京剧选段，是第一次选入高中教材。另一位编委孔庆东则主张，一些"红色经典""必须要收入语文课本"，比如《红岩》、《红旗谱》、

———————

① 参见《北京高中语文课本改版 部分经典名篇被删》，《青年周末》2007 年 8 月 16 日。

② 金庸入选语文教材，说明大众文化走进课堂。张颐武从这一事件看到了"经典"化问题，经典是主流文化的产物，一定程度上压抑了大众文化的创造。他提出"经典"不再是一个"普遍性"的、无可置疑的概念，而是一个在历史、文化、政治的复杂脉络之中存在的东西，是处在不断的反思和"问题化"之中的东西。另外，在这套教材的推荐选修课部分，收入了一篇《新鲜的网络语言》，作者是北师大岑运强教授。当问及网络语言怎么也会成为中学生的语文课这个问题时，主要编委薛川东说："这要看你怎么正确认识这些网络语言？有些新的词汇，可能汉语词典在第 8 版第 9 版就要新加进去了！比如'整合'这个词，在 1998 年以前的中国任何辞书里都没有"，"这种新鲜事物谁也阻挡不了，它随时在产生和更新之中，我们选入这篇《新鲜的网络语言》，也是表一个态——时代在发展，新的语文现象层出不穷，我们必然要面对。"参见《北京高中语文课本改版 部分经典名篇被删》，《青年周末》2007 年 8 月 16 日。

《林海雪原》等就在此列。①

　　对此我不敢苟同。我以为语文课本选择课文的宗旨和标准应该是两个。一是文章的审美性，也就是说文章必须具有很高的审美价值；二是文章表达的思想、抒发的感情必须体现人类的普世价值，如自由、平等、博爱、诚信、宽恕、感恩，等等。标举这两个标准不是没有原因的，因为我理解的语文教育有两个根本任务或者使命，一是培养学生高水平的语言表达能力，不是美文达不到或很难达到这样的要求；二是培养学生美好的道德情操和公民素质，非普世价值不足以完成这个使命。而所谓"红色经典"，实际上是"革命经典"的别名，"革命经典"作为特定历史时期社会文化的产物，不可能不带有那个时代的特点，概括说就是艺术性不高，宣扬特殊价值（阶级斗争理论就是这种价值特殊主义的突出体现）。就孔庆东先生列举的《红岩》、《红旗谱》、《林海雪原》来说，在新中国成立后17年的革命文学中或许是佼佼者，但放在中外文学史的长河中其艺术价值（不是社会认识价值）是很有限的，它们可能比《金光大道》、《艳阳天》等同类"红色经典"出色一些，但同样存在不同程度的公式化、概念化、脸谱化的问题，说它们是人类历史上的美文恐怕要令人笑掉大牙；另一方面，这些作品产生于鼓吹斗争的时代，它表达的是阶级的特殊情感和特殊价值，具有强烈的意识形态性和政治性。它们和其他革命文学一样，把人分为不同的阶级，有些阶级具有道德优越性和历史进步性，是值得我们爱的；有些则不但不值得我们爱，而且要我们恨，恨得越彻底越好。这样的价值特殊主义在特定时期有其历史合理性和必然性，但却也造成了严重的价值混乱，在今天加以提倡更不合适。选择这样的作品我不知道有什么充足的理由。我们总不能说在中国历史的一个重要时期出现的代表性作品，就必须选入语文课本。如果这样的话，语文书就成为

　　① 参见《北京高中语文课本改版　部分经典名篇被删》，《青年周末》2007年8月16日。

文学理论与公共言说

了历史书。而且反讽的是，真正应该大讲新中国成立后30年中国社会巨大动荡的历史教科书却偏偏不讲，或虽然讲了却语焉不详、一笔带过、王顾左右而言他。

　　这次教科书事件引发的另一个热点争议是，梁实秋和周作人的作品是否应该入选？编者之一薛川东先生提到，他们曾在"精读篇目"中选入梁实秋《雅舍小集》中的一篇美文，但因"上面有想法"而删去。他还说，"至于有些作者，其作品则铁定不会考虑。比如周作人，由于其历史原因，肯定就不会进入教材"。① 不管其个人立场是什么样的，薛先生的此番话足以证明语文教育淡化政治性、突出审美性的过程还是艰难的，因为"上面"的想法似乎比文章本身更重要。我们一直有"不因人废言、不因人废文"的说法，但具体落实到教科书中似乎还有待时日。如果真的是美文是好文，为什么因作者的历史问题或道德问题而不予以选入呢？梁实秋的作品不过格调不那么"高昂"，不那么政治，不那么主旋律，并且被权威的"革命文学家"批评过而已。但在一个和平年代，我们的语文课本也不应该每篇充满硝烟，全部是"匕首投枪"。只要不是明显存在道德混乱、价值混乱，表现些"花前月下"、茶余饭后的小情小调，抒发些日常生活中平淡但不乏诗意的情感也无妨。现在大家都在讲和谐，和谐就要多元化，和谐的前提是差异，清一色的"匕首投枪"也是不和谐的，那是单调。

　　关于周作人，大家知道他做过汉奸，人格上有缺陷。但是文学史上的一个常识是，很多有名的作家都有道德缺憾，比如司汤达得过梅毒，塞林格玩弄少女，顾城还是杀人犯。我觉得本着不因人废文的原则，文章和人品可以适当分开。我们的大学文学史课本照样要讲司汤达、塞林格、顾城。何况做过汉奸的人不一定在人格的其他方面也一无是处，他的文章也不都是汉奸文章。做过汉奸的周作人曾经留下非常优美的散文，这是

---

　　① 参见《北京高中语文课本改版　部分经典名篇被删》，《青年周末》2007年8月16日。

大家不能否定的。这些美文中也不乏思想格调健康者，窃以为选择一篇、两篇也无妨。当然，教师可以在讲授的时候把这个道理讲给学生听，学生自会知道选择周作人的文章绝不是鼓励大家去做汉奸。

结　语

在媒介化事件的文学中媒体起到了不可轻视的作用，媒体一旦参与到文学事件中，对其既有包装、炒作，也有揭露、批判，它引导大众的关注点，引导公民舆论，因此它更有责任去挖掘事件中的公共性意义，而不是去掩盖它，更不是去制造事件。

但是不管如何，作为公共事件的文学提醒我们，文学是多维度的，它可以是没有公共性的私人活动，可以是一种私人爱好，一种个人在书房玩的语言游戏，一个三五个志同道合的朋友之间的游戏，甚至一种存在于内心以语言为载体的经验，比如散步的时候我突然想到了李白的一首诗或自己"创作"了一首诗（在克罗齐艺术即经验的意义上它也未尝不是文学）。这些文学的特点就是它不进入公共领域，不具备或者基本上不具备公共意义。我们原先理解的文学大都就是这样的文学，但是我们不能因此忽视文学的公共性和公共意义。

（原载《文艺争鸣》2010 年 1 月号）

文学理论:为何与何为

　　曾几何时,似乎只有"文学死了"、"文学理论死了"这样的石破天惊之语才能使死气沉沉、睡眼惺忪的文学理论界兴奋起来,在一部分人狂喜莫名的同时,另一部分人愤怒不已。叫嚣了一阵之后,此类曾经的惊心动魄的口号本身也已经疲软和衰竭了,好像"死了"也已经死了。

　　"死了"已经死了,但思考却没有死。相反,在"死了"已经死了的语境中,真正的思考才刚开始。

一　理论、文学理论、文化研究

　　20世纪是一个理论的世纪。这个世纪(特别是从60年代到80年代这段时间)出现了一大批理论大师,诸如:索绪尔、斯特劳斯、威廉斯、阿尔都塞、福柯、拉康、罗兰·巴特、布迪厄、德里达、哈贝马斯、萨义德、詹姆逊、朱迪斯·巴特勒等。这些人及其研究根本无法划归到传统的学科中去,哲学家、历史学家、文学理论家、社会理论家……都是也都不是。如果一定要寻到他们的共同点的话,那就是:这些人都是从事"理论"研究的,都是地地道道的所谓"理论家",他们都意识到并深入探究了人类认识活动、实践活动、审美活动乃至人类存在本身、现实世界本身、人性本身的建构性质,特别是,他们都意识到并深入研究了语言在这种建构过程中的核心作用,都具有突出的反思精神。

　　理论的时代是怎么诞生的?乔纳森·卡勒在其《理论的文

学性》（The Literary of Theory）一文中，对此进行了回顾。卡勒此文收入巴特勒（Judith Batler）、基洛里（John Gillory）、托马斯（Kendall Thomas）三人主编的《理论留下了什么?》（*What's Left of Theory?*）一书中。卡勒在文章中写道：在20世纪60年代，"理论"（theory）这一术语的含义和当时的语言论转向以及结构主义的兴起紧密相关。当时正是结构主义风行之时，所谓"理论"就是"结构主义语言学模式的普遍化运用，这种模式据称将适用于一切，适用于全部文化领域"。①可见，当时的"理论"特指一套结构主义的语言学分析模式及其在各个领域的普遍运用，该模式"将阐明各种各样的材料，是理解语言、社会行为、文学、大众文化，有文字书写的社会和无文字书写的社会以及人类心理结构的关键"。或者说，理论指"具有特定的学科间性的理论：它激活了结构主义语言学、人类学、马克思主义、符号学、心理分析和文学批评"。② 卡勒的文章非常准确地把握住了20世纪理论运动的主旨，即把语言学模式引入各学科的研究中，并借此反思各学科存在的问题，特别是反思形而上学认识论存在的问题。它使我们强烈意识到了语言在社会文化和个人经验建构过程中的核心作用，使我们告别本质主义，走向建构主义，使我们具有了比以前更加强烈自觉的反思意识。因此，语言问题成为所有理论家，所有人文、社会科学"学科"都绕不开的核心议题，也就是题中应有之义了。

由于文学是所谓"语言的艺术"，文学最能够体现语言的特性，比如语言的隐喻性、虚构性、想象性。文学研究的核心正是语言研究，因此，理论家们对文学情有独钟，他们纷纷通过理解文学而理解语言，通过探索文学性来把握语言学模式，通过理解语言来理解经验、认识、无意识、人性以及社会现

---

① Jonathan Culler, "The Literary of Theory", in Judith Batler, John Gillory and Kendall Thomas (eds.), *What's Left of Theory*? Routledge, 2000, p. 273.

② Ibid..

实。卡勒写道：

> 尽管理论具有广泛的跨学科抱负，但在它的高潮时期，文学问题仍处于其规划的核心：对于俄国形式主义、布拉格结构主义以及法国结构主义——尤其是对罗曼·雅各布森（它将列维-斯特劳斯引入音位模式，这对结构主义的发展具有决定性的作用）而言——文学的文学性问题是富有启发性的问题。理论试图将文化对象与事件当作形形色色的"语言"要素来处理，因此，它们首先与语言的性质相关，而当文学表现为最深思熟虑、最反常、最自由、最能表现语言自身的语言时，它就是语言之所是。文学是语言结构与功能最为明显地得到突出并显露出来的场所。如果你想了解语言的一些根本性的方面，你就必须思考文学。①

是啊，文学是语言的操练场，文学研究的方法渗透（跨入）到其他学科，当然也就毫不奇怪。关注、拥抱、青睐文学与"文学性"成为 20 世纪理论运动中一个引人注目的现象。与此同时，由于将语言学模式普遍应用于各学科的研究，理论家们发现了无所不在的"文学性"：哲学与哲学研究的文学性，历史与历史学研究的文学性，等等。换句话说，文学性不再被看做"文学"的专有属性，而是各门人文社会科学的普遍属性，也是理论自身的属性。

这样一来，所谓的文学理论——其核心是如何运用语言学模式分析解读一个文本——也就成为一种普遍的理论，是一种在别的学科领域广泛运用的研究模式。一方面，作为专门之艺术门类的文学（作品），特别是经典文学作品，不再是一个拥有特权地位的研究对象，即使在文学理论研究内部也是这样，

---

① Jonathan Culler, "The Literary of Theory", in Judith Batler, John Gillory and Kendall Thomas (eds.), *What's Left of Theory*? Routledge, 2000, p. 274.

因为"文学性"无所不在，理论家们（比如叙述学家）正以同样的热情研究巴尔扎克小说与广告语言的叙述结构，或用伊格尔顿的话说"你可以用结构主义的观点来诠释《大力水手》（*Popeye the Sailorman*），就像你可以用结构主义的观点来诠释《失乐园》（*Paradise Lost*）一样"；① 另一方面，文学理论正在四处出击，占领原先不属于自己的领地。卡勒观察到，"在相当重要的意义上说，文学作为富有特权的研究对象的特殊地位受到了损害，不过，这种研究的结果（这也很重要）将'文学性'置入了各种形式的文化对象，从而保留了文学性的某种中心地位"。②

一个令人感兴趣的现象是：关于"文学"、"文学性"迄今为止都没能作出令人满意的界定，而在别的文化现象中——从历史叙述、精神分析病例记录到广告语——却发现了越来越多的文学性。一切文化现象都是文本，而作为文本分析主要根据的结构主义、叙述学，成为各类研究都不可缺少的公器。这样看，文学研究不仅对于文学，而且对于研究其他社会文化现象，都是非常重要的训练。

人文社会科学研究中语言学模式、文学模式的泛化，与后现代思潮紧密相关。正如已故学者余虹指出的：后现代思潮的核心，是对形而上学的批判，这种批判导致了如下信念：1. 意识的虚构性，即放弃"原本/摹本"的二元区分，认为"意识"不是某"原本"（无论是柏拉图的"理念"还是马克思主义的"现实"）的"摹本"而是虚构；2. 语言的隐喻性，即放弃"隐喻/再现"的二元区分，认为"语言"的本质不是确定的"再现"而是不确定的"隐喻"；3. 叙述的话语性，即放弃"陈述/话语"的二元区分，认为"叙述"的基本方式不是客观"陈述"而是意识形态"话语"。由形而上学主宰的现

① 伊格尔顿：《理论之后》，李尚远译，（台湾）城邦文化事业有限公司 2005 年版，第 93 页。

② Jonathan Culler, "The Literary of Theory", in Judith Batler, John Gillory and Kendall Thomas (eds.), *What's Left of Theory*? Routledge, 2000, pp. 274 – 275.

文学理论与公共言说

代性历史其实就是不断地进行上述二元区分的历史，以及发明"真实/虚构"的二元存在和"真理/谎言"的二元表征的历史；而在后现代思想学术对形而上学的批判中，被传统到现代的哲学、社会科学、人文科学宣称为"真实"与"真理"的东西，比如"理式"、"上帝"、"主体"、"绝对精神"、"历史规律"等，也不过是虚构。后现代思想放弃了古老的真实与真理之梦，直面人类历史不可避免的事实——虚构，并重新确认虚构的地位，认为任何人类知识说到底都是虚构。[①]

由于"虚构"及其相关的"隐喻"、"想象"、"叙述"、"修辞"一直被指认为是文学的特性，后现代理论运动对真实/虚构这一二元对立的解构，最终将包括哲学在内的所有人类知识还原为广义的"文学"或"文学性"。哲学如此，史学亦然，甚至自然科学也难以摆脱这种审美性、文学性或虚构性（参见下文）。这方面的一个最著名的例子，是就历史学一直以来宣称自己是非文学性的关于"曾经发生之事"的真实陈述，但经海登·怀特等人的反省批判，它如今也显示为是文学性、诗性的，它和文学作品一样有特定的叙事模式和修辞风格。

当然，"文学性"概念和以结构分析、叙事分析为核心的文学理论，还是经历了从内到外的扩张。众所周知，"文学性"这个概念是俄国形式主义者发明的，并在80年代进入我国文论界且产生了重大影响。但是在俄国形式主义那里，"文学性"只是一个形式美学概念，它是只指文学作品中具有某种特殊审美效果（如陌生化）的语言结构和形式技巧，并把它确立为文学研究的特殊对象，以便使得文学研究变得更加"纯粹"。这种偏狭的理解使得"文学性"概念的丰富潜力难以得到发掘。

事实上，文化研究就很典型地体现了文学研究方法（或所谓"内部研究"）的外扩过程。文化研究在很大的程度上借鉴

① 参见余虹《文学性的扩散与后现代文学研究的任务》，《文艺研究》2002年第6期。除了学术思想的文学性之外，余虹还分别论述了后现代消费社会的文学性、媒体信息的文学性、公共表演的文学性等。

了文学批评中的所谓"内部研究"方法。从知识谱系上看，文化研究产生于西方 20 世纪中期以后，其思想与学理的资源除了马克思主义以外，还包括 20 世纪各种文学与其他人文科学的成果，如现代语言学、符号学、结构主义、叙述学、精神分析、文化人类学，等等。以索绪尔的《普通语言学教程》为标志的语言论转向的成果——最大的成果或许就是产生了我上面所谓的"理论"——充分反映在包括形式主义、结构主义、后结构主义、新批评、符号学、叙事学等学科中，而文化研究恰恰极大地得益于在文学批评中发展起来的语言学、符号学与叙述学这些被认为是文学的本体批评的分析工具与分析方法。事实上，许多文化批评家都是文学批评家出身，他们通晓 20 世纪发展出来的文本分析方法。罗兰·巴特用符号学的方法对广告的分析就是这方面的经典之作。对此可以从两个角度理解。

首先，文化研究中一直存在一种集中于文本形式分析的分支，它对语言学、符号学等多有借重。正如约翰生指出的，文化研究内部存在众多不同的路径，比如：基于生产的研究、基于文本的研究等。在谈及"基于文本的研究"时，他指出："主要的人文科学，尤其是语言学和文学研究，已经发展了文化分析所不可或缺的形式描述手法。"① 这些手法如叙事形式分析、文类的辨识、句法形式分析等，以表明文化研究对于符号学和结构主义方法的借鉴。约翰生还沿用斯图亚特·霍尔的《文化研究：两种范式》一文中关于文化研究中"文化主义"与"结构主义"两种范式的区分，指出后者"极具形式主义特色，揭开语言、叙事或其他符号系统生产意义的机制"，如果说文化主义范式根植于社会学、人类学或社会—历史，那么，结构主义范式则"大多派生于文学批评，尤其是文学现代主义和语言学形式主义传统"。② 这些都是文学理论渗透到文

---

① 理查德·约翰生：《究竟什么是文化研究？》，见罗钢等主编《文化研究读本》，中国社会科学出版社 2000 年版，第 29 页。
② 同上书，第 19 页。

化研究的明显例子。

其次，也是更加重要的是，语言学与结构主义等对文化研究的影响还不只是体现在影响了其中的一个分支，而是导致了对于人的主体性乃至整个社会现实之建构本质的理解。约翰生把"形式"列为文化研究的三个关键词之一（另外两个分别是"意识"与"主体性"），并认为：正是结构主义强调了"我们主观地栖居于其中的那些形式的被建构的性质。这些形式包括：语言、符号、意识形态、话语和神话"。① 这表明文化研究已经把"形式"与"结构"等概念应用到对于社会生活与主体经验的内在建构性的理解，从而把形式与文化、"内部研究"与"外部研究"有机结合起来。形式分析提供对于主体形式的详细而系统的理解，它使我们得以把叙事性视作组织主体性的基本形式。以故事形式为例。产生于故事形式分析的方法在文化研究中大有可为，因为"故事显然不纯粹是以书本或虚构的形式出现，它也存在于日常生活谈话中，存在于每一个人想象的未来和日常投射中，存在于通过记忆和历史建构的个人和集体的身份中"。② 人的主体性以及整个文化与社会生活都是被建构的，而不是自然的、现成给予的。这个结构主义的洞见可以说是文化研究的哲学基础。

但只是看到文化研究对形式主义或文学理论的借鉴而忽视其发展是不够的。约翰生在肯定了文化研究对语言学、结构主义、符号学等的借重以后颇有深意地指出：文学批评虽然为文化研究发展出了强有力的分析工具，但是在这些工具的应用上"缺少雄心大志"。比如语言学。约翰生认为，对文化分析来说，语言学似乎是无可置疑的"百宝箱"，但却被埋藏在"高度技术化的神话和学术专业之中"。文本分析在文化研究中只是手段，文化研究的最终目的不是文本，也不是对文本进行审

① 理查德·约翰生：《究竟什么是文化研究？》，见罗钢等主编《文化研究读本》，中国社会科学出版社 2000 年版，第 12 页。

② 同上书，第 31 页。

美评价。文化批评并不是，或主要不是把文本当做一个自主自足的客体，从"审美"的或"艺术"的角度解读文本，其目的也不是揭示文本的"审美特质"或"文学性"，不是作出审美判断。文化研究从它的起源开始就有强烈的政治旨趣，这从威廉斯、霍加特等创始人的著作中可以看得非常清楚。文化批评是一种"文本的政治学"，旨在揭示文本的意识形态，以及文本所隐藏的文化—权力关系，它基本上是伊格尔顿所说的"政治批评"。

二　认识论审美化与美学的重构

卡勒等后现代文学理论家对于文学性的扩散与文学理论话语模式的普遍化的观察，和德国美学家韦尔施（Wolfgang Welsch）对于认识论审美化及美学研究转型的观察可谓不谋而合。韦尔施在其《重构美学》一书中分辨了审美化的四个层次："首先，锦上添花的日常生活表层的审美化；其次，更深一层的技术和传媒对我们物质和社会现实的审美化；其三，同样深入的我们生活实践态度和道德方面的审美化；最后，彼此相关联的认识论的审美化。"[1] 虽然审美化的表现大大小小无所不在无远弗届，但是从本体论的角度看最重要的是我们的社会现实已经审美化了，而从认识论角度看最具有革命性的则是，我们的一切关于世界和我们自己的认识，即所有的人文科学、社会科学乃至自然科学知识，尽管使用的方法各异，手段有别，本质上都是一种审美建构。

韦尔施指出："现代思想自康德以降，久已认可此一见解，即我们称之为现实的基础条件的性质是审美的。现实一次又一次证明，其构成不是'现实的'，而是'审美的'。"[2] 既然连现实都是审美的建构，那么合乎逻辑的是，研究审美活动的美

---

[1]　韦尔施：《重构美学》，陆扬译，上海译文出版社 2002 年版，第 40 页。
[2]　同上书，第 1 页。

学就不应该局限于艺术这个对象，它不是一门只研究艺术的学科，而应该是研究现实世界审美化之方方面面的学科，从物质世界的审美化，到精神世界的审美化以及认识论的审美化。也因此，它与其他人类知识活动之间就不存在什么根本区别："美学丧失了它作为一门特殊学科、专同艺术结盟的特征，而成为理解现实的一个更广泛、也更普遍的媒介。这导致审美思维在今天变得举足轻重起来，美学这门学科的结构便也亟待改变，以使它成为一门超越传统美学的美学，将'美学'的方方面面全部囊括进来，诸如日常生活、科学、政治、艺术、伦理学等等。"① 建构这样一门超越传统美学的美学，就是《重构美学》一书的基本宗旨。

韦尔施重点论述了认识论的审美化（占据了《重构美学》第二章的全部），认为它"是今天我们关心的一切审美化中最为根本的一种"，因为"它构成了当前审美化过程的实际基础，解释了这些过程为何被人们广泛接受"。② 所谓"认识论的审美化"是指：诸如科学、真理等认识论的基本范畴，现在都被理解为审美范畴。他广泛援引美学思想史的文献，指出传统哲学和美学一直把审美模式视为某种与特定现实领域或知识领域相关的次等的东西，从属于"真实存在的基础"（比如柏拉图的"理念"或马克思的"现实"），而在后现代条件下，出现了审美"原理化"、"普遍化"的趋势，审美范畴可被用于理解现实的基本的和一般的范畴。存在、现实、持久性和现实性这些古典的本体论范畴，其地位如今正被外观、流动性、无根性和悬念这类审美的状态范畴所替代。前几个世纪，"审美"等一系列所谓的"次等范畴"是在"现实"等"初级范畴"的阴影之中得到发展的，它只涉及人类构造物的"次等现实"。"但是一旦现实本身唯心主义地、浪漫主义地和历史地揭示了自己总体上亦是一种构造物之后，这些次等范畴证明同样也可

① 韦尔施：《重构美学》，陆扬译，上海译文出版社 2002 年版，第 1 页。
② 同上书，第 39 页。

以用来理解初级的和普遍的现实。"①

　　在整个古典和现代时期，在感性和理性、审美和科学之间旷日持久的较量中，理性和科学一直高居于感性和审美之上，而后现代的知识转向（这个转向可以追溯到尼采）则意味着感性和审美的"僭越"，以致科学和真理很大程度上"变成了一个美学范畴"。韦尔施认为这是"最激动人心，也最深刻的审美化"。理性本身的审美化使得所谓反对审美化的那些"理性"辩护，全部失却了根基，变得具有反讽性：如果理性、科学、真理本身已经审美化，我们怎么能够站在理性、真理和科学的立场来批判审美化呢？

　　韦尔施认为，这个认识论/知识论的审美化的历史，起始于康德，中经尼采的发展，到 20 世纪成为蔚为大观的审美化思潮。康德第一个表明我们的知识在构成意义上是"审美的"，因为一个客体之成为经验对象的可能性条件，是必须被植入时空直觉形式。唯有在时空直觉形式中，客体才会被呈现在我们面前。这些直觉形式扩展到哪里，我们的认知就延伸到哪里。这就是说，现实之能够成为我们的认知对象，已包含了基本的审美成分，因为植入时空感就是一种审美建构。在韦尔施看来，正是从康德开始，美学成了认识论的基础。"自此以还，谈论知识、真理和科学，鲜有不将审美成分考虑在内的。传统形而上学的根本错误，恰恰在于没有认识到我们的认知对于审美的依赖性。从此以下这条规律流行不衰：认知的话语若不意识到它的审美基础成分，无一能够成功；对美学与认知的能力的掌握一起得到扩展；没有美学，就没有认知。"②

　　康德之后，尼采在认识论审美化过程中的作用尤为关键，在他之后，"虽然还有人可能会质疑认知的审美建构问题，却很少有什么可提出来反对这一建构了"。③"尼采表明，我们对

①　韦尔施：《重构美学》，陆扬译，上海译文出版社 2002 年版，第 53 页。
②　同上书，第 56 页。
③　同上书，第 34 页。

现实的表述不仅包含了基本的审美因素，而且几乎整个儿就是
审美性质的。现实是我们产生的一种建构，就像艺术家通过直
觉、投射、想象和图象等形式予以实现的虚构手段。认知基本
上是一种隐喻性的活动。人类是一种'会建构的动物'。"① 知
识活动作为我们把握现实的实践，在三重意义上属于审美的形
式：它们是诗意般地产生的，它们是以虚构的手段建构而成
的，它们的整个存在模式具有流动和脆弱的性质。"因此，在
尼采看来，我们对现实的描绘不仅包含了根本的审美因素，而
且整个儿就是按照审美的意义被构成的：它们是形构生成的。
用虚构的手段作支架，其整个存在模式是悬搁的、脆弱的。而
这类性质我们传统上只用来证明审美现象，认为唯有在审美现
象中方有可能。尼采使得现实和真理总体上具有了审美的性
质。"② 韦尔施由此热情洋溢地称："尼采可能是最杰出的审美
思想家。"③

　　尼采的这个思想在 20 世纪基本上成为知识界的共识，即
使在科学哲学领域也是如此（所谓科学哲学变成了"尼采哲
学"），也就是说："现实的审美构成不仅仅是少数美学家的观
点，而是这个世纪所有反思现实和科学的理论家的看法。"④
在这样的思想氛围下，无论是分析哲学家、科学哲学家，还是
直接从事科学研究的科学家，统统成为尼采的信徒，没有人再
相信"自在的现实"，大家普遍同意"只存在特定描述之下的
现实"。⑤ 在罗蒂看来，这是一种"诗性化的文化"：

　　　　对于认知和现实的基本审美性质的认识，正在渗入当
　　今所有的学术领域。不论是符号学还是系统论，不论是社
　　会学、生物学还是微观物理学，我们处处可以看到，没有

----

① 　韦尔施：《重构美学》，陆扬译，上海译文出版社 2002 年版，第 34 页。
② 　同上书，第 62 页。
③ 　同上书，第 60 页。
④ 　同上书，第 36 页。
⑤ 　同上。

原初的或终极的基本原理，相反恰恰是在"基本原理"的范域之中，我们陷入了某种审美的建构。故而符号学学者告诉我们，能指链（chains of signfiers）总是指向其他能指链，而不是指向某种原初的所指。系统论教导我们，我们"无以求诸最终的实体"，相反只是观察诸多的观察物，描述诸多的描述物。微观物理学则发现，凡是在它试图复归基本事物的地方，它遇到的不是基本元素，而总是新的复合体。[1]

韦尔施很欣赏罗蒂将此类认识论审美化思潮概括为"诗性文化"，"这样一种文化知道，我们的'基本原理'都是经过审美构成的，因此整个儿就是'文化制品'，只能够比照其他文化制品来作审度，永远不可能比照现实本身"。[2] 诗性文化不会徒劳无功地坚持要知道"油漆过的墙"后面到底有没有"真正的墙"。

认识论的审美化强烈地动摇了传统的形而上学，因为它表明现实不是一个不变的、独立于认识的给定量，相反是某种建构的对象。如果说传统的基础主义或本质主义认识论以为审美只是对象的次级的、补充的属性，那么，今天我们正在认识到它是事物的基本属性。不光是艺术，而且包括我们的其他行为形式、我们的认知，都展示了一种建构的性质。像可操纵性、歧义性、无根基性等原属审美的范畴，都变成了现实的基本范畴。韦尔施认为，"这一认识论审美化是现代性的遗产……因为在现代性中，真理已经表明自身就是一个审美范畴"。[3]

正是在这样的理论认识之下，韦尔施谈到了美学学科的重建及其"跨学科"或"超学科"设计：在一个所谓"全球审美化"时代，审美化不仅表现着美学的扩张，同时改变着美学的构造。韦尔施认为，必须扩展美学，使之包括传统美学（以

① 韦尔施：《重构美学》，陆扬译，上海译文出版社2002年版，第38页。
② 同上书，第37页。
③ 同上书，第39—40页。

文学理论与公共言说

艺术问题为核心）之外的问题，由此来重构美学。重建后的美学进入了与建构性、审美性相关的所有人类知识领域，它不仅是跨学科的或者学科际的，而且是超学科的："美学**本身**应该是跨学科，或者说是超学科的，而不是只有在与其他学科交会时才展示其跨学科性。"①

我以为韦尔施的"超学科"概念值得我们充分重视，而且要与原先的"跨学科"概念加以区别或予以新的理解。这点不仅适合于美学，也适合于文学理论。我们原先理解的跨学科，其真实含义实际上是学科际或学科间（inter-discipline），是不同学科的组合、联系。实际上，跨学科的真正含义应该是超学科（trans-discipline）而不是学科际，真正的跨学科研究应该是超学科研究（trans-disciplinary studies 中的 trans-本来就是"超越"的意思），而不是学科际研究（inter-disciplinary studies）或多学科研究（multi-disciplinary studies）。这就如同"跨国"不等于"国际"一样。"国际"的基本单位仍然是国（民族—国家），类似多国合作；而"跨国"则意味着跨越、超越了国家这个分析单位的有效性，不仅跨越了国家的边界，而且超越了国家的性质。同样，学科际/学科间/多学科的基本单位仍然是学科，是多个学科（之间）的合作；而跨学科则跨越了学科，它不仅跨越了学科边界，而且体现出对学科性质的全新认识。换言之，美学、文艺学的真正的跨学科研究，不是不同学科、多个学科之间的简单综合、借鉴、合作（比如用点经济学、社会学、心理学、统计学的方法、范畴等研究文艺问题），而是建立在对于所有人类知识活动的共通性，即文学性、审美性的洞察上，它认识到，无论是文学艺术活动，还是哲学、历史学、社会学以及其他人文社会科学的研究，说到底都是一种审美建构，因此，传统的学科划分的学理依据已经不再成立。比如历史学和文学的区别曾经建立在这样的二元对立思维上：历史学是通过事实揭示真理或真相，而文学艺术是通过虚构、

文学理论：为何与何为

---

① 韦尔施：《重构美学》，陆扬译，上海译文出版社 2002 年版，第 106 页。

想象表现情感。认识论的审美化则使得这个区别不再能成立，因此学科划分除了管理上的方便以外，再也没有学理上的依据。

三 文学理论的反思性

在语言论转向以及结构主义思潮影响下出现的理论，包括文学理论，其突出特点之一即是反思性，是对人的认识活动、实践活动、审美活动乃至人的存在、现实世界、人性之建构性、建构过程、建构机制等的高度自觉的反思。伊格尔顿认为，理论乃是"批判性的自我反思"，理论出现在"我们被迫要对自己的所作所为发展出一种崭新的自我意识时"，理论"是我们不再可以把现行各种实务视为理所当然的事实时所会出现的征兆。事实上，这些实务现在必须成为自身探究的对象"。① 理论的核心是反思，反思就是对知识—文化—思想活动本身的前提和可能性的提问和思考。

一个理论的时代必然是一个反思的时代。反思是理论，当然也包括文学理论的必然品格。在西方，尼采即已开始对人类知识活动的建构性、审美性进行了深入的思考，而在结构主义语言学出现之后，这种思考被大大推进和深化了，原因是它发现了语言在这种建构中的核心作用，并创造了一套分析语言的方法。

理论的反思性和理论的审美性、建构性密切相关，因为，如果像传统形而上学一样坚信存在一个非建构的、与认知主体无关的、自在的、形而上学意义上的"实体"（本质）——无论它是"理念"、"上帝"，还是"绝对精神"、"现实"、"历史法则"，那么，这个实体就只能是一个"理所当然"的存在，一种必须接受、只能接受的存在，在此，反思是没有意义

① 伊格尔顿：《理论之后》，李尚远译，（台湾）城邦文化事业有限公司2005年版，第42页。

的，也是无用武之地的。试想：一个信徒能反思"上帝"么？当然不能，因为"上帝"对他而言不是建构物而是自在物。一个人如果能够反思"上帝"，那是因为他把"上帝"当做了人的建构，人的虚构、想象和创造，这里面必然加入了人自身的欲望、权力、想象、情感，等等，因此也就不再是自然而然或理所当然的了。

就文学理论而言，我国最近兴起了文学理论的学科反思热潮，"反思"成为这几年文艺学论文和会议中出现频率最高的术语之一。[①] 而这种反思本身就是在后现代主义、结构主义与后结构主义、文化研究等思潮的影响下兴起的，这些思潮使得我们更加自觉地意识到了文学理论知识的建构性。比如，很多有关文学理论反思的文章都不约而同地引用了卡勒那本具有浓厚后现代主义色彩的《当代学术入门：文学理论》一书，该书辟专章讨论了"文学是什么"的问题。似乎反讽的是，他认为"文学是什么"这个被许多人视为文学理论的"中心"问题事实上并没有太大的重要性。因为，一方面，文学文本与非文学文本之间的区别从来无法得到一致认同、一劳永逸的解决，人们已经在大量的所谓"非文学现象"中找到了"文学性"；另一方面，虽然人们通常总是希望知道是什么使文学区别于非文学，想知道如何判断哪些书属于"文学作品"，哪些不是，然而，各种被称为"文学"的作品并不拥有共同的特征，而且其中很多作品似乎与通常被认为不属于"文学"的作品却存在更多的相同之处。卡勒历史地概述了 literature（文学）这个词的

① 本人这方面比较主要的文章有：《80 年代文艺学主流话语的反思》，《学习与探索》1999 年第 2 期；《现代性反思的反思》，《东方文化》1999 年第 3 期；《从呼唤现代化到反思现代性》，《文艺研究》1999 年增刊号 1；《大学文艺学的学科反思》，《文学评论》2001 年第 5 期；《日常生活的审美化与文化研究的兴起——兼论文艺学的学科反思》，《浙江社会科学》2002 年第 1 期；《跨学科文化研究对于文艺学学科的挑战》，《社会科学战线》2002 年第 3 期；《日常生活的审美化与文艺社会学的重建》，《文艺研究》2004 年第 1 期；《文艺学知识的重建思路》，人大复印资料《文艺理论》2006 年第 10 期；《反思社会学视野中的文艺学知识生产》，《文学评论》2007 年第 5 期。

不同含义，结论是我们根本无法找到一个稳定的、普遍的文学定义，"……于是我们不想再去推敲这个问题了，干脆下结论说：文学就是一个特定的社会认为是文学的任何作品，也就是由文化来裁决，认为可以算作文学作品的任何文本"。① 换言之，**文学就是特定时期被特定的人群建构为文学的东西。**

依据著名社会学家布迪厄，反思就是对理论、知识自身的自反性思考，是反过来思考思考者自己、言说者自己。在布迪厄看来，反思是一种特殊的思维方式，它意味着分析者"将他的分析工具转而针对自身"，把自己作为反思的对象。布迪厄说："想要实现反思性，就要让观察者的位置同样面对批判性分析，尽管这些批判性分析原本是针对手头被建构的对象的。"② 这就是说，社会科学——当然也包括文学理论——中的反思性方法意味着对社会科学知识生产者本身的研究，这是一种类似"自我清理"的工作，它把分析的矛头指向社会科学知识生产者自己，特别是他/她在学术场域与社会空间中的位置。任何知识的生产者在生产一定的知识时，必然受到其在学术场域与社会空间中所处位置（即所谓"占位"，position-taking）的有意或无意的牵制。因此，反思意味着文学理论的学科自觉，没有自我反思能力的学科不是一个自觉的学科。如果说传统的、本质主义的文学理论是非反思的，它认为文学的本质是一个实体存在，无关研究者的建构行为，只有一种对于这个实体的"正确"揭示；那么，建构主义的文学理论则具有突出的反思性，它思考的核心问题不是如何接近那个神秘的、自在的、实体性的"文学"，而是探究人们是如何建构"文学"的。如果说传统的文学理论思考的核心问题是：如何发现文学的"本质"？那么，反思的文学理论研究思考的核心问题则是：人们是如何思考和言说（即建构）文学"本质"的？它研究

① 乔纳森·卡勒：《当代学术入门：文学理论》，辽宁人民出版社1998年版，第29页。

② 皮埃尔·布迪厄、华康德：《实践与反思——反思社会学导引》，中央编译出版社1998年版，第44页。

的是文学研究活动本身（文学研究是如何可能的?），是研究的研究。总之，反思的文学理论对文学知识的建构性质抱有高度的自觉意识。它从来不天真地假定或相信存在一个非建构的自在的文学"本质"，也不相信有哪一种文学理论正好符合这种"本质"，因此是唯一、绝对的真理。

文学理论的这种自反性言说方式充分表明，今天的文学理论研究已经获得了空前的自觉性。如果没有反思性，文学研究就是不自觉的：它在不断地从事建构活动，却不知道自己如何在建构，哪些因素在制约和牵制自己的理论建构行为，它不知道作为话语建构的文学活动的机制是什么? 其限度和可能性是什么? 它还以为自己是一个不受制约的超越主体，因此也就不可能最终把这种制约缩减到最低程度。

四　走向建构主义的文学理论

如上所述，在文学理论的反思性与文学理论的建构论之间存在并非偶然的联系，正像文学理论的非反思性与文学理论的本质论之间存在并非偶然的关系一样。

关于什么是本质主义的文学理论，什么是建构主义的文学理论，我在《文学理论：本质主义还是建构主义》(《文艺争鸣》2009 年第 7 期）已经作了比较详细的阐释。这里要强调的是那个文章中未及深入的一个论题，即反本质主义的知识论和民主自由的文化—制度的关系。

建构主义文学理论否定文学与文学的本质是独立于认识主体的自在实体，强调文学与文学的本质都是一种语言文化的建构，强调这种建构**是一个镶嵌在具体社会文化语境中的文学—文化事件。**

文学理论既然不是实体而是建构，各种关于文学与文学本质的建构当然也就没有什么传统知识论意义上的、绝对的对错标准，即不可能在知识论层面上找到普遍的公认标准，来判定何种建构为真、何种为假——因为这个"标准"本身也是建构，而且只能是建构，必然是建构，它自己同样深陷在历史、社会、文化、权力等脉络中。

从本质主义到建构主义的转变，不仅是理论立场的转变，也是研究范式或提问方式的转变。站在建构主义的立场上，我们自然不会去问：到底哪种文学理论、文学的"本质"观是真理，是对于文学的自在、客观"本质"的正确揭示？哪些是谬误，是对于这种"本质"的歪曲或遮蔽？我们要问的是：什么人在什么情况下、出于什么需要和目的、通过什么手段、建构了什么样的"文学"理论？又是在什么情况下、何种关于文学的理论为什么取得了支配或统治地位，被封为"真理"甚至"绝对真理"？何种文学理论被排斥到边缘地位或者干脆被枪毙？原因是什么？这个中心化—边缘化、包含—排除的过程是否表现为一个平等、理性的协商对话过程？是否符合民主自由的政治程序和文化精神？

这样，建构主义必然走向对话主义。对话主义同样是本质主义的反面，对话的必要性本来就来自这样的认识：不存在绝对的、唯一的"真理"，只存在对于文学的各种言说，各种言说谁也不能认为自己是绝对真理，任何关于"真理"的建构都是局限的，否则就不需要对话。但是对话的另一个含义是：建构主义不等于孤立主义和虚无主义，各种文学言说虽然都不能自诩为绝对真理，但也不是绝对无法对话，甚至也不是绝对无法达成"共识"，只是这个在特定历史时期、特定的社会文化语境中达成的"共识"，仍然不是绝对的，而是相对的，仍然是建构而不是实体，因为对话本身也受到历史的限制，同时，新的关于文学的言说还在源源不断产生，进入对话行列。或者说，我们需要对话，是因为我们无法找到实体化的文学本质，否则我们就可以像举着石头一样举起文学的本质，说："看吧，我找到文学的本质了，你们还争论什么！"如果每个人都举起自己手中的石头，结果只能是暴力冲突而不是理性的对话。在文学观念多元化的当下中国，文学理论工作者能够做的和应该做的，是制定诸多文学理论之间的对话规则，努力在如何对话这个问题上达成一致，而不是选择一种文学理论作为"绝对真理"。**关于文学理论的这种对话规则实际上就是民主的文化商谈机制，它要警惕的是某些文学理论挟持一些非学术因素（比如权力和金钱）不通过对话就宣告自己是"绝对真理"，别的全部是谬误，剥夺别的文学理论的发言权。**达成这样的共识我以为是相对容易的，比大家一致同意哪种文学理论是绝对真理要容易得多。如果对话的结果是大家高度一致地同意某种文学理论，而且完全是出于自己的自由意志和理性思考，那么，这种文学理论不妨在此时此刻被称为"真理"，但是这个"真理"是共识意义上的"真理"，而不是实体意义上的"真理"，是对话对出来的，而不是上帝或别的什么权威塞给我们的，是以后还可以持续质疑的，而不是从此以后就不再可以质疑的。

结语：文学理论死了吗？

让我们回到关于"死了"的话题。

窃以为我们无法抽象地说"文学"或者"文学理论"死了还是没死，垂死挣扎还是生机勃勃。用我经常使用的术语表达，"死了"依然是一种本质主义的说法，好像只有一种文学理论，它要么死了，要么活着。

就像我们不能抽象地说"文学死了"或"文学万岁"，只能说**什么样的文学**死了，什么样的文学万岁一样，更加有意思的提法毋宁是：什么样的文学理论死了，什么样的文学理论万岁？我们不能说文学本身死了或者万岁，也不能说（至少是不能有意义地说）文学理论本身死了或者万岁。因为世界上不存在这样的"文学本身"或者"文学理论本身"。所有"文学本身"、"文学理论本身"之类的话语都是欺世盗名的冒牌货而已。阿伦特在谈到"上帝死了"这种说法的时候指出："不是说'上帝'死了——不论从哪个方面来看，此言显然荒谬——而是数千年来谈论上帝的方法不再有说服力：不是地球自有人类以来就提示出现的古老问题变得'无意义'，而是问题被提出与回答的方式不再言之成理。"①

再打一个比方，我们无法说"人本身"死了，而只能说某种理论表述中的人或者某种话语方式中的人死了（比如福柯说的"人死了"，其真实意义是说人文主义话语表述系统中的那个"人"死了），而不能说"人本身"死了。世界上不存在"人本身"。希利斯·米勒关于"文学终结"的说法其实也是这样的意思——不是抽象意义上的"文学"终结了或即将终结，而是特定语言表述系统中的**那个**"文学"终结了或即将终结。米勒从来没有抽象地说过"文学终结了"。重复一遍：世界上不存在"文学本身"或"文学理论本身"这种东西；只存在特定语境中的人、文学或者文学理论，特定话语表述系统中的人、文学或者文学理论。

这样看来，什么样的文学理论死了呢？我以为是本质主义的、自我封闭的、画地为牢的文学理论死了，失去了自我反思能力和自我更新能力的文学理论死了。这样说的时候，我们表达的意思其实是：某种话语表述系统中的文学理论死了，而另一种话语表述系统中的文学理论方生。

从这个角度看，我觉得我们应该说什么样的文学理论面临危机，哪种文学理论正在生机勃勃地出现。我们的文学理论一方面是面临危机，另一方面则是面临机遇和转型。

文学死了、文学理论死了的另一个含义是，在一个全球审美化、图像化、视觉化的时代，作为艺术一个特殊门类的文学及其理论边缘化了。这是一个事实，一个无可奈何的事实。作为特殊艺术门类的文学的黄金时代是和纸质媒体的统治性捆绑在一起的。人们阅读文字的时间减少了，即使继续阅读，也是在网上阅读。但是，这也并不意味着我们可以抽象地说文学死了或者文学理论死了。如果我们把文学性——想象性、虚构性、隐喻性等——视为文学的基本属性，那么，我们会发现文学（性）到处都是；如果我们把运用结构分析、叙事分析、文

① 阿伦特：《责任与判断》，（台湾）左岸文化出版社2008年版，第221页。

本分析等视作文学研究的基本方法，那么，我们会发现文学研究在哲学、历史学、社会学、政治学、文化研究乃至自然科学研究中四处开花，被普遍运用。

许多人所谓的"文学死了"、"文学理论死了"，其真实意义不过是文学和文学理论的转型而已。

（原载《文艺研究》2010 年第 11 期）

文学理论：为何与何为

网络交往与新公共性的建构

一　对大众传播的诸种批判

在大众传播研究领域最富争议的主题之一，是大众在信息的生产与传播过程中的地位以及由此带来的文化与政治问题：大众是否以及在多大程度上能够参与信息的生产与传播过程？是主动地、批判性地接受信息，还是被动地受信息的控制和引导？大众传媒中的信息生产与传播在多大程度上受到了权力的操控？是促进了大众的民主参与还是阻碍了这种参与？等等。

批判性的大众传播理论大多认为，大众传播中的信息流动是不均衡、不对称的，由金钱或权力操控的大众传播机构控制了信息的选择权、输出权，公众只是信息的被动接受者。大众传播不仅是对人际平等、民主的交往行为的扭曲，同时也对交往行为得以发生的公共领域产生了破坏性影响。

显然，以大众传播技术为基础的传播类型迥异于日常生活中的交流（"交流"与"传播"在英语中都是"communication"）。在发生于日常生活语境的交流活动中，交流双方一般是面对面的，信息的流动一般也是双向的，具有较强的互动性和对话性。这种对话性交往在古希腊的城邦社会与18世纪的沙龙和俱乐部都曾经真实存在并发挥了建构公共领域的积极作用；[①] 而大众传

---

① 这方面的论述请分别参见阿伦特《人的境遇》（Hannah Arendt, *The Human Conditon*, Chicago：The Chicago University Press, 1958）与哈贝马斯《公共领域的结构转型》，学林出版社1999年版。

播的重要特点就是其单向性和非对话性。在大众传播中，信息的流动一般是单向的，信息或符号产品是为那些不在信息的生产与传播现场的人们生产的，接受者参与或介入信息的生产与传播过程的能力极其有限，从而也就很难影响传播的内容与方式。正如约翰·B. 汤普森指出的："大众传播一般包罗从传输者到接收者的单向信息。不同于一次谈话的对话情景，其中的听者也是潜在的回应者，大众传播则实行生产者与接收者之间的基本分离，其方式是接收者相对来说没有什么能力对传播交往过程的进程与内容起作用。"① 也就是说，在大众传播中，信息的生产者与接受者之间的关系是断裂的。虽然信息的传播者总是信誓旦旦地说其所传播的信息是客观的、真实可信的，但由于传播活动恰好发生在接受者（观众兼监督者）及其直接反应缺席的时空环境，因此这些冠冕堂皇的承诺变得疑云重重。虽然能动观众理论认为，大众能够主动积极地选择和解释信息（尽管不能生产信息），而不是像白痴一样地全盘照收，但是受众在大众传播中不能参与信息的生产、制作和传播似乎是不争的事实。②

哈贝马斯在比较传统媒体（他指的是 18 世纪的报刊）和新媒体或大众媒体（他主要指广播、电视和电影，特别是广播）的时候，就指出了以大众传媒为载体的交流活动的单向性和公众的被动性："随着新的传媒的出现，交往形式本身也发生了改变。它们的影响力极具渗透力（完全取渗透一词的最严格的字面意义），超过了任何报刊所能达到的程度。'别回嘴'迫使公众采取另一种行为方式。与付印的信息相比，新媒体所

---

① 约翰·B. 汤普森：《意识形态与现代文化》，译林出版社 2005 年版，第239—240 页。

② 关于公众可以积极主动地选择和解释信息的理论，可以参见约翰·B. 汤普森的《意识形态与现代文化》和费斯克关于电视的一系列著作。汤普森指出："传媒产业传输的信息是由特定社会—历史背景下的具体人们所接受的，这些人以不同程度集中关注传媒信息、积极解释和弄懂这些信息，把它们联系到它们生活的其他方面。我们不是把这些人看成是一批不活跃的、无区别的人群的一部分，而应该敞开这样的可能性：接收传媒信息的是一个活跃的、具有批判性的和社会上有区分的过程。"（约翰·B. 汤普森：《意识形态与现代文化》，译林出版社 2005 年版，第 239 页）

传播的内容，实际上限制了接受者的反应。这些节目将作为听众和观众的公众罗织于自己的魔力之下，而同时，却又剥夺了公众'成熟'所必需的距离，也就是剥夺了言论和反驳的机会。阅读公众的批判逐渐让位于消费者'交换彼此趣味和爱好'。甚至于有关消费品的交谈，即'有关品味认识的测验'，也成了消费行为本身的一部分。"① 导致这种被动性的原因在哈贝马斯看来是报刊和读者之间存在一种距离，而大众传播则消灭了这个距离："广播、电影和电视日趋消抹了读者与出版物之间必须保持的距离。正如这一距离实现了公共领域，以在其中进行对阅读物的批判交流，它的存在对掌握信息的私人领域来说也同样是必要的。"② 这个观点基本上是阿多诺被动观众理论的借用。在阿多诺看来，"因为电台是一种没有任何回应可能的单向传播，所以电台产生了一种命令语言"。③ 正如我们下面要阐明的，它的经验基础是广播、电视和电影，在应用于网络交往的时候是不适合的。④

这种单向性决定了大众传播与日常生活中的对话情境极为不同。也许正因为这样，有的外国学者认为，在谈及大众传播时，用"传递"（diffuse）或"传送"（transmit）可能更适合一些。⑤

此外，大众传播的特征之一是符号商品的机构化生产与传播，大规模的信息生产与传播机构的形成与发展，是大众传播的前提条件，而这种机构总是尽可能严格地控制信息的生产与流通。依据定义，大众传播是"由一些机构和技术所构成，专业化群体凭借这些机构和技术，通过技术手段（如报刊、广播、电视等等）向为数众多、各不相同而又分布广

---

① 哈贝马斯：《公共领域的结构转型》，学林出版社1999年版，第196页。

② 同上。

③ 参见马克·波斯特《第二媒介时代》，范静哗译，南京大学出版社2000年版，第9页。

④ 值得指出的是，哈贝马斯在其后来的著作《交往行为理论》中对于大众传播的看法有所变化，不再激烈全面地否定大众传播，但从总体上看，他关于大众传播的评价依然是负面的。

⑤ 约翰·B.汤普森：《意识形态与现代文化》，译林出版社2005年版，第259页。

泛的受众传播符号的内容"。① "大众传播的第一个特点是象征货品的体制化生产与传播。大众传播以有关象征货品大规模生产和普遍化传播的一批机构的发展为前提。"② 由于传媒在现代社会的重要性日益突出（无论是政治上的还是经济、文化上的），各种社会权力集团无不高度重视对传媒的渗透和控制。这就涉及了一个重要的问题：大众传播是否可能成为一种新的控制与统治手段？尤其是如果它与一定的政治权力或经济权力相结合，被政治家与商人操纵，会不会对民主与真正的公共生活形成严重威胁？这正是许多批判性大众传播的研究者所担心的状况。

网络交往与新公共性的建构

比如哈贝马斯在谈到"公共领域"在19世纪末及20世纪的衰落时，就把这种衰落的原因之一归结为大众传媒的兴起。他认为：原先由面对面相互辩论的公民所组成的公共领域，在19世纪末及20世纪已经瓦解为由消费者组成的碎片化世界。这些消费者沉迷于传媒技术所制造的传媒符号，并成为它的奴隶，丧失了参与公共事务的热情和兴趣。这是对于民主政治的严重威胁。哈贝马斯认为，公共性的主体应当是作为公共意见之载体的公众，他们行使对公共权力进行监督和批判的功能，而在大众传播领域，公共性已经改变了它的含义，变成了任何吸引公共舆论的东西的一个属性，其目的在于生产出虚假的"公共性"。③ 文化批判的大众变成了文化消费的大众。

这种担心由于大众传播的另一个特征而得以强化，即，大众传播在时间和空间上具有极大的延展能力与距离化能力，把信息提供给范围广大而且极为分散的受众。借助于现代技术，大众传播的"魔爪"可以触及以前不能想象的公共空间与私人空间。大众传播的产品是为绝大多数并不拥有共享物质空间（并不

---

① 麦奎尔等：《大众传播模式论》，祝建华、武伟译，上海译文出版社1987年版，第7页。

② 约翰·B.汤普森：《意识形态与现代文化》，译林出版社2005年版，第240页。

③ 参见哈贝马斯《公共领域的结构转型》第五章。

"真正"在一起，因此不包括虚拟空间）的接受者生产的，它们在原则上是任何拥有传播媒体（如电视机）的人都可以获取的（在这方面它不同于私人面对面交谈式的交流）。由此决定了大众传播生产"公共空间"和"公共性"的能力大得不可思议。正因为此，规范化、机构化的政治权力或经济力量很可能利用大众传播的力量，出于自己的利益与立场实施对于大众传播的控制，其结果就是公共生活领域丧失了真正的公共性。

哈贝马斯的这种立场其实并不孤立。雷蒙·威廉斯也不看好大众传媒之于公共生活的积极意义，他甚至认为，广播技术和汽车使得中产阶级家庭离开了公共交往空间而退回到家庭的私人空间和亲密关系。

二　大众传播重构而不是消灭了公共性
——汤普森等人对哈贝马斯的质疑

也有一些学者对大众传播显得不这么悲观，他们更倾向于认为：大众传播只是重构而不是取消了公共性与公共领域。汤普森在《大众传播、社会理论、公共生活》一文中指出，通过强化信息的延展力与渗透力，大众传播的发展必然打破公共生活与私人生活的原有边界。也就是说，个体的私人事件可以经由大众传媒而被转化为公共事件；反过来，公共事件也可以被在私人化的背景中得以经验（比如我们在自己的家里通过看电视了解到世界各地的重大新闻）。由于大众传播在社会生活中的极大渗透力，公共事务与私人事务的本质以及两者之间的区分，正以特定的方式发生变化。①

---

①　J. B. Thompson, "Social Theory, Mass Communication and Public Life", in *The Polity Reader in Cultural Theory*, Cambridge, UK: Polity Press, 1994. 此文的内容经修改后收入汤普森的《意识形态与现代文化》一书的第五章。除了汤普森，当然还有不少媒介理论家对法兰克福学派的观点提出了批判，比如马克·波斯特就在他的《第二媒介时代》中批判了阿多诺和霍克海姆等人的技术决定论、高高在上的精英主义和本质主义的自律主体理论（参见马克·波斯特《第二媒介时代》，南京大学出版社 2000 年版）。

我们不妨首先从界定"公共的"与"私人的"这两个概念的含义入手。① 一般认为，这对概念有两个最基本的含义或区分标准。首先，"公共/私人"指的是"越来越掌握在主权国家手中的体制化的政权的领域，与处在国家直接控制之外的私营经济活动与私人人际关系的领域之间的区分"。② 这个区分常常被称为政治国家（公共领域）与市民社会（私人领域）的区分，绝大多数经济自由主义理论家就采取了这个区分。③ 这个宽泛的区分当然不是僵化的，甚至也不是十分清晰的。比如资本主义经济活动的早期发展发生在由国家权威确立的法律框架中，但反过来，国家的活动也受到资本主义经济发展的不同程度的影响与制约。而且从 19 世纪晚期以来，作为国家干预政策（目的是抵消资本主义经济增长的不稳定性）的一个结果，大量的经济与福利组织在公共领域（国家政治领域）中创立。这就使得公共领域与私人领域之间的上述界分变得更加复杂。

"公共/私人"的第二个基本含义必须从上述的区分中分离出来。根据第二个含义，"公共"意味着向大众公开。在这个意义上，"公共的"意味着可见的或可以观察到的，是在"前台"上演的，公共性就是可见性；而"私人的"则是隐蔽的、不可见的，是在私下或有限的人际环境中发生的言谈或行为。④

---

① 关于公共领域/私人领域、公共性/私人性、公共的/私人的等概念的详细探讨，可以参见 Jeff Weintraub & Krisshen Kumar（eds），*Public and Private in Thought and Practice*，The University of Chicago Press，1997。特别是其中：Jeff Weintraub，"The Theory and Politics of the Public/Private Distiction"；Alan Wolfe，"Public and Private in Theory and Practice：Some Implication of an Uncertain Boundary"。当然，由于公共领域、私人领域以及公共性、私人性等概念的极度复杂性，我们只能选择最有代表性的观点加以简单的介绍。

② 约翰·B. 汤普森：《意识形态与现代文化》，第 260 页。译文略有改动。

③ Cf. Jeff Weinwtraub，"The Theory and Politics of the Public/Private Distiction"；Alan Wolfe，"Public and Private in Theory and Practice：Some Implication of an Uncertain Boundary"，in Jeff Weintraub & Krisshen Kumar（eds.），*Public and Private in Thought and Practice*.

④ 参见阿伦特《人的境遇》第二章"公共领域与私人领域"，收入汪晖等主编《文化与公共性》，生活·读书·新知三联书店 1998 年版；同时参见约翰·B. 汤普森《意识形态与现代文化》，第 262 页。

有了以上的区分作为背景，就可以进而切入以下问题：大众传播在重构公共生活与私人生活的边界、改写其性质时发挥了什么样的作用？所使用的方式是什么？经过大众传媒调节后的公共性，即媒介化的公共性与传统社会中的公共性区别何在？

如上所述，哈贝马斯认为，在19世纪末及20世纪，随着商业化、消费化、集中化的大众传媒的发展，随着文化批判的公众向文化消费的公众（后者缺乏前者那种对公共事务的兴趣）转化，公共领域急剧地衰落了。"与具有话语特性的资产阶级沙龙的印刷文化不一样，许多新媒体（电视、电影和无线电广播）不可能让人们谈及往事，也不可能让人参与。"①

哈贝马斯在谈到公共领域的时候，一是强调交流的面对面的性质，二是强调它的口语性。在汤普森看来，这与哈贝马斯心目中真正的或理想的"公共领域"概念相关。汤普森指出，哈贝马斯的"公共领域"的概念本质上是一个对话性的概念，也就是说，它的基础是在一个共享的空间中聚集在一起、作为平等的参与者面对面交谈的相互对话的个体观念。而在一个共享的空间中进行面对面的交流，正是传统的公共生活，即古希腊城邦的政治生活的鲜明特点。这样的"公共生活"后来又演变为18世纪由私人构成的资产阶级公共领域，其主要场所是市镇与文学界（各种沙龙、咖啡屋、剧场等），其方式则是自由平等的公民之间一种理性—批判性的公共论辩（rational-critical public debate）。在汤普森看来，哈贝马斯所谓"真正的公共领域"理念是以口语交流为蓝本而发展出来的，这使得他对于资产阶级公共领域的解释带有古希腊"公共生活"的印记，而在18世纪欧洲的背景中，巴黎与伦敦的资产阶级沙龙、俱乐部、咖啡屋，都是与古希腊城邦类似的聚会场所。就像在古希腊一样，早期欧洲的公共领域首先是在言谈（speech）中建

① 参见尼克·斯蒂文森《认识媒介文化》，商务印书馆2001年版，第82页。

构、在共享空间的口头争论中形成的。①

汤普森认为，推崇和怀念面对面的口头交往是哈贝马斯低估乃至完全否定大众传播对公共性建构的积极意义的根源所在，因为"显然，这样的'交往'概念与经过媒体中介而确立并维持的交流很少有相似之处，因而也与媒体所创造的公共领域类型很少关联。带着这样的公共领域概念，哈贝马斯毫不奇怪地倾向于对更现代的传媒（如广播与电视）对于公共领域的冲击作出否定性的解释。这不仅是因为媒体工业已经变得更加商业化，而且因为它们所创造的交流类型远离哈贝马斯心目中那种发生在俱乐部或咖啡屋中的面对面的、以口语为媒介的对话性交流。哈贝马斯当然承认广播电视等创造了新的交谈形式，如广播电视中的公开讨论，但是他认为这种讨论形式绝对无法与建构资产阶级公共领域的那种批判—理性的论争相比"。②

如果说哈贝马斯由于把面对面的对话当做理想的公共交往类型而低估乃至否定了大众传播的公共意义，那么汤普森则恰好相反，他认为我们应该修正我们的公共性概念以便肯定大众传播的积极意义，并进而发展出新的公共性概念。因为在他看来，如果我们依然把眼光局限于以面对面的口语对话为基础的公共性，那么，我们就很难令人满意地解释现代世界公共生活的新本质。与其像哈贝马斯那样以传统的公共性理念为典范，指责大众传播扼杀了公共领域，不如重新思考公共生活的不断变化的本质，思考"公共性"的含义。大众传播的发展已经创造出了新的、传统模式不能容纳的公共性类型。具体而言，随着传媒的发展，公共性现象已经越来越脱离共享的公共空间（面对面的对话正是建立在这样的共享空间上），它是去空间化和非对话性的。所谓"去空间化"，是指在大众传播时代，某

① J. B. Thompson, "Social Theory, Mass Communication and Public Life", in *The Polity Reader in Cutural Theory*, Cambridge, UK: Polity Press, 1994.

② Ibid..

个事件或某个个体的公共性（可见性）不再必然与一种"共享的公同场所"相关，因而可以获得一种新的、可称之为"被传媒中介化的公共性"或"传媒化的公共性"，这种公共性常常独立于、不借助于公众的直接在场。也就是说，个体不必直接参与观察（不在现场）就可以通过传媒的报道而参与这种公共性。汤普森说："随着大众传播的发展，事件或人们在公共领域和私人领域的公共性（可见性）不再直接与对共同场所的分享相联系，因此事件或个人能够获得一种公共性。这种公共性不受他们能被许多人直接看到或听到所限制。"① 公共性已经变得越来越与由大众传播技术创造的新可见性（公共性）类型与新公共领域类型相关，它是没有空间限度的，也不必然地维系于对话性交谈，它已经能够被无限多的、可能是处于私人化背景（如家庭）中的个体所感知和经验。大众传播的发展与其说标志着公共性的死亡，不如说是创造了新的公共性类型，并从根本上改变了人们经验公共生活、参与公共领域的条件。哈贝马斯公共性理论的缺陷正是在于不能解释大众传播的发展以什么样的方式改变了公共性的本质，因为他的理论基础是建立在一种空间性、对话性的公共性观念之上的。

汤普森进而认为，通过这种方式，大众传播的发展促进了具有明显特点与结果的两类事件的出现：媒介化的公共事件与媒介化的私人事件。② 所谓"媒介化的公共事件"（mediated public affair），是指这样的事件：它们原本发生在一个具体的空间化机构背景中（如国会或法庭），但是通过大众传播媒介的记录与传递，大量远离这一机构的人也能够了解它们，并因此而获得了新的、扩展了的公共性，它们变得公开化并面向大量的接受者——虽然这些接受者并不在现场，也不曾目击事件的原始发生。汤普森把这类事件称为公共事件的"亚类型"；

---

① 约翰·B. 汤普森：《意识形态与现代文化》，译林出版社 2005 年版，第 262—263 页。

② 同上书，第 263 页。

相似的，所谓"媒介化的私人事件"（mediated private affair）则是指这样的事件：它们原先发生在私人领域并具有隐秘性，但通过被大众传播记录、报道与传播而获得了公开性/公共性。这种情况最经常地发生在一些著名的政治活动家与各类明星身上。他们既深受其益（想想中国的明星们是如何炒作自己的私生活以提高知名度的），也深受其害（如戴安娜王妃的悲剧、王菲李亚鹏女儿的"兔唇事件"、陈冠希的"艳照门"事件等）。

可见，公共性经验与共享空间或共在语境（the context of co-presence）的分离，必然导致公共性与私人性的性质的转化以及（同样重要的）个体参与公共性的方式的转化。与哈贝马斯不同，汤普森对于这种新公共性态度相当乐观。

首先，他认为大众传播使得公共性在程度和范围上得到极大提升，因为"把公共性与享有共同场所相分离，就使得更多事件更加公开，并使它们的公共性使更多人能更多地看到"。[①]公众了解和接收信息更加方便，不再受场所的限制，更多的个体可以经验时空上相隔遥远的地区发生的事件，参与几乎是全球性范围的被中介化的公共性。

其次，汤普森似乎不太担心大众传播过程中所谓信息流动的单向性，虽然他也坦承大众传播的信息流动具有单向性，观众作出回应的机会和能力有限，但他并不认为接受者因此就对传播过程没有控制，也不认为接收过程不包括某种批判性的参与，"接收过程是一个比许多评论家所认为的更加活跃的、有创造的、批判的过程"。[②]

最后，他并不认为大众传播能够轻易被政治权力控制和利用。他强调，大众传播所创造的公共性类型是一把双刃剑。一方面，在由大众传播创造的媒介化公共领域中，政治领袖可以通过以前没有的方式出现在其公众面前，他们之间的关系已经

---

① 约翰·B. 汤普森：《意识形态与现代文化》，译林出版社 2005 年版，第266 页。

② 同上书，第267 页。

越来越受到媒介的影响。现代的政治家不仅频频地出现在本国的观众面前，而且在世界的观众面前"登台亮相"。现代政治的中介化场所是全球性的。由于公众对领袖的态度在很大程度上是被传媒建构的，所以技巧圆熟的政治家可以利用这一点，通过精心设计自己的自我表征、巧妙安排自己在媒介化公共领域的可见性，来获取民众的信任与支持。

　　另一方面，虽然大众传播为政治家的可见性（公共性）的设计创造了前所未有的"可乘之机"，但是它也为政治家与政治权力的运作带来了前所未有的风险。在大众传播出现之前，政治家能够把可见性设计行为控制在一个相对封闭的圈子（如参与者有限的集会）中，而作为整体的全体居民则难得一睹其尊容。他们的权力合法性在一定意义上就是通过这种距离来维持的。今天的政治家则已不可能用这种方式控制可见性的设计，现代政治的中介化领域以传统的集会与法庭所无法想象的方式向大众开放，而且大众传播的本质决定了传媒所传递的信息可以通过传递者无法监视与控制的方式被接受。这样，大众传播所创造的可见性可能也是一种新的脆弱性的来源。今天的政治权力运作发生在越来越看得见的领域，美国的军队在东南亚的部署，或在南非发生的镇压示威活动，都是在新型公共领域中演出的，可以同时被成千上万散布于全球的个体所"目击"。这样，政治权力的运作从属于一种全球监视系统，这种全球监视系统在大众传播，尤其是电视出现之前当然是不存在的，也是不可思议的。正是这种新的全球监视可能性使得政治行为带有前所未有的风险。无论有多少政治家精心设计并控制他们的公共形象，但这个形象仍然可能逸出他们的控制，削弱他们已经或正在寻求的支持。政治领袖可能毁于一次情绪上的偶然失控，一次即兴的失当评论，或一次思虑不周、判断不慎的行为。权力的丧失可能是在一瞬之间。总之，在行使体制化权力方面，大众传播的发展所产生的那种公共性或可见性是一把双刃剑。今天的政治家必然持续地寻求操纵它，但不能彻底地控制它。被中介化的可见性是现代机构化政治的不可避免的

文学理论与公共言说

条件，但它对于政治权力的运作同样具有不可控制的结果。①

汤普森对大众传媒的辩护自有其一定的启发意义，但也存在不少盲区。

首先，汤普森看到了，无论是与公众利益相关的公共事件，还是与之无关的私人事件，在大众传播的时代都必须经过媒介化才能获得可见性，但却没有分析媒介化的公共事件和媒介化的私人事件的本质差异，对于私人事件的媒介化的严重后果缺乏警惕。的确，与公众利益无关的私人事件可能由于大众媒介的传播而获得了可见性，而与公众利益攸关的事件也可能由于没有受到媒体的关注而没有获得可见性。问题的严重性在于：获得了可见性的私人事务本质上仍然是私人事务。比如，我们不能认为没有被曝光、因此无法获得媒介公共性的公共交通事故、煤窑瓦斯爆炸等就不再是公共事件，不再具有公共意义；我们只能说它们被人为地剥夺了公共意义，被阻挡在了媒介化的公共领域之外；我们也不能认为像私人艳照、明星自己或其亲属的生理缺陷等完全与公众世界无关的事务，因为被媒体大肆曝光就获得了公共意义。恰恰相反，公共事件的"私人化"（人为驱逐出媒介公共领域，剥夺其公共性）与私人事件的"公共化"（伪公共化）正是值得我们深入反思和批判的消费时代——特别是中国式畸形消费主义时代——的媒体病。它既是对私人领域的侵害，也是对公共领域的毒化。一方面，私人事件因其进入了公共媒体而获得了可见性，不再成其为"隐私"，因此侵犯了私人利益（侵犯乃至摧毁私人领域的最直接、最简单的方式就是把它公共化，使之不再具有隐蔽性和私人性）；另一方面，本来应该关注、谈论与公众切身利益相关的公共事件、公共问题的媒体，因其热衷于上传炒作艳照、披露明星隐私、炒作明星绯闻而远离了真正的公共问题。这实际上是对公民权益的严重侵犯，因为这样一来，公民的切

① 约翰·B. 汤普森：《意识形态与现代文化》，译林出版社 2005 年版，第 268 页。

身利益在公共领域得不到保护，损害公民权利的现象也不能得到媒体的应有关注，无法成为公共事件。因此，私人领域的公共化与公共领域的私人化是同步进行的，是一个分币的两面。其结果不仅是侵犯了私人利益，同时也毒化了公共领域，使之伪公共化。

其次，汤普森谈到了大众传播所创造的公共性类型是一把双刃剑，政治权力集团既可以利用它，也面临它所带来的风险，却没有关注大众传播所处的具体政治体制环境，亦即大众传播与什么样的政治制度相关联，而实际上，这点正是我们有效地谈论大众传播的政治作用的前提，否则就会落入技术决定论。马克·波斯特曾经把法兰克福学派对大众传播的批判指责为技术主义，认为其把观众主体性的缺失单纯归咎于技术。[①] 实际上汤普森的乐观媒介理论也同样明显存在技术决定论倾向，他关于新媒介如何延展了公共性的范围、创造了新公共性类型的论述很少考虑新媒体和社会制度的关系。在这点上本雅明显得高明得多。本雅明对大众传播的政治意义的思考既不是简单肯定也不是简单否定，"实际上，对本雅明而言，媒介潜在的民主化进程，按其实现的方式而言，完全可以逆转。在他看来，并不存在任何能够确保媒介特定政治方向的自动保证"。[②] 事实证明，在一个竞争性的、舆论相对自由的现代民主社会中，大众传播常常不能被控制在某个单一政治力量或经济力量手中，而是各种政治、经济力量共同争夺与使用的工具。正是这种多元竞争格局，使得某个党派或企业不能彻底控制、更不能垄断大众传播。换言之，各种政治力量常常都可以利用大众传播来服务于自己的政治目的。多元的政治格局与多元的大众传播形成紧密的相互联系与相互支撑。人们经常谈论"二战"期间德国法西斯利用大众传播来推行极权政治，以及新闻自由在"水门事件"中所起的关键作用。这从反面证明，抽象地谈论大众传播是有利于还是有损于公共生活或民主政治是没有意义的。大众传播既可以是极权主义政

<hr />

① 参见马克·波斯特《第二媒介时代》，南京大学出版社 2000 年版，第 5—13 页
② 同上书，第 18 页。

治的帮凶，也可能是民主政治的良友，这主要取决于它生存于什么样的社会政治环境中。

三　网络与新公共性的建构
——超越哈贝马斯与汤普森

无论是哈贝马斯等对大众传播的批评，还是汤普森等对这种批评的批评，基本上都没有考虑网络这个最新的大众媒体。不要说哈贝马斯出版于 20 世纪 60 年代初的《公共领域的结构转型》主要考察的大众媒体（或所谓"新媒体"）主要是广播和电视，[①] 就是汤普森 80 年代后期对于大众传播的思考，也只是以电视为主要对象，是以电视的传播—收看方式为原型来建构他的"被媒介化的公共性"理论，网络这个新媒体则在他的视野之外。这一点决定了哈贝马斯和汤普森的大众传播与公共性理论在今天这个互联网时代都显示了自己的局限性。有学者甚至认为，"虽然哈贝马斯早就提出了'公共领域'的概念，但直到互联网产生以后，人们才算为这一概念找到了一个新的运作模式"。[②] 这是因为互联网大大提高了媒体的多元性和互动性，而这种多元性和互动性正是公共领域的根本特征。

首先，哈贝马斯和汤普森都承认（虽然立场与评价不同）的、在传媒界普遍流行的所谓大众媒介的信息传播具有单向性

---

① 在写于 1990 年的《公共领域的结构转型》"1990 年版序言"中，哈贝马斯反思了自己关于大众传媒的看法过于悲观和简单化，哈贝马斯承认："我有关从政治公众到私人公众，'从文化批判的公众到文化消费的公众'这一发展线索的论断过于简略。当时，我过分消极地判断了大众的抵御能力和批判潜能。"他检讨自己没有吸收比像霍尔的三种解码策略这样的研究成果，而过多地受到了阿多诺的影响。他同时承认，"我是数年之后在美国才认识到电视的，因而，我所掌握的也就不可能是第一手经验了"（参见哈贝马斯《公共领域的结构转型》，第 16—17 页）。这表明哈贝马斯写作此书时对电视也并不了解，他许多结论实际上是取自法兰克福学派的阿多诺和洛文塔尔，而他心目中的"新媒体"主要是广播，而与之相对的媒体则是报刊。

② 格雷姆·伯顿：《媒体与社会：批判的视角》，清华大学出版社 2007 年版，第 98 页。

和传播—接收的断裂性（不同时在场）的观点，并不适合网上交流所创造的公共性，需要加以修正。受单向传播理论的影响，一般以电视为主要原型的大众传播研究倾向于认为，大众传播中发生的传播者和接受者之间的互动不是真正的互动，而是"准互动"。格雷姆·伯顿曾经指出，那些以公共体验为主导的媒体，特别是电视，应该是为公众说话的，但是实际上却很少给观众说话的机会。而且，"即便公众获得了说话的机会，他们也要受制于由电视台制定的各种条条框框"。① 事实上经常进入电视的依然是一些所谓名人。由此他认为，"公众通过媒体进入公共领域——至少是接触到它——的机会既不是自由的，也不是有保证的"。② 但是网络上的交往似乎恢复了面对面交往或直接对话式交往的优势，克服了电视、广播等大众媒介非直接交往和信息流动的单向性弊端。马克·波斯特在《第二媒介时代》开篇写道：

> 20 世纪见证了种种传播系统的引入，它们使信息能够从一个地点到另一地点广泛传播。起初，它们通过对信息的电子化模拟征服时空，继而则通过数字化加以征服。对于这些传播技术的政治影响，社会批判理论家们之间一直争论不休。一方（本雅明、恩森斯伯格、麦克卢汉）鼓吹其潜在的民主化倾向，而另一方（阿多诺、哈贝马斯、杰姆逊）看到的突出倾向则是它们危及自由。这一争论发生之时正值播放型传播模式（broadcast model of communication）盛行时期。在电影、广播和电视中，为数不多的制作者将信息传送给为数甚众的消费者。播放模式有严格的技术限制。但是随着信息"高速公路"的先期介入以及卫星技术与电视、电脑和电话的结合，一种替代模式将很有

---

① 格雷姆·伯顿：《媒体与社会：批判的视角》，清华大学出版社 2007 年版，第 99 页。
② 同上书，第 100 页。

文学理论与公共言说

可能促成一种集制作者/销售者/消费者于一体的系统的产生。该系统将是交往传播关系的一种全新构型，其中制作者、销售者和消费者这三个概念之间的界限将不再泾渭分明。大众媒介的第二媒介时代正跃入视野。①

马克·波斯特是较早敏锐地看到以网络为核心的数字化传播技术把单向的传播重构为双向和多向的交往的理论家之一。他说的播放型传播模式亦即所谓"第一媒介"，包括了无线电广播、电视和电影等，而网络多媒体则被他称为"第二媒介"，后者具有更加突出的开放性、互动性和对话性，其中信息的流动具有明显的双向性、多向性，公众的参与程度也更高。对于一般大众而言，在报纸、广播、电视等媒体发布自己的作品/意见依然是相当困难的。这就直接导致了所谓信息流通的单向性、不平等性和非对话性，成为"被媒介化的"公共性或公共领域的重大局限。但互联网的发展和普及在很大程度上改变了这一点，网络是最自由、最开放、最平民化、最容易获得的媒介，没有编辑把关，没有一、二、三审，发表的门槛几乎不存在。一个人的任何意见在任何时候几乎都可以在网上发布，发表的空间打开以后写作也变得自由了。由于网络媒体的入门条件是最低的，媒体信息生产者对公众参与的限制也最为困难，因此它为网民主体性所留下的空间也是最大的。信息、意见的发布者和接受者之间的边界是模糊的、移动的。至少在理论上说，任何一个网民都可以在接受信息的同时发布信息。这样，在一定意义上说，每一个信息发布者都同时是信息接受者，反之亦然。没有人（即使是网络管理员）能够绝对垄断信息的生产和发布权。这使得传播机构或精英分子对于媒介的垄断被极大地打破，也削弱了权力和金钱对媒介公共领域的控制，至少是极大地提高了控制的难度，使网络成为普通大众充分发表意见的便捷手段，成为公民维权和行使民主权利的一个重要

---

① 参见马克·波斯特《第二媒介时代》，南京大学出版社 2000 年版，第 3—4 页。

渠道。

其次，网络不仅在一定程度上恢复了公共领域的交谈—对话性（虽然不是面对面的），[①] 同时这种对话又不依托现实的、物质的共享空间，它是在一个虚拟的共享空间进行的，其范围几乎是无限的。这样，一方面，网络的对话空间在范围上远非面对面交往那么狭小；另一方面，网络空间的互动程度又要远远高于电视和其他大众传播媒介。在一定程度上可以说它结合了两者的优势又克服了两者的局限。对于这种新的公共交往空间，有学者称之为"第四场所"。

"第四场所"之说乃是对"第三场所"理论的继承和发展。"第三场所"是奥登伯格（Ray Oldenburg）提出的概念，他把它界定为一个为了享受志同道合的伙伴之乐和活生生的对话之乐而专辟的地点，并因此而区别于家庭私人领域和工作环境（它把个体还原为孤立的生产角色）。在奥登伯格看来，"第三场所是为各种各样公共场所提供的一个发生学指谓，这些场所招待家庭和工作之外的自愿的、经常性的、不拘礼节的、快乐的个人聚会"，[②] 比如德国的啤酒花园。"第三场所是无偏袒的地方，用以消除客人的社会不平等状况。在这些场所，交谈就是首要的活动，是展示人的人格和个体性的主要载体……第三场所的特点首先是由其所有客户决定的，其标志是一种游戏的心情，与人们在其他场所的正经八百的参与截然不同。虽然第三场所和家庭存在根本性的区别，但是在心理放松方面是和家庭十分近似的。"[③] 第三场所是一个自愿出入的地方，一个"家外之家"，它对于高品质的公共生活而言是至关重要的，对民主政治具有根本的重要性（美国革命就起源于当

---

① 网络评论区不但是一个电视广播等其他大众媒体无法比拟的、一般大众也可以自由发布言论的空间，而且具有对话性和互动性，网络创造了同时在场的交往空间，在这个意义上接近口头交往。

② Cf. Zixue Tai, *The Internet in China: Cyberspace and Civil Society*, New York: Routledge, 2006, p. 165.

③ Ibid., p. 166.

地的酒店）。

在奥登伯格看来，随着当代社会公共生活的衰落，人们更多地选择了有限的私人生活空间，第三场所衰落了。但也有人认为，第三场所并没有消亡，而是转移到了网络空间，因为奥登伯格概括的第三场所的那些特征和功能，如把不同的人聚合在一起（混合者），把新老顾客介绍认识（介绍人），把不同兴趣爱好的人自然地分为不同的类别（分类区）等，仍然存在于网络空间。因特网不仅是一个信息世界，而且也是一个社会空间，它既可以是一个娱乐场所，也可以是讨论重大公共问题的交往空间。这样，在现实生活的第三场所和网络的社会空间之间存在惊人的相似性。也因此，有人认为网络空间就是新型的第三场所，或虚拟的第三场所（virtual third place）。[①] 同时它还克服了现实世界中第三场所的物质局限，进一步拓展了第三场所的范围，把交往的物质限制减少到最低。它创造了与历史上任何一种交往都不同的、崭新的交往方式和社会空间。万维网对于时空的拓展是所有其他媒体无法比拟的。"我们姑且不否认大公司和'老大哥'的权力即使在赛博空间也是存在的，但是我们也必须承认因特网为个体使用者带来了前因特网时代难以想象的赋权水平。"[②]

最后，网络不仅恢复了公共领域信息交流的对话性、多向性，而且在某种程度上还比口头交往更加平等、民主，这点得益于网络交往的匿名性。

众所周知，网络是一个虚拟空间，网络交流有最突出的匿名性，大家相互不知道彼此的真实姓名与身份（BBS 等网络自由论坛最能够体现这个特色）。这使得网络交往虽然具有对话性，但又不同于日常生活中的面对面（face-to-face）交流或者人际（person-to-person）交流，而是匿名的言说者

---

① Cf. Zixue Tai, *The Internet in China：Cyberspace and Civil Society*, New York：Routledge, 2006, p. 168.

② Ibid., p. 170.

之间的交流。匿名性导致了两个结果，一是交流过程中监督机制的弱化甚至悬置，也就是说，匿名性使得网络的交流没有其他媒介交流方式（报纸、电视等）难以摆脱的社会监督、自我监督、文化禁忌以及心理防御，因而也没有必要带上人格面具。在这个意义上，网络交流是最真实的。相反，如果交流的双方或多方彼此知道对方的身份，说话就比较谨慎甚至难免言不由衷。① 正因为这样，网上交往和网上关系虽不能完全脱离网下交往和网下关系，但又是对之的补充，两者不能相互取代。有时候网上建立的交往和关系是对于网下建立的交往和关系的强化，有时候是瓦解，也有时候是网下不可能建立或者很难建立的。

更加重要的是，匿名性还消除了面对面交往中很难避免的权力和其他导致交往失真的社会文化因素（交往双方政治、经济、文化地位等方面的不平等），一般情况下也不必顾忌自己的意见、言论可能引发的社会反应。在现实中的人际交流行为中存在许多扭曲交流的真实性与平等性的因素，其中重要的一条就是交往者之间必然存在的不平等的权力关系，包括政治地位、经济地位、文化资本乃至年龄、长相等方面的差异。这些因素都必然在交往时进入交往过程，成为交往的重要社会语境，扭曲交往的平等性和透明性。而匿名性使得交流者之间的不平等权力关系在很大程度上被搁置起来，大部分在网络上互动的人都不知道对方是谁，所以，他们的身份与权力在匿名交流中不起任何作用。这使得交流变得更加真实与平等。②

这些都大大提升了网络交往的公共性水平和民主化水平，

① 当然，网络交流的匿名特点是一把双刃剑。从消极的方面说，大家说话可以不负责，相互欺骗，甚至脏话连篇，把人性中最原始的一面宣泄出来。

② 当然，这样说只是相对而言的，并不是网络上绝对不存在权力和不平等，网络平台毕竟也有管理员，管理员也不可能是完全没有政治立场和价值倾向的技术人员，任何一个实际的论坛，都有不同程度的导向。但是，相比于报纸、广播和电视，网上参与讨论者具有主动得多的监督和维护自己话语权的可能性，对管理员的异议也是相对容易表达、比较有效，除非网络彻底关闭（目前还看不到这样的可能性）。

并引起了西方学者的高度重视。有人注意到，在西方国家，互联网的兴起正好和现实生活中公民政治参与的衰落同时，互联网在很大程度上提高了公民的民主参与。80 年代以来，未来学家巴伯、奈斯比特、托夫勒就预测到了互联网这个新的互动式交流技术对于民主的促进作用，还出现了"在线民主"之说。赫林（Susan Herring）概括了以网络为媒介的交往技术的民主化意义，一是交流手段的普及和简化；二是免除了社会身份的限制，促进了平等交流的权利。纳茹拉（Hanson Narula）则指出，与传统媒体创造的一维的、中心化的、金字塔形的、等级化的体系不同，网络引入了多维的交流环境，并且促进了去中心化的平民主义。① 格劳斯曼（Lawrence K. Grossman）在以网络为媒介的交往中发现了所谓"键盘民主"（keypad democracy）和"电子共和国"（electric republic）。马克·波斯特则认为网络的去中心化本质，提供了从业已确立的、以广播为中心的政治交流结构转向新型的赛博政治的机会，赛博政治表明了社会地位、权威和权力在虚拟的空间会发生各种倒转。② 美国学者诺里斯（Pippa Norris）通过调查发现，积极地活跃于网络的人感到互联网拓宽了他们的共同体经验，帮助他们与具有不同信仰和文化背景的人接触。由于互联网在提供新的人际互动方式的同时也改变了传统的人际交往方式，它必然也会导致公共领域和公共性的存在形态的变化，我们有必要调整我们以前的公共领域理论，这些理论无不是建立在特定的媒介形式基础上的（比如哈贝马斯的资产阶级公共领域理论就是建立在报纸这个传统媒介上的），因此随着新媒介的出现，公共领域的形态也会发生变化。埃斯特和温肯（P. Ester & H. Vinken）指出，主流社会学研究的弱点就是"缺乏对于新的团结形式、人际联系形式以及公民政治参与形式——特别是那些由网络促

---

① Cf. Zixue Tai, *The Internet in China: Cyberspace and Civil Society*, New York: Routledge, 2006, p. 177.

② Ibid. .

生的形式——的敏感性"。他们还认为，那种认为公共生活和公民社会正在衰落或处于危机的观点是成问题的，因为不参与传统形式的公共生活不等于不参与公共生活，也可能有另一种形式的参与（对于年青一代而言情况尤其可能是这样）。也有学者认为互联网提供了新的公民参与形式，使得人们既可以创造自己的"在线公民社会"（civil society online），同时也可以继续投身现实公民社会。①

互联网的去中心化技术使得自上而下的、中心化的、单向的信息传播和控制变得更加困难，萨维尼（H. Savigny）指出：互联网代表了一种对于传统媒体的议程设定能力的抵消力量，也削弱了国家权力、政治党派、传统媒体维护现状的能力。"网络交往可以是自上而下的也可以是自下而上的，可以是水平的也可以是垂直的。它是一个动态、交互的双向过程。"②同时，互联网创造了一个新的、以前没有的公民在线表达意见的平台。比如网络调查就是收集和反映公共舆论的新途径，它打破了由少数集团把持和垄断民意调查的局面，使得调查的主体、方法、问题等均呈现出多元化趋势，更多的人可以利用网络这个平台就更多的社会问题实施民意调查。互联网使得实施调查的过程民主化了。

互联网在推进中国的民主进程方面发挥的作用也是有目共睹的，而且在中国的语境中这点还应得到更突出的强调，这是因为相比于网络，其他大众媒体，比如广播、报纸、电视在中国所受到的权力和市场的干扰要远远大于网络。在其他大众媒体还存在较多限制的情况下，网络这个渠道的不可替代性就表现得越来越突出，它发挥了其他媒体无法比拟的舆论监督作用。仅以 2007 年为例，在"最牛钉子户事件"、福建厦门的"PX 项目选址事件"、"黑砖窑事件"、"周老虎事件"等重大

① Cf. Zixue Tai, *The Internet in China：Cyberspace and Civil Society*, New York：Routledge, 2006, pp. 186 – 188.

② Ibid., p. 188.

公共性议题中，网络都发挥了维护公民权利、实施舆论监督的先锋作用。网上首次披露—社会反响强烈—其他媒体跟进—政府出面干预，这几乎成了近几年中国民间维权的最常见模式。与此同时，不少政府机构、各级官员、人大代表也纷纷利用网络这个平台来推进中国的民主进程。比如，湖北武汉的全国人大代表周洪宇是第一个建立自己网站（"洪宇在线"）的人大代表。在 2004 年人大会议前夕，他在"强国论坛"建立了自己的专区，用以搜集和反映网民的意见，其中大量的跟帖和评论是关于反腐败、教育、下岗工人等公共问题的。[1] 他说："网民是一些坚持不懈地通过互联网表达自己意志的特殊群体，他们的活动将会在一定程度上促进中国民主的发展。"[2] 此后还有不少人大代表建立了自己的网站，另外也有一些地方政府和人大机构建立意在搜集民意的网站（比如杭州市人大）。近几年，这种通过网络搜集民意的做法在全国和地方人大成为一个潮流，以至于出现了"网络监管"之说。[3]

值得指出的是，有些人认为中国的网民上网只是游戏或获取信息，这是非常片面的。摩根士丹利公司（Morgan Stanley）的《中国互联网报告》（2004 年版）总结说，大量中国网络使用者集中于聊天室、BBS、在线网络论坛，这表明在中国，互联网已经为不断强化的互动打开了一个新的舞台。[4] 在中国社会科学院发布的 2003 年度和 2005 年度《中国互联网报告》中披露，当要求受访者在给出的关于互联网的一系列隐喻——图书馆、聚会地

---

[1]　周洪宇是华中师大教育学院教授，十届全国人大代表、武汉市教育局副局长、武汉市政协常委兼副秘书长。

[2]　Cf. Zixue Tai, *The Internet in China: Cyberspace and Civil Society*, New York: Routledge, 2006, p. 198.

[3]　武汉的"红网"每天的点击率有四百多万。2005 年，上海市人代会也开设了"代表在线讨论日"，每月一次，由代表和网民共同讨论各种公共问题。北京市政府还在 2003 年年底通过网络进行了一次对市政府各个部门工作的满意度调查，参与者甚众。

[4]　Cf. Zixue Tai, *The Internet in China: Cyberspace and Civil Society*, New York: Routledge, 2006, p. 172.

点、学校、银行等——中选择一个的时候，2003 年度的受访者有 59.4% 选择了图书馆，48.2% 的受访者选择了聚会地点。在 2005 年度的受访者中，则有 39.9% 的受访者选择了图书馆，41.1% 的受访者选择了聚会地点。这表明相当数量的网民把互联网当做和他人互动的空间而不只是获取信息的渠道。而把互联网比作购物中心和银行的人数相当少。除此之外，中国社会科学院以及国外一些调查机构的调查一致表明，在 2002—2005 年的中国内地，在线交流是仅次于信息和新闻获取的最流行的网络活动形式。在中国，通过网络认识朋友的比例以及使用聊天室和在线论坛的比例，都远远高于其他国家。调查还表明，在满足人的社会化需要（包括表达个人观点、发表自己的作品、和他人交流观点和信息、参与社会公共事务、拓展和改善人际关系等）方面，互联网的作用超过了其他任何媒体。[①]

但是，肯定网络在推进民主、建构新型公共空间、促进人际互动方面的积极意义，绝不意味着对网络公共领域的危机和缺点置若罔闻。我们同样有太多的证据和理由说：不能对网络交往抱过分乐观的幻想。

网络只是为更加自由和平等的交流对话提供了技术可能性，它并不能保证交往对话的质量，也不能保证交往的理性特征。这里的关键是：到底是什么样的主体在利用网络、在网络上发言？他们是否具有遵守理性交往规则的能力和愿望？虽然网络未尝不是一个培养理性交往主体的平台，但却不是唯一平台，甚至也不是主要平台。毕竟一个人的主要时间还是在非虚拟的现实环境（家庭、社会）中度过的，他们的主体性主要也是在这样的现实世界塑造的。我们很难想象一个在现实世界中缺乏公共美德（包括公民权利意识、责任意识、理性自律意识、公共参与意识，等等）的人，在网络公共领域中会表现出自己的公共美德，会遵守交往的理性原则。他们很可能始终只

---

① Cf. Zixue Tai, *The Internet in China: Cyberspace and Civil Society*, New York: Routledge, 2006, pp. 172 - 177.

是网络大众、网络群氓，而不能成为理性的网络公众。

正是在这里显示出哈贝马斯关于自律理性的私人主体理论的深刻性。哈贝马斯认为，资产阶级公共领域是由私人组成的交往空间，但不是任何"私人"以任何方式集合在一起都可以组成这样的交往空间。这里的"私人"必须是具有主体性、批判意识、理性论辩能力、身兼财产拥有者和一般、普遍之"人"双重身份的公众。更重要的是，这样的公众并不是在任何社会环境中都会产生。哈贝马斯特别强调了独立于国家权力的公民社会（自由市场经济、普遍而独立的法律、独立于国家权力之外的各种民间社团，等等）对于理性公众之培养的重要作用。而哈贝马斯在论述大众传播时代公共领域的衰落时，也反复强调了大众传播的商业化、消费化使得批判性的公众变成了消费性的大众。消费性的大众即使可以不费力地获得自由表达的公共空间，也不会利用这样的空间来批判性地表达自己的公共关怀。这个理论尽管存在片面性，但依然值得我们深思。① 因为当下的中国缺少的恰恰就是培养理性自律主体的良好社会文化环境。

在近年来发生的许多网络事件，比如所谓"韩白之争"、"最毒后妈"事件中，② 我们都可以发现大量非理性的网民，他们或者缺乏真诚倾听、坦诚交流的意愿而一味进行谩骂和人身攻击，或者对网上的消息缺乏应有的鉴别能力并且在不明真相的情况下就迫不及待地发布"网络通缉令"，实施网络暴力。这样，网络虽然进一步扩大了公共领域的公开性和可见性，但

---

① 参见哈贝马斯《公共领域的结构转型》第二、五章。

② 2007 年 7 月，一篇名为《史上最恶毒后妈把女儿打得狂吐鲜血》的帖子在网上出现并广为流传。文章"披露"江西省鄱阳县陈彩诗把六岁女孩小慧打到不停吐血、六块脊椎断裂、尿失禁，极可能下半身瘫痪。愤怒的网民口诛笔伐陈彩诗，发出"网络通缉令"。但医院的诊断结果显示：小慧是自己得了病，其脊椎存在严重病变，并没有被打骨折迹象。鄱阳县公安局经调查，认定陈彩诗没有虐待小慧的行为，其体初始伤也是自己跌倒造成的。后妈陈彩诗经受了常人难以承受的精神压力，几度欲自杀，并跪求媒体洗冤。此事显示：当今是信息爆炸的时代，新兴媒体超强的互动性使得它成为最大的舆论市场，同时也成为滋生不负责言论与谎言的最好场所。参见范以锦《2007：十大传媒事件》，《新闻与写作》2007 年第 12 期。

是却依然无法就公共论题组成有效的对话。而且从某种意义上说，网络公共空间的虚拟性，网络公共讨论的匿名性和即逝性，也会削弱网络讨论的有效性，比之于报纸、电视等媒体和传统公共领域更容易走向无序和非理性。因为毕竟虚拟性和匿名性本身就是一把双刃剑，它在悬置交往中不平等的权利的同时，也悬置了言说者的责任意识和自律意识。这表明，培养理性的、批判性的公民，必须依赖比网络公共领域更加重要的现实社会文化环境，如果整个现实社会环境被败坏了，我们很难相信网络的公共领域能够不随之败坏。

因此，网络虚拟世界的民主与公共性最终要依托于现实世界的民主与公共性，离开了大的社会环境，网络很难单独创造一种新的政治文化和公共领域。麦克切斯尼（Robert W. McChesney）指出："考虑到全球资本主义的支配模式，更可能出现的情况是，网络新技术使自己适应现存的政治文化而不是创造新的政治文化。因此认为网络使得人们政治化为时尚早。它或许也使人们继续非政治化。"[1] 网络不是与现实世界隔绝的绝对真空，网民毕竟同样生活在现实世界，现实世界的政治、经济、文化力量必然要渗透到网络空间，网民不可能不把在现实世界中形成的政治意识、语言方式、人格特征等带入网络世界。网络交流不可能脱离现实世界，而是深深地植根于现实世界，当然，另一方面，它也改变着现实世界。更加可取的立场是：不是笼统地谈论网络是有益于公共性还是有害于公共性，是推进了民主还是削弱了民主，而是把问题具体化：在什么情况下网络起到了拓展公共领域、推进民主的作用，什么情况下则起到相反的作用？为什么？

当然，不管如何，网络对于公共性的正面意义无疑是更加主要的。这里最为根本的是：在某种意义上说，信息就是权力，而网络对于民主、对于公共性的最大贡献就是提供了更加

---

① Cf. Zixue Tai, *The Internet in China: Cyberspace and Civil Society*, New York: Routledge, 2006, p. 180.

快速、更加方便、更加缺少限制的获取信息的渠道。对于建构公共领域而言，最重要的条件就是平等的、不加限制的信息获取。有效、理性的公共讨论的前提是信息的公开，如果不能获得必要的、尽可能全面的信息，就无法进行理性有效的公共讨论。

（原载《文艺研究》2009 年第 1 期）

网络交往与新公共性的建构

去精英化时代的大众娱乐文化

20 世纪 90 年代以来，中国的娱乐文化以惊人的速度发展着。如果说 90 年代初中期人们还习惯于以官方—精英—大众（消费/娱乐）的"三分天下"、"三足鼎立"来描述中国的文化格局，那么在今天，三足依然，鼎立不再，大众消费文化或娱乐文化一头独大，占据了文化地盘的至少大半壁江山。已经习惯于这种不平衡格局的知识界好像也不再对此愤愤不平了。但同时，知识界对于大众娱乐文化的无言和失语无疑隐藏着理论范式上的危机。原先流行于 90 年代初期的那种审美—道德主义的批判话语和批判范式明显表现出激情过后的衰颓气象，而立足于中国本土的政治批评范式却迟迟未能建立。本文可以视作努力建构中国本土大众娱乐文化政治批评范式的初步尝试。

一　网络与文化活动的去精英化

直到 20 世纪 80 年代，无论是中国知识界还是普通大众，都普遍地把文化，特别是其中的文学艺术，当做是非常精英的活动，甚至是精英知识分子的专利。然而，90 年代以后，大众传播手段，特别是网络的迅速发展和普及，打破了精英知识分子对文学艺术和文化活动的媒介手段的垄断性占有，导致文学和文化活动"准入证"的通胀和贬值。这使得当代中国文化进入了前所未有的去精英化时代。

一般而言，文学艺术和文化活动的精英化是由于各种原因造成的，其中最重要的原因之一是精英知识分子对于文学艺术和文化生产的各种资源，特别是媒介资源的垄断性占有。从事文化艺术活动的首要资源当然是人的识字能力，古代社会中从事文学事业的人数相当有限，其根本的原因之一就是具备识字能力的人数非常有限，而文盲当然不可能舞文弄墨。现代普及性的教育制度逐渐打破了精英阶层对于识字能力的垄断，这使得有能力舞文弄墨的人数大大上升。识字能力于是乎不再是从事文化/文学活动的稀缺资源。但是，即使是在教育普及程度已经极大提高的现代社会，真正能够在媒体上公开发表作品、从事社会意义上的文学和文化生产（不包括自己写东西自己欣赏的那种"抽屉文学现象"）的人仍然是非常有限的，原因是媒介资源仍然非常稀缺，并被少数精英分子垄断。这种垄断直至上个世纪末才被打破。今天大众传播——特别是互联网——的发展和普及，使得精英对于媒介的垄断被极大地打破，网络成为城市普通大众，特别是喜欢上网的青年一代可以充分利用的便捷手段。网络是最自由、最容易获得的媒介，没有编辑把关，没有一、二、三审，发表的门槛几乎不存在。一个人只要拥有电脑并能够利用网络，那么他写出的任何"作品"在任何时候几乎都可以通过网络发表。发表的空间打开以后写作也变得自由了，爱怎么写就怎么写，甚至胡说八道、文不对题都无所谓。这当然也为通过曝隐私、贴照片、露身体等手段吸引眼球和点击率的成名术提供了捷径。

于是，写作与发表不再是一个垄断性职业，而是普通人也可以参与的大众化活动。这些"网络写手"和"网络游民"不是职业作家，但往往比职业作家更加活跃。这是对原有的精英化文学和文化体制的巨大冲击。正如较早出道的著名网络写手李寻欢所说的："在过去的文化体制里，文学是属于专业作家、编辑、评论家们的事情。他们创作，发表，评论，津津有味，却不知不觉间离开'普通人'越来越远。……现在我们有了这个网络，于是不必重复深更半夜爬格子，寄编辑，等回音，修改等等复杂的工艺了。想到什么打开电脑，输入，发送——就OK了。"① 李寻欢认为网络文学的精神内涵是"自由"（"不仅是写作的自由，而且是自由的写作"）和"平等"（"网络不相信权威，也没有权威。每个人都有平等地表达自己的权利"）。他认为："网络文学之于文学的真正意义，就是使文学重回民间。"他还形象地比喻说，如果说新文化运动解决了文学之于民众的"文字壁垒"问题，那么，网络则解决了文学之于民众的"通道壁垒"问题。② 榕树下文学网站的主编朱威廉也说："Internet 的无限延伸创造了肥沃的土壤，大众化的自由创作空间使天地更为广阔。没有了印刷、纸张的繁琐，跳过了出版社、书商的层层限制，无数人执起了笔，一篇源自平凡人手下的文章可以瞬间走入千家万户。"③

这是人人可以参加的文学狂欢节，是彻底去精英化的、平民大众的文学。有人这样写道："它（网络文学）的首要特征就是，网络给了文学一个相对自由宽容的生存空间，平民话语终于有机会同高贵、陈腐、故作姿态、臃肿、媚雅、世袭、小圈子等等话语并行，在网络媒体上至少有希望打个平手，我从点击数和跟帖数上看到了这个趋势，并且体会到了：网络就是群众路线，网络文学至少在机会均等上创造了文学面前人人平等的局面。'我们有了机会就要表演我们的欲望。'"④

如果没有网络这个低成本、低门槛、高效率的传播方式以及它为非精英的大众提供的便捷的参与方式，无论是最近沸沸扬扬的"艳照门"事件，还是前几年的"超女"现象、"芙蓉姐姐"现象，都是不可思议的。人们的自我表达欲望被大大激发，以"想唱就唱"为旗帜的"超级女声"是这种欲望的最集中喷发。

---

① 李寻欢：《我的网络文学观》，http：//dept. cyu. edu. cn/zwx/jiaoxueziliao/wdewangluowenxueguan. htm。

② 同上。

③ 朱威廉：《文学发展的肥沃土壤》，《文学报》2000 年 2 月 27 日。

④ 假道（此文在别的网站发表时也署名"泡沫"）：《戏说网络文学》，ht-tp：//dept. cyu. edu. cn/zwx/jiaoxueziliao/xishuowangluowenxue. htm。

正如李寻欢和朱威廉的话表明的，网络造成的最戏剧性的"祛魅"效果，就是作家这个身份、符号和职业的去精英化。"作家"和"文人"这个身份符号正像新中国成立前的金圆券一样遭遇着通胀和贬值，它对由浪漫主义所创造，并在中国的80年代占据主流地位的关于作家、艺术家的神话，是一个极大的冲击。当然，历史地看，独立自主、特立独行的天才式"作家"观念（布迪厄称为关于作家的"卡里斯马"神话）本身就是一个历史和文化的建构，它与德国浪漫主义有紧密关系。德国浪漫主义者推崇个性、独特性、创造性、自我实现，是对启蒙运动确立的理性主义和普遍主义的反动，浪漫主义者认为后者是"数量的"、"抽象的"，因而是"空洞的"。[①] 这种卡里斯马式的个人英雄观念推崇少数个人天才及其神奇的创造力，崇拜独立的、与社会格格不入的作家、艺术家（他们狂放不羁地追求特立独行），既神化了作家也神化了他们的作品。

特别值得指出的是，无论是在西方还是中国，这种作家观念流行之时也正是作家、艺术家们精英意识与特权身份得到大大强化之日。据有学者研究，19世纪初，作家对"公众"的不满已经变成了一种尖锐而普遍的感觉。比如济慈说："我对公众丝毫没有谦卑之感。"雪莱也说："不要接受头脑简单的人的见解。实践会推翻蠢人的判断。当代的批评不过是天才不得不与之抗争的愚蠢的总和。"而华兹华斯的说法则更加著名："更可悲的是，有人竟会相信那一小撮人的高声喧闹，说是什么神明般颠扑不破的东西。他们永远受人为的影响力主宰，以'公众'为名，而没有头脑的人则误认为'人民'。对'公众'，作家希望尽量给它应得的尊重；对'人民'——具有哲学特色的人，以及对他们的知识所体现的精神……他本来就应该诚心尊敬。"[②]

这个卡里斯马式的作家、艺术家神话在80年代的中国同

---

① 参见史蒂文·卢克斯《个人主义》，江苏人民出版社2000年版，第15页。

② 均转引自何吉贤《关于"纯文学"——几则书抄和一点感想》，http：//www. culstudies. com/rendanews/displaynews. asp? id = 1725，发布时间：2003年10月21日。

去精英化时代的大众娱乐文化

样曾经流行一时，特别是在知识分子自己的圈子内部。① 但是，由于媒介手段的普及，文学的大门几乎向所有人开放，作家不再是什么神秘的、具有特殊才能的精英群体。于是文学被"祛魅"了，作家也被"祛魅"了。"作家"这个名称的神秘光环消失了，写作非职业化了，痞子蔡、今何在、林长治等炙手可热的网络写手均非所谓职业作家。在少数作家"倒下"的同时，成千上万的"写手"站了起来。创作活动非神秘化了，创作心理和创作过程都不再神秘了。人们再也不谈论什么文艺心理学、精神分析、无意识、灵感、非功利性、自主性。古人所谓"语不惊人死不休"、"两句三年得，一吟双泪流"、"吟安一个字，拈断数茎须"的佳话恐怕永远成为历史，创作过程的神秘性不再存在。②

网络文化/文学的积极面是大众化与民主化，但它的消极面就是泥沙俱下，所谓"网络排泄"。没有入场券的文学场人人可以进入，中国大众娱乐文化就是在这样的媒介环境中得到迅速发展的。这是我们考察娱乐文化时不能忽视的，因为相比于官方文化和精英文化，网络媒体对娱乐文化的支持是最多的，而后者对于前者的依赖也是最根本性的。

二 两个世界意识和娱乐活动的去政治化

如上所述，90 年代以来大众传媒的迅速发展，使得公共空

① 画家陈丹青回忆 80 年代初期见到作家王安忆时的感受："……安忆通过领事馆找我，说她看过我写的创作谈，说是写得有意思，见见面吧。我也高兴极了：他妈的跟我一样大的知青里居然也有人在写小说——现在大家觉得小说算啥呢？太多了，我们随便就会遇见这种介绍：某某，小说家！可是我已经很难给你还原一九八三年那种情境：你遇见一个人，这个人递过来一篇小说，说是他写的，简直不可思议。"查建英主编：《八十年代：访谈录》，生活·读书·新知三联书店 2006 年版，第 88 页。

② 在 80 年代的文艺理论界，文艺心理学红极一时，批评家们热衷于分析创作活动的所谓"心理奥秘"，好像它是一个非常神秘的黑匣子，有待运用精神分析等武器加以开启，足见创作心理被神秘化的程度。

间变得越来越大，大众的参与可能性也越来越大。如果没有网络这个低成本、低门槛、高效率的传播方式以及为大众提供的参与方式，无论是最近沸沸扬扬的"超女"现象，还是稍微早些时候的"芙蓉姐姐"现象，都是不可思议的。

但是，文化活动的去精英化只是扩大了大众的娱乐参与，却并没有提高大众的政治参与。必须首先指出的是，娱乐参与不等于政治参与，我们不能天真地认为，大众传媒的发展和普及一定会导致大众政治参与的扩大。事实似乎正好相反，我们所见证的恰恰是去精英化时代的双重怪相：一方面是消费文化的空前繁荣，娱乐参与热情的空前高涨以及参与空间的空前开放；另一方面则是政治文化的极度萧条，政治参与的极度萎缩和政治热情的迅速冷却。这两个方面相互强化，最终导致理性商谈意义上的公共文化空间的急剧萎缩和蜕化。也就是说，去精英化的趋势是和去政治化的趋势同时出现齐头并进的，它们甚至就是一个硬币的两面。大众传播媒介的普及和文化活动的去精英化虽然极大地降低了公共空间的准入门槛，却没有能够提升公共空间的政治质量。

前几年，正当"超级女声"热浪席卷全国之际，学术界出现了关于大众娱乐与大众参与之关系问题的讨论，讨论涉及：应该如何评价"超女"活动中的大众参与？它是一种政治参与么？它是一次民主政治的预演么？等等。对此，我想引入"两个世界"的分析模式谈谈自己的看法。①

所谓"两个世界"，在此分别指公共—政治世界（领域）与消费—娱乐世界（领域）。一个无可置疑的基本事实是，在当今中国，这两个世界（领域）的开放程度和大众参与程度是

去精英化时代的大众娱乐文化

---

① 与90年代初期和中期的大众文化讨论不同的是，这次的讨论不再停留在审美理想主义与道德理想主义等抽象层面，不再纠缠在大众文化是否可以算是真正的艺术或文化，是否具有审美价值等空洞无聊的命题，而是进入了相对具体的社会政治层面。我认为这是当代中国大众文化研究和批评的一个可喜的变化，是从抽象空洞的审美主义和道德理想主义批评，迈向具体而务实的社会历史批评的重要一步。

极不平衡的。由于公共政治领域的受制性和消费娱乐领域的开放性同时并存，中国大众，特别是出生于"80后"、成长于"90后"的一代，产生了非常普遍的"两个世界"意识和相应的"两种规则"意识。公共政治的世界被视作"他人的"世界，一个无奈的、自己不能做主的世界，更无法参与这个世界的游戏规则的制定，只能听命于别人确立的规则。对这个世界，很多人采取了"不认同的接受"（徐贲先生语）的犬儒态度：我虽然不认同这个世界，但是我必须接受它，适应它，至少也应该谨慎地回避与它的直接冲突。与这个"他人的"世界相对的是所谓"自己的"世界，这就是消费娱乐的世界（领域），这是"我的世界"、"我的地盘"，在这个世界没有人会来干涉我，"我的地盘我做主"，我可以很疯狂，很自由，"想唱就唱"。

这两个世界的分裂现象在积极参与超女等娱乐活动的消费者（特别是"80后"一代或所谓"新新人类"）——当然也是生产者——中是非常普遍的。他们已经深深地把"两个世界"的规则内化为自己虽则矛盾却并行不悖的两套行为规范，"两个世界"的意识使他们懂得：我可以在消费娱乐的世界无比疯狂，但是一旦进入另一个世界——"他们的世界"，就只有老老实实做一个顺应者与适应者。

问题是，实际上这个所谓"他们的世界"并非真的与那些自我陶醉的娱乐粉丝无关。仅限于在消费娱乐的地盘"自己做主"（"想唱就唱"）实际上是在回避一个比娱乐世界更加切己、更重要的公共政治世界（这里的政治活动是广义的）。他们或者是由于觉得自己根本不可能改变它而回避它，或者出于实用主义、犬儒主义的目的而迎合它。结果是一种分裂人格的产生。事实证明，在娱乐领域极具"反抗性"的所谓"新新人类"，其中绝大多数同样是在现实世界非常听话、很能够适应现实的"聪明人"。

一个人的主体性和自主意识并不仅仅是，甚至主要不是在消费—娱乐世界培养的，而作为政治学术语的"自由"则基本

文学理论与公共言说

上和消费娱乐领域无缘（强行推行禁欲主义的极权主义时代除外）。我同意阿伦特的观点，大众消费文化本质上是满足人生物需要的商品。阿伦特说：

> 大众社会需要的不是文化，而是娱乐。娱乐工业提供的物品在真正的意义上被社会所消费，就像任何其他消费品一样。娱乐需要的产品服务于社会的生命过程，虽然它们可能不是像面包和肉那样的必需品。它们用来消磨时光，而被消磨的空洞时光（vacant time）不是闲暇时光（leisure time）——严格意义上说，闲暇时光是摆脱了生命过程必然性的要求和活动的时光（阿伦特的意思是：闲暇时光应该是那些用来从事和生命必然性无关的高级活动的时光，而消费文化所消费的时光却仍然是为了满足生命需要，而余下的时光却不是，引注），而是余下的时光（left-over time），它本质上仍然是生物性的，是劳动和睡眠之后余下的时光。娱乐所要填补的空洞时光不过是受生物需要支配的劳动循环中的裂缝。①

按照阿伦特的理解，自由只存在于超越了生物性需要的公共政治领域，而娱乐文化既然本质上依然是为了满足人的生物需要的，因此与自由无关，至少不是全部的自由。现在的可怕现实却是：人们越来越习惯于把娱乐世界的自由当成是真正的乃至全部的自由，把娱乐参与等同于政治参与，把娱乐世界的"民主"当成政治民主。一个人如果在公共政治世界不作为，对不合理的现实由无奈而忍受，由忍受而麻木，甚至连异化感、失落感、屈辱感、分裂感也彻底丧失；同时在消费娱乐世界里寻求释放，把它作为自由的全部，自我的全部，那么，这样的自由就是可疑的，这样的个性和自我就是严重扭曲的。正是在这

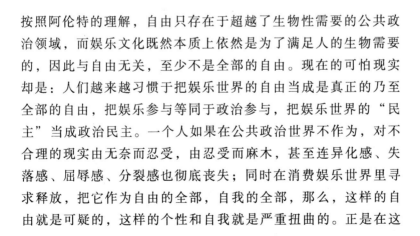

去精英化时代的大众娱乐文化

① "The Crisis of Culture", see H. Arendt, *Between Past and Future*, Penguin Books, 1977, p. 205.

个意义上，我认为消费娱乐世界的所谓"民主"参与、自我表现、个性展示，没有太大的政治意义，因为，消费娱乐世界虽然借助于媒体而变成可见的世界，甚至最隐秘的隐私也获得了可见性（可见性是公共性的一个含义，详下），但它仍然不是严格意义上的公共领域，因为这里几乎从来不讨论重大的公共政治问题。我们非常容易地发现，现在的大学生只在娱乐领域疯狂地追求所谓"另类"和"自我"，而对社会重大事件（比如频繁发生的矿难、南方雪灾、广州番禺区的"太石村事件"等）毫不关心，极度无知，甚至连了解的兴趣也没有。

我这里所谓"政治"是指一种广义的社会参与活动，是对重大的公共事件的参与、就重大公共问题发言。这个意义上的政治不是政治家的专利，而是一个公民的基本素质，也是一个社会公共世界是否健全的基本标准。在古希腊时代，参与城邦公共事务是一个人之所以成为公民的基本条件和基本标志。

当然，不是在任何时候、任何情况下娱乐活动都不具备政治意义。有时候娱乐也有深刻的政治意义。比如在不允许娱乐的时代，或在娱乐活动被高度官方化、计划化的时代。再比如，70年代末80年代初，流行唱邓丽君的歌，那是一种对"文革"时期极权社会禁欲主义的反抗，是对世俗幸福生活的肯定。这样的娱乐是有政治意义的。

但现在的情况是：娱乐越来越非政治化，而且越来越多的人把娱乐的自由当成自由的全部，把娱乐的权利当做权利的全部，当做存在意义的全部，而不知道除此之外还有更多的自由和权利有待我们去争取，更多的存在意义有待我们去实现。

正因为这样，我对于娱乐粉丝的所谓民主政治意义没有乐观的估计。当然也并非完全否定。毕竟大家的自我意识在增长，即使不能正面表达自己的超出娱乐和消费以外的个性自我，但是大家普遍有反权威的心理（特别是在那些对经典进行滑稽模仿的"大话文学"、"大话文化"中，这点表现得最明显），这至少在防止对某个权威或偶像的盲目崇拜方面有一定意义。但是它的弊端也很明显。大家应该首先争取公民权利、以极大的热情去关注那些弱势的群体，而不是一味沉浸在娱乐的世界，沉浸在虚幻的自由、自我表现中。人们在这样的环境中时间长了可能会把娱乐当成人生的全部，所谓"我乐故我在"就是这种心理的典型反映。

公共世界的维护和建设不管对谁都是意义巨大的，因为发生在别人身上的事情，很有可能明天就发生在你身上。维护一个美好公正的公共世界不仅是在维护别人的权利，也是在维护自己的权利。

三 从无奈到无聊："芙蓉姐姐"现象

在去政治化的废墟上疯狂滋生的是无聊的娱乐文化，它的主要载体正是去精英化的网络媒体。

新浪网曾经对"芙蓉姐姐"现象产生的原因进行了一次调查。当问及"你为什么会成为芙蓉姐姐的'粉丝'"时，绝大多数被调查者回答："没什么道理，只是觉得她满好玩"，占79.54%。[①] 对于问题二"你觉得她适合做什么样产品的代言人?"回答"打发无聊的娱乐服务产品"的占47.22%。[②]

在我看来，这个调查结果透露的文化信息非常丰富、非常值得玩味：我们这个时代是一个无聊的时代，无聊的人们在玩无聊的游戏，无聊的大众在拿一个无聊的人开心。芙蓉姐姐本身是一个极为无聊的人，无论是她写的东西还是关于她的话题，几乎没有任何公共意义，没有任何值得媒体去炒作的理由。她只不过是在网络上写了一些无聊的自我吹嘘、自我表现

---

① 具体数字如下：没什么道理，只是觉得她满好玩，79.54%；因为我欣赏她反世俗的勇气，14.85%；因为我欣赏她的容貌/身材/气质，3.29%；因为我羡慕她。老实说，我也想像她那样红，她是我们的偶像和先驱，2.32%。资料来源：尤红梅：《触摸"芙蓉姐姐"背后的大众心理》，《中国经营报》2005年7月9日。

② 具体数字如下：打发无聊的娱乐服务产品的占47.22%；时尚用品，19.44%；私密产品，16.67%；个性化产品，8.33%；日常用品，8.33%。资料来源：尤红梅：《触摸"芙蓉姐姐"背后的大众心理》，《中国经营报》2005年7月9日。

的文字。① 一个内心充实的人绝对不会对她那些无聊的文字感兴趣。因此最为奇怪的不是出现了芙蓉姐姐，而是这个无聊的人写的无聊的文字居然吸引了成千上万网民的眼球，其中不乏受过高等教育或正在接受高等教育的知识分子。他们一边斥责着"芙蓉"的无聊，一边自己又无聊地成为为其添柴煽风的"看客"。事实上正是无聊的公众选择了让"芙蓉姐姐"蹿红（例如，把"芙蓉"的履历、"芙蓉"的言论、对"芙蓉"的评价等贴进 BBS 供大家"讨论"，实际上是供无聊的人们开心）。

那么，到底为什么从高级知识分子到广大的网民，都成为"芙蓉姐姐"的无聊看客呢？有人解释说："我们的时代具有阶段性的无聊特征，随着物质的丰富、传播方式的变化，社会的宽容度增加，我们正在经历一个从'去个性化'向'个性化'时代转变的茫然时期。'无聊'作为一种阶段性的特征一直被我们所忽视。"②

这个观点看到了"芙蓉姐姐"现象与无聊的关系，但是对无聊的解释却是肤浅的。首先，所谓"物质的丰富"、"传播方式的变化"并不是无聊产生的必然原因，因为世界上物质比中国更加丰富、传播技术比中国更加发达的国家多得是，而无聊感的蔓延却是一个颇具中国特色的现象（就是在 1989 年前的中国也没有这种情况）。这说明无聊感的蔓延必定具有更加深刻的社会文化原因。

---

① 这里只选择两段最有代表性的。一段是她的自画像："我那妖媚性感的外形和冰清玉洁的气质让我无论走到哪里都被众人的目光'无情地'揪出来。我总是很焦点。我那张耐看的脸，配上那副火爆得让男人流鼻血的身体，就注定了我前半生的悲剧。"另外一段是她的择偶标准："最喜欢的 GG 的类型：高大，身高 180cm 以上；阳光，笑起来一口雪白的牙齿；倒三角的身材，宽宽的肩膀细细的腰，翘翘的臀部长长的腿，最好有二尺一的腰围。才艺学识和我旗鼓相当（如果比我更好），长相气质和我不相上下。这种 GG 自然是精品中的精品，但是也只有这样的 GG 才和我般配啊，所以我至今没有谈恋爱，不过我不着急，造物主既然能创造出我这么优秀的 MM，哼哼哼，就一定有属于我的优秀的 GG 在等着我，嘻嘻嘻。"

② 参见尤红梅《触摸"芙蓉姐姐"背后的大众心理》，《中国经营报》2005 年 7 月 9 日。

至于"社会宽容度的增加"云云就更是具有误导性的、似是而非的说法。什么是宽容？哪方面的宽容？对什么事情的宽容？我们虽然可以发现对于大众的消费方式、娱乐方式的"宽容"度的确是在增加，但是在消费、娱乐以外的其他领域，宽容依然是一个有待争取的理想。真正的宽容度的增加应该使人们活得充实，感到生活充满意义，因为当一个人能够按照自己的意愿选择生活理想和生活方式，全面自由地表达自己对于社会、人生各种问题的看法的时候，他应该感到生活的充实和自身价值的实现，怎么会反而导致无聊呢？事实很清楚：正是在一些根本问题上的不宽容和受制性，加上在一些无关紧要的消费领域的"宽容"甚至纵容，使得大众的生命潜能被有意识地引导到无聊的娱乐和消费领域。

　　最后，认为"我们处于一个从'去个性化'到'个性化'的茫然时期"的说法也是颇为可疑的。说改革开放以前的中国社会是"去个性化"的时代，这是没有错的。但是说今天是一个"个性化的茫然时期"是经不起推敲的。首先，个性化不一定导致"茫然"。就像宽容不会导致茫然一样，真正的个性化是个人价值的实现，它应该使人活得充实。个性是与宽容联系在一起的，没有宽容当然不可能有个性。但是虚假的"宽容"可能产生虚假的"个性"，残缺不全的"宽容"则可能产生残缺不全的"个性"。我们今天看到的情况就是属于后者。中国目前的情况是：私人消费领域的"自由"与政治领域、公共领域的自由不是同步发展的，结果产生出了没有政治意义和公共意义的、纯粹私人的所谓"个性"（实际上应该被称为消费领域的有限选择自由）。个性是与社会联系在一起的，不存在孤立的个性。比如，五四时期是所谓"个性解放"时期，那个时代的反传统、反权威带有解放自我和解放社会（建立一个新的社会）的双重使命，五四青年人反抗传统婚姻争取婚姻自主，既是解放自我和个性，也是社会革命和时代文化运动的一部分。这个时代的个性和自我追求恰恰是走出无聊沉闷的传统生活方式的表现。可见，只有改造压抑个性的社会、推翻压抑个性的制度，个性才能充分实现。个性解放和社会解放是结合在一起的，是一个硬币的两面。再比如在离我们较近的80年代，个性解放、自我表现与五四时期有相似之处。就拿那个时期的大众文化或大众娱乐来说，我记得很清楚的是70年代末80年代初的时候，人们热衷于唱邓丽君的流行歌曲，看电视连续剧《霍元甲》，留长头发，穿喇叭裤，这些个性化的文化趣味和消费行为使当时的人们感到了生活的充实，充实的原因是：这些个性化的消费行为具有深刻的公共意义，是对"文革"时期占据霸权地位而且在当时仍余威犹存的"革命"禁欲主义的反抗，在娱乐领域的自我表达和个性选择表面上看好像只是个人的趣味表达，但其实有社会政治的意义在里面。

所以问题的关键仍然是：我们今天的所谓"个性"是什么样的"个性"，它为什么会伴随无聊感的蔓延。如上所述，我认为对于这个问题必须从具体的环境，特别是体制环境来进行分析。现在人们虽然在娱乐、消费方面已经有相当程度的自由时间和自由选择，但是却仍然有很多公共空间是封闭的，有很多公共问题是不能讨论的。人们的闲暇时间除了用娱乐和消费等来填充以外几乎别无他用。于是相当多的人逐渐将自己的闲暇时间用于日常生活的打点，年纪大的一代人主要是过日子抱孙子练身子，而年纪轻的一代人则投身娱乐活动以展示自己的"个性"（这至少是大量的娱乐粉丝产生的重要制度性原因之一）。但是，由于这种娱乐和消费的个性和自由没有其他个性和自由的配合和支持，或者说与其他更加重要的个性和自由脱离了有机联系，与公共领域的解放和自由脱离了有机联系，所以，它并不意味着真正的创新和参与，而没有创新和参与就不能感受到"人"存在的真正意义，生活的真正意义。难道选择电冰箱、电视机的自由就是真正的自由？文身和穿另类的服装就是真正的个性？回答是否定的。或者说，它们至多是残缺不全的个性。

（原载《学术月刊》2009年第5期）

公共领域和私人领域的双重危机

——"艳照门"事件的文化反思

　　具有反讽意义的是，两件风马牛不相干的事件，即所谓"艳照门"事件和南方五十年不遇的雪灾，居然同时在春节前后成为中国的最大公共事件，使得鼠年伊始演出了一场令人哭笑不得的悲喜剧。进入任何一个网站，几乎都可以发现"艳照门"、"雪灾"两个关键词在主页的显要位置"携手"并列。新浪博客显示，近百万网民"积极参与"关于"艳照门"事件的讨论投票，网上上载的相关图片和文章被疯狂点击。

　　最初是在北京的一家报纸了解到"艳照门"的消息，时间在春节前，具体的日期记不清了。后来在新浪博客发现它被作为重点专栏加以推荐、讨论，参与者甚众。我至今没有看到未经处理的艳照，但是通过朋友和其他文章的描述，也知道了大体怎么回事。其实这些东西网络上有的是，如果不是绑上"明星"根本没有人关注。当时我的第一感觉是"又一个无聊的媒体事件或网络热点"，和其他明星隐私的披露、热炒没什么区别（我至今也还这么看）。后来感到有些吃惊是因为那么多媒体和网民投入了那么大的热情。我当初和现在的疑问和关注点一直是：这件事值得大家，特别是媒体这么关注么？这种关注反映了我们这个时代什么样的精神状态？而不是明星怎么会有这样的性爱习惯？这样做应该么？道德么？这种性爱方式对社会有什么危害么？可以容忍么？道理很简单，我从来认为选择什么性爱方式、有什么样的性爱好和习惯全部是私人事务，和别人无关，无所谓道德不道德，也无所谓对社会有无危害，它压根儿和社会大众无关。它压根儿就不应该成为公共事件，不应该被媒体大肆炒作，也不应该被大家津津乐道。

但是事实恰恰相反，艳照不但被源源不断地上传，被疯狂点击观看，被各界人士谈论，而且居然成为比雪灾更吸引公共关注的所谓"艳照门"事件。导致这个结果的"罪魁祸首"不是单独的某个人或某个孤立的因素，而是各种合力共同造成了这个媒体事件。

首先，"艳照门"事件当然和陈冠希有关，但它们之间没有必然联系。陈冠希有拍摄艳照的私人爱好，阿娇们有展示身体并被拍摄的爱好，不管这个爱好在道德上、审美上、文化趣味上是否健康，高雅，都是他们的个人自由。陈冠希的过失只是不小心让它们落入了好事者的手中，即使这样，"罪魁祸首"也说不上（除非有证据证明他本人有意上传了照片）。

其次，网络是此次事件的很重要因素，没有网络就难以想象艳照被如此便捷而疯狂地上传、点击、议论，但我仍然以为这不过也就是一个技术因素而已，也就是说，网络使得艳照在网络上流传有了技术上的可能性，但却不等于艳照成为"公共事件"的必然性。如果媒体不感兴趣，网民不感兴趣，上传了也无法闹出这么大动静。

所以，我觉得最最不正常的是这么多的人和媒体热衷于谈论这件事情，使它成为一个"公共事件"。正因为这样，我将首先引入阿伦特和哈贝马斯"公共领域"和"私人领域"的理论范型来分析这个网络媒介事件，我的结论是："艳照门"**事件是一个典型的私人领域公共化的事件，它凸显了网络时代中国公共领域和私人领域的双重危机，它表明了公共领域的私人化或私人领域的公共化的结果，将是二者的两败俱伤。**

这次的明星艳照是私人在私下场合拍摄并私人秘密收藏的（陈冠希在艳照事件的声明中，指出那些照片是隐私物品，上传网络非己所愿，同时强调自己是事件的受害者），不管其目的是什么，审美格调和文化趣味是高是低，它都是典型的私人事务（物品），属于私人领域，没有公共意义。但一旦通过网络媒体在公共领域曝光，这些艳照就迅速成为公众热议的话题，大量媒体带着不同的目的和用心积极卷入，大量网民同样带着不同的目的和用心极度关注。于是，私人事件（物品）转眼间成为公共事件。这就是私人领域的公共化与公共领域的私人化。

所谓"公共性"有两个基本含义，一是通过进入公共场合而获得的可见性，二是与公共利益的相关性。从理想的角度看，两者应该是重合的，也就是说，进入公共场合、被公众谈论的应该是与公众利益相关的事件或问题，与公共利益不相关的私人问题则应该保持其隐蔽性，不可见性，而不应该进入公共场合（在媒体时代进入公众场合实际上几乎等于进入公共媒体）。重合的例子比如南方雪灾，它既是呈现于公共空间的、可见的，同时又是关乎公共利益的。

但是在现实中，公共性的这两个含义常常又是不重合的。不重合的情况有两种。一种情况是：具有公共意义的事件因不能被公共媒体关注而无法进入公共场合并获得可见性和透明性。比如在被媒体曝光之前，"非典"虽然是一个关乎公共利益的重大公共事件，但却没有在公共空间呈现出来，不具备可见性；另一种情况是：本来没有公共意义的私人事件或私人物品，因为被公共媒体广泛炒作而获得了可见性，进入公共场合并成为所谓的"公共事件"。

以网络为依托的"艳照门"事件（与此类似的还有前段时间热炒的李亚鹏、王菲女儿的"兔唇事件"）是第二种不重合的典型例子，它戏剧性地模糊了公共领域与私人领域的界限，改写了公共性和私人性的含义，其后果既是对私人领域的侵害，也是对公共领域的毒化。

一方面，私人艳照因其进入了公共媒体而获得了可见性，丧失了不可见性，就此而言，它获得了第一个意义上的公共性（可见性）。私人领域的这种公共化表明私人隐私进入了公众媒体，成为公众话题和媒介事件，失去了其不可见性，不再成其为"隐私"，并因此而侵犯了私人利益（陈冠希的辩护是有法

公共领域和私人领域的双重危机

221

律依据的）。"隐私"之所以是隐私，就在于它是隐（不可见）的和私（私人所有）的。一旦被曝光就不再是隐私。所以，侵犯乃至摧毁私人领域的最直接、最简单的方式就是把它公共化，使之不再具有隐蔽性和私人性。许多和明星隐私相关的私人事件多属于此类情况。比如前段时间媒体爆炒李亚鹏、王菲女儿的"兔唇事件"，还有此次的"艳照门"事件，都是这方面的典型。

这里面有一个认识的误区是：明星是"公众人物"，所以他们没有隐私权，他们的一切都应该公开化（参见针对本人博客文章发表的评论）。的确，"艳照门"事件涉及的全部是有很高知名度的公众人物，但不是与公众人物相关的一切都是公共事件或公共物品。"公共性"相对于"私人性"，"公众人物"相对于不知名的"非公众人物"。但是"公众人物"不等于"公共性"，与"私人性"也不构成对立关系；"非公众人物"也不等于"私人性"，同样不与"公共性"构成对立关系（但是政治人物例外，这是因为他们是特殊的、行使国家权力的公众人物，如纽约州长的辞职）。

每个人（并不止于公众人物）的生活都是由私人部分和公共部分组成的，那些发生于公开场合、有他人在场，并与公众利益相关的部分是属于具有公共意义的部分，而发生于私人场合、没有他人在场、不牵涉到公共利益的部分为私人部分。这个原理既适合公众人物，也适合非公众人物。当一个公众人物在公开场合从事各种与公众利益相关的活动时，他做的一切就获得了公共性。但是一旦他退入私人领域（比如家庭内部，或者只有亲密伙伴的私密场所，比如前段时间热炒的"夫妻在家看黄片"）从事与公众利益不相关的各种活动时，他做的一切就不再具有公共性。同样，不著名的非公众人物的活动（言行举止），也不是绝对不可能获得公共性，比如一个普通的老百姓也可能在街头接受媒体采访，谈论对于公共问题（比如交通、环境、教育等）的看法，媒体还播出了这个采访。这个时候，他的言行就获得了公共性。

另一方面，本来应该关注、谈论与公众切身利益相关的公共事件、公共问题的媒体，因其热衷于上传艳照、炒作艳照内幕、披露明星隐私、炒作明星绯闻而远离了真正的公共性问题（比如公民的政治权利问题、政府官员的滥用职权问题，等等）。这实际上就是中国大陆媒体目前的状况。例如，大陆媒体由于种种原因曾经长时间内不能报道和谈论"非典"，致使"非典"发展到失控状态，严重危害了公众利益；再比如，大陆媒体至今也不能深入反思和讨论"文革"和"反右"问题。

这表明，私人领域的公共化与公共领域的私人化是同步进行的，是一个硬币的两面。其结果不仅是侵犯了私人利益，同时也毒化了公共领域，使之伪公共化，使公共领域徒有"公共性"之名而没有公共性之实。这实际上是对公民权益的严重侵犯，因为这样一来，公民的切身利益在公共领域得不到保护，损害公民的政治权利的现象不能得到媒体的应有关注，无法成为公共事件。

正是在这个意义上，我说"艳照门"事件不仅是私人领域的危机信号，同时也是公共领域的危机信号。它表明了在我们这个畸形的消费社会，一方面是无限度地追求经济效益的媒体和无聊的大众对明星有着变态的兴趣，他们的政治热情急剧减退，而消费明星的兴趣却疯狂增长；另一方面，我们的新闻审查制度和我们的言论限制使得媒体和百姓都不能谈论真正重要的公共话题，所以，他们也有自己的难处。中国人的政治冷漠和消费热情，两者共同促成了"艳照门"这个伪"公共事件"。

以上是近年来几件娱乐事件引发的思考，这样的思考是初步的，但我相信是有意义的。

"和谐""盛世"说"山寨"

　　"山寨文化"是 2008 年开始逐渐流行乃至泛滥的一个名词,学界对它的界定目前尚不统一。有学者认为"山寨"只能算作是一种"现象",谈不上"文化";也有学者已经将其上升为文化的范畴,并且开始加以研究。无论称为文化还是现象,"山寨"已经引起了广泛关注,这是不争的事实。对于"山寨文化"自身的功过我们暂且不论,笔者感兴趣的是流行于民间的"山寨文化"与主流话语中的"和谐""盛世",话语之间是一种什么样的关系,它通过何种方式与主流文化周旋,并获得自己的生存空间。本文拟从"山寨文化"的言说语境、"山寨文化"的言说方式与"山寨文化"的言说空间等几个方面切入这个问题,以期发掘这一文化现象所蕴涵的权力关系。

　　　　　　　　　　　　一

　　"'山寨'一词源于广东话,原指一种由民间 IT 力量发起的产业现象,其主要特点表现为仿造性、快速化、平民化。主要表现形式为通过小作坊起步,快速模仿成名品牌,涉及手机、数码产品、游戏机等不同领域。这种文化的另一方面则是善打擦边球,经常行走在行业政策的边缘,引起争议。"① 这是百度百科与"山寨"相关的第一个搜索结果。"山寨"以模

----

　　① 转引自 http://baike.baidu.com/view/1704790.htm。

仿、仿制、戏仿为基本手段，由商品领域逐步扩展到文化领域，从一个名词转变为一种现象，从一种现象转变为一种产业，又从一种产业转变为一种文化。

　　"山寨"在中国的社会文化传统中有很深的渊源。山寨者，绿林好汉占据之山中营寨也，它是朝廷正规体制之外的小政权，在官方地盘之外自立为王。换言之，山寨就是占山为王、不受官方管辖的地盘。自从陈胜、吴广喊出"王侯将相，宁有种乎"之后，"山寨"就成了流民草寇占山为王的代名词，是中国特有的一种游离于官府统治之外的游民文化，也是我们文化遗产中的一个重要组成部分。今天我们所说的"山寨"虽然不再是指与朝廷官府相对立的江湖草莽，但保留了与正统、主流、中心相对的非主流、非正统、边缘的含义。由于社会资源分配中的不合理、不公正，大部分的社会资源被少数人所占有和支配，作为社会成员大多数的普通民众既没有获得应有的份额，更无法参与到社会产品分配规则的制定当中去。因此，"揭竿而起"、"啸聚山林"成为这些无权无势者的必要选择方式，他们在官方权力难以统御的地带聚集以图生存和发展。

　　社会资源分配上的不合理，在文化领域表现为主流文化对话语权力和传播渠道的垄断，它不仅支配并决定着文化产品的生产内容和消费方式，还规定着雅与俗、高贵与卑下、宏伟与琐屑、深刻与肤浅等一系列文化—权力的等级秩序，规定着接受者的价值取向与消费趣味。在这种情况之下，文化的自主性、多元性与独创性丧失了，大众既无法有效地参与到文化生产制作的过程中去，更不能改变其运作的既定规则，只能是被动地作为接受者和消费者，他们身上的开新能力与创造本能被无情地漠视，被文化生产体制长久压抑。"山寨文化"的出现所表达的正是对主流文化及其操控下的整个生产体制的强烈不满和有限度的挑战，是社会大众要求参与文化生产的意愿。

　　重要的不只是"山寨文化"的出现，而是它以什么方式出现；不只是它的创造和参与欲望，而是它以什么方式创造；不只是它对于主流文化的不满，而是用何种办法发泄这种不满。

"山寨文化"的基本表达方式是调侃、戏仿和戏谑，其对象则是主流话语。在此过程中，它采取了打"擦边球"和"游击战"的战略，行走在主流的边缘，钻政策的空子，与权力周旋。它的口号是"打得赢就打，打不赢就跑"，它常常不是赤裸裸地打出反权力、取代权力的口号，而是挠权力的痒痒。这反映了它的策略、聪明、无奈和局限。

其实，山寨和朝廷（代表主流）的关系远非只是简单的对抗，朝廷对其也不是一味地打压、铲除。《水浒》中写到的那些山寨头领很多原是朝廷命官，深信儒家正统意识形态，自诩"深明大义"、"替天行道"。他们只反贪官不反皇帝，甚至内心渴望着被招安。凡此种种，都说明了朝廷和山寨之间的深刻纠结和内在牵连，其中绝不只有对抗的一面。山寨作为中国古代农民反抗官府的一种形式，本身就是不得已而为之，走上这条路实属无奈之举，即所谓"逼上梁山"。从这一点出发，他们在上山的那一天起就时刻想着能够被招安，回归"正途"，过"老婆孩子热炕头"的日常生活。作为山寨头领的宋江就不止一次地强调："我不能不为兄弟们的前途着想"，"为兄弟们找一个好的归宿"。作为官府，它既看不得与自己对立的山寨存在，又无力将其彻底剿灭。从历代统治者处理山林草寇问题的经验来看，使用武力征剿的方式成本过高，不仅费时费力、劳民伤财且大多效果不佳，还有可能使局势进一步恶化。对付那些山寨大王们既经济实用又最有诱惑力的手段就是招安了，以高官厚禄、良田美宅为诱饵，以加官晋爵、光耀门楣相利诱，努力把大大小小的山寨都归入自己麾下，将其收编。而那些山寨大王们也乐得封妻荫子、衣锦还乡。接受朝廷招安的宋江等梁山好汉如此，在天庭中谋得一官半职（弼马温）的孙猴子亦如此。因此，作为正统的朝廷与作为叛逆的山寨之间不仅是对抗，同时还存在着妥协、合作与相互利用，对抗似乎只是暂时的、非正常的，是不得已而为之，是"官逼民反，民不得不反"的极端状态；而妥协、归顺才是一贯的发展趋势，是常态的。反过来看，正统与主流对于边缘与在下者的压制和操控

文学理论与公共言说

又是长期的、不间断的，这又导致山头大王屡屡出现，竖起"替天行道"的大旗和现存统治秩序相抗争。在朝廷与山寨之间或者说是主流与非主流之间，总是处在对抗合作的交替循环之中，这也许是人类历史中跌不破的一个局。

今天的"山寨文化"又有所不同，它在与正统、与主流、与中心是对抗还是合作之间多了一种选择——市场，当然这也只是被限定了范围的一个选项，不涉及尚未解禁的领域。市场的加入不一定能够打破对抗—合作的历史循环，但在某种程度上改变了循环运行的一贯模式，由二元对立逐渐形成三足鼎立的局势。市场的加入使得问题呈现出异常复杂的局面，其中充满了回旋与变数。比如，2009 年山寨春节联欢晚会的发起人老孟（施孟奇）与贵州电视台再次携手，制作超级模仿秀节目《今天你阿 Q 了吗》，开始寻求一条与市场合作的路径。

二

2008 年被称为所谓"山寨年"，从山寨明星、山寨电影、山寨百家讲坛，到山寨新闻联播，再到山寨春晚，甚至山寨中国。一时间山寨林立，狼烟四起。有人说："如果盘点 2008 年里的大事件，除了'雪灾'、'5·12 地震'、'北京奥运'之外，'山寨文化'算是文化领域里振聋发聩的一个。"①

对于"山寨文化"的出现和蔓延，从其产生之日起各路评论家就是众说纷纭、褒贬不一。有追捧者说："这是师夷长技以制夷的炮火，这是学比赶超的来复枪，"山寨文化"在抄袭与超越的羊肠小道上一路狂奔，尤其是挣脱了牌照的束缚，握紧了低成本高回报的福祉之后，它摧枯拉朽的震撼力与病毒营销的感染力，彻底颠覆了传统的行业潜规则，建立了以"山寨文化"为基础的价值序列。而且，"山寨文化"深深地打上了

---

① http://www.china.com.cn/book/zhuanti/qkjc/txt/2009 – 01/12/content17 094172.htm.

草根创新、群众智慧的烙印，是当之无愧的中国式山寨。"①
也有痛骂者指斥："山寨文化不是什么好东西。山寨文化的盛
行是中国的奇耻大辱。山寨文化应该速朽。"②

　　主流文化对"山寨文化"的出现则显出几分不安、几分尴
尬和几分无奈，既想打压又想"招安"，既想排斥又想收编。
政府管理部门态度的前后不一就显示了这种矛盾心理。先是国
家广电总局要求"不参与、不炒作'山寨'"；但国家新闻出
版总署署长、国家版权局局长柳斌杰在 2009 年 3 月 6 日做客
新华网访谈时则表示："盗版与山寨文化不是一回事，"山寨文
化"是人民群众的创造，体现了民间的文化创造力，在一定程
度上有它的生存依据，有它的市场需求，有人民群众喜闻乐见
的一方面。针对"山寨文化"，要加以引导，加强规范，如果
它不涉及侵犯别人的著作权、不是非法使用别人的作品，而是
有自己的创造，这就并不是在反盗版的范围中。""山寨文化创
作的东西，如果是有价值的、好的东西，也应该纳入保护的范
围之内。"③

　　"山寨文化"的流行显然从一个侧面体现了以官方媒介为
载体的主流话语（比如央视的节目）难以满足相当数量的大众
的文化需要，特别是青年人的文化需要。之所以会有"山寨新
闻联播"，是因为大家对新闻和娱乐节目不满意；之所以会有
"山寨百家讲坛"，是因为学术明星们的"一家之言"并不代
表真理，更不是唯一的，他们只是由于借助传播渠道的垄断优
势获得了话语上的权力，有人就曾身着印有"孔子很生气，庄
子很着急"的 T 恤衫，出现在于丹签名售书现场以表达不满；
之所以会有"山寨春晚"，是因为很多人对央视春晚不满意，
更希望自己能够自由地分享在大年三十晚上进行文化创造的欲
望，而不是由央视垄断这种文化创造力；之所以会有"山寨电

---

①　转引自 http://baike.baidu.com/view/1704790.htm。
②　昌切：《山寨文化的盛行是中国的奇耻大辱》，《长江商报》2009 年 1 月
4 日。
③　柳斌杰：《山寨文化有生存依据》，《南方日报》2009 年 3 月 7 日。

影"，是因为观众对时下中国电影不满，看了一些所谓的"大片"之后反而使人大倒胃口，其血腥与暴力的程度已是无以复加，中国"大片"对西方商业电影尤其是好莱坞电影的亦步亦趋，其结果只能是邯郸学步。

"山寨文化"深深地打上了草根创新、群众智慧的烙印，山寨的蔓延表明当今中国的文化不再是主流媒体的一统江山，主流媒体"一统天下"的时代终结了。"山寨文化"的蔓延除了市场的因素外，还应该特别提到网络。网络这个平民化的大众传播媒介为草根创新提供了重要土壤，检查机构难以彻底控制的网络成为"山寨文化"赖以存在的"江湖"，它为"山寨文化"的滋生和蔓延提供了可能性。"山寨文化"之所以采取山寨的方式四处流窜，时有遭遇压制甚至扼杀的可能，又体现了它在当今的文化"江湖"中毕竟不是"龙头老大"。山寨春晚的夭折很能说明问题，山寨春晚的发起人老孟这样向网友告白："大年三十大家都满怀期待地等待着收看山寨春晚。面对网友们的大声而又焦急的质问，我们的技术人员一次次地努力，一次次地失败。所有视频网站都无法上传山寨春晚，百度几乎搜索不到山寨春晚的信息，曾经是我们的合作伙伴的腾讯QQ也把我们的网址 www.ccstv.net 列为'非法网址'。"①

一方面，"山寨文化"无法参与主流文化规则的制定；另一方面，主流文化又无法全盘控制文化活动的所有空间，由此决定了"山寨文化"采取一种并不十分激进的胡闹、恶搞、捣乱的策略来生存。这是一种不同于直接对抗的冒犯方式，它并不直接与现存秩序发生正面的激烈冲突，而是以戏言、妄言、庄子所说的"无端崖之辞"的形式，甚至是"王顾左右而言他"式的"无厘头"，来制造与主流不同的另一种话语。这是一种安全系数比较高的冒犯，但同时又需要很高的智慧——"打擦边球"的艺术。《西游记》中的孙悟空对权威（西天佛祖）的反抗中也充满了这种艺术。在周旋的过程中，孙悟空一

和谐「盛世」说「山寨」

---

① 转引自 http://www.ccstv.net/Article/gfzx/109.html。

方面敢于在如来掌上撒一泡尿，并且时不时地调侃其"原来是妖精的外甥"；另一方面，当佛祖将要动怒时，他又连忙告饶道："慢来，慢来！"他自知法力有限，虽能一个跟头十万八千里，但终究逃不出如来掌心。尽管他并不认同天庭天条、西天戒律，敢于同在上者及各种权威作斗争，但是斗争的惨痛经验（压在五行山下五百年）预示着反抗只能用胡闹、恶搞以及调侃的方式。孙悟空最终没能逃出如来佛的手掌心，还被戴上了紧箍咒，经历了一番取经路上的磨难之后最终修成正果，皈依我佛了。"山寨文化"的反抗在经历一段时间的风风火火、喧嚣沸腾之后，是否也将走同样的道路？我们拭目以待。

三

新时期关于"盛世"的言说缘起于历史题材的文学作品以及根据这些作品改编的影视剧。最早的盛世话语可以追溯到20世纪90年代初拍摄的电视剧《唐明皇》。这种盛世情结在世纪之交逐渐在社会上尤其是各种媒体中弥漫开来，从领导的讲话到街头上的广告，从以康、雍、乾三朝为代表的盛世题材连续剧到央视春节晚会的"盛世大联欢"。"盛世"一词高频率出现，并通过声音、图像等多种视听手段，一遍又一遍地刺激着人们的"大国"想象，强化着人们的"崛起"体验。市场与商家也需要培养大众的盛世想象，因为这既可以提高商品的价值品位，又能够刺激潜在的消费欲望。商家企业不断推出与盛世相关或者直接以"盛世"命名的商品、奢侈品，以满足消费者的虚荣心。

把主流媒体的"和谐""盛世"言说与民间"山寨文化"的蔓延联系起来，我们将会发现一种强烈的反讽。一方面，主流文化正在大张旗鼓地描绘着"盛世""和谐"图景——从奥运会的成功举办到"神舟七号"的太空之旅，再到经济总量跃居世界第二，这一切似乎都在表明国人的"大国"梦想正在变成现实；而另一方面，"山寨文化"却在网络和民间四处流窜，在此种"盛世""和谐"的语境中发出了自己不甚"和谐"的声音。

"盛世"是历史学和社会学范畴中一个具有中国特色的专用术语。按照清史学家戴逸先生的理解："盛世是我国社会发展中的一个特定的历史阶段，是国家由大乱走向大治，在较长时间内保持繁荣和稳定的一个时期……盛世应该具备的条件是，国家统一、经济繁荣、政治稳定、国力强大、文化昌盛，等等。"① 由此观之，这个盛世的"定义"实际上是描述性的，缺乏实质性的价值规定。它实际上更多地是一种含义暧昧的想象与修辞。有学者评论道："当前历史题材大众文化中的'盛世叙事'显然妨碍了对某些问题的深入思考，也进一步延宕了对改革中触及的某些深层体制性问题的反思。""历史题材大众文化与生俱来的迎合大众心理的商业策略加上其自身面临的一些意识形态禁忌，使得它在建构大众的现代民族国家想象时，又一次屈从于传统历史文化中的'盛世'话语，而与现代民族国家的内在精神又一次形成错位。"② 从这个意义上看，当主流文化所宣扬的盛世言说在主流媒体铺天盖地之时，"山寨文化"作为非主流话语在主流的边缘地带众声喧哗，就不失其警示和纠正的意义。

四

"山寨文化"的主要艺术手段是滑稽模仿，亦即戏仿、戏说。如常见的山寨文字"喜欢某某的 N 个理由"、"今天你EMAIL 了没有"，还有山寨广告词"将减肥进行到底"、"爱是这样炼成的"，等等。这些山寨版的流行语是对流行语言、官方语言、革命语言的混合与戏仿。2008 年，由李湘投资的山

① 《盛世的沉沦——戴逸谈康雍乾历史》，《中华读书报》2002 年 3 月 20 日。
② 姚爱斌：《全球语境中的"盛世"想象》，陶东风主编：《当代中国文艺思潮与文化热点》，北京大学出版社 2008 年版，第 343 页。

和谐「盛世」说「山寨」

寨电影"经典"《十全九美》在奥运会期间获得票房成功,影片把大量当下的流行元素进行拼贴式的运用,在对当下社会现象的戏仿中取得博人一笑的效果,如剧中推销按摩椅的场景让人想起时下的电视促销。

"山寨文化"中的这种戏仿,目的之一是要到达到某种使人震惊的效果,用网络上的流行语言来讲即"雷人"。"雷人"这个词是 2008 年兴起的网络语,意思是出人意料且令人格外震惊。这个词语类似晴天霹雳的意思,但又与晴天霹雳不同。晴天霹雳多用于惊闻噩耗的时刻,而"雷人"则用于表达喜剧性的或无奈性的、尴尬性的场合,将个人感受描述为"于无声处听惊雷"的状态,极度夸张地表达了个人对喜剧、无奈、尴尬场合中行为和语言的感受。"雷人"是"山寨文化"给人印象最为深刻的地方。一方面,作为一种主要以网络为传播途径和表演空间的话语形式,点击率的高低和访问量的多少对其生存至关重要,需要通过戏仿的形式制造一些"出人意料且令人格外震惊"的效果,以吸引眼球、提高点击率。但另一方面,对于"山寨文化"而言,戏仿不仅仅是一种表现手段,也是维持其生存之必需。"山寨文化"的戏仿在制造出笑料、滑稽的同时,还包含着几分尴尬与无奈,是一种灰色的冷幽默。它不是在挠对方的心窝子,而只是挠其胳肢窝,也只能挠胳肢窝,因为"心窝子"不能碰,更不能挠。

戏仿不是一般意义上的模仿。如果说一般的模仿是学习的一种方法与手段,它把模仿对象当成仿效与学习的楷模,当成自己要臣服的权威;那么,滑稽模仿就是旨在冒犯、蔑视和颠覆模仿对象的一种模仿。阿伦特曾经指出:"权威的标志是被要求服从者的不加质疑的承认;无论是强迫还是说服都是不需要的。"[①] 权威之所以是权威,其根本保证在于人们对其保持不加置疑的敬畏和尊重。因此,阿伦特认为:"权威的最大敌

---

① 阿伦特:《权力与暴力》,贺照田主编:《西方现代性的曲折与展开》,吉林人民出版社 2002 年版,第 432 页。

人是轻蔑，而破坏它的最有效的方法是嘲笑。"① 滑稽模仿就是这样一种轻蔑的表达。在这里，模仿既不意味着学习，也不意味着激进的对抗，而是意味着轻蔑。在戏仿中经常使用的手法是把被戏仿的对象抽离其原来的语境随意拼贴，由于语境错置而产生荒诞、滑稽的效果。滑稽模仿与随意拼贴的含义都是言在此而意在彼，其特点是语言与真实意义之间的错位、脱节以及由此造成的反讽效果。

以下几点对于理解滑稽模仿、理解"山寨精神"和"山寨文化"的意义至关重要：

首先，滑稽模仿是弱者反抗的艺术。强者对于弱者常常不会采取滑稽模仿的方式，因为这会削弱它的权威、尊严与神圣。它要么直接地压制弱者，要么以蔼然长者的姿态出面训导与诱劝弱者。而弱者由于其弱而不能直接冒犯权力，它必须迂回曲折讲究战略并且适可而止，滑稽模仿就是其中之一。王蒙说王朔笔下的痞子"智商蛮高，十分机智，敢砍敢抢，又适当搂着，不往枪口上碰"，② 我们可以借用此来描述这种有分寸的冒犯艺术。

其次，强者之所以可以被戏仿，则又表明它已经失去了真正的权威，失去了在下者和弱者发自内心的尊敬。一方面这个强者不是一个能直接颠覆的对象，但另一方面却也不是绝对不可以冒犯调侃的对象，面对嬉皮笑脸的戏仿，他或者佯装不知，或者恼羞成怒又无可奈何。

再次，滑稽模仿的主体往往是一个嬉皮笑脸、"一点正经没有"的人，他在对强者进行滑稽模仿时很少板着面孔、自以为是，一般总是伴随自我调侃与自我贬损，摆出一副油腔滑调拿不上桌面的样子。这与强者对于弱者严肃与刻板的态度极为不同。

---

① 阿伦特：《权力与暴力》，贺照田主编：《西方现代性的曲折与展开》，吉林人民出版社 2002 年版，第 432 页。

② 王蒙：《躲避崇高》，《读书》1993 年第 6 期。

最后，滑稽模仿与拼贴的最深刻意义在于，通过升格与降格的方法消解、颠覆了主流文化在人物、事件以及话语中设置的高/下、尊/卑、伟大/渺小、宏伟/琐屑、深刻/肤浅、有意义/无意义等文化—权力等级秩序。文化传统的力量及其权力运作的重要机制之一就是在各种对象之间设立了等级秩序，相应地也在描述与讲述这些对象的话语之间设立了等级秩序。"山寨文化"的激进意义主要就表现为对于话语等级与话语秩序的颠覆与消解。

<h1 style="text-align:center">五</h1>

我们对于"山寨文化"的生存空间不可一概而论。它首先发端于商品市场中的 IT 行业，由经济领域逐渐扩展到文化领域之后，其生存空间中出现了新的问题。在经济领域，山寨在创新和侵权之间游走，界限模糊，即使是侵权也属于经济问题，在政治上似乎没有风险。在文化领域，山寨所遇到的问题就复杂很多。文化领域本来就不是统一的江山，有一些区域——常常是大众消费文化、娱乐文化的区域——笑语喧哗，搞搞山寨无关痛痒；但是也有一些是属于敏感区域。这使得文化领域的山寨既充满机遇又险象环生。一些不安于单纯游戏的"山寨主"们通过不断地与对手谈判、博弈开辟出新的领域，但随时又有触雷的危险。这种危险程度常常变化不定，不可预测，并在事后才表现出来，因为主动权并不掌握在他的手中。因此，在商品领域和一些娱乐领域，"山寨文化"可以以摧枯拉朽之势横扫过去，颠覆传统的行业潜规则，娱乐明星可以被山寨，影视剧可以被山寨，甚至《百家讲坛》也可以被山寨；但在一些敏感的意识形态领域，"山寨王"们就要小心谨慎得多，山寨版的新闻联播经历了很多波折，山寨春晚的流产也很说明问题。这反映出"山寨文化"生存空间的真实状况。

需要强调的是，"山寨文化"生存空间的界限并非十分明确与刚性，而是处在不断的变化和移动之中，这种移动是试探

文学理论与公共言说

性的，是经过反复的较量和协商之后双方妥协的结果，它与"山寨文化"自身有关，但更重要的、更具决定性的力量则在于社会解禁的程度与文化管辖区域的变化。司各特曾言："民间文化的暧昧和多义，只要它不直接与统治阶级的公开语本对抗，就能够营造出相对独立的自由话语领域。"① "山寨文化"正是这样一种民间文化的形式，因此它也只能在相对独立的自由话语领域中活动。

（原载《中州学刊》2009 年第 5 期）

---

① James C. Scott, *Domination and Art of Resistance*, Yale University Press, 1990, p. 157.

粉丝文化研究：阅读—接受理论的新拓展

　　按照费斯克的界定，粉丝就是"过度的消费者"（详下），主要是大众文化的消费者（接受者）。而在汉语中，粉丝是指狂热的大众文化爱好者和大众文化偶像崇拜者。这个群体大约从20世纪80年代末90年代初开始大量出现，当时叫做"追星族"。这一时间定位昭示了粉丝和大众文化之间的亲缘关系。研究粉丝及其行为，实际上也就是在理解大众文化，是大众文化的迅猛发展刺激了粉丝研究。不了解粉丝及其行为，我们对大众文化的理解就是不全面的。考乃尔·桑德沃斯（Cornel Sandvoss）说，粉丝的狂热行为反映了大众文化的特征，"不参考粉丝的狂热行为及粉丝理论，是不可能去谈论大众消费的"。① 因此，研究粉丝群体及其行为特征，是我们理解大众文化的需要。

　　当然，粉丝不仅仅是精神意义上的接受者、欣赏者，而且是特殊的消费群体，在粉丝对偶像的狂热精神投入中，往往伴随一系列同样狂热的消费行为。这种行为甚至会扩展到各个经济领域，形成一个新兴的巨大产业——粉丝产业。粉丝们的狂热不仅仅是一种精神狂热，也是一种消费的狂热。正是这种消费的狂热，促进了娱乐业的发展和繁盛。随着众多选秀活动的刺激和推动，粉丝产业愈来愈壮大，并已成为娱乐产业最重要的组成部分。

---

　　① 参见 Cornel Sandvoss, *Fans: The Mirror of Consumption*, Cambridge: Polity Press, 2005, pp. 68 – 94。

于是，粉丝研究就不仅仅是一般意义上的阅读欣赏研究或接受研究，它也是一种消费群体和消费行为研究，至少我们可以说，粉丝理论是一种特殊的接受理论。

一　从葛兰西转向说起

文化研究长久以来深受马克思主义的影响，这种影响具体表现为：在早期的文化研究中，政治—经济学分析模式、生产主义理论视野以及阶级分析研究路径一直占据支配地位。无论在法兰克福学派的文化工业理论中，还是在伯明翰学派的青年亚文化研究中，这点都表现得非常充分。

20 世纪 70 年代以后，文化研究发生了所谓"葛兰西转向"，这个转向的结果之一，即是对马克思主义——包括生产主义、阶级本质主义——的反思。托尼·本尼特曾经概括过葛兰西对于文化研究的四个方面的影响：一是抛弃了阶级本质主义，不再把文化看做是某个特定阶级的阶级性的体现。二是对大众文化的分析超越了压制—抵抗、精英主义—民粹主义、悲观主义—乐观主义的简单化二元对立，转而将它看做支配和反支配力量之间谈判、斗争和妥协的场所（也就是争夺"文化领导权"的场所）。三是强调文化与意识形态关系的复杂性。四是葛兰西对阶级本质主义的摒弃使得阶级以外的文化斗争形式和压迫—反抗关系（如性别关系、种族关系、代际关系等）进入文化研究的视野。①

而在弗兰克·韦伯斯特（Frank Webster）看来，文化研究领域广泛流行的对"阶级"范畴与阶级分析方法的反思、对生产主义的质疑，有以下几个方面的原因：（1）随着职业与工作越来越白领化，越来越以信息为基础，阶级分析的固有模式已经越来越不适用。（2）劳动力的女性化与女性主义思想的传

---

① 参见罗钢等主编《文化研究读本》，中国社会科学出版社 2000 年版，第 18 页。

播。（3）大多数人的生活水平得到提高，消费热情高涨，相应的，理论界对消费的关注也就越来越强烈，同时对于生产以及工作的关注则相对减少，而阶级分析方法本来就是以对工作与劳动的关注为基础的，它长于对生产的分析而短于对消费的分析。（4）传媒的迅速发展，符号领域的大面积扩张，休闲活动的增加，使得生活方式和消费主义话语变得流行。（5）与阶级身份没有密切关系的新社会运动、生活方式的政治或认同政治的出现与迅速发展。①

突出生产与关注阶级一直是马克思主义社会理论的重要特色，且两者之间存在内在关联，因为阶级的划分本来就是着眼于人在生产过程中的地位（比如是否掌握生产资料和生产工具）。文化研究领域生产主义模式的特点同样体现在对文化生产环节而不是消费环节的强调，其背后的一个理论预设是：控制文化活动，包括意义生产的，是生产过程而不是消费过程，即使是文化消费行为，也受生产（资本主义文化工业）控制，消费者是消极被动的（这点在法兰克福的"白痴观众论"中表现得极为明显）。这在很大程度上决定了在生产主义范式的支配下，接受/消费这个环节和接受者/消费者这个群体不可能得到充分研究，其复杂性更不可能得到充分重视，也不可能出现所谓粉丝文化研究的热潮。因为综上所述，粉丝文化研究本质上是观众（消费者）研究的一种，粉丝文化研究的核心旨趣就是要突破简单化的白痴观众理论，解释粉丝消费行为的复杂性。

葛兰西转向之后较早关注接受—消费—解码环节之复杂性的是斯图亚特·霍尔。霍尔区分了接受者在解读一个文本（即解码）时候的三种类型，即主导的（按照生产者/作者的编码方式解读文本）、妥协的（在与生产者/作者的妥协、谈判中解读文本）和反抗的（通过与生产者/作者对立的方式解读文本）。这种区分已经大大地超越了法兰克福学派简单化的消极观众理论，

① Frank Webster, "Sociology, Cultural Studies, Disciplinary Boundaries", *A Companinon to Cultural Studies*, ed. Toby Miller, Blackwell Publishers, 2001, pp. 79 – 99.

虽然在后来的很多接受/消费研究者看来仍然不免有些简单化（它没有具体解释在什么样的情况下观众/读者会采用什么样的解码方式以及各种解码方式之间可能出现的复杂纠缠关系）。

霍尔的解码理论给文化研究、特别是观众研究带来了巨大的影响，激发了众多的经验研究成果，而另一个对观众/消费研究起到巨大作用的理论家是德赛都。

德赛都和受到他影响的费斯克等人的文化消费理论的主要特色是高度评价大众消费者的能动性、创造性。他认为消费过程比生产过程更加重要，并积极肯定消费大众的主动性与创造力，用"偷猎"、"盗用"、"偷袭"、"为我所用"等游击战争术语把消费者创造性地（反抗性地）使用文本的技术描述得神乎其神。

粉丝文化研究就是在这样一片对消费者及其高超的消费技术的欢呼中粉墨登场，德赛都、费斯克等人也理所当然地成为粉丝文化研究的重要创始者。如果文化研究界仍然坚持经济主义、生产主义的研究范式，仍然把关注的焦点放在生产而不是消费上，那么，粉丝文化研究的兴盛和发展就是不可思议的。

二　作为日常生活实践的消费行为

米歇尔·德赛都（Michel de Certeau，又译米歇尔·德·塞托）的《日常生活实践》一书对人的消费行为进行了相当独特的分析。他认为："要分析电视上播放的图像（符号）和观看电视所花费的时间（行为），就需要研究在这段时间里，文化消费者用这些图像'制作'或'干'了什么。这一点同样适用于城市空间的使用、超市中出售的商品、报纸上刊登的故事或传闻等。"[①] 人的日常消费行为，包括对文化艺术符号的消费（也就是所谓消费者"干了什么"），其实也是一种生产，

---

① 米歇尔·德赛都：《日常生活实践·序言》，戴从容译，http：//www.china 001.com/show_ hdr.php? xname = PPDDM VO & dname = TOOU341&xpos =3。

又称"消费生产"或"第二生产"。与通常理解的那种规范合理的、既扩张又集中的生产不同，它是更加灵活的、分散的、主动的生产。它无所不在。它不通过产品显示自己，而是通过使用产品的方式来显示自己。值得注意的是，德赛都虽然承认这些被消费者使用的产品是"由主导经济秩序强加的"，而不是消费者自己生产的，但是这却并不意味着消费者是被动的，是被产品控制的。比如，西班牙殖民者"成功"地把他们的文化产品强加给土著印第安人，印第安人虽然接受甚至同意了西班牙人的征服，但对强加给他们的这些文化产品（比如风习、符号、法律等），却常常作出完全不同于殖民者的解释。正是这种解释的主动权颠覆了殖民者的文化阴谋。"他们颠覆殖民者的文化的方式，不是拒绝或改变，而是在使用这些文化的时候，赋予它们完全不同于他们被迫接受的体系的效果和所指。"① 德赛都认为，印第安人无力公开反抗殖民统治，他们也没有离开这个统治秩序，却同时通过"消费"过程成功地"逃避了这个秩序"。消费者和资本主义文化工业的关系也与此类似。在德赛都看来，符号的存在本身不能告诉我们对于使用者来说它意味着什么，我们必须首先分析那些并非制造者的使用者对符号的运用，"只有这样，我们才能判断出，符号的生产与其使用过程中暗含的第二生产之间，存在着怎样的差别或相似"。②

那么，消费者具体是使用什么样的策略和方式来解读、消费文化产品的呢？德赛都认为，消费者使用符号的特点是通过已有的词汇和句法，来构造个人的言语。在语言学中，"运用"语言，即说的行为，是包含选择过程的，它与"掌握"、"了解"语言（比如词法、语法等）是两个不同的概念。从言说理论出发，说的行为必定造成对语言的挪用或重新挪用，正是

---

① 米歇尔·德赛都：《日常生活实践·序言》，戴从容译，http：//www. china001. com/show_ hdr. php？ xname = PPDDM VO & dname = TOOU341&xpos = 3。

② 同上。

在这种挪用中体现了消费者的创造性。言说行为的这个特征在其他许多实践（如行走、烹饪，等等）中同样也存在。

从消费者（同时也是被统治者）能动性的角度，德赛都对福柯的规训理论提出了质疑。如果说福柯强调的是规训与规训网络的强大无比与无所不包，那么，德赛都的任务就是要尽力表明这种规训是如何遭遇抵抗的，那些常见程序只是为了"回避规训机制"才"服从"它。这些抵抗规训的运作方式构成了五花八门的各种实践，通过它们，使用者重新占领了由主导性生产部门所布置的空间。这样，德赛都说自己研究的目的"不是要去弄清楚等级的暴力如何转变为规训技术，而是要揭示那些早已被'规训'之网俘获的群体或个人，他们分散的、策略性的以及权宜性的创造力所采取的秘密形式"。① 他的《日常生活实践》一书的主题就是揭示消费者的消费程序和策略如何构成了"反规训的网络"。

德赛都把大众通过消费进行抵抗的艺术称为"姑且用之的艺术"或"将就着用的艺术"（the art of making do）。"姑且用之"的意思是：在当代大工业生产的条件下，大众不可能整个脱离资本主义生产体系而生存，也不可能完全拒绝这个体系提供的产品（包括文化产品）。就文化和艺术而言，在分工体系高度严格的现代社会，绝大多数民众已经不可能自己动手生产自己的文化与艺术，他们能够做的只能是在接受资本主义工业部门提供的文化产品的同时，创造性地（反抗性地）使用（消费）它们，把它们仅仅当做"原材料"，用它来创造消费者自己的意义。

德赛都对消费者的消费（抵抗）艺术予以非常高的评价，并用"策略"、"偷猎"、"盗用"等一系列概念作了详细分析。

在德赛都那里，"策略"和"战略"是两个截然不同的概念。"战略"（strategies）是"霸权在限制民众意义的流通、或将反对派的声音边缘化方面所使用的策略"，"策略"（tactics）

---

① 米歇尔·德赛都：《日常生活实践·序言》，戴从容译，http://www.china 001.com/show_hdr.php? xname = PPDDM VO & dname = TOOU341&xpos =3。

则是"从属阶级躲避或逃离制度性控制的方式"。① 德赛都认为,战略的特点是有一个统一的权力主体,一个可以圈定的"专有场所",从而可以与"他者"以及"外部"(竞争者、对手、"买主"、"靶子"、研究"对象"等)明确区分开来,建立起所谓"敌我关系"。② 这样一种战略模式是资本主义政治、经济和科学的理性得以建立的基础。与"战略"不同,策略既不局限在"专有场所"(某种空间位置或机构),也不需要用边界线把"他者"区别为统一的整体。这种灵活多变的算计就是"他者"的"策略"。德赛都说:"策略活动的空间属于他者。策略分散为许多碎片,进入他者的空间,成为其中的一部分,并不完全接管这个空间,也无法远离这个空间。它并不拥有一个基地,在那里发挥自己的优势,为扩张做准备,在尊重周围环境的同时保持自己的独立。'专有'是空间对时间的胜利,策略则相反,由于它不拥有空间,因此它依赖于时间——它总是等待机遇,去抓住机遇的'翅膀'。无论它得到什么战利品,都不会保留。它必须不断地对事件进行加工,使其变为'机遇'。③ 策略是灵活的、千变万化的,它要与"异己的力量"(资本主义生产体系以及提供的产品体系)进行周旋,借助、利用"异己力量"。深受德赛都影响的粉丝文化研究专家詹金斯这样概括道:"战略是从一个强势的位置展开的运作,利用了专属于'土地所有者'的财产和权威,策略则属于那些无财产和无权势的流动人口,策略虽然缺乏稳定性,但却获得了速度和流动性。"④

① Henry Jenkins, *Textual Poachers: Television Fans and Participatory Culture*, New York: Routledge, 1992, p. 26. 该书译者把 strategies 译为"策略",把 tactics 译为"战术"。为尊重译者,我未作改动。

② 米歇尔·德赛都:《日常生活实践·序言》,戴从容译,http://www.china001.com/show_hdr.php? xname = PPDDM VO & dname = TOOU341&xpos = 3。

③ 同上。

④ Henry Jenkins, *Textual Poachers: Television Fans and Participatory Culture*, New York: Roudedge, 1992, p. 27. 本文所引詹金斯和费斯克的文章所用的是杨玲女士的翻译,中译收入陶东风、杨玲主编《粉丝文化读本》,北京大学出版社 2009 年版。特此致谢。

策略的这些特点充分表明，在消费活动，包括阅读和其他日常生活消费实践中，消费者/读者是积极的、活跃的、充满智慧的，他利用挪用的策略和周旋的艺术，进入并侵犯文本，"使文本变成了可以居住的空间，就像一个出租的公寓，过客通过暂时借住把个人的财产融入这个空间；租客的活动和记忆修饰了公寓，使它发生显著的变化；说话者也是这样，既向语言中加入他们的方言，也通过口音、通过自己的'句法变化'等，加入自己的历史；还有行人，让大街成为充满他们的欲望和目的的森林。社会符号的使用者以同样方式，把符号转变为符合自己需求的隐喻和省略"。① 阅读因此引入了一门绝非被动的"艺术"。它更像中世纪诗人和罗曼司作者发展起来的一种艺术观：向文本甚至传统术语中注入新的内容。作为现代战略的一种（现代把创造等同于个人语言的创新，无论是文化语言还是科学语言），当代消费过程似乎构成了一门精细的"承租人"艺术，它知道如何把自己无数的差异融合进占主导地位的文本。

三　作为大众文化之"强化形式"的粉丝文化

约翰·费斯克的粉丝文化理论是他的大众文化理论的重要组成部分，从理论框架到概念范畴都深受德赛都的影响。与法兰克福学派截然相反，他喜欢从接受而不是生产的角度界定和评价大众文化。费斯克关于大众文化的重要观点之一是：大众文化是一个意义的生产过程，而实际决定和控制这个过程的不是文化工业生产部门，也不是它们生产的文本/产品，而是观众/接受者/消费者对于文本的接受/消费过程。资本主义文化工业部门虽然可以控制大众文化的生产环节，却不能控制接受/消费（意义生产）环节。与德赛都一样，费斯克同样认为，在当代资本主义条件下，大众自己生产自己的文化产品是不可能的，他只能在消

① 米歇尔·德赛都：《日常生活实践·序言》，戴从容译，http：//www. china 001. com/show_ hdr. php？xname = PPDDM VO & dname = TOOU341&xpos = 3。

费环节发挥自己的主体性和创造性，从事另一个意义上的生产。比如，绝大多数牛仔服的使用者无法自己生产牛仔服，只能购买批量化、标准化生产的牛仔服。但他们却可以在使用这些牛仔服的时候发挥自己的主动性和创造性（比如按照自己的喜好戳几个洞或撕几个口子）。这就如同多数大众不可能自己建房，却可以按照自己的意志、趣味装修从生产者（房产商）那里买来的房子。费斯克认为，大众从文化工业提供的产品中创造出了自己的大众文化。因此，真正的大众文化主人不是资本家而是大众接受者。①

　　费斯克的粉丝和粉丝文化理论实际上就是从上面的能动观众理论中产生和发展出来的。他认为，粉丝文化就是工业化社会中大众文化的一种强化（heightened）形式，粉丝则是一些"过度的读者"（excessive reader）。费斯克把粉丝文化视作特殊类型的大众文化，因为它是区别于"较'正常'的大众受众文化"（the culture of more 'normal' popular audience）的大众文化。要理解这个有些奇怪的说法，就必须明白费斯克的分类法。首先，费斯克认为，大众受众区别于精英受众，前者以"为我所用"的方式对待大众文化文本，而后者则极度敬畏精英文化文本（各种所谓的"不朽经典"），不敢对文本抱一种实用主义的态度。其次，较"正常"的大众受众又区别于狂热的粉丝受众。后一种区别主要在于：所有大众受众都能够通过从文化工业产品创造出与自身社会情境相关的意义及快感，从而不同程度地从事着符号/文化生产，但"粉丝们却经常将这些符号生产转化为可在粉丝社群中传播的符号，并以此来帮助界定该粉丝社群的某种文本生产形式。粉丝们创造了一种拥有自己的生产及流通体系的粉丝文化"。② 也就是说，一般的大众虽然也积极地解读和消费文化产品，但却止于个人的解读，而粉丝则在此基础上创造出了

---

　　① 参见费斯克《理解大众文化》，王晓珏、宋伟杰译，中央编译出版社 2001年版。

　　② John Fiske, "The Cultural Economy of Fandom", *The Adoring Audience: Fan Culture and Popular Media*, ed. Lisa Lewis, London: Routledge, 1992, p. 39.

可以在自己的圈子内进行交流的文化产品。

可贵的是，虽然费斯克竭力为粉丝的创造力辩护，但由于受葛兰西文化领导权理论的影响，他认识到粉丝文化与文化工业的关系是非常复杂的，既不是简单的合谋，也不是绝对的对抗。一方面，粉丝无法独立于资本主义的工商业体系而存在，相反，他们为文化工业提供了一个巨大的"额外"市场，粉丝们不仅经常大量购买大众文化产品，而且为文化工业部门提供了许多宝贵而又免费的有关市场趋势和偏好的反馈。粉丝与文化工业之间的斗争一直不断，在这场斗争中，文化工业试图收编粉丝的文化趣味，而粉丝们则对文化工业产品进行反收编。费斯克写道：

> 在资本主义社会，大众文化必然是从资本主义的产品中生产出来的，因为民众拥有的就是这些东西。大众文化和文化工业的关系因而是复杂和迷人的，这种关系有时候是对抗性的，有时候又是共谋或合作性的，但民众从来没有听任文化工业的摆布——他们选择将某些商品打造成通俗文化，但他们拒绝的商品远比其采纳的要多。粉丝是民众中最具辨识力，最挑剔的群体，粉丝们生产的文化资本也是所有文化资本中最发达、最显眼的。①

四　作为盗猎者与游牧民的粉丝

詹金斯是粉丝文化理论的另一个代表人物，而且同样受到德赛都的支配性影响。他的《文本盗猎者》一书自 1992 年问世之后，一直被看做是粉丝研究领域的经典之作。

詹金斯用创造性的读者论来颠覆被动的读者论，用积极阅读理论颠覆消极阅读理论，用读者中心论来颠覆作者中心论。

---

① John Fiske, "The Cultural Economy of Fandom", *The Adoring Audience: Fan Culture and Popular Media*, ed. Lisa Lewis, London: Routledge, 1992, p. 48.

由于粉丝实际上就是最积极、最主动的阅读/消费者，因此，詹金斯的粉丝理论实际上就是一种特定的阅读/接受理论（这一点也适用于其他粉丝理论）。在正统的作者中心论中，"读者被假定为作者意义的被动的接受者，任何偏离文本中明确标出的意义的解读都是负面的，是未能成功理解作者意图的失败表现。教师的红笔奖励那些'正确地'解码文本的学生，惩罚那些'把意思弄错了'的人"。[1] 詹金斯认为这同样是一种阶级压迫，是掌握了文化资本与语言权力的统治阶级（他们也是社会在其他方面处于支配地位的阶级）对被统治阶级实施文化权威的方式；詹金斯（以及德赛都和费斯克）则把民众阅读视作一系列的"前进和撤退，玩弄文本的战术和游戏"；或是"某种类型的文化拼贴，在拼贴的时候，读者先将文本打成碎片，然后再根据自己的蓝图将其重新组合，从已有的材料中抢救出能用来理解个人生活经验的只言片语"。[2] 由于读者就是符号的消费者，所以，读者中心论实际上也就是接受或消费中心论，其所对抗的是生产中心论和作者中心论。

大众读者及其盗猎式阅读的具体特点还表现为极度的不确定性和流动性。在比较德赛都的"盗猎"概念和霍尔的"编码和解码"理论[3]时，詹金斯指出，首先，在运用的时候，霍尔关于主导的、协商的和对立的三种解读方式以及相应的三种意义的区分过于僵化，似乎每个读者都是从一个稳定不变的立场来解读文本，而不是通过社会形塑中更加复杂和矛盾的位置来获得多套话语策略；德赛都的"盗猎"模式则强调了意义制造的过程和大众文本解读的流动性、易变性乃至矛盾性。虽然包括詹金斯在内的粉丝理论家倾向于乐观地估计粉丝积极能动地进行对抗性阅读的能力，但是"我们说粉丝宣扬的是自己的

① Henry Jenkins, *Textual Poachers: Television Fans and Participatory Culture*, New York: Routledge, 1992, p. 26.

② Ibid., p. 28.

③ 霍尔的理论可以参见霍尔《编码、解码》，载罗钢等主编《文化研究读本》，中国社会科学出版社 2000 年版。

文学理论与公共言说

意义，而非制作人的意义，但这并不意味着粉丝所生产的意义总是对抗性的，或者粉丝意义的制造和其他社会因素无关"。[1]德赛都以及詹金斯提出这点是为了强调大众接受的复杂性：保守的解读和激进的解读常常同时存在，并不总是能够清楚地划分出泾渭分明的对抗性阅读和支配性阅读。

詹金斯同意德赛都的盗猎式、游牧式的读者理论，并把它运用于粉丝分析，指出粉丝不单单是盗猎者，他们还是"游牧民"，他们总是在移动，"既不在这儿，也不在那儿"，他们不是固定于一个文本，而是不断向其他文本挺进，挪用新的材料，制造新的意义。接受者的位置、接受视点和方式都是千变万化的。

虽然詹金斯认为德赛都的文本盗猎和游牧式解读的概念对思考媒介消费和粉丝文化特别有帮助，但他也指出了自己的立场和德赛都的立场至少有一个重要区别。他认为，德赛都在作者和读者之间做了明确区分："写作积累，储藏，利用地点的建立来抵抗时间，并通过再生产的扩张主义来增殖它的生产。阅读则对时间的侵蚀不采取任何行动（阅读者既丧失自控又忘却一切），它不保留它攫取的东西，或者保留得很少。"[2] 对于德赛都来说，写作有着一种物质性和永久性，这是读者"盗猎"来的文化无法比肩的；读者的意义生产是临时的和短暂的，是在读者从一个地点游荡到另一个地点的过程中匆忙生产出来的。读者的意义来源是所谓"相关性"，也就是来源于对当下关注之事的回应，来源于文本和日常生活的相关性，而这种相关性又是旋生旋灭的，一旦相关性消失，意义也就不再有用并遭到抛弃。德赛都在赋予大众阅读以灵活多变的"战术优势"的同时，也指出了其"战略劣势"，这就是"无法形成一个稳定和永久的文化基础"。"读者虽然保持了运动的自由，但

① Henry Jenkins, *Textual Poachers: Television Fans and Participatory Culture*, New York: Routledge, 1992, p. 33.

② Michel de Certeau, *The Practice of Everyday Life*, Berkeley: University of California Press, 1984, p. 174.

也付出了代价，放弃了能让他们从一个权力和权威的立场去战斗的资源。战术永远不可能完全战胜战略；但战略家也无法防止战术运用者再次发起攻击。"①

詹金斯认为，德赛都的这个主张适合解释那些以短暂的意义生产为标志的大众阅读，但对于媒介粉丝这个特定群体而言却是错误的。首先，德赛都所描述的读者本质上是彼此孤立的，他们从主文本（primary text）"盗猎"来的意义只能用于个人利益，且无多少"智识投入"。因此，这些意义也是暂时的，不需要或没用的时候就被扔弃了。但詹金斯认为，粉丝不是孤立的个体，粉丝阅读也不是孤立发生的，它是一个社会过程，"在这个过程中，个人的阐释经过和其他读者的不断讨论而被塑造和巩固"。② 这些讨论扩展了文本的经验并超越了初始消费。这样生产出来的意义也更加完整地融入了读者的生活，和那种偶然的、短暂的、旋生旋灭的意义有天壤之别。对于粉丝而言，这些先前"盗猎"来的意义为日后与文本遭遇奠定了基础，塑造、界定了未来对文本的理解和使用。

其次，詹金斯认为，在粉丝身上，根本就无法清楚区分读者和作者。比如，粉丝不仅消费别人创作的故事，还生产自己的粉丝故事和小说以及艺术图画、歌曲、录像、表演等。用粉丝作家罗拉（Jean Lorrah）的话说：《星际迷航》的粉丝包括朋友、书信、手工制品、粉丝杂志、花絮、服装、艺术品、粉丝歌曲、纪念章、电影剪辑、集会，等等，它是所有被这个电视剧吸引、激励的人想要的所有东西，因此已经远远超越了电视和电影。在罗拉的描述中，生产者和消费者，观众和参与者，商业运营和家庭手工制造之间的界限消失了或模糊了，粉丝成为一个覆盖全球的文化和社会网络。"粉丝成了一个参与性文化，这种文化将媒介消费的经验转化为新文本，乃至新文

① Michel de Certeau, *The Practice of Everyday Life*, Berkeley：University of California Press, 1984, p. 178.

② Henry Jenkins, *Textual Poachers：Television Fans and Participatory Cultute*, New York：Routledge, 1992, p. 36.

化和新社群的生产。"①

在德赛都、费斯克、詹金斯的粉丝理论中，一个核心的理论问题就是如何理解读者及其接受过程的问题，粉丝理论几乎就是读者理论和接受理论。从消极的方面说，这使得他们不同程度地忽视了作者和生产这两个环节，特别是大众文化的那种大工业生产在文化意义的流通中的作用。

五　超越收编/抵抗模式

在文化研究，特别是青年亚文化研究中，伯明翰学派的收编/抵抗范式（简称 IRP）很长时间内发挥着重要影响，由于这个范式在很大程度上涉及观众和接受问题，因此对于这个范式的评价也就成为粉丝文化研究绕不开的重要问题。尼古拉斯·艾伯柯龙比和布莱恩·朗赫斯特撰写的《受众：展演和想象的社会学理论》就是这方面的重要著作。②

收编/抵抗范式的关注点在于受众在参与文化消费活动时，到底是被文本体现的主导意识形态收编，还是对其进行了有效的抵抗。在使用 IRP 模式时，有两种极端的立场：文本（意识形态）主导和受众主导。法兰克福学派（代表人物是阿多诺）可算是前者的代表，即认为受众是被动的，是文本的囚徒，深受文本的偏好含义的影响；费斯克（以及威利斯等）则更接近受众主导的（即抵抗的）立场，相信文本是开放和多义的，受众是多元的，受众对媒体文本的阐释也是多种多样的，受众可以自由地理解电视和大众文化。③ 但无论是强调观众对资本主

①　Henry Jenkins, *Textual Poachers*: *Television Fans and Participatory Cultute*, New York: Routledge, 1992, p. 36.

②　参见尼古拉斯·艾伯柯龙比、布莱恩·朗赫斯特《变化的受众：变化的研究范式》，载陶东风、杨玲主编《粉丝文化读本》，北京大学出版社 2009 年版。

③　参见 J. Fiske, "Moments of Television: Neither the Text Nor the Audience", E. Seiter, H. Borchers, C. Kreutzner and E. M. Warth（eds）, *Remote Control*: *Television*, *Audiences and Cultural Power*, London: Routledge, 1989。

义文化工业的反抗性，还是强调资本主义文化工业对于观众的收编（把它纳入资本主义的工业体系从而瓦解其对抗性），它们都分享了一些最基本的前提预设，因此都属于同一个二元对立范式。比如，费斯克虽然推崇消费者的能动性，但仍然停留在收编/抵抗范式中，因为其重点仍然着眼于受众反应与支配性权力的关系。费斯克依然认为大众文化是在与主宰结构的关系中形成的，这个关系可以有两种形式：抵抗或逃避，而没有超越这种关系。

尼古拉斯·艾伯柯龙比和布莱恩·朗赫斯特的文章对这个范式进行了全面的总结、梳理和质疑，并提出要用一个新的奇观/表演范式（简称 SPP）取代 IRP。

在这两位作者的研究之前，已经有很多学者对于收编/抵抗的范式进行了应用与不同程度的修正。比如莫利（David Morley）的《举国上下的观众：结构与解码》① 就是其中比较著名的一例。莫利把受试观众分为 29 个小组，并向他们播放了两集《举国上下》（Nationwide）节目——都是有争议的政治话题，并对随后的讨论进行了录像，然后按照霍尔的主导式、协商式或对抗式解码框架，对讨论中所展示出的观众反应进行了分类。每个小组都由代表某个特殊的社会—经济地位的人员组成。莫利选择了四个主要类型——经理、学生、学徒和工会会员，并假设这些人就能展示出上述三种不同的反应。这四类人员后来又被细分。比如工会会员又被分为工会官员组和店员组。经理也有银行经理组和印刷业实习经理组之分。在一定程度上，各个小组的反应的确和假说一致。比如，一般来说，经理们都展现出主导编码。不过，小组内部的差异也很重要。如在工会会员这个类别里，店员采取了激进的对抗立场，工会官员们则显示出协商的立场。学生组内部的差别就更显著了。受过高等教育的黑人学生持对抗立场，大学艺术专业的学生持协

---

① David Morley, *The Nationwide Audience: Structure and Decoding*, London: British Film Institute, 1980.

商立场，学徒则持主导立场。另外，某个类别里的差异也不都是同一面向的。尽管店员和黑人学生都采取了抵抗性的立场，但他们的抵抗方式却有所不同。黑人学生对《举国上下》漠然置之，认为该节目和他们的关切（concerns）无关。店员则是积极地批评该节目，从一个激进的工人阶级视角来观看节目。类似的，在那些采取了主导模式的人群中，差异也是巨大的。银行经理是传统的保守分子，学徒则对节目中的人物一律倾向于嗤之以鼻，同时在工会主义（tradeunionism）的罪恶或社会保障制度的问题上持"主导式"的态度。①

莫利的开创性研究试图展示媒介反应的复杂程度远非收编/抵抗所能概括。从这个意义上说，它是对较原始粗糙的 IRP 范式的一个修正性回应，后者坚称受众反应是非常简单的，从属阶级的人或者一边倒地统统被主导意识形态收编，或者个个都是抵抗的英雄。莫利还认为，受众反应的复杂性并非源自个体的特质差异，而是社会—经济位置所起的作用。这个社会—经济位置是复杂的，它是由包括阶级、族裔、年龄和性别等各种社会、文化和话语立场的交汇生产出来的。

尼古拉斯·艾伯柯龙比和布莱恩·朗赫斯特认为莫利的研究仍然过于简单，无法就受众对各种媒介产物的阐释进行全面探讨。

在批判性地介绍评价了各种各样的 IRP 模式的变体之后，两位作者指出：收编/抵抗范式存在着三个主要问题。

首先，收编/抵抗范式混淆了"积极的受众"与"抵抗的受众"。他们认为，过去二三十年里，媒介研究一直像钟摆一样在文本主导和受众主导的两个极端立场之间摇晃。20 世纪90 年代以后逐渐倾向于受众主导这一端。但积极的受众并不等同于抵抗的受众。研究表明，受众能够积极地创造出各种意义，但这些意义不一定和抵抗有关，它也可能只属于一种游戏

① Nicholas Abercrombie, Brian Longhurst, *Audiences: A Sociological Theory of Performance and Imagination*, London: Sage, 1998, pp. 15 – 18.

性的解读而已，它们是积极的、创造性的，但却不见得就是抵抗的。IRP 所建构的有序结构（不管是收编还是抵抗），被真实受众的无序反应所解构，这是一种不可预测的无序，而不一定是抵抗的无序。因此，将受众活动局限于收编和抵抗的框架内是一种简单化，这种反应可能既不是被收编，也不是什么反抗，而是根本就无法归入这两个范畴。①

　　其次，收编/抵抗范式内单个的小规模的经验性研究不足以支撑关于霸权的宏大社会理论。收编/抵抗范式下的研究在广度上都很有限，基本上都是针对一个文本、一个节目系列或一个节目种类。但普通受众在一个晚上看的电视远远不止这些，更不要说长期的电视观看了。20 世纪 90 年代的媒介消费，无论是其生产还是接受，从本质上说是碎片化的，受众能在不同的立场和不同的接受情景中接受繁复的电视节目。"受众在任何一个看电视的夜晚，都会接触到大量格式不同、类型各异的文本。这些文本并不会叠加为一个连贯的经验。观众对整个媒介的接触，当然就更加多样化。"② 这样，在碎片化的媒介生产和接受/消费实践以及高度系统化的收编/抵抗理论之间就难免存在紧张。

　　收编/抵抗范式的第三个问题涉及权力的性质及权力和文化的关系。收编/抵抗范式包含着一个特殊的权力理论，该理论认为文化形塑是由权力的不平等分配决定的，它还假设权力是以一个相对单一的方式分布的。但这个假设受到两个方面的挑战。首先是福柯权力理论的挑战。众所周知，福柯把权力看做是偶发的、局部的、碎片化的、非延续的、变化不定的。同时，收编/抵抗范式内部的一些经验研究也表明，当权力的不同轴心（如阶级、性别和族裔）互相交叉时，收编/抵抗就很难保持理论上和立场上的一贯性，以至于研究者越来越难以决

文学理论与公共言说

---

① Nicholas Abercrombie, Brian Longhurst, *Audiences: A Sociological Theory of Performance and Imagination*, London: sage, 1998, p. 31.

　　② Ibid., p. 32.

定被抵抗的东西到底是什么，相应的他也不能决定一种对抗性的解读到底是什么样的。

因此，两位作者认为收编/抵抗范式在 90 年代已经过时，需要用奇观/表演范式（SPP）取而代之。收编/抵抗范式的核心是权力，奇观/表演范式突出的则是身份概念，关注受众在日常生活的复杂语境中变化不定的身份建构。

由于早期的粉丝研究者都或多或少受到 IRP 的影响，对受众的文化权力问题格外关注，两位作者带有强烈后现代主义色彩的著作问世之后，对开拓粉丝研究的视野起到了相当大的作用。

可以说，注意到粉丝身份和粉丝立场的复杂性，是后期粉丝文化研究的一个共同特点（不独尼古拉斯·艾伯柯龙比和布莱恩·朗赫斯特的文章如此，比如西尔斯出版于新世纪的粉丝研究著作《粉丝文化》，论证了不能在生产者和消费者、使用价值和交换价值之间进行截然的二分，进一步推进了对粉丝文化的各种复杂性和暧昧性的理解），也是粉丝研究渐趋成熟的一个表现。

（原载《社会科学战线》2009 年第 7 期）

粉丝文化研究：阅读—接受理论的新拓展

余秋雨的不忏悔与"80 后"的
不懂"文革"

1. 我在最近的很多文章中谈到中国知识分子和一般大众不喜欢回忆"文革"的问题，并试图找到其中的原因。早在 20 世纪 90 年代后期，在余秋雨和余杰的所谓"二余之争"中，余杰等年轻的学者反复追问："余秋雨你为什么不忏悔？"余杰列举了余秋雨在"文革"中的一系列"劣迹"，指出："我认为，过分地在道德上对逆境中的人的选择苛求，本身就是不道德的。然而当事情过去之后，自己应当怎样面对自己的历史呢？是忏悔、是反思，还是遮掩、伪饰？我认为，对过去的事情持一种什么样的态度，比事情本身更加重要。"①

我在当时的感觉是：虽然余杰的追问不无道理，我也对余秋雨刻意回避历史的做法不以为然，但同时觉得这样的追问不应该针对余秋雨一个人，而应该针对一群人，针对一个时代的社会文化氛围。但是我找不到一个有力的阐释理论来论证我的这个想法。

近日看了著名社会学家哈布瓦赫（Maurice Halbwachs）的《论集体记忆》，似乎加深了我对这个问题的认识。特别是在刘易斯·科塞为该书写的"导言"中，我发现了一段我们非常熟悉的描述："最近几年在和苏联同事的谈话中，每次当我们讨论最近在苏联发生的事情时，我总是一次又一次被他们某种程度的闪烁其词所震惊。过了一段时间，我才逐渐明白了，原来

① 余杰：《想飞的翅膀》，中国电影出版社 2000 年版，第 212 页。

在最近几年中，这些人被迫都像蜕皮一样将自己的集体记忆蜕去，并且重建了一组非常不同的集体记忆。在斯大林的血腥政权下，许多过去的重要历史人物遭到诽谤、诬蔑或杀害，但现在所有这些人都被赞颂为优秀的布尔什维克和重要的革命英雄。苏联最近70年的整个历史都不得不推翻重写。不用说，新的历史书往往也会有自己的偏倚，但在摧毁旧的历史这一点上，它们却是同出一辙。"①科塞的这一观察和匈牙利大作家捷尔吉·康拉德对当代东欧知识分子在记忆问题上所面临的困境、痛苦和磨难的描述可谓如出一辙："今天，只有持不同政见者还保持着连续的情感。其他人则必须将记忆抹掉；他们不允许自己保存记忆……许多人热衷于失去记忆！"②

看来不只是在中国，其他和中国具有相似历史的国家也存在类似的问题，而哈布瓦赫的《论集体记忆》则有助于我们认识这个问题。

《论集体记忆》被公认为标志着记忆研究的一个重要转向：从个体心理学、神经生物学，转向了集体/社会心理学，从对记忆的认知分析转向文化分析。正如有人评价的："哈布瓦赫决定性地否弃了关于记忆的生物学理论（它支配了20世纪开始以来的争论），转而选择了一种文化的阐释框架，认为我们的记忆是社会地建构的。虽然神经心理过程无疑是我们的接受和保持信息的必要条件，但光是对于这些过程的分析不能令人满意地解释特定知识领域和记忆领域的构成。"③

在阅读一些关于记忆的心理学著述时，哈布瓦赫发现，认知心理学常常把人，亦即回忆的主体，视作孤立的存在，似乎要解释他们的记忆活动，只需固守在个体层面，只需了解其大脑皮层的结构，至于个体与其同时代人之间、与社会文化环境之间的关系，则完全不在考虑之列。哈布瓦赫正是在对记忆研

---

① 哈布瓦赫：《论集体记忆》，上海人民出版社2002年版，第38—39页。
② 同上书，第39页。
③ Edric Caldicott，Anne Fuchs（ed.），*Cultural Memory*，Bern 2003，p. 11.

究中的这种生理主义和个体主义倾向的反思和扬弃中，开始了自己的集体记忆（社会记忆）研究。哈布瓦赫认为，人们通常正是在社会之中才获得了他们的记忆，更是在社会提供的框架中呈现和叙述其记忆的。正是在社会中，他们才能进行回忆、对记忆加以定位。所以，探究记忆是否存储在大脑或心灵中某个神秘角落并没有什么意义，因为我的记忆对我来说是"外在唤起"的。这里面至关重要的是：我生活的群体、社会以及时代精神氛围，能否提供给我重建记忆的方法、是否鼓励我进行特种形式的回忆。一个人是否愿意回忆，如何进行回忆，如何叙述和呈现自己的记忆，这些都不是个体行为现象，而是和整个社会、集体存在千丝万缕的联系。正是在这个意义上，存在着一个哈布瓦赫所谓的"集体记忆"和"记忆的社会框架"——个体的记忆必然置身于这个框架。特定的记忆能否被唤起、以什么方式被唤起，都取决于这个框架。记忆本质上是一种社会文化的建构，而不是沉睡在个体大脑皮层的、固定不变的过去经验。我们应该放弃对于记忆的生物学本质主义立场，代之以社会建构主义立场。正如哈布瓦赫说的："过去不是被保留下来的，而是在现在的基础上被重新建构的。"

记忆的集体框架或社会框架，当然也不是个体记忆的简单相加。记忆的社会框架不是一个空洞的形式，被动地让个体的记忆来填充，相反，"集体框架恰恰就是一些工具，集体记忆可用以重建关于过去的意象，在每一个时代，这个意象都是与社会的主导思想相一致的"。[①]

2. 随之而来的问题就是：不同的社会和时代集体精神是如何对待像"文革"、"种族屠杀"这样的记忆的？是如何对待苏联以及东欧国家发生的极权主义灾难的？是鼓励人们，特别是经历过灾难，甚至在灾难中犯有过失乃至罪恶的人，直面灾难的过去、痛苦的或不光彩的过去，还是回避它、掩饰它？正是在这里，显示出了不同国家、社会和时代的差异。马克·弗

---

① 哈布瓦赫：《论集体记忆》，上海人民出版社 2002 年版，第 71 页。

里曼在《传统与对自我和文化的记忆》一文的开头写道，柏林这座城市给他留下的最深刻印象是："好像大家都在对过去的罪行进行没完没了的、痛苦的集体反思似的。"大屠杀的话题"是如此地存在于他们的理智和感情之中，实际上甚至是'无所不在'的"，"仿佛整个柏林社会一直还在对过去的情况进行检讨似的"。①

这里面涉及一个我名之为"连锁记忆"的现象：一个人的记忆常常需要他人记忆的激发和唤起。正如哈布瓦赫所言："大多数情况下，我之所以回忆，正是因为别人刺激了我；他们的记忆帮助了我的记忆，我的记忆借助了他们的记忆。"②在一个社会不鼓励回忆"文革"、人人回避"文革"、谁回忆"文革"谁倒霉的集体时代精神氛围中，绝大多数经历过"文革"的人，更不要说有所谓"劣迹"的人，回避"文革"记忆是非常正常的现象，虽然也是非常可悲的现象。从根本上说，这不是一个个人品质的问题（虽然有这个因素，比如在不鼓励回忆"文革"的时代毕竟还有像巴金老人这样的例外，但是即使巴老德高望重，也仍然无法扭转乾坤），而是一个社会环境的问题。

在哈布瓦赫看来，对于那些发生在过去的、我们感兴趣的事件，只有从集体记忆的框架中才能重新找到它们的适当位置，也就是在这个时候，我们才能够记忆。这些集体记忆的框架不止一个，它们之间彼此交错、部分重叠，在这个复数的集体框架中呈现的记忆，显得非常丰富多彩。当这些框架中的一些消逝的时候，遗忘就会发生。"这要么是因为我们不再关注它们，要么是因为我们已将注意力转移他处（分心往往只是刻意注意别的事情的结果，而遗忘则几乎又总是由分心造成的）。"③但哈布瓦赫接着指出，某种记忆的遗忘

余秋雨的不忏悔与「80后」的不懂「文革」

---

① 马克·弗里曼：《传统与对自我和文化的记忆》，见哈拉尔德·韦尔策编《社会记忆：历史、回忆、传承》，北京大学出版社 2007 年版，第 3 页。
② 哈布瓦赫：《论集体记忆》，上海人民出版社 2002 年版，第 69 页。
③ 同上书，第 79 页。

或者变形，也可由这些框架在不同时期的变迁来解释。依靠环境、时间和地点，社会以不同的方式再现它的过去，这就是所谓的"移风易俗"。由于每一个社会成员都接受了这些习俗，所以，他们会在与集体记忆演变相同的方向上，使他们的回忆发生变化。

这个观点非常深刻，它不但解释了我们为什么会遗忘"文革"，而且解释了我们为什么通过这样的而不是那样的方式呈现和书写"文革"。任何对于"文革"的回忆和书写都是在一定的集体框架内发生和进行的。伤痕文学和反思文学是在"新启蒙"这样的集体框架内对"文革"、"反右"等进行回忆和书写的，"80后"一代对于"文革"的陌生、余秋雨等一代人对于"文革"的讳莫如深、大话文学对于"文革"记忆的戏谑式书写，则只有在中国式后极权的环境下才能得到理解和解释，而张晓刚等先锋艺术家对于"文革"记忆的呈现方式则深刻地联系着全球化时代的国际艺术市场。这些书写"文革"记忆的方式都不是一个人偶然的灵感创造。

3. 谈到"80后"一代的不懂"文革"，或者对"文革"不感兴趣，必须澄清一个广泛流行但显然错误的解释：因为"80后"一代没有亲身经历过"文革"。事实上，没有经历过"文革"不等于他们对"文革"不感兴趣或不了解，也不等于没有与父辈分享的"文革"记忆。如果他们有兴趣了解，如果我们的教育重视"文革"这段历史，再加上我们的公共空间能展现大量"文革"公共记忆（文本、图片、影视、博物馆、纪念馆，等等），"80后"一代是可以了解的，何况绝大多数经历过"文革"的父辈还活着。问题的关键是：他们为什么没有了解"文革"的兴趣？是他们的天性如此吗？不是。人的兴趣不是天生的而是社会文化培养的。除了极个别的情况外，一个人或者一个群体不可能天生对某物感兴趣或不感兴趣。

从理论上说，这里涉及"共同记忆"和"分享记忆"的差别。玛格丽特认为，集体记忆可以分为"共同记忆"和

文学理论与公共言说

"分享记忆"两种。"所有亲身经历者的记忆聚合就是共同记忆。"① 因此，共同记忆实际上就是诸多亲历者对于同一个事件（比如"四五"天安门事件）的记忆，如果不书写、传承下来进而变成由物质性符号（比如纪念碑、建筑物、文本、仪式，等等）承载的文化记忆，就会随着亲历者的死亡而消逝；而"分享记忆"则不是个人记忆的聚合，而是经过自由的公共交流并且通过公共媒体记录下来的记忆，它是非亲历者也可以通过阅读、学习等途径加以分享的记忆。同理，没有经历过"文革"的人同样可以通过教育、媒体、交流等途径，来获得作为一种分享记忆的"文革"记忆。关键是有没有这样的交流渠道、交流环境和公共文化设施（比如巴金老人倡导的"文革"博物馆），有没有人人回忆、谈论、反思"文革"的舆论环境。通过把过去的共同记忆，比如"文革"记忆，记录下来传递给下一代，这既是"文革"亲历者的责任，更是一个负责任的政府不可推卸的使命。现在的情况是：无论是"文革"亲历者还是政府，都刻意回避"文革"这段历史记忆（亲历者的回避从根本上缘于政府的回避）。媒体，特别是主流媒体，不敢触及"文革"的记忆（最多只是把"文革"进行戏说和无厘头化、消费化）。学生则被教师和教育部门告知：不必了解"文革"，因为考试绝对不考"文革"。② 在这样的社会环境下，"80后"、"90后"一代怎么可能有天生的了解"文革"的兴趣？即使有个别人有这样的兴趣，也会被视作"另类"，受到社会各界的嘲讽和排斥，最终不得不失去或放弃这种兴趣。

---

① 参见徐贲《人以什么理由来记忆》，吉林出版集团有限责任公司2008年版，第8页。

② 这是真实发生的事实，参见冯骥才《一百个人的十年》附录"非'文革'经历者的'文革'概念"。这是一个调查报告，反映了"文革"后一代，主要是"80后"，普遍对"文革"很陌生，也很漠然，其中一个主要原因就是中学历史课本基本不讲"文革"，一笔带过，有些好奇的学生问及老师，老师的回答就是"不必知道，因为不考"。

因此，今天"80后"、"90后"的对"文革"的不了解和没兴趣，都是社会塑造的结果，是记忆操控的结果。

4. "80后"、"90后"一代不曾经历过"文革"，他们中很多人之所以对"文革"不关心（他们或者觉得那是很遥远的事情，恍如隔世，或者觉得那是一个荒唐而神奇的社会，像神话传说一样，与今天何干？与我何干？），还有一个原因，就是对"文革"灾难的性质不了解，不觉得这是一种**与我有关**的灾难（最多是与那些倒霉的灾难直接承受者有关）。很多人反感别人，包括家长谈"文革"，其最直接的理由就是"与我有什么关系？"或"中国不会再发生文革"。① 这就需要代际之间的沟通。正如徐贲指出的："'灾难'是一种意义，在群体的灾难记忆中，不仅是强调社会如何能汲取道德教训，而且强调这一道德自我教育必须由社会公众自己来完成。"② 要让"80后"、"90后"一代充分认识到"文革"灾难的公共意义，认识到它和自己的切身关系，这需要两代人、三代人之间的沟通，而这一点首先需要灾难的直接受害者必须向自己的后代讲述"文革"灾难，与他们拥有共同的记忆。一旦建构了这样的共同记忆，灾难就不再是"他们的"灾难，而成为"我们的"共同灾难。"强调灾难记忆建构之所以必要，是因为只有群体共同建构的灾难回忆才对群体有共同的教育意义。即使我们不是直接受害者，我们也不能做袖手旁观、无动于衷的旁观者。"③ 这被徐贲称为"社会自我教育过程"。

说"文革"与我无关还有一个意思是：我不仅不会是"文革"灾难的承受者，也不会是"文革"式灾难的施加者，像打老师那样的事情我怎么会做出来？持这种看法的人大概忘记了："文革"中很多上演了各种让人匪夷所思的残暴行径的人，

---

① 参见冯骥才《一百个人的十年》附录"非'文革'经历者的'文革'概念"。

② 徐贲：《人以什么理由来记忆》，吉林出版集团有限责任公司2008年版，第283页。

③ 同上书，第284页。

并不是什么和我们截然不同的"怪人"、"奇人"，而是和我们一样的普通人。在这点上，阿伦特对艾希曼的研究极具启发性。在参加了对法西斯头目艾希曼的审判后，阿伦特经过深入的研究、思考，得出了影响深远的"平庸的恶"概念。阿伦特的研究表明：杀人无数的法西斯头目艾希曼，根本不是什么奇特的、不平常的怪人（无论这个"怪人"是好人还是坏人），而是一个极其普通的庸人。他作恶的根源不是因为他特别恶，而是因为他不会进行独立的思考和判断，盲目服从权威（相关的研究参看阿伦特的《耶路撒冷的艾希曼》，还可以参看鲍曼的《现代性与大屠杀》）。这样的恶可以发生在每一个人身上。

阿伦特的研究提示我们，"文革"中的很多恶其实也是平庸的恶，也是源于作恶者的不思考和盲从。"文革"中很多骇人听闻的恶（比如残暴殴打自己的老师致死，强迫所谓的罪犯吃屎喝尿，用铁丝穿透女"犯人"的乳房，等等）的作恶者就是一些平常人，绝非罕见的"天才"或"怪人"。只有明白了这点，才有可能让人们知道，在特定情况之下，**这种恶是我也会作的**。苏高中的已故教师徐干生的《"文革"亲历记》（未刊稿）[①] 记载了他在"文革"期间因为自己的所谓"右派"、"国民党特务"等莫须有的罪名而遭受的匪夷所思的折磨，而折磨他的那些红卫兵不过是他的学生。平常这些人和别人几乎完全一样。

看来我们反思"文革"的路还很长，而不能好好反思"文革"，就不能彻底告别"文革"。

（原载《当代文坛》2010 年第 4 期）

[①] 该书由新星出版社于 2010 年出版，名为《复归的素人：文字中的人生》。——补注

消费文化语境中的身体美学

一　身体研究在当代社会文化理论中的兴起

消费社会中的文化是身体文化，消费文化中的经济是身体经济，而消费社会中的美学是身体美学。这样来概括我们今天这个消费社会及其文化，虽然有点夸张，但还不算太离谱。《身体与社会理论》（*The Body and Social Theory*）的作者克里斯·西林（Chris Shilling）指出，身体问题在西方社会文化理论中正在变得越来越重要，许多学者一致认为，在当代消费社会，身体越来越成为现代人自我认同的核心，即一个人是通过自己的身体感觉，而不是出身门第、政治立场、信仰归属、职业等，来确立自我意识与自我身份。[①] 随着对于身体的学术兴趣的空前高涨，出现了"身体社会学"、"身体美学"、"身体文化学"等所谓的新兴学科。美国社会学家布莱恩·特纳（Bryan S. Turner）提出了"身体化的社会"（somatic society）这个概念，以示身体在现代社会系统中已经成为"政治与文化活动的首要领域"。[②]

消费社会中的大众传媒对于身体的兴趣更是强烈得无以复加。各种各样的时尚报纸、杂志充斥着各种各样的身体意象，花费大量的篇幅推销化妆、减肥、健身、整容外科技术，介绍

---

① Chris Shilling, *The Body and Social Theory*, London; Thousand Oaks, Calif.: Sage Publications, 2003, "Introduction".

② Bryan S. Turner, *The Body and Society*, second edition, London: Sage publication, 1996.

如何使身体显得年轻、美丽、性感。女孩子们为身上"多余的"脂肪而愁眉不展，茶饭不思。她们提出了"全世界姐妹们联合起来，为了苗条而奋斗"的口号。减肥与健身工业于是勃然兴起。

当然，对于身体的兴趣并不是新鲜事物。但是在当代大众文化与消费文化的语境中，身体的外形、身体的消费价值已然成为人们关心的中心。这才是十分值得关注的新文化现象。

二　身体翻身的社会文化语境

身体地位的突出是具有复杂的社会经济与文化原因的。特纳认为："我的一个假设是，我们近来对于身体的兴趣与理解是西方工业社会深刻的、持久的转型的结果，特别是身体的意象在大众文化与消费文化中的突出与渗透，是身体（特别是它的再生产能力）与社会的经济、政治结构分离的结果。对于快感、欲望、差异、好玩的强调——这些都是当代消费主义的特征——是下述文化环境的组成部分，这个文化环境产生了大量的相关过程：后工业主义、后福特主义、后现代主义。资产阶级工业资本主义的道德机构及其相关的关于性的宗教与伦理律令随着基督教伦理的销蚀以及大众消费主义的兴起而消失了。晚期工业社会中道德与法律的这种变化反过来又与经济结构的变化相联系，特别是与世界经济秩序中重工业生产的衰落有极大的关系。后工业环境中服务工业的不断增加的重要性与传统城市工业阶级的衰落相联系，与生活方式的变化、早龄退休、休闲的增加等联系在一起，劳动的躯体正在变成欲望的躯体。"[①] 这表明，无论是大众还是学者，对于身体的兴趣的高涨是一系列社会、经济、文化转型的产物。

① Bryan S. Turner, *The Body and Society*, second edition, London：Sage publication，1996.

1. 现代性与祛魅

从文化语境上看，消费社会的一个重要特点是宗教与意识形态教条在界定、规训、控制身体方面的权威性的削弱，身体正变得越来越自由，越来越不受宗教或政治的控制。这是现代化、世俗化进一步深化的结果，是一种所谓"盛期现代性"（high modernity）现象。现代性与宗教之间的关系对于我们理解身体的命运极为重要。一个反面的例子是，在当今世界宗教传统依然深厚的一些国家（比如阿拉伯国家），身体，特别是女性的身体，依然受到严格的控制。① 中国"文革"时期的政治意识形态也对身体实施严格的控制，男男女女都穿没有性别特色的服装，上上下下齐动员清除所谓"奇装异服"。

随着现代性的进一步展开，社会文化的祛魅（去神圣化）步骤也进一步加剧，但是现代化过程摧毁了宗教信仰以后却没有建立另外的稳固信仰，陷入"上帝死了以后怎么都行"的信仰无政府主义，以及"众神纷争"的价值多元化状态。消费社会的文化没有能够提供指导我们生活的核心价值。这样，对于那些丧失了宗教信仰、丧失了对于宏大政治话语的兴趣的人，至少身体好像提供了一个坚实的、在现代世界中重建可以依赖的自我感觉的基础。**我们什么也没有了，但是至少我们还拥有我们的身体**。在一个把至关重要的价值置于"年轻"、"性感"核心语汇的时代，身体的外在显现（外表）成为自我的象征。特纳说："现代自我的出现是与消费主义的发展紧密联系的，现代的自我意识与无限制的对于快乐之物（食物、符号以及消费品）的个人消费观念紧密联系。"② "我消费故我在"（I consume therefore I am）而不是"我思故我在"，成为今天的大众

① 《北京晚报》2003 年 11 月 9 日在题目为《只因穿比基尼选美，"阿富汗小姐"面临指控》的文章，报道了就读于美国的阿富汗女大学生维达·萨玛德因为参选 2003 年度"地球小姐"而面临在阿富汗被起诉的危险，原因是检察院认为这位参加选美的阿富汗姑娘违反了阿富汗文化传统。

② Bryan S. Turner, *The Body and Society*, second edition, London：Sage publication, 1996.

的自我确证、自我认同的核心。这种自我观念与西方笛卡尔以降的哲学与社会思想传统迥异，后者在心灵/肉体的二元对立基础上，认为人之为人、使人成为"社会性动物"的恰恰是心灵，而身体是不能体现人之为人的本质的，身体是自然性的、生物性的，乃至动物性的，而不是社会性的、文化性的。

2. 哲学和社会理论的变化

同时，古典哲学与社会学偏爱对身体的二元研究方法，它没有彻底忽视身体，但是身体在古典社会学中是一种抽象的存在。古典社会学没有把身体当做具有自身存在价值的领域予以重视。就此而言，身体在古典社会学中是缺席的。比如古典社会学很少谈论这样的事实：我们有一个肉体化的身体，它使我们能够尝、闻、触、摸，等等。但是当代社会学越来越倾向于认为：在解释人类行为以及社会的建构与功能时，不可避免地要解释身体化方面。古典社会学对于身体的关注是隐在的而不是显在的，而且常常只是有选择地关注身体化的一些方面。比如，它研究语言与意识，但却不承认这些能力是一种身体化的能力。正如德国著名社会学家埃里亚斯（Norbert Elias）所说，我们的语言与意识能力是内在地身体化的，是身体的一部分，是受到身体限制的。同时，古典社会学也忽视了人的能动性的身体维度和身体基础。近来的社会学理论则认为：事实上，是身体使我们能够作出行动，卷入并改变日常生活之流。不解释身体就不可能有适当的能动性理论。在非常重要的意义上，行动的人就是行动的身体。

3. 经济形态和产业结构的变化

比文化的变迁或许更加重要的是经济形态与产业结构的变化。在消费社会中，身体的保养、维护逐渐成为核心的产业之一。我们可以看到，在现代消费社会中，特别是现代化的大城市中，不但是文化，还有经济，都是围绕身体这个中心旋转，开发身体、管理身体、美化身体、保养身体、展示身体、出卖身体，成为经济的命脉。无论是各种各样的公司、企业还是个体，都在为身体而忙碌着。

消费文化语境中的身体美学

看看现代的城市中遍布的洗浴中心、健身中心、美容院以及休闲胜地等所谓"服务业"，就知道了身体在经济中的重要性。所谓"服务业"，其中一大部分是为身体服务的。2003年在上海召开的"国际科技美容专家高峰论坛"传来的消息称：美容整容已经成为继购房、买车、旅游之后的第四个消费热潮。国家工商联的统计数据显示：到2008年年底，中国大陆有美容院3154万家，年产值5680亿元人民币，占全国GDP的3.2%。同时推动相关的化妆品行业消费4600亿元人民币，并以25%的速度增长。保养和管理身体甚至可以说是现代人生活的主要内容之一，也是他们（特别是女性）的主要开支。现在正在西方与中国兴起的所谓"美丽工业"（beauty industry）实际上就是身体工业。化妆品工业当然是最最重要的身体工业。美丽工业的最杰出作品，就是现代城市中各种男女明星光彩照人的玉照，它们已经成为视觉文化的主题。化妆品工业实际上是"美丽产业/工业"的一个部分，这个"美丽工业"的核心就是打造美丽的身体，而依据的标准就是那些明星。①

三 从手段到目的

消费文化中的身体的重要特征之一，是它成为人们追求的目的本身，而不是（达到其他目的，也就是非身体的目的的）手段。

在消费社会以前的人类历史上，身体的命运总的来说不怎么好。传统社会——包括中国的传统农业社会，西方古希腊斯巴达社会，以及现代初期的工业社会（无论是中国还是西方）——都存在不同程度的禁欲主义传统，即压制身体以及身体欲望。在这样的禁欲传统中，身体及其欲望被看做是威胁性的、危险的、肮脏的，是不守规矩的非理性欲望与激情的载体，是堕落的根源。它必须受到理性、灵魂以及文化规范的控

① 参见《北京"美丽产业"加速度》，载《新京报》2003年11月25日。

制。人们制定了严格乃至残酷的抑制身体、控制身体的措施，各种各样的禁忌常常都是针对身体的，比如非洲部落的割礼，阿拉伯国家的服饰，中国古代的裹脚。还可以包括中国"文革"时期对所谓"奇装异服"的严格禁止。

在传统社会中，在最好的情况下身体也只是被当做工具而不是目的，身体之所以有价值是因为它有军事价值、生产价值、繁殖价值，等等。传统文化总体而言倡导为一个比身体更高的理想而"献身"（"献身"就是把身体献出去），这是一种献身（身体）伦理。在古希腊的斯巴达，为了提高人们的战斗能力而重视身体锻炼；在农业文明与工业文明初期，身体的生产价值（包括生殖价值）得到突出和重视。鲁迅先生说："贾府中的焦大是不会爱林妹妹的。"原因何在？恐怕在于林妹妹的身体虽然合乎消费社会中的"苗条"标准，却没有生殖与生产能力，所以不合乎焦大的身体理想。"文革"时期的那些熊腰虎背的男子与英姿飒爽的女子，也是生产性身体理想的体现，与之形成对照的是知识分子的"小白脸"形象。总而言之，拥有一个健壮身体的目的，是为了实现其他目的，通常是精神性、宗教性的目的：如上帝、共产主义理想、革命（所谓"练好身体干革命"，"身体是革命的本钱"）。

但是到了消费社会，身体翻身做了主人，身体的享受成为生活、人生的目的本身。消费性、享受性的身体突出出来。消费社会极力塑造一个能够消费同时又能够被消费的身体，因此，身体的外观（与生产能力与生殖能力无关），亦即身体的审美价值，获得了越来越重要的意义。身体从手段变成了目的，不是"身体是革命的本钱"，而是"革命是身体的本钱"。身体不是"革命"的手段而是"革命"的目的——"革命"在这里只是一个比喻，它的含义在今天已经转变为为了享受而进行的各种操劳。"革命"成为工具。

身体地位的变化也导致身体与服饰之关系的变化。禁欲传统（包括毛泽东式的现代"革命"时代）中的服饰是用以遮盖、隐藏身体的；而消费社会的服饰是设计来展示、凸显躯体的（遮的目的是为了露）。这使得人们对于身体的外观极度敏感，身体而不是精神成为现代人的快乐与痛苦的根源（因为发胖而忧心忡忡，因为苗条而信心十足）。所谓"生活的艺术"差不多就是身体的艺术（美化身体、开发身体、管理身体，当然更要享受身体）。

我们的时代是一个迷恋青春、健康以及身体之美的时代，电视与电影这两个统治性的媒体反复地暗示：柔软优雅的身体、极具魅力的脸上带酒窝的笑是通向幸福的钥匙，也是幸福的本质。

四　身体的审美化：看与被看

我们在前面已经提及，身体观念的变化与整个社会转型存在密切的关系。这里我想补充的是：在消费社会中，原先被赋予身体的各种职责、使命与功能现在大多消失了，特别是，身体与生产/生殖能力在很大程度上产生了分离（现在的劳力主要转移到了"脑力"上）。这使得身体被解实用化、去功利化。对于快感、欲望、差异、好玩、风格、外表这些非实用—功利因素的强调变得越来越突出。

有人把身体的这个变化命名为社会脱位（social desloca-tion），它意味着身体已经更加面向消费文化的游戏性—审美性使用，这种对于身体的游戏性—审美性使用，已经成为消费主义欲望的主要载体。

身体的审美化于是成为一个突出的社会文化思潮。这里，"审美化"指的是实用功能淡出之后对于身体的外观、身体的视觉效果、观赏价值以及消费价值的突出强调。由于身体的实用功能衰退而审美功能凸显，所以消费社会中的人们对于身体之美、身体的外观与年轻特别关注，对于身体"老化"采取了空前坚决的拒绝态度（同时伴随对于老化的极度恐惧），对于运动、美容等美体实践则空前重视。这样就产生了所谓"美丽工业"（beauty industry）、"身体工业"（body industry），各种各样的现代女性成为这个"美丽工业"或"身体工业"的劳动力、消费者以及材料来源（如各种各样的模特儿）。但必须指出，"身体工业"正确地说是身体外观工业或身体形象工业，它注重的不是身体的内在品质，甚至也不是身体的健康（许多减肥行为实际上是非常有害于身体健康的），而是身体外在显观。我们今天整天听到人们讲"呵护身体"、"关爱身体"，但是"身体的呵护"显然不止是（或者主要不是）为了健康，它还关系到使我们对于自己的身体外形显现（既显现给自己，也显现给别人）感到满意。而且更加值得注意的是："健康"已经变得越来越与外观呈现相关，尤其是在女性那里，健康几乎就等于苗条，而这种"苗条的身体"实际上已经不再合乎医学的标准。或者说，在消费文化中，苗条已经与健康紧密联系在一起，而健康教育的要旨——过度肥胖有害健康——已经融合进了常识性的智能。但是，实际上人们追求苗条主要是出于"好看"的目的。那些节食的妇女其实很清楚：节食的主要动机是使身体更具魅力，即好看。而**"好看"不仅是获得社会接受的必要条件，而且是通向更加令人激动的生活方式的钥匙。**一个减肥杂志展示了苗条的好处：**苗条不仅可以获得更多崇拜的眼光，而且让人更加自信地走出去，更加有吸引力。**苗条可以增加人的身体资本，这个身体的资本还可以转化为别的资本，提高一个人在社会中的竞争力，对于妇女而言首先是提高自己在婚姻市场上的竞争力。对于身体的这些关切已经成为学术研究的重要领域，其普及性的读物——不计其数的健康手册、自我保养手册、化妆指南等——更是成为图书大厦中的亮丽风景，占据了最显眼的位置。

由于注重身体的外形或身体的观赏价值，而不是实用价值/生产价值，**视觉文化与身体文化就成为现代消费文化的两翼：**在视觉文化中占据核心地位的是身体（特别是各种女性的玉照），而身体文化则是视觉化、图像化的。人体彩绘堪称身体审美化、身体美学的杰作。彩绘没有任何的实用意义，与身体的生产价值、生殖价值以及健康价值都没有任何关系。

但是值得注意的是，在消费社会的身体图像消费中，存在明显的性别歧视现象。广告中的性别与社会角色之间的关系经常是极度模式化的，其中不平等的权力关系随处可见。这种权力关系常常体现为看与被看的关系模式。

西美尔（Georg Simmel）在分析视觉与其他感觉器官之区别时，曾经对于看这种知觉行为情有独钟。西美尔认为，看是相互的，而其他的感觉行为（比如听）则常常是单向的。我看别人，别人也看我。这种互动性使得观者不至于沦为被审视或监视的对象。但是在消费文化中，看的情形有所不同。我们看电影、电视、广告画面或模特表演，常常只是我们在看，而对象并不在真实地看我们。因此有人指出，被记录并被展示的对象往往和看者处于一种不平等状态，看者更多地像一个"窥视者"而处于优势地位。

在那些关于女性化妆品之类的广告中，这种不平等常常特别明显地体现男女之间的不平等地位。女性主义的理论对此一直耿耿于怀。女性主义理论认为，在电影之类的媒体中，女人总是作为被展示的对象出现，而男人则总是处于观看主体的地位，就如同猎物与猎人的关系一样，其中隐蔽着某种男性主义的意识形态。正如当代著名女性主义电影理论家劳拉·穆尔维（Laura Mulvey）所指出的：

> 在一个性别不平衡的世界中，看的快感已被分裂成主动的/男性和被动的/女性。决定性的男性注视将其幻想投射到女性形象身上，她们因此而被展示出来。女性在其传统的暴露角色中，同时是被看的对象和被展示的对象，她们的形象带有强烈的视觉性和色情意味，以至于暗示了某种"被看性"。作为性对象来展示的女性乃是色情景观的基本主题。①

---

① Laura Mulvey, "Visual Pleasure and Narrative Cinema", in Charles Harrison and Paul Wood (ed.), *Art in Theory: 1990 – 1999*, Oxford, Bleckwell, 1992, p. 967.

这就是说，在看的行为中，实际上包含着复杂的意识形态内容，这些意识形态因素由于文化的遮蔽和常识的掩盖，一方面变得难以察觉了，另一方面又使得种种视觉行为似乎是自然而然的。朱迪丝·威廉森（Judith Williamson）在她的著作《解码广告：广告中的意识形态及意义》中对于一种叫 Dry Sack 的酒的广告进行了分析，广告中的那个女子穿着没系纽扣的睡衣，眼睛挑逗性地看着前方。作者认为，这个广告中有一个虽然不显在却隐在的男性，"他不但'无所不在'，而且'使一切得以存在'，他是一种'创造性的不在场'（creative absence）"。① 其实，五花八门的女性化妆品广告、减肥广告、"丰乳肥臀"外科整容广告中，都有一双或明或暗的男性眼睛。

如果这类广告中的性别不平等可能还是比较隐蔽的，那么"华伊美粉刺一搽净"的广告就十分赤裸裸了，这个广告告诉我们：女子的幸福就是被男人喜欢。广告画面中右边那个衣冠楚楚的男子一看就是一个"成功人士"。他拿着放大镜，仔细地审视身边（居于广告画面的左侧）那位女子的脸部，并念念有词："乖乖，华伊美真厉害，不但将满脸的粉刺消除得一干二净，连粉刺斑也没有了，放大镜也失去了作用。"而这位女子则歪着头甜甜地、"自信"地笑着："不久前，我脸上长满了痘痘，他经常嘲笑我，一气之下，十几天不见他，就悄悄地用起了华伊美粉刺一搽净，效果非常好。你看现在的我不是很靓吗？"这则广告告诉我们：对于女性而言，幸福就是得到男子的宠爱，而得到男子宠爱的前提则是自己的青春资本。因而靓丽可人就是幸福的同义词。这种幸福与社会取向的事业成功无关，而只与外表相关。美丽（面部的洁白无瑕）是女性获得幸福的根本。又因为女性的幸福在于得到男性的宠爱，因而这种美丽实际上是给男人看并由男人来鉴定的。男性处于欣赏者与评判官的角色；女性则是取悦于人者，只有被欣赏与被评定

① Judith Williamson, *Decoding Advertisement: Ideology and Meaning in Advertising*, London, Marion Boyars, 1978, p. 80.

的份儿。

这方面另外一则典型的广告是浪莎袜业广告：画面右上角是一位具有模特儿般身材的魅力四射的女子，只见她穿着背带裙，两手叉腰，头微微向左盈盈远视，作出一副非常标准的模特儿姿态，特别突出自己的修长玉腿以及玉腿上一双透明的袜子，这位女子是为了谁而展示自己的性感之躯？原来画面的左下角站着一位身着熨得十分妥帖整洁的高档服装的男子，他右手高举额头，头向右侧仰望右上角的那位女子，完全是一副看风景的样子。

在这种非常典型的看与被看的关系背后是一种支配与被支配的关系。绝大多数的女性用品（化妆品、首饰、减肥产品等）广告都有一个显在的或隐在的男性主体，一双男性的眼睛。广告上的女子就是对着这个主体或这双眼睛频抛媚眼，搔首弄姿。比如夏士莲洗发水广告。镜头之一：一个中国姑娘穿着非常暴露的上衣，展示给边上一个欧洲男性看，这个男性只是瞟了一眼，继续看他的报纸，女性声音："他说这样没关系"（男性主体许可了）；镜头之二：还是这个中国姑娘穿着长裙，裙子的中缝开得很高，露出性感的大腿，展示给同样一个男性看，这个男性还是不动声色，女性声音："他说这也没关系"（又许可了）；镜头之三：该女子原先的长发变成了又短又乱的短发，这次这位男子看到以后勃然大怒，拍案而起："绝对不行"；镜头之四：女子恢复了原先的长发，经过处理以后油光发亮（画面上出现"夏士莲"的广告语）。这同样是一则十分典型的体现性别歧视的广告：女性的外表装束与身体管理必须得到男性的认可，因为这种"管理"的目的就是取悦于男性，化妆品的力量就在于增强女性吸引男性的青春资本。有些广告甚至利用汉语的特点，大量使用露骨的性隐语，比如"一戴天娇"、"丰胸化吉"、"从小到大的关怀"、"做女人'挺'好"、"不要让男人一手掌握"，等等。

无独有偶，"太太口服液"广告几乎在重复着这种男女性别模式：一对情侣坐在一起吃荔枝，女孩秀气水灵，男孩帅气

文学理论与公共言说

英俊。女孩一边剥荔枝一边撒娇地问男的："现在的我漂亮还是从前的我漂亮?"男的回答："以前的你就像……这个",边说边拿起一枚果肉枯黄的荔枝："干瘪枯黄。"女孩一脸不高兴。男孩话锋一转："不过现在的你呢……",他又拿起一枚饱满鲜亮的荔枝,望着洁白晶莹的果肉说："就像这个,又大又滑,怎么看也看不够。"女孩于是转怒为喜,甜甜地笑着说:"这都是'太太口服液'的功劳。"俩人相拥而笑,做无比幸福状。这位女性的悲喜、她的自信建立在男性的认同上,只有男性的认同才具有权威性与可信性。更有甚者,用荔枝来比拟女性,其深层含义是:女性就像是荔枝,是满足男性生理需要的。她的价值或许比荔枝高一些,但是本质上相同,都可以通过金钱得到。

五　可塑的身体与"身体规划"

现在人们的身体观念的确产生了巨大的变化,除了认为身体是目的以外,还有一个重要的观念变化就是:身体不是自然生成的、固定的,而是可以改造的、可塑的。过去我们常常认为:身体是固定的、先天的,是父母给的,但是消费文化中的趋势却认为,躯体的特征是可塑的而不是固定的,人们通过努力以及"躯体制作"(body work),可以达到特定的、自己想要的外形。正如克里斯·西林(Chris Shilling)在《身体与社会理论》的"导言"中指出的:"现在,我们有了一套程度空前的控制身体的工具……随着生物学知识、外科整容、生物工程、运动科学的发展,身体越来越成为可以选择、塑造的东西。这些发展促进了人们控制自己身体的能力,也促进了身体被别人控制的能力。"[①]也就是说,身体成为一种有意识、有目的的规划与工程。这就是所谓"不确定的身

---

① Chris Shilling, *The Body and Social Theory*, London; Thousand Oaks, Calif.: Sage Publications, 2003, "Introduction".

体"。身体不再臣服于从前曾经规范肉体存在的那些限制。

这种情形在提供人们控制自己身体的潜力的同时，也刺激了一种对于"身体是什么"的高度的怀疑。换言之，在高科技促进我们更高程度地卷入身体塑造的同时，也动摇了"身体是什么"的知识，使之变得捉摸不定。（比如我们的身体观念总是与性别观念、父母观念、肤色观念等联系在一起的，而现在这一切似乎都变得捉摸不定了。在挑战肤色与种族身份方面，美国歌星迈克尔·杰克逊是一个非常典型的例子，而在挑战身体的性别身份方面，韩国的变性人河莉秀则是一个著名的范例。）科学发展的历史表明：我们关于"到底在多大程度上可以允许科学重构身体"的道德判断，总是落后于科学的发展。

我们越是能够控制与改变我们的身体，我们就越不知道是什么构成了我们的身体，什么是身体的"本质"，什么对它来说是"自然的"。实际上现在身体已经变成了一种"规划"。情形似乎是：在这个缺乏稳定性的后现代消费社会，我们对于自己身体的意识也不可能稳定。我们目睹了正在出现把身体看做是处于不断生成过程中的倾向。身体成了一个应该进行加工、完成、完善的规划。这与传统社会中如何打扮自己的身体（主要集中于身体的外在装饰）是不同的，因为它更具有反思性与规划性，不仅范围更广，而且更触及身体的深层本质，与继承下来的、被社会广泛接受的身体模式与观念（这个模式常常是通过共同体的仪式塑造的，传统的身体装饰常常只是强化这种被文化规范认可的身体观念而不是颠覆它）更少联系。而在消费社会中，承认身体是一个"规划"意味着接受这样的观念：不仅身体的外观装饰物是完全自由选择的，而且其大小、高低、性别、肤色等都是可以依据身体拥有者的意志改变的。在这样的语境中，身体变成了可以锤炼的实体，这个实体可以通过警惕、看护身体以及艰苦的"造体"努力得以实现。这里我们应该感谢现代的科学（生物学、外科整容手术等），现代医学可以改变一个人的性别、身高与骨架，现代外科技术使得人体的再造不再是神话。

同时，以改变性别与整容手术为核心的现代科技也以特别敏感的形式提出了"什么是身体"的问题。身体塑造（bodybuilding）活动是身体规划的一个极好例子，这是因为身体的塑造者所达到的肌肉质量与大小挑战了传统的关于什么样的女性身体、什么样的男性身体是"自然的"观念。在一个男人在工厂进行的体力劳动被机械取代的时代，在女性挑战家庭妇女角色的时代，传统的身体观念受到了极大的挑战。现在有各种各样的方法可以改造自己的身体：除了减肥以外，还有更加激动人心的：改变性别、增加高度、丰乳肥臀、人工制作处女膜（这样一来，似乎"贞节"的定义也要重新界定了。一个处女的标志还是是否拥有处女膜吗？一个妓女经过重新安装处女膜，是否还是处女？报纸上常常有这样的报道：某某妓女声称，等自己赚够了钱以后就重新装一个处女膜嫁人，然后永远忠实于丈夫）。"造人"（正确地说，是造躯体）的时代正在到来。

最后，这种身体规划的观念还涉及一个道德问题：广告以及其他各种媒体要求个体对于自己的外形负责，而不是把它推诿给"老天爷"或"爹娘"。如果一个人的身体不合乎"标准"，那不是爹娘的责任，而是因为自己的懒惰。这不仅对于青年人是重要的，而且对于中老年人也如此。消费文化语境中的健康与医学话语主张：面对自然衰老，人并不是无能为力的，应该通过有效的躯体维护，在化妆品工业、美丽工业、健身工业、休闲工业等的帮助下，来与皱纹、肌肉松弛、脱发等伴随老年化出现的现象进行斗争。人定胜天。这样的广告有助于创造这样一个世界——在这里，个体被迫在情绪上变得脆弱，持续地监视自己身体的不完美性，这种不完美性不再被认为是自然的。

六　身体与身份认同

消费社会学认为，消费文化把身体与自我认同联系起来，个体常常通过塑造身体来建构良好的自我感觉，更加好看、更加年轻、更加有吸引力已经成为人的一个基本需要，因为好看的人就会感觉良好。

克里斯托弗·拉什（Christopher Lasch）在《自恋的文化》（*The Culture of Narcissism*）中所展示的一种新的人格类型，即自恋的人格，已经在 20 世纪出现，它的特点被描述为"过分的自我意识"、"对于健康的持久的不安"、"恐惧老化"、"对于老化征兆的极度敏感"、"沉浸于永远年轻与充满活力的幻想"。自恋的文化形成于 20 年代，成熟于战后，现在则广泛传播。自恋的人格与培养这种人格的自恋文化指向一种新的躯体与自我的关系，在与自恋的文化最接近的消费文化中，出现了新的"自我"概念，即**表演性自我**（the performing self）——**极度强调外表、展示、印象设计的那种自我。**①

西方的社会学家认为，最能够体现这种新的人格的是一些所谓的"自助手册"（self-help manual）（相当于中国的各种"生活指南"）。可以从 19 世纪到 20 世纪的自助手册上看到表演性自我的逐渐呈现。19 世纪的自助手册强调的是新教伦理：工业、节制、节俭、公民资格、民主、责任、工作、荣誉、道德；而 20 世纪 20 年代以后的自助手册强调对声音的控制、公开场合的亮相与演说、锻炼、悦耳的声音、外表的修饰等。它对于道德没有兴趣。这种新的人格文化所要求的社会角色就是表演者（performers）的角色，它强调真正的快乐可以通过取悦于他人（make oneself pleasant to others）而获得。个人应该发展他的演员技巧——20 年代的自助手册以及其他的大众媒体都这么强调；而好莱坞的明星则提供了榜样，即所谓的"个性化明星"（personality star）。有些明星还亲自写自助类的书。也有人认为，20 世纪后半期百货商店的发展在这个过程中举足轻重。百货商店通过越来越精细的广告技术出售新近批量生产的便宜服装。原先标志着特定社会地位的服装逐渐被回避，而个体的穿着越来越被看做是其个性的表现。他既要译解别人的

① Christopher Lasch, *The Culture of Narcissism*, New York: Warner Books, 1979.

外表，又要努力设计自己（留给别人的）的印象。这就鼓励了更加强烈的自我意识，以及在公共场合的自我审查。

在消费文化中，个体被要求成为角色扮演者，有意识地监督自己的身体呈现。一个人的自我感觉好坏在很大程度上取决于自己的身体感觉而不是其他（长相美比心灵美更加重要）。身体、外表、姿态与行为举止成为自我的指示器。对于躯体的忽视会在日常的人际互动中受到惩罚。这就鼓励个体仔细关注与寻找自己衰老的迹象。如同拉什所说："我们这些人就如演员与观众，生活在镜子的包围中。我们在这些镜子中寻找我们迷惑别人或给别人深刻印象的能力的保证，我们焦急地寻找可能会损毁我们有意设计的外表的瑕疵。广告工业有意识地鼓励这种对于外表的优先关注。"①

这样，向自恋的与表演性的自我发展的趋势，在职业的管理中产阶级中表现得最明显。这些阶级既有时间也有钱从事生活方式的活动并培植自己的角色形象。消费文化的意象与广告不能仅仅被贬低为"娱乐"，即人们并不认真对待的东西；消费文化也反对这样的观点：个体被操纵去追逐错误的欲望与需要。消费文化在两个广泛的层次上运作：（1）它提供各种用以刺激欲望与需要的意象；（2）它建立在改变社会空间的物质安排以及社会互动的本质的基础上，并有助于这种改变。日常生活的物质组织的变化包含了对于社会空间的重构，比如新的购物中心、新的现代化旅店等，而这种重构则鼓励、促进了躯体的演示。

七　身体与图像文化和广告

我们已经说过，消费文化注重的是身体的观赏价值、审美价值而不是生产价值、实用价值。所以，身体的图像在其中起

---

① Christopher Lasch, *The Culture of Narcissism*, New York: Warner Books, 1979.

非常重要的作用。为了打造合意的身体外形，消费文化为我们提供了大量理想的身体意象（特别是女性的身体意象）以供大众模仿。以身体为核心的视觉图像工业开始兴起。

　　一系列通过电子摄影技术、电影与电视技术生产的图像使得我们置身于一个图像组成的镜城中，也使得我们时时刻刻意识到自己身体——特别是其外形——的存在（不管是美的身体还是丑的身体）。图像使得个体对于身体外表的呈现、对于自己的"外观"具有更加强烈的意识。外国的学者研究指出，电影、电视等影像工业通过把人从词语引向运动与姿态而改变了20世纪人的情绪生活。一种受词语支配的文化倾向于内向性、抽象性与不可触摸性、想象性（比如中国古代文学作品《陌上桑》对于美女罗敷的描写），把人的身体还原为一些看不见的文字，而对于视觉形象的强调则把注意力引向躯体的外形、穿着以及姿态。

　　这样，处于由身体图像组成的镜城中的当代人常常陷入对于自己身体的严格自我监督中。百货商店就是这样的一个镜子之城。商店中的商品展示越来越精致讲究，许多人到这里进行窥视性的消费（voyeuristic consumption）。到这里来的人不仅仅是来买东西，同时也来进行审美：他们在看别人的时候知道自己也被人看。所以在这里，特定的穿着标准与外观标准是非常重要的。随着个体穿越于被展示的商品场域，他自己也处于被展示的位置。我们对于自己外表的日常意识大大加强，通过与自己过去照片的比较，与广告和大众传媒中宣扬的理想美女俊男的"标准"身体的比较，使得我们对于外表的敏感程度、挑剔程度以及不满程度变得更加强烈。

　　在这里，我们不能不说说广告。在消费社会中，广告信息是使我们的整个文化迷恋身体的主要教唆者。在这里，各种模特以及影视明星常常充当了"形象大使"、"形象楷模"的角色。电影、电视、各种各样的广告图片是消费文化中标准的身体图像的生产者与供应者，许多青年男女就是这样准备来监管、打造自己的身体。这些明星为了保证具有完全符合完美标

文学理论与公共言说

准的形体，利用各种各样的化妆技术、整容技术以及假发等以消除不完美性。他们当中的许多人常常遵循严格的饮食、训练以及化妆。据说美国的化妆工业就是从这种做法发展出来的。

消费社会无处不在的身体图像与广告不断吸引人进行比较，不断地提醒我们："我们看上去是什么样的？通过努力我们将会变成什么样？"我们不是要开拓身体产业的市场吗？怎么开拓？必须制造对身体极为挑剔的消费者，而广告就是有效地制造这样的消费者的工具。大量广告使得个体对于自己的身体采取一种"横挑鼻子竖挑眼"的态度。现代广告与世界大战前的广告的不同在于："它越来越集中于使接受者情绪不稳定，它通过这样的'事实'——体面的人都不是像他那样生活的——来对他进行当头棒喝。当代广告让一个家庭主妇焦虑地瞧瞧镜子中的自己是否像广告中那位 35 岁的太太一样，因为不用 Leisure Hour 电子洗衣机、洗碗机而憔悴不堪。"[1] 广告总是要制造一个使你感到自卑的"理想"身体图像，使你感到自卑与焦虑，然后又不失时机地给你希望：只要用了我的产品，你也能够有一种理想的身体。据说在美国，第一次世界大战之后几年，化妆、时装以及广告工业的主要冲击对象是女性，而对于男性的冲击则出现于六七十年代。但是，20 年代的男性明星道格拉斯·范朋克（Douglas Fairbanks）在塑造男性躯体偶像方面发挥了巨大作用。他还改变了皮肤以白为美的观念，导致棕色皮肤以及阳光浴的流行。

因此，广告有助于创造这样一个世界——在这里，个体被迫在情绪上变得脆弱，持续地监视自己身体的不完美性，这种不完美性不再被认为是自然的。是啊，如果是自然的、不可改变的，谁还会用化妆品？

总之，消费文化中的人们一方面以身体的享乐为最高的生活目的，另一方面又严格控制自己的身体，这样，**他们对于身体的态度是矛盾或者说是双重的：一方面，我们的时代是空前**

①　Stuart Ewen, *Captain of Consciousness*, New York,：McGraw-Hill, 1976, p. 73.

放纵身体的时代，另一方面，它也是对于身体的控制空前严厉乃至残酷的时代。在消费文化中，广告、流行出版物、电视、电影文化等，提供了大量理想化的身体形象。此外，大众传媒持续不断地强调化妆品对于身体保养的好处。对于严加约束的身体的奖赏，不再是灵魂的拯救，甚至也不是改进了的健康状况，而是强化了的外表（enhanced appearance）与更加适合于销售的身体。如果说在宗教的语境框架中节食被理解为对于肉体诱惑的抵制，那么，在今天，节食与身体保养（body maintenance）已经越来越被视做释放肉体诱惑的载体。控制身体与享受身体已经不再被看做是不相融的。事实上，通过身体保养的严格程序来对身体实施控制，才能够造就被大家接受的外表。消费文化并不意味着彻底地用快乐主义来取代禁欲主义，它倡导的实际上是"精心计划的快乐主义"（calculating hedonism）。

（原载《马克思主义与现实》2010 年第 2 期）

革命的祛魅："后革命"时期的革命书写

引言：关于"革命"与"后革命"

"革命"一词，歧义纷呈，古今含义变化很大。本文采取的是法国社会学家雷蒙·阿隆的界定："在社会学的术语中，革命指的是通过暴力快速地以一个政权取代另一个政权。"① 在后面的补充解释中，阿隆说："革命的基本特征是，一小部分人通过无情地铲除对手获得政权，创设新的体制，并梦想着改变整个民族的面貌。"② 在这里，革命与两个关键词相关："暴力"、"政权"或"体制"。首先，"革命"特指政权或体制的彻底变革，而不是小小的修正（改良）。其次，这种变革的方式暴力，是通过暴力推翻旧政权、建立新政权。这两点都表明了革命的激进性。由于这样的限定，经济或科技领域的巨大变化，如"工业革命"、"技术革命""计算机革命"等习惯用法，就不合乎阿隆所说的"革命"含义，因为它不一定涉及政权；同样道理，许多只更换执政者而不从根本上触及整个政体的军事政变、宫廷政变也不是革命。中国传统上充满血腥暴力的王朝更替和宫廷政变，就不是现代意义上的革命，因为统

---

① 雷蒙·阿隆：《知识分子的鸦片》，吕一民、顾杭译，译林出版社 2005 年版，第 35 页。

② 同上书，第 37 页。

治者的易位并不包含政体性质的根本变化。① 最后，即使是政体变化，如果不是通过暴力方式进行的，不是根本性的，也不是革命（常常是用"改革"这个词）。所以，阿隆认为 1945—1950 年英国工党实行的改革，就不属于"革命"。② 最合乎阿隆这个革命定义的当然是 1789—1797 年的法国大革命和 1917—1921 的俄国社会主义革命，它们也成为阿隆所反思的基本对象。

　　在中国的语境中，国民党领导的民主主义革命（针对中国封建王权国家，以建立资产阶级共和国为目标）和共产党领导的社会主义革命属于很典型的阿隆意义上的"革命"。但是，正如阿隆紧接着指出的，定义"革命"当然还有别的标准和方法，在这里，"'定义'无所谓真实还是虚假，它的存在或多或少是为了有用或便利。'革命'并不存在一种恒久不变的本质，但其概念可有利于我们去理解某些现象，并使我们在思考这些现象时更加明白"。③ 在新中国成立后到"文革"时期的官方或民间表述中，所谓"革命"的含义被极大地狭窄化、专门化，特指中国共产党领导的，以马克思—列宁主义、毛

---

　　① 正因为这样，中国古代并没有现代意义上的"革命"观念。依据金观涛的研究，"'革命'的本意是天道周期性变化，自汉代开始用来指涉改朝换代。戊戌变法前，它或被看做王朝易姓，或用于指大动乱，具有负面价值。清王朝统治正当性的丧失使得改朝换代机制有可能呈现。1900 年庚子事变后革命观念兴起，'改朝换代'和西方 revolution 意义结合，成为推翻清王朝建立新社会的正当性基础。1901 年清廷宣布推行新政，预备立宪等一系列改革取得某种效果时，作为改朝换代和彻底变革的'革命'不如改良主义重要。二十世纪初现代化运动引起的社会整合危机，终于导致新文化运动的爆发，改良主义的意识形态受到批判。西方 revolution 理念通过法国大革命、俄国十月革命等重大历史事件为中介终于被纳入中国传统革命观念的结构，产生了中国式现代革命观。中国式现代革命观同西方 revolution 最大不同在于：它还是天道。在新的天道中，进步成为宇宙规律，平等和取消一切差别变成代替儒家伦理的新时代道德。"参见金观涛《革命观念在中国的起源和演变》，载《政治与社会哲学评论》第 13 期（台北：2005 年 6 月），第 1—51 页。

　　② 这也是 revolution（革命）和 evolution（进化）的区别所在，后者指的是"经宪法上的和平改革而产生新的社会秩序"，参见雷蒙·威廉斯《关键词：文化与社会的词汇》，刘建基译，生活·读书·新知三联书店 2005 年版，第 415—416 页。

　　③ 雷蒙·阿隆：《知识分子的鸦片》，译林出版社 2005 年版，第 36 页。

泽东思想为指导，以实现社会主义—共产主义为最终目的的变革社会、改变历史乃至再造人性的激进社会运动，而否定国民党领导的民主革命为"革命"（我们所谓"革命年代"、"革命样板戏"、"将革命进行到底"、"革命红卫兵"、"革命造反派"等表述中的"革命"都特指共产党领导的社会主义革命），把赞成资产阶级民主革命的资产阶级、小资产阶级以及启蒙知识分子说成是"不革命的"甚至"反革命的"，尽管从资产阶级民主革命的角度看，他们也是革命的或者很革命的。社会主义革命意义上的革命发轫于 20 世纪初期，成熟于 40 年代，繁荣于新中国成立后，极盛于"文革"时期。改革开放以后开始转型，进入所谓"后革命"时期。由于本文的研究目的和对象的关系，本文中的"革命"绝大多数情况下特指中国共产党领导的社会主义革命，"革命文化"也特指社会主义的革命文化。

"后革命"一词目前已经在国内国际学术界流行。在"百度"输入"后革命"一词，可以获得89600 条相关信息，从"后革命时代的文学"、"后革命时代的文化"，到"后革命时代的足球"、"后革命时代的摇滚"，等等，不一而足。

据我所知，最早使用"后革命"这个术语的可能是美国后殖民批评家阿里夫·德里克的《后殖民还是后革命：后殖民批评中历史的问题》。德里克说他的"后"既有"之后"的含义，也有"反对"的意思。在文章中他认为：后殖民时代的世界性现象是革命、革命的主体性、目的论在竭力适应资本主义世界体系的变革中，被无情地出卖，这虽然不是"反革命"的，但绝对是"不革命"的，现在的世界形势，与其说是"后殖民"，不如说是"后革命"，因此，把现在的形势描绘成"后革命"的要比"后殖民"的更贴切，但当今的后殖民主义批评却"回避选择革命，更倾向于去适应资本主义的世界体系。后殖民对文化的蜂拥而上，不仅是在逃避政治经济结构，更重要的是在逃避过去种种革命的激进主义，这些革命的激进主义在今天不仅被剥夺了对当代的重要性，连其过去的意义也遭到了否定"。① 也就是说，后殖民批评用种族问题置换了阶级问题。这个问题实际上和别的文化研究者所批评的文化研究中的身份政治取代了阶级政治，马克思主义及其政治经济学分析方法、阶级分析方法被纷纷抛弃，转向种族和性别等身份政治是一致的。不仅文化研究中存在这样的问题，实际上整个世界的人文社会科学以及一般人的意识中都普遍认为革命时代过去了，革命概念过时了。诚如吉登斯所言：革命成为一些理论家急于告别的对象，"那个搅扰了欧洲资产阶级美梦的幽灵，虽然在过去 70 多年中获得了坚实的存在，但是已经被送回了它的地下世界。激进主义者对马克思所说的人类可以实现'真正自由'的社会主义的期望似乎已经落空"。②

在中国的语境中，所说的"后革命"时期，是指从 20 世纪 70 年代末 80 年代初开始一直到今天这个历史阶段。称为"后革命"是因为从 70 年代末开始，"文化大革命"结束，党中央做出"大规模的疾风暴雨式的群众性阶级斗争基本结束"，"全党工作的着重点应该从 1979 年转移到社会主义现代化建设上来"的重大决策，并实行了"改革开放"政策，在确保政体稳定的前提下发展经济。③ 同时，执政党也逐步放松了对私人领域的控制，不再进行大规模的社会动员，放弃"政治挂帅"、"以阶级斗争为纲"的口号，在进行市场化改革的同时，尝试有限度的灵活的政体改革，并在文化上积极弘扬传统文化，扶持、鼓励大众文化。而在民间和知识分子中，人们也一致厌恶了长期的阶级斗争进而不再心仪曾经让他们如痴如狂的革命，转而关心自己的日常生活和物质享受。

因此，"后革命"除了分期的含义之外还有反思、告别乃

① 阿里夫·德里克：《全球主义，后殖民主义和对历史的否认》，《后革命氛围》，中国社会科学出版社 1999 年版，第 172 页。

② 安东尼·吉登斯：《超越左与右——激进政治的未来》，社会科学文献出版社 2000 年版，第 1 页。

③ 参见《中国共产党第十一届中央委员会第三次全体会议公报》，载《三中全会以来重要文献选编》，人民出版社 1982 年版，第 1 页。

至不同程度、不同方式的否定、解构、消费"革命"的含义。本文标题中的"后革命"不仅是指我所考察的关于革命的书写在时间上发生在"后革命"时代，而且也意在突出这种书写在价值取向或叙述方式上是非革命的（虽然不能说都是反革命的）。

关于"革命叙事"这个词也需要进行简单的界定。首先，"革命叙事"有两个基本的含义，一是革命化的书写、革命化的叙事（revolutionary writings/narrations），或站在革命立场上的书写；二是对革命（包括革命史、革命英雄、革命文化、革命文学，等等）的书写、叙述、再现和表征（writings about revolution，narration of revolution）。对于革命的叙事可能是革命化的或站在革命立场上的，也可能是非革命化的，甚至是反革命的。显然，传统的（这里的"传统"指的是与"后革命时期"相对的革命时期）革命叙事既是关于革命的叙事，也是革命化的叙事，也就是为革命提供合法性、正当性的叙事，而后革命时期的革命叙事则不同，无论在价值立场还是叙事方式上，它都不同程度地具有反思革命、修正革命、重新定义革命甚或否定革命、消费革命、戏说革命的特点。因此，后革命时期的革命叙事的特点正好在于它是一种瓦解传统革命叙事的叙事。

其次，由于中国 20 世纪大部分的历史就是革命的历史，所以历史叙事（特指现代历史叙事）与革命叙事即使不是完全重合，也有相当部分的重合。只要写到历史就不能不涉及革命，反之亦然。这样，要对"革命叙事"和"（现代）历史叙事"这两个概念进行区分就显得没有必要。需要指出的是：本文的"革命叙事"既包含那些关于重大历史事件的叙事，也包含以历史事件为背景，重在表现人，特别是普通人的人生境遇的叙事。大量新历史小说实际上就是属于后者。这些小说虽然不是重在再现革命历史事件，但是却从另一个侧面揭示了革命作为激进的、全方位的社会变革给人，特别是普通人带来的影响。只要他们的人生境遇发生在革命的大背景下，那就属于本文分析的革命叙事的范畴。

再次，由于"后革命"时代书写革命的很多作家没有经历过革命，或者只在儿童时期经历过"文革"，**他们所书写的"革命"基本上不是亲身经历的革命事件，而是"纸上的革命"**，是作为文本的革命或文本化的革命，因此，这种对革命的书写属于对此前业已存在的革命文本与革命话语的改写、重写，① 属于书写的书写。②

"后革命"时代的"革命书写"大致经历了三个阶段，同时分别产生了三种基本的书写类型。第一种出现在 20 世纪 70 年代末 80 年代初新启蒙时期（the stage of new enlightenment），也可以称为历史修复主义时期（the stage of historical rehabilitation），属于对革命的人性化书写，其核心是赋予革命以人性和人道主义的维度以便修复革命叙事而不是彻底否定革命；第二种出现在 80 年代后期，可以称为对革命的幻灭期（the stage of disillusion）或觉醒期，其特点是把人的原始欲望和本能当做革命的动力，以轮回、循环的观念代替进步、进化的概念，属于对革命的倒退式书写；第三个阶段是犬儒主义或历史虚无主义阶段（the stage of cynicism/historical nihilism），戏说革命是其基本特征。

此外新世纪还出现了一种对革命的宗教式反思—批判性书写以《圣天门口》为代表但由于是单部作品，故不能说形成了一种类型。

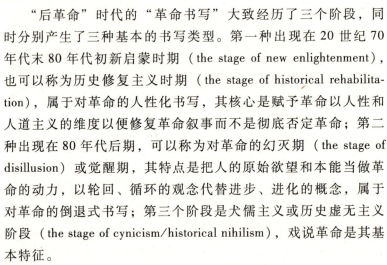

---

① 这里的"革命文本"含义极为宽泛，举凡以符号形式存在的、与革命相关的一切全部包含在内，它不仅包括革命领袖如毛泽东的著作、中国共产党的革命文献、各种形式的革命史、革命教科书、革命文学，而且包括和革命有关的其他各种革命符号、革命表征，如革命歌曲、革命绘画、革命雕塑乃至日常生活中的革命物品，如绿军装、红领巾，等等。

② 英文或许可以翻译为 the re-writings on revolutionary writings。同时，"后革命时代的革命书写"这个标题不是笔者的发明，而是赵牧硕士论文的标题（暨南大学，2005 年）。

一 新启蒙语境中的革命书写

"后革命"时代的革命书写的第一种类型,是80年代初、中期新启蒙思潮下对革命的人性化书写,对革命境遇中"人"的丰富性和复杂性的挖掘。这一书写和当时的思想解放运动紧密相关,特别是受到人道主义思潮的深刻影响。在新启蒙的社会思想背景下,人道主义、人性论等命题在文学界获得空前强烈的共鸣,它所挑战的是革命时期那种被不断激进化的"斗争"哲学。

在马克思、列宁和毛泽东的经典叙事中,革命是无产阶级对资产阶级的暴力斗争。毛泽东说过,"革命不是请客吃饭,不是做文章……革命是暴动,是一个阶级推翻另一个阶级的暴力的行动"。这种阶级之间的血腥暴力革命当然不能讲普世的人道主义。受此规约,文学领域的革命叙事总是在阶级斗争的框架中理解和阐释革命,革命和人性、社会主义与人道主义变得势不两立。革命者身上不能有常人的那种人性和人情,以及由此带来的复杂性和丰富性。①

纵观革命时期的革命书写史,可以清晰地发现一条与社会主义革命进程相伴随的"革命"概念越来越窄化,"革命者"形象越来越"纯化"的演进轨迹,许多原来的革命"同盟者"逐渐变成了革命对象,中国共产党领导的新民主主义革命集合了三种性质不同但又相互联系的"革命"于一身:民族革命(反帝)、民主革命(反封建)、社会主义革命(反资产阶级和资本主义)。在民族革命阶段革命的目标是建立独立的民族国家,这个时候小资产阶级甚至资产阶级中的"进步分子"都是

---

① 当然,即使是在革命时期,革命书写也并不总是那么纯粹,总有一些作品会溢出规范的革命叙事所划定的边界,比如路翎的《洼地上的战役》、茹志鹃的《百合花》等,它们试图表现英雄人物性格中的"复杂性"因素的努力,在所谓人性论的视野里是难能可贵的,然而在革命语法里却可能模糊了革命与反革命之间黑白分明的界限。只有到了"文革"时期的样板戏和《金光大道》、《艳阳天》等革命小说,与革命不和谐的人性"杂音"才被彻底压抑下去。

革命的"同路人"、"同盟者"。但是，随着民族革命的胜利，革命的目标就一步步地跨越建立独立的民族—国家而转向没完没了地"清理阶级队伍"。这个时候，原先的革命"同路人"、"同盟者"就变成了革命的对象。所以，这个"清理"、"纯化"的过程是通过一系列越来越严格的区分进行的。在旧革命叙事中被包含的人性元素，越来越多地成为新革命叙事精心剔除的对象。《青春之歌》的改写很典型地说明了这种"排除"、"纯化"的压力之下的叙事困局，它反映的是新的历史时期对"革命"与"反革命"进行进一步区分的要求。极度纯粹的"革命叙事"所要排除的主要"杂音"就是革命者身上的所谓"人性"，因为人性因素的掺入总是使得"革命叙事"复杂化甚至"混乱"不堪，最终发展到"文化大革命"时期的"过度纯化"和"过度区分"，导致彻底非人化的"高大全"革命英雄独自在革命的舞台上演戏。

在我看来，新启蒙语境中的革命书写就是对原先革命书写中过分纯化的"革命叙事"的一个修正，具体表现在，修正原先不断激进化的革命叙事，把原先被驱逐出"革命者"队伍的革命"同路人"重新"拉回来"，并从人性和人道主义的角度重写革命。

"新启蒙"语境中修复式的"后革命"书写的代表性作品之一是方之的《内奸》（《北京文学》1979第3期）。《内奸》之所以在新时期文学中受到肯定，很大程度上是因为它对新中国成立后历次政治运动打压革命同路人做法的反思，而这种反思把此前不断强调区分的革命叙事定性为极"左"路线的影响，恰恰顺应了新的意识形态要求。小说按时间顺序分上下两部分，分别讲述了新中国成立前后两个阶段的故事。新中国成立前，小说主人公田玉堂作为一个榆面商人在看到家有万贯的大地主少爷严赤（原名"严家驹"，为了表示革命立场而改为"严赤"）变卖家产积极抗日并加入共产党后，感受到了共产党的魔力，也不再像躲避土匪和日军那样躲避新四军了。共产党的代表、老红军黄司令也把他当做革命的同路人，为了打消他的畏惧心理，黄司令说："当前，打鬼子要紧，我们要联合一切民主力量共同抗日。"而且还希望他继续做他的商人，说这和革命不矛盾。田玉堂不仅为新四军提供了许多药品，而且在日军围剿新四军的时候冒险掩护了即将临产的严赤的妻子杨曙——也是一个背叛了自己的大资本家家庭参加革命的"千金小姐"，并通过自己的关系找到了大夫顺利生下了孩子。新中国成立后，严赤在某地任装甲兵司令员，杨曙任当地的轻工业局局长。他们的女儿小仙成了一个著名歌舞团的演员，黄司令则成为一个省的军区司令员。田玉堂作为对革命有功的"民主人士"而成了政协委员，当上了一个县蚊香厂的厂长。但"文革"开始后，田玉堂从爱国民主人士变成了"牛鬼蛇神"，严赤、杨曙、黄司令也都成了"走资派"。富有戏剧性的是，田玉堂因为当年掩护杨曙去镇江生孩子的事情而被怀疑是日本人的"内奸"，当然也有黄司令、严赤夫妇也被怀疑是"内奸"并要他作伪证。田玉堂本着"良心"实话实说而招来一顿毒打（而他的所谓"良心"也被斥为"人性论"）。他于是愤慨地对拷打他的造反派说："冤死我一个不要紧，今后打起仗来，还有谁会掩护你们工作同志呢？"

正如赵牧指出的，这是"一个将自己引为革命同路人的小资产阶级的发问"。在田玉堂看来，这种对待革命同路人的做法伤害了他与革命者间的合作关系。他作为一个商人，尽管不曾出于信仰而加入共产党，但因为对这个组织的好感而参与了共产党人的事业，也尽管从共产党的奋斗目标上来说，他并没有得到什么终极的承诺，但因为好心有好报的想法，他觉得自己有理由分享革命成功的果实。然而随着革命区分的进一步纯化，他以及那个曾变卖家产参加共产党的地主少爷，却被划分到革命阵营之外。所以，他感到自己冤，在梦中喊出"毛主席哎——，我冤啊——！"的呼喊。小说的结尾安排了意料之中的"拨乱反正"、"平反昭雪"等情节，最终使小说完成了一个关于革命干部和革命的"同路人"在"文革"中被诬为"内奸"终获平反的故事，因此，其对革命的重新书写最终不是走向对于革命的否定，而是对革命的修复：否定激进时期对"革命阵营"的过度"纯化"，小资产阶级、知识分子以及背叛了自己阶级出身而加入共产党的人重新成为"革命者"。而且修复革命话语的主体仍然是党（作品通过曾经蒙冤后来得到平反和提升的黄司令来象征）。这篇小说在 1979 年获得全国优秀短篇小说奖，表明其对革命话语修复得到了官方的充分肯定。

张笑天的《离离原上草》（《新苑》1982 年第 2 期）和江雷的《女俘》（《江南》1982 第 4 期），它们努力颠覆新中国成立后特别是"文革"时期确立的对于革命和人性关系的理解模式。《离离原上草》和《女俘》的作者都声称要为"革命"输入"人道主义"内容，说明革命也是应该讲良心、道德、人性的。但他们并不是要否定革命本身，也不是直接颠覆革命的权威，而是要否定原先的革命叙事模式，他们强调自己的人道主义是"革命"的人道主义。如果说传统的革命叙事是通过"无产阶级/资产阶级"、"共产党/国民党"、"社会主义/资本主义"等二元对立的概念，把社会生活的方方面面整合进可以理解的简单文本中，那么，这两部作品似乎就是要打破这种简单机械的模式以便增加人性的所谓"复杂性"。《离离原上草》中以杜玉凤为代表的近乎宗教式的普遍之爱充分显示出自己超阶级、超党派的力量，它是可以化解一切仇恨的"世界上最炽热的力量"。

必须指出的是，新启蒙语境中对于革命的修复式书写不是空穴来风，而是当时整个社会文化思潮在小说创作中的反映。众所周知，70 年代末 80 年代初，思想文化界出现了关于人性和人道主义的讨论热潮，其高潮是周扬于 1983 年 3 月 16 日发表于《人民日报》的重要文章《关于马克思主义的若干问题的探讨》，[①] 在文章

---

① 周扬的文章不仅仅是谈论人道主义和异化问题的，文章的前半部分是从感性、知性、理性的关系出发谈认识论问题的。另据王元化《为周扬起草文章始末》（《南方周末》1997 年 12 月 12 日），周扬的文章集体创作，参与者包括王元化、王若水、顾骧。王元化主要撰写有关认识论的部分，王若水主要撰写关于人道主义的部分。文章由王元化定稿，周扬最后润色，并由周扬于 1983 年 3 月 7 日在中共中央党校召开的纪念马克思逝世 100 周年学术报告会上宣读，再由 1983 年 3 月 16 日《人民日报》发表。文章发表后受到了批判，主要的批判文章是胡乔木于 1984 年 1 月 3 日在中共中央党校的讲话，该讲话发表于 1984 年第 2 期《红旗》杂志。

中，周扬指出马克思主义虽然不等于人道主义，但是包含人道主义。在阐释马克思早期著作《1844年经济学哲学手稿》中的"异化"概念时，文章认为马克思、恩格斯理想中的人类解放不仅是从剥削制度下的解放而且是从任何"异化"形式下的解放。更有甚者，文章认为在社会主义社会也同样存在异化，包括经济领域的异化、政治领域的异化、思想领域的异化。在此之前，则有著名学者王若水就人道主义和异化问题发表了一系列重要文章。①

说启蒙主义和人道主义对于革命的重新书写并不是要彻底否定革命，是因为启蒙主义和人道主义本身并不是革命的绝对他者。的确，新启蒙的革命叙事虽然不同于"文革"版本的革命叙事，但是两者却分享着诸多现代性的预设（比如线性进化的时间观和目的论的历史观）。新启蒙话语规约下的"革命书写"并没有否定革命的现代性诉求（自由、民主、平等、正义等），而把那些执著于激进的阶级划分和阶级"纯化"的所谓的"革命"打入"左"倾主义、极权主义或封建主义名下。事实上，80年代初、中期的中国新启蒙知识分子沉浸在现代性的理想光环中，充满信心地投身思想解放和现代化事业，而在他们看来，思想解放的重要组成部分就是清算"文革"的反人性倾向。"文革"式的"阶级斗争"在他们看来已经不是真正的现代革命，而是前现代的封建专制了。在某种程度上可以说，这个时期小说中对"革命"的书写与当时的"伤痕文学"、"反思文学"等一样，是精英知识分子在新的主流话语的支持和领导下对现代性话语，包括革命话语的一次修复，而不是从根本上质疑现代性及其内在蕴涵的革命意味。革命叙事作为一种现代性叙事，必然遵循现代性的线性进化逻辑和历史发展的必然性神话，把革命的起源、性质和目的纳入到一个宏大、连贯的历史理性之中。这是革命叙事的基本逻辑。这个进化论和必然性的思维方式和叙事框架本身在新启蒙的革命叙事中并没有被抛弃，只是注入了不同的内涵而已。因为新启蒙本

---

① 其中最著名的是《为人道主义辩护》，《文汇报》1983年1月17日。

身就是典型的现代性话语。《离离原上草》的情节虽然凄惨，但结局却一片光明，申公秋、苏岩和杜玉凤等人全部借助改革开放的春风得到了平反昭雪。改革开放开启了一个真正的"新时期"，历史绕了一点弯路又开始高歌猛进。

正是这一点使得新启蒙的革命书写和八九十年代之交"新历史主义小说"的解构革命模式迥然有别。只有在80年代后期出现的新历史主义小说的革命叙事中，作为现代性标志的进化的时间观和目的论的历史观才被彻底解构，这是因为新历史主义不但是反"文革"的，也是反启蒙的，它整个就是反现代的。

二　新历史小说中的革命书写

关于"新历史小说"，大陆学术界并没有非常清晰的理论界定，但是对其出现的时间和内涵有大致一致的看法。比如，浙江文艺出版社出版了"当代中国最新小说文库"，其中包括《新历史小说选》，该卷的选评者王彪这样界定了"新历史小说"："1986年前后，中国文坛上出现了一批写往昔年代的、以家族颓败的故事为主要内容的小说，表现了强烈的追寻历史的意识。但是这些小说与传统的历史小说不同，它往往不是以还原历史的本来面目为目的，历史背景与历史时间完全虚化了，也很难找出某位历史人物的真实踪迹。事实上，它以叙说历史的方式分割着与历史本相的真切联系，历史纯粹成了一道布景。"[1] 这个界定只是在叙说的对象（家族颓败故事）与叙事方式（虚化历史事件，使之成为"虚化的背景"）上对所谓新历史小说进行了宽泛的限定，而没有涉及更多的内容。也有人使用的是"新历史主义小说"这样的命名，并认为最早出现的新历史主义小说是莫言发表于1985年的《红高粱》。

新历史主义小说中的革命书写所消解的就是现代性的核

---

① 《新历史小说选》，浙江文艺出版社1993年版，第1页。

心——历史必然性的逻辑，不但是经典革命文学中的必然性逻辑，也包括新启蒙文学中的必然性逻辑。"新历史主义"作为一种历史观或看待历史的视角，于 20 世纪 80 年代后期出现在中国大陆的文学叙事中，主要体现在"先锋小说"的历史叙事中，[1] 但也不局限于严格意义上的"先锋小说"。[2] 新历史主义怀疑单一、大写的"历史"，寻求历史叙述的多种可能性，质疑历史发展的"必然性"和"规律性"，认为历史的过程和结局充满了偶然和荒诞，历史发展的动力不是什么崇高伟大的理想，而是人性的卑琐欲望或邪恶动机。于是，现代性话语中的解放、进步的动力学在新历史主义小说中被改写为私欲的动力学，历史发展的必然性被不可知的偶然性或神秘的宿命论取代。这样，新历史主义小说对"革命"的书写，不仅旨在揭示高调革命话语遮掩下的卑下动机，同时也消解了具有"进步"意义的主流革命话语，建构起一套不但与官方而且与新启蒙知识分子的革命叙事迥异的革命书写模式。不仅激荡在样板戏中的革命斗争的浩然正气没有了，而且闪耀在新启蒙文学中的革命人道主义的光芒也消失了，取而代之的是卑琐的私欲、仇恨，是围绕权力展开的阴谋诡计、血腥残杀，是孤独、不幸、无助的个体在"革命"中的迷茫、颠沛、辗转、无奈（参见余华的《活着》），是在种种神秘主义、宿命论、偶然性支配下历史的迷失和人性的丑陋。可以说，"革命"在新历史主义小说中根本没有正义性、合法性可言，也根本不是沿着进步、

革命的祛魅：「后革命」时期的革命书写

---

① 实际上，"新历史小说"和"先锋小说"、"实验小说"等都是很难界分清楚的概念，它们常常交叉。许多所谓的先锋小说又被纳入新历史小说的范畴，比如王彪选评的《新历史小说选》就选了著名先锋小说家苏童的《迷舟》、《妻妾成群》，余华的《鲜血梅花》等，这些小说在其他的选本中常常被纳入到"先锋小说"或"实验小说"的名下。大概"先锋小说"或"实验小说"等概念的使用者主要着眼于叙事形式等层面，而"新历史小说"这个概念似乎更多地着眼于历史意识和人们对于历史的态度。我们或许也可以这样说：新历史小说就是先锋作家用实验性的叙事方法书写的历史小说。

② 正因为这样，本文"新历史主义"不是一个严格的西方史学概念，也不是严格的中国文学文类概念，而是指一种看待历史的态度、视角和立场。关于"新历史小说"中国大陆学术界并没有非常清晰的理论界定。

进化的轨迹展开，"革命"成为一群疯狂的农民在欲望的激荡下从事的血腥暴动，国家—民族—阶级解放的革命动力学被改写为个人的私欲动力学。权力和力比多一起成为革命事件的主谋。

第一，用循环论取代进步论。余华写作于1986年年底的小说《十八岁出门远行》讲述的是一个少年的一次神秘的出行经历。父亲准备了"红色"背包（可以理解为革命遗产或革命先辈的嘱托?）让他出门，但是这次目的地不明的远行充满了偶然、荒诞的邂逅。搭陌生人的车远行的主人公自述道："我不知道汽车要到什么地方去，他（驾驶员，引按）也不知道。反正前面是什么地方对我们来说无关紧要，那就驶过去看吧。"这是叙事者的姿态，也是叙述本身的特征。这没有目标、没有终点、荒诞不经的"远行"，无疑是一种隐喻，深刻地颠覆着我们熟悉的历史目的论。在经典的革命叙事中，叙事过程与历史过程总是沿着明确的道路共同指向一个明确的归宿。但余华小说的叙事者从父亲手中接过"红色的背包"踏上"征途"后，却哪里都不曾到达，在经历了荒诞的事件后，"我"再次坐上陌生人的汽车折了回来。神秘的循环取代了线性的进化。在《灵旗》中，经历了半个世纪历史沧桑、目睹红军长征途中湘江之战的青果老爹发出这样的感叹："世道就是这么回事，变过来，又变回去。只有人变不回去，人只朝一个方向变。变老。变丑。最后变鬼。"

第二，欲望化的革命动力学。新历史主义小说虽然同样拿所谓"人性"做文章，但是这里的"人性"却已经不是杜玉凤身上体现的那种圣母般的、具有化解阶级仇恨和政党对立的神奇力量的伟大人道主义，而是卑屑低下的食色本能和贪婪无耻的权力欲望，正是这种本能和欲望成为所谓"革命者"的革命动机。"革命"就是被无法遏制的欲望鼓动的农民暴动，在这里"性"特别成为农民革命的最潜在动力，其目的就是要占有地主家姨太太或小姐的肉体。在北村的《长征》（小说的题目"长征"和红军历史上的那次长征没有关系，而是陶红、吴清德、吴清风等人之间感情上的"长征")中，匪气十足的陶将军之所以向红军投诚，是想借助打土豪分田地的革命说教，来报复与地主吴清风偷情的老婆吴清德，北村把长征这样一个应该很"革命"的故事还原为一个纯粹的恩怨故事，揭示了**私人性**的痛苦如何和革命事业交织在一起，从中看到推动人走向革命的不是民族解放、人类大同等伟大目标，而是一些近乎琐屑的恩怨情仇。在刘恒的《苍河白日梦》中，二少爷曹光汉参加革命的动力是因为自己的性无能。为了缓解性无能造成的自卑和压力，他开办了火柴厂，通过折磨残疾的个人实现自我心理安慰。得知妻子与大路通奸后，性无能的生理现状使他没理由惩戒妻子，但是内心的痛苦要求他必须确立一个替代性的宣泄目标。他所选定的目标是整个社会，于是把火柴厂变成革命的炸弹厂。神圣的革命愿望竟源自难以言说的性无能，实在是绝大的反讽。该作品更为普遍的意义，在于暗示革命者之所以选择革命人生，未必都建立在纯粹、崇高的革命信念之上。在格非的《大年》中，作为革命引路人的唐济饶为了得到乡绅丁伯高的二姨太玫、实现自己的性满足而设计了一个"革命"的阴谋：先把仇视丁伯高的乡村二流子豹子引进革命队伍，并诱使他用革命名义杀掉丁，然后再以二豹子杀死"开明绅士"的罪名将其铲除掉，最终得到了玫，实现自己的性满足。

第三，新历史主义框架中的后革命书写还热衷于用前现代性质的非理性的家族斗争，来改写被原先的革命叙事赋予了进步色彩的阶级斗争。《故乡天下黄花》①用家族权力斗争的法则消解了阶级斗争的经典模式，并将阶级斗争叙事中常见的未来指向和进步主义，替换为中国传统的循环史观。这部小说可以说是新历史小说革命叙事的代表性文本。小说分为四个部分，每个部分分别截取中国革命史上最典型的时期，即辛亥革命、抗日战争、土地改革和"文化大革命"，作为小说的背景，

---

① 刘震云的《故乡天下黄花》等作品虽然不是典型的新历史主义小说，但是沿袭了新历史主义小说的历史观。

书写马村的历史。马村的所谓"革命"史实际上是围绕着孙、李两个大家族的恩怨而展开的一系列厮杀，无论是推翻满清政权的辛亥革命，还是国共分分合合的抗日战争，及至后来的第二次国内革命战争、土地革命以及"文化大革命"中的武斗，似乎马村的人都积极地参与了宏大历史的书写，但这些在官方的教科书中被赋予了"进步"意义的历史变迁，在马村却都成了家族恩怨的缘由，黑白分明的敌我斗争也成了将对手置于死地的借口，凶杀、仇杀、情杀、自杀，一幕接着一幕地上演，然而全然没有所谓的"进步"色彩，只是不断循环上演的权力斗争（其核心是争夺马村村长的宝座）而已。① 无论是参加了国民党、共产党还是做了土匪，马村"革命者"的"革命"动力全部是一样的：为了家族利益和本能欲望的满足；② 无论是打日本、斗地主还是批走资派，马村的所谓"革命"的内容也丝毫没有变化：为了权力而没完没了地厮杀，没有任何所谓的"进步"意义。③ 在原先的革命叙事中，革命好像一个区分

---

① 《故乡天下黄花》的大致情节是这样的：民国初年，为了争夺村长，李老喜杀了孙殿元。为了报复，孙殿元的父亲孙老元雇用自己的义子许布袋杀了李老喜，拉开了家族斗争的序幕，李老喜的儿子李文闹、李文武以及孙殿元的堂弟孙毛旦等全部卷入其中。抗日时期，日本军官（若松）、国民党军官（地主李文武的儿子李小武）、八路军军官（孙殿元的儿子、李小武的中学同学孙屎根）、土匪头子（路小秃），在马村杀个昏天暗地，民众成为被相互屠杀的对象。土改时期：翻身农民与落魄地主和土匪之间进行着报复与生存的斗争与杀戮。"文化大革命"时期：两派村民互相厮杀，几百条生命暗淡地死去。所有这些斗争都是围绕权力和欲望展开的斗争与杀戮。马村实际上是中国近一百年的革命史的缩影，它充满了血腥、肮脏、愚昧、荒谬，没有丝毫的人道和人性。

② 第三部分这样写土改工作员老贾的革命动机：老贾原是马村大地主李文武家一个喂牲口的下人，因为他的老婆偷了李家少奶奶的一件衣服而没有脸面继续在李家待着，后来在共产党干部的教育下认识到"自己亏了"，因为大家"都是一个人，为什么李家就该享福，他就应该到李家去喂马？于是就同意参加革命"。后来终于成为"职业革命家"。

③ 尤其值得注意的是，小说这样描写马村中级别最高的共产党干部孙屎根（原村长孙殿元之子，1949 年前是八路军的连长，1949 年后长期任县长）参加共产党的缘由："本来孙屎根在开封一高转移时，并不想参加八路军，他想入中央军。中央军军容整齐，官有个官的样子，兵有个兵的样子，像个正规部队；只是因为仇人的儿子李小武入了中央军，他不愿意和他在一起，才入了八路军。"

光明和黑暗的标尺：革命前史等同于黑夜，革命后史则一片光明。而在这些新历史主义小说中，革命已经不再是光明使者，充斥革命后史的不再是胜利、自豪、狂喜、自信，而是被越来越多的现实苦难、欲望和叹息所淹没，而革命前史也不再是亟待启蒙与解放、漆黑一团的蒙昧时期，而是一个"现代性"孕育期。（这一点在学术界也有鲜明的反映，比如王德威："没有晚清，何来五四？"）线性发展的时间观念被颠覆了，过去未必是落后，今天同样甚至更加黑暗，至于明天，谁知道呢？这样，笃信理性、崇尚进步的现代性逻辑被无情瓦解。

　　新历史主义小说家笔下的"家族斗争"和革命小说家笔下的"阶级斗争"的区别在于后者被纳入了进化论和进步主义的框架，同时被赋予了不同的道德和价值内涵。阶级叙事总是结合着进步叙事，而家族叙事则往往被纳入循环叙事。不同的阶级不仅代表不同的历史阶段，而且被划分为不同的道德范畴。革命文学中的阶级叙事和传统文学中的家族叙事的一个重大区别就是革命文学中的家族叙事被"提升"到了阶级叙事，革命者成长的一个明显标志就是摆脱了"狭隘"的家族仇恨或者把它"提升"为阶级仇恨，因此，革命话语中的阶级和传统家族复仇的一个明显区别，就是前者被纳入了进步论、道德论的框架，革命文学中的家族斗争总是被纳入阶级斗争的话语框架，并赋予不同的家族不同的阶级成分、历史地位和道德色彩。而在新历史小说中，我们看到了一个回归家族叙事的趋势，其中相互仇杀的各个家族之间却不存在先进与落后的等级划分，也没有被赋予鲜明的道德价值等级。我们根本不能**通**过小说了解哪个家族代表历史的进步趋势，哪个家族的灭亡反映了历史发展的必然性，更看不到哪个家族代表善，哪个家族代表恶。这样，与革命文学中的阶级叙事相对应的现代的历史进步论，就被"后革命"家族叙事中的前现代历史循环论所取代。小说对中国革命的几个阶段以及革命者的不同信念和目标没有进行任何区分，而是把它们全部纳入了相同的本能欲望叙事和权力斗争叙事。因此这种革命叙事与其说是对于革命话语的修复不如

说是对革命话语的彻底颠覆。

在阶级话语发展到极端的样板戏中，我们可以发现"家族"复仇已经被彻底改写为阶级复仇。《红灯记》和《白毛女》是这方面的典型。《红灯记》中的革命家庭组合已经完全阶级化，彻底剔除了血缘成分，因而不再是传统意义上的"家庭"：这个革命家庭分别由姓陈（铁梅原姓陈）、姓李（李奶奶）和姓张（"李玉和"原来叫"张玉和"）的三个没有血缘关系的人组成。因此这不再是一个以血缘为基础的家庭，而是一个通过阶级成分和政治立场联系在一起的政治单位（所谓"革命家庭"）。①

如果说新启蒙把人道主义引入革命叙事并不能从根本上动摇革命的合法性的话，那么，对于历史发展的必然性和进步论的遗弃无疑是对"革命"的致命打击。如上所述，人道主义作为一种现代价值并不与现代革命构成必然冲突。只要革命的性质和最终目的是人的自由和解放，那么，革命叙事至少在理论上并不和人道主义存在你死我活的紧张关系，和平时期就更是如此。即使是在中国革命的语境中，人道主义也曾经是现代及封建的中国民主革命的强大动力。"革命"只是在被过度"纯化"和"窄化"、变成狭隘的阶级复仇之后才变得和人道主义不能相容。这种狭隘的阶级斗争话语在特殊的革命年代，特别是战争状态下，是有它的合理性的，但随着革命的进一步发展，其局限性就表现出来了。但是对于历史必然性、规律性和进步性的怀疑却不同。这是对革命的釜底抽薪之举。任何一个版本的革命叙事，不管是资产阶级的还是无产阶级的，资本主义的还是社会主义的，都建立在现代性的基本假设，即历史进步论之上，否定了它，就是宣告了革命的死刑。

第四，通过实验性的叙述文本和技巧解构革命。新历史主义小说的叙述带有先锋性，不只是观念革命，而且是叙事革

---

① 参见陶东风《官方文化与大众文化的妥协与互渗——89 后中国文化的一种审视》，《中国社会科学季刊》（香港）1995 年 8 月号。

命，或者说，观念革命和形式革命在这里是结合在一起的，通过叙述形式革命达到解构革命观念的目的。这方面李洱的《花腔》很有代表性。《花腔》是近年来颇具先锋性、实验性或后现代性的作品，其对革命、对历史的看法和新历史主义小说有相似之处。小说以葛任（一个以瞿秋白为历史原型的革命领导人）的生死之谜为契机，背景是三四十年代那段风云际会的战争史和政治史，小说的主题是革命年代革命者个人命运的扑朔迷离和历史真相的无法捉摸。但是这点是通过小说巧妙的结构和叙事技巧达到的。首先，小说安排了"正文"和"副本"的交叉对置结构，每个部分又都引入了不同的叙述者。同时在"正文"的间隙嵌入多个"副本"，针对"正文"部分的"一面之词"，辅之以采访、日记、见闻、著作摘录等"旁证"，因此引入了更多的叙述者，如黄炎、田汉、葛正新、安东尼·斯威特、费郎、孔繁泰、于成泽，以及"我"（冰莹和宗布的女儿）等。这些叙述者看起来都是历史的"当事人"、"亲历者"、"见证人"，他们的叙述表面上互相关联，指向同一个事件或人物，但是其内容出入甚大。比如在肇庆耀眼里，宗布是个无耻的革命投机者，而在范继槐那里则是一个积极的营救者。又如白圣韬在肇庆耀那里被叙述成一个小丑，但是在白圣韬自己和范继槐的叙述中则正好被颠倒过来。在《花腔》的"卷首语"中，李洱意味深长地"引导"读者说："读者可以按本书的排列顺序阅读，也可以不按这个顺序。比如可以先读第三部分，再读第一部分；可以读完一段正文，接着读下面的副本，也可以连续读完正文之后，回过头来再读副本；您也可以把第三部分的某一段正文，提到第一部分某个段落后面来读。正文和副本两个部分，我用'@'，和'&'两个符号做了区分。之所以用它们来做分节符号，而不是采用通常的一、二、这样的顺序来划分次序，就是想提醒您，您可以按照自己对故事的理解，重新给本书划分次序。我这样做，并非故弄玄虚，而是因为葛任的历史，就是在这样的叙述中完成的。"怎么读都可以，怎么组合都可以，形式上的这种灵活性和开放性意味着理解的灵活性和开放性，作品通过这种方式为读者提供了一个扑朔迷离、没有结论的谜一样的结尾。其次，作者在"正文"部分安排了白圣韬、肇庆耀、范继槐三位讲述者，每个所述事实之间多有出入。它们是三份证词，不是相互印证而是相互拆台。读罢作品，仍旧无法对于葛任的生死之谜获得一个哪怕是较为明确的结论，反而被淹没在不同叙述者各自都自以为是、相互之间却矛盾百出的证词之中。就这样，那段革命史在这么多人的叙述中彼此缠绕、龃龉，充满了矛盾和裂隙，成为自我结构、相互拆台的语言游戏。不但葛任的生死、爱情成了越描越黑的故事，就连杨凤良、邱爱华的革命者身份也难以确认。本来似乎是要通过互文方式对历史真相进行多重考订，可结果却是越考订越谜团重重。所谓"真相"或历史的客观性，其实正是作品要解构的神话。①

三 消费主义语境下的戏谑式革命书写

90 年代以降，作为市场经济产物的大众文化异军突起，消费主义思潮极度高涨，同时兴起了一种游戏人生、游戏革命、游戏历史的文化态度和审美姿态。文学艺术的消费性和商品性被极大激发，无论是从西方引入的流行文化，还是大陆新生的大众文化，似乎都还无法满足大众文化消费的巨大胃口，于是，历史遗产，包括现当代革命史的遗产，成为消费文化急于攫取和盗用的对象，文学经典，包括革命的"红色经典"，成为文化工业打造文化快餐的新材料；与此同时，后极权语境使得 80 年代的新启蒙话语受到限制，知识分子无法再理性反思中国革命的失误。就在这样的后极权消费主义语境中，出现了由大众消费主义和后极权主义共同催生的商业消费型和戏说型革命叙事，这是和官方主流革命叙事与新启蒙知识革命叙事都迥然有别的革命叙事模式，同时也因其突出的商品性而不同于

---

① 顺便指出，《花腔》的这个叙述形式似乎受到日本电影《罗生门》的影响

新历史主义的革命叙事。

1. 大话式的革命书写

这类革命叙事属于 90 年代的所谓"大话体"，其在文体上的最大特点，是通过无厘头方式戏仿原先的革命话语、革命文学、革命故事，将之戏谑式地改写为消费主义快乐大本营中的搞笑故事或艳俗色语。盗用、改写、戏仿革命符号（如绿军装、红宝书、忠字舞）、革命经典（如样板戏）的情况一时风起云涌，成为蔚为大观的"大话文艺"思潮中的一支主力军。

网络文学是此类革命书写的主力军。比如《样板戏之〈宝黛相会〉》、《新版白毛女》等网络文学直接拿曾经神圣不可一世的"样板戏"开刀，前者对"文革"批斗场景进行了滑稽模仿，把被统治者、奴才焦大当做地主批斗，而真正的统治者、主子贾母、王熙凤等反而成为革命造反派;[①] 后者把阶级复仇的故事，这个中国现代革命史的经典叙事，改造为当代商场的恩爱情仇。[②] 在《慈禧同志先进事迹》中，作者对"先进事迹"这种革命套话与权威语体进行了彻底颠覆与极大讽刺。[③] 而在轰动一时的所谓"红色经典"影视剧改编中，则出现了杨子荣等英雄人物的"桃色"事件。[④] 情色化书写和大话式书写的结合正是后极权消费主义语境下革命叙事的突出特征。[⑤]

2. 情色化的革命书写

如果说王朔以及其他网络大话式的革命书写还带有不同程度的政治寓意，相比之下，其情色化程度却大大不足，那么，"红色经典"**改编**则大大加重了情色成分（以至于变为所谓的"桃色经典"）。

---

① 参见水杯子作《样板戏之〈宝黛相会〉》，http：//culture. 163. com/edit/000825/000825_ 40899. html。

② 参见 http：//culture. 163. com/edit/001019/001019_ 42469. html。

③ 参见 http：//www. shuwu. com/ar/chinese/107981. shtml。

④ 关于红色经典的更详细的讨论请见本书相关章节，也可参见陶东风《红色经典：在革命和商业的夹缝中求生存》，《中国比较文学》2004 年第 4 期。

⑤ 对革命文化的这种戏仿式改写，最早大约见于王朔的所谓"痞子文学"。

革命的情色化叙述被我们当做对革命的祛魅，是因为革命一直通过其去情色化、去欲望化而获得类似宗教的精神性和拯救色彩。革命者的爱情和欲望被最大限度地压缩乃至铲除。革命文学中的爱情描写从来都是必须小心规避的敏感地带，到了样板戏，则从来不写爱情，更不要说性。

与80年代启蒙主义语境中的革命书写不同，商业化、情色化的革命叙事虽然常常也打着恢复革命者"人性"的旗号，却缺少精英式的新启蒙文学的那种严肃性，精英式的"后革命"书写虽然也经常涉及革命者的性，但是却不是以色欲挑逗为目的，而是要借此来反思革命的残酷性和非人道，性描写因此被纳入了启蒙主义和人道主义的话语框架，肩负起思想解放的使命。而在对于革命的消费式、大话式书写中，性已经不再载负这种沉重的使命，变成了赤裸裸、轻飘飘的色语。

这方面的代表是薛荣依据革命经典《芦荡火种》以及样板戏《沙家浜》创作的大话小说《沙家浜》中的阿庆嫂。① 根据小说的交代，阿庆嫂是一个"风流成性，可以使人丧失理智"的女人，她既是胡传魁的姘头，又是郭建光的情妇。开始的时候，她因武大郎似的丈夫阿庆无法满足自己的性欲转而投向伪军司令胡传魁的怀抱；而当眉清目秀的新四军指导员郭建光出现时，她又开始春心摇荡，情不自禁。阿庆嫂最终被塑造成脱离时代文化背景的性欲符号。这样，小说通过阿庆嫂这种原始的性欲望将神圣的革命话语改写成以性为核心的情节冲突的感官性展示，以消费革命的方式满足了大众读者的世俗性期待。共产党员的光辉代表郭建光被描写成胆小窝囊，"有一种摇头摆尾的哈巴狗的样儿"，因阿庆嫂而与胡传魁争风吃醋；而胡传魁却被叙述成民间英雄，不仅"有一股义气在，还有一股的豪气在"。民众集体记忆中的革命人物形象完全被颠覆。

大话化、情色化的对"革命"的消费性书写，在吸引了大批读者的眼球，赢得可观的市场份额的同时，也经常与主流意

① 薛荣：《沙家浜》，《江南》2003年第1期。

识形态发生矛盾、冲突，或激发起"革命者"的亲属、战友或者老乡的义愤。① 小说《沙家浜》出版后，以"抗日英雄"的故乡而骄傲的沙家浜镇政府以"小说不仅严重侵犯了原剧作者的知识产权，同时也伤害了沙家浜人民的感情"的罪名向法院提起诉讼。在各方政治舆论的压力下，《江南》杂志社最后将出版发行的刊登有小说《沙家浜》的 2003 年第 1 期收回，未售出的也已全部封存，并发表公开道歉声明，相关人员也受到了国家的相应处置。

小说《沙家浜》以及其他"红色经典"改编电视剧的命运当然表明了即使在大众消费时代，大话式的革命叙事虽然大行其道，但还是要受到官方主流话语的管制，而不能为所欲为。但是平心而论，主流意识形态似乎并没有彻底封杀的意思。个中意味值得玩味。一方面，由于"后革命"时期的重要特点是市场经济的出现、社会生活的世俗化、娱乐文化与文化产业的兴起，因而，传统的革命文化与当今的主流意识形态的关系、与政权合法性的关系在一定程度上有所松动，更不用说它们已经不再被用来进行大规模的社会动员，其神圣性也在不同程度上被消解。正如赵牧指出的："革命之所以能被当作调侃的对象，是因为它不再占据国家权威意识形态的主导而成了充分历史化或者说资源化的事件。就是说，它已不再处于国家舆论机器严格规约的核心，但同时还没有退出民间的集体记忆。只有排除了前者，才有调侃的自由，只有具备了后者，才有调侃的市场。"② "后革命"时期的执政政府不再主要依靠原先的革命意识形态来作为自己的统治合法性的基础，取代它的是发展经济和提高人民的物质生活。新一代领导集体大多不是所谓"无产阶级革命家"，也不是革命历史神话的缔造者，对他们来说，传到他们手中的"革命江山"不过是一个既成事实

---

① 除了《沙家浜》以外，雷锋、潘冬子等被恶搞的革命英雄的老乡或战友也纷纷抗议。但是在今天这个媒体时代，通过媒体进行的这种"抗议"多少给人以炒作、作秀的感觉。

② 参见赵牧《后革命时代的革命书写》，硕士论文，暨南大学，2005 年。

而已，即使需要不断进行新的正当性论证，这种论证依靠的也不是历史意义日渐暧昧的革命神话，而是改革开放以来的经济成就。由于这种种原因，官方意识形态对于包括戏说革命在内的各种大话文艺采取了睁一只眼闭一只眼的态度；但另一方面，革命文化的商业化、娱乐化、消费化、大话化之所以同时又受到主流意识形态程度不同的限制，① 原因是传统的"革命文化"并没有完全脱离与当前主流意识形态以及当前的执政党的合法性之间的联系，特别是执政党的政治体制基本上还是社会主义革命所创立的那个体制的延续。新的领导集体上任伊始就赶赴西柏坡等"革命圣地"进行访问，这表明肯定新老政体和新老意识形态的历史延续性是必要的。因为无论执政党自己在多大程度上修改了原先的革命意识形态，其正当性与"革命文化"之间仍然存在不可断裂的联系。

事实上，"红色经典"被官方指认的那些所谓"问题"（歪曲历史、误导观众等），在程度上并没有超出新启蒙小说和新历史小说的革命叙事。比如，中国文联组织的纪念《在延安文艺座谈会上的讲话》发表 62 周年大会的主题之一就是批评"红色经典"的改编，批评者开列的罪状是：改编者要么将抽象化人性凌驾于一切之上，与爱国主义、理想主义、集体主义、奉献精神等对立起来；要么将人性卑微化、卑俗化，将人性等同于放纵，等同于人格缺陷。在他们眼里，经典成了教条。由于价值观的变异，他们在改编时去红色、去革命化、去积极健康、去爱国主义、去英雄主义，使原作的基本精神变质。这样做的结果，就会毁了我们的精神长城。

实际上，鼓吹普世的人道主义以便纠正传统革命话语的狭隘性是新启蒙已经完成的使命，而把革命者的人性卑俗化则是新历史小说的拿手好戏。因此，在通过所谓人性改写革命方

---

① 限制的程度常常取决于革命文化的具体内容、其与今天的政权合法性的关系之紧密程度、其所依赖的传播媒介的类型，比如越是像中央电视台这样的主流媒体，控制就越严格，网络是控制最不严格的媒体，因此，那些特别出格的戏说文本常常见诸网络。

面，"红色经典"改变实在没有提出更多的东西，它们毋宁是在消费新启蒙和新历史的革命叙事的现成"成果"而已。它们遭遇到来自官方的批评之所以远远超出了对新启蒙和新历史的革命叙事的批评，根本的原因是它直接挑战了既成的革命话语，而不是把革命当成模糊的背景，是仍然活在官方文件和"人民"（比如老干部）记忆中的革命英雄（虚构的或真实的），而不是面目不清的"我奶奶"、"我爷爷"。事实上，官方根本就没有批评过新历史小说中的革命叙事，虽然在某种意义上说它对革命的解构更为彻底。实际上，作为大众消费文化特定类型的大话式、戏谑式革命叙事并没有自己的对于革命的特定信念或态度（不管是支持的、反思的还是否定的）。大众文化遵循的是"有奶便是娘"的实用主义逻辑。如果完全本真地翻录和复制"十七年"时期的革命经典不但能够得到官方的嘉奖而且能够赢得利润，那么，大众文化的制作者仍然会不顾一切地拥抱这个原汁原味的革命叙事。所有问题的本质再简单不过：时代不同了，不经过戏说、性说的革命不卖钱了。

四 站在基督教立场上审视革命

2005 年，作家刘醒龙出版了《圣天门口》，这部洋洋一百万字的长篇小说标志着中国文学中革命叙述的宗教忏悔模式（基督教模式）的确立并达到了一个很高的思想和艺术高度。①

小说的情节非常复杂，人物众多，时间跨度大，从 20 世纪初（小说叙述时间开始于 1916 年，但是事件时间可以上溯得更早）一直写到"文革"，是一部由诸多矛盾、线索交错混杂而成，结构相当复杂的长篇小说。小说讲述的故事发生在鄂东大别山区一个山下小镇天门口（又名"天堂"）。小说前十

---

① 本文关于《圣天门口》的分析参考了王春林的《对 20 世纪中国历史的消解与重构——评刘醒龙长篇小说〈圣天门口〉》一文，见《小说评论》2005 年第 6 期。特此致谢。

二章描写天门口 1949 年之前发生的故事，其中以傅朗西（谐音"法兰西"，喻革命）、杭九枫、阿彩等为代表的共产党一派，与以马鹞子、王参议、冯旅长等为代表的国民党一派之间的矛盾、对立、斗争，构成了小说的主要故事情节。小说的后三章从 1949 年一直写到"文革"，主要表现新中国成立后共产党以革命名义发起和领导的历次政治运动在天门口上演的一出出悲喜剧。但是，除了以上由不同历史阶段和党派斗争组成的主要矛盾和情节之外，小说中还有一个与之相交叉的另一条情节线索，这就是天门口镇雪家和杭家两大家族之间旷日持久的恩怨情仇、家族斗争。家族斗争和党派斗争两条线索相互纠缠，杭家试图通过参加共产党来战胜雪家。但除了这些相互纠缠的情节之外，小说中更为重要的矛盾冲突则是两种文化价值的冲突：暴力文化（在小说中，无论国民党还是共产党都是暴力文化的倡导者）和宗教文化（一种以仁慈、宽恕、博爱为根本内涵的基督文化，其代表人物是超越于党派之外的梅外婆、雪柠和后来的董重里）之间的矛盾冲突。从基督文化的立场（也是作者的立场）看，无论是共产党的傅朗西、杭九枫等，还是国民党的马鹞子、冯旅长等，都可被看做是暴力文化的体现与张扬者，与他们对立的是信奉博爱宽恕的基督教信念的梅外婆以及她的外孙女雪柠。①

　　也就是说，这诸多错综复杂的矛盾线索并不重要，真正重要的是：作家的价值立场很明显地站在以梅外婆、雪柠为代表的，以仁慈、宽恕与博爱为特征的基督教文化一边，并对所有暴力革命都进行了否定。作家反思革命的基本尺度是一个宗教的尺度，而不再是一个社会学、政治学的尺度。这个尺度，新启蒙知识分子（如李泽厚）没有提供，新启蒙小说或新历史小说也没有提供。从历史上看，宗教维度的丧失是中国历史小说和西方同类小说的一个根本差别，也是中国知识分子反思革命和西方知识分子反思革命的一个基本差异。在这个意义上《圣

①　梅外婆是雪家第二代雪茄的妻子梅爱柜的母亲，雪柠则是雪茄和爱柜的女儿。

天门口》值得我们关注。

在小说描写的 20 世纪中国历史的发展演进过程中，几乎所有人都情不自禁地被席卷进去，唯有持有基督教信念的梅外婆她们除外，而梅外婆她们之所以始终没有被某一狭隘的党派立场或政治立场裹挟而去，是因为她们能够在超越种种阶级和家族的利益纷争之后坚持"用人的眼光"来看待世界。"用人的眼光去看，普天之下全是人。用畜生的眼光去看，普天之下全是畜生。"① 这正是梅外婆与雪柠秉持的最高信条。这种对于革命和战争的反思接近托尔斯泰，在世界文学的范围看不新鲜，但是在中国文学中几乎绝无仅有。正是依托于这样的一种人生信条，使得她们的超越之爱成为可能。小小年纪的雪柠才会如此地憎恶暴力革命，因为暴力革命的基本特点就是不用"人的眼光看世界"："天下的事有一万万种，她最不愿看到的就是用暴力强行夺走他人的性命。再好的枪，只要不杀人，就是一文不值的废铁，一切为了杀人的手段，哪怕只要她拿出一根丝线，她也不会答应。这就是她的最大仇恨，也是她对仇恨的最大报复。"②

基督教思想的另一个体现就是梅外婆身上的宽恕精神："很多时候，宽容对别人的征服要远远大于惩罚，哪怕只有一点点的体现，也能改变大局，使我们越走越远，越站越高。惩罚正好相反，只能使人的心眼一天天地变小，变成鼠目寸光。"③ 报复——以恶抗恶，只能导致恶的循环。正是因为站在超越了党派政治利益的、非暴力的基督教立场看待历史，作者才能把一部 20 世纪的中国历史看做是党派、阶级、家族、利益的纷争史、杀戮史，一部由种种杀戮与争斗的暴力行为所必然导致的广大民众的受难史。

刘醒龙《圣天门口》的价值和特殊性，可以通过其与已经

---

① 刘醒龙：《圣天门口》，人民文学出版社 2005 年版，第 62 页。下引此书只注页码。

② 《圣天门口》，第 309 页。

③ 同上书，第 692 页。

确立的几种革命叙事模式的比较得到更明确的定位：

首先，它修正与弥补了新历史小说的历史虚无主义和革命虚无主义，一方面极有效地消解了"十七年"期间的"革命历史小说"对于20世纪中国历史的固化叙述；但另一方面，却并没有走向历史虚无主义，在消解历史的同时，它也在积极地进行着一种艰难但却十分重要的重构历史（通过反思革命把历史从意义的虚无中拯救出来）的工作，或者说，它通过自己对于历史的叙述过程而最终确立了"自己终极的精神价值的问题"。这一点主要体现在《圣天门口》中对于以梅外婆、雪柠、董重里等人物为代表的非暴力文化立场的确立与肯定上。

这种非暴力立场和新启蒙的人道主义有什么关系呢？把人道主义纳入革命话语和用人道主义解构革命话语的差别是：在新启蒙的革命叙事中，人道主义属于世俗意识形态，它致力于完善世俗世界而不是否弃世俗世界，而且它认为特定时期、为了特定目的的暴力使用是正当的、合理的，或者说，阶级斗争的逻辑不是绝对要不得，只是不能扩大化。这种革命纠正话语的立足点是社会学的，其在80年代的主要理论基础是马克思的《1844年经济学哲学手稿》；而基督教的人道主义作为宗教却是弃世的，它认为一切时代的一切暴力均为不正当。"天"与地相对，意喻与人间相对的天国，"圣天"即宗教之天。小说中曾经几处借人物之口将"圣"字赠与到梅外婆与雪柠等雪家女人的身上，小说标题中的"圣"字很显然也正来源于此。如果说小说的确借助于天门口这样一个小镇而浓缩了20世纪中国历史的风云变幻的话，那么这个"圣"字则正意味着一种超然于党派或政治立场之外的超越性视点的最终确立。《圣天门口》的立场比较接近雨果的立场："在至高无上的革命之上，还有一个至高无上的人道主义。"

其次，《圣天门口》和传统的革命历史小说的差别当然更大。正如有论者所说的："如果说'革命历史小说'所着力表现的是'革命'对于未来的人民解放与幸福的承诺，它所反复宣谕的一个绝对性真理便是，只有通过'革命'这样一种方

文学理论与公共言说

式，广大民众方才有可能摆脱苦难，走向一种美好的幸福生活，那么到了刘醒龙的《圣天门口》中，'革命'不仅没有能够成为广大民众的真正福祉，反而在相当程度上变成了杀戮与争斗倾轧的代名词，就小说所表现的实际情况来看，'革命'乃可以被视为20世纪历史进程中广大民众苦难生活的重要成因之一。"① 小说结尾处有这样的一个情节：关于傅朗西在"文革"中被批斗一节的描写显得格外意味深长。在樟树凹，有一户人家，家里的六个男人都先后为革命献出了生命，婆媳三代只剩下了四个寡妇。直到"文革"开始，她们方才醒悟到"她家的男人全都是受了傅朗西的骗"。② 于是，当傅朗西在"文革"中被押回天门口进行批斗的时候，这四个寡妇便上台去控诉质问傅朗西。"你这个说话不算数的东西，你答应的幸福日子呢，你给我们带来了吗？""为了保护你，我家男人都战死了，你总说往后会有过不完的好日子，你要是没瞎，就睁开眼睛看一看，这就是我们的好日子，为了赶来斗争你，我身上穿的裤子都是从别人家借的！""老傅哇老傅，没有你时，我家日子是很苦，可是，自从你来了，我们家的日子反而更苦。"③于是作为革命代表人物的傅朗西幡然大悟："这么多年，自己实在是错误地运用着理想，错误地编织着梦想，革命的确不是请客吃饭。紫玉离家之前说的那一番话真是太好了，革命可以是做文章，可以雅致，可以温良恭俭让，可以不用采取一个阶级推翻另一个阶级的暴力行动。"④ 革命者最后变成一个真正的忏悔者。⑤

这种立足于基督教的反革命立场和李泽厚、刘再复那种立

① 王春林：《对20世纪中国历史的消解与重构——评刘醒龙长篇小说〈圣天门口〉》，《小说评论》2005年第6期。

② 刘醒龙：《圣天门口》，第1172页。

③ 同上书，第1184页。

④ 同上书，第1184—1185页。

⑤ 参见王春林《对20世纪中国历史的消解与重构——评刘醒龙长篇小说〈圣天门口〉》，《小说评论》2005年第6期。

足于社会学、政治学的"告别革命"立场是非常不同的。李泽厚、刘再复是从政治功利主义角度反思革命的，他的结论是：如果不搞革命，中国的现代化会更快；刘醒龙的立场则是宗教的：只有告别革命，我们才能被上帝接纳。

上述对于四种"后革命"叙事模式的梳理是极为粗浅的，让它变得丰满细腻至少还需要一倍以上的篇幅（前提是本文的基本框架可以成立）。最后我要说明的是，本文的梳理采取了历史和逻辑结合的方式，即四个历史阶段代表了四种叙事模式。但是历史和逻辑的吻合从来不是天衣无缝的，我还不至于幼稚到认为80年代初期和中期所有关于革命的书写全部是新启蒙式的，或者90年代以后新启蒙和新历史主义的革命书写模式就齐刷刷地销声匿迹了。但是历史的变化，包括文学史的变化以及革命的叙事模式的变化，总还是可以概括出主导范式的演变轨迹，哪怕这种概括是非常粗糙的。

五 作为序言的结语

在"后革命"时代，也就是在短短的、不到30年的时间里，中国文学界的革命叙事，先是经过了人道主义话语的修复（《内奸》、《离离原上草》、《女俘》等），接着被新历史主义小说解构（《长征》、《苍河白日梦》、《故乡天下黄花》、《花腔》等），后又被消费文化戏说（《沙家浜》、《红色娘子军》等），最后是被基督教忏悔者彻底否定（刘醒龙《圣天门口》），其命运充满了戏剧性。不少人从资本主义全球范围扩张的角度悲观地预言，随着资本主义已经渗透或即将渗透到生产、流通和消费的各个领域，在上上下下关注菜篮子和米袋子的时代，革命除了被消费戏说的命运以外大概只能是博物馆化了，它已经失去了现实的土壤。全球化和消费主义的结果只能是使世界变成完全资本主义和消费主义的世界。这位论者悲观地预言："在这样的一个世界中，革命成了我们急欲逃出的地狱，而资本主义的经济发展却成了我们唯一的天堂。"①

这种新"左"的或准新"左"的论调似乎非常流行，但却经不起推敲。首先，资本主义化是否就等于是"革命"的反义词？或者说，革命是否只能是社会主义革命？我们知道，资产阶级曾经是西方和中国历史上的非常革命的阶级。自由、人权、平等、正义、人民主权等曾经是，而且至今也依然还是革命的正当性基础，而它们正是资产阶级革命所确立的现代价值。社会主义的革命理论无论在多大程度上修改了资产阶级革命的这套学说，但是自由、人权、平等、正义、人民主权等观念并没有被放弃，相反，马克思等社会主义革命理论的创始人和权威阐释者认为，只有社会主义革命才能真正完成在资产阶级革命那里仅仅被当做是带有欺骗性口号的自由、正义和人民主权。那么，这套现代价值是否已经在中国实现呢？

另一些被归入"右倾"、"新启蒙"、"自由主义"等名下的"告别革命"的论调同样令人满腹疑虑。这种论调在中国大陆学界其来有自，从对"文革"激进主义的批判，到对法国大革命的反思，从顾准热到哈耶克热，"告别革命"论者宣称革命不如改良，激进不如渐进，法国革命不如英国革命的似是而非的结论。② 更致命的是，它把"革命"这个具有非常丰富内涵的术语，简单等同于"文革"的人道主义灾难，把人道主义和"革命"对立起来，而没有看到人道主义作为一种现代普世价值，曾经而且将继续成为革命的强大资源和动力。至于革命的方式问题，实际上革命从来就不是暴力这一种方式，即使我们可以认为凡是革命都是激进的，但激进也不等于暴力。

革命的基本意思是社会，特别是国家政体的基本性质的改变，因此，革命总是带有激进的含义。在阿伦特看来，"革命"虽然经常和"战争"密切相关，但是"革命不止是成功的暴

① 暨南大学研究生赵牧的硕士论文：《后革命时代的革命书写》，http：//cd-md. cnki. com. cn/Article/CDMD – 10559 – 2005141919. htm。

② 既误读了顾准也误读了哈耶克。

动"。① 阿伦特认为，革命许诺了"历史进程突然重新开始了，一个全新的故事，一个之前从不为人所知、为人所道的故事将要展开"，② 所以"只有发生了新开端意义上的变迁，并且暴力被用来构建一种全然不同的政府形式，缔造一个全新的政治体，从压迫中解放以构建自由为起码目标，那才称得上是革命"。③ 阿伦特把革命看做是一种表现人类特殊能力的形式，人类有能力在任何逆境下重新开始、自由行动。革命包含这样一种观念，即历史会突然开启一个崭新的、前所未有的进程，一个新的故事，一个光明的未来。并非所有的政治剧变都是革命，因此，有没有革命就要看有没有人在历史存在中开创未来，缔造社会的新生。革命的主要动力是对自由的渴望，这种渴望成为人类创新能力的价值动力。

中国革命的领袖和先驱人物无不承诺革命将带来一个以政治自由、公正、平等等现代价值为核心的新时代、新社会、新生活，这是中国革命的合法性依据。因此，"激进"不是一个手段的概念，而是性质的概念，国家政体的根本性变化不见得一定通过暴力手段达到。从古代的宫廷政变到现代的军人暴动，其所带来的只是统治者的易位而不是统治方法的根本变化，也没有出现全新性质的社会和生活。这种暴力实践绝非革命；而 20 世纪末东欧的不流血革命虽然根本没有暴力的影子，却依然是制度的根本变化，它在性质上绝对是激进的，因为它导致了基本国家政体的变化（因此被称为"天鹅绒革命"）。如果从这个角度看问题，或许可以获得对中国革命的新认识。

所以，问题的关键在于：我们要告别的是什么样的"革命"？是告别作为手段的暴力革命，还是彻底放弃革命的原初理想——自由、民主、人民主权（或者用阿伦特的说法，"自由立国"）？是失败的革命还是坏死的、畸形的革命？阿伦特在

---

① 汉娜·阿伦特：《论革命》，译林出版社 2007 年版，第 23 页。
② 同上书，第 17 页。
③ 同上书，第 23 页。

《罗莎·卢森堡》① 中指出，卢森堡夫人"担心的不是失败的革命，而是畸形的革命"，畸形的革命不仅是不成功的"革命"，而且更是败坏革命本身声誉，使人们对革命本身产生怀疑和反感的"革命"。"告别革命"的吁求如果要获得自己的合法性，就必须把告别的目标锁定在败坏的革命而不是失败的革命。

　　这需要我们认真清理"革命"作为实践和作为理论在西方和中国走过的复杂历程，清理革命在不同的国家、不同时代和不同话语体系中的不同版本，要认真研究到底是哪种革命观念和革命实践支配了中国的革命？近一个世纪的中国革命在观念和实践上经历了哪些重大的变化？原先以民主自由和人民主权为主要诉求和正当性基础的革命理念是如何演变为"文革"的灾难的？它们在今天到底落实了没有？阿伦特从人的行动和它的自由原创性，来论证和评价革命及其带给人的希望。真正的革命源自人的生生不息的开新能力、自由行动，革命的目的是创造真正的公共自由领域，政治自由是真假革命的衡量标准，也是评判革命是否成功的价值标准。革命之所以失败，是因为革命的原初政治自由诉求后来被虚假的意识形态、短视的社会物质诉求或自私的政党利益所绑架，以政治自由为旗帜的革命，在世界上不少地方最后蜕变为敌视政治自由的专制权力。革命毁掉原初的政治自由冲动，这才是革命最大的失败。

　　当然，革命还有一个更大的失败，那就是革命的意义被遗忘，阿伦特说革命是人的自由开新能力的最高体现，是行动的最高、最典型形式。但是行动总是充满了不可预测性，正因为这样，革命不能以成败论英雄，失败了的革命依然光照千古，彪炳史册，但其前提是必须通过叙事形式把它记录下来，阿伦特理解的"叙事"主要是"悲剧"。阿伦特理解的"悲剧"是

----

　　① 1966 年，Robert Sivers 请阿伦特为将出版的《卢森堡传》（作者是著名政治学者 Peter Nettle）写一篇书评。阿伦特记下许多阅读感想，并写就《革命的女英雄》一文，发表于《纽约书评》。后以"罗莎·卢森堡"为题收入阿伦特《黑暗时代的人们》。

一种"叙事",是"说故事"。对革命的悲剧想象揭示的正是革命这种经常被掩盖了的偶然和不可预测性。革命的意义不在于其"成功",而在于其长久地激活和保持人的自由意识。

这使得文学如何叙述革命这个问题变得空前重要起来,它获得了远远超出文学或审美的公共政治意义。这是我之所以如此重视"后革命"时期的革命书写的根本原因。我们要问:中国的革命得到了怎样的叙述?它的悲剧性得到了怎样的揭示?中国革命的自由立国理想实现了么?如果没有,为什么?

这样一种复杂纠结的思考将使得我们既不可能简单天真地鼓吹革命暴动,回到"文革"时期的阶级斗争,也不可能廉价地(也是完全和乖巧地)宣称"告别革命",而是把革命当做认真严肃的学术问题进行反思。

(原载《战略与管理》2010 年 7/8 月号)

文学理论与公共言说

雷锋形象的建构、重构与解构[*]

绪论　雷锋:暧昧的文化偶像

2003 年，新浪网联合《新民周刊》、《南风窗》、《中国财经报》等全国 17 家强势媒体，共同举办了"二十世纪文化偶像评选活动"，最终评出中国"二十世纪十大文化偶像"，按照得票数量依次排序，他们分别是：鲁迅、金庸、钱锺书、巴金、老舍、钱学森、张国荣、雷锋、梅兰芳、王菲。^① 这十位文化偶像涉及了政治、文艺、科技、娱乐多个领域，涵盖不同的偶像类型：既有政治—道德偶像，又有科学技术偶像，既有精英文学巨匠，又有大众娱乐明星。可见这些明星所代表的价值取向和生活方式、道德内涵差异很大。一时间社会各界聚讼纷纭。争论涉及：在当下的文化语境中需不需要评选文化偶像？评选文化偶像的意义是什么？等等问题，而一个焦点问题则是当代娱乐明星是否应该入选？有些人赞叹文化价值的多元化，也有些人痛骂消费文化对社会道德的腐蚀，怒斥道：张国荣、王菲等大众明星怎么能和伟大的启蒙大师鲁迅并列为文化偶像？奇怪的是，大家对革命时代国家意识形态建构的政治—道德符号"雷锋"以 23138 张选票（名列"十大偶像"的第

　＊　本文与吕鹤颖合作。
　①　票数情况如下：鲁迅：57259，金庸：42462，钱锺书：30912，巴金：25337，老舍：25220，钱学森：24126，张国荣：23371，雷锋：23138，梅兰芳：22492，王菲：17915。

七位）得以入选却谈论甚少。①

在这次文化偶像评选活动中，雷锋的入选评语是："雷锋精神曾经影响了一代人，他堪称共产主义新型人格的代表，也是中国人民解放军整体形象的一个缩影。他所承载的'全心全意为人民服务'的精神是集体主义文化传统在新时期的发展。"这个评语有两点值得注意，一是把雷锋精神简化为"全心全意为人民服务"和"集体主义"，淡化了雷锋忠于党、忠于毛泽东的内容，以及雷锋精神的阶级色彩，使这个偶像的道德内涵朝普世价值方面或抽象的利他道德方面倾斜，比较20世纪六七十年代官方对雷锋精神的阐释，这点将会看得更加清楚（详下）；二是评语说"雷锋精神"对一代人的影响是"曾经的"，这是一个过去时态。既然是一个过去时，那为什么在当下语境中，雷锋又能够通过相当民主的网络选举被选为"文化偶像"呢？这难道不是表明雷锋精神的影响不但是"曾经的"，而且是当下的吗？

关于这两点，我在评选刚刚结束时曾经这样写道：

> 我以为最值得玩味的倒不是张（国荣）、王（菲）而是雷锋的入选。网上的评论居然很少提及他实在让我感到纳闷。雷锋这个毛泽东时代树立的革命文化英雄，居然在80年代启蒙文化与90年代大众消费文化的双重"围攻"下依然大难不死，其得票率直追比世界上绝大多数总统还要著名的张大师（张国荣）！如果人们不是对于雷锋的入选感到惊讶（或者欣慰？），反而对张国荣、王菲指手画脚，那可真是邪了门了！但事实就是这样邪门。苦苦思索之后，我的解释是：雷锋同志应该感谢市场经济。正是市场经济引发了所谓道德滑坡；正是所谓道德滑坡让人暧昧地怀念起雷锋叔叔。这里当然不能忽视媒体力量对于所谓

---

① 只有笔者在一篇时评文章《中国已经进入诸神纷争的时代》中谈到了这个问题。参见 http：//www.culstudies.com/plus/view.php？aid＝1214。

"雷锋精神"的成功改写，把他改写成"为人民服务"的代名词，甚至是基督博爱精神的代表；而完全忘记了他首先是毛主席的"好战士"，他身上除了"为人民服务"以外，还有"对敌人像严冬一样冷酷"的"酷"性（阶级斗争精神）。没有这样的"阶级斗争"精神，原则性极强的毛泽东同志才不会把他树为模范呢。①

我们应该在什么意义上说雷锋的影响依然是"当下"的？同样在那篇文章中，我接着写道："如果我们把问卷改成'如果有可能，你最想成为十大偶像中的谁？'我想，雷锋的得票率可能会急剧下降"，我的意思是："人们在评选的时候，并没有把'偶像'与'自己想要成为的那种人'等同起来。"② 不想实际仿效的那类人却又被选为文化偶像，这种暧昧态度本身已经成为一种文化现象，包含了丰富的内涵，值得我们好好解读。③

如果说这次文化偶像评选中雷锋的当选反映了革命文化遗产在"后革命"时代的暧昧处境，那么，更加暧昧的则是雷锋在大众文化层面呈现的势不可挡的"流行"趋势。2001 年，雪村的歌曲《东北人都是活雷锋》，凭借后期制作的 Flash 动画从网络传媒迅速传播到现实社会，歌曲继续在那里提倡"学雷锋"，但是其目的却是"大家都发财"；2002 年署名"肖伊绯"的网络文章《1962：雷锋 VS 玛丽莲·梦露——螺丝钉的

① 陶东风：《中国已经进入诸神纷争的时代》，http://www.culstudies.com/plus/view.php? aid=1214。

② 我的这个想法得到调查数据的证实。2006 年，上海市民信箱网上调查平台曾对 2300 位市民进行了抽样调查。结果显示，虽然 95% 的市民知道 3 月 5 日的含义，92% 的人对"雷锋精神"有认同感，但当被问及"是否会主动帮助一些需要帮助的陌生人"这一问题时，32% 的市民给了肯定答复，63% 的市民选择"看情况"。反映出大家在做好事的时候心存顾虑。更有 5% 的市民明确表示"不会"帮助。参见 2006 年 3 月 1 日《新民晚报》电子版《"市民信箱"网上调查，过半市民认为"学雷锋"不是盲目帮助人》。参见 http://xmwb.news365.com.cn/zh/t20060301_845531.htm。

③ 那以后我就一直想写文章专门研究上面提出的这些问题。可是一直拖到了今天才写出来。

花样年华》风靡网络，文章以 1962 年海德格尔演讲《时间与存在》的时刻为背景，将两个同为 1962 年去世的人——革命政治符号雷锋与好莱坞明星玛丽莲·梦露拼贴在一起，原文的副标题是"兹以此文纪念'螺丝钉'论诞生四十周年"，用看似后现代的方式在弘扬雷锋的同时又解构了雷锋；2003 年，沈阳吉尼斯工作室向英国吉尼斯总部递交了雷锋的两项"士兵之最"：被创作谱写成诗歌、曲艺、歌曲最多的战士和被冠名最多的士兵，以此来冲击世界吉尼斯"士兵之最"；2004 年 5 月，盛大网络游戏公司推出了历时半年自主研发的教育游戏《学雷锋》，并称这款游戏的目的是让青少年以娱乐的方式来学习雷锋所代表的传统美德。还有风靡网络的关于雷锋死因的无厘头解释：雷锋是"帮助人累死的"，"是看楼主的帖子被气死的"，"是由于驾驶技术不好死的"等"雷锋的 20 条死因"；还有一款娱乐软件叫"姓名人品恶搞测试"，结果测出雷锋的人品"低下"；抚顺的一家餐馆推出了"雷锋套餐"来吸引顾客；宁波一家保健品生产厂家生产的安全套外包装盒上印有雷锋手持钢枪的图像；"炒作大王"邓建国要拍网络电影《雷锋的初恋女友》；甚至与雷锋相关的一些元素，如他戴过的帽子等也开始成为消费的时尚蓝本——电影《大灌篮》中周杰伦戴着"雷锋帽"，明星阿朵头戴"雷锋帽"大秀性感……任何一条与雷锋相关的事件都会引发激烈争论，这也折射出"后革命"时代人们对革命时代建构的英雄人物所持的暧昧态度，仿佛正是雷锋的流行杀死了雷锋！

总之，雷锋，一个革命时代的经过意识形态的广泛宣传和刻意塑造的道德英雄，经受住了时间的考验，在"后革命"时代不仅没有像大多数政治形象一样被消费时代遗忘，反而在经历了 20 世纪 80 年代的新启蒙文化和 90 年代的消费文化浪潮的洗礼之后，变成了一个游弋的能指符号，在"后革命"时代的文化空间里四处游荡、熠熠生辉，这使得雷锋成为解读商业化、大众化的"后革命"时代，革命与商业、政治与经济之间暧昧关系的绝好案例。

上篇　革命时代的雷锋形象建构

一　雷锋形象建构的两个阶段

如果从 1963 年 3 月 5 日毛泽东题写"向雷锋同志学习"、全国掀起"学习雷锋热潮"并由官方正式把这一天制度化为"学雷锋日"算起，雷锋形象和雷锋精神已经经历了近半个世纪的发展—演变、建构—重构的漫长而复杂的历程。由于时间跨度大，本文以 1978 年年底的"十一届三中全会"为界，把雷锋形象的演变分为"革命时期"和"后革命时期"两个阶段。[①] 前者是指从 1963 年到"十一届三中全会"前这段时期的雷锋形象，而后者则是从"十一届三中全会"到今天这个历史阶段的雷锋形象。称之为"后革命"，是因为从"十一届三中全会"以后，党中央宣布"文化大革命"结束，并做出"大规模的疾风暴雨式的群众性阶级斗争基本结束"，全党工作的着重点应该从 1979 年开始转移到社会主义现代化建设上来的重大决策，并实行了"改革开放"政策。[②] 以此为标志，革命时期和"后革命"时期形成了以下明显的差别：

第一，从政治领域看，党和政府的工作中心从阶级斗争、政治运动转到在确保政体稳定前提下的经济发展和现代化建设，并在进行市场化改革的同时，尝试有限度的灵活的政体改革。

第二，从经济领域看，从单一的计划经济转变为多种经济成分并存。1993 年正式提出"社会主义市场经济"的口号。

第三，从公共领域与私人领域的关系看，"三中全会"后，党逐步放松了对私人领域（依据阿伦特的经典划分，私人领域主要是指家庭领域、经济活动领域、消费和娱乐活动领域）的控制，不再进行大规模的社会动员，私人领域有了一定的存在

---

① 关于"革命"、"后革命"的界定可以参见陶东风《论后革命时期的革命书写》，《当代文坛》2008 年第 1 期。

② 参见《中国共产党第十一届中央委员会第三次全体会议公报》，载《三中全会以来重要文献选编》，人民出版社 1982 年版，第 1 页。

空间和自由度，相应的与公共利益相对的私人利益也逐步得到一定程度的承认和维护。

第四，在文化和意识形态领域，主流意识形态逐渐淡化了特殊取向的阶级论色彩，有限度吸收了"普世价值"，改变了对传统文化的态度，变批判"封、资、修"为积极弘扬传统文化。扶持、鼓励大众文化，对消费主义采取宽容甚至鼓励的态度。在民间和知识分子中，人们一致厌恶了长期的阶级斗争，不再心仪曾经让他们如痴如狂的"革命"，转而关心自己的日常生活和物质享受。

这些变化对理解本文雷锋形象的演变都是至关重要的。

二 革命时期雷锋精神的基本内涵及其意义结构

新中国成立以来，官方先后树立了各种政治—道德典型，如"铁人"王进喜、"爱民模范"欧阳海、"一不怕苦、二不怕死"的好战士王杰、"人民公仆、模范党员"朱伯儒，等等。但随着时间的流逝，大多数此类政治—道德典型往往应时而生，时过而逝，只有雷锋是个例外。"时间并没有让人们遗忘他（雷锋），相反学习雷锋活动在各个时期似乎都能顺利地开展下去，成为一贯性的集体活动。"①

雷锋为什么成为"不倒翁"？这是一个很值得思考的问题。特别是从革命时代到"后革命"时代，历史发生了如此重大的变化，从计划经济到市场经济，从公而忘私、理想主义、禁欲主义，到个人主义、享乐主义、消费主义，从"狠批私字一闪念"到"人不为己天诛地灭"，等等，为什么"雷锋精神"却依然从上到下、从民间到官方被死死坚守？

本人以为主要原因在于，无论是官方主流媒体还是民间网络媒体，都自觉不自觉地把"雷锋精神"抽象化、普遍化、空洞化了：雷锋成为抽象的"好人"的代名词，雷锋精神成为"做好事"、"刻苦学习"、"为人民服务"等抽象的、没有党派和阶

① 袁为：《建国以来政治形象人物的塑造与传播——以雷锋为例的考察》.《黑河学刊》2008 年第 2 期。

级色彩的道德符号。比如，《人民日报》2004年6月19日第8版发表吴若增的文章《雷锋的意义》，文章一开始就问：雷锋为什么能够如此的深入人心，乃至其形象在全国人民心目中经久不衰？作者的回答是："说起雷锋，人们可谓众口一词：'啊，雷锋可是好人哪，他就是爱做好事，爱帮助人，不讲条件，不要回报。'"在作者看来，"这就是雷锋。这就是他的形象在人们心目中经久不衰的原因。简单么？很简单。而且就这么简单"，"是的，雷锋没有什么力挽狂澜的伟业，没有什么惊天动地的壮举，甚至也不曾堵过枪眼，不曾拦过惊马……**他就是真诚、善良、爱人，并且以帮助别人为乐趣，以贡献社会为幸福**"。"**雷锋已经成为了道德美的典范和人性美的化身。**"（重点标记引加）更有意思的是，作者认为，西方发达国家的社会运转，既依靠成熟的市场经济和法治，也不能缺少道德和文化根基，这个根基就是宗教，比方说基督教。在作者看来，**雷锋精神就是类似于西方基督教的中国社会的道德根基**。这是非常典型的把雷锋精神抽象化，甚至宗教化的做法。把雷锋精神抽象化为优秀的民族美德乃至宗教精神、全人类精神之后，作者赋予他与市场经济、法治一样的重要作用："维护和发展我们的社会，仅有市场经济和法治是不够的，我们还要有雷锋。"

再举一个例子。据2003年3月11日的《人民日报》报道，"向雷锋同志学习"号召40周年之际，中国伦理学会、中国人民大学伦理学与道德建设研究中心等单位在京联合召开"纪念'向雷锋同志学习'题词发表40周年理论研讨会"。报道称："与会者指出，雷锋精神具有超越时空的生命力。雷锋精神的具体内容具有层次性，学习雷锋精神应结合不同的人群提出不同的要求。这与现阶段提出的《公民道德建设实施纲要》在根本上是一致的。雷锋精神的实质在于全心全意为人民服务，在于无私奉献，在于真诚投入，在于爱心互助，**它超越了历史和地域的界限，成为奉献给全社会、全人类的财富**。"[1]（重点标记引加）

---

[1]　华蕾蕾：《纪念"向雷锋同志学习"题词发表40周年理论研讨会提出雷锋精神是奉献给全人类的财富（理论信息）》，《人民日报》2003年3月11日。

一种道德品德，只有普世化、抽象化之后，才能获得超越时代和民族（国家）的有效性，但此时，这种品质、这种道德，**已经不再是当初建构的那种具有具体内涵的品质或道德，雷锋也不再是当初建构的那个雷锋了**。因此，我们要做的首先是回到当时的语境，把握当时的雷锋形象和雷锋精神的内核。

我觉得革命时代的雷锋精神有以下几个基本内核：

1. 国家效忠与政党效忠的统一

那么，革命时代的雷锋精神的内核到底是什么？我以为革命时代曾经流行一时的《学习雷锋好榜样》对此作出了最好的概括：

> 学习雷锋好榜样
> 忠于革命忠于党
> 爱憎分明不忘本
> 立场坚定斗志强
>
> 学习雷锋好榜样
> 艰苦朴素永不忘
> 愿做革命的螺丝钉
> 集体主义思想放光芒
>
> 学习雷锋好榜样
> 毛主席的教导记心上
> 全心全意为人民
> 共产主义品德多高尚
>
> 学习雷锋好榜样
> 毛泽东思想来武装
> 保卫祖国握紧枪
> 继续革命当闯将

这首歌是"革命"年代唱遍了大江南北的超级"流行歌曲"。从这段歌词可以看出,"雷锋精神"的内容虽然很多,但基本可以归结到两个核心。首先,效忠于中国共产党及其领袖毛泽东,效忠于党的意识形态(所谓"忠于革命忠于党"、"毛主席的教导记心上"、"毛泽东思想来武装"),这是雷锋精神的最基本内核,而且这是一种特殊取向而非普遍取向的道德价值维度;其次,效忠于祖国及其人民("保卫祖国握紧枪"、"全心全意为人民")。雷锋精神的具体内涵在各个时期虽然有不同的侧重,随着形势需要而变化不定,但雷锋之所以成为党和国家经历这么漫长的岁月仍然坚持的政治和道德符号,[①] 正是因为这两个核心始终未变,**它们可以满足社会主义中国民族—国家认同的两个核心诉求:既效忠政党,又效忠国家和人民并把两者加以等同。**

要阐明这点,还得从社会主义中国的民族—国家文化战略说起。

依据泰米尔的观点,"民族"是文化概念,其核心是由各种文化要素组成的民族精神、民族认同;而"国家"则是政治概念,其核心是特定的、拥有主权的政治共同体。"国家"这个政治体,除了政体、宪法、国际法的承认之外,必须具有文化上的认同感、凝聚力。但由于世界上绝大多数国家(当然包括中国)都是多民族国家,因此,"民族"(文化)和"国家"(国界和主权)一般情况下并不对应。这就必须通过各种政治和文化手段,把国家想象为、建构为一个具有**文化共性**的共同体,而不只是具有统一国界的政治体。[②] 安德森认为,民族国家是"一种想象的共同体",他把对"民族"/"国家"的理解与"想象"(而不是"事实")联系起来,以突出这种共同体的**想象**性质,亦即建构性质。每一个民族—国家的成员,都

---

① 2010 年的 3 月 5 日各种媒体还在纪念毛泽东的"向雷锋同志学习"题词发表 47 周年。

② 参见泰米尔《自由主义的民族主义》,陶东风译,上海译文出版社 2005 年版。

以想象的方式拥有一个共同的身份。安德森写道："尽管在每个民族内部可能存在普遍的不平等与剥削，民族总是被设想为一种深刻的、平等的同志爱。最终，正是这种友爱关系在过去的两个世纪中，驱使数以万计的人们甘愿为民族——这个有限的想象——去屠杀或从容赴死。"① 对这种共同体的想象，是"一个集体的（或者主体间的）文化过程"。② 正是这种集体的容纳与同化的文化建构过程，形成了共同体内在的、无差异的整体感、认同感。用安德森的话说，"作为政治共同体，民族国家一方面依靠国家机器维护其政治统一，另一方面，作为想象共同体，它又必须依赖本民族的文化传承，确保其文化统一"。③ 也就是说，民族—国家的文化统一与政治统一同样重要，两者缺一不可。

中国现代的民族国家同样面临这个至关重要的问题。在中国共产党以暴力革命、阶级斗争方式取得政权并建立国家的过程中，其意识形态宣传发挥了重要作用。新中国成立以后，现代民族—国家的主权的确立给共产党政权提供了政治上的合法性。但这还不是合法性的全部。什么是合法性？合法性指的是"被治者认为是正当的或自愿承认的特性，它将政治权力的行使变成了'合法'的权威"，合法性"反映了一种认识上的一致"。"在一段时间里拥有权力的政权一般都要经过斗争才能取得它的合法性。"④ 这个意义上的合法性对于政权而言具有根本的重要性，正如哈贝马斯所言："任何一种政治系统，如果它不抓合法性，那么，它就不可能永久地保持住民众对它所持有的忠诚心。也就是说，就无法永久地保持住它的成员们紧紧

---

① 本尼迪克特·安德森：《想象的共同体：民族主义的起源与散布》，吴叡人译，上海人民出版社 2005 年版，第 6—7 页。

② 阿恩雷·鲍尔德温等著：《文化研究导论》，陶东风等译，高等教育出版社 2004 年版，第 163 页。

③ 陶家俊：《身份认同》，参见赵一凡主编《西方文论关键词》，外语教学与研究出版社 2006 年版，第 469 页。

④ 参见杰克·普拉诺《政治学分析辞典》的"合法性"词条，胡杰译，中国社会科学出版社 1986 年版。

地跟随它前进。"① 也就是说，国家政权的合法性并不能完全建立在垄断的暴力和政治强权之上，它必须让民众产生道义上的认同感，拥有一套让民众自愿服从、认可的文化—道德—伦理的基础。任何政党，想要维护自己的政治权威和政治秩序，就必须确立自己的这种文化合法性。

建立这样的文化合法性的一个具体操作途径，就是**通过文学艺术的或类似文学艺术的创造活动，建构一个具有广泛认同基础的、易于学习和模仿的道德—政治典型，使国家意识形态具象化，然后用自上而下的方式反复宣传、灌输，号召广大民众加以模仿、追随。雷锋形象的建构目的就在于满足这样的政治需要。新中国党的宣传部门的一个迫切文化任务，是如何通过建构民众的文化认同，来维护新政治秩序的合法性。正是在这里，凸显出建构一个既能符合民族国家的认同需要，又能够巩固执政党领导地位，并且得到国民广泛认同的政治文化符号的极端重要性。**新中国成立后出现的很多公共建筑、象征符号、文艺作品，如，人民英雄纪念碑、人民大会堂、国旗、国徽、国歌，等等，都是在中央最高领导高度重视、亲自指导之下建构的政治文化符号。②

特别值得指出的是，这个有助于维护政权合法性的道德—政治形象必须符合两个原则，即：既效忠国家又效忠政党，而且把

① 哈贝马斯：《重建历史唯物主义》，郭官义译，社会科学文献出版社 2000 年版。

② 比如，人民英雄纪念碑指称的是一个由英雄群体塑像组成的文化记忆符号，既象征着旧秩序的颠覆，指称新政权的建立，更表征着中国共产党政治权威合法性的历史依据，它试图用一种具体的形象，促使民众深化集体的公共历史记忆。这个记忆塑造的过程，同时当然也是意识形态规训的过程。国旗和国徽等政治符号也同样被赋予了（除政治意义之外的）文化含义。国旗的五颗五角星表示中国共产党领导下的民族大团结，红色表征革命，国徽上的国旗、天安门、麦穗和齿轮则象征中国人民自五四运动以来的新民主主义革命斗争和工人阶级领导的以工农联盟为基础的人民民主专政的新中国的诞生。国歌《义勇军进行曲》也暗示了特殊类型的共同体想象方式，唱国歌的行动"蕴含了一种同时性的体验。恰好就在此时，彼此素不相识的人们伴随相同的旋律唱出了相同的诗篇"。参见本尼迪克特·安德森《想象的共同体：民族主义的起源与散布》，上海人民出版社 2005 年版，第 140 页。

后者置于更加根本性的地位。中国共产党的历史教科书和其他官方文本，包括官方的文学艺术作品，在叙述新中国的创建史、建构新中国的民族—国家的认同符号时，非常注意把共产党叙述为**"新中国"唯一合法的缔造者，因此也是新中国人民唯一的"母亲"，是她，也只有她，推翻了"三座大山"，让中国人民"站起来了"。**而在此过程中，**党的领袖毛泽东及其伟大思想又占据了最核心的位置。**因此，在1949年后的各种媒体中，**"党是母亲"、"我们是毛泽东子女"、"党啊，亲爱的妈妈"、"党啊，妈妈"、"亲人毛主席"、"人民的大救星"等话语模式和修辞模式的使用频率高得惊人，由于它把僵硬的政治话语转化为了温情脉脉的亲情话语，因此具有极强的情感效果。**这些有特殊目的的政治修辞和政治符号，通过遍及全民的反复演示、灌输，逐渐被民众接受、认可并内化为自己的情感模式和思想—行为模式，成为培育政治文化、维护政治合法性、强化公民效忠的有效载体。①它们的一个共同特点，就是它们**既表示对新生的民族—国家的效忠，同时更表达对执政党的效忠，它们紧密耦合在一起：反党就是出卖祖国、背叛人民。**

雷锋精神的两个核心，即忠诚于党及其领袖，忠诚于国家及其人民，就是按照社会主义中国的民族—国家文化认同的建构需要量身打造的。一方面，雷锋必须有爱国主义、集体主义、为人民服务的情怀，这是普世性的道德，能够被最广大的民众接受；但另一方面，也是更为重要的方面是，这种爱国、爱人民的普世情怀，必须纳入到忠于中国共产党及其领袖毛泽东这种特殊取向的效忠话语之中，后者必然要突出和强调"雷锋精神"中的阶级属性和党派立场。因此，**雷锋精神绝非只是超阶级的、抽象的人类之爱。**《雷锋日记》（1960年10月21日）中的一段名言是：

---

① 布迪厄认为，符号"是这样一种权力行使，它不被看作是权力而是被看作是对承认、依从、忠诚或其他服务的合法要求"，是"权力关系通过符号形式而合法化的方式"。符号的这种特点在雷锋形象这样的重要政治符号中体现得尤其突出，参见戴维·斯沃茨《文化与权力：布尔迪厄的社会学》，陶东风译，上海译文出版社2006年版，第105—106页。

"对待同志要像春天般的温暖，对待工作要像夏天一样火热，对待个人主义要像秋风扫落叶一样，对待敌人要像严冬一样残酷无情。"① 这个"敌人"当然就是与共产党作对的"阶级敌人"或"美帝国主义"。因此，"为人民服务"中的"人民"是阶级论框架中的"人民"，是以工农兵为核心的"人民"，谁热爱党、热爱领袖谁就是"人民"，否则就是"反革命"，就是"敌人"。对这些人，雷锋是绝不爱的。不但不爱，而且"恨之入骨"。雷锋骂美国总统肯尼迪是"一个狼心狗肺、极其狡猾的东西"，肯尼迪讲"和平""完全是放的狗屁"。② 你看，此时的雷锋恨得连语言美也不讲了。

职是之故，我们绝对不可把雷锋简单地等于泛爱的"好人"，绝不可以把"雷锋精神"简单理解为人道主义精神或宗教精神，而忘记了革命时期的雷锋首先是"战士"。雷锋精神不但有温情的一面，也有冷酷的一面。爱国主义、集体主义以及利他主义等带有普遍性的道德话语，并不必然与共产党的意识形态话语组合在一起。它毋宁说是任何一个民族—国家的文化认同都不可缺少的精神价值，它既可以与西方国家的民主、自由、平等等政治与文化理念组合，也可以与国民党的三民主义组合，在古代的时候还常常和忠君纠缠在一起。因此，只突出雷锋精神的集体主义和利他主义是远远不够的。这就解释了为什么即使在今天，在官方发布的纪念雷锋的文章中，从来都不是单方面地突出其爱国主义、集体主义和利他主义，因为即使在今天，共产党也没有完全放弃"社会主义"传统和以毛泽东思想为核心的"革命"意识形态（详下）。

但是随着从"革命"时代向"后革命"时代的转移，人们对"雷锋精神"的理解越来越简单化：做好人好事，刻苦学习，为人民服务。比如抚顺雷锋纪念馆总撰稿人翟元斌说："任何人都不可能脱离一个时代独立存在，雷锋精神也深深地

---

① 雷锋：《雷锋日记 1959—1962》，解放军文艺社 1963 年版，第 15 页。
② 同上书，第 32 页。

打上了中国各个不同发展时期的烙印。但它的本质并没有改变，那就是热爱祖国、为人民服务、爱岗敬业、艰苦奋斗、学习创新。"① 这个普泛化的概括实际上已经不是原先的雷锋精神，这样的概括不仅使得雷锋成为"不倒翁"，"雷锋精神"成为"万金油"，而且也使得我们无法深入理解雷锋精神的时代性和局限性，似乎雷锋精神是永远不过时的：做好人不对吗？难道我们要鼓励大家做坏人？热爱祖国不对吗？难道号召大家叛国？刻苦学习不对吗？难道我们要鼓励大家做懒汉？有人说"雷锋精神"表现了"人性中至善的一面"，就是把"雷锋精神"抽象化的典型表达。② 难怪有人嘲笑说："感觉学雷锋成了一个筐，就像007系列那样，什么都可以往里装，而且什么时尚，什么吸引眼球就往里倒。"③

总之，由于中国式现代化道路的特殊性，新中国的国家意识形态必然要突出马克思主义、毛泽东思想的理论权威，强调通过革命的方式来把握社会现实问题，强调阶级斗争，强调批判、抵制资产阶级思想，强调加强马克思主义、毛泽东思想教育，这些都是这一时期国家意识形态建构的重要内容。而这一切特殊取向的政党意识形态效忠在整个革命时期的雷锋形象中是非常突出的。④

2. 特定时期的政权合法化需要

雷锋之所以被选为先进典型和学习榜样，除了建构新中国的民族—国家认同这个根本需要之外，还有一个很具体的、与60

---

① 新华网：《没有"神话"的雷锋引领中国人精神道德建设40年》，参见 ht-tp：//news.sohu.com/45/22/news206782245.shtml。

② 参见 http：//www.sina.com.cn/2003 – 03 – 03。

③ 徐瑞东：《雷锋是块贞节牌坊》，参见 http：//zyh67567.bokee.com/。

④ 当然，除了一般意义上的政权合法化需要外，雷锋形象的意识形态建构还有非常具体的时代原因。三年自然灾害使新中国经历了史无前例的大饥荒，苏联单方面撕毁援建合同，撤走所有的技术专家，中苏关系恶化，国际上的反华势力排挤中国。面对这种前所未有的内忧外患，中国共产党及其领导人承受着巨大的压力，政权的合法性陷于危机。在这种危急关头，"国家需要一个全国上下都能认同的典型人物来团结整合民众共渡难关"。参见袁为《建国以来政治形象人物的塑造与传播——以雷锋为例的考察》，《黑河学刊》2008年第2期。

年代的特定形势相关的需要。① 毛泽东"向雷锋同志学习"口号提出的时间是 1962 年 3 月，而"学习雷锋"运动则开始于 1960 年。这个时候的中国刚刚经历了三年困难时期，由于"大跃进"、"人民公社"等运动大搞浮夸风，违背自然规律办事，导致了三千多万中国人（主要是农民）饿死于所谓的"自然灾害"（这次史无前例的大饥荒其实根本不是天灾而是人祸）。党的威信，特别是毛泽东的威信面临考验。加上国际上的反华势力排挤中国，中苏关系恶化，中国共产党及其所创立的新中国处于内外交困的危急关头，各种社会问题频发。由于新中国当时几乎是一穷二白，根本无法从物质上解决民生以及其他政治和社会问题，因此不能不从思想上、精神上、道德上解决问题。对此，毛泽东采取了两种不同的策略，一方面是对彭德怀等政治上的所谓"敌人"以及思想上可能出现动摇的群体，特别是知识分子和民主党派人士，实施所谓的"无产阶级专政"。这是硬的一手。另一方面则通过意识形态机器树立无限忠于中国共产党，特别是毛泽东自己，无条件服从党的领导、"听毛主席话"的正面道德—政治典型。在此关键时刻，党和国家需要一个全国上下都能认同的典型人物，来团结整合民众"共渡难关"。雷锋于是应运而生。"雷锋那种面对困难，战胜困难的高昂精神状态和一心向公的奉献精神，顺应了党的全局工作的需要。"② 正是这个具体的形势需要决定了雷锋精神的内核：对党和领袖无条件崇拜和绝对拥护。雷锋的信仰单纯而坚定，只奉献不索取，安于现状，没有反思和独立思考能力（我们在 1959 年开始记载的雷锋日记中没有发现他对党和政府一系列失误的任何反思，而这个时候党和政府的失误恰恰是最多的，"大跃进"，浮夸风，大炼钢铁，"反右"，农业放卫星，大饥荒，等等），完全没独立的个体意识和主体意识，完全不知道个体权利为何物。这是一个彻头彻尾的工

雷锋形象的建构、重构与解构

---

① 参见袁为《建国以来政治形象人物的塑造与传播——以雷锋为例的考察》，《黑河学刊》2008 年第 2 期。

② 同上。

具型的"螺丝钉"。

《雷锋日记》大量记录了雷锋的这种绝对听话、从不反思的言论:"党和领导叫怎样去做,就不折不扣地按党的指示去做。这样,就是有再大的困难,也有办法克服;再艰巨的任务,也能完成,相反,如果脱离了领导,不听党的话,光凭个人的心愿去做事情,是很难做好的,甚至要犯错误。"1959年×月×日:"加强修养,努力学习团纲、团章和有关团员修养的书籍,处处听党的话;**坚决地、无条件地做党的驯服工具**。"① 1960年×月×日:"可以说在我的周身的每一个细胞里,都渗透了党的血液。为了忠于党的事业……今后,我一定要更好地听从党的教导,**党叫我干什么,我就干什么,决不讲价钱**。……"② 1961年4月17日的日记记载:"今天连部召开了一个党团员积极分子大会,听首长说:因为近两年来我国遭到特大的自然灾害,给我们造成了一些暂时的困难。可是目前阶级敌人有所抬头,想乘机破坏我们的社会主义建设。**我听了心里直发火,恨之入骨**。"③ 在《雷锋日记》中甚至还有直接为"大跃进"、大饥荒等重大错误开脱的文字:"我们在党中央和毛主席的英明领导下,在三面红旗的光辉照耀下,在连续三年的'大跃进'中,工业方面提前完成了第二个五年计划的主要指标,农业方面虽然遭到严重的自然灾害,但是由于人民公社的优越性,不仅减轻了严重天灾所造成的损失,而且为今后农业增产提供了有利条件,财政贸易,交通运输,文教卫生等事业都有了相当大的发展。这些巨大成绩的取得,使我更深刻地认识到:我们的党,是英明的、伟大的、正确的。"④ 雷锋还认为,我们正在面对"自然灾害给我们造成的困难",

---

① 雷锋:《雷锋日记 1959—1962》,解放军文艺社1963年版,第2页。重点标记引加。

② 同上书,第12页。重点标记引加。

③ 同上书,第31页。

④ 参见《学雷锋憎爱分明的阶级立场》,《人民日报》1977年3月5日第3版。

"为着克服这些困难，就要十分地听党和毛主席的话"。① 他竟然完全不知道这个所谓的"自然灾害"和毛泽东主导的浮夸风之间的关系，还以为只有听毛主席话，才能克服困难。

雷锋永远把党放在人民之上，我们老说雷锋精神的核心是集体主义，是为人民服务，但是这个"集体""人民"实际上就是党。你看："党的声音，就是人民的声音。听党的话，就会开放出事业的花朵！"（1959 年 8 月 30 日）② "一个革命者，当他一进入革命行列的时候，就首先要确立坚定不移的革命人生观。……树立这样的人生观，就必须培养自己的思想道德品质，处处为党的利益，为人民的利益着想，具有大公无私、舍己为人的风格。……要能够为党的利益，为集体的利益不惜牺牲自己的利益。否则就是个人主义者，是资产阶级的人生观。"（1959 年 12 月 8 日）③ 他从不把党和人民分开来看。

还有一点也值得指出，正因为 20 世纪 60 年代初期国家经济陷于崩溃的边缘，全国人民都在饿肚子，因此，"节约"就成为国家渡过经济难关的一项重要政策，雷锋精神的重要内容之一就是勤俭节约（虽然后来的材料表明雷锋的生活并不节约，而且有高级手表和皮夹克等奢侈品，详本文"下篇"）。入伍不到十个月的雷锋积极响应党的"节约闹革命"政策，捡牙膏皮，补袜子，并给人民公社捐款积极支援社会主义建设，被选为"节约标兵"。④ 雷锋在 1961 年 4 月 28 日的日记中写道："现在我们国家处在困难时期。我们是国家的主人，应该处处为国家着想，事事要精打细算，不能今朝有酒今朝醉，明

---

① 雷锋：《雷锋日记 1959—1962》，解放军文艺社 1963 年版，第 38 页。

② 《雷锋日记、笔记选》，摘自新华网，参见 http://news.xinhuanet.com/edu/2004－02/12/content_ 1310546. htm。

③ 参见 http://baike.baidu.com/view/837941.htm。

④ 雷锋生前摄影师张峻说："那个年代，国内三年自然灾害，苏联又撤走了专家，蒋介石说要反攻大陆，中国处在建国后最困难的时期。所以这时候要树立一个典型——当时都提倡节约，雷锋恰恰又是个节约标兵，就这样，把雷锋推出来了。"参见王小峰《雷锋生前摄影师：雷锋爱拍照具有丰富生活情调》，《三联生活周刊》2006 年 2 月 24 日。

日愁来明日忧。我们要奋发图强，自力更生，克服当前的暂时困难，坚决反对大吃大喝，力戒浪费。"①

雷锋还把节约行为纳入感恩话语之中：即使面对最大的苦难，也不能忘记对党的忠诚和感恩。就在全国陷入大饥荒、大量农民饿死的时候，雷锋这样告诫其同胞："同志，您是否意识到您的一切生活在幸福之中？可能意识不到，也可能意识到了。当您能吃到一顿饱饭，穿上一套衣服，能当家作主，自由地生活，您有何感觉呢？有一种说不出的幸福感。这是党和毛主席、革命先辈流血牺牲给您带来的。"②

当有人问雷锋节约行为的原因时，雷锋就开始忆苦思甜，讲述自己的身世和苦难，表达对共产党和毛主席的感恩之情。这个时候恰逢全党、全军、全国在开展"忆苦"教育，于是雷锋便成为"忆苦思甜"的典型，到处去作报告。这是雷锋形象建构的开始。1960 年 11 月 26 日，张峻、赵志华、佟希文、李健羽等"集体采写"的《毛主席的好战士——雷锋》刊登在《前进报》上，从此拉开了雷锋这个典型的宣传走出部队的序幕。无论是节约还是忆苦思甜，都不仅是一种所谓的美德，还是一种意识形态教育，其目的是歌颂党和毛泽东。③

这就是"雷锋"神话建构当初的历史语境，对此，有人这样写道："时势造英雄，在共产党，又是死亡造英雄，在我们的党最需要雷锋这么一个人的时候，雷锋出现在领袖的视野，所以雷锋死得其时，雷锋以其死亡成就了自己，也成就了社会。"④

---

① 雷锋：《雷锋日记 1959—1962》，解放军文艺社 1963 年版，第 35 页。

② 同上书，第 37 页。

③ 不过具有讽刺意味的是，依据最近几年披露的内幕，所谓的"节约标兵"雷锋其实并不节约，而且还拥有手表、皮夹克等在当时十分罕见的奢侈品。更让人吃惊的是，雷锋具有很浓重的小资产阶级习气，爱臭美。这些和"节约标兵"、"毛主席的好战士"不吻合的因素当然都在雷锋形象的建构过程中被小心地剔除了。详下。

④ 参见 http：//news. sina. com. cn/c/2003 - 03 - 03/095062875s. shtml。

3. 母子关系模式和献身伦理的确立

从雷锋事迹看，他具有突出的平民化特点，缺乏共产党的英雄谱系中那些卡里斯马英雄（从真实的历史人物黄继光、董存瑞、刘胡兰，到文艺作品塑造的人物如江姐、杨子荣、李玉和等）的非凡经历和传奇故事。雷锋是一位如此普通而平凡的战士，没有任何传奇性经历。与以往的神话英雄不同，以往的神话英雄都是战斗英雄，而雷锋完全是一个普通人，他没有任何丰功伟绩或轰轰烈烈的壮举。他是所谓"毛主席的好战士"，却没有任何战争经历。他所做的每件事情都是一般人力所能及的，如刻苦学习《毛选》，做好事不留名，一心为集体作贡献、做好本职工作，等等。平民化的特点使得每一个学习雷锋的人不会感觉到巨大压力，或者觉得与对象之间存在不可逾越的距离。这体现了雷锋这个典型的亲和性、普遍性、广泛性和代表性。①

但如此平凡的雷锋，也具有自己的明显优势，这就是他的"出身"。"孤儿"的出身不但使得他具有阶级血统的纯正性，合乎政治正确性的要求，而且有资格被塑造为典型的"党/毛主席的儿子"。他生在旧社会，不满七岁就成了孤儿，有一个苦难的童年。新中国成立以后，雷锋分得了土地，翻身做了主人，并在党和政府的关怀下进入学校读书，后来又成为中国人民解放军战士。这一切使得他具有阶级的先进性，他对党和毛主席有"无限深厚"的感情——准确地说是感恩之心。雷锋日记1960年2月8日载："我出生在一个很贫穷的农民家庭，在旧社会里受尽了折磨和痛苦，参军以后，我在党的培养教育下，深深懂得了社会主义的今天是由无数革命先烈和战友的艰苦奋斗、英勇牺牲得来的。从我参加革命那天起，就时刻准备着为了党和阶级的最高利益牺牲个人的一切，直至最宝贵的生命。"② "党和毛主席救了我的生命，是我慈祥的母亲。我为党

---

① 雷锋的外在形象的建构也着意体现其平民化的特点：不高的个头，一张年轻、带些稚气的脸，天真单纯的笑容，精心擦洗"解放"牌卡车，刻苦学习等。

② 雷锋：《雷锋日记1959—1962》，解放军文艺社1963年版，第12页。

做了些什么？当我想起党的恩情，恨不得立刻掏出自己的心；当我想起我经历的一切太平凡的时候，我就时刻准备着；当党和人民需要我的时候，我愿意献出自己的一切。"① 雷锋的故事似乎就是献给党、献给领袖的一首颂歌，是党和新中国的优越性的活生生的证明。这样，**雷锋的故事所着力建构的，就是雷锋与党及其领袖之间的一种"母子"关系：党及其领袖毛泽东是雷锋的再生母/父亲。这个"母/父子"关系叙述模式在雷锋形象的建构中具有至关重要的意义**。从另一个角度看，雷锋的认母/父过程，同时也是雷锋作为一个人的异化过程：**母/父—子关系的建立不仅意味着党及其领袖再生为雷锋的"母/父亲"，更意味着雷锋再生为党及其领袖的"儿子"——雷锋因此不再是一个具有感性血肉之躯的个体，而变成一个抽象的效忠符号**。有人从类似精神分析的角度这样写道："正是由于童年岁月的打击，雷的生命的全部意义都是凝聚到与母体有关的事物上来了。从寻找一个具体的母亲替身出发，他的信念不断推演和上升，直至向一个形而上母体作彻底的皈依。……雷说，母亲只生养了我的肉身，而党的关怀却照耀着我的灵魂。"② 在《雷锋日记》里，他对党和毛泽东的忠诚带有无法抹去的"感恩情结"，恰如一个孩童在精神上对母/父亲的依恋与服从。这是一种典型的宗教式的偶像崇拜："敬爱的毛主席呀！毛主席，我天天想，月月盼，总想见到您。您老人家的照片，我每天要看好几次，您慈祥的面孔，我在梦中经常见到。我多么想念啊，何时能够真正见到您。"③ 在《雷锋日记》中，他多次把党和毛泽东称为"把我哺育大"的"慈祥的母亲"。④

---

① 雷锋：《雷锋日记 1959—1962》，解放军文艺社 1963 年版，第 41—42 页。

② 朱大可：《国家伦理体系中的雷锋精神》，参见 http://www.xici.net/b15597/d6988860.htm。

③ 雷锋：《雷锋日记 1959—1962》，解放军文艺社 1963 年版，第 53 页。

④ 在《雷锋日记》中，既把毛泽东比为母亲，也比为父亲。1959 年 × 月 × 日日记"我的感想"："毛主席啊像父亲，毛主席思想像太阳，父亲时刻关怀我，太阳培育我成长。"参见雷锋《雷锋日记 1959—1962》，解放军文艺社 1963 年版，第 1 页。

文学理论与公共言说

把这种母/父—子关系和感恩情结表达得最典型的，是下面三个文本，它们全部摘自《雷锋日记》。

一段是 1960 年 11 月 8 日雷锋入党那天写的日记：

> 一九六〇年十一月八日是我永远不能忘记的日子。今天我光荣地加入了伟大的中国共产党，实现了自己最崇高的理想。

> 我激动的心啊！一时一刻都没有平静。伟大的党啊！英明的毛主席！有了您，才有了我的新生命。我在九死一生的火坑中挣扎和盼望光明的时刻，您把我拯救出来，给我吃的，穿的，还送我上学念书。我念完了高小，戴上了红领巾，加入了光荣的共青团，参加了祖国的工业建设，又走上了保卫祖国的战斗岗位。在您的不断培养和教育下，我从一个穷孩子，成长为一个有一定知识和觉悟的共产党员。

> 伟大的党啊，您是我伟大的母亲，我所有的一切都是属于您的，我要永远听您的话，在您的身下尽忠效力，永做您忠实的儿子。①

另一段是 1962 年 7 月 1 日雷锋在党的生日写的日记：

> 今天是党的生日。在这个伟大的节日里，我激动的心啊！象大海里的浪涛一样，不能平静。……

> 在十多年前，我还是一个孤苦伶仃的穷孩子。……党象慈母一样，哺育着我长大成人。是党给了我生命；是党给了我幸福；是党给了我无产阶级的思想；是党给我指出了前进的方向；是党给我开辟了前进的道路；是党给了我前进的力量；是党给了我的一切。

> 今天，我当了家，做了国家的主人，得到了自由和幸

福，内心是何等的感激党和毛主席啊！我时刻都想掏出自己的心，献给伟大的党。①

第三段就是流传极为广泛的红色歌曲《唱支山歌给党听》的歌词，其中的歌词"唱支山歌给党听，我把党来比母亲，母亲只生了我的身，党的光辉照我心。旧社会的鞭子抽我身，母亲只会泪淋淋，共产党号召我们闹革命，夺过鞭子揍敌人"直接来自1960年×月×日的雷锋日记，② 而且也正因为它来自《雷锋日记》，才被谱为歌曲唱遍全国。③ 这种感恩话语与母子关系模式正是所有版本的"雷锋故事"致力于表达的，它在雷锋形象的建构中居于核心地位。正如有人分析的："雷要抛弃掉与

① 雷锋：《雷锋日记1959—1962》，解放军文艺社1963年版，第84—85页。
② 同上书，第9页。
③ 关于雷锋和这首歌的关系有一个很有趣的故事。《雷锋日记》出版后，上海歌舞剧院的作曲家朱践耳读后深受感动并为之谱曲，作品发表在1963年2月21日的《文汇报》。当时朱践耳为它加上的标题叫《雷锋的歌》，并注明歌词摘自《雷锋日记》。也就是说，这首歌由朱践耳作曲，雷锋作词。其第一个演唱者是来自西藏的上海音乐学院声乐系学生才旦卓玛，此歌经中央人民广播电台向全国播放，风靡全国，才旦卓玛也一举成名。然而非常反讽的是，据2010年3月5日的《海南日报》高虹的文章《〈唱支山歌给党听〉流传：〈雷锋日记〉功不可没》记叙，此诗作者实际并非雷锋，而是陕西铜川矿务局焦坪煤矿矿工姚筱舟。姚初次听到这支歌的时候惊呆了，不明白为什么自己写的一首诗会被谱上曲广为流传，而词作者变成了全国人民的好榜样"雷锋"。但这个写出了"旧社会，鞭子抽我身"的姚筱舟，实际上"出身不好"且"社会关系复杂"：一个叔父是国民党的少校军官，一个兄长在国民党海军某工厂任职，在台湾还有十几个亲属，在那个年代里，具备上述任何一条都会成为"重点专政对象"，至少是"内控人员"。当时他的这首小诗是用笔名"蕉萍"（意为焦坪煤矿）发表的，登载在陕西焦坪煤矿的《总路线诗传单》上。正因为这样，姚看到自己被"侵权"，却没敢吱声，更不敢说此诗是自己写的。后经反复思量，他只是给朱践耳写了一封信，说明了《雷锋的歌》的歌词是他所发表的一首小诗的前八句。朱践耳是一个严谨的艺术工作者，他根据姚筱舟写给他的这封信找到了陕西省铜川矿务局，据说当矿党委书记召开大会时问"谁叫蕉萍？"在场的姚筱舟都没敢吭声。后来还是矿党委派人来把他找去，书记当面询问时，姚筱舟才心惊肉跳地承认。
当然，我介绍整个事件的经过，实际上并不否定此歌的精神内核和雷锋精神的高度一致，而且如果不是雷锋的侵权，恐怕永远不会有人发现姚的这首诗，也就不会有《唱支山歌给党听》这首革命歌曲了。

他的感性生命相联系的部分，向一个形而上母体奉献螺丝钉式的全部关怀或忠诚，同时他请求得到照亮心灵的温暖光线。可以把他'唱'这支'歌'的过程看作一个极其严肃的仪式，从此，雷获得了灵魂的新生，并且成为一个符合国家伦理的新人。"①

从感恩情结中直接产生了雷锋对党和毛泽东的宗教式的忠诚，产生了雷锋式的"集体主义"与献身伦理：我本来就是党的人，当然要为党献身。雷锋多次写道："可以说在我的周身的每一个细胞里，都渗透了党的血液。为了忠于党的事业，永远做党的驯服工具，今后我一定要更好地听从党的教导，党叫干什么，我就干什么，决不讲价钱。"② "我出生自一个很穷的农民家庭，在旧社会里受尽了折磨和痛苦，参军以后，我在党的培养教育下，深深懂得了社会主义的今天是由无数革命先烈和战友的艰苦奋斗、英勇牺牲得来的。从我参加革命那天起，就时刻准备着为了党和阶级的最高利益牺牲个人的一切，直至最宝贵的生命。"③ 在这里，雷锋很明确地把党和阶级的利益——不是自己个人的利益，也不是全人类的利益——看成是"最高利益"。可见其献身伦理和效忠话语并非普世人道主义。

对毛主席的崇拜更成为雷锋一切行动的动力，他把自己所做的一切都归于对毛主席的热爱和崇拜。"见到毛主席"这句话在《雷锋日记》中反复出现，成为他一切行动的动力，一个解不开的情结，甚至到了日有所思夜有所梦的痴迷程度。比如1959年10月×日的雷锋日记这样写道："昨天我听到一位从北京开积极分子代表大会回来的同志作报告。他说，毛主席在北京接见了他们，毛主席的身体很健康，对我们青年一代无比的关怀和爱护……当时我的心高兴得要蹦出来。我想，有一天我能和他一样，见到我日夜想念的毛主席该有多好，多幸福

---

① 朱大可：《国家伦理体系中的雷锋精神》，http://www.xici.net/b15597/d6988860.htm。

② 雷锋：《雷锋日记1959—1962》，解放军文艺社1963年版，第12页。

③ 同上。

啊！可巧，我在昨天晚上做梦就梦见了毛主席。他老人家像慈父般的抚摸着我的头，微笑地对我说：好好学习，永远忠于党，忠于人民！我高兴得说不出话来了，只是流着感激的热泪。早上醒来，我真像见到了毛主席一样，浑身是劲，总觉得这股劲，用也用不完。"① 1961 年 2 月 22 日、1961 年 7 月 1 日的雷锋日记也都记载了类似的梦。②

雷锋身上的一切优秀品德离开了毛泽东这个精神父亲是不可思议的，雷锋所做的一切见证了毛泽东这个卡里斯马领袖的伟大和神奇。当然另一方面，雷锋作为一个平民，他能够成为"英雄"在很大程度上也因为分享了毛泽东的卡里斯马魅力。1963 年 3 月 5 日，毛泽东"向雷锋同志学习"题词发表，这是雷锋形象建构史上一个划时代的开端，是雷锋形象神化的开始。③ 此后，每年的 3 月 5 日成为"学雷锋日"（虽然不是法定节日，但是官方都要纪念，2010 年 3 月 5 日的"学雷锋日"依然有各种各样的官方纪念活动，可视作把学雷锋活动神圣化、仪式化的极致），这个日子同时也是毛泽东"向雷锋同志学习"题词发表纪念日。雷锋是中国历史上第一个享受如此殊荣的平民。这一点充分表明了毛泽东在雷锋形象建构上发挥的至关重要的作用。毛泽东正是为雷锋赋魅的第一人。有人这样

① 雷锋：《雷锋日记 1959—1962》，解放军文艺社 1963 年版，第 5 页。

② 同上书，第 29、46—47 页。遗憾的是，雷锋最终也没有能够见到自己崇拜的伟大领袖毛泽东，据说如果雷锋能够多活一个半月就能实现自己见毛泽东的愿望，1962 年上旬雷锋所在的沈阳军区政治部已经批准雷锋作为沈阳军区代表参加当年 10 月 1 日国庆观礼并见到毛泽东，但 8 月 15 日雷锋就因公殉职了。参见师永刚、刘琼雄《雷锋：1940—1962》，生活·读书·新知三联书店 2006 年版，第 65 页。

③ 在中国共产党的历史上，毛泽东为其题词或写纪念文章的人一共只有四个：白求恩、张思德、刘胡兰和雷锋，前三位都是新中国成立前的战斗英雄或革命烈士，和平时期为之题词的只有雷锋一人。光这点就足以表明雷锋这个典型非同寻常。继毛泽东之后，又有 17 位国家领导人先后给雷锋题词，"在中国这个崇拜权威的社会里，借助权威而实现的政治传播效果自然就同一般"（参见袁为《建国以来政治形象人物的塑造与传播——以雷锋为例的考察》，《黑河学刊》2008 年第 2 期）。借助党和国家领袖的力量，学雷锋运动轰轰烈烈地展开，社会各界纷纷利用一切媒介对雷锋进行全方位的宣传，比如报纸杂志、广播电影、黑板报、秧歌剧、话剧等，结合各种群众性的运动，全国掀起了学习雷锋热潮。

描述雷锋和毛泽东的关系："没有毛主席的题词，雷锋不会有那么大的感染力。没有雷锋这样的人对领袖英雄话语的信任，毛这一套的英雄体系就失去了存在的基础，领袖与国家只有在民众信任的基础上才能形成。正是雷锋和广大民众的'大公无私'表达了领袖英雄宏大叙事体的终极关怀。当人民把自己的全部力量投射到国家与领袖身上，希望通过顺从与崇拜从他们那里重新获得力量时，领袖人物就获得了神化的地位。这种神话地位的维持同样需要平民英雄叙事体的形成。"① 可见，虽然雷锋和毛泽东之间是相互赋魅的关系，但从根本上说首先是毛泽东为雷锋赋魅，使之成为神话，反过来被赋魅的雷锋又进一步为毛泽东赋魅，因为雷锋精神的实质用一句话概括就是"听毛主席话"，"学雷锋"的实质就是效忠毛泽东、听毛主席话，遵循国家意识形态所建构的行为规范。神化雷锋的实质是神化毛泽东，使所有人认识到，在中国，要做到政治正确，就必须像雷锋那样，坚决听毛主席的话，学习毛主席著作，用毛泽东思想武装自己。罗瑞卿在为1963年初版的《雷锋日记》写的"序言"《学习雷锋》中这样写道："雷锋同志值得学习的地方是很多的，但是我觉得，最值得我们学习的，也是雷锋之所以成为一个伟大战士的最根本、最突出的一条，就是他反反复复地读毛主席的书，老老实实地听毛主席的话，时时刻刻按毛主席的指示办事，一心一意做毛主席的好战士。"② 这是对学雷锋活动的核心含义的最准确阐释。

4. 学《毛选》与改造思想

热爱毛泽东、听毛主席话的具体表现就是学《毛选》。雷锋故事的中心内容之一就是讲述他如何像一个教徒阅读《圣经》那样怀着极大虔诚之心如饥似渴地阅读《毛选》（简直到了疯狂的地步），借此不断改造自己，时刻反省自己。如1961

① 田晓丽：《道德教育与新英雄主义话语体系的建构》，参见《世纪中国》，http：//www. cc. org. cn/。

② 雷锋：《雷锋日记 1959—1962》，解放军文艺社 1963 年版，第 2 页。

年 11 月 2 日的日记写道："今天，我感到特别的高兴，一天紧张工作过后，一点儿也不觉得疲劳，我感到浑身是劲，深夜了，我还坐在车间调度室里，看一本学习毛泽东同志的思想方法和工作方法的书，真使我看得入了迷，越看越使我感到毛主席的英明和伟大。"①

极度突出雷锋精神中如饥似渴地"学习毛泽东思想"的一面不是偶然的。作为中国共产党的指导思想，毛泽东思想自新民主主义革命起便成为不可动摇的政党意识形态。新中国成立以后，学习和宣传毛泽东思想更是社会主义意识形态建设的重要组成部分，毛泽东思想成为所有的政治符号建构的合法性基础。②

毛泽东思想的核心内容之一，就是强调"政治挂帅"和"思想改造"，认为思想政治工作是一切工作的灵魂，必须统帅其他工作（比如经济、科技）和日常生活。于是形成了中国特色的"学习文化"、"改造文化"和"反省文化"、"检讨文化"，它深入渗透到日常生活中，每个人都要时时检查自己的灵魂，反省自己的言行是否符合毛泽东思想，凡是不符合的，都是危险的资产阶级思想和行为，必须严加防范和批判。在这种不言自明的规约和语境下，雷锋作为新中国树立的最重要的政治符号和学习榜样，必然要以毛泽东思想为指导。依据罗瑞卿的介绍，雷锋作为一个典型被树立，本身就与当时军队兴起的学习运动紧密相关。1960 年 10 月，林彪在一次军队高级干部会议上提出了正确处理政治工作中的四个关系问题，其中的一个关系就是"正确处理政治工作中的事务工作和思想工作的关系"，而解决这个关系的原则就是"思想工作第一"。罗瑞卿直言，雷锋的出现就是当时军队"大抓政治思想工作"的结果。③

---

① 雷锋：《雷锋日记 1959—1962》，解放军文艺社 1963 年版，第 6 页。
② 1951 年《毛泽东选集》开始发行，其中收录毛泽东从 1949 年新中国成立到 1957 年间的文章，成为指导全体党员、干部及群众的纲领性文献。
③ 参见罗瑞卿《学习雷锋——写给〈中国青年〉》，《中国青年》1963 年 3 月 2 日。

中国式思想改造的主要内容是去私：反复检查自己是否有"私心"，是否做到了彻底的公而忘私。改造的目的和结果是成为一个"无私"的人。"狠批私字一闪念"成为当代中国改造文化的不易格言。雷锋对此可谓心领神会："我决心听毛主席的话，坚持政治挂帅，事事大公无私，处处从党和人民的利益出发，全心全意为人民服务，决不让有一点肮脏的个人利益低级趣味的东西来玷污自己。向白求恩学习，做一个毫不利己，专门利人的人，为共产主义奋斗终身。"① 个人利益、个人意识、个人权利，凡是和个人相关的一切，就这样被打在了中国改造文化的耻辱柱上。

5. 雷锋精神的变与不变

从毛泽东"向雷锋同志学习"题词发表至今的 40 多年里，围绕雷锋精神展开的讨论既强调了雷锋精神的一致性，也不乏对如何依据时代要求重构雷锋精神的探索。这些讨论无不与当时国家意识形态的宣传导向以及具体历史时期的形势需要密切相关。但是，不同时期的雷锋形象和雷锋精神虽然因为时代的变化有不同的侧重，其基本内核却保持了大体的稳定性（特别是在革命时期），其兼顾、统一国家—人民效忠与政党—意识形态效忠的话语策略也没有根本变化。这种稳定性在革命时期表现得尤其明显。拿《人民日报》标题带有"雷锋"名字的专论文章来说，1963 年的标题文章强调和突出的是"不忘阶级仇恨"、"用无产阶级世界观改造自己"、"活学活用毛泽东思想"，对雷锋身上的普适性道德以及所谓传统美德的阐释基本没有或者很少。② 而1977 年的标题文章则出现了"反修防修，抵制资产阶级思想"，

---

① 参见《学雷锋公而忘私的共产主义风格 雷锋日记选》，《人民日报》1977 年 3 月 7 日第 3 版。

② 参见《人民日报》评论员《伟大的普通一兵》（本报评论），《人民日报》1963 年 2 月 7 日第 2 版；甄为民、佟希文、雷润明：《毛主席的好战士——雷锋》，《人民日报》1977 年 11 月 12 日第 2 版；《人民日报》记者：《爱憎分明立场坚定毫不利己专门利人像雷锋那样忠于革命事业 辽宁广大青年热烈学习雷锋事迹受到深刻教育》，《人民日报》1963 年 2 月 7 日第 1 版。

"深抓狠批'四人帮'"等新的时代内容和政策口号，① 1981 年的文章更有了"四化要干一行爱一行"、"五讲四美"、"建设社会主义精神文明"等提法。② 从中可以看到，雷锋形象的意识形态建构往往随着国家政治形势的变化而变化，雷锋精神的具体内涵在使用过程中也不断得以选择与重构。但其基本内涵，即同时兼具普世价值和特殊价值、兼具国家认同建构与政党意识形态宣传的双重使命这点则是延续不变的。

在雷锋形象的官方建构中，中共中央机关报《人民日报》发挥了至关重要的作用，它是官方版本的雷锋精神的权威阐释者。革命时期《人民日报》对雷锋形象的建构大致可以分为两个长时段，即 20 世纪 60 年代和 70 年代。③

60 年代雷锋精神的重点，是突出雷锋的政党效忠和领袖效忠，比如"读毛主席书，听毛主席话"，"做永远忠于毛主席的无产阶级革命战士"。这个定位和道德化的"好人"相去甚远。1963 年是学习雷锋的第一个高峰年：诗人贺敬之创作了长篇政治抒情诗《雷锋之歌》，第一次出现了"毛主席的好战士"的称呼，④ 毛泽东的题词"向雷锋同志学习"，连同罗瑞卿的文章《学习雷锋——写给〈中国青年〉》发表在 3 月 2 日的《中国青年》杂志上，3 月 5 日，新华社发通稿，号召全国人民向雷锋同志学习，同日《人民日报》也发表了毛泽东的题词以及罗瑞卿的文章《学习雷锋——写给〈中国青年〉》。当

---

① 参见辽宁省军区政治部批判组《从"雷锋叔叔不在了"谈起》，《人民日报》1977 年 11 月 12 日第 3 版；雷锋生前所在连党支部：《听毛主席的话 做雷锋式战士》，《人民日报》1977 年 9 月 27 日第 2 版。

② 参见《中国青年报》《八十年代更需要雷锋精神的大发扬》，《人民日报》1981 年 3 月 5 日第 4 版；新华社记者：《共青团第四次共产主义道德教育座谈会指出继续深入开展道德教育改善社会风气 学雷锋、树新风、"五讲四美"活动要做到经常化、具体化》，《人民日报》1981 年 6 月 2 日第 1 版。

③ 由于 20 世纪 80 年代官方文化对于雷锋形象的建构留待第二部分即"后革命"时期进行讨论，我们这里只简单谈谈 60 年代和 70 年代《人民日报》对雷锋精神的阐释。

④ 《人民日报》1963 年 2 月 7 日。这天的《人民日报》以好几个整版的篇幅介绍雷锋。

时的这些文章一致强调的是雷锋"听毛主席的话，认真学习毛主席著作，用毛泽东思想武装自己"。这成为60年代学雷锋的绝对重点。"螺丝钉"这个隐喻也第一次出现在《人民日报》上，它意指"处处以党的利益为重，处处从革命的需要出发"，"发扬全心全意为人民服务的精神"。可以说，在这个时期雷锋形象的建构中，政党意识形态宣传的色彩比较强，普世价值、传统美德的一面没有得到强调。①

第二个时期是20世纪70年代，而在整个70年代，1977年具有转折性意义，因为这是粉碎"四人帮"后的第一年，这年的3月5日则是粉碎"四人帮"后的第一个学雷锋纪念日，学习雷锋的活动被推向新的高潮，全国各地重新出版、印发了《雷锋日记》、《雷锋的故事》，3月初的各大报纸都发表了数量和篇幅都十分可观的与学习雷锋相关的文章，常常还配以大量的《雷锋日记》。在1977年3月5日《人民日报》第1版，发表了高规格的"两报一刊"社论《向雷锋同志学习》。②之所以第一次用两报一刊社论这样的高规格来阐发雷锋精神，显然是因为这是粉碎"四人帮"后的第一个学雷锋纪念日，新的形势需要对雷锋精神作出新的阐释。社论开篇就指出："英明领袖华主席高高举起和坚决捍卫毛主席的伟大旗帜，在领导我们党深入揭批'四人帮'，抓纲治国，发展大好形势的时候，要我们继续开展学习雷锋的群众运动。华主席最近亲笔题词，号召我们：'向雷锋同志学习，把毛主席开创的无产阶级革命事业进行到底。'敬爱的叶剑英副主席也题了词：'向雷锋同志学习，全心全意为人民服务。'"阅读这些文字，时代的气息可谓

① 在1963年，除了毛泽东对雷锋的题词以外，其他领导人也为雷锋题词，但他们的题词却很少被提起，只有毛主席一人被反复强调。

② 所谓"两报一刊"即《人民日报》、《红旗》杂志、《解放军报》，两报一刊社论可以被视为规格最高的官方文献，地位不亚于中央文件。另据吴海刚制作的"雷锋宣传幅度图表"，1977年是1963—1999年这段时间雷锋的宣传幅度最高的一年，往下依次为：1973年、1990年和1993年，参见师永刚、刘琼雄《雷锋：1940—1962》，生活·读书·新知三联书店2006年版。

扑鼻而来。除了歌颂华国锋、批判"四人帮"以外，还痛批"刘少奇、林彪、四人帮"如何"破坏"学习雷锋运动。更有意思的是：1976 年 9 月 21 日的文章还有"党内最大的不肯改悔的走资派邓小平"这样的提法。[①] 在 1977 年 3 月 5 日的社论里，周恩来的题词"向雷锋同志学习憎爱分明的阶级立场，言行一致的革命精神，公而忘私的共产主义风格，奋不顾身的无产阶级斗志"成为对雷锋精神的新的最权威概括，大有与毛泽东的题词并驾齐驱之势。这显然和当时周恩来的形象正在被神化有关（粉碎"四人帮"初期周恩来的威望甚至超过了毛泽东）。周恩来的这个概括依然较为突出政党意识形态内容，这点从其核心词"阶级立场"、"革命精神"、"共产主义风格"、"无产阶级斗志"分明可见。由于形势需要，这个时期的主流媒体对雷锋精神的阐释侧重在斗争方面（和"四人帮"斗争）："我们学雷锋，就要深入揭批'四人帮'，大破大立，使全心全意为人民服务的雷锋精神发扬光大"，"在各条战线大张旗鼓宣传和发扬雷锋精神，就是对'四人帮'的有力批判，就能有效地肃清他们的流毒，把资产阶级的歪风克服下去，把无产阶级的正气发扬起来"，[②] 同时社论还讲到了学习雷锋和"四化"建设的关系，并开始把学习雷锋和发展经济联系起来。

一年后，即 1978 年 3 月 5 日，《人民日报》第 5 版又发表了新华社记者撰写的文章《雷锋精神又发扬了!》，把教育界的学习雷锋和赶走张铁生、学习科学文化知识、尊师重教等联系起来。"学习雷锋同志爱憎分明的阶级立场，青少年们更加痛恨'四人帮'，更加尊敬老师，爱护同学。在其他学校，我们也听到不少尊师爱生的动人故事。一所校园的诗歌专刊上，学

---

① 参见新华社《雷锋生前所在部队某部指战员决心化悲痛为力量，向雷锋同志学习，把毛主席光辉思想当作继续革命的"方向盘"》，《人民日报》1976 年 9 月 21 日第 5 版。

② 《人民日报》、《红旗》杂志、《解放军报》：《向雷锋同志学习》，《人民日报》1977 年 3 月 5 日第 1 版。

生写的《园丁颂》说:'百花园中花似锦,根深叶茂靠园丁;汗水结出智慧果,桃李争先把春迎。'"

尽管粉碎"四人帮"后《人民日报》对雷锋精神的阐释发生了引人注目的变化,总体倾向是淡化"阶级斗争",转而突出"四个现代化建设"、"做新长征突击手"和"为人民服务",但雷锋精神依然兼顾到了"无产阶级战士"和"好人"两个方面,这两个方面分别体现在时任党和国家最高领袖的华国锋的题词"向雷锋同志学习,把毛主席开创的无产阶级革命事业进行到底"与权重一时的叶剑英的题词:"向雷锋同志学习,全心全意为人民服务"中。而且在粉碎"四人帮"初期,对雷锋的阶级立场的强调还很突出。比如,上面提到的1977年3月5日的两报一刊社论《向雷锋同志学习》这样写道:"'四人帮'污蔑学雷锋是不分阶级,不讲路线,不抓大事,这是极其荒谬的。雷锋爱憎分明,无产阶级立场最为坚定,执行毛主席革命路线最为坚决。他说:'对待敌人要象严冬一样残酷无情','对待同志要象春天般的温暖'。雷锋牢记阶级苦,不忘血泪仇,爱人民所爱,恨人民所恨,对党、对领袖、对人民、对同志爱得深,对旧社会、对一切阶级敌人恨得透,胸怀国家大事,眼观世界风云。"通过强调雷锋精神的阶级属性来表明自己坚持学习雷锋运动的政治正确性,可见,阶级斗争这根弦还绷得很紧。更为可笑的是,当时的文章还一致认为,是"四人帮"破坏阶级斗争,甚至说"'四人帮'代表地、富、反、坏和新老资产阶级的利益,整天做着篡党夺权的黄粱梦,他们把象雷锋这样为共产主义事业英勇献身的英雄看成是眼中钉,肉中刺,必欲置之死地而后快"。①

---

① 新华社:《光辉题词抹不掉 雷锋精神永发光》,《人民日报》1977年1月19日第4版。

下篇　"后革命"语境中的雷锋

一　引言

20 世纪 80 年代，准确地说是"十一届三中全会"以后，党的工作重心转移到了现代化建设和发展经济上，确立了"改革开放"的基本国策，否定了毛泽东发动的"文化大革命"，部分修正了毛泽东确立的革命意识形态，提出了市场化改革的设想，1987 年"十三大"提出了"社会主义初级阶段"理论，1992 年"十四大"提出"建立社会主义市场经济"。以"阶级斗争"、"政治挂帅"为动员口号的大规模社会动员宣告结束，发展经济、增强国力、改善生活成为国家的新发展战略，而享受生活、个人主义、消费主义、利己主义开始成为实际上在大众中占据支配地位的价值观和生活方式。2001 年，中国加入了世界贸易组织，之后便以惊人的速度参与到全球性的现代化进程中。

这一切意味着中国进入"后革命"时期。经济快速发展，物质生活极大丰富，一元性的社会结构转型，利益取向发生变化，同时，西方后现代社会环境中盛行的大众文化、消费文化、后现代主义等社会思潮也进入中国的思想文化领域，这也直接导致了社会的价值观念、文化意识形态以及人们生活方式的改变（参见本文上篇）。

但"后革命"的"后"并不只意味着断裂、决裂、彻底终结，也不完全是革命"之后"的意思，同时也意味着"后期"，意味着延续、转型。一方面，中国在体制，特别是政治体制方面仍然延续了革命时期建立的社会主义党—国体制，在官方意识形态上也没有彻底告别革命意识形态以及革命时期确立的人生观和价值观（比如集体主义和爱国主义），从社会心理角度看，民众关于"革命"的集体记忆乃至集体情感在特定的时刻也仍然可能被重新唤起。

社会体制和文化价值观念的这种巨大变化必然反映到雷锋

精神和雷锋形象的建构上。"后革命"时期的雷锋形象建构有以下值得注意的变化。

首先，**革命时期的中国文化呈现官方文化、精英文化和大众文化的不均衡发展态势，雷锋形象建构基本属于官方文化的专利；"后革命"时代则不同，文化分裂为官方、精英、大众的三分天下，相应地，也出现了不同于官方版本的、更加富有民间色彩的雷锋形象版本**。对革命时期的文化遗产、政治人物、道德楷模（包括雷锋）的阐释和再阐释、建构和重构，已经不是官方文化的独角戏，而是三种文化共同参与的多重唱。特别是官方文化与大众消费文化并存，两者相互吸收了对方的一些元素，达成了新的，既有龃龉又有合谋的暧昧关系。四处飘舞，既留存于人们的记忆深处，又在公共空间暧昧出没的革命符号和革命话语，包括革命英雄谱系，成为一种新型的文化资本，被各种文化生产机构不断地挪用和改写：革命时期的各种文本（如样板戏、"红色经典"、领袖语录等）、符号（如雷锋帽、五角星、绿军装等）、仪式（如群众运动等）、器物（如"红宝书"、毛主席像章、"主席瓷"等）等都在这一时期的各个领域乃至人们的日常生活中带着新的意义复活，革命文化甚至还不断涌现疑团重重的"复兴"高潮——"毛泽东热"、"红色经典"改编热、"红色"旅游热等。但无法忽视的是，这些革命符号和红色记忆的复兴，"最终的结果只能是'后革命'"。①

其次，市场化改革不可能不包含对公—私关系、集体—个体、生产—消费关系等的重新阐释，这使得雷锋精神，特别是其中"大公无私"、"勤俭节约"等道德内涵，与市场化时代的新道德产生了深刻的紧张乃至对立，这种新道德包括合理的利己主义，个性的觉醒与个人主义思想意识的兴起，消费欲望的高涨以及消费主义价值观和生活方式的兴起（发展经济的前

① 陈晓明：《消费时期的"后革命"文学策略》，参见王光明、胡越主编《消费时期的文学与文化》，社会科学文献出版社2008年版，第301页。

雷锋形象的建构、重构与解构

提是刺激消费）。这些新价值、新道德不仅仅得到相当多的知识分子和大众的积极倡导和奉行，同时也部分得到官方的肯定。这样，无论是官方还是知识界，都有一个重新阐释雷锋精神的问题，一个如何通过这种重新阐释来缓解雷锋精神和市场时代的矛盾的问题。雷锋精神过时了没有？它适合今天这个市场化时代吗？

在80年代的精英知识界，随着新启蒙思潮的兴起，对集体主义、"大公无私"、"螺丝钉精神"等计划体制时代的价值和道德提出了尖锐的反思，雷锋精神开始受到质疑。即使在官方，对雷锋精神的解释也出现了引人注意的变化，既希望延续革命时代的意识形态与社会主义道德，又必须部分突破其局限以便为新时期的改革开放提供合法性。雷锋精神如何与新时期新的政治精英自己发动的市场化转型相协调，是官方媒体阐释新时期雷锋精神时不可回避的重要问题。

二 "后革命"时代雷锋精神遭遇的尴尬

雷锋精神在"后革命"时代遭遇到了前所未有的尴尬与危机，这是一个事实，是任何人无法否定的事实。这种尴尬既表现于虚构的文艺作品中，也屡屡见诸纪实报道。这一点充分说明了革命时代的道德形象雷锋，已经很难与"后革命"时代的现实协调相处。

何以如此？答案是计划时代"公而忘私"的雷锋精神与市场化时代"一切向钱看"的现实的脱节，当然也包括宣传话语中的雷锋精神，与改革开放政策、与政府官员的实际行为的脱节：一方面是机械重复或基本重复革命时代的"大公无私"精神，另一方面则是贫富差距过大的严酷现实，以及日益恶化的消费主义环境；一方面是私欲的无限度恶性膨胀，并把那些消费偶像、富人阶层树立为"劳动模范"、"政协委员"，另一方面又时不时祭起雷锋这面大旗，试图挽救日益衰颓的世风。

在这样的语境下，在官方媒体机械重复纪念雷锋的仪式化活动外，雷锋精神实际上早已被忙于发家致富的社会大众所遗忘，或遭遇大众文化的恶搞，又有什么奇怪的呢？但这只是一个方面。

另一方面，社会的功利化，享乐主义、利己主义价值观的盛行，也可能反过来凸显毛泽东领导的集体主义时代"雷锋精神"的批判意义——尽管它极其含混，以及对社会风气的矫正价值——尽管它甚为可疑，并得到官方和民间的追捧——尽管其诚意同样可疑。

所以，我们看到，一方面是人们感叹"雷锋死了"、"雷锋没户口，三月来四月走"，[①] 另一方面则是在"加强精神文明建设"、"建立和谐社会"、"建立人与人之间真诚互助的关系"的诉求下，学雷锋、树新风的活动在各级党委和政府的组织下在各行各业一直轰轰烈烈地表演着：表演者既有中宣部、各地宣传部和共青团，也有利润挂帅的企业公司，乃至有腰缠万贯、肠肥脑满的企业家。[②] 虽然前者保留了计划经济时代特色、缺乏创新，来得快去得也快，而后者则明显带有做秀和表演成分，但也反映了市场时代雷锋精神的微妙处境。

"后革命"时代雷锋精神遭遇的另一个让人哭笑不得的困境是：种种迹象表明：雷锋在我们今天这个社会似乎根本无法生存。大概由于坏人坏事太多，以及打着好人好事旗号的坏人坏事太多，今天的中国似乎是：谁做好人谁倒霉，谁做好事谁被嘲笑和怀疑。　（什么动机？是否想做秀、炒作？沽名钓誉？）[③]

首先表现这个问题的是轰动一时的电影《离开雷锋的日子》（编剧：王兴东，导演：雷献禾、康宁，1996年上演）。

---

　① "三月来"的意思是3月5日是学习雷锋纪念日。

　② 2010年3月5日《广州日报》报道：30余位企业老板跪拜雷锋巨幅画像，发起者把这当做一种所谓的"心灵培训课程"，据称可提高包括EQ（情商）在内的多种素质。

　③ 前几年北京的媒体曾广泛报道：某年冬首次降雪后的一个下午，在西单地铁站地下通道，一名女子脱下自己的大衣披给一位年老的乞丐。这一幕被人拍下并传于网上，该女子获得网友"最美女雷锋"的称号，网友爆料该女子为军旅歌手刘一祯。此后刘的行为被很多网友质疑为"炒作"。

遗憾的是，这个似乎颇具荒诞派特点的文艺作品，竟没有任何人怀疑其真实性。或者说，乔安山救老人反被诬告的情节很真实，而被救的老人最终良心发现的情节却显得不真实。也就是说，越是光明的越不真实，越是黑暗的越真实——至少大多数观众的认识定势就是这样。这种认识定势的形成是有现实依据的。实际上，现实生活中那些"活雷锋"的遭遇比电影还要荒诞。比如，2006 年 11 月 20 日，南京一个名叫彭宇的男子因搀扶一位摔倒的老太太，反被告上法庭。2007 年 9 月 5 日，法院做出一审判决，彭宇被判赔偿 4 万余元。判决书称"彭宇自认其是第一个下车的人，从常理分析，他与老太太相撞的可能性比较大。**如果不是彭宇撞的老太太，他完全不用送她去医院，而选择自行离去**"。也就是说，在法官的思维中，见到一个老人倒地选择不管不顾、"自行离去"才是符合"常理"的，助人为乐、救死扶伤反而是不合"常理"的。判决书还说：如果彭宇是"见义勇为做好事"，那么，"更符合实际的做法是抓住撞倒原告的人，而不是好心相扶"。这个说法等于说你要么是不怕死的英雄，要么是撞了人又试图抵赖的罪犯，之间不存在别的可能性。其荒谬性显而易见。在宣判前两个月的庭审期间，彭宇还坚持以后碰到这种事情还会出手相助；但宣判之后，却再也没有了当初的坚决。此案唯一的证人也悲哀地感叹：以后谁还会做好事？①

这些虚构和非虚构的文本反映的道德伦理问题是非常尖锐的：我们今天已经没有了雷锋精神存在的土壤，在一个与雷锋精神几乎背道而驰，学雷锋活动表演化、装饰化，社会道德全面败坏而法律又不够健全的时代，学雷锋做好事不但不会受到肯定和表彰，而且会招致一系列麻烦。首先是被怀疑：现在这个社会谁还会做好事？一定是别有用心。也就是说，现在从大众到法官，已经没有人相信现实中会有雷锋这样的人，"从常

---

① 南方网：《男子称扶摔倒老太反被告　被判赔 4 万》，参见 http：//news. 163. com/07/0906/05/3NMDBNR600011229. html。

理分析"这个句子表明，这种怀疑已经成为人们的共识；其次是被冤枉、被利用：既然你做了好事，你喜欢做好事，那就做到底吧，也就是说，即使明知你是被委屈的，也只能继续委屈你，充当那个"凶手"吧。国人的道德败坏到这个程度，诚信丧失到这种程度，可谓触目惊心。

由这一事件，结合社会转型期出现的一些道德滑坡，一些网络社区里贴出了《雷锋叔叔的现代生活》这篇著名的网络恶搞文章。① 摘要如下：

> 雷锋外出在沈阳站换车的时候，一出检票口看见一背着小孩的中年妇女，原来这位妇女从山东去吉林看丈夫，车票和钱丢了。雷锋用自己的津贴费买了一张去吉林的火车票塞到大嫂手里，那大嫂转瞬间消失，随后不到半个小时，相继有 20 个车票和钱丢失的大嫂来到雷锋面前……

> 雷锋去南京出差，看到一个老太太被人撞倒在地，雷锋热心地把她扶起来，还送她去医院，贴了 200 块医药费，结果第二天被法院传唤，说他撞倒老人，审理结果，赔偿 4 万块医药费……

> 雷锋开车去湖南省长沙市办事，途中遇见劫匪抢劫，于是开车追赶，将一歹徒撞倒在地，另一歹徒逃走时跌入山崖，长沙市芙蓉区人民法院以故意伤害罪判处雷锋有期徒刑 3 年 6 个月，并赔偿另一歹徒医药费 36.5 万元。

> 雷锋路遇歹徒欲强奸一少女，雷锋与歹徒搏斗，身中三刀倒地，歹徒逃跑。次日，警察找到该少女作证，该少女闭门不见，说自己什么都不记得了。

> 雷锋骑车时，见两男子小跑紧追前方一骑车的大爷，欲进行抢劫，雷锋出面制止，被歹徒用砖头砸向后脑勺，头部顿时鲜血长流。两小偷随后逃脱。被小偷紧追的大爷站在不远处冷眼旁观了一会儿，骑车走了……

---

① 参见 http://tieba.baidu.com/f? kz = 265254738。

　　　　雷锋出差山西，半路车坏，路遇一车内人热心帮忙，于是上车，带至黑砖窑毒打，被逼做奴工3年，最后被打成痴呆……

　　这篇大话文本是对雷锋生前所做好人好事的滑稽模仿，它所反映的基本都是人们在现实生活中遭遇到的事实，只不过把这些事用调侃的语气、黑色幽默的风格写出来，并让革命时代的道德榜样"雷锋"来做主人公，以增加调侃和讽刺效果。

三　"后革命"时代主流媒体中的雷锋

　　"后革命"时期雷锋遭遇的尴尬原因很多，其中非常重要的一个，是主流媒体没有能力重新建构一个有生命力、和新时代相协调的、被大众认可的雷锋，使得学习雷锋活动或者流于形式，或遭遇后现代式的戏仿。

　　"后革命"时期的官方意识形态首先面临的一个重要任务是如何解释雷锋精神和市场化改革的关系：社会现实与人们的思想观念、生活方式已经发生了如此巨大的变化（有些变化是"后革命"时代不同于革命时代的重要特征，且官方自己就是这种变化的推动者），雷锋精神应该提倡吗？如何提倡？雷锋精神到底过时了没有？

　　纵观整个新时期主流媒体关于雷锋的相关文章，官方始终没有完全放弃对雷锋精神的坚持，但对雷锋精神内涵的阐释的确有了不同于革命时代的新内容、新维度，而且这种阐释在不同时期曾经发生过较大变化。同时，这一时期，媒体对雷锋形象与雷锋精神的宣传，从总体倾向看重在把雷锋形象从一个政治符号（毛主席的好学生、共产主义战士）向道德符号（无可置疑的"好人"、最最善良的"傻子"）进行有限度的转化，从特定时期的出于政治需要建构的政治符号，向具有普泛意义的道德符号转化。雷锋的道德品质而不是政治属性被着意强调。但尽管如此，雷锋形象中的政党意识形态色彩只是被淡化，而没有彻底消除。

1. 《人民日报》关于雷锋精神的阐释

1980 年 2 月 29 日，《人民日报》摘要转发了《解放军报》2 月 28 日的评论员文章《做新长征中的新雷锋》，文章非常直率地指出，"雷锋精神必须发扬，但是怎样学雷锋，又必须适应今天的新情况。不能简单地表面地照着雷锋的具体事迹硬套，也不能照抄六十年代学习雷锋的那些具体做法"。那么，到底什么是"雷锋精神"？作者的回答是："雷锋的精神，概括起来说，就是全心全意为人民服务。"不再提"毛主席的好战士"、"无产阶级战士"等政治色彩、政党意识形态色彩强烈的术语或口号。文章突出强调了新时期学雷锋必须服务于社会主义现代化建设，立足本职，做好每一件小事。这一对雷锋精神的阐释，明显淡化了阶级斗争色彩和政党政治内容，更突出其具有普适性的美德，并且学雷锋活动开始向公民教育、职业教育方向转化。雷锋精神被进行了明显的温情化处理。

同年 3 月 5 日，学雷锋日，《人民日报》摘要转发了《中国青年报》社论《新长征需要千千万万新雷锋》，指出："新长征战士更需要雷锋那样憎爱分明、言行一致、公而忘私、奋不顾身的精神，也需要有雷锋那样刻苦钻研、勤奋学习、对业务精益求精的精神。""立足本职"、"对业务精益求精的精神"等提法有明显的时代烙印，但仍然继续倡导"公而忘私"，而且效忠政党意识形态的内容、爱憎分明的阶级立场虽然被淡化，却没有完全退出。文章中仍然有"要像雷锋那样，憎爱分明，'对待敌人要象严冬一样残酷无情'，'对待同志要象春天般的温暖'"这样的内容（后来基本上不再提了）。

"后革命"时期的官方文章一般都要花很大篇幅论证雷锋精神为什么没有"过时"，**这恰好反映出雷锋精神实际面临的尴尬甚至危机**（也就是说，即使不是已经过时，也即将过时）。像无私奉献与按劳取酬的关系、"螺丝钉精神"是否还适合时代要求、个人主义和集体主义的关系等，都是 80 年代关于雷锋精神讨论的热点问题。

1981 年 3 月 5 日，《中国青年报》发表社论《再论雷锋》，

雷锋形象的建构、重构与解构

同日《人民日报》第4版以《八十年代更需要雷锋精神的大发扬》为题转载。这篇文章可以说是新时期官方针对"雷锋精神过时"论重新阐释学雷锋必要性的代表性文献，其中涉及雷锋精神和科学精神、个人主义的关系、雷锋是否有点"左"等重要问题。

首先，雷锋精神和"科学精神"的关系。《再论雷锋》一文指出：雷锋的可贵"不但是他做了大量助人为乐的好事，而且因为他是一个又红又专的社会主义建设的积极分子"。同时，文章承认"要靠科学技术，要按科学办事"，"这是我们许多年来花了重大的代价才换来的经验教训"，明确批判了"大跃进"时期的浮夸风，指出"我们再也不能重复象'人有多大胆地有多大产'那样的蠢事了"。这就明确告诉我们：今天学雷锋与60年代学雷锋的差别。

其次，个体利益与集体主义、按劳取酬与无私奉献的关系。如上所述，市场经济的推行使得雷锋精神和市场化时代的关系成为一个亟待论证的问题。革命时期雷锋精神的核心，无疑是和市场经济并不吻合的"公而忘私"、"大公无私"、"无私奉献"之类"集体主义"道德。这样一种与计划体制存在深刻勾连、彻底否定个人利益合法性的所谓"利他主义"道德，适合今天的市场社会吗？它是否有点"左"倾嫌疑？"后革命"时代的官方媒体并没有完全回避这个问题。由于市场经济的实践和"社会主义初级阶段"理论的提出，使得全社会，包括官方，也不能不承认个人利益的合理性；但同时，意识形态的延续性又使得官方不能不坚持——哪怕经过适度修改——集体主义奉献伦理。这一紧张深刻地反映在《人民日报》的很多文章中。《再论雷锋》一文既肯定了按劳分配、否定了平均主义；但同时又强调"如果只讲按劳分配，不讲各尽所能，就会滋长'按酬付劳'、'向钱看'、斤斤计较的思想"。认为"给多少钱干多少活，这同旧社会的劳动态度还有什么区别，哪还有国家主人翁的思想呢？贯彻社会主义的原则，决不是要提倡奖金挂帅"。文章仍然认为"全心全意为人民服务"是

"我们新中国每一个公民的生活准则"。也就是说，按劳分配和无私奉献都是好东西，都不能丢。这种新旧杂糅的、和稀泥的道德价值观正是从革命到"后革命"转型过程中经常遭遇的现象。但这种各打五十大板的做法并没有真正说明应该如何处理两者关系。

最后，"螺丝钉"精神与强调合理个人主义的市场经济道德的关系。一种完全否定乃至根本意识不到自己的公民权利、个体利益的所谓"好人"、"傻子"，是我们今天需要的么？这是80年代雷锋精神讨论的一个核心问题。针对"雷锋缺乏个性，抹煞了个人价值"的观点，上面提到的《再论雷锋》一文辩称：雷锋作为普通一兵，却受到了"亿万人民的崇敬"，这正好说明"雷锋的才智、个性、个人价值得到了最大的发挥"，"恰恰是雷锋，以自己生动的榜样，告诉我们怎样才能最好地发展自己的个性，创造最大的个人价值，这就是全心全意地投身到无限的为人民服务中去"。这样的论证非常幼稚地把"个性"等同于革命时期一个人受到的所谓"崇敬"程度，而完全不管这种"崇敬"的内容是什么，为什么受到"崇敬"，是不是发自内心的真正的崇敬，以及大家是否有不"崇敬"的权利。它对"个性""自我解放"的批判都是建立在把它曲解为"把个人利益放在第一位，对社会不负责任"、"爱干什么就干什么"这个逻辑错误基础上的。好像肯定个体利益就是损人利己。

当然，《再论雷锋》一文也承认："雷锋是人不是神，他不可能百分之百的正确，在特定的历史条件下，他也可能受到某些错误的东西的影响。"（请注意，这些话在以前的官方媒体是绝不可能出现的）同时又强调："但如果因为这点就否定雷锋，得出结论说雷锋不值得八十年代的青年学习，那是非常错误的。时代发展了，我们的认识深化了，对于雷锋思想中的某些方面可以有所补充，有所发展，但是他的伟大的共产主义精神，是永远值得我们学习的。"①

雷锋形象的建构、重构与解构

---

① 1981年3月5日《中国青年报》社论《再论雷锋》。

1983 年是学雷锋活动 20 周年，这年的纪念活动也较其他年份频繁。3 月 4 日《人民日报》发表署名"关新"的文章《新时期与雷锋精神——纪念开展学雷锋活动二十周年》，继续讨论雷锋精神是否过时，其核心观点可以概括为：雷锋精神不能丢，但要与时俱进。文章首先把雷锋精神大大地普世化，认为雷锋就是"高尚、纯粹的人的代名词"。文章认为，"当前，我们正处在全面开展社会主义现代化建设的新时期，比以往任何时期都更加需要千百万象雷锋那样有理想、有道德、有文化和守纪律的共产主义新人，去完成历史赋予的伟大重任"。要完成新时期对雷锋精神的官方阐释，首先要坚持雷锋精神的永恒性，同时也要修正林彪、"四人帮"对雷锋精神的"曲解"。这种"曲解"表现在把愚昧、贫穷、落后涂上了一层色彩斑斓的"理想"油彩，结果造成了人们对"理想"本身的反感，使得年轻人在新时期产生逆反心理，"错误地认为理想是空的，追求个人利益是实的，'理想、理想，有利就想；前途、前途，有钱就图'，使自己成了'拍拍肚皮吃饱了，摸摸脑袋糊涂了'的时代落伍者"。既否定贫穷社会主义论，又反对个人利益至上，这是新时期官方雷锋精神阐释——既坚持又修复——的两个基本原则。文章特别批评了关于共产主义理想"虚幻、渺茫、境界过高"的论调。有人说，雷锋的道德价值已经过时了。这种看法是错误的。现在有些人把庸俗的东西拿出来招摇过市，用假公济私、损人利己、一切向钱看的剥削阶级的思想和不择手段地追求享乐的欲望腐蚀青少年。文章指出，实行责任制，讲究"权、责、利"结合，"决不意味着只顾自己、不顾他人。一切进步的中国青年都应该逐步树立起超出庸人眼界的道德观、幸福观"。①

1983 年 3 月 5 日《人民日报》第 4 版转载了《中国青年报》同日社论，改标题为《做坚定的青年共产主义者》，文章

---

① 关新：《新时期与雷锋精神——纪念开展学雷锋活动二十周年》，《人民日报》1983 年 3 月 4 日第 4 版。

同样涉及雷锋精神和按劳分配的关系："我们改革的具体目的，在于打破某些现行体制中的'大锅饭'现象，更好地体现按劳分配的原则，以便广泛有效地调动起人们的积极性。但是作为对青年共产主义者的要求来说，就不能让思想停留在只看到一己的、眼前的利益这样的境界上，不能只是为了按劳取酬才劳动，任何时候都不能为眼前利益而模糊了长远目标。"

1988 年 3 月 6 日《人民日报》发表了新华社记者黄明松、杨民青写的文章《关于"学雷锋"的思考》，文章以综合报道方式提出了当时社会上关于雷锋精神的若干争议，其中仍然有关于雷锋精神与按劳取酬的关系的争论。值得注意的是，为按劳分配辩护的人，往往诉诸同样是非常官方的政策依据，比如"社会主义初级阶段"理论，甚至出现了"有偿学雷锋"活动。当时北京、西安等地出现了要报酬的"雷锋服务小组"。小组打着"学雷锋做好事"的旗号，同时又向顾客收取不低的服务费。针对有些群众关于"怎么学雷锋还要钱？"的质问，服务小组回答："讲服务，我们保证让对方满意，要报酬，我们也不客气，因为我们要靠这吃饭。"文章同时报道了沈阳军区某部开展的"赚大钱与学雷锋"的争论。有人说：一边赚钱，一边却提出学雷锋，怎么也讲不通。雷锋的奉献精神与按劳分配原则是矛盾的；也有人不同意这种看法，认为现在是社会主义初级阶段，分配的方式主要是按劳分配，要提倡奉献精神，又必须坚持按劳分配原则，否则就超越了"社会主义初级阶段"。有人甚至尖锐地指出，"文革"前学雷锋活动受"左"的思想束缚，有不适当之处，我们对此缺少反思。那种一强调奉献就排斥报酬的做法过时了。[①]

依据这篇文章的报道，在当代一些青年眼中，雷锋"螺丝钉"精神已过时了，因为雷锋把自己比喻成螺丝钉，组织把自己拧在哪里，就安心在哪里，做党的驯服工具，这与正确认识

①　参见黄明松、杨民青《关于"学雷锋"的思考》，《人民日报》1988 年 3 月 6 日第 4 版。

自身和社会的价值，实现人生的价值是矛盾的。有的青年说，我们和雷锋所处的时代不同了，有了实现自我价值的社会环境与条件，不应该当做一个不去思考与探索的"螺丝钉"。他们举出聂卫平的例子说，如果聂卫平当初下乡到北大荒，只安心当一个好农工，那我们就缺少了一个围棋冠军和一个为国争光的"主帅"。我们的社会需要雷锋，也需要聂卫平，青年成长不应该几十年一个模式。

此文还涉及勤俭节约与消费时代的关系。解放军某部一位学雷锋积极分子在一次有军内外英模参加的座谈会上直言不讳地说，学雷锋不能因循雷锋的一些做法，而应领会其精神实质。比如，雷锋当年是作为节约标兵，经常忆苦思甜，衣服、袜子破了补，补了穿；宁肯喝白开水，不肯喝汽水。这些在当时困难时期，为国家减轻负担是值得赞扬的。但在商品经济越来越发展的今天，不能把符合自身经济条件的物质追求看成奢侈浪费。

尽管这篇文章比较客观地报道了关于雷锋精神的这些争议，但文章的基调依然是：雷锋精神的本质，即公而忘私的共产主义精神，对党对社会主义事业对同志火一般的热情，实事求是刻苦学习的态度，不仅现在不过时，将来也不过时。"时代在前进，我们今天面临的具体任务与雷锋所处的年代不同了。我们学习、发扬雷锋精神，不能机械地套用过去学雷锋的某些做法。要认真总结二十年来开展学雷锋活动的经验，肃清林彪、'四人帮'的流毒，清理某些实用主义的做法，实事求是地、历史地宣传雷锋，在人们心目中恢复他的本来的光辉形象。要根据新的时期和青年特点，把学雷锋与学习在雷锋精神鼓舞下成长起来的各条战线上的英雄、模范结合起来，充分调动广大青年的社会主义积极性。"[①]

总起来看，"后革命"时代以《人民日报》为代表的官方

①　关新：《新时期与雷锋精神——纪念开展学雷锋活动二十周年》，《人民日报》1983年3月4日第4版。

文学理论与公共言说

媒体主体上是力图论证雷锋精神和市场经济的相融性：即使是在市场经济条件下，讲物质利益，也不能否定公而忘私的集体主义品德，不能否定"螺丝钉"精神（它虽然与时俱进地表述为"热爱本职工作，干一行爱一行"），对"钉子"精神也作了进一步的阐发，突出了"勤奋学习，刻苦钻研业务"，而不再是没完没了地学《毛选》。

特别值得指出的是：1987 年是新时期官方学雷锋调门唱得很高的一年。原因是在 1986 年下半年到 1987 年年初，发生了"资产阶级自由化"思潮，并导致总书记胡耀邦下台，而学雷锋则被视作是对"自由化思潮"的一种"疗救"。1987 年 3 月 6 日《人民日报》第 4 版发表了国务院常务副总理余秋里在"学习雷锋精神座谈会"上的讲话。[①] 这年的 1 月 6 日，《人民日报》发表了社论《旗帜鲜明地反对资产阶级自由化》，而在此前的 1986 年 12 月 30 日，邓小平召集中央领导谈话，批判资产阶级自由化。[②] 在这个背景下，余秋里的讲话就显得非同寻常。

讲话的突出特点，就是把学雷锋与批判资产阶级自由化、坚持四项基本原则以及建设社会主义精神文明联系起来。讲话批驳了"雷锋精神过时"论，指出，"现在，我国已进入社会主义现代化建设的新的历史时期。党中央提出，我们不仅要建设高度的物质文明，而且要建设高度的精神文明。学习和发扬雷锋精神，对加强精神文明建设，推动物质文明建设，都有重要的作用。60年代需要学习雷锋精神，80 年代和今后同样需要学习雷锋精神。学习和发扬雷锋精神，对于坚持四项基本原则，反对资产阶级自由化，对于更好地贯彻改革、开放、搞活的方针，对于继承和发扬我党我军的优良传统，加强思想政治工作，引导青年一代健康成长，具有现实的深远的意义。那种认为雷锋精神过时了的说法是不对的。作为体现社会主义、共产主义思想、道德的雷锋精

① 讲话题目为《发扬雷锋精神　培养"四有"新人——余秋里同志在学习雷锋精神座谈会上的讲话》，载《人民日报》1987 年 3 月 6 日第 4 版。

② 这个谈话后以《旗帜鲜明地反对资产阶级自由化》为题收入《邓小平文集》。

神，具有强大的生命力，今天没有过时，今后也不会过时"。余秋里还引用了邓小平1980年的一段话："我们在新民主主义革命时期，就已经坚持用共产主义的思想体系指导整个工作；用共产主义道德约束共产党员和先进分子的言行；提倡和表彰'全心全意为人民服务'，'个人服从组织'，'大公无私'，'毫不利己、专门利人'，'一不怕苦、二不怕死'。现在已经进入社会主义时期，有人居然对这些庄严的革命口号进行'批判'，而这种荒唐的'批判'不仅没有受到应有的抵制，居然还得到我们队伍中一些人的同情和支持。每一个有党性、有革命性的共产党员，难道能够容忍这种状况继续下去吗？"尽管这些讲话可能有当时的现实形势需要的原因，但是大体上能够代表官方对雷锋所代表的革命道德的态度。

余秋里对雷锋的螺丝钉精神、艰苦朴素精神、为人民服务精神、刻苦学习精神、大公无私精神作了全面的肯定，关于雷锋的大公无私精神，余秋里特别指出："在改革、开放、搞活的新形势下，要大力发扬这种精神，抵制自私自利、金钱至上、唯利是图等资本主义、封建主义腐朽思想的侵蚀，自觉地以个人利益服从革命的整体利益，必要时，为了党和人民的利益，不惜牺牲个人的一切。"

"后革命"时期的学雷锋活动呈现这样一个规律性现象：政策路线"左"一点，纪念雷锋活动就隆重一点，对雷锋精神的坚持就多一点；政策路线"右"一点，纪念雷锋活动就淡化一点，对雷锋精神的反思乃至质疑也就多一点。余秋里的讲话意味着官方版的雷锋精神向60年代的雷锋大大地倒退了一步。

在这里，如果参照阅读一些激进的启蒙知识分子对雷锋精神，特别是"螺丝钉"精神、大公无私精神的反思，即可发现他们的否定几乎是全盘性的。比如鲁国平的《雷锋精神，不要把人学成道德的奴才》，紧紧扣住雷锋精神和计划体制的关系，论述了雷锋精神与市场经济社会价值观的深层次冲突。作者认为，雷锋精神在革命时代得以风行的社会基础，是公有制和计划经济，公有化体制大包大揽了个人的衣食住行，这决定了个

文学理论与公共言说

人的一切劳动积极性只有靠集体的道德以及政治运动来推动，而不是通过个人的发家致富的行为来推动。① 鲁国平指出，邓小平之所以要殚精竭虑推行改革开放，是因为计划经济的生产模式极大阻碍与压抑了人们的劳动积极性，并且清醒地认识到"一大二公"的"人民公社"不是社会主义。在作者看来，革命时代树立的道德楷模雷锋，只是一个"道德的奴才"，在政府的强势舆论下，自上而下的那种灌输式学雷锋运动使得"大多数人都变成公共利益的机器，个人应该得到尊重的尊严和利益被无限掠夺"，"许多雷锋一样的先进人物牺牲自己的起码的生命和生存环境要求，拔高式的完美人生典范难以掩盖其剥削所有劳动者基本人权的残酷本质，使活生生的人变成一只只可以被高尚的理由无止境奴役的道德的狗"。② 再比如一个叫魏朴的作者在自己的博客中重新解读了《雷锋日记》后指出：这些日记"清楚地显示，雷锋的行动准则完全来自'党的教导'、'毛主席的教导'，自己是个无知的'小学生'，只要党需要，集体需要，人民需要，社会主义需要，雷锋可以做任何的事情"。也就是说，雷锋做好事是因为受到外在的宣传和灌输，而不是因为自己内在的德性自觉，在雷锋心目中做好事的价值仅在于符合党的教导，符合做"毛主席的好学生"的标准。作者进而质问：假如雷锋出生在法西斯当政时的德国，在种族主义的狂热气氛和希特勒、戈贝尔等人的竭力鼓吹宣传下，他是否可能成为一个杀人如麻的千古罪人？③

最后值得一提的，是朱大可对"国家伦理"与"雷锋精神"之关系的阐释。④ 朱大可指出："在国家伦理格局中，'雷

① 鲁国平：《雷锋精神，不要把人学成道德的奴才》，参见 http：// club. yule. sohu. com/read_ elite. php？ b = minjian&a = 2595193。

② 鲁国平：《雷锋精神，不要把人学成道德的奴才》，参见 http：// club. yule. sohu. com/read_ elite. php？ b = minjian&a = 2595193。

③ 参见 http：//thebigquestions. spaces. live. com/Blog/cns！18C9E0D84CB81D60！ 456. entry。

④ 朱大可：《国家伦理体系中的雷锋精神》，参见 http：//www. xici. net/ b15597/d6988860. htm。

锋精神'的含义超出了他自己所能了解的部分。**他的善行的实在本质转换成了名义本质**，或者说，这个人从一个专名下降到了通名的级位。这种语言操作的后果正是雷锋的死亡及其替身的诞生。这是存在于语词中的雷锋——一个抽象的术语，标示着个体对于国家的自我牺牲的高尚精神。在这个意义上闪现的雷锋，就是'以死为生的人'、把国家当作存在的唯一目的的人，就是随时准备为国家信仰热烈捐躯的人，以及拒绝着一切回报的人。牺牲者说，我热爱祭坛，我要求成为它上面的事物。"① 显然，这些对于雷锋精神的反思要比主流媒体尖锐和深刻得多，也许正因为如此，它们都是依托网络媒体在民间流传。

2. 从《辞海》"雷锋"条释义看"后革命"时期的雷锋形象

作为中国最大的、具有浓厚官方色彩的综合性词典，《辞海》词条的每一次增删都能反映历史运动的轨迹和政治气候的变化，选择新中国成立以后正式出版的四个版本的《辞海》（1979 年版，1989 年版、1999 年版和 2009 年版），对其中"雷锋"条的释义进行比较，能够发现国家意识形态建构的雷锋形象演变的一些蛛丝马迹。

1979 年版本的《辞海》对"雷锋"词条作了这样的解释（着重号部分在 1989 年版被删除）：

> 雷锋（1940—1962）湖南长沙人。出身贫农家庭，父母兄弟受日本帝国主义、国民党反动派、地主和资本家的迫害相继惨死，他七岁成孤儿，在穷亲戚的帮助照顾下生活。1949 年解放后，受到党和人民政府的亲切关怀，被送入学校读书。他刻苦学习，并积极参加土地改革斗争。1950 年高小毕业后，在该乡人民政府和中国共产党望城（现长沙县）县委当通讯员和公务员，被评为工作模范。

① 朱大可：《国家伦理体系中的雷锋精神》，参见 http://www.xici.net/b15597/d6988860.htm。

1957 年加入中国共产主义青年团。以后参加根治沩水工
程、团山湖农场和鞍钢等建设，多次被评为劳动模范和先
进生产工作者。1960 年参加中国人民解放军，编入工程兵
某部运输连四班。他积极学习毛泽东著作，努力改造世界
观，迅速成长为一个伟大的共产主义战士。曾荣立二等功
一次、三等功两次，被评为节约标兵和模范共青团员。
1960 年 11 月加入中国共产党，次年升任班长，并被选为
抚顺市人民代表。1962 年 8 月 15 日因公殉职。1963 年 1
月 7 日，国防部命名他生前所在班为"雷锋班"。1963 年
3 月 5 日，毛泽东亲笔题词"向雷锋同志学习"。周恩来
题词："向雷锋同志学习：憎爱分明的阶级立场，言行一
致的革命精神，公而忘私的共产主义风格，奋不顾身的无
产阶级斗志。"

"以增新、补缺、改错为总方针"的 1989 年版《辞海》出版
以后，对"雷锋"词条的解释做了一定的修改（着重号部分
在 1999 年版中被删除）：

　　雷锋（1940—1962）湖南长沙简家塘（今属望城县）
人。孤儿。解放后受到党和政府的关怀，被送入学校读
书。高小毕业后在乡政府和中共望城县委当通讯员和公务
员，被评为工作模范。1957 年加入青年团。以后参加根治
沩水工程、团山湖农场和鞍钢等建设，多次被评为劳动模
范和先进生产者。1960 年参加解放军，在工程兵某部运输
连四班当汽车兵。曾荣立二等功一次、三等功两次，被评
为节约标兵和模范共青团员。1960 年加入中国共产党，次
年任班长，并被选为抚顺市人民代表。1962 年 8 月 15 日
因公殉职。1963 年 1 月 7 日国防部命名他生前所在班为
"雷锋班"。同年 3 月 5 日，毛泽东亲笔题词"向雷锋同志
学习"。

1999 年版《辞海》在"国际形势变化很大、国内经济体制转变、科学技术突飞猛进，行政区划有所变动"的情况下，对"大量政治、经济、科技、地名等条目，作了新的解释"。其对雷锋的解释原文如下：

> 雷锋（1940—1962）湖南长沙简家塘（今属望城）人。1957 年加入中国共产主义青年团。参加根治沩水工程、团山湖农场和鞍钢等建设，多次被评为劳动模范和先进生产者。1960 年参加中国人民解放军，在沈阳部队工程兵某部运输连四班当汽车兵，多次立功受奖，同年加入中国共产党。1962 年 8 月 15 日因公殉职。他公而忘私，爱憎分明，全心全意为人民服务。1963 年 1 月 7 日国防部命名他生前所在班为"雷锋班"。同年 3 月 5 日，毛泽东亲笔题词"向雷锋同志学习"。从此，全国广泛开展了学雷锋的群众运动。涌现出成千上万个雷锋式的先进人物。

作为向新中国成立 60 周年献礼的 2009 年版《辞海》，"根据社会发展的实际需要，对词条进行了大幅度的增删改动"，① 这个最新版《辞海》对"雷锋"词条的解释是：

> 雷锋（1940—1962）湖南长沙简家塘（今属望城）人。1957 年加入中国共产主义青年团。参加根治沩水工程、团山湖农场和鞍钢等建设，多次被评为劳动模范和先进生产者。1960 年参加中国人民解放军，在沈阳部队工程兵某部运输连四班当汽车兵，多次立功受奖，同年加入中国共产党。1962 年 8 月 15 日因公殉职。他公而忘私，爱憎分明，全心全意为人民服务。1963 年 1 月 7 日国防部命

---

① 柳斌杰：《"庆祝新中国成立 60 周年"图书出版以重点书系、重大出版工程和重点选题为抓手忠实记录共和国辉煌业绩》（书界观察），载《人民日报》2009 年 7 月 26 日第 8 版。

名他生前所在班为"雷锋班"。同年 3 月 5 日发表毛泽东亲笔题词"向雷锋同志学习"。全国广泛开展学习雷锋的群众运动。

在对"雷锋"词条作出阐释之后，2009 年版《辞海》新增了"雷锋精神"这一词条，我们可以把它看做是对"雷锋"词条的补充，这也是《辞海》前几个版本所没有的（着重号引加）。

雷锋精神：中国共产党战士雷锋在实践中表现出来的全心全意为人民服务的共产主义精神。其实质是：忠于共产主义事业，毫不利己专门利人，在各种不同的工作岗位上干一行爱一行，把有限的生命投入到无限的为人民服务之中去，做一个平凡而伟大的共产主义战士。

对照之下，我们发现，"雷锋"词条的解释字数呈现递减之势，这点似乎暗示我们：雷锋这个革命时代的政治—道德符号，在"后革命"时代官方意识形态的话语体系中的地位正在下降。另外，与 1979 年版本的《辞海》对雷锋的阐释相比，1989 年、1999 年和 2009 年三个版本的《辞海》对"雷锋"词条的最明显删改，是去掉了"伟大的共产主义战士"的称号，以及周恩来对雷锋精神的概括"憎爱分明的阶级立场，言行一致的革命精神，公而忘私的共产主义风格，奋不顾身的无产阶级斗志"。同时也删去了"受国民党迫害"等在新时代语境下比较敏感的提法。用词更加中性化，政治色彩淡化，对雷锋的定位更加淡化了阶级斗争色彩和革命时代的意识形态斗争色彩。1999 年版《辞海》还删掉了雷锋的阶级出身和悲惨身世，以及解放后党和政府对他的培养教育，删掉了雷锋努力学习毛主席著作，以此认真改造自己的世界观，并迅速成为共产主义革命战士的历史内容，1999 年版《辞海》对"雷锋"词条的阐释内容已经基本固定，这很好地体现在 2009 年版《辞海》中。但是 2009 年版又新增了"雷锋精神"词条，和 2003 年雷锋当选为"二十世纪十大文化偶像"时的评语相似的是，"雷锋精神"被概括为"全心全意为人民服务的共产主义精神"，并泛化为可实践的"在各种不同的工作岗位上干一行爱一行"，这实际上使得雷锋精神变得更加抽象，更朝着普遍性方向靠近。雷锋精神的文化建构逐步与革命意识形态分离，雷锋身上所体现的政治意味逐渐减少。

3. 雷锋形象是怎么建构出来的？

在"后革命"时代主流媒体的雷锋形象再建构中，发生了一件颇有戏剧性的事件。2003 年 2 月底 3 月初，在纪念毛泽东为雷锋题词 40 周年前夕，沈阳军区雷锋纪念馆里展出了几张珍贵的照片，其中包括雷锋生前戴过的一块手表。人们在展览中还发现，雷锋不仅仅有补了好几层还在穿的袜子，还有皮夹克、料子裤这些革命时代的奢侈品，不仅爱好文学，还是爱好照相的时尚青年，不仅艰苦朴素勤俭节约，而且爱美，喜欢打扮，总是把雪白的衬衫领子翻出来（这种装束在当时并不多见，而且显然是不怎么革命的）。

这种新的宣传方式，其主观意图无疑在于减少以往雷锋形象的"高大全"色彩，有意把雷锋的所谓"人性化"一面展现开来，试图在雷锋与新时期青少年的生活方式、价值观念之间建立新的结合点，似乎这样一来雷锋就不仅仅只停留在老一辈人的记忆里，更与新时代接上了轨。这或许是国家意识形态在雷锋形象建构方面的新策略，是为了面对改革开放带来的社会变化，把以往雷锋的建构中以"革命"名义刻意更改、删除的部分逐渐"恢复"、"修正"过来。但或许令主办者意想不到的是，**这次展出无意中泄露了六七十年代人们心目中的那个雷锋的建构、塑造性质，以及它所内含的排除一包含过程——它如何去除一些东西，增添了一些东西，边缘化了一些东西，也突出了一些东西——从而使得革命时期的雷锋被极大地祛魅，其真实性和可信性大大降低**。既然这样，还存在真实的、本质化的雷锋吗？雷锋到底多大程度上是真人？多大程度上是虚构？这个戏剧性的事件再加上诸如"雷锋的生前女友"事件，使得雷锋形象的真实性大打折扣。

此后大量新披露的事实进一步表明了雷锋形象的建构性，疑团还在继续增加：既然做好事不留名，怎么还会有做好事时候的照片？而且把每次做的好事——记录下来？雷锋到底是自愿做好事，还是"被做好事"？至于白天打着手电看《毛选》的照片，一眼看去就是假的……在以往，这些照片的存在曾经对雷锋的建构起到了至关重要的作用，受众通过照片，直观地看到了可以学习和模仿的雷锋，而在现在看来却是疑团重重。专门拍摄雷锋的摄影记者张峻介绍，革命年代流传的很多雷锋照片，都是经过艺术加工和"合理"修饰的，也有是张峻从雷锋日记里得到创作灵感，构思出草图摆拍出来的，是在"不违背真实性"的原则下"补照的"，或者是"经过摄影记者的导演后拍出来的"。① 这就难怪四位美联社记者获悉这个消息后产生这样的疑问："雷锋做好事是自愿的还是被迫的，为什么雷锋做好事还有照片，这是不是导演出来的？"② 补拍和摆拍的方式基本上是依据雷锋报告中介绍的或《雷锋日记》中记载的好人好事导演的，仅 1961 年 2 月间沈阳军区准备雷锋事迹巡回展就补拍摆拍了 20 多张照片，③ 而对一些重要的照片，比如那张著名的坐在驾驶室里读《毛选》的照片和那张擦洗解放牌汽车的照片，其拍摄的经过张峻也有具体的介绍（这当然是"后革命"时代的事情了，在革命时代，雷锋照片的管理是非常严格的，像军事机密一样被保护起来）。④

如果我们把解放军文艺出版社出版于 1963 年和 1973 年的《雷锋的故事》和三联书店出版于 2006 年的《雷锋：1940—

---

① 师永刚、刘琼雄：《雷锋：1940—1962》，生活·读书·新知三联书店 2006 年版，第 133 页。

② 同上。

③ 这些照片详见师永刚、刘琼雄《雷锋：1940—1962》，第 134—138 页。

④ 参见师永刚、刘琼雄《雷锋：1940—1962》，第 140 页。

1962》对照阅读，对雷锋形象建构中的权力运作就会有更多的体会。比如雷锋拥有当时极为罕见的奢侈品进口英格手表、皮夹克、毛料裤子和口琴，雷锋喜欢浪漫的生活情调，爱美，喜欢把雪白的衬衫领子翻出来，留刘海，喜欢把采回来的野花养在玻璃瓶里欣赏……这些细节大概都因为带有"小资产阶级情调"，与"毛主席的好战士"、"革命英雄"的形象不符而不见于革命时代的雷锋传记。有人这样解释："因为在那个物质匮乏的年代，我们需要一个放弃个人主义、无私奉献的精神偶像。"①

对于雷锋形象的建构过程的揭秘，实际上也是对意识形态权力运作秘密的揭秘，这不仅对消解雷锋形象的神圣性至关重要，而且对于消解意识形态权力话语也至关重要：被解密后的意识形态权力机制尽管还可能自顾自地继续运行，但是其规训效力却已经消失殆尽。意识形态话语的效力是在布迪厄所说的"误识"基础上才能得到保证的。先祛秘才能进而祛魅。

四　雷锋形象的疑似复兴
——大众文化中被恶搞的雷锋

"后革命"时期中国文化的一个奇特景观，就是对革命文化和"红色经典"的恶搞。雷锋作为革命文化的经典符号，也难逃厄运。如果说"后革命"时期精英知识分子从新启蒙的立场（比如个性解放、个人利益的合理性）等角度反思和质疑了雷锋精神，其话语方式是严肃的、理性的；那么，在大众文化、消费文化领域，雷锋形象和其他革命文化一样出现了疑似"复兴"潮流：通过一种戏说、恶搞、无厘头的方式使得雷锋形象再度流行，但这种流行同时也是另一个意义上的祛魅（因此人们称其为"后流行"）。

在大众文化和消费主义迅速膨胀的"后革命"时代，革命

　　①　师永刚、刘琼雄：《雷锋：1940—1962》，生活・读书・新知三联书店2006年版，第230页。

文化（包括各种革命语录、革命口号、革命故事、革命人物，以及其他与革命相关的符号，如绿军装、红领巾、红缨枪、红旗，等等）作为可以利用的文化资本，迅速地被商业化的大众文化挑选、使用和消费，形成了暧昧的革命文化疑似"复兴"热潮。与80年代精英知识分子领导的对革命的反思不同，90年代以来，特别是到了21世纪，革命文化的疑似"复兴"热潮通过恶搞等方式对疑似革命意识形态进行了疑似的解构。它本身已经成为一种新的文化时尚。①

2001年，雪村的音乐《东北人都是活雷锋》凭借网络传播迅速成为热门歌曲，红极一时。歌中唱道："老张开车去东北，撞了/肇事司机耍流氓，跑了/多亏了一个东北人，送到医院缝五针，好了/老张请他吃顿饭，喝得少了他不干，他说：/俺们这旮都是东北人，俺们这旮盛产高丽参/俺们这旮猪肉炖粉条，俺们这旮都是活雷锋/俺们这旮没有这种人，撞了车了哪能不救人/俺们这旮山上有针蘑，那个人他不是东北人/翠花，上酸菜！"这首歌本来创作于1995年，反响平平，但经过后期制作的Flash动画和网络传播而迅速流行起来，它模拟演绎了一个日常生活中的活雷锋。但与官方建构的雷锋形象不同，它把"雷锋"这个政治道德符号和"高丽参"、"酸菜"、"猪肉炖粉条"等日常生活中的俗语并置，仿佛雷锋精神也是与高丽参、针蘑、猪肉炖粉条类似的一种东北特产，与吃喝等俗事混同在一起，造成了去政治化的反讽效果，颇得王朔开创的痞子文学与大话文学之精髓。② 这在仿佛"肯定"雷锋道德的同时解构了"雷锋"这个术语原先所包含的神圣政治意义。其演唱的风格、声调、方式，当然也和革命时代的革命歌曲格格不入，带点痞子气，带点调侃味（其效果类似孙国庆用摇滚

---

① 参见陶东风《论"后革命"时期的革命书写》，《当代文坛》2008年第1期。

② 参见陶东风《大话文学与当代中国的犬儒主义》，《天津社会科学》2005年第3期，也可以参见陶东风等《中国新时期文学30年（1978—2008）》，中国社会科学出版社2008年版。

方式唱《南泥湾》)。

更有意思的是，网民还通过对雪村此歌的戏仿，编出了各种版本的《美国人都是活雷锋》，其中比较流行的是这个版本："俺们那旮都是美国人，俺们那旮全球有驻军，俺们那旮不吃麦当劳，俺们那旮都是活雷锋，俺们那旮没有这种人，撞了机了哪能赖别人……翠西——上沙拉。"①

2003 年 2 月，在纪念毛泽东"向雷锋同志学习"题词 40 周年之际，沈阳吉尼斯工作室把雷锋的两项"士兵之最"递交到英国吉尼斯总部，认为雷锋是被创作谱写成诗歌、曲艺、歌曲最多的士兵和被冠名最多的士兵。② 有人就此评论道："让'雷锋精神'去冲击'吉尼斯之最'，且不说违反了雷锋'不事张扬'的品性，哗众取宠的'做秀'恰恰是'雷锋精神'在社会认同空间中'空洞化'和'形式化'的产物；吉尼斯是一种带娱乐性质的世界纪录，且不说将雷锋与这些纪录并提

---

① 其他版本包括：版本二："两架飞机去纽约，撞了/肇事机师要流氓，死了/碰倒两座大房子，一下挂了五六万，鸟了/美国现在这么乱，布什不知怎么办，他说：/俺们那旮都是美国人，俺们那旮出产花旗参，俺们那旮可乐加汉堡，/俺们那旮没有这种人，/开着飞机哪能乱撞人，俺们那旮都兴用美钞，/这样撞人哪会不死人，/那个人——他就是本·拉登！/白：劳拉，上核弹！"

版本三："老美开车去上班，傻了/原来飞机撞大楼，塌了/多亏自己体力好，一气跑下九十层，好了/记者请他讲两句，说的少了他不干，他说：俺们那旮都是美国佬，俺们那旮特产 NMD，/俺们那旮防御有保证，俺们不怕恐怖来入侵，/俺们那旮没有这种人，劫了几架飞机来撞人，/俺们那旮全是 FBI，劫机那伙真的全是神！/白：布屎，快救人。"

版本四："老拉开飞机去纽约，撞了/肇事飞行员要流氓，又撞了/碰到一个阿拉伯人，送到华盛顿再撞一下，倒拉/老拉请他吃顿饭，炸弹少了他不干，他说，/俺们那嘎都是巴勒斯坦银（人），俺们那嘎盛产燃烧瓶/俺们那嘎牛肉炖粉条，俺们那嘎山上游击队/俺们那嘎都是活神风队，俺们那嘎没有这种银（人）/撞了楼了他哪能不救银（人），那银（人）他肯定不是巴勒斯坦银（人），/白：拉登，上炸弹。"

版本五："恐怖分子炸美国，成了/肇事流氓找不着，跑了/都怪一个美国人，到了白宫进五角，牛了/拉登请他吃炸弹，炸得少了还不干，他说：/俺们这旮都是美国人，俺们这旮特产 NMD/俺们这旮火腿三明治，俺们这旮都是活巴顿。/俺们这旮最恨这种人，炸了我们哪能不承认，/俺们这旮天上有卫星，那个人他不是基督徒。/白：拉登，等着瞧。"

② 详见 2 月 19 日《华商晨报》。

显得多么不严肃，雷锋精神成为'展览'和'观赏'的'吉尼斯之最'才是最值得痛心和反思的——雷锋的'尊严'和'榜样意义'受到了现代社会的挑战。""雷锋精神'吉尼斯化'折射出的是'好人'在我们社会中的认同危机，价值认同的'调侃化'、'世俗化'和'娱乐化'是如此的轻佻，'吉尼斯'解构的不仅仅是尊严，还有许多国人曾经引以为豪的品质。"① 可惜作者没有对雷锋娱乐化的深层原因作出更深入的分析。

2004 年 5 月，盛大网络游戏公司推出了历时半年自主研发的教育游戏《学雷锋》，游戏规则要求玩家在游戏中要纠正违规行为，要帮助弱势角色，不断地助人为乐，才能提高等级，最后在天安门得到毛主席的接见。如果不阻止违规行为，不及时给需要帮助的人以帮助，就会扣掉生命值，直到游戏结束。游戏开发者称：希望青少年以娱乐的方式来学习雷锋所代表的传统美德，让当下的学生体会到帮人的快乐感，并认为在游戏中也能够学习雷锋精神。

也是在 2004 年，一篇关于雷锋的著名网文广为流传，题目为《1962：雷锋 VS 玛丽莲·梦露——螺丝钉的花样年华》，作者肖伊绯（背景不详）特别注明：兹以此文纪念"螺丝钉"论诞生 40 周年。此网文通过一些互不连贯的片段，把雷锋、螺丝钉、玛丽莲·梦露、海德格尔、艳遇、电影《花样年华》等组合在一切，透着梦魇一般的诡异。可以说是想象奇特，别具匠心，也可以说是莫名其妙，不知所云。总之是非常后现代。

2005 年，网络歌手王蓉的专辑《芙蓉姐夫》里，有一首名为《我学雷锋好榜样》的歌曲（把芙蓉姐姐和雷锋放在一起本身就非常反讽），用 RAP 的形式唱出了在"后革命"时代对雷锋精神的"呼唤"："学习雷锋好榜样，你是我的热爱我的偶像，助人为乐你代名，感慨你的军大衣补丁摞补丁/学习

① 详见 2003 年 2 月 24 日《北京娱乐信报》。

雷锋好榜样，你的故事伴随我的成长，要做永不生锈的螺丝钉，你的精神什么时代都一样"，"说起雷锋相信没有人会没感觉，每个人心里都有真善美的呼唤。只是环境变了观念变了，雷锋精神在发展，为比尔为自己为了大家行方便/现在人做人做事讲究信誉目标远，吃亏是福绝对是金玉良言，今天你为他任劳任怨多做一点点，**明天关键时候大家一起来数钱。**"做好事的目的已经不是建设社会主义实现共产主义，而是大家一起发财（"一起来数钱"）。雷锋精神复兴的疑似特点在此暴露无遗。

还有一些半色情的笑话，也在利用"雷锋"这个符号。如TOM网的一则题为《雷锋》的笑话说，有一个学校男女厕所相邻，有一次一女生上厕所忘带手纸，正在发愁的时候隔壁男厕所递了一卷纸过来。女生吓得花容失色，问："谁？"一男声回答说："雷锋。"这个故事中的雷锋显得很暧昧，他好像是在做好事，但是好像又是一个居心叵测的色狼：一直在跟踪、窥视女生，否则怎么会知道她此时正缺手纸？

2006年，宁波一家保健品公司在其生产的安全套包装盒上，印制了雷锋手持《毛泽东选集》、身背钢枪的照片，并以毛泽东"向雷锋同志学习"的题词为背景。此消息一经披露立即引发社会的一片哗然，雷锋生前的战友联名上书中央军委解放军总政治部，要求国家有关部门追查，以捍卫雷锋形象。[①]

此外还有网民戏谑式的"雷锋的20条死因"也风靡网络："雷锋是帮人太多累死的"、"雷锋是由于驾驶技术不好死的"、"雷锋是看了楼主的帖子后被气死的"……最后还有人又加上一条，称"雷锋是看了这个网络笑话之后笑死的！"[②]

对雷锋的恶搞，争议最大的要数2006年"炒作大王"邓建国要拍网络电影《雷锋的初恋女友》之事。对于此事，雷锋

---

① 谭人玮：《雷锋被印上安全套包装盒》，详见2006年11月4《南方都市报》。

② 参见 http://news.163.com/05/0308/11/1EANMP8D0001122B.html。

生前的战友致信邓建国，希望他能够慎重考虑，并认为"不管是谁要娱乐和艺术地，或者游戏地对待雷锋，不管是什么形式，都是我们坚决发对的。因为，雷锋的历史不应该无端地改变，把雷锋当作娱乐或者游戏的载体，注定对学习和弘扬雷锋精神有负面影响，而且对雷锋不公"。① 最终，国家广电总局下文封杀。电影虽然没有拍成，但网民仍然没有放过雷锋，人们从《雷锋日记》里寻找蛛丝马迹并进行加工，把雷锋和大他三岁的黄丽（王佩玲）之间的关系命名为当下流行的"姐弟恋"。②

　　对于网络上风靡的恶搞雷锋，人们的意见分歧很大，众说纷纭。有人担心，时下某些对雷锋进行不加节制的"恶搞"、"消解"的做法，"恐怕不仅会伤害到雷锋这一英雄人物的形象，同时也会损害到与雷锋成长经历有着密切关联的那部分人，更会将雷锋在人们心目中所占有的位置破坏殆尽"。③ 其实并不是所有恶搞都带有对雷锋的明显敌意，更没有像启蒙知识分子那种通过理性反思否定雷锋的政治诉求。④ 在大部分雷锋的后流行现象（除了安全套上的雷锋）中，无论是作者的政治意图，还是文本的客观效果，其实都是晦涩不明，它们的最正确形容词或许就是"疑似"：疑似复兴，疑似消解，疑似冒

雷锋形象的建构、重构与解构

---

① 四川新闻网—成都晚报：《〈雷锋的初恋女友〉被封杀》，参见 http：// ent. sina. com. cn/2006 年 4 月 21 日。

② 《雷锋的初恋女友曝光（组图）》，http：//blog. sina. com. cn/s/blog_ 4cd73593010089b7. html。

③ 《雷锋遭"后流行"网络"恶搞"其生平》，http：//news. hsw. cn/2006 - 03/24/content_ 5287091_ 3. htm。

④ "恶搞"，最早出现于网络游戏和动漫中，源于日本流行的词汇 "KUSO"，它原本是日语 "粪"的发音，但同时还有 "可恶"等意思。这个词流行到港台时被音译为 "库索"，后来传入中国大陆，意译为 "恶搞"。对于这个流行词汇，目前的普遍理解是：以夸张的、调侃的、游戏的、讽刺的心态，采用戏仿、拼贴、挪用等手法，对喜欢或者不喜欢的人或物进行再创作，它的最大的价值在于 "把无意义的行为变成有意义的创意发表活动"。"恶搞"之 "恶"主要是从方式和风格上说的，恶搞者对被恶搞的对象不见得都是恨之入骨，有时也可能有一点暧昧的好感和怀旧。

犯，疑似弘扬……还可以举出很多很多。① 通过恶搞，或许会产生一种猎奇的快感，或因触犯革命时代政治禁忌带来的快感，但它和精英知识界对雷锋精神的严肃认真的理性反思话语是完全不同的。它似乎更加可怕地透露出一种爱谁谁、无可无不可、何必认真的虚无主义和犬儒主义态度。

有些所谓走得"比较远"的恶搞，比如《雷锋的初恋女友》、把雷锋头像安置在避孕套上，等等，给人的感觉似乎革命已经恍如隔世，早已成为死去的神话，谁都可以上来拉屎撒尿；但是时不时冒出来的、来自意识形态主管部门的禁令（比如官方对《雷锋的初恋女友》的封杀，以及对其他恶搞革命文化的封杀，比如薛荣的那个恶搞革命样板戏《沙家浜》的同名小说）又分明提醒人们，其实革命时代也并不是那样遥远，也远非什么可以随便捏的泥菩萨。

恶搞革命文化虽然也体现了大众文化一贯的快乐原则，但与其他类型的恶搞或大话不同，几乎所有恶搞革命文学或"红色经典"走得比较远（至少是官方认为走得比较远）的作品，都受到程度不同的批判、查禁、处罚。② 在这样的语境下，我们完全可以理解，当邓建国传言要拍网络电影《雷锋的初恋女

---

① 2009年3月，为了纪念毛泽东同志"向雷锋同志学习"的题词发表46周年，由中国传记文学学会、中共辽宁省委宣传部、中共沈阳市委宣传部和浙江永乐影视制作有限公司联合制作的大型电视连续剧《雷锋》即将开拍，并由田亮饰演雷锋。对此，有人心里就犯了嘀咕：让一个纪律性差、住豪宅开名车、绯闻多多的男生饰演雷锋，到底是对雷锋精神的弘扬还是亵渎还是与时俱进的拔高？其实都是也都不是。这就是"后革命"时期革命形象的暧昧之处，这是一个带有普遍性的现象，不值得大惊小怪。

② 因为恶搞革命经典、革命形象而被处罚的典型，是浙江大型文艺刊物《江南》于2003年第1期刊发了薛荣的中篇小说《沙家浜》，其中的阿庆嫂是一个风流成性的轻浮女子，和胡传魁、郭建光都有不正当男女关系。结果刊物被查禁，相关领导受到处罚。另一个例子是胡倒戈制作的网络短片《闪闪的红星之潘冬子参赛记》播出后，受到了各方的压力，胡倒戈不得不就此事向八一电影制片厂及相关人员表示道歉，并认为自己"受到一次深刻的社会主义精神文明和爱国主义思想教育"。同时，胡倒戈还表示要"向潘冬子学习，努力把自己锻炼成为有理想、有道德、有文化、有纪律的社会主义好公民"。可见，革命形象虽然早就不在人世，但也绝对不是好惹的。

友》时，立即被国家广电总局下文封杀。

在"后革命"时代的大众文化中，革命时代的政治—道德符号就这样和我们处于不即不离、不远不近的微妙关系中。一方面，雷锋早已不再是人们心中不可撼动的国家意识形态表征，官方也不试图完全封杀非官方媒体对雷锋（以及其他革命文化）的商业化、大众化利用（包括戏说），但与此同时，雷锋即使在今天也仍然是一个无法公开否定，也不能恶搞得太"过分"的官方化榜样人物。正是在这样的"后革命"语境中，开始流行对于革命时代政治文化遗产（包括雷锋）的一种犬儒主义态度：既然在那些表演化、装饰化的仪式性场合不能公开反对、批判、对抗雷锋和雷锋精神，那我就在网络世界用不正经方式和那个过于正经的雷锋叔叔玩玩、恶搞一下总可以吧？

这种犬儒式态度的流行，不仅有现实的根源，而且有历史的原因，王蒙的《躲避崇高》一文在分析"痞子文学"——其实也是恶搞、大话——的时候说道："首先是生活亵渎了神圣，比如江青和林彪摆出了多么神圣的样子演出了多么拙劣和倒胃口的闹剧。我们的政治活动一次又一次地与多么神圣的东西——主义、忠诚、党籍、称号直到生命——开了玩笑……是他们先残酷地'玩'了起来的！"① 也就是说，革命时代国家意识形态所建构的价值、理想、信念、原则——它们的话语特征就是"崇高"——之所以在"后革命"时代遭遇恶搞，人们之所以采用大话的方式来"躲避"而不是直接对抗宏大的革命叙事、崇高理想，不仅仅是因为"后革命"时期依然存在的意识形态控制，也因为这套宏大的英雄叙事曾经残酷地耍弄和

---

① 王蒙：《躲避崇高》，《读书》1993 年第 1 期。

欺骗了大众，这才有了其被恶搞的命运。①

总结网络恶搞事件，我们发现，涉及普通人、普通事或非革命经典（如《西游记》）的恶搞，尽管也是秉持调侃嬉戏态度，但仍然有可以生存的空间，然而一旦以恶搞的方式触及国家意识形态建构的那部分"革命"遗产，情况就立刻发生了变化，它不仅要受到国家审查制度严格得多的制约，同时还会引发一部分受众的强烈不满和舆论的强烈抨击。这说明，在"后革命"时代，国家意识形态一方面希望通过新的方式来继续发扬革命传统以维护其权威的延续性，另一方面又对革命文化的消费进行制约；而从革命时代成长起来的广大受众，一方面在市场化时代对逐渐消失的理想主义与道德主义怀有暧昧的怀旧，另一方面，又在享受触犯禁忌的快感的同时，秉持思想惯性对恶搞革命文化表示不满。①这就使革命文化在"后革命"时代始终处于一种矛盾、暧昧、尴尬、撕裂的境地。

结语：告别意识形态化道德，走向公民道德

雷锋形象的建构、解构、重构，是一个具有丰厚意味的政治文化现象。革命时代的雷锋形象，是政党—国家意识形态通过自上而下的方式建构的，它是一个兼具政党意识形态与国家

文学理论与公共言说

---

① 网络恶搞的最著名事件大约是胡戈的网络短片《一个馒头引发的血案》对陈凯歌《无极》的恶搞，在 2006 年初风靡网络。但是事实上，"馒头"事件只是网络恶搞的一个有标志意义的事件，无论是在它之前，还是之后，都有恶搞的存在。梳理这些网络恶搞作品，我们可以发现大概可以分为以下几个类型：首先是图片恶搞。通过诸如 Photoshop 等软件修改图片，达到搞笑的效果。网络社区第一明星小胖的头像因其别样的眼神，被 PS 到各种图片上，他变成了明星、勇士、蒙娜丽莎，甚至是机器猫；在春晚上受到广泛赞誉的舞蹈《千手观音》造型，被很多人当成照相时候所摆的姿势，千奇百怪令人喷饭。

其次是音频恶搞。歌曲《吉祥三宝》被戏仿成各种无厘头版本，如小偷版、食堂版。黄健翔在意大利队和澳大利亚队的世界杯比赛中的激情解说出现了各种方言版本，如武汉话版、湖南话版、四川话版，等等，并且被制作成了手机铃声供人下载。

再次，视频恶搞。如署名"《生活空间》老 B 工作室"的《大史记：粮食》，将抗战故事片《粮食》重新剪辑，改写成评论部节目组争夺片源的故事亮相中央电视台新闻评论部春节联欢的内部节目，之后在网上传播；《满城尽爱黄马甲》的

伦理标杆于一身的超级巨型符号，这个符号的示范—规训力量，深刻地依赖于革命时代的一系列政治、经济和文化制度，因此其在从革命到"后革命"的转型中所遭遇的困境——无论是官方文化中，还是在精英文化和大众文化中，都不是偶然的，而是必然的。

首先，在官方文化领域，革命时期行之有效的学雷锋活动已经形式化和表演化，通常只是作为一种既丢弃不得又重视不得的惯例继续存在，而无法获得大众的发自内心的认同，也无法发挥雷锋精神原有的那种道德示范力量和政治规训效应。问题在于，革命时期的政治体制在"后革命"时期的延续性，必然导致革命意识形态在"后革命"时代的延续性，从而注定了官方媒体无法彻底抛弃革命时期的英雄谱系，建构一套全新的政治—道德话语，也不可能在维持雷锋精神的原初意义的同时，使之成功地适应"后革命"时代的新形势、新语境。

其次，在启蒙知识界，对雷锋的反思也无法深入，原因是这种反思的深入必将触及党—国意识形态和党—国政权合法性的一些深层次问题，从而遭遇"后革命"时代新闻检查的瓶颈，也就是，它必然因中国特色的制度性原因而无法继续下去。

最后，大众消费文化虽然可以借助网络媒体通过恶搞的方式消解革命时代的雷锋精神，但是这种恶搞又因其内在的犬儒倾向而缺乏建设向度和建设可能性。它骨子里是道德虚无主义的，也是政治虚无主义的。何况恶搞也有边界，一旦逾越边界，号称玩的就是心跳的顽主们经验到的就不再是快乐的"心跳"，而是心惊胆战。

（接上页注）作者将张艺谋的多部电影巧妙拼贴成一个"豆官奶奶找马甲"的故事。

最后，文学文本恶搞，比如名为小刀的网友对海子的诗《面朝大海　春暖花开》的改写。还有著名的大话文学《Q版语文》。

① 当然，那些不满和抗议者的动机是否真的那么崇高、纯洁也值得质疑。不乏借此炒作出名的可能。

这样，无论是弘扬雷锋精神还是解构雷锋精神，都正在遭遇并将继续遭遇重重困境。当然，根本的困境还在于雷锋精神本身，在于其所体现的道德价值本身及其所依托的制度存在的缺憾，这是它无法在市场化时代继续发挥道德—政治的双重规范作用的根本原因。

雷锋是一个意识形态化的政治—道德符号。"意识形态化政治"是美国社会学家希尔斯提出的命题。希尔斯写道："意识形态化政治的信条是什么？首先并且最重要的是这样一种公设，它认为应该从一组一以贯之的和包罗万象的信仰立场出发来从事政治，而这些信仰则必须压倒任何其他考虑。这类信仰赋予某一群体或阶级至上的重要性，而领袖和政党则成为这些完美无缺的群体的真正代表；相应的，他们将诸如犹太人或资产阶级这样的外国势力和种族群体，视作是所有罪恶的化身和根源。意识形态化政治并不单纯是局限于政治范围的信奉二元对峙的政治，这种信仰唯我独尊，它要求广被生活的每一个领域——要求取代宗教，提供审美准则，主导科学研究和哲学思索，并且管制住性生活和家庭生活。"① 意识形态化政治是一种通过某种"主义"或教条一揽子解决问题的政治，是二元对立的斗争政治，是唯我独尊、鼓吹"教主"崇拜的疯狂政治，是通过走火入魔的集体主义和理想主义控制社会生活所有领域（包括公共生活和私人生活）的政治。我们当然不能认为雷锋精神等于这种政治，但雷锋的局限性与这种政治不能说不存在联系。

正是这种疯狂的意识形态政治成就了雷锋，更重要的是，也正是它在"后革命"时代的名存实亡导致了今天犬儒主义的盛行——包括恶搞雷锋的盛行：从警惕那个过时了的宏大"理想"，走向嘲笑一切理想，从怀疑那个原先不可怀疑的信仰，走向怀疑一切信仰，从厌恶意识形态化政治走向拒绝一切政治（政治犬儒主义），从反思宏大的"未来"叙事走向放弃对未

---

① 爱德华·希尔斯：《意识形态和公民道德》，见希尔斯《知识分子与当权者》，傅铿等译，（台湾）桂冠图书股份有限公司2004年版，第56页。

来的任何责任，总之，从极端的狂热走向极端的犬儒。一句话，今日的犬儒主义肇始于昔日的理想主义。

必须指出的是，这种意识形态化政治及其集体主义道德规范，是违反马克思主义的。马克思在《共产党宣言》中写道："代替那存在着阶级和阶级对立的资产阶级旧社会的，将是这样的一个联合体，在那里，每个人的自由发展是一切人的自由发展的条件。"[①] 由此，伯曼把马克思的现代性思想概括为两个特点，一是其个人主义性质，二是它的不断发展的理想。伯曼接着写道："就此而论，马克思更接近于他的某些资产阶级和自由主义的敌人，而不是更接近传统的共产主义倡导者，后者从柏拉图和早期基督教的教父们开始，就已将自我牺牲神圣化，不信任或憎恶个性，盼望一个结束一切冲突和斗争的静止点。"[②] 这里说的"传统共产主义"就是苏联模式的意识形态极权政治，它的全体主义是不允许个人自由，而它的"理想社会"（来自柏拉图的理想国和基督教的千禧年传统）则是反变化的。也就是说，马克思的个人自由思想与意识形态政治的"集体"崇拜、"教主"是相对立的，无法想象信奉个人自由的马克思会欣赏作为"螺丝钉"和"驯服工具"的雷锋。

然而，意识形态政治狂热的幻灭并不必然意味着犬儒主义是唯一的选择或必然的结果。告别意识形态化政治的途径并不只有彻底放弃政治一条，虚幻集体主义、理想主义道德的幻灭更不见得必然陷入道德犬儒主义。到底是什么导致人们从意识形态政治的毁灭走向了政治犬儒主义？到底是什么导致人们从意识形态政治化道德的毁灭走向了道德虚无主义？是什么使得原先那种盲目的学雷锋运动一下子转到今天同样盲目的人不为己天诛地灭？这是我们应该好好研究的问题。

我以为，从意识形态政治直接进入到犬儒政治和犬儒式生

① 转引自伯曼《一切坚固的东西都烟消云散了》，徐大建、张辑译，商务印书馆 2003 年版，第 125 页。

② 伯曼：《一切坚固的东西都烟消云散了》，商务印书馆 2003 年版，第 126 页。

存的根本原因是缺少公民政治和公民美德，因为公民美德和公民政治既是对意识形态政治的否定，同时也可以有效预防犬儒主义政治。

公民政治的基础是公民美德，包括公民的主体意识、参与意识和责任意识，如果说意识形态政治的基础是虚假的高调"理想"、高调"道德"，以及建立其上的对于人的道德和"理性"的不切实际的高估，那么，公民政治和公民道德就是一种务实的政治和道德，它建立在对人性的切实理解上，对人性的弱点、复杂性持有同情的理解和宽容态度，同时也制定了可行的制约手段。意识形态政治常常需要用那种高调的、统括一切的"理想方案"来进行宣传鼓动，激发人的仇恨和激情，投入非理性的种族灭绝或阶级斗争，而公民美德包含了责任意识、团结精神，它不煽动激情，不鼓吹仇恨，不试图一揽子解决问题，它"不将人推向英雄主义和圣人品质的极端来揭示人的本性"。[1] 意识形态政治搞领袖崇拜，对"元首"权威没有任何限制，而公民政治则"谨慎地行使权威，力图预见到行使权威的后果，同时认识到人类能力不可确定的局限性，以及预见的不确定性"。[2]

总之，公民政治既可以防止意识形态的狂热政治，也不会堕入什么都不相信、什么都无所谓的犬儒政治，而没有良好的公民政治和公民道德，是当代中国人从以前的意识形态政治狂热转向今天的犬儒主义政治冷漠的根本原因。明乎此，我们就应该知道，我们今天应该呼唤的不是什么高调的雷锋精神，而是低调的公民精神。

中国的道德复兴之路绝不是雷锋的复活，当然也不是犬儒的猖獗，而是同时告别雷锋和犬儒。

（本文部分内容发表于《学术月刊》2010 年第 12 期）

---

[1] 爱德华·希尔斯：《意识形态和公民道德》，见希尔斯《知识分子与当权者》，（台湾）桂冠图书股份有限公司 2004 年版，第 75 页。

[2] 同上。

作家的边缘立场与批判功能

——兼论文学创作中历史与道德的几种关系模式

1. 当前作家、艺术家所面临的一个不可回避的问题，不是一个技术的问题、技巧的问题，也不是单纯的审美或艺术的问题，而是一个立场的问题：在今天这个急剧的社会转型时期、一个发展主义成为压倒一切的主导意识形态的时期，人文知识分子，尤其是具有社会责任感的作家、艺术家，是站在边缘的立场上对于处于中心地位的发展主义思潮、"发展压倒一切"的思维方式及其实践行为进行批判性的审视与反思，还是不加反思地跟着发展主义的思潮一起起哄，甚至把那种以牺牲环境、牺牲社会正义为代价的发展模式看成是值得炫耀的"中国式的现代化道路"？甚至是什么"中国崛起"的标志？这是摆在每一个人文知识分子面前的严肃问题。

在我看来，现代文化批评意义上的批判必然是在坚持边缘，与中心、主流保持距离的情况下，对处于中心、主流的思想潮流及其在实践中所产生的单维化、一元化、霸权化趋势所进行的批判，因此，一种文化立场或理论话语的批判性，是以其边缘性为前提的。任何一种社会趋势、生活方式、思想潮流或文化观念，一旦获得中心地位，就有可能变为一种强势话语，从而产生不可避免的排他性，成为排斥边缘话语的霸权话语，导致人类的精神文化环境的失衡。一个时代健康的精神环境，应当是一种各种不同甚至对立的生活方式、思想潮流、价值取向多元并存、相互制衡、良性互补的环境，人文知识分子，特别是作家、艺术家的使命，就是以自己的特殊精神劳动、自己的批判话语，促成这种环境的形成。人文科学，特别是文学艺术的自主性、独立性，常常表现为对处于中心地位的政治、经济和主导意识形态保持距离，不但不一味依附它们，相反，要审视、反思它们在实践中所产生的负面效果，发出自己不同的声音、警醒的声音、批判的声音，从而在与主流话语保持的张力中产生制衡机制，促进时代文化的健康的精神环境的形成，促进人的全面发展。

落实到当前的社会现实，我认为今天中国文化界、思想界，特别是经济学界，占据主流地位的是"发展就是一切"的意识形态，而这种"发展"或"进步"又被简单化地理解为经济、物质或科技的发展，理解为 GDP 的增长。对于这种特定意义上的发展观持质疑与批判态度的声音一直是非常稀缺的，至少没有形成有效的制衡。这种情况在其他一些第三世界的后发展国家同样十分普遍，在那里，经济的发展、工业化的呼声成为压倒一切的时代强音。在这种情况下，人文知识分子基于人文理想对于发展的反思与批判，就显出了它的特殊意义。

2. 在与社会主潮保持距离、坚持自己的独立立场与批判精神方面文学艺术界负有特别重要的使命。

中西方的现代文学艺术史都充分证明：作家、艺术家基于人文主义的立场对于发展主义意识形态的警惕与批判，有益于人类精神环境的平衡和人的全面发展，它不但不会危害现代化，而且有助于避免现代化的偏颇。

通常情况下，在现代化的过程中，一个社会中的政治家、企业家以及知识分子中的科技专家、经济学家等的声音总是占据了主流地位，因为他们是这个社会的强势群体。而他们又常常把现代化、把发展片面地理解为生产力的发展、经济的发展，以及物质财富的增长，人文关怀在他们那里即使不是完全缺失，也不占主导地位。在这种情况下，作家、艺术家的强烈的人文关怀作为一种边缘立场，就显示了自己的特殊意义。由于评价角度的不同，作家、艺术家更多看到了历史发展的复杂性，特别是生产力和物质财富的增长所付出的道德代价、人文代价、心理代价，从而从另一个角度真实地揭示了历史的"本来面目"，反映了发展的残酷性。

在人类的历史上，经济发展与道德进步常常呈现二元对立现象，物质财富的增长与人文精神的提升并不同步甚至相互对立。在激烈的社会转型时期尤其如此。这种悖论体现出历史发展的"悲剧性"，体现出历史维度与人性维度的"错位"。西方的伟大思想家，从韦伯、马克思、海德格尔，到霍克海默、阿多诺、马尔库塞、福柯、哈贝马斯，都深刻地看到了现代化过程在文化、精神、价值、信仰方面造成的负面效应，看到了物质财富的增长和精神境界的提升之间的不一致，比如科层官僚制度对人的铁笼式统治（韦伯），工具理性的片面化发展对价值理性、生活世界的挤压（霍克海默、哈贝马斯），资本主义工业化社会中劳动的异化（马克思），个人主义的价值观导致攫取型的原子式孤独个体（弗罗姆、克尔凯郭尔），现代科学知识与社会控制的关系（福柯），官僚制度与极权统治的关系（鲍曼、阿伦特），现代化导致的人与自然的分离（海德格尔），等等。在这种情况下，坚决站在非主流立场的西方现代派文学艺术，几乎都是反现代文明的（反科技理性、物质主义、工具理性、工业化、城市化、科层制度等），相当数量的人文知识分子也秉持这样的立场。西方现代派作家基本上都是对于现代化、对发展主义持批判或否定的立场。这种立场在很大程度上弥补了主流社会思潮与意识形态的盲点，因为自从人类社会进入现代以来，经济发展、物质进步、征服自然、个人主义等一直是主导的社会思潮与意识形态，这种立场客观上有助于使人认识和警惕社会现代化所付出的沉重代价。这些作家和作品与社会发展的主流相左，但并不妨碍反而增强了其思想与艺术价值。比如，如果福克纳为南方的工业化进程唱赞歌而不是唱挽歌，很难想象他的作品还有如此强大的艺术力量。

作家的边缘立场与批判功能

3. 在这里我们涉及一个在文学创作中的一般理论问题，即历史尺度与道德尺度的关系问题。一般而言，作家在反映与评价社会历史（包括历史事件与历史人物）的时候常常有两个尺度，即历史尺度与道德尺度：历史尺度主要体现为一些看得见的社会进步指标，比如经济发展、财富增长、物质生活水平的提高，等等；而道德尺度则主要表现为精神和心理层面的看不见的指标，比如人性的完善、道德的进步、人的幸福感，等等。两种尺度的不同组合关系可以衍生出不同的创作追求与作品类型。其中有两个基本的模式：

第一种模式是历史尺度与道德尺度的吻合模式或统一模式，这种情况下产生的要么是颂歌式的作品，要么是诅咒式的作品。在颂歌式的作品中，被作家从历史角度赋予肯定性（或否定性）的人物或事件，同时也是从作家从道德角度加以赞美（或否定）的人物或事件。中国当代文学（1949—1978）中，这样的创作模式一直占绝对主流，甚至独霸了文坛。《太阳照在桑干河上》、《不能走那条路》、《李双双小传》、《创业史》、《红旗谱》、《山乡巨变》、《金光大道》、《艳阳天》，等等，以及所有的"样板戏"，全部都是这样的作品。作品中被作家赋予历史发展必然性的人物，同时也是道德上的完人（如梁生宝、高大泉、李玉和、郭建光），同样，被剥夺了历史发展必然性的（注定要灭亡的"阶级敌人"），一定同时是罪该万死的恶棍（如黄世仁、南霸天、鸠山）。由于这类作品在道德尺度与历史尺度上没有出现分裂或悖反，道德评价和历史评价高度一致，因而在思想和艺术风格上具有单纯、明朗的特点。这一模式虽然也产生过一些艺术精品（主要是一些戏剧作品），不应全盘否定，但毋庸讳言，这种单纯与明朗常常是建立在对于历史、社会特别是人性的简单化理解上，它人为地掩盖，至少是忽视了社会历史发展中存在的悲剧性二律背反（即历史与道德的悖反、工具理性与价值理性的悖反、生活世界与制度系统的悖反）现象，慷慨地甚至是廉价地、不负责任地赋予历史发展以人文道德与价值上的合法性，廉价地、不负责任地为发展唱赞歌，客观上起着美化现实、掩盖历史真相的作用；同时，这种创作模式也忽视、掩盖了人性的复杂性，人的道德品

质与他（她）的历史命运之间的悲剧性悖反（好人、君子没有历史"前途"，而坏人、小人倒常常成为历史的弄潮儿，这就是人类社会历史发展的可悲事实）。由于看不到历史与人性的悲剧性二律背反，所以在这种作家的笔下充满了一种廉价、浅薄的乐观主义，一种简单化的历史与道德的人为统一。仿佛历史的进步总是伴随道德的进步以及人性的完善，我们的选择总是十分简单的：追随所谓的"历史潮流"即可，顺应历史潮流的过程就是道德上的完善过程，"好人"必然，而且已经有好报，"坏人"必然，而且已经被钉在"历史的耻辱柱"上。如果考虑到"文革"时期关于"历史规律"的阐释权被垄断在主流意识形态甚至某些人手里，因此，追随"历史规律"实际上不过是以当时的主流意识形态口号为规范，为此不惜违背自己真实的生活体验和道德立场。

4. 第二种模式是历史尺度与道德尺度的错位模式或二元对立模式，它所产生的是挽歌式的作品：夕阳无限好，只是近黄昏，美好的东西即将消逝，具有道德合理性的人或事，失去了历史的必然性，处于被历史淘汰的地位；而具有历史必然性的人或事，又恰恰缺乏道德合理性。一个对象要想成为挽歌歌唱的对象，必须符合两个条件：既是美好的（否则不值得哀悼），又是短暂的（否则用不着哀悼）。挽歌是混合了留恋、哀悼、无奈、感伤等情感而成的复合感受，是最有哲学意味的审美感受。

挽歌式作品看到了并且勇敢地正视人类社会中出现的历史与道德的悲剧性二律背反，看到了历史的所谓"进步"付出的常常是良知、正义和诗意感情的代价。正因为这样，伟大的思想家与作家、艺术家在面对历史的时候总是充满剪不断、理还乱的愁绪与悲悯，他们常常既不是简单、天真地让历史发展服从自己的道德目标，也不是（或者说更不是）简单地认同历史的所谓"不以人的意志为转移的发展规律"，化身为历史的代理人、代言人，为历史发展唱廉价的赞歌。他们诚然也知道历史常常"不以人的意志为转移"，历史的潮流"不可阻挡"，文人的"悲鸣"抵挡不住历史前进的步伐，这使得他们的作品充满凝重的悲剧感和悲壮感，他们并不缺乏历史意识；但是他们绝不简单认同所谓历史的"铁律"，他们以自己的作品记录了历史发展的代价，反映了社会发展的悲剧性悖反。他们的社会历史见解有时是反潮流的，甚至是"反历史"的，至少是与社会历史发展的主导趋势和关于发展的主流话语有些错位乃至相悖：历史所淘汰的一切都应该淘汰吗？这又使得他们的作品充满悲悯情怀。

在古今中外的文学史上都不难发现此类对历史发展唱"反调"、唱挽歌的作家作品。挽歌是专门献给夕阳的，朝霞与挽歌无缘。夕阳虽美，已近黄昏；已近黄昏，更显奇美。美得深沉，美得让人心碎。它没有"历史"前途，但具有道德正当性与审美价值，从而让作家梦魂萦绕，悲从中来。既有历史前途又有道德正当性的东西只能产生颂歌，没有历史前途又缺乏道德正当性的东西则只能产生咒语。它们都产生不了挽歌。

中外历史上的许多不朽之作都是这样的挽歌模式。比如，曹雪芹的《红楼梦》写出了封建社会必然衰落的历史命运，但是作者对此感到无限的怅惘与惋惜。曹雪芹固然没有因为留恋自己熟悉的封建社会而篡改其没落的历史命运，更没有因其行将就木而将其从历史中驱逐了事；巴尔扎克笔下丧失了历史合理性的贵族，恰恰是作者深刻同情的对象，而蒸蒸日上的资产阶级（如拉斯蒂涅）则被描述为唯利是图的恶棍。这大约正是恩格斯欣赏巴尔扎克的原因（恩格斯称之为"现实主义的伟大胜利"）：一方面，他忠实地写出了资产阶级取代封建贵族的历史趋势，但是另一方面，他的所有同情又恰好在那些即将退出历史舞台的贵族身上。

中国古代一直不乏挽歌式的佳作，比如《史记·项羽本纪》、《长恨歌》（当然还有《红楼梦》），等等。进入新中国后，挽歌式作品逐渐减少乃至完全消失，大约因为它对历史和道德所持的悖反式思考方式与主流意识形态存在内在的紧张和对立之故。在新时期文学中，挽歌式作品一度大量出现，比如李杭育的《最后一个渔佬儿》、《沙灶遗风》，王润滋的《鲁班的子孙》等，就是挽歌式作品中的佼佼者。它们都在历史尺度与道德尺度两者之间"徘徊"，并保持了内在的张力。《最后一个渔佬儿》写到一个老年的渔佬儿固执地坚持用原始的、前现代的工具和方式打鱼，他跟不上，也不想跟上时代历史的发展（具体体现为打鱼方式和工具的"现代化"），迷恋原来的打鱼方式与工具，更主要的是不愿放弃与这种方式、工具内在联系在一起的生活方式。在一个现代化的捕鱼工具与捕鱼方式的挤压下，在人们都追赶现代化的时代浪潮下，这个最后的渔佬儿好像显得过时了，跟不上时代的步伐，不那么"与时俱进"，但他顽强坚持自己的生活方式的精神，又显得非常可贵。这种坚持显示了一种强大的人格力量。《鲁班的子孙》写一对木匠父子，老木匠为人正直，道德高尚，人格独立，从不跟风，在市场经济时代也不唯利是图；但是另一方面，他又顽固坚持原始的家具制作方式，从历史发展的角度看，似乎在时代的大潮面前显得很落伍了，甚至有些冥顽不化。而他的儿子小木匠则是一个聪明机灵顺应历史潮流的弄潮儿，他及时地改用了现代化的工具和家具制作方式，结果生意比他的老爸好得多。但他也沾染了市场社会斤斤计较、唯利是图的习气。在道德上作者明显地否定这个形象。这两部作品都表现了历史进步与道德关怀的错位和"对峙"状态，作家既不放弃历史理性的维度，写出了历史的客观趋势，但也决不为了迁就历史而放弃道德和人文的维度。这使得作品表现出一种内在的张力：在特定的历史时期，具有历史合理性的事或人并不必然都具有道德合理性；而反过来，具有道德合理性的事或人，却常常失去了历史的合理性，被特定历史时期的发展抛在一边。这样的二元对立模式把人类社会的复杂性写出来了。

苏联著名作家拉斯普金的《告别马焦拉》也是这样的挽歌式作品。马焦拉是安加拉河上的一个小岛。春天时节，马焦拉岛上的人们怀着不同的心情等待一件事情的发生：这里要修建水电站，水位要提高几十米，全岛都将被淹没。从历史发展的角度，这当然是一件好事。在小说中，这是社会现代化的一个隐喻。赶浪潮的年轻人站在历史理性一边，他们渴望现代化的新生活，渴望离开这个"落后的"小岛过更富有、更现代的日子。作家并没有一概否定他们这种弃旧迎新的生活态度。但作家更带着深刻的同情写出了老年人的失落，他们在怀旧，他们无法割舍自己对于这一片土地的感情，无法斩断其与这片土地的联系。要知道，他们世世代代在这里生活，岛上的一草一木都是那么亲切、温暖、不可或缺、不可替代；这里有他们绿色的森林，有他们宁静的家园，有他们的初恋之地，有他们眷恋着的一切。达丽亚大婶对她的孙子安德烈说：你们的工业文明不如旧生活安定，机器不是为你们劳动，而是你们为机器劳动，你们跟在机器后面奔跑，你们图什么呢？作者同情、理解这些怀旧的人，认为他们（她们）的怀旧情绪是美好的，有着丰富的人文内涵。作者在历史理性与人文关怀之间徘徊，在"新"与"旧"之间徘徊。新生活必然要取代旧生活，然而旧生活就一定没有价值吗？伟大的艺术作品总是告诉我们：事情不是这样简单。现代化的生活不是所有人都向往的，也不是完美无缺的。历史的复杂性常常体现在：具有历史合理性的东西并不都具有道德的合理性，而注定要被历史淘汰的也不都是没有合理性的。现代化给我们带来的绝对不是完美的天堂。

在这里，我们要再一次回到人类历史的悲剧性二律背反的问题。历史之所以呈现悲剧性的二律背反，是因为两个同样是正面的价值、同样具有合理性的要求（如物质发展与道德完善、现代化城市化与美丽宁静的田园风光）在特定的历史时期常常不能共存，必得牺牲一方才能发展另一方，它们之间呈现出悲剧的对抗。这也就是黑格尔说的"悲剧"的含义。

在这种情况下，历史的发展总是出现合理性与不合理性共存的现象。一个批判的知识分子的使命就是：站在被历史主潮所忽视或压制的那个边缘一方，让人们看到历史主潮的合理性背后的不合理性。这样做的目的从根本上说不是彻底否定这个主潮，而是纠正主潮的片面性，使之更加完善。值得说明的是，上述对于历史的道德主义与审美主义批判是有条件的。只有当经济发展、物质发展成为一个社会中主导的思想意识，科学技术与工具理性已经成为霸权，现代化的意识形态成为思想界的中心时，反现代化的道德主义与审美主义才具有批判的意义与功能。根据这样的标准，我们不排除在特定的时期，道德主义、审美主义的思潮或文化话语本身可能成为一个时代的主流思潮或强势话语，这个时候，它同样应该受到知识分子的反思、质疑与批判（"文革"时期好像就是这样的情况）。

5. 值得注意的是，在二元对立模式中，作家的历史评价和道德评价达到了相互平衡，作家虽然在道德和审美的角度并不认同在特定时期具有历史合理性的对象，但是并不因为这种主观的道德偏向而走向对历史发展的激进抗议，它表现为一种情绪上和审美上的节制，或者说，它因为情绪上的节制而达到了审美上的距离：白居易一方面对于李杨爱情表示同情和惋惜，但与此同时没有在政治上、社会上美化他们，没有因为自己的道德同情而丧失历史意识。《史记·项羽本纪》也是这样的情况。

但也会出现这样的情况：在发现了历史和道德的悖反后，作者的道德激情极大膨胀，完全置历史理性于不顾，失去了写作应该有的审美距离和情感节制，走向对于历史发展的非理性控诉，使得小说成为自己道德义愤的宣泄。张炜、张承志在90年代写的小说和散文就有这样的弊端。张炜的《柏慧》虚构了一个被称为"葡萄园"的世外桃源，那里的生产方式落后，人际关系简单，人心纯朴，人性完美。很明显，这是一个桃花源的当代翻版。想不到不久之后，这里突然响起了推土机的轰隆声，一个老板买下了这片土地并将开采地下的矿产，葡萄园中的宁静生活被打破，葡萄园即将消失。如果作家能够冷静地写出矿产开发（比喻现代化）给葡萄园可能带来的人性和道德方面的负面影响，通过细节表达自己的人文忧思，可能会使小说成为一个非常感人的挽歌式作品。但由于作者无法控制自己的道德义愤，在作品中大段大段地宣泄自己的道德义愤，不但无

作家的边缘立场与批判功能

法保持一种宁静的挽歌式情调，反而使得这部小说成为浅薄简单的道德宣言。

6. 还有一种模式和上述介绍的三种模式都不同，属于历史尺度和道德尺度的同时缺失。这类作品是新世纪所谓"玄幻文学"的一个鲜明特色：完全悬置价值评价，既没有历史评价，也没有道德评价。玄幻文学的价值世界是混乱、颠倒的或者是缺位的。无论是在中国古代神话中，在《西游记》、《封神榜》、《聊斋志异》等神怪小说中，还是在《魔戒》、《指环王》等西方魔幻文艺中，虽然免不了妖魔鬼怪出入，但道德天平是稳定的，小说中魔法妖术的使用仍然在传统道德价值的控制之下，作者描写魔法的目的不在于装神弄鬼；而《诛仙》等玄幻文学则完全走向了为装神弄鬼而装神弄鬼，小说人物无论正反无一不热衷魔法妖道。玄幻文学常常是场面宏大，色彩绚烂，气势不凡，但这个世界仿佛不是人的世界，而是机器的世界，或者说，人在其中仿佛就是游戏机中的机器人。你会觉得这是想象力的极致，但是又会感到这想象力如同电脑游戏机的想象力，缺血、苍白，只是匪夷所思而已。我说的想象力的畸形发展和严重误导，指的是一种完全魔术化、非道德化、非历史化了的想象世界的方式，它与电子游戏中的魔幻世界极度相似。在各种让青少年若痴若狂的电子游戏中，我们可以看到绚烂斑驳的色彩、匪夷所思的魔术、变化多端的机玄，但是唯独看不到心灵和情感，当然也看不到历史。它就是一个高度电子游戏化的技术世界。喜欢玄幻文学的所谓"80后"一代感受世界的非常突出的特点就是网络游戏化。他们是玩网络游戏长大的一代，也是道德价值混乱、政治热情冷漠、公共关怀淡薄、历史意识缺失的一代。这就难怪他们可以把神出鬼没的魔幻世界描写得场面宏大、色彩绚烂，但最终呈现出来的却是一个缺血苍白的，既无历史意识、又无道德关怀的技术世界。不理解电脑游戏在"80后"一代的生活中的根本重要性，就不能理解玄幻文学以及其他以"80后"为主角的文化和文学类型。

当然，对于文学创作中历史尺度和道德尺度的关系模式的上述概括和描述，是非常初步的，实际情况肯定要复杂得多。

比如，在历史和道德的二元对立模式与道德尺度压倒历史尺度的模式之间，就存在非常明显的过渡性，两者之间的界限经常不是十分明确的：道德尺度强化到一定尺度就破坏了二元紧张的结构，倒向道德压倒历史的模式。因此，我们应该在具体的作品解读中灵活使用这种模式分析法，模式的意义是帮助我们更好地把握社会现实与艺术世界，而不是为了模式牺牲社会现实与艺术世界。

（原载《探索与争鸣》2011 年第 1 期）

学术名著岂能如此翻译？

——阿伦特《人的条件》中译本指谬

翻译西方学术著作，特别是大师之作，是一件非常困难的事情。除了外语基础过硬外，还要吃透所译之全书的思想脉络，而要吃透全书则要吃透全人——其人的整个思想体系。这是准确翻译西方学术著作的一个基本前提。否则，外语基础再好，也会出现因为不了解被翻译者的学术理路而造成翻译错误或翻译不准确。

阿伦特的名著《人的条件》的中译本（竺乾威翻译，上海人民出版社 1999 年版）就存在大量由于不理解阿伦特的整体思想而导致的翻译错误。当然，其中也不乏由于基础英文不过关造成的错误。鉴于《人的条件》一书在阿伦特的整个思想乃至西方政治思想史上的重要地位，有必要对其译文进行指谬。①由于篇幅的限制，本文只拟列举一些主要因为不了解阿伦特的思想而造成的翻译错误。

一　与"劳动"概念相关的翻译错误

《人的条件》的三个核心概念分别是"劳动"、"工作"、"行动"，如果不理解这三个词的准确含义，就会造成一系列理解和翻译上的错误。限于篇幅，本文主要就"劳动"和"行

---

① 为了让我的指谬有充分的说服力，我一律采取了下面这样的格式：先引用英文原文，再引用中译本译文，然后是我的试译，最后是简要的说明。

动"来举例说明。

原文：

Freedom from labor itself is not new; it once belonged among the most firmly established privileges of the few. In this instance, it seems as though scientific progress and technical developments had been only taken advantage of to achieve something about which all former ages dreamed but which none had been able to realize. （英文本，p. 4）[①]

中译本：

来自劳动的自由并不新鲜，它曾经属于少数人最根深蒂固的特权之列。在这种情况下，看来科学进步和技术发展好像已经被用来取得一些以往任何时代都梦想却无法实现的东西。（第4页）

陶东风试译：

免于劳动本身并不新鲜；它曾经属于少数人最牢固地确立的特权。在这种情况下，似乎科学的进步和技术的发展一直被用来取得一些任何时代都梦想但却无法实现的成就。

"free from"本身就是"免于……"、"解除……"的意思，一般情况下不能翻译为"来自……的自由"。更加重要的是，联系阿伦特的整个思想就可以知道，阿伦特把人的活动分为三种类型：劳动、工作、行动。在阿伦特看来，劳动和工作都是受到物质必然性制约的不自由活动，只有投身公共领域的活动，即行动，才是自由的，而其前提则是从劳动和工作中解放出来。阿伦特认为，在古希腊，只有男性家长才能获得免于劳动

---

① 本文引用的阿伦特的英文版著作是芝加哥大学出版社1998年第二版（H. Arendt, *Human Condition*, Second Edition, Chicago University Press, 1998），而中文版依据的则是1958年的初版，两者的区别只是第二版增加了卡诺万（Margaret Canovan）的导言，正文没有任何区别。

的特权，因此可以参加自由的政治活动（"行动"），而仍然被束缚在家务劳动中的奴隶和妇女是没有这种自由的。当然，免于劳动只是获得自由的必要条件，却不是充分条件。现代社会的情况就是：社会科学技术的发展使得很多人都获得了免于劳动的余暇时间，但是却并没有得到应有的政治自由，原因在于现代社会是一个"扩大了的家庭"，是一个"没有劳动的劳动者社会"（a society of laborers without labor），他们虽然不必劳动，却仍然美化劳动，束缚于物质必然性的逻辑，因为他们把生命存在的价值仅仅理解为消费。

由于没有理解阿伦特的这个思想，所以，该中译本正好把原文的意思弄颠倒了，好像劳动能够产生出自由，而且还导致了下文诸多错误。比如：

原文：

It is a society of laborers which is about to be liberated from the fetters of labor, and this society does no longer know of those other higher and more meaningful activities for the sake of which this freedom would deserve to be won. (p. 5)

中译本：

这是一个准备从劳动的桎梏中解放出来的劳动者的社会，为了它去赢得值得的自由，这个社会再也不知道其他那些更高级、更有意义的活动。（第 5 页）

陶东风试译：

这是一个将要从劳动的桎梏中解放出来的劳动者的社会，这个社会不再知道其他更高的和更有意义的活动，摆脱劳动桎梏的自由只有为了这些更高的活动的缘故，才是值得去赢得的。

中译本本处至少有两个错误。错误之一：把第一句翻译为"这是一个准备从劳动的桎梏中解放出来的劳动者的社会"，而原文的意思是"这是一个将要从劳动的桎梏中解放出来的劳动者的社会"。当然，"be about to do something" 既可以解释为 "准备……"，也可以翻译为 "将要……"。联系上下文我们就可以知道，阿伦特在这里论述的是物质极大丰富、劳动力极大发展、人们将要（一种客观情形而不是主观愿望）从艰苦的体力劳动中解放出来的现代富裕社会，但是这个社会却依然是阿伦特认为的 "劳动者社会"（又名 "没有劳动的劳动者社会"），因为现代社会的人虽然差不多从劳动的苦役中解放出来了，但又陷入了对于物质消费的无度追求，而不是像古代希腊的公民那样参加公共领域的活动，他们依然停留在满足自己的物质需要或生理欲望的层次，所以本质上依然是一个 "劳动者"。

错误之二：中译本 "为了它去赢得值得的自由" 一句含义不明。从中译本的上下文看，似乎 "它" 是指现代社会，如果这样理解，就和阿伦特的意思完全相反了，因为阿伦特一直对现代社会持激进的批判态度。

由于中译本译者对于阿伦特的现代社会观不甚了解，所以接下来的一段也翻译错了。原文是这样的：

原文：

What we are confronted with is the prospect of a society of laborers without labor, that is, without the only activity left to them. Surely, nothing could be worse. (p. 5)

中译本：

我们面对的是这样一个前景，即是一个没有劳动的劳动者社会，也即是没有一项活动留给劳动者的社会。当然，没有比这个更糟的了。（第 5 页）

陶东风试译：

我们所面对的是这样的前景：一个没有劳动的劳动者社会，亦即，一个唯一留给劳动者的活动（即劳动，陶按）也不再存在的社会。当然，没有比这更糟糕的了。

这里的关键是，所谓 "唯一留给劳动者的活动" 就是指劳动本身，而这一点在中译本中看不出来。两个"without"之间用"that is"连接起来，表示两者的所指对象相同。所谓"没有劳动的劳动者社会"是指：现代社会的科技发展使得人们已经不必参与劳动，机器代替了劳动，但同时，他们又没有从事使人成为人的行动（投身公共领域的政治活动），他们依然遵循动物性的需要活着（消费着）。在这个意义上，他们依然是束缚于劳动逻辑的"劳动者"。

上述翻译错误均起因于译者对于阿伦特的思想，特别是"劳动"、"现代社会"等核心概念的不理解。这方面的例子还有很多。其实，《人的条件》第一章第一节在一开始关于劳动的一个关键性的定义就译错了。这个定义是："Labor is the activity which corresponds to the biological process of human body."（英文本，第7页）中译本译为"劳动是相对于人体生理过程而言的"（中文本，第1页），也就是把"corresponds to"翻译为"相对于"，结果意思正好相反了，因为中文"相对于"一般用于两个相反的东西，比如"富裕"相对于"贫困"、"自由"相对于"专制"。但阿伦特在全书中一直把劳动理解为是满足人的生物需要的活动，为生命过程提供必需品。她认为，"人体的自发生长、新陈代谢以及最终的死亡，都受制于劳动所生产并纳入生命过程的那种必然性"。劳动承担着确保单个人的生存和维持着整个人类的生命延续的重任；"人的劳动状态就是生命本身"（均见英文本，第7页）。因此，准确的翻译应该是"劳动是对应于人类身体的生理过程的"。

众所周知，阿伦特在区分"劳动"、"工作"、"行动"这三种活动的时候喜欢援引古希腊经典思想家做例子。英文版有这样一段话：

原文：

　　Aristotle distinguished three ways of life（bioi）which men might choose in freedom, that is, in full independence of necessities of life and the relationships they originated. This prerequisite of freedom ruled out all ways of life chiefly devoted to keeping one's self alive. （p. 12）

中译本：

亚里士多德区分了生存的三种方式，对此，人们可以在生存的必要性及其奠定的关系完全独立的状态下自由地加以选择。自由的先决条件规约着所有的主要用于维持个人生命的生存方式。（第5页）

陶东风试译：

亚里士多德区分了三种生命方式，对此三种方式，人只有在自由的情况下，也就是说，在充分地独立于生命的必然性以及这种必然性创立的关系的情况下，才能加以选择。自由的这个先决条件排除了所有的主要用于维持自己生命的生存方式。

联系上下文可知，阿伦特讲到，亚里士多德区别了三种人类的生命——享受肉体快感的生命、投身城邦事务的生命、沉思永恒事务的生命。无论是亚氏还是阿伦特，都认为人只有在自由状态下才能对之加以选择，而所谓"自由状态"就是摆脱生活的必需品及其所产生的关系的束缚，因此，把"necessities of life"翻译为"生存的必要性"是完全错误的。与此相应，"in full independence of necessities of life and the relationships they originated"的意思是"独立于生活必需品及其确立的关系"，而中译本的翻译给人的误解是：生活的必需品及其确立的关系本身获得了完全的独立，这与阿伦特的本意风马牛不相及。在阿伦特看来，"自由"的前提是摆脱物质和生存必然性的束缚，"劳动"和"工作"这些维持自然生命或生产物质产品的活动，都没有摆脱人类生存的必然性，因此是不自由的。为了生存而劳动的奴隶、为了利益而工作的工匠和商人都没有自由。只有"行动"或"参与政治"的人才有"自由"。"自由"的含义就是成为政治动物。所以，阿伦特才会说，自由的前提条件是排除那种束缚于生命必然性的生存方式。中译本把"necessities"翻译为"必要性"而不是"必然性",把"ruled out"翻译为"规约"而不是"排除",都是因为译者不理解阿伦特的基本思想,而且使得整段话的含义变得无法理解。

还有一处与"必然性"(或者必需品)概念相关的明显误译出现在英文本第 85 页:

原文:

With the rise of political theory, the philosophers overruled even these distinctions, which had at least distinguished between activities by opposing contemplation to all kinds of activity alike. With them, even political activity was leveled to the rank of necessity, which henceforth became the common denominator of articulations whithin the vita activa. (p. 85)

中译本:

随着政治理论的兴起,哲学家甚至抹杀了这些至少能区分某些活动的差异,因此他们觉得没有必要对所有类似的活动进行仔细分类。在他们那里,政治活动甚至被提升到了必需品的程度,因而成了 vita activa 中所有连接方式的标准。(第 82 页)

陶东风试译:

随着政治理论的兴起,哲学家通过反对对所有类似的活动进行深入思考,甚至抹杀了这些至少区分了某些活动的差异,在他们那里,甚至政治活动也被降低到了与必需品相等的等级,这样,必需品就成为积极生活中所有不同部分的公分母。

by opposing contemplation to all kinds of activity alike 是修饰 over-ruled(抹杀)的,意为"通过……"的方式而"抹杀了……",中译本的"因此……"没有任何依据。更严重的是,竺译本把"was leveled to…"翻译为"提升到……",表现出译者几乎完全不懂阿伦特的思想。只要稍微了解阿伦特思想的都不会不明白,阿伦特认为政治活动高于为了满足必需品而进行的活动（劳动），也是以摆脱必需品的束缚为前提的。政治活动的这个特点在古希腊时期是非常清楚的，政治活动与为了谋生的劳动和工作的区别也是清楚的，但是到了现代，随着政治理论的兴起，现代政治哲学家（即这段话中的主语"他们"）却不再进行这样的区分，而更把满足生活必需品当做政治活动的核心议题，这样，他们实际上把政治降低到了劳动和制作的水平，或抹平了它们之间的区别。因此，这里的 was leveled to 必须、也只能翻译为"降低到"或者"等同于"，而绝对不能翻译为"提升到"。

原文：

However, the enormous superiority of contemplation over activity of any kind, action not excluded, is not Christian in origin.（p. 14）

中译本：

然而，沉思和各种活动（包括行动在内）相比所具有的极大的优越性，在于从一开始就是脱离基督教的。（第6页）

陶东风试译：

然而，沉思相比于其他所有活动，包括行动的巨大优越性，在开始的时候并不是基督教式的。

如果了解阿伦特的整个思想，特别是她关于沉思生活的见解，就会知道，阿伦特区分出了两种不同的沉思生活。一种是古希腊时期柏拉图等人理解的沉思生活；另一种是后来的基督教理解的沉思生活。虽然两者都相对于人的实践，并都把沉思生活提到高于其他人类活动，包括政治活动的优越地位，但是其间却存在很大的差别。基督教以为沉思的优越性在于沉思的非世界性或非世俗性（worldlessness），也就是超越性，而在柏拉图那里，善于沉思的哲学家的任务和使命却是做哲学王，按照自己的沉思来统治世俗世界，因此它"从一开始就是脱离基督教的"。中译本的翻译给人以误导，好像沉思的优越性从开始一直到现代都是脱离基督教的，但这不是阿伦特的意思，阿伦特要说的恰恰是：沉思的优越性在一开始（也就是古希腊柏拉图时期）不是基督教式的，只是在中世纪基督教统治的时期才发生了变化。

二　与"必死性"概念相关的翻译错误

《人的条件》中的一个核心思想是人的生命的必死性（mortality），这是人不同于自然界的一个基本状况，人的生命存在的诸多不同于动物的特点就是从其中生发出来的。因此理解阿伦特的这个思想也是至关重要的。可惜的是，《人的条件》中译本这方面的错误也很多。兹举数例：

原文：

Immortality means endurance in time, deathless life on this earth and in this world as it was given, according to Greek understanding, to nature and the Olympian gods. （p. 18）

中译本：

依据古希腊的理解，不死是指一种时存性，是自然和奥林匹亚众神在世上所具有的生命不死。（第9页）

陶东风试译：

依据古希腊人的理解，不死意指时间上的耐久，是在此地球和世界上被赋予的不死的生命，就像自然和奥林匹亚众神所具有的。

阿伦特认为，永恒循环的自然（包括动物）和诸神（gods）是不死的，但这种不死不是他们自己主动努力的结果，而是被动获得的（"as it is was given"带有这样的意思，这层意思中译本没有翻译出来）；与之相反，而人是要死的，人是不死的宇宙中唯一要死的凡人（the mortal），但是人却可以借助自己的行动，借助自己在公共世界、人类事务世界的卓越言行超越自己的自然生命，获得不朽。因此必死性不是人的缺憾，相反是人得以超越自然循环获得人之为人的本质的前提。我们不应该为此而懊恼，不应该惧怕死亡，也不应该追求什么倏然生命的长生不老（如中国的道教），而应该在自己的有生之年通过伟大卓越的言行被历史、文学以及其他人类艺术形式所记载并因此被后人所记忆。所以，"endurance in time" 无论从字面上看，还是从阿伦特的整个思想看，都是指时间上的耐久性、持久性的意思，翻译为"时存性"可能引起误解，以为是时间中的有限性。

原文：

The task and potential greatness of the mortals lie in their ability to produce things—works and deeds and words—which would deserve to be and, at least to a degree, are at home in everlastingness, so that through them mortals could find their place in a cosmos where everything is immortal except themselves. By their capacity for the immortal deed, by their ability to leave nonperishable traces behind, men, their individual mortality notwithstanding, attain an immortality of their own and prove themselves to be of a "divine" nature. (p. 19)

中译本：

凡人的使命及其潜在的伟大之处，在于其能够创造事物——工作、行为、语言，这些事物过去确实应该是，现在至少在一定程度上还是永恒地在家的；据此，凡人可以在一个万物不死而唯独自己要死的宇宙中找到自己的位置。凭借在不死的行为方面以及远离身后不朽的行迹方面的才能，人们获得了自身的生命不死，证实了自身的"神"性，而他们个人生命有限的凡态则消退了。（第10页）

陶东风试译：

必死者的任务和潜在的伟大，在于其生产事物——工作、行动和语言——的能力，这些事物应是不朽永在的，至少在一定程度上，与不朽相谐。这样，通过它们，必死者能够在一个万物不死而唯独自己要死的宇宙中发现自己的位置，通过自己的行动能力以及留下不朽痕迹的能力，人，尽管有其个人的必死性，却依然获得了自己的不朽性，证明自己具有"神圣"本质。

这里的错误可就相当多了。首先，把"deed"翻译为"行为"虽然在字典意义上说没错，但却不合乎阿伦特的使用习惯。她用 activities 来指包括行动、劳动、工作等在内的所有人类活动，而用 deed 或者 action 来特指人的一种特殊活动，即不同于劳动也不同于工作的行动——在公共领域展示自己的卓越和伟大。其次，中译本的"永恒地在家"之说让人云里雾里。其实，琢磨上下文，"which would deserve to be and, at least to a degree, are at home in everlastingness"可以理解为"which would deserve to be everlasting, or at least are at home in everlastingness"，意即"这些事物（言、行等）应是不朽永在的，至少在一定程度上，与不朽相谐"。"at home"这个短语在这里的意思是 in harmony with（和谐）而不是"在家"。①

此段中的"by their ability to leave nonperishable traces behind"被中译本翻译为"凭借远离身后不朽的行迹方面的才能"，可谓大错特错。在语法上说，to leave…behind…是"留下……"而不是"远离……"，联系上下文和阿伦特的整个思想说，人和自然界的区别就是人必有一死，但是他却通过留下不朽的言行而获得神圣性。中译本整个颠倒了阿伦特的意思，好像越是没有不朽的言行人就越是神圣似的。最后，"attain an immortality of their own"的意思明明白白就是"获得了自己的不朽性"，中译本却非要翻译为"个人生命有限的凡态则消退了"，令人不解。我估计译者是把 immortality 理解为"超凡态"，所以，获得超凡态就等于摆脱了凡态。但是把"mortali-

　　① 对 at home in 的这个理解得到杨玲女士的启发，特此致谢。

ty"即"必死性"等同于"凡态"是有问题的，因为"凡态"在汉语里有世俗性、在世性的意思，也就是阿伦特说的"worldliness"，对此阿伦特是充分肯定的。如果说"凡态"的对立面则是宗教、天国等，那么，阿伦特从来反对在超越这种凡态的宗教式"彼岸"实现人的不朽，这种基督教式的超越方式将导致对于世俗世界的离弃，这是阿伦特历来反对的。阿伦特对于自己生活的这个世界充满了爱，以至于其最优秀的传记作者布留尔（Young-Bruehl, Elisabeth）所写的最优秀的阿伦特传记，起名就叫《汉娜·阿伦特：爱这个世界》（*Hannah Arendt：For Love of the World*）。

三 与"行动"、"言说"、"政治" 诸概念相关的翻译错误

"行动"、"言说"、"政治"是理解阿伦特整个思想，包括《人的条件》的几个关键词。它们的含义非常接近，关系非常紧密，几乎可以作同义词使用，而这样的使用是非常阿伦特式的。不理解阿伦特赋予它们的独特含义，是很容易误译的。下面是一些比较典型的误译而且容易引起误解的例子。

原文：

Without remembrance and without the reification which remembrance needs for its own fulfilment and which makes it, indeed, as the Greeks held, the mother of all arts, the living activities of action, speech, and thought would lose their reality at the end of each process and disappear as though they never had been. The materialization they have to undergo in order to remain in the world at all is paid for in that always the "dead letter" replaces something which grew out of and for a fleeting moment indeed existed as "the living spirit". They must pay this price because they themselves are of an entirely unworldly nature and therefore need the help of an activity of an altogether different nature; they depend for their reality and materialization upon the same workmanship that builds the other things in the human artifice。（p. 95）

中译本：

没有记忆，没有记忆得以表现的具体化，那么正如希腊人认为的，所有艺术之母（即言、行、思的生气勃勃的活动）将在其每一过程的最终表现其存在并消失，好像它们从来没有存在过一样。它们为了在这一世界留下痕迹而必须经历的物化过程需要受到补偿，在这一补偿中，"形同虚设的规定"经常取代那些从"活着的精神"中瞬间产生的东西，它们必须支付这一代价，因为它们本身具有一种超凡脱俗性，因而需要一种性质完全不同的活动的帮助，它们的现实性和物化过程取决于同一种工艺，而这一工艺在人类技能中也制作其他东西。（第 88—89 页）

陶东风试译：

没有记忆，没有让记忆得以实现，并使之成为希腊人眼中所有艺术之母的具体化，行动、言说和思想的活生生的活动，将在其过程的结束之时丧失其现实性，并好像从来没有出现过一样烟消云散。它们（行动和言说活动）为了继续留在世界上而不能不采取的物化，是值得付出的代价，这是因为"死的文字"取代了产生于"活生生的灵魂"并在一个流动不居的时刻的确是作为"活生生的灵魂"而存在过的某种东西。但是它们又必须付出这样的代价，因为它们本身具有完全非世界性的性质，因此需要另一种性质不同的活动的帮助。为了它们的现实性和物化，它们依赖于在人类的人工世界建构其他东西的同一种技艺。

该处错误集中在对记忆、记忆的物化形式及其与言行的关系的误解上。按照阿伦特的理解，行动、言说和制作活动不同，它们不留下有形的产品（比如工匠制作的桌子），只能依赖诗歌、

绘画、历史等的记录，才能保留下来。没有这些记录，言行就
会像舞蹈表演艺术一样，随着表演过程的结束而结束。所以，
"lose their reality at the end of each process and disappear" 应该翻
译为"在每个过程的结束之时丧失其现实性，并好像从来没有
出现过一样烟消云散"，而不是"在每一过程的最终表现其存
在并消失"。把"lose"翻译为"表现"既没有词典的依据，
也不符合阿伦特的意思，把"at the end of"翻译为"最终"
而不是"终结处"也莫名其妙，同样完全违反了阿伦特的
原意。

　　另一处严重的误译是把"is paid for"翻译成了"需要受到
补偿"，但是联系上下文以及阿伦特的整个思想，可知阿伦特
虽然认为行动的物化形态或对言行的记录（即所谓"死的文
字"，dead letter中译本也翻译错了，至少是不符合阿伦特此处
的意思）不如行动本身那么本真（所谓"活生生的灵魂"），
但它却也是行动为了继续留在世界上而不得不（have to）采取
的办法，因为行动本身是即生即逝的，不借助物化形式将随着
行动的结束而烟消云散，正因为这样，这是值得的或划算的
（"pay"本来就有这样的意思）。"In that"引导的从句就是解
释为什么这是一个"代价"，而不是如中文版译者理解的是进
一步解释"补偿"的。下面是进一步解释为什么这个代价是必
须付出的：行动必须付出这样的代价，因为行动本身具有完全
非世界的性质（特指即生即逝，不留下物质痕迹），因此需要
另一种性质不同的活动（各种艺术等物化形式）的帮助。

学术名著岂能如此翻译？

原文：

　　Speech and action reveal this unique distinctness. Through
them, men distinguish themselves instead of being merely dis-
tinct; they are the modes in which human beings appear to each
other, not indeed as physical objects, but qua men. This ap-
pearance, as distinguished from mere bodily existence, rests
on initiative, but it is an initiative from which no human beings

can refrain and still be human. This is true of no other activity in the vita activa. （p. 176）

中译本：

言行表现出这种独一无二的差异性。通过它们，人们使自己同他人相区别，而不只是表现出差异性。它们是人们（不是作为物而是作为人）借以相互展现的方式。这种呈现与单纯的肉体存在不同，它们有赖于主动性；但是这是一种没有哪个人能加以抑制（并仍然是人）的主动性。在 vita activa 中，确实不再有其他的活动。（第 179 页）

陶东风试译：

言说和行动表达这种差异性，人通过言行而区别自己，而不只是生而独特。它们是人在其中相互呈现的方式——不是作为物而是作为人。这种呈现与单纯的肉体存在不同，是建立在主动性之上的。没有哪个人能够失去了这种主动性而仍然是人。在积极生活中，只有行动是如此。

联系上下文和阿伦特的思想可知，阿伦特在《人的条件》中认为，人之为人必须通过言行主动呈现出自己的差异性和独特性，这是因为人身上有不用主动呈现也存在的那种生理上的独特性（比如每个人都有自己的生理特征，即使不主动呈现它们，它们也客观存在甚至很醒目）。阿伦特看重的是通过人的言说和行动进行对独特性的主动呈现，人的主动性是阿伦特强调的重点，它不像人的物质存在或者生理特征那样是被动的、先天的。这种呈现行为是一种主动的"开启"，或"启动"。它既非出于生物的必然性，也不是出于人的功利性，因而是人的真正自由的标志，甚至是一次再生（second birth）。阿伦特认为，这正是行动的基本意义："就其最一般的意义而言，行动意味着采取主动，意味着开始。"① 因此，"being merely dis-

① H. Arendt, *Human Condition*, Second Edition, Chicago University Press, 1998, p. 177.

tinct"应该理解为那种自在、被动、先天具有的差异性（比如人的基因的差异），中译本将之翻译为"不只是表现出差异性"没有能够把这层被动的意思翻译出来，而且"表现"恰恰具有主动意味。下文的"mere bodily existence"（"单纯的身体存在"）也有这个被动的含义。

接下来一段"This appearance, as distinguished from mere bodily existence, rests on initiative, but it is an initiative from which no human beings can refrain and still be human. This is true of no other activity in the vita activa."中译本翻译为"但是这是一种没有哪个人能加以抑制（并仍然是人）的主动性。在 vita activa 中，确实不再有其他的活动"，这也值得商榷。原文的意思其实很简单：人的行动的呈现与单纯的肉体存在不同，它是建立在主动性之上的。没有哪个人能够失去了（refrain 有抑制、避免、失去、免于等多种意义，这里翻译为"失去"比较符合上下文的意思）这种主动性而仍然是人。from which 的 which 就是指代 initiative，即"主动性"。"This is true of no other activity in the vita activa"这句话的意思是，在人类的所有活动——主要是阿伦特在《人的条件》中区分的劳动、工作和行动——中，只有行动是具有上述所说的主动性的特点的，其他两者则没有。other 这个词本来就含有比较的意思。中译本翻译为"在 vita activa 中，确实不再有其他的活动"完全不通，让人莫名其妙。①

原文：

In acting and speaking, men show who they are, reveal actively their unique personal identities and thus make their appearance in the human world, while their physical identities appear without any activity of their own in the unique shape of the body and sound of the voice. This disclosure of "who" in the

① 笔者的经验是：凡是我在阅读中文版的时候感到难以理解或与我理解的阿伦特的思想不吻合甚至矛盾的地方，一核对原文准能发现错误。

contradistinction to "what" somebody is—his qualities, gifts, talents, and shortcomings, which he may display or hide—is implicit in everything somebody says and does. (p. 179)

中译本：

> 人们在言行中表明他们是谁，积极地展现其个性，从而使自己出现在人类世界中，虽然他们外表的特征并不显示其独特的体形和声音。同某人可能是什么（他可能表现的或隐藏的品质、天赋、才能和缺憾）截然不同的"谁"的展现蕴含于他的一言一行中。（第182页）

陶东风试译：

> 通过言说和行动，人们表明的是他们是谁（who），积极地展示他们独特的个人身份（personal identity），并在人的世界呈现自己，而他们的身体身份（physical identity）通过其独特的形体和声音而呈现，不需要他们自己的任何活动。〔对于某人是"谁"的展示——它是与某人是"什么"相对立的，后者包括人的本性（quality）、天赋（gift）、才能（talent）、缺点（shortcoming），等等，他可以把它们展示出来，也可以隐藏起来——内在于人的说和做的每件事情之中。〕

While一词既有"虽然"的意思，也有"而"的意思，关键在上下文。阿伦特这里要说明的是：人的身份分为两种：一种是个人身份，一种是身体身份，个人身份通过人的言行表现出来，而其身体身份则通过身体的特征（比如外形、声音等）体现出来。前者需要主动的呈现，而后者则是一种被动的、自然赋予的特征（阿伦特把人的自然禀赋、才能也归入此列）。这样，"外表的特征并不显示其独特的体形和声音"这样的翻译的荒谬不通就非常明显了。

原文：

> For power, like action, is boundless; it has no physical

limitation in human nature, in the bodily existence of man, like strength. (p. 201)

中译本：

权力和行动一样是无限的，在人性及人的自然生存意义上，权力同力量一样是不受物质限制的。(第 201 页)

陶东风试译：

权力和行动一样无边界，它不存在在人的本质方面、人的身体存在——比如体力——方面的物理限制。

从基本语法的角度看，最后一句的两种翻译似乎都可以。"like strength"，既可以理解为是直接修饰"it"（即 power）的，意思是权力和体力（中译本把 strength 翻译为"力量"并不是十分符合阿伦特的原意，翻译为"体力"，即人的身体的力量更加准确一些，这一点在我引用的原文中就可以见出）一样都不受物质的限制或者没有物质边界；但是也可以理解为是修饰"the bodily existence of man"（人的身体存在）的后置定语，like 是"诸如"的意思。也就是说，体力或人力是人的身体存在的一个方面。我觉得联系阿伦特的整个思想，特别是她在《人的条件》中对于权力、暴力、体力及其相互关系的理解，应该采取后一种理解。因为就在我们引述的这句话的前后，阿伦特反复和明确区别了"权力"和"体力"（中译本作"力量"），而其中最主要的区别之一就是权力没有物理的边界而体力则有。

为了更清楚地说明这个问题，我们这里不妨稍稍展开一些来介绍阿伦特的权力理论。首先，阿伦特认为权力是保护言行、维护公共领域（即言行的展现空间）之存在的力量，权力和言行的共同点最主要体现为它们的非暴力性，而非暴力性也是所有政治的本质特点。阿伦特说："在人们以言行的方式聚集在一起的任何地方，展现的空间就形成了。"（英文版第 199 页）这表明"展现的空间"的非暴力性质。只有行动和言说而不是暴力（也不是劳动或工作等维持生计的功利性活动）才能创造展现的空间。在这个意义上公共空间（展示的空间）的形成，需要一种力量的维护，这个力量就被阿伦特称为"权力"："权力是维护公共领域（言说和行动着的人之间的潜在展现空间）的存在的东西。"（power is what keeps the public realm）① 权力的丧失必将导致公共领域与政治共同体的丧失。

其次，阿伦特还认为，权力只能在使用、实现中存在，权力是一种潜力，只是在其实施中这种潜在力量才会发挥出来。"权力不能像武器一样储存起来以应付紧急状况，它只存在于其实现中。在权力没有得以实现的地方，它也就不存在。"② 权力因此具有"潜在"的性质："权力永远是一种潜在的权力，不像暴力或者人的体力，它们是一种固定的、可度量的、可靠的实体。"③ 这表明权力的非物质性。比如一旦人群散去，人的交往不再存在，权力也就不见了。权力的这个特点对我们正确理解上面引用的那句话非常关键。因为正是在这里，阿伦特明确地把权力和体力、武器等实体性的力量加以区别，后者作为一种实体必然是有物质的限度的，而作为以语言交往形式存在的权力是没有这种限度的，因为它根本就不是物质实体。

最后，与此紧密相关的是，权力只存在于公共空间和公共领域存在的地方，存在于人们在一起行动的地方，存在于人际之间，这就是权力的公共性。"权力只有在人们一起行动时才会在人与人之间体现出来，而随着人群的离散而不复存在"。④ "产生权力的唯一必不可少的物质条件是人们共同生活于一处。只有在人们共同生活的地方（行动的潜能因而不断呈现出来），权力才能同他们一起存在。"⑤ "无论是谁，也无论出于何种理由——不管他的力量多么强大，也不管他的理由多么充分——只要他孤立自己，不投身于这种共处之中，那么，他就会失去

---

① H. Arendt, *Human Condition*, Second Edition, Chicago University Press, 1998, p. 200.

② Ibid. .

③ Ibid. .

④ Ibid. .

⑤ Ibid. .

权力，成为无能的人。"① 这就体现出体力和权力的差异：体力是生产物质必需品所需要的私人拥有的东西，一个人独处的时候体力是不会消失的，而权力是行动所需要的公共性的东西。这样，权力必然和人的复数性联系在一起，权力的"唯一限制就是其他人的存在"。②

这点也凸显了权力和体力的不同，权力不是私人的占有物，它只能存在于人际交往中，存在于人的复数性中，而体力则不同，体力是人的私有物，一个人不能把自己的体力分割给别人。从上述这些关于权力的特点看，我想我的试译应该是正确的。

原文：

Since Plato himself immediately identified the dividing line between thought and action with the gulf which separates the rulers from those over whom they rule, it is obvious that the experiences on which the Platonic division rests are those of the household, where nothing would ever be done if the master did not know what to do and did not give orders to the slaves who executed them without knowing. （p. 223）

中译本：

自柏拉图自己直接用统治者同被统治者的区别来鉴定思想与行动的分界以来，很明显，柏拉图的这种区分是以家务活动作为其经验基础的。（第217页）

陶东风试译：

由于柏拉图自己直接把统治者与被统治者的区别等同于思想与行动的分界线，因此很明显，他的这种区分是以家务活动作为其经验基础的。

---

① H. Arendt, *Human Condition*, Second Edition, Chicago University Press, 1998, p. 200.

② Ibid. , p. 201.

这里的基本错误是把"Since"错误地理解为"自从",把"i-dentified…with…"错译为"鉴别",致使这句话变得无法理解。阿伦特的意思是,由于柏拉图把"思想"和"行动"的区别等同于"统治者"和"被统治者"的区别,所以,他实际上是把家庭的主人(知道但是不做的人)/奴隶(做但是什么也不知道的人)模式搬到政治领域,使之公共化,取消其私人特征。这是以家务活动为"经验基础"的。家长知道但是不做,奴隶做但是什么也不知道。"在这里懂的人不必去做,做的人也无需思考,无需有知识。"阿伦特说:柏拉图的《治国者》一书的"具有决定意义的论点是:在一个大家庭的建构和城邦的建构之间没有差别,因此,同一种科学可以涵盖政治的和经济的或家庭的事务"。明白了这个道理,"identified"就不可能被翻译为"鉴别",而且即使在语法上这样翻译也是不通的,因为下面的"identified…with…"中的"with"无论如何不能翻译为"作为"。

原文:

Man's inability to rely upon himself or to have complete faith in himself(which is the same thing)is the price human beings pay for freedom;and the impossibility of remaining u-nique masters of what they do,of knowing its consequences and relying upon the future,is the price they pay for plurality and reality,for the joy of inhabiting together with others a world whose reality is guaranteed for each by the presence of all.(p. 244)

中译本:

人无力依赖自己或完全相信自己(这是同一回事情),这正是人这种存在物为取得自由所付出的代价,无法控制所作的事情,以及知道这个事情的结果,以及把希望寄托在未来,这是人们为争取生活的多样性和现实性,为享受同他人共同居于这个世界(对每个人来说,这个世界的真实性是以所有人的参与为保证的）的快乐付出的代价。
（第 234— 235 页）

陶东风试译：

人无力依赖自己或完全相信自己，这是为自由付出的代价：人无法单独控制自己行动的结果，也不能知道事情的结果，不能依赖未来。这是人类为复数性和现实性付出的代价，为享受与他人同居于这个世界——这个世界对每个人的现实性是通过所有人的在场而得到保证的——的快乐付出的代价。

"impossibility of" 后面一连接了三个宾语从句，表示三种不可能性：控制自己的行动结果的不可能，知道事情的结果的不可能，以及依赖未来的不可能，但是中译本的翻译很容易使人误解，好像只有控制自己做的事情是不可能的，而其他两者是可能的。但是理解阿伦特思想的人都知道，阿伦特一直坚持认为人的行动有不可预测的结果，人的行动的本质就是开新，但开新不能控制行动的发展，也不能保证其结果，因此，当然也不可能预测未来，这就是行动的本质，也是自由的代价。这是人的复数性所决定的，复数性决定了人的行动只能发生在无数差异的个体组成的人际网络中，无数的差异个体的无数行动相互关联、相互影响，决定了结果和未来的不可能预测。只有当人们完全消除了复数性，在人的活动中引入暴力因素，把一切纳入预定的轨道（比如历史发展的必然规律），才能消除不可预测性，而这也就取消了人的自由，人彻底成为了工具，成为了施加暴力的材料——就像在人的制作活动中那样。

原文：

The miracle that saves the world, the realm of human affairs, from its normal, "natural" ruin is ultimately the fact of natality, in which the faculty of action is ontologically rooted. It is, in order words, the birth of new men and the new beginning, the action they are capable of by virtue of being born.（p. 247）

中译本：

将世界（人类事务的领域）从其通常的、"自然"的毁灭中拯救出来，这个奇迹最终出于这一事实——行动的本能从本体论上来说是根源性的，换言之，这就是新人的出现和新事物的开始，就是人们一诞生就能进行的行动。（第237—238页）

陶东风试译：

将世界——人类的事务领域——从其通常的、"自然的"毁坏中拯救出来，这样一个奇迹最终是根源于生生不息（natality）这一个事实，从本体论上说，行动的能力就是根植于这种生生不息中。换言之，这就是新人和新事物的诞生，是他们通过诞生而拥有的行动能力。

中译本的最大错误在于根本没有翻译"natality"这个关键词，这样，它也就把原文中的fact（"事实"），理解为"行动的本能从本体论上来说是根源性的"——这句话同样是不准确的翻译，因为"in which faculty of action is ontologically rooted"中的"which"实际上就是指代natality，作"rooted"的宾语，也就是说，行动的能力从本体论的意义上是根源于生生不息这个事实的。"生生不息"这个概念在阿伦特的行动理论是关键性概念，她认为人的行动能力，也就是开新能力是根源于人的生生不息这个事实的，每个新生命的出生都给世界带来了新的开始。

最后需要指出的是，笔者写此文的目的绝对不是认为我的试译是完全准确的，也不认为《人的条件》的中译本一无是处。笔者只是希望借此说明翻译学术著作的艰难远远超出我们的通常想象，是一件需要严肃对待的学术事务。我们宁可翻译介绍得慢些、少些，也不要留下太多的遗憾和误导。

（原载《文艺研究》2007年第9期）

阿伦特《极权主义的起源》中译本指谬

阿伦特的著作近年来在大陆得到陆续介绍，形成了小小的阿伦特热，其主要著作基本上都有了中译本。但正如笔者在《阿伦特〈精神生活·思维〉中译本指谬》中指出的，翻开这些新近出版的译著，真正能够顺畅地通读全书的寥寥无几。① 不少翻译不仅晦涩难懂，而且存在数量不少的硬伤，严重地影响了读者对作者思想的理解。笔者已经对《人的条件》、《精神生活·思维》的中译本翻译错误专门撰写文章予以指出。2008年，阿伦特享誉西方思想界的成名作《极权主义的起源》（以下简称《起源》）中译本在中国大陆出版，出版者为一直致力于西方学术经典介绍的著名的北京三联书店，译者为大陆学者林骧华（林译《极权主义的起源》此前已于1995年由台湾时报出版公司出版，但在大陆很难见到）。该书不但是阿伦特的成名作，而且在西方政治哲学史上占有重要地位，是我们反思20世纪极权主义这个最大人类灾难的必读书，其对于理解中国20世纪历史也具有极为重要的借鉴意义。然而非常遗憾的是，这本得到诸多好评、获得诸多荣誉、受到诸多学者推荐的翻译名著，② 同样存在不少错误。因编选《阿伦特读本》之需，笔者近日认真研读了《起源》第三部第十三章"意识

---

① 参见陶东风、张淳《阿伦特〈精神生活·思维〉中译本指谬》，载《文艺研究》2009年第6期。除了《精神生活》，笔者还系统指出过《人的条件》的翻译错误。参见陶东风《学术著作怎能如此翻译》，载《文艺研究》2007年第9期。

② 比如，该书获得了新浪网评选的"2008年十大年度好书"、第九届深圳读书月"2008年度十大好书"等荣誉。

形态与恐怖"（该章将收入本人主编的《阿伦特读本》）。了解阿伦特的人都知道，该章在《起源》中占有特殊的地位，因为1951 年《起源》初版时并没有这章。它是作者在 1958 年再版时加上的，并作为全书新的"结论"取代了初版中那个阿伦特自己认为"不像结论"的"结语"。因此，该章可以独立成篇，是阿伦特对于极权主义所作的最集中的理论概括。本文以三联书店 2008 年出版的《起源》中译本（以下简称"中译本"）为例，对照其英文版原著，[①] 就中译本的主要翻译错误进行指谬和分析。为了增加指谬的说服力、便于读者辨析，本文采用了以下办法：凡笔者认为比较严重的翻译错误，都将首先直引英文版原文，再引中译本译文，然后是我的试译，最后是简要的分析。

原文：

Instead of saying that totalitarian government is unprecedented, we could also say that it has exploded the very alternative on which all definitions of the essence of governments have been based in political philosophy, that is the alternative between lawful and lawless government, between arbitrary and legitimate power. That lawful government and legitimate power, on one side, lawless and arbitrary power on the other, belonged together and were inseparable has never been questioned. （英文版第 461 页）

中译本：

我们不说极权主义政府是史无前例的，我们也可以说，它探索了一种可能的选择，在政治学中，关于政府本质的一切定义都以此为基础，这种选择是在守法的和不守法的政府之间，在任意独断的和合法的权力之间的选择。

---

① 英文原文全部引自 Hannah Arendt, *The Origins of Totalitarianism*, Copyright 1968, 1966 by Hannah Arendt。

一边是守法政府和合法权力，另一边是不守法的政府和恣意的权力，两者互属而不可分，这从来就毫无疑问。（中文版第575—576页）

陶东风试译：

即使不说极权主义政府是史无前例的政府，我们也可以说它摧毁了政治哲学中所有关于政府本质的界定均建立其上的那种两者必居其一的选择，这就是守法的（lawful）政府和不守法的（lawless）政府之间的选择，滥用的权力和合法的权力之间的选择。一方面是守法的政府和合法的权力，另一方面是不守法的和滥用的权力。两者相互依存、不可分离的观点，从来就没有受到过质疑。

分析：

中译本的关键错误在于把 exploded 译为"探索"，不仅完全违反了字典的解释，也不符合阿伦特文章的思想。阿伦特在本文中反复强调的观点是：极权主义政府无法用"守法"或"不守法"这种两者必居其一的选择项加以归纳和判断。极权主义不是探索了政治史上的这种既成模式（或者合法或者非法），而是摧毁了这种模式，探索出了一种既破坏和蔑视法律（指成文法）又不是无法无天的、任意乱来的统治方式。阿伦特指出，极权主义统治是一种完全不同的政府类型，一方面，它违背一切实在法，甚至违背自己制定的实在法（比如苏联1936年的宪法就是最突出的例子）；但是另一方面，极权主义的运作既非没有法则（law）指导，亦非任意乱来，因为它声称严格地、毫不含糊地遵守所谓自然法则（laws of Nature）和历史法则（laws of History），相比于这个"法则"，所有的实在法全部被认为都是低一级的、从中派生的。把 never been questioned 翻译为"毫无疑问"也是不准确的，容易让人误解为作者阿伦特本人认为这种区分是毫无疑问的。"毫无疑问"的英文应为 out of question 或 without question。

阿伦特《极权主义的起源》中译本指谬

原文:

It is the monstrous, yet seemingly unanswerable claim of the totalitarian rule that, far from being "lawless", it goes to the sources of authority from which positive laws received their ultimate legitimation, that far from being arbitrary it is more o-bedient to these suprahuman forces than any government ever was before, and that far from wielding its power in the interests of one man, it is quite prepared to sacrifice everybody's vital immediate interest to the execution of what is assumes to be the law of History or the law of Nature. （英文版第 461—462 页）

中译本:

极权统治的畸形的主张似乎是没有回应余地的，它不是"毫无法纪"，而是诉诸权威之源泉（积极的法律从中获得最终的合法性）：它不是恣意妄为，而是比以前的任何政府形式更服从这种超人类的力量；它也不是使权力从属于一个人的利益，而是随时准备牺牲每一个人的重大直接利益，来执行它认定的历史法则和自然法则。（中文版第 576 页）

陶东风试译:

极权统治的主张极为古怪，但似乎又难以反驳，它远不是"毫无法纪"（lawless），而是诉诸权威之本源，所有的实在法都是从中获得最终的合法性的；远不是任意妄为，而是比以前的任何政府形式都更听从这种超人类的力量；它也不是让权力服务于一个人的利益，而随时准备为了执行它所认定的历史法则和自然法则牺牲每一个人的根本的、直接的利益。

分析:

把 unanswerable 翻译为"没有回应余地"是不对的，无论是根据字典，还是文章上下文，或阿伦特的整体思想，都只能翻译为"不可辩驳"、"难以反驳"。阿伦特反复强调，极权主

文学理论与公共言说

义的主张既违反了成文法，又似乎合乎"历史法则"或"自然法则"，因此才显得既古怪又难以反驳，即所谓"极权主义的合乎法则（lawfulness）公然蔑视法律性"。另外，"实在法"原文为 positive laws，也可译为"制定法"、"成文法"，但中译本译为"积极的法律"，令人莫名其妙。

原文：

In the interpretation of totalitarianism，all laws have become laws of movement.（英文版第 463 页）

中译本：

在解释极权主义时，一切法律都变成了运动的法律。（中文版第 577 页）

陶东风试译：

在极权主义的解释中，一切法则都变成了运动的法则。

分析：

首先，中译本不仅在英语语法上解释不通，而且在意思上也解释不通，这点从完整的句子中就可以看得出："在极权主义的解释中，一切法则（laws）都变成了运动的法则（laws of moment），当纳粹谈论自然法则，布尔什维克谈论历史法则时，自然和历史都不再是针对尘世之人的行动的稳定性的权威之源，它们本身就是运动。"显然，是极权主义把"laws"当做了"运动法则"，而不是在解释极权主义的时候，"一切法律都变成了运动的法律"。其次，这里 law 的翻译是比较麻烦的，因为虽然极权主义的特点是认为无休止的运动法则高于成文法，是成文法的权威来源，但"成文法"和"法则"的英文都是 law。所以这个术语的翻译要依据上下文的意思灵活把握。阿伦特认为，成文法的作用是为尘世之人的行动设立边界（fence），既防止其受到伤害，又防止其走火入魔，因此可以说是为人的行动"提供稳定性"，但是极权主义的运动法则显然不是这样，它恰恰是要打破成文法设立的边界。所以，最好的情况是依据上下文灵活翻译。当它仅指一般意义上的法律时，译为"成文法"即可，到它指极权主义的运动法则时，应译为"法则"。

原文：

Just as positive laws, though they define transgressions, are independent of them—the absence of crimes in any society does not render laws superflous but, on the contrary, signifies their most perfect rule—so terror in totalitarian government has ceased to be a mere means for the suppression of opposition, though it is aslo used for such purposes. （英文版第464页）

中译本：

正如成文法（虽然它们界定侵越范围）独立于自然与历史之外——任何社会里即使没有犯罪现象，也不意味着法律是多余的，相反，这意味着法律的最完美统治——极权主义政府的恐怖也不再是一种纯粹压迫反对派的手段，尽管它还用于这种目的。（中文版第579页）

陶东风试译：

正如成文法虽然规定了犯罪（transgressions指对成文法的侵越，直接翻译成犯罪即可）却又独立于犯罪——任何一个社会中犯罪的不存在并不意味着法律是多余的，恰恰相反，这意味着法律的最完美统治——极权主义政府中的恐怖也不再仅仅是镇压反对派的手段，尽管它也可以用于镇压反对派的目的。

分析：

中译本把 them 翻译为"自然法则和历史法则"，可谓大错特错，而且使得整个句子的意思变得无法理解。阿伦特的意思是：成文法的特点是界定犯罪同时又独立于具体的犯罪行为，不因为某一个时期没有犯罪就可废除，没有犯罪恰恰意味着大家都守法了，这是法律实施得最成功的证明。同样，极权主义的恐怖也不是完全依赖于特定的反对派，没有反对派时也需要恐怖，没有反对派恰恰是恐怖统治最成功的证明。这也是它与其他暴政的区别：其他暴政都是针对特定反对派的，而极权主义却与人类为敌。这种独立于一切反对派的针对人类的恐怖是无所不包的、全盘的。如果说谁也不犯法是法律的最完美统治，那么，谁也不再阻挡极权主义的道路就是意味着恐怖的最高统治（rules supreme）。

原文：

Terror is the realization of the law of movement; its chief aim is to make it possible for the force of nature or of history to race freely through mankind, unhindered by any spontaneous human action. As such, terror seeks to "stabilize" men in order to liberate the force of nature or history. （英文版第465页）

中译本：

恐怖即运动法则的现实化，它的主要目的是使自然力量或历史力量能够有可能自由地急行穿过人类，不落后于任何自发的人类行动。恐怖本身寻求"稳定"的人，以便解放自然力量或历史力量。（中文版第579页）

陶东风试译：

恐怖就是运动法则的实现，它的主要目的是使得自然的或历史的力量能够自由地迅速穿透人类，不受任何自发的人类行动的阻扰。照此，恐怖寻求把人"稳定"下来，以便解放自然的或历史的力量。

分析：

中译本最严重的错误在于把unhindered（不受阻扰）翻译为"不落后于"。这段话的主旨是讲极权主义扼杀和消灭人的自发行动。要理解这层意思就必须理解阿伦特的行动理论。

阿伦特认为，伴随人的出生而来的人的自发行动，本质上就是反极权的（参见阿伦特《人的条件》）。让所有的人都丧失自主性、创造性以及行动能力，让他们"稳定下来"——剥夺其行动的能力和自由，独自留下自然法则和历史法则畅通无阻地"发展"，正是极权主义的目标。所以，一方面，在摧毁其行动能力的意义上，极权主义要让人"稳定下来"；另一方面，为了保证法则的永久运行，又要让起稳定作用的成文法失去其限制性效率。自然法则和历史法则无法无天大行其道的同时，每一个人的创新能力全部被摧毁。这点在"文革"时期那些自诩是执行历史发展必然规律的人那里表现得最为清楚，一方面他们丧失了个人的自由行动能力，成为"法则"的工具；另一方面，他们又完全无视成文法，打砸抢烧无所不为。

另一个严重错误是中译本把 seeks to "stabilize" men 翻译为"寻求稳定的人"。stabilize 为动词，不能翻译为"稳定的"（稳定的是 stable）。依据译者的实际英语水平，我以为译者应该有能力把 seeks to "stabilize" men 直译为"寻求把人'稳定'下来"，而不至于译为"寻求'稳定'的人"。但由于译者不明白阿伦特的整体思想，在学理上无法理解这篇文章，就以为这样直译是不通的，因此擅自改为"寻求'稳定'的人"。但聪明反被聪明误，直译为"寻求把人'稳定'下来"才是正确的。这里的关键是要明白两个"稳定"的不同含义。成文法的"稳定"是给人的创新行为划定一个范围，既保护这种行为也制约这种行为；而历史法则和自然法则把人"稳定"下来则是剥夺人的创新能力。

原文：

Total terror, the essence of totalitarian government, exists neither for nor against men, it is supposed to provide the forces of nature or history with an incomparable instrument to accelerate their movement. （英文版第 466 页）

文学理论与公共言说

中译本：

极权恐怖这种极权主义政府的本质的存在，既不赞同人也不反对人，它假设是提供自然力量或历史力量的，以那无与伦比的工具加速运动进行。（中文版第581页）

陶东风试译：

全面恐怖这种极权主义政府的本质，既不是为人而存在，也不是针对人而存在，它被期望为自然力量和历史力量提供一种加速其运动的无与伦比的工具。

分析：

中译本的错误在于不知道 provide 和 with 是固定组合，意思是"为……提供……"，因此只能翻译为"为自然力量和历史力量提供一种加速其运动的无与伦比的工具"。阿伦特在下面还讲到，这种"运动"根据它自己的法则继续下去，但它不可避免地被人的自由减速。这种自由源自这样的事实：人源源不断地出生并因为这种出生而使每一个人都是新的开端，并在某种意义上开启新的世界。从极权主义的观点看，人的出生与死亡这种事实只能被看做一种恼人的对更高力量的干涉。因此，恐怖作为自然运动或历史运动的顺从奴仆，必须在运动过程中不仅清除任何特定意义上的自由，也要清除自由的源泉，这种源泉是人的出生这个事实赋予的，并且存在于人的创造一个新开端的能力之中。

原文：

In the iron band of terror, which destroys the plurality of men, and makes out of many the One who unfailingly will act as though he himself were part of the course of history and nature, a device has been found not only to liberate the historal and natural force, but to accelerate them to a speed they never would reach if left to themselves. （英文版第466页）

中译本：

恐怖摧毁人的多元性，从多中选一，使它那永不失败的意志产生作用，似乎他自己就是自然进程或自然进程的一个组成部分，一种被发现来解放历史力量和自然力量的手段，而且加快那由他们自己永远不可能达到的速度。（中文版第581—582页）

陶东风试译：

恐怖的铁条摧毁人的多元性，把诸多的人变成一个大写的"一"，而这个大写的"一"将无穷尽地行动着，好像它自己就是自然进程或自然进程的组成部分。在这个恐怖的铁条中，发现了一种手段，这种手段不仅用来解放历史力量和自然力量，而且推动它们（指自然力量和历史力量）达到它们自己永远不可能达到的速度。

分析：

把 iron band of terror 翻译为"恐怖"是很不应该的漏译，who unfailingly will act as though he himself were part of the course of history and nature，中译本译作："使它那永不失败的意志产生作用，似乎他自己就是自然进程或自然进程的一个组成部分"错误很多。依据上下文可知，the One 就是大写的"一"，who unfailingly will act 是界定 the One 的，意为无休止地行动，will 是将来时态，而不是"意志"。（注意：正常的语序应该是 the One who will unfailingly act，这可能是中译本译者理解错误的原因之一。）

原文：

As indeed it always has been since Plato invoked Zeus, the god of the boundaries, in his *Laws*. （英文版第467页）

中译本：

自从柏拉图在他的《法律篇》里向大神宙斯祈求以来便一直如此。（中文版第582页）

陶东风试译：

    自从柏拉图在他的《法律篇》里向宙斯这位边界之神求助以来便一直是这样的。

分析：

阿伦特在这里是分析法律、政府和人的行动的关系，她指出，法律是人类公共事务中的稳定力量，这种稳定性表现为划界，因此柏拉图把宙斯称呼为"边界之神"，中译本译为"大神宙斯"根本没有把这层意思翻译出来。法律给人的行动设定了界限，但是并不激发行动，法律不要求你干什么，只是限定你的行动。

原文：

    Such guiding pricinples and criteria of action are, according to Montesquieu, honor in a mormachy, virtue in a public and fear in a tyranny. （英文版第 467 页）

中译本：

    根据孟德斯鸠的看法，这类指导原则和行动标准是君主政治的光荣、共和政体的优点、暴政的恐惧。（中文版第 582 页）

陶东风试译：

    根据孟德斯鸠的看法，这类指导原则和行动标准，在君主政治中是荣光，在共和政体中是美德，而在暴政中则是恐惧。

分析：

完整的上下文是这样的："所以，政府的定义所需要的一直是孟德斯鸠所说的'行动原则'（principie of action），这个原则——在每个政府形式中都有所不同——会在政府和公民的公共活动中通过同样的方式激发它们（政府和公民），并超越了纯粹消极的守法标准，用作一种判断公共事务中的一切活动的标准。根据孟德斯鸠的看法，这类指导原则和行动标准，在君主政治中是荣光，在共和政体中是美德，而在暴政中则是恐惧。"阿伦特这里是介绍孟德斯鸠归纳的不同政体中政府和人的不同行动原则，这就是说，在君主政治中，政府和公民为了荣光而行动，在共和政体中为美德而行动，在暴政中则是因为恐惧而行动。法律是消极的（限制性的），行动是主动、积极的，不守法的行动——比如"文革"中造反派的行为——和只是消极守法而不行动（比如西方一些代议制的民主国家风行的消极自由原则），或为了守法放弃行动，都是不可取的，前者是政治狂热，后者是政治冷漠。

原文：

Yet as long as totalitarian rule has not conquered the earth and with the iron band of terror make each single man a part of one mankind, terror in its double function as essence of government and principle not of action, but of motion, cannot be fully realized. （英文版第 467 页）

中译本：

然而，只要极权主义统治还没有征服全世界，还没有用恐怖来使每一个单个的人成为统一的人类之一部分，那么，无法完全实现的不是行动，而是活动。（中文版第 582 页）

陶东风试译：

然而，只要极权主义统治还没有征服全世界，还没有用恐怖的铁带（iron band of terror）来使每一个单个的人成为统一人类之一部分，那么，具有双重功能的恐怖——既作为政府本质，又作为运动而不是行动的原则——就不能完全实现。

分析：

首先，中译本大量漏译（terror in its double function as essenee of government and principle 完全没有翻译）；其次，"无法完全实现的不是行动，而是活动"这句话是怎么翻译出来以及它的意思是什么完全莫名其妙。其实，阿伦特在这里分析的仍然是极权主义恐怖的特点，这就是它对人的行动能力的摧毁，在这段话的前面阿伦特写道：在一个完全极权主义的政府里，所有人都变成一个大写的"人"（One Man），所有的行动都旨在加速自然运动或历史运动，每一项单个的行动都是在执行自然或历史已做出的死刑宣判，也就是说，极权主义运动此时完全摧毁了人的自发和主动的行动能力，因此根本不需要与其本质相分离的行动原则而可以保持继续运动（中译本把 motion 翻译为"活动"也不对）。但是要做到这点必须摧毁每一个人的独立性和自由，进入完全极权状态，所以，作为极权主义政权本质和运动法则而非行动原则的恐怖，只有在完全的极权状态才可能完全实现。

原文：

The purely negative coercion of logic, the prohibition of contradiction, became "productive" so that a whole line of thought could be initiated, and forced upon the mind, by drawing conclusions in the manner of mere argumentation. （英文版第 470 页）

中译本：

纯粹否定性的逻辑强制（禁止矛盾）变得"多产"，以致能开始一整套思想路线，压制思想，用单一的辩论来得出结论。（中文版第 585—586 页）

陶东风试译：

纯粹否定性的逻辑强制，即禁止矛盾，却变得"具有生产性"，以致能开始一整套思想路线，并通过纯粹辩论的方法得出结论，借此强迫心智接受这套思想路线。

分析：

中译本将 forced upon the mind 翻译为"压制思想"，不对，

forced upon the mind 是被动语态，前面省略了 be，主语是 a whole line of thought。

原文：

The danger in exchanging the necessary insecurity of philosophical thought for the total explanation of an ideology and its *Weltanschuung*, is not even such much the risk of falling for some usually vulgar, always uncritical assumption as of exchanging the freedom inherent in man's capacity to think for the strait jacket of logic with which man can force himself almost as violently as he is forced by some outside power. （英文版第470页）

中译本：

在从整体上解释一种意识形态及其世界观（Weltanschuung）时交换必要的哲学思想，其危险主要不在于冒跌入通常庸俗的、非批判性的假设之险，而是将人能力中的内在自由换成简单的逻辑外衣，人以此可以几近粗暴地强迫自己，就像他被某种外部力量强迫一样。（中文版第586页）

陶东风试译：

交出哲学思想的必要不确定性，换来意识形态及其世界观的全盘解释，其所冒的危险与其说是爱上通常庸俗的、非批判性的假设，不如说是为了逻辑的外衣——借助这种逻辑外衣，人可以几近粗暴地强迫自己，就像被某种外力粗暴强迫一样——而交出人的思维能力中内在包含的自由。

分析：

中译本的几个最明显、最荒谬的低级错误分别是：把 necessary insecurity of philosophical thought 翻译为"必要的哲学思想"，把 the total explanation of an ideology 翻译为"从整体上解

释一种意识形态"，更不可思议的是把 falling for（爱上）翻译为"跌入"！此外也未能准确把握 exchanging…for…这个固定结构，意为"用……交换……"、"交出……获得……"，依据全句可知，阿伦特是说：用哲学思想的必要的不确定性交换意识形态及其世界观的全盘解释，阿伦特认为，意识形态的纯思辨过程既不会被一个新观念所打断，也不会被一种新经验所打断。意识形态总是假定，一种观念便足以解释从前提发展出来的一切事物，经验不能说明任何东西，因为一切事物都在这种逻辑推论的连贯过程之中得到了理解。这种排除了任何不确定性的绝对化思维，是和阿伦特理解的哲学思维不同的，后者总是带有一定的不确定性，所以，为了获得意识形态的那种全盘解释，人们牺牲掉的是哲学思想的必要的不确定性。

原文：

First, in their claim to total explanation, ideologies have the tendency to explain not what is, but what becomes, what is born and passes away.（英文版第 470 页）

中译本：

第一，各种意识形态宣布它们的总体解释时，倾向于解释的并非"是什么"，而是"变成什么"，凡生者皆死。（中文版第 586 页）

陶东风试译：

首先，意识形态在其对总体解释的诉求中，有这样的一种倾向，它所要解释的并非是什么，而是变成什么，什么出生以及什么消逝。

分析：

claim to 意为"对……的诉求"而不是"宣布……"，what is born and passes away 中的 passes away 前面省略了 what，中译本译为"凡生者皆死"，大错。

原文：

The deducing may proceed logically or dialectically; in either case it involves a consistent process of argumentation which, because it thinks in terms of a process, is supposed to be able to comprehence the movements of suprahuman, natural or historical processes. Comprehension is achieved by the mind's imitating, either logically or dialectically, the laws of "scientifically", established movements with which through the process of imitation it becomes integrated. （英文版第 471 页）

中译本：

推论可以从逻辑角度或辩证角度展开；在两种情况中，它都涉及一种连贯一致的论证过程，因为这种论证是依据过程来思考的，假定它能够理解超人类运动、自然过程或历史过程。理解是靠心智的模仿来达到的，无论是逻辑思维还是辩证思维，模仿的是"科学地"建立的运动法则，通过模仿过程使理解整合起来。（中文版第 587 页）

陶东风试译：

推论可以逻辑地或辩证地展开；在这两种情况下，它都涉及一种连贯一致的论证过程，由于这种论证是根据过程来思考的，所以，它被假定能够理解超人的自然过程或历史过程的运动，理解是靠心智对"科学地"确立的运动法则的模仿——或逻辑地或辩证地——达到的，通过模仿的过程，理解和运动法则就被整合为一了。

分析：

此处中译本错误很多，首先，"所以"没有翻译出来；其次，suprahuman, natural or historical 都是 process（过程）的定语，中译本把 suprahuman 和 natural or historical 分开，把"超人的自然过程或历史过程的运动"，翻译为"超人类运动，自然过程或历史过程"是不对的，因为 suprahuma 是形容词，不能做 of 的宾语；最后，either logically or dislectically 是插入语，在句子中修饰 imitating（模仿），而 the laws of "scientifically" established movements 则是 imitating（模仿）的宾语，也就是说，模仿的对象是"科学地"建立的运动法则，而不是模仿本身是"科学地"建立的运动法则。with which（laws）through the process of imitation it（即 comprehension）becomes integrated 中的 which 就是 laws，而 it 就是 comprehension，这句话是一个倒装句，可以改为这样的顺序：it（comprehension）becomes integrated with laws（在句中用 which 指代）through the process of imitation，意即：通过模仿的过程，理解和（"科学地"确立的运动）法则整合为一了。中译本的翻译根本没有说清：到底是什么与什么 becomes integrated（被整合起来）了？正确理解了句子的结构以后就明白，被整合的是"comprehension"和"the laws"。由于理解本身就是对"法则"的模仿，而"法则"就是极权主义所谓的自然法则和历史法则，因此，理解、理解的途径（即模仿）以及理解的对象（即法则）高度同一，成为一种封闭的内循环。

阿伦特《极权主义的起源》中译本指谬

原文：

The device both totalitarian rulers used to transform their respective ideologies into weapons with which each of their subjects could force himself into step with the terror movement was deceptively simple and inconspicuous: they took them dead seriously, took pride the one in his supreme gift for "ice cold reasoning"（Hitler），and the other in the "mercilessness of his dialectics", and proceeded to drive ideological implications into extremes of logical consistency which, to the onlooker, looked preposterously "primitive", and absurd: a "dying class" consisted of people condemned to death; races that are "unfit to live" were to be exterminated.（英文版第 471 页）

中译本：

极权主义统治者用来将他们各自的意识形态转变为武器的手法（它可以迫使他进入恐怖运动）欺人耳目的简单而且不显眼：他们极其认真地采用这些手法，将他们奉为自己的最高天才——"冷冰冰的推理"（希特勒语）和"辩证法的无情规律"——着手驱使意识形态的含义进入逻辑上连贯一致的极端，在旁观者看来，这简直"原始"到荒谬的地步：一个"垂死的阶级"包括该死的人；"不适宜生存的种族"应该被消灭。（中文版第588页）

陶东风试译：

希特勒和斯大林这两个极权主义统治者用来将他们各自的意识形态转化为武器——他们的每个国民都通过这种武器迫使自己与恐怖运动步调一致——的手法令人迷惑地简单而不显眼：他们极其认真地对待这些意识形态，一个（指希特勒）因其超级的"冷酷无情的推理"才能而自豪，另一个（指斯大林）则因"他的辩证法的铁面无私"感到自豪，并进而驱使意识形态的意义具有极度的逻辑连贯性，在旁观者看来，这种逻辑连贯性则极度"原始"而荒谬：一个由注定要死的人组成的垂死阶级、"不适合生存"的种族应该被清除。

分析：

这部分错得实在是离谱。both totalitarian rulers 就是指希特勒和斯大林，中译本没有翻译出来，used to transform their respective ideologies into weapons with which 的 which 就是指 weapons（武器），each of their subjects 指希特勒和斯大林的臣民（their 是"希特勒和斯大林的"，subiects 是"臣民"）。中译本把 they took them 中的"them"翻译作"手法"，大错，即使是一个完全不懂阿伦特思想的人，只要懂得一点基本英语就应该知道，device（"手法"）在文中是单数，其宾格不可能是 them，依据上下文，them 只能是指意识形态。

原文：

The ideal subject of totalitarian rule is not the convinced Nazi or the convinced Communist, but the people for whom the distiction between fact and fiction (i. e., the reality of experience) and the distinction between true and false (i. e., the standards of thought) no longer exist. （英文版第 474 页）

中译本：

极权主义统治的理想主体不是忠诚的纳粹或忠诚的共产党人，而是民众，对于他们来说，事实与虚构（即经验的真实）之间的区别，真与伪（即思想的标准）之间的区别已不复存在。（中译本第 590 页）

陶东风试译：

极权主义统治的理想主体不是忠诚的纳粹或共产党人，而是民众，对于他们来说，事实与虚构之间的区别（即经验的现实性），正确与错误之间的区别（即思想的标准）已经不复存在。

分析：

中译本大错。两个括弧中的文字，the reality of experience，以及 the standards of thought，显然都是修饰 distinction（区别）的，而不是修饰 fiction（虚构）或 false（错误）的，否则就会把"经验的现实性"等同于"虚构"，把"思想的标准"等同于"错误"。这是与阿伦特的思想完全违背的，也是违背常识的，虚构是对现实经验的歪曲，怎么会等于经验的现实性？错误是偏差了的、不准确的思想，怎么会是思想的标准？作者的意思是：经验的现实性或真实性体现在它建立在可靠的事实而不是虚构上，混淆了事实和虚构，就无法把握经验的现实性；思想的标准体现为正确和错误的区别，否则我们无法衡量思想的正确与否。这都是极权主义使得人和人脱离、人和现实脱离造成的结果。

原文：

This isolation is, as it were, pretotalitarian; its hallmark is impotence insofar as power always comes from men acting together, "acting in concert" (Burke); isolated men are powerless by definition. （英文版第 474 页）

中译本：

这种孤立本身就是极权主义的前兆；它的标志是无能，在这个范围内，力量总是来自人的共同行动，即"一致行动"［acting in concert（伯克语）］；根据定义，孤立的人是无力的。（中译本第 591 页）

陶东风试译：

可以说，这种孤立是极权主义的预备；就权力总是来自人的共同行动，即"一致行动"（伯克语）而言，孤立的标志就是无能；根据定义，孤立的人是没有权力的。

分析：

中译本的主要错误在于把 insofar as 翻译为"在这个范围内"，实际上这里应该翻译为"就……而言"，即使翻译为"在……范围内"，也必须改为这样的顺序："力量总是来自于人的共同行动，即'一致行动'，在这个范围内，孤立的标志就是无能。"也就是说，因为权力总是而且只能来自协调一致的行动，因此孤立的人必然是没有权力的。同时，这里的 power 不能翻译为"力量"，powerless 也不能翻译为"无力"，因为阿伦特的一个很重要的思想是：一个孤立的人，可以使用暴力（violence），有强力（strength）或者力量（force），但就是不会有权力（power），因为权力只能存在于众人之间的理性、平等的对话交往。

原文：

Under such condition, only the sheer effort of labor which

文学理论与公共言说

is the effort to keep alive is left. （英文版第 475 页）

中译本：

只有纯粹的劳动努力（即努力保持生命）被抛弃。
（中译本第 592 页）

陶东风试译：

在这种情况下，只留下了单纯的劳动努力，也就是保存生命的努力。

分析：

中译本把 is left（"留下"，被动语态）翻译为"被抛弃"，从而导致整个意思的颠倒。结合上下文可知，阿伦特是在区别孤立（isolation）和孤独（loneliness）的时候说这番话的。孤立是指一个人处于无力行动的情形之中，因为谁也不会与之共同行动，因此，孤立是政治领域的情形，但是孤立尽管会摧毁行动能力，却未影响人的生产性活动或制作活动，和单纯劳动的人不同，孤立状态下从事制作活动的人仍然与作为人工制品的"世界"保持接触。只有当一个世界的主要价值受劳动支配，也就是一切人类活动都转变为劳动时，才会发生人和世界的彻底隔绝。这点在《人的条件》中得到了深入的阐释，劳动和制作的差别是劳动完全没有在公共世界留下任何东西，人的劳动成果全部被即时消费，劳动的意义完全是维持动物性的生命，而制作则留下了人工制品，比如艺术品和建筑物。因此在纯粹的劳动中，人与世界的关系也被打破，人被看做是劳动的动物，不仅在政治行动领域失去地位，而且被物的世界抛弃。他不仅不是政治的人，而且也不是制作的人，而是劳动的动物。这就是阿伦特说"在这种情况下，只留下了单纯的劳动努力，也就是保持生命的努力"这句话的上下文。所谓"这种情况"就是从制作的人变成了劳动的动物。

原文：

Loneliness, the common ground for terror, the essence of

435

totalitarian government, and for ideology or logicality, the preparation of its executioners and victims, is closely connected with uprootedness and superfluousness which have been the curse of modern masses, since the beginning of the industrial revolution and have become acute with the rise of imperialism at the end of the last century and the break-down of political institutions and social traditions in our own time. （英文版第 475 页）

中译本：

孤独是恐怖的共同基础，是极权政府的实质，而对于意识形态与逻辑性（即准备它的杀人者和受害者）来说，它与无根和成为多余的情境紧密相关；自从工业革命开始以来，这（陶按：所指不明）已成为对现代群众的诅咒；而在 19 世纪末，随着帝国主义的兴起，它（陶按：所指不明）变得更加尖锐；在我们这个时代，它却造成了政治制度和社会传统的崩溃。（中译本第 592 页）

陶东风试译：

孤独是恐怖这一极权政府本质的基础，也是意识形态和逻辑性——它为极权政府准备了屠杀者和牺牲者——的基础，此孤独与无根性和多余性紧密相关；自从工业革命以来，这种无根性和多余性已经成为对于现代大众的蔑称；而在 19 世纪末，随着帝国主义的兴起，无根性和多余性变得更加尖锐；到了我们这个时代，它们造成了政治制度和社会传统的崩溃。

分析：

这里中译本的错误主要是没有搞清句子结构，Loneliness, the common ground for terror, the essence of totalitarian government, and for ideology or logicality, the preparation of its executioners and victims, 首先是…for…and for…的结构，两个 for（对于……）都是修饰 Loneliness（孤独）的，其次，the essence of totalitarian government 是修饰 terror 的，阿伦特在文章中反复强调恐怖是极权政府的本质，可以证明这点。类似的，the preparation of its executioners and victims 是修饰 ideology or logicality 的，这点在文章中也可以得到证明。正因为孤独既是恐怖的基础又是意识形态的基础，才有"共同基础"之说，否则只是恐怖的基础就不能说是"共同基础"。这些都是对 loneness 的后置解释定语，因此 loneness 依然是 is closely connected…的主语。由于没有把握这个结构，这几句话的中译几乎全部错误。依据阿伦特的思想，孤独既是恐怖的基础也是意识形态的基础，它的根源是现代社会大众的无根性和多余性经验（中译本的"它"所指不明）。下半部分的主语就换成了 rootedness and superfluousness（无根与多余），是对多余和无根的分析，但是中译本的"它"和"这"所指不清，其单数形式让人怀疑是指 loneness（孤独）。

原文：

　　Loneliness is at the same time contrary to the basic requirements of the human condition and one of the fundamental experiences of every human life. （英文版第 475 页）

中译本：

　　它（指孤独，引注）同时与人类的基本要求相反，也与每一个人生活的根本经验之一相反。（中译本第 592 页）

陶东风试译：

　　孤独既与人类条件（中译本漏译"条件"）的基本要求相反，同时也是每个人的基本经验的一种。

分析：

中译本的意思完全与原文相反。contrary to the basic requirements of the human condition 和 one of the fundamental experiences of every human life 全部是 is 的宾语，否则在语法上不通。而且依据上下文，阿伦特的意思分明是，孤独既与人类条件的基本

要求相反，但同时又是每个人的基本经验之一种。实际上，阿伦特文章的最后部分就是致力于分析为什么孤独、多余等在 20 世纪会成为人类的基本经验，从而为极权主义的出现和流行提供了社会和心理的基础。这也是作者在文章的一开始就为自己设定的任务。

原文：

What makes loneliness so unbearable is the loss of one's own self which can be realized in solitude, but confirmed in its identity only by the trusting and trustworthy company of my e-quals. In this situation, man loses trust in himself as the partner of his thoughts and that elementray confidence in the world which is necessary to make experience at all. Self and world, capacity for thought and experience are lost at the same time. （英文版第 477 页）

中译本：

孤独令人无法忍受的原因是，失去了可以在孤寂中实现的自我，但是又只能靠同类的信任才能肯定自己的身份。在这种情形下，人失去了对自身的信任（自身本应是他的思想的合伙人），也失去了存在于一个为提供经验而必须有的世界中的基本信心。自我与世界，思维能力与经验，都同时失去了。（中译本第 594 页）

陶东风试译：

使孤独变得如此难以忍受的原因是一个人的自我的丧失，这种自我可以在独处中实现，但却又只能靠信任别人且值得信任的我的平等者组成的同伴才能完整地得到肯定。在这种（孤独的）情况下，人整个地失去了对作为其思想伙伴的自己的信任，也失去了对于世界的基本信心——这种信心是建构经验所必不可少的。自我与世界，思想能力与经验能力，都同时失去了。

分析：

中译文大错。第一，in its identity 应该翻译为"完整地"，因为 identity 本身就有"同一性"、"完整性"的意思。In its identity 的直译就是"在其完整性中"，"it"是指 self，即自我。中译文译为"自己的身份"是错误的。第二，trusting and trustworthy company of my equals 中译本译为"同类的信任"更是错得离谱，equals 是"与自己平等的人"的意思，company of my equals 意为"由与自己平等的人组成的同伴"，trusting and trustworthy 为"既信任人又值得信任的"。第三，capacity for thought and experience 是一个省略语，experience 前省略了 capacity for。因此它的意思应该是"思想能力和经验能力"而不是"思想能力和经验"。

原文：

The only capacity of human mind which needs neither the self nor the other nor the world in order to function safely and which is as independent of experience as it is of thinking is the ability of logical reasoning whose premise is the self-evident. （英文版第 477 页）

中译本：

人类思维的唯一能力（人类思维为了平安地发挥功能，就既不需要自我，也不需要别人，也不需要世界，当它与思维有关时，它独立于经验之外）是前提自明的逻辑推理能力。（中译本第 594 页）

陶东风试译：

当人类心智（human mind）为了平安地发挥功能，既不需要自我，也不需要他人，也不需要世界，像独立于思维一样独立于经验的时候，它的唯一的能力就是一种前提自明的逻辑推理能力。

阿伦特《极权主义的起源》中译本指谬

分析：

把 human mind（人类心智）翻译为"人类思维"是不对的，无法与 thinking 区分，在阿伦特的术语系统中，mind（心智）包括了 thinking（思维），will（意志），judgement（判断），她的《心智生活》就是对三者之区别的系统阐释。① 另一个错误是把修饰 mind（心智）的从句 which is as independent of experience as it is of thinking 翻译为"当它与思维有关时，它独立于经验之外"。这里的 as⋯as⋯ 是表示程度相当，可以翻译为"像⋯⋯一样"，it 指代的是 human mind，it is 后面省略了 independent。这个省略句复原后应该是："which is as independent of experience as it is independent of thinking"。因此这句话依据语法也只能翻译为"它（心智）像独立于思维一样独立于经验"。阿伦特的意思是，当人类的心智完全脱离了经验、自我、他人以及世界的时候，它的唯一能力就只剩下了似乎无可辩驳但实际上不能显示任何东西的所谓"逻辑真理"、"自明之理"，这就"像某些现代的逻辑学家一样将连贯一致性定义为真理"，而这"恰恰是否定了真理的存在"。这种情况发生在孤独的状况下。言下之意就是，并不是所有的情况下人类心智都是这样，比如人类心智之一的思维，在通常情况下，思维就是人与自己的"自我"的对话，并通过这种对话与世界以及他人发生联系。这个时候，思维，作为人类心智之一，其能力就并不只是"前提自明的逻辑推理能力"，建立在"前提自明的逻辑推理"之上的极权主义意识形态的特点正好就是切断人类心智和自我、他人、世界等的联系。明白了阿伦特的这个整体思想，也就明白了中译本的翻译为什么是错的。

行文至此，我觉得我应该郑重声明，这篇文章的目的不是要否定林骧华先生的劳动以及这个译本的价值。其实林译本

---

① 《心智生活》中译本作《精神生活》，姜志辉译，江苏教育出版社 2007 年版。但此书错误甚多，参见陶东风等《〈精神生活·思维〉翻译指谬》，载《文艺研究》2009 年第 6 期。

《极权主义的起源》的总体水平在目前的翻译著作中仍然属于中上水平，书中有些艰深复杂的句子林先生也很好或者较好地翻译出来了。之所以仍然存在不少错误，主要原因是对阿伦特的总体思想了解不够。而翻译一部学术著作，除了基本英语过关以外，另一个很重要的基本条件就是对原著以及作者的总体思想的了解。我的体会是，凡是读到一些句子让人怎么也无法和阿伦特的思想联系起来得到理解的时候，我就去查原著，而每每总是能够查出错误。我们希望中国学术界能够怀着敬畏之心看待和从事西方学术名著的翻译，宁可少译或不译也不可乱译。

（原载《马克思主义与现实》2009 年第 5 期）

阿伦特《极权主义的起源》中译本指谬

"七十年代"的碎片化、审美化与去政治化
——评北岛、李陀主编的《七十年代》

一

近年来在中国大陆出版界、文化界仿佛兴起了"打捞"记忆的热潮。大量回忆录、口述实录、传记类的出版物（包括文字的和影像的）纷纷面世，其中很多冠以"60年代"、"70年代"、"80年代"等标题，很多刊物开辟的"民间语文"类栏目也发挥着相似的功能。不管作者和出版者的主观意图是什么，也不管读者的消费心理是什么（是认真地反思历史还是游戏式地消费历史），这首先都是一件值得肯定的事。鲁迅先生早就批判过，我们这个民族一直存在严重的遗忘症，或刻意或无意地回避历史、清除记忆，特别是一些让人痛苦的灾难记忆，其结果则是导致灾难的一再重演。

《七十年代》（北岛、李陀主编，三联书店2009年版。以下引文凡出自该著者均只标注页码）的编者似乎意识到了保存记忆的紧迫性与严肃性。李陀在序言里直言其编辑动机"与怀旧无关，我们是想借重这些文字来强调历史记忆的重要"（第6页）。他认为，记忆之所以重要，首先是因为记忆和权力、历史与现实之间的纠缠不清的关系。他说记忆"更像一个战场，或者有如一个被争夺的殖民地"，并指出："我们不但经常看到一种历史记忆会排斥、驱逐另一种历史记忆，不但有虚假的历史叙述取代真实的历史叙述，甚至还会有对历史记忆的直接控制和垄断，当然，也就有了反控制与反垄断。"（第6页）

这番话让我想起刘易斯·科塞在为哈布瓦赫的名著《论集体记忆》写的"导言"中谈到的一段经历:"最近几年(按:大概是指 20 世纪 80 年代后期)在和苏联同事的谈话中,每次当我们讨论最近在苏联发生的事情时,我总是一次又一次被他们某种程度的闪烁其词所震惊。过了一段时间,我才逐渐明白了,原来在最近几年中,这些人被迫都像蜕皮一样将自己的集体记忆蜕去,并且重建了一组非常不同的集体记忆。在斯大林的血腥政权下,许多过去的重要历史人物遭到诽谤、诬蔑或杀害,但现在所有这些人都被赞颂为优秀的布尔什维克和重要的革命英雄。苏联最近七十年的整个历史都不得不推翻重写。不用说,新的历史书往往也会有自己的偏倚,但在摧毁旧的历史这一点上,它们却是同出一辙。"[1] 在匈牙利作家捷尔吉·康拉德的笔下,东欧知识分子在记忆问题上面临同样的困境与痛苦:"今天,只有持不同政见者还保持着连续的情感。其他人则必须将记忆抹掉;他们不允许自己保存记忆……许多人热衷于失去记忆!"[2]

科塞与康拉德的经验对我们这个经历过"反右"和"文革"的民族而言特别能够引起共鸣,给人似曾相识之感。我以为李陀的担心应该放在这样的特殊的语境中加以解读,才更具紧迫性和现实性。

李陀还谈到了在当今中国记忆所面临的更严重危机:"历史记忆今天还面临着更严重的问题:不是记忆和记忆的斗争里哪一个占了上风,也不是其中哪一个被排斥和驱逐,而是历史记忆本身正在被贬值,被无意义化,被游戏化,被无厘头化,被逐月逐日降低其重要性,变成茶余饭后的一种消遣,变成可有可无。"(第6—7页)李陀对记忆和历史的娱乐化、消费化以及学科化、专业化、小圈子化深感忧虑。最后,他忧心忡忡

---

① 莫里斯·哈布瓦赫:《论集体记忆》,毕然、郭金华译,上海人民出版社 2002 年版,第 38—39 页。

② 同上书,第 39 页。

地写道："我们似乎正在进入一个失去历史记忆的时代，一个没有历史记忆也可以活下去的时代。现实好像要证明，人的记忆似乎没有必要一定和历史联系，人的记忆只能是功能性的，房子车子票子，事无巨细，锱铢必较，没有昨天，没有过去。"（第7页）在笔者看来，如果说严肃文化回避记忆是记忆在当今社会面临的一种危机，那么，大众文化通过软性暴力来娱乐和消费记忆则是记忆面临的另一种危机，更重要的是，这两者内在地纠缠在一起。

由此更能明白《七十年代》的编写者打捞历史的努力之可贵。70年代在中国的历史上具有特殊的重要性，其前一大半属于广义的"文革"时期，后一小半属于"新时期"（此一划分以1976年粉碎"四人帮"或1978年十一届三中全会为界）。尽管有种种限制，"文革"和"新时期"并不是未被书写的"处女地"，很多人的回忆和历史、文学书写还是经常触及它们。无论是"林彪事件"、中美关系变化，还是"上山下乡"、粉碎"四人帮"、恢复高考，等等，这些70年代的大事，都曾不止一次被回忆和叙述过，特别是在70年代末80年代初所谓的"伤痕文学"、"反思文学"中。也是在这个时期，初步形成了书写70年代的基本模式，我称之为"新启蒙"模式。它由觉醒、控诉、反思、告别、憧憬等几个叙事要素和主题词组成，从属于现代化这个宏大叙事。由于这个模式在很长时间内占据了记忆书写与历史叙事的支配地位，并发挥着类似福柯所言的"知识—话语型"的功能，规范着关于70年代的各种书写，致使大多数（如果不是全部的话）此类书写体现出高度的统一性。[1]不仅回忆的内容相似，而且书写的立场、回望的姿态以及评价的尺度，无不呈现出高度的相似性。

① 许子东：《为了忘却的集体记忆——解读50篇"文革"小说》，生活·读书·新知三联书店2000年版。

《七十年代》给人的突出印象，就是这个统一的 70 年代叙事的瓦解。从该书收入的 30 篇关于 70 年代的回忆文本中，可以明显看出：不仅叙述者对于 70 年代的回忆千差万别（这种差别在一定程度上是由作者的家庭出身以及城乡背景造成的，可以比较一下张郎郎、朱正琳、北岛、鲍昆、徐成钢等与邓刚、阎连科、王小妮等的差异），更重要的是，其唤起、整合、组织、呈现和书写 70 年代记忆的框架，以及评价这些记忆和经验的尺度已经分裂。如李陀所言："读者一定会注意到，在这些故事和经验的追述里，我们并不能看到一个统一的、书中的作者都认可的'七十年代'图画，相反，在这些文字里，或隐或显展示出来的思想倾向和政治态度，是有很多差别的，甚至是相反的，对立的。这些差别，有的，明显是在当年就已经存在，有的，则是在今天追忆的时候才形成的。"（第 9 页）

在我看来，"追忆的时候"形成的差别比记忆的"原始差别"更值得玩味。所谓"当年就已存在"的差异很多是由于客观原因造成的（高干子弟或平民百姓、工人或农村人、出身大城市的下乡青年或土生土长的农民子弟，等等），但是，这种差异在回溯性的记忆叙述中是得到强调还是弱化（甚至抹去）、如何被强调或弱化、如何被评价和反思，却取决于被社会文化的复杂因素所塑造的今天的需要/立场。顾名思义，任何回忆都是"回"过去进行"忆"，"忆"不可能像某些生理现象（比如饥饿感）那样自动出现，也不可能不经中介地"赤裸"呈现。哈布瓦赫指出："如果我们仔细一点，考察一下我们自己是如何记忆的，我们就肯定会认识到，正是当我们的父母、朋友或者其他什么人向我们提及一些事情时，对之的记忆才会最大限度地涌入我们的脑海。……人们通常正是在社会之中才获得了他们的记忆的。也正是在社会中，他们才能进行回忆、识别和对记忆加以定位。……大多数情况下，我之所

「七十年代」的碎片化、审美化与去政治化

以回忆，正是因为此人刺激了我；他们的记忆帮助了我的记忆，我的记忆帮助了他们的记忆。……探究记忆是否储存在大脑或心灵中某个只有自己才能到达的角落，没有什么意义，因为我的记忆对我来说是外在唤起的。无论何时，我生活的群体都能提供给我重建记忆的方法。"① 这一点得到了很多回忆录作者的印证。比如山西作家李锐谈到，他原先对父亲关于其革命生涯的那些"酒后闲谈"不在意，也很少回忆起。但是，当他看到父亲的好友李新写的回忆录时，情况发生了戏剧性的变化："在李新叔叔的回忆中，忽然回想起父亲曾经的酒后闲谈，忽然清晰地看到那么多曾经不被我们理解，也不被我们确切了解的人和事，渐渐无痕的岁月忽然间波澜骤起，久久难平。"② 这个经验之谈说明，记忆首先不是生理现象，也不是个体心理现象，而是社会和文化现象。个人的记忆需要别人的记忆、群体记忆来唤起。

这里面至关重要的是：我生活的群体、社会以及时代精神氛围，能否提供给我重建记忆的方法，是否鼓励我进行特定形式的回忆。③ 哈布瓦赫指出，正是在这个意义上，存在着一个所谓的"集体记忆"和"记忆的社会框架"。个体的记忆必然置身于这个框架，特定的记忆能否以及如何被回忆起，通过什么样的方式叙述出来，都取决于这个框架。这个框架使得某些回忆成为"能够进行回忆的记忆"，某些则被作为"不能进行回忆的回忆"、"不正确的回忆"被打入冷宫。

集体记忆的框架不止一个，它们之间彼此交错、部分重叠。在这个复数的框架中呈现的记忆，显得非常丰富多彩。当这些框架中的一部分消逝的时候，遗忘就会发生。发生遗忘的

---

① 莫里斯·哈布瓦赫：《论集体记忆》，上海人民出版社 2002 年版，第 88—89 页。

② 参见李新《流逝的岁月：李新回忆录》，山西出版集团、山西人民出版社 2008 年版，第 3 页。

③ 参见莫里斯·哈布瓦赫《论集体记忆》，上海人民出版社 2002 年版，第 68—69 页。

原因"要么是因为我们不再关注它们，要么是因为我们已将注意力转移他处（分心往往只是刻意注意别的事情的结果，而遗忘则几乎又总是由分心造成的）"。[①] 但哈布瓦赫接着指出，某种记忆的遗忘或者变形，也可由这些框架在不同时期的变迁来解释。依靠环境、时间和地点，社会以不同的方式再现它的过去，这就是所谓的"移风易俗"。由于每一个社会成员都接受了这些习俗，所以，他们会在与集体记忆演变相同的方向上，使他们的回忆发生变化。

这个观点非常深刻，它不但解释了某些人为什么会遗忘"文革"，而且解释了我们为什么通过这样的而不是那样的方式选择、呈现和书写"文革"记忆。任何对于"文革"的回忆和书写都是在一定的集体框架下发生和进行的。如上所述，"伤痕文学"和"反思文学"是在新启蒙这样的集体框架下对"文革"、"反右"等进行回忆和书写的。余秋雨等一代人对于"文革"的讳莫如深（可参看前几年余杰和余秋雨的争论）、"80后"一代对于"文革"的陌生和漠然、"大话文学"对于"文革"的戏谑式书写，则只有在当前社会环境下才能得到理解和解释，而"798"艺术区的那些先锋艺术家对于"文革"记忆的呈现方式，则深刻地联系着全球化时代的国际艺术市场或所谓"他者的眼光"。

《七十年代》中的70年代失去了原先的那种整体性而分裂为碎片，原因也应该到记忆的集体框架中去寻找。虽然记忆的社会框架是多元的，但在特定历史时期却往往有一个框架占据支配地位，成为主导的记忆呈现和书写模式。在70年代末80年代初，这个书写"文革"记忆的主导模式就是新启蒙的"知识—话语型"。《七十年代》中，有不少作者基本是在延续80年代新启蒙的阐释框架来叙述和阐释自己的70年代记忆。在这方面，朱正琳、黄子平等具有代表性。前者文章的标题《让思想冲破牢笼》就具有强烈的新启蒙气息。后者的《七十

年代的日常语言学》也是一个典型的启蒙—觉醒—反思型文本。作者一边叙述记忆，一边对记忆的内容进行反思，比如在描写记忆中的"忆苦思甜"和批斗大会之后，作者马上跳到对于这个事件的评论："很多年以后，我读到捷克剧作家哈维尔的《无权者的权力》"，认识到"在日常生活的仪式和语言活动中，普通人如何成为国家意识形态机器的同谋。'实存的社会主义'把全国预先抛入了在鲁迅所说的'瞒和骗'中生活的不道德处境。一种共同犯罪的机制，一个预先鼓励撒谎并依赖其臣民的道德沦丧的国家机器。哈维尔'在真实中生活'（同理，巴金的'讲真话'），并不是要探讨有关真实或真实性的形而上学，而是要中断国家意识形态机器对其理想臣民的这种询唤"（第321页）。这都是非常典型的、和"反思文学"很类似的启蒙—觉醒—反思型话语。当然，黄子平文章中这类插入性议论是明显、直接和"粗暴"的。但即使在那些似乎是纯客观的叙述中，也有作者的思维和反思的框架在暗中组织记忆材料。如"林彪事件"后，作者所在的兵团传达了《571工程纪要》，作者这样发表议论："黑洞，虚无，空白。用来支撑这个史无前例的'革命'的整个意义系统，在那个瞬间倒塌了。"（第323页）对思想史分期的这种重新思考，是对正统历史叙事的深刻挑战（类似的思考也散见于其他文章），而它对"革命"的看法显然正是来自新启蒙。

但是，在《七十年代》一书的其他不少作者的追忆中，我们发现了完全不同的70年代景观，可以明显感到新启蒙的话语框架已经被置换或"超越"。比如在高默波《起程》一文中，我们不仅在事实层面上看到一个似乎完全不同的"文革"："我们对老师很尊敬，没人打老师，甚至也没人给他们戴高帽子"（第94页），更看到对于"文革"文化即"样板戏"的不同评价："巴金在《随想录》中曾说，他一听到样板戏就心惊肉跳，成为一种典型的记忆创伤，可是我的记忆恰恰相反，它是我在农村最好的记忆之一。"（第97页）在津津乐道地描述了普及样板戏带来的快乐之后，作者进一步写道："巴金的经历和我们农村人的不一样，巴金的回忆不但写出来了，而且有很多人读，包括外国人；而农村人一般不写回忆录，不会写，写了也没有人看。于是巴金的回忆就不仅仅是个人的经历，还成了历史；而占中国绝大多数的农村人没有记忆，也没有历史。"（第97—98页）看来，作者不仅要呈现样板戏的"另一面"，而且要颠覆巴金这代知识分子所书写的历史。"样板戏的京剧应该说也是文化生活，而且是大多数人的文化生活，更反映出现代的所谓民主和人权理念。"可见，作者对"文化"、"民主"、"人权"等概念的理解已经迥异于新启蒙。在作者看来，在普及样板戏的过程中，广大老百姓"由客体变成了主体"，而"文革"前的戏再多，其主体也是"城市老爷们"（第98页）。这套理论是作者为样板戏翻案的基本依据，它必然也参与了对样板戏经验的重新书写。这在新启蒙的话语框架中是难以想象的。且不说作者所描述的这种经验是否具有普遍性，或者与别人的经验比较哪个更为真实（其实这种比较没有意义）；重要的是：可以肯定，如果没有90年代以来的所谓"现代性反思"，没有"新左派"群体及其话语的出现和流行，如果依然在80年代新启蒙的框架下叙述自己的"文革"记忆，高默波就不可能唤起这样的记忆，即使被唤起也不会进行这样的阐释。换言之，这是一种在新启蒙"知识—话语型"规范下不可能产生的言说记忆的方式。

"七十年代"的碎片化、审美化与去政治化

这方面的另一个值得关注的文本，是蔡翔的《七十年代：末代回忆》。这是一个为那个时代的工人阶级鸣不平的文本，也是一个试图颠覆新启蒙的所谓"普遍价值"论的文本。作者回忆了工人阶级在70年代的种种艰辛（特别是在与知识分子的比较中突出这种艰辛），并写道："我想，当年工人的位置是很尴尬的，他们的命运和一段历史复杂地纠葛在一起，当这段历史被不分青红皂白地抹掉后，他们自己的'故事'也就没有了合法性。而且，慢慢地，别人的故事变成了自己的故事。""而且，在潜意识里，他们还得陪极左政治一起认错，认错的对象据说叫'普世价值'。当然，在这个'普世价值'里面，是否还有他们的位置，这一点可以存疑。后来喧嚣一时的'去中国化'，背后实则就是去历史化，去革命化，彼此心照不宣。可是，认了三十年的错，即使不同意，好像也有点理不直气不壮。极左政治欠下的债，现在由极右政治来还，这就是目前中国知识界的现状。"（第340页）蔡翔的话虽然说得含含糊糊甚至磕磕绊绊（这个话语症状也很值得分析，但不是本文的任务），但是其用意还是清楚的：工人阶级的命运是同极"左"政治紧密联系在一起的，新启蒙知识分子叫嚣"普世价值"就是叫嚣"去革命化"，或者"去中国化"，因为坚持革命才是坚持"中国"特色和"中国"立场，"中国特色"体现为坚持"革命"、抵制"普世价值"。显然，正是这样的当下立场支配着作者的记忆书写。我们很难想象这段"反思"和作者的"新左派"立场无关，很难想象这种立场的出现和90年代以来的"新左派"集体的出现，以及革命和阶级话语的重新流行无关。当然，这也和作者的工人身份相关："社会发展很快，但付出的代价也真不小，这些代价里面，包括一个阶级的尊严。"（第346页）非常有趣的是，在阎连科的回忆书写中，为之鸣不平的对象不是工人而是农民。文章充满了对于城乡差异的深刻感受和对城里来的知识分子、下放干部、下乡知识青年的鄙视：他们虽然身在农村而且名为"思想改造"，其实却依然享受着城里人的特权、知识分子的特权。这里，我们根本无法比较和证明阎连科、蔡翔以及其他作者的回忆书写哪个更为真实和普遍；以中国之大，差异之巨，我愿意相信它们都是真实的和可能的。真正重要的是去思考：在特定时期，哪种70年代书写框架占据了主导地位？原因是什么？只有这样，我们才能从记忆本质主义走向记忆建构主义。

三

如上所述，由于记忆所依凭的社会/集体框架的多元化和碎片化，阅读《七十年代》的一个突出感觉就是，80年代中国主流知识界所建构的那个统一的 70 年代图景，已经不可挽回地破碎了。原先历史教科书以及虚构性作品中关于那段历史的主流叙述，在此遭遇了深刻挑战。在我们的主流媒体中，在主流知识界的印象中，70 年代常常被固定化：那是一个物质贫穷、精神高扬的时代，一个禁欲的时代，一个除了少数革命文学和苏联文学人人没有书读的时代，一个不存在市场和贸易、一切都被计划化的时代，等等。该书很多作者的回忆瓦解了这个统一的 70 年代图景。一个更加复杂多变、缺少统一性的 70 年代正在呈现出来。这也在某种程度上证明，共同经历过 70 年代的那批知识分子，已经不再是一个高度同质的共同体。

在朱正琳的回忆文本中，叙述者及其当年的朋友是高度自觉、高度理性的思想先驱，是在"文革"之前就已经开始怀疑"文革"合法性的思想家群落。在 70 年代初期，他们就已经在反复思考"中国往何处去"这样的大问题。他们头脑清醒，博览群书（而且读的都是西方文学和哲学著作或者所谓"内部读物"），而非懵懂地跟着意识形态宣传走。对照阎连科和邓刚等人的回忆以及"伤痕文学"，就会发现，同是 70 年代的青年，差别何其巨大：在有些人愚昧地高呼"万岁"之时，另一些人早已洞若观火。中国知识界的内部差异是如此之大，似乎我们不能轻易地说那是一个"普遍狂热的时代"、"不思考的时代"、"愚昧的"时代。

一方面，一些先知先觉们已经超越了"文革"意识形态控制，先行得到了"启蒙"；而另一方面，许多前"文革"乃至前革命的所谓"封建余毒"则还在顽强生存。依据徐冰的回忆，70 年代初期，北京郊区收粮沟村支部书记家的柜子上依然贴着"黄金万两"、"招财进宝"合写成一个字的图案；他还回忆起该村两个男人共享一个女人的普遍现象，等等（第17、19 页）。在一个彻底扫荡"封资修"的时代，看来同样存在封建迷信。

这些似乎都表明，和我们通常叙述的情形不同，或者，与我们得自各种主流媒体、得自新启蒙知识分子塑造的"文革"

印象相反，即使在"文革"时期，主流意识形态和政治权力也并没有彻底规约人们的日常生活和精神世界。这大概就是记忆的所谓"反历史"力量所在吧。

最让我惊讶的是《七十年代》的作者们对自己的读书生活和其他文化生活的描述。关于"文革"的一个很普遍的看法是：那是一个文化饥荒的时代，全民除了《毛选》和数量少得可怜的革命文学（《金光大道》、《艳阳天》、《野火春风斗古城》等），几乎无书可读。但我们在该书很多作者的回忆中却发现了另一番景象。李零、徐浩渊和朱正琳都写道：他们在70年代不但读西方文学作品和哲学、政治学著作，而且看西洋名画，听西洋音乐。康德、黑格尔不在话下，《赫鲁晓夫演讲录》、《第三帝国的兴亡》、《古拉格群岛》也不难读到。有些人则在进行现代派绘画实验（第198页）。李零回忆说："赫鲁晓夫的秘密报告，我早就读过。波匈事件，不仅有图片，还有电影。越战，天天都有报道。'1968年风暴'，大家也知道"，"六十年代和七十年代，中国有大量的内部翻译，很多与外国同步，慢也顶多慢几拍，覆盖面极广"（第238页）。鲍昆的《黎明前的跃动》描绘了这样的图景："在那一段时间里，音乐活动的活跃还有一个作用，就是带动了民间的音乐欣赏。一些'文革'破四旧时未被砸烂的旧唱片，也开始四处流传。这些唱片既有'文革'前发行的苏联和国产的美声独唱、交响乐，也有伪满和民国时期的流行歌曲，甚至李香兰的《何日君再来》。"（第196页）

这和我们先前心目中的70年代图景确实形成了巨大反差，至少丰富了我们的70年代想象。在这个意义上，该书部分地颠覆和改写了我们心目中的70年代。就我个人而言，这些先知先觉的知识分子的思想启蒙和艺术启蒙比我早了起码十年！

我出生在一个县城中学教师家庭，比一般的大众看书要多，但至今仍清楚记得，我看的课外书从没超出《红楼梦》等古典名著，以及《七侠五义》、《小五义》等古代武侠小说。我从来没有机会接触李零、鲍昆等人所说的"内部读物"，而且在粉碎"四人帮"初期,我的思想依然受到极"左"意识形态的严重控制。在这个意义上,我相信,没有80年代声势浩大的思想解放运动,我的思想解放是不可想象的。由于高干高知子女毕竟很有限,我相信我的经历是更有典型性的。因此,说那些"内部翻译"是"大量的"而且"覆盖面极广"(第238页),我是绝对不相信的。

更何况,即使在《七十年代》的作者内部,阅读"内部读物"、欣赏西洋音乐和现代派绘画的经验也没有普遍性。[①] 在邓刚等人的文章中,他们仍然在为找不到老婆或填不饱肚子发愁;在阎连科的阅读经验中,除了革命小说几乎无书可看:"我不知道这些小说属于'红色经典',以为那时的世界和中国,原本就只有这些小说,小说也原本就只是这样。……不知道,在这些作品之外,还有所谓的鲁、郭、茅和巴、老、曹,还有什么外国文学和世界名著。还有更为经典的曹雪芹和他的《红楼梦》。"(第389—390页)

这也还不是要害。关键的问题是:呈现另一个70年代的目的是什么?站在什么样的价值立场呈现?仅仅是怀旧吗?仅仅是为了丰富70年代的认知图景?不见得。事实上,那些强调自己在70年代已经"启蒙"的人,还有更大的思想史抱负和雄心。请看李零的下列议论:"现在,因为改革开放,很多知识分子都怀念八十年代。……他们的启蒙是在八十年代。……我们这茬人,感觉不一样。我们的感觉是:八十年代开花,九十年代结果,什么事都酝酿于七十年代。"(第238页)鲍昆:"无疑,八十年代是一个激情澎湃的时代,因为变革的快感几乎覆盖了那十年的每一天。但八十年代毕竟是从七十年代走来的。……也正是这些能量的积蓄,才让1976年伟大的'四五运动'在广场上悲壮地演出,才导致八十年代初的思想启蒙运动井喷式的爆发,让八十年代初那场关于人道主义的讨论有历史的依托。所以,我们回望令人动情的八十年代,不能不回溯七十年代黎明前暗流涌动

"七十年代"的碎片化、审美化与去政治化

---

① 鲍昆自己倒也承认"普通的平民子弟并不拥有这样的生活"(第187页)。

的阵痛。因为，一切历史都有其成因。历史也从未间断。"（第201页）"实际上，即使在狂躁的六十年代末，在最疾风暴雨的时期，年轻人思考社会和历史的愿望，也从未停止。就像1968年的遇罗克们一样，无论出身什么样的青年人，大家都从不同的立场、身份和态度，思考和汲取着知识，希望对这个世界更多地做自己的判断。"（第189页）

看了这些慷慨陈词，我们明白了作者的用心：70年代以及像我们这些70年代的骄子们并不是一无是处！70年代以及我们这些"思想先驱"的成就还是很大的嘛，给了80年代这么多的荣誉而把70年代全盘否定，不是很不公道吗？这样，接下来的问题自然就是：我们是否要给70年代翻案，给它以"公平"、"客观"的评价——当然也就是给我们这些思想先驱、先知先觉以客观的、公平的评价？试想，如果70年代如此开放、自由、多元（以至于有些回忆的主人公好像完全不是在极"左"体制下生活），如果"上山下乡"真的是一种"最有利于独立思考"的"赋闲的精神活动"（第194页），那我们还反思什么呢？美化自己70年代的特殊经历，最后自觉不自觉地走向对整个70年代的美化，将使我们对70年代的反思失去理由和必要性。

我们可以理解作者们重现70年代复杂性的良好意图，我们也承认，在事实和经验的层面上，不存在无差别、本质化的一个时期、一代人、一个国家或者一个社会。但是，每一个时代毕竟有自己的主导倾向和特点，即所谓的"时代精神"，否则我们无法在比较研究的意义上进行代际研究。呈现一个面面俱到、统一而无遗漏的70年代注定是不可能的（因为我们的任何记忆书写都不可能不带有选择性，不可能不受到我们的"前理解"和当下需要的制约），更重要的问题是：带着什么样的目的和价值立场呈现、书写和建构我们的70年代记忆？建构标准是什么？如果过多地强调70年代（特别是前期）的复杂性（实际上是"光明"面），结果是要回避对70年代的深刻反思，那么，这样的目的和立场就是成问题的。

在这里，我们必须面对一个严肃的问题：知识分子对于一个历史时代的理性反思可以基于但不能局限于他或她的私人经验。一个人在70年代或整个"文革"时期都可能因为一些特殊的原因留下很多美好的记忆，它们犹如废墟的角落里星星点点的花朵，他或她可以在自己的私人经验中非常珍惜乃至美化它，但是在将之公共化、公开化的时候，却必须本着负责的态度对之进行有距离的理性反思，充分认识到自己的私人经验可能存在的偶然性和片面性，不能让它干扰公众对于那个时代的理性认识。

四

回到代表性、普遍性、典型性的问题。《七十年代》选择的作者虽然存在差异，但其主体是知识分子，他们大多生于40年代后期和50年代，生活在大城市（特别是北京），家庭背景一般比较优越。很明显，主编李陀对他们情有独钟、评价极高，称之为"二十世纪末以来中国社会中最有活力，最有能量，也是至今还引起很多争议，其走向和命运一直为人特别关注的知识群体"（第8页）。我相信这个论断基本上是印象式的而非统计学的（当然其中的一些指标也无法统计，比如"为人特别关注"）。我不怀疑这种印象有一定的经验依据，50岁到60岁是人生的最辉煌时期，按照自然规律，他们在社会中占据重要地位也很正常。

但是一个无须回避的事实是，这代人是两极分化最为严重的一代，大致依据是否赶上高考而形成了差异极大的两个阵营：成功者和不成功者。这种两极化的现象恐怕也是其他年代出生的群体所不具备的。由于赶上高考的比率毕竟大大小于错过高考的，因此，这个群体中的不成功者其实占据了大多数：大量的下岗工人、提前退休者、"上山下乡"回城以后流浪在城市的边缘人，都属于这个群体。可以说，数以百万计的"上山下乡"知识青年，现如今都过着和《七十年代》中的精英天壤有别的生活。可惜，前者往往没有进入公众、学者和媒体的视线，也没有能够进入《七十年代》。李陀虽然意识到了这个问题并承认其为一个"严重的缺憾"（第12页），但也没有能力消除这个缺憾。

那么，这些经过如此精选的70年代精英，其经历和记忆到底有多少代表性、普遍性？李陀坦承，如果让工人、农民来回忆，我们将会得到一个"很不同的'七十年代'"，"也许他们的历史记忆使我们对昨天有完全不一样的认识"（第12页）。我们可以理解他的苦衷，一本书的有限篇幅不可能容纳所有70年代人的回忆，总得有所选择；问题在于，我们应清醒地意识到这种精选所造成的代表性和普遍性的严重欠缺，从而避免得出一些危险的、大而化之的结论。

《七十年代》的问题就在于缺少这样的意识。李陀以及该书不少作者，把一些带有巨大普遍性诉求的判断建立在一个非常不具备代表性、普遍性的精英圈子上，或者对于他们的道德和人格做出非常笼统的整体性判断。比如李陀说："虽然这些人后来也变成了学者、文化人，或者成了作家、艺术家，但是七十年代非常特殊的成长经历，无疑在他们身上打下很深的烙印，让他们的态度、作风、思想都有一种不受秩序拘束、不愿意依附权力的品质。大概正是这些特点，让这个群体在中国发生剧烈变革的时代发挥了其他知识群体不可替代的作用，如果没有他们，无论'思想解放'或者'新启蒙'，都不可能在八十年代发生。"（第10页）老实说，我非常反感这种带有自我吹嘘色彩的表述。凭什么说这代人具有"不受秩序拘束、不愿意依附权力的品质"？他们身上这个特质特别明显吗？何以见得？李陀大概没有注意到，由于这代人的青少年时期正好赶上"文革"，他们的学业荒废得厉害（全中国能够有机会看"内部读物"的人不会很多），中学和西学的功底都比较差，其中不少人本身就是造反派头目。

还有所谓"没有70年代就没有80年代"。该书中不只一位作者喜欢这句话。说实在的，我对这句话的含义至今一头雾水。如果说在自然时间的意义上80年代是跟在70年代后面出现的，那等于什么也没说；如果这句话的意思是，没有《七十年代》中的那些先知先觉者，80年代的启蒙和思想解放就不可能出现，那就只对了三分之一。

即使承认70年代有一些伟大的先知先觉者，作为新启蒙的先驱在思想解放运动中发挥了重要作用，我们也必须补充至关重要的两点：第一，70年代还有大量不属于这个先知先觉群体的非精英阶层，而且其数量更加庞大。70年代成长的一代人中，很多人是红卫兵主力、造反派的头目、"文革"中打砸抢的积极分子、大字报的主笔，等等。因此，即使承认"没有70年代就没有80年代"，承认70年代酝酿了80年代，我们也要看到：正是70年代的严重缺憾，正是成长于70年代的这代人——至少是他们中的大多数——的严重愚昧，使得80年代的启蒙显得殊为必要，也使得这场启蒙显得先天不足。在这个意义上，80年代的新启蒙，与其说是对70年代的继承，不如说是对它的告别。第二，这些70年代的先知先觉者也存在很大的局限性。他们中的不少人还对"文革"、对"红卫兵精神"、"造反派精神"情有独钟，他们回顾往事而"青春无悔"。这不但部分地解释了80年代的新启蒙因为他们的加入而带来的先天不足，而且解释了启蒙的事业何以远远没有完成。这种省思在《七十年代》中不是完全没有，但实在是非常罕见，可谓"大音希声"。①

最后我们要问：断言没有70年代的思想群体就没有80年

"七十年代"的碎片化、审美化与去政治化

---

① 大概陈丹青和朱正琳是难得的例外。陈丹青说："实在说，七十年代的人质无分年龄，那十年的癌细胞早经内化为众人的心理与生理结构，深藏而细腻，并抓住每一种理由，对内心说：忘却七十年代。"（第78—79页）朱正琳一方面肯定了他们的思想者村落"确实拒斥了当时官方对现实生活做出的一切理论解释"，但同时也承认"从思想方法上说，其实还是逃离不了官方理论之窠臼"（第174页）。在反省他们身上的"政治关怀"的时候，朱正琳说："有一个事实颇耐人寻味，我们的'政治关怀'个个像政治家或毋宁说革命家的关怀，没有'公民'的概念，当然不可能有'公民'的关怀。"（第172页）这些算是70年代人少有的自我反思。

代的思想解放和新启蒙，是否低估了其他人的作用？思想解放和新启蒙的核心人物中，到底有多少是属于"70年代"这个群体？邓小平、胡耀邦、胡乔木、周扬等政治精英，以及王元化、李泽厚、王蒙等知识精英，大概是讲新启蒙和思想解放时不可忽略的核心人物，他们比《七十年代》的作者群体大二十岁左右。这些人在新启蒙和思想解放中的作用，一定不如《七十年代》的作者们所代表的那代人吗？"两个凡是"是他们推翻的吗？"真理标准"的讨论是他们发起的吗？"人道主义"、"异化"、"主体性"讨论的主角是他们吗？如果不是的话，我们能够说"如果没有他们，就没有'思想解放'和'新启蒙'"吗？离开了这些重要的思想文化和政治运动，我们怎么谈思想解放和新启蒙？也就是说，即使这些思想先驱的确在70年代就觉醒了，启蒙了，那也是他们个人意义上的觉醒和启蒙，而不是社会意义、公众意义上的觉醒和启蒙，这就像张志新和遇罗克的觉醒和启蒙并不意味着"文革"时代就不是一个蒙昧的时代。

五

看了《七十年代》，我们似乎对那个时代的"复杂性"认识得更全面了，我们好像再也不敢不假思索和理直气壮地说那是一个"如何如何"的年代了。但是《七十年代》的许多作者在迷恋这种所谓"复杂性"、把玩其细节的同时，似乎失去了从精神和思想的锋芒出发宏观把握历史的能力、气势乃至必要的粗粝，当然还有精神的力量和自信。我们看到，原先那种清算历史、告别过去的决绝态度变得暧昧起来。就像徐冰在《愚昧作为一种养料》中表述的：愚昧的东西，那些年代教给我们的东西，也是我们无法摆脱的东西，所以我们只能"带着它走下去"；"今天要做的事情是，在剩下的东西中，看看有多少是有用的"。因为否定和调侃据说都"于事无补"。在徐冰看来，这个"有用"的东西，虽然"包裹着一层让人反感甚至憎恶的东西，但必须穿过这层'憎恶'，找到一点有价值的内容"（第29页）。在他看来，这就是我们的文化宿命："是你的就是你的，假使你不喜欢，也没有办法，是你不得不走的方向。"（第30页）难以摆脱不等于"无法摆脱"，愚昧的顽强存在不等于宿命，更不等于方向。否则，我们还反思什么呢？是反思"文革"及其对我们造成的恶劣影响并力图超越之，还是反思我们为什么要徒劳地企图超越这种"宿命"？

其实，一个年代本身的所谓"复杂性"（哪一个时代不是足够"复杂"的呢），永远不可能单独就足以使我们失去进行整体概括、做出统一的价值判断的能力和勇气。使我们失去这种勇气和能力的是我们思想界的混乱，以及我们的犬儒式的生存状态。

《七十年代》缺乏（或许是有意不提供）能够把30位作者的回忆凝聚起来的整体叙述框架和统一的价值判断，因此，它只能是记忆碎片的组合。它作为辅助性的史料是有价值的，但作为思想却是贫乏的，缺乏思想的穿透力。把握历史记忆的视点的破碎和透视历史事件的角度的分裂，使得该书成为每一位回忆者的自说自话，很多故事流于细节的堆积而缺乏思想深度。或者说，在《七十年代》中，我们看到的更多是对于记忆的收藏，而不是通过记忆来反思历史、把握现实和未来。思想的力量失落了，甚至连这种冲动都没有了。《七十年代》的不少篇什因此而散发着一种颓废和发霉的气息，以至于有人说"《七十年代》更像是一群贵族在诉苦"。[①]

在《七十年代》的许多作者笔下，壮怀激烈的70年代逐渐成为远距离的审美对象。就像朱伟在回首知青生活时的深情表白那样："也不知怎么，现在越来越觉得，在自己的一生中，这一段生活弥足珍贵……那时候的我们，都是那样年轻，年轻单纯到如一张白纸。那是一种只有毛泽东的气魄和远见才写出来的历史，以后再不会有这样纯净的青年，不再会有千千万万

---

① 参见 http://www.douban.com/review/2261347/。

青年经受这样从身体到精神的磨炼，也就不再会有这样令人难以忘怀的记忆了。"（第82页）

就连北岛在其回忆文章的结尾也觉得"迎向死亡的感觉真美。青春真美"（第49页）。难怪他能够把自己的经历包括苦难，叙述得如此唯美和不动声色：原来一切都已经审美化了。或许审美的"文革"正在取代政治的"文革"？"文革"在很多目前已功成名就的知名学者、作家、艺术家（他们很多生活和工作在国外）笔下成为趣事，成为饭后谈资，说起这些趣事大家都"蛮开心的"。"文革"已经不再具有切身性，它已经成为观赏对象。

可是，我们需要这样一种审美化的"文革"吗？一个人自己走向死亡的感觉或许真的"很美"，可是一个群体、一个民族走向死亡的感觉也很美吗？

（原载《文艺研究》2010年第4期）